U0123323

台灣民主運動 25 years 綠色年代

1975——1987【上冊】

◎ 編著／張富忠・邱萬興

從綠色年代到台灣年代

台灣的民主化歷程，放在亞洲及全世界民主化浪潮的脈絡來看，都是一個極為動人且成功的故事。

從威權到民主，從黨外到組黨，從街頭到廟堂，從在野到執政，這條路走了二十幾年，台灣人民在這過程中，表現出來的情操、勇氣與智慧，絕對是一頁偉大的歷史詩篇。不管是政治層面的選舉，或者是社會文化面的抗爭，台灣人民走出白色恐怖和戒嚴的陰影，大聲訴求民主與人權、公平與正義，民主的傳統由此建立，終於在世紀之交，完成民主化的臨門一腳。

台灣，是兩千三百萬人的家園。不管是哪個年代，來自哪個地方，她都是我們共同安身立命的新天地。數百年來，她的命運卻始終受到外力與強權左右，島上的人民一直無法掌握自身的命運，做自己的主人。但是，經由民主的洗禮，台灣已經成為兩千三百萬人情感的共識，多元的族群之間與國家認同之間的衝突，正在縮小匯集之中，捍衛得來不易的自由與民主，也成為兩千三百萬台灣人民共同的語言與信念。

回首來時路，二十五年的風雨過後，人物轉折好像是昨日一樣清晰。綠色年代的影像、記述和文件，記錄著四分之一個世紀的吶喊和記憶。每一個畫面背後，都有許多感人的故事。許多令人懷念不已的身影，無論是大人物或者小人物，俱往矣，留待我們無限的追思。

我相信，四分之一世紀迢迢的民主路，所投射出來的軌跡不只是無數民主先進與前輩奮鬥的歷程，它更代表台灣人民共同擁有的歲月，共同擁有的集體記憶。

我們有信心，從經濟奇蹟到民主奇蹟，將進一步透過台灣民主的深化，重新凝聚一個新的國家共同體意識，從此由綠色年代出發，一個新的台灣年代正逐漸浮現。

我們期待台灣年代的來臨，來實現這樣的台灣之夢。

《綠色年代——台灣民主運動25年，1975～2000》的出版，要感謝許多人的付出與奉獻，他們找出了許多人的壓箱寶，發掘了綠色年代多樣的面貌，把歷史現場的氛圍，呈現得栩栩如生。這樣的努力是極富意義與價值，我們要為他們的付出喝采與感謝。

總統

陳水扁

追求「自由、民主、平等」的理想國度

因為擔任美麗島事件的辯論律師，我的人生意外地走向了政治這條路。當時我體悟到，在法庭內受審判的其實不是個別的被告，而是「民主運動」。苦難的癥結始於不義的體制，民主人權鬥士雖被判有罪，但民主的腳步不可一日停止，如果路要有人走下去，那麼我沒有退縮的理由，至今我仍然不忘自己參政過程的初衷。

1980年代和90年代是台灣政治、社會運動的狂飆年代。黨外雜誌一本一本的出，也一本一本的被執政的國民黨查禁，「言禍」成為參與黨外民主運動者不可免的洗禮，鄭南榕堅持言論自由以自焚明志，黨外民主前輩慷慨激昂演說挑戰獨裁專制的政治體制，他們的身影感動無數人心，進而影響更多後人投入政治改革的行列。

我們從《綠色年代——台灣民主運動25年，1975～2000》這本書忠實詳盡的記錄，看到熱血青年追求理想公義的身影，如「蔡有全、許曹德的台獨案」、「六一二反國安法事件」、「監委罷選」、「國會全面改選運動」、「施明德救援會」、「解散國大」、「總統直選案」、「公投大遊行」、「廢除刑法一百行動聯盟」、「人民制憲會議」等等，許多人以行動衝撞威權體制，累積了民間的力量，台灣社會才能往前跨越一大步。

在民主化之後的台灣，不論在政治、社會、經濟、司法、人權、教育、環保、勞工等等方面，都有了不同的面貌，也需要以新的方式回應。民主進步黨一路走來堅持改革，和弱勢團體站在一起，對於社會的不公不義感同身受；每個參與民主運動、追求社會公平正義者，對於社會中弱勢的族群也抱持著關懷的態度，大家共同追求「自由、民主、平等」的理想國度，這也是民主進步黨成立的宗旨和目標。

從黨外到民進黨的組黨過程中，在解除戒嚴和黨禁、反國安法、國會全面改選和總統直選等等重要關鍵時刻，我所堅持的「民主、制衡、共生、進步」的理念從沒有改變過，改革是為了恢復社會的正常狀態，不是在扭曲的狀態中任其墮落。關懷社會也是從別人的痛苦看到自己的痛苦，「視民如傷」，這才是真正的關懷。

台灣在西元2000年時雖然和平地進行了政黨輪替，不過這幾年來，社會因選舉被分化成沒有交集、沒有信賴的兩個陣營，處處充滿了猜忌、敵意，這是民主化之後，從非理性向理性社會過渡的陣痛時期。但是我一直認為，能夠懂得合作的民族，才能夠生存；對抗、互鬥的民族，則走向衰敗。所以我就任行政院長後，提出「和解共生」的觀念，只有打破零和的對抗局面，才能結束台灣社會的內耗、空轉，為社會帶來安定與信賴。

藉由這本《綠色年代——台灣民主運動25年，1975～2000》，我也和自己進行了一場歷史的對話，內心時時因其中的文字或照片而激動不已，也鞭策自己莫忘從政的「初心」。雖然這本書只紀錄了台灣1975～2000的民主運動史，但是我更期盼作者能夠再接再厲，紀錄政黨輪替後的民主運動史，相信同樣精彩，也同樣值得我們驕傲！

行政院院長

謝長廷

序 台灣民主運動史

從爭取人權、民權到國權

1975年，正當台灣民主運動起步的時代，更是台灣政治史上分水嶺。黨外很多具有開創性、前瞻性的活動，就從這年開始。

這一年，郭雨新先生參選增額立法委員選舉，由於郭雨新先生從政的風範，深深打動許多過去不敢碰觸政治的台灣人，因此，從這年開始，黨外新生代大量投入爭取台灣民主的反對運動。

由於郭雨新先生具有相當的黨外代表性，所以在選舉時明顯地受到國民黨強烈打壓。鄉下地方買票情況嚴重，黑函滿天飛，國民黨黨政不分，全力動員；在國民黨的打壓和選情低迷的雙重影響下，郭雨新先生不幸落選。他落選後，我們提出訴訟，我和林義雄也合寫了一本書《虎落平陽》，揭發國民黨統治下選舉和司法的黑暗面。

我認為台灣民主運動發展分成三個階段，從爭取「人權」、爭取「民權」，到爭取「國權」。爭取人權階段指的是台灣反對運動開始的時代，從二二八事件以來，白色恐怖統治下的人權抗爭階段。爭取民權階段則是指從1975年郭雨新先生的選舉官司到1977年的中壢事件做為開端，主張爭取民權，因為當時國民黨的選舉作票猖獗，激發我們要改革選風和選舉法規，並從體制內外對國民黨主張、有法統代表性的「萬年國會」去抗爭，極力爭取國會全面改選，省、縣、市長民選，甚至主張總統應由台灣人民直接選舉產生，這是屬於爭取參政權、爭取執政的爭取民權階段。及至1986年民主進步黨成立後，我們開始談論台灣前途、台灣的主權，以及推動制憲、正名運動等，這是屬於制憲建國的國權階段。

從1975年開始的黨外時期到2000年民進黨執政，台灣的民主運動經過了這麼多年的努力之後，有些學術單位曾分別對這段民主運動史，以不同時期、不同的角度，蒐集、整理並出版部份史實，不過，我還沒見過一本有系統、有脈絡、完整記載這段最為動盪、最為精彩的民主運動史的書籍。尤其，身為民主運動大本營的民進黨中央黨部，卻礙於人事、經費的有限，連一份完整的民進黨黨史也尚未出爐，甚為可惜。

很慶幸的是，在袁嬿嬿、張富忠、邱萬興等有心人士多年的構思與籌備下，這本圖文並茂的《綠色年代——台灣民主運動25年，1975～2000》，終於呈現在世人眼前，為台灣歷史留下生動而具體的記錄。

張富忠、邱萬興二人都是美術科系畢業，長期投入台灣民主運動的文宣策劃，是台灣民主運動中不可欠缺的重要「化妝師」。他們不但親身參與黨外民主運動的多數歷程，也見證了民進黨的誕生與成長。在這段民主運動抗爭最為艱辛的年代，他們一直默默地為民進黨以及弱勢團體攝影、拍照、製作文宣及抗議的道具、海報，同時也為民進黨和弱勢團體留下最真實的記錄。

這本書完完整整地展現出這四分之一個世紀以來台灣政治的變動軌轍，尤其是在民進黨尚未執政時，史料記載都是由國民黨官方主導，民進黨開始執政後，才使教科書的史實編纂有了不同的視野。我非常期盼這本書將來不僅走入圖書館，更可以走入教科書，讓台灣的下一代知道我們曾做過的努力。

考試院院長

序 民主的成就、歷史的見證

1947年，國民黨政府在中國大陸國、共內戰之際，頒定了憲法。1949年，這部憲法伴隨國民黨政府來到台灣後，馬上就被凍結起來束之高閣。台灣自此經歷了世界上最長的戒嚴統治。所謂最高民意機關，卻是幾十年不用改選的萬年國會，「憲法」事實上只是獨裁政權的裝飾品。

從1975年開始，黨外人士由郭雨新先生的參選，新生代的參與，台灣的民主運動就一路歷經艱辛、坎坷地逐步展開。而國民黨政權為了維繫其統治台灣的正統性與合法性，一再地打壓台灣人民對民主政治、言論思想自由的追求，不准台灣人民談論萬年國會的問題，不准人民辦雜誌批判政府的不是，動輒用刑法一〇〇條來對付人民，以所謂的叛亂罪加在追求民主自由的人士身上。

1979年，戒嚴統治下的國民黨政府，以涉嫌叛亂之名，逮捕了「美麗島事件」中訴求民主改革的一百多位反對人士，並且將領導者交付軍事法庭審判，我當時是已經有十年經驗的年輕律師，基於正義感，我挺身而出，為他們辯護，並因此開始涉足政治、參與改革。

這二十幾年來，從南到北，從省議員、國會議員、縣長、總統府秘書長到民主進步黨黨主席，我個人見證了、也親身參與了改變台灣的民主之路。從戒嚴到解除戒嚴、國會全面改選、總統直選，到政黨輪替，台灣人民不畏犧牲生命，不怕被關入監牢，終能打破國民黨的威權體制，在短短的二十幾年間，用選票的力量，一步一步建設了得來不易的民主成果，所以台灣人民格外的珍惜這種自己爭取得來決定自己命運的權利。

臺灣的政治發展歷程是亞洲國家的典範，也是世界的寶貴資產。我深信，政治改革的力量來自人民，也來自懂得反省、珍惜歷史經驗的政府。國民黨過去虛構的「大中國一統」的歷史經驗，不但遺害台灣人民數十載，也讓台灣子弟矇著眼睛走了很多冤枉路。國民黨官方對過去的台灣歷史經驗不是刻意扭曲，就是掩蓋事實。幸而在2000年政黨輪替、民進黨上台執政後，許多重大的政治改變也讓台灣的歷史重新改寫。

台灣在最近四分之一世紀的時間裡，改變了過去四百年的歷史，而這些珍貴的民主成就、歷史見證，幾乎被完整、詳盡地收錄在本書《綠色年代——台灣民主運動25年，1975～2000》之中。書中完完整整地陳述這25年間精彩而感人的歷史事件，栩栩如生的活動照片歷歷在目，每一場與國民黨政權相抗衡的選戰，直到2000年民進黨贏得總統大選為止。這本書非常值得台灣人民收藏並做為傳家寶典，讓後代子孫明瞭台灣民主運動發展過程的艱辛，以及台灣人民為對抗獨裁統治的國民黨政權所付出的犧牲與貢獻。

他們都是歷史現場的參與者、見證者，由他們來編著這一本書是最適當不過了。張富忠，他從1977年中壢事件開始，就是充滿才氣與理想的企劃高手；邱萬興，他的「小邱工作室」幾乎成為民進黨文宣設計的代名詞。

我相信，這一本紀錄，是一個令人感動的歷史重現，兩年來編輯的心血，絕對不會白費，希望所有的讀者，一起來瀏覽這四分之一世紀的台灣民主之路。

民主進步黨主席

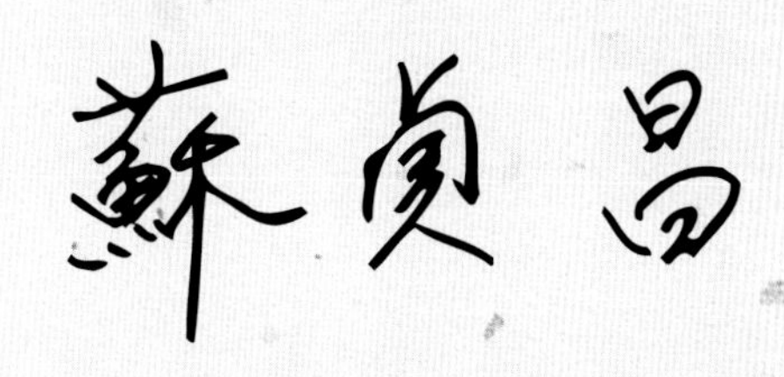

1975的理想 讓我們繼續前行

在台灣近代的民主運動史上，如果要找尋一個最重要的數字，那麼「1975」所帶來的意義，是威權體制鬆動的起點，也是民主運動重生的開端。

1975年第一次增額立法委員選舉，由於黨外前輩郭雨新先生的參選，由黃信介擔任發行人，康寧祥擔任社長、張俊宏擔任總編輯的《台灣政論》雜誌，負責郭雨新先生的競選文宣；還在校園的新生代邱義仁、吳乃仁、吳乃德、田秋堇、范巽綠、周弘憲、謝明達、林正杰等，則以年輕人的熱情與理想，積極地奔波於選務。萬人空巷的演講場、群眾熱烈的回應，讓我們對於選舉的結果滿懷信心。

投票日當天，各地投票所卻不斷回報國民黨大規模賄選與做票的訊息，這才讓我們驚覺，黨國機器正試圖吞噬熱切的民意。開票結果，郭雨新先生以高達八萬多張的廢票，落選了！

謝票的過程中，鄉親一張張悲憤而堅毅的容顏，讓遭逢挫敗的黨外新生代，蓄積了再起的熱情；選後由林義雄與姚嘉文所推動的選舉訴訟，讓台灣社會徹底省悟了國民黨政權的不公不義。

1975年，壓迫帶來了奮起前進的力量，挫折帶來了民主重生的契機。郭雨新先生的參選，讓民主運動老中青三代，有了歷史上最關鍵的集結。這股集結的力量，開展了台灣民主運動的脈絡，引導了後來的橋頭遊行事件、美麗島事件、組黨、解除戒嚴、社會運動風起雲湧、總統直選乃至於政黨輪替的實現。

《綠色年代——台灣民主運動25年，1975～2000》的出版，鉅細靡遺地紀錄了1975年到2000年台灣民主運動的各個重要事件與當時的場景，有街頭衝撞的艱辛、政治黑牢的苦楚、社會力量的釋放、人民意志的展現。這不僅是歷史記憶的暫存，更是理想前行的動力。

每當我翻閱著這些泛黃的照片，躍然於紙上鮮明的青春的容顏，或者青澀、或者狂狷；然而相同的，是熱情的眼神與眉宇之間對理念的堅信。無言的照片，渲染了最熟悉的聲音：那是激越的談論、壯烈的歌聲、群眾的呼喊……，腦海中迴盪不已的聲響，劃破了靜謐的空間。

何其有幸啊！流轉的青春歲月，與民主運動的脈絡緊緊扣連；理想的前行，竟坎坷得如此甘甜而雋永。三十年來，歲月的洗鍊，讓當年青澀的臉龐增添了些許風霜，讓當年社會底層的吶喊，成為普世認同的價值。我們應該如此相互提醒：以社會改革為終身志業的夥伴們，權力競逐的過程雖不能免，但是最重要的，是我們要一起堅持最純粹的理想初衷。

在當今光怪陸離的媒體環境裡，速食的議題炒作，讓對立的仇恨與謠言的八卦成為「主流」；所謂的「媒體寵兒」，從當年壓迫者的共犯，搖身一變成為夸夸而談的「改革者」。真實的民主改革歷程，被心虛的失意政客刻意扭曲與遮掩。

因而，《綠色年代──台灣民主運動25年，1975～2000》所載錄的文字與圖像，顯得如此珍貴而重要。無論「歷史的心虛者」如何的偽裝、扭曲、遮掩這段斑斑史實，無言的照片總是有力地還原歷史的現場。在圖像上每一個吶喊與前進的臉孔，都證明了台灣是一個有無數英雄的民族，這些英雄們在壓迫的年代裡，以勇氣、智慧和青春寫歷史。民主改革運動的歷程，應該被發掘、保存與教育，讓每一個世代的台灣人，都能夠深刻感受來自於上一代的光榮史詩。

身處在「1975」年的夥伴們用生命裡最菁華的三十年，從黨外到組黨、從抗爭到執政，始終懷抱著1975年以來所堅信的理想與熱情，也希望台灣每一個世代都有著投身社會改革的行動力。「在歷史的面前，我們都是謙卑的小孩」，在政壇偶起的猜疑紛擾時，我多麼希望告訴我的兄弟姊妹們：審視我們在1975年時的理想初衷吧！只有懷抱理想的行動力，才會讓人民感動，執政才有價值。

行政院勞委會主委

【編者的話】

那段發光發熱的日子

先說一個小故事。

1978年4月，黃順興找林正杰、賀端藩和我三人編一本雜誌《富堡之聲》。當年戒嚴時代，雜誌屬於管制品，要取得執照非常不容易。《富堡之聲》原是彰化一位農商推銷肥料農藥的刊物，發行人想從政，找上黃順興，天上掉下來的禮物，我們三人分頭找文章，兩星期就編完成。

那時中壢事件剛過不久，黨外一片興奮，我們這些新生代天不怕地不怕，成天和跟蹤的特務捉迷藏。雜誌送印前，我們三人決定從頭到尾再看一遍，免得文章中有任何文字會觸犯禁忌，讓警總找到查禁的藉口。戒嚴時代，任何人心中都有「小警總」，哪些言語會惹什麼禍，人人心知肚明。

看完全部後。我們三人一致同意一定要刪除一個字。當年沒有電腦，文章靠打字小姐一字字打出來，再手工剪貼，中間刪一個字非常麻煩，我們就決定挖空那個字。那是由賀端藩撰寫的「本刊宗旨」，挖掉的那個字是「國民黨政府」的「黨」。前後文是這樣的：「正反映出國民　政府對〈中華民國憲法〉的尊重程度。」也就是說，那個時候我們心中的小警總說：「國民黨政府」這樣的稱呼，會越過界線，觸犯警備總部訂下的言論尺度。

當然，不管有沒有「黨」，《富堡之聲》還是被查禁停刊了。

只不過是二十幾年前的事，真是恍如隔世。

了而不改，甚至經人民一再指責還擇錯固執，這就太嚴重了。司法行政部隸屬問題，違警罰法存廢問題，正反映出國民　政府對〈中華民國憲法〉的尊重程度。我們認爲，任何以民主爲號召的政府，都必需要嚴格遵守憲法。如果該政府有任何違憲的措施，人民就有權憑著憲

富堡之聲發刊詞

《綠色年代》這本書，記錄了自1975年到2000年，台灣民主運動的過程。我們選擇1975年為起點，是有幾個理由的：

一、1975年4月蔣介石去世。1949年帶著大軍逃離中國大陸，隨後在美、蘇集團對峙的世界局勢下，維持著台灣小朝廷，蔣介石統治台灣的二十五年，是白色恐怖的五〇、六〇年代，監禁虐殺數不清的反對者。蔣介石死後蔣經國接班，國際局勢和社會條件有了很大的不同，蔣經國對內採取比較溫和的獨裁統治方式，白色恐怖的腥風血雨不再出現。

二、1975年8月《台灣政論》創刊。這本由黃信介任發行人，康寧祥社長，張俊宏總編輯的雜誌，是近代台灣民主運動史上第一本高舉「台灣」大旗的反對派刊物。

三、1975年12月中央民意代表選舉，宜蘭縣民主老將郭雨新的競選團隊，匯集了往後二十年民主運動的中間幹部，諸如姚嘉文、林義雄、張俊宏、陳菊、游錫堃、邱義仁、吳乃仁、范巽綠、田秋堇、林正杰等人。

於是我們選擇1975年為起點。

二十五年四分之一世紀的篇幅太廣泛了，我們將之分為上下兩冊。上冊起始為蔣介石去世，開始了國民黨的蔣經國時代，到1987年解嚴；下冊起始於1988年蔣經國去世，開始了國民黨的李登輝時代，到2000年政黨輪替。

也就是說，上冊記錄的是黨外人士和蔣經國戒嚴體制鬥爭的過程；下冊記錄的是和國民黨李登輝體制抗爭的過程。

這些歷史記錄說明了一件事，台灣所有的民主果實都是人民一步一步爭取來的。執政者，蔣經國也好，李登輝也好，從來沒有主動讓步過。在這二十五年過程，一次又一次的選舉運動，不斷的出書、出雜誌，彷彿沒有休止的街頭抗爭；有人付出了自由的代價，有人被暴警打得受傷住院，有人以生命燃燒理想，有人家破人亡……，終於是群眾的支持，迫使執政者讓步，一步一步解開加諸於台灣人民頭上的枷鎖。

我們是台灣民主運動的參與者，也是歷史的見證者。回憶、收集、整理這二十五年發生過的種種事件，正是這些大大小小事件的累積，衝破了可能是戰後世界上最頑強的軍事戒嚴體制。

兩年來，在編寫過程中，回憶起那段發光發熱的歲月，那些無私無悔的靈魂，那些在幕後默默支持而不求回報的朋友，那些在街頭從來都不被知道名字的熟悉又模糊的臉孔，那些真正的奉獻者，我們心存著無限的感念。

這本書是屬於他們的。

張富忠

目錄

1983 黨外雜誌百花齊放

1984 黨外公政會成立

1985 黨外省議員集體總辭

1986 民主進步黨九二八圓山建黨

1987 風起雲湧 解嚴前後街頭運動

1975

神話的結束與民主運動開始

神話的結束與民主運動的開始

1975年4月5日，蔣介石總統去世。他死亡的那個半夜，北台灣風雨交加，春雷乍響，給國民黨的神話統治添加了一些神話註腳。整整一個月，台灣全島如喪考妣，軍公教人員一律掛黑布戴孝，全國暫停所有娛樂行為，電影停演，電視由彩色改為黑白以示哀悼。如同中國皇帝駕崩，國家、社會該有的一切哀悼行為一應俱全，二十世紀的台灣，掛著中華「民國」的招牌，卻上演皇朝禮儀的戲碼。

蔣介石於1949年被中國共產黨打敗，帶著殘存的軍隊逃離至台灣，至1975年止整整四分之一個世紀。這25年間，由於二次大戰後形成以美國為首的資本主義陣營與蘇聯為首的共產主義陣營冷戰兩相對峙，蔣介石獲得美國的支持與保護，得以在台灣苟延殘喘，維持一個小朝廷的局面。

台灣歷史最黑暗的一面

台灣內部，在1947年二二八事件的衝擊下，原本脆弱的台灣本土菁英階層幾近消失了，殘存下來的，也成為驚弓之鳥，凋殘零落。接著是一九五〇年代的「三七五減租」、「耕者有其田」政策，在經濟上取消了台灣地主階層的領導地位。最殘酷的是五〇、六〇年代的「白色恐怖」，國民黨以反共復國的名義，透過綿密部署的軍警特務，強力鎮壓異議人士，以國家暴力虐殺、威壓、監禁、刑求無數不苟同其政權的人民。五〇年代的台灣，是我們歷史中最黑暗的一頁。

軍警特務的暴力統治之外，國民黨更以教育、文化、媒體的宣傳控制，創造出一套傳承中國聖王的意識型態，作為其統治正當性的基礎。這個神話是從堯舜禹湯文武周公一脈相承　，最後一棒就是蔣介石。

五〇、六〇年代的台灣，即是國民黨完全掌控國家資源，掌控人民腦袋，掌控社會動向的黑暗時代。這段時期，台灣在野民主運動十分沉寂，只有零星、短期的火花，偶爾劃過時代黑暗的長夜。

最亮的一束火花是「中國民主黨」的組黨運動。

中國民主黨的組黨運動是由兩股力量結合形成的。一是1949年以後隨著國民黨來台的大陸籍自由主義知識份子，他們以《自由中國》半月刊為宣傳媒體，配合另一股力量，投身選舉運動的台灣本地政治人物和社會菁英兩者結合，在1960年時曾經有過一次短暫的、胎死腹中的組黨運動。

《自由中國》雜誌最早是於1949年，中國共產黨攻佔北京

■蔣介石總統去世，神話也結束了，但白色恐怖仍繼續籠罩台灣。
圖片提供/中央社

■戒嚴時期，許多人常被扣上「莫須有」罪名，以叛亂罪判刑移送綠島。一九七〇年代綠島監獄政治犯工作場所。圖片提供/艾琳達

並逐漸進逼南下時，部分國民黨人士和自由主義知識份子雷震、胡適、傅斯年、杭立武、王世杰等人於上海會商，他們認為長江為古來天險，共產黨無海軍無法渡江，在半壁江山猶存之下，為盡國民一份子之力量挽救時局，主張辦刊物宣傳自由民主，以對抗共產專政的集權政治。刊物的名稱是由胡適命名的，他並寫下發行宗旨，後來登在每一期雜誌的首頁。雷震與王世杰並親赴浙江溪口向當時下野的國民黨總裁蔣介石報備，獲得蔣同意經濟上予以支持。

未料中國共產黨買通國民黨的江陰要塞司令，迅速渡過長江南下，局勢直轉，雷震等人輾轉隨著國民政府遷到台北，1949年11月20日，《自由中國》在台北創刊。

走到國民黨對立面的《自由中國》

雷震原為國民黨權力圈中人，抗戰勝利後1946年擔任「政治協商會議」秘書長，負責協調各黨派意見。他結合自由主義知識份子創辦的《自由中國》，初期與國民黨當局關係密切，草創階段由教育部教育宣傳費撥下，每月撥付約美金五佰元的經費，台灣省政府並撥公務員住宅一棟供雜誌社使用，國軍部隊裡也都有訂《自由中國》供官兵閱讀。可以說，這本雜誌是國民黨在中國大陸失守後，用來改善其對外形象的一本宣傳刊物。

然而隨著國際局勢的變化，國民黨政權在台灣逐漸穩定，《自由中國》的存在對掌權者來說就不這麼重要了。同時，隨著台灣內部政治經濟的變化，及國民黨肆無忌憚的全面黨化政策，這本原先以批判中共、蘇俄為論政方向的刊物，逐漸轉移為對台灣內部政治問題的反省與檢討。《自由中國》與國民黨的關係開始疏遠，最後，雷震以及懷抱著自

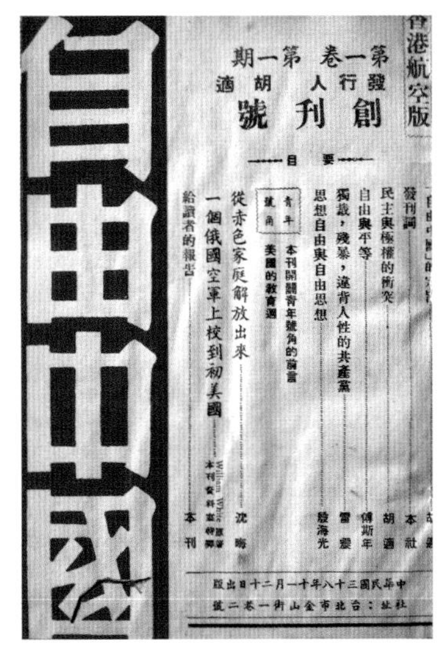

自由中國

香港航空版

第一卷第一期

發行人　胡適

創刊號

要目

發刊詞……本社

民主與極權的衝突……胡適

自由與平等……傅斯年

獨裁，殘暴，違背人性的共產黨……雷震

思想自由與自由思想……殷海光

青年號角　本刊闢青年號角的前言

美國的教育週

從赤色家庭解放出來……沈晦

一個俄國空軍上校到初美國……William White原著　本刊資料室轉譯

給讀者的報告……本刊

中華民國三十八年十一月二十日出版

社址：台北市金山街一巷二號

■雷震創辦的《自由中國》雜誌創刊號封面，1949年11月出版。
圖片提供/鄭南榕基金會

■綠島監獄前的「消滅萬惡共匪」標語。圖片提供/艾琳達

■郭雨新擔任台灣省議員，因批評時弊不遺餘力，不畏權勢，而有「小鋼砲」的聲譽。圖片提供/郭時南

■當年台灣省議員時期，郭雨新、許世賢、郭國基、李源棧、吳三連、李萬居被合稱為「五龍一鳳」。郭雨新（左一）、許世賢（右二）、余陳月瑛（右一）攝於台灣省議會前。圖片提供/郭時南

由民主理念的知識份子，走到了國民黨的對立面。

《自由中國》雜誌是大陸籍的自由主義知識份子在台灣書生論政的刊物，雜誌雖暢銷，卻沒有社會群眾基礎。

大陸籍、本土人士合流

國民黨早期在台灣雖然國家社會資源一把抓，但仍不得不開一小扇民主窗口──地方選舉。1957年4月，台灣舉辦第三屆縣市長及省議員的選舉。參選彰化縣長的石錫勳（日治時期台灣文化協會理事）以及郭發（日治時期台灣民報記者）、王燈岸（日治時期民族運動參與者）三人，計畫在選舉前夕籌組「黨外候選人聯誼會」，仿日治時期文化巡迴演講舉辦民眾座談會。

三人奔波聯繫，該年4月11日在台中召開會議，並決議選後由《公論報》負責人李萬居召集選舉檢討座談會，藉以聯繫在野人士。

1957年的地方選舉，台北市郭國基、宜蘭縣郭雨新、台南縣吳三連、雲林縣李萬居、高雄市李源棧及嘉義縣許世賢等無黨籍人士當選省議員，即是後來「省議會五虎將」或「五龍一鳳」。

1957年5月18日，李萬居召集的選舉檢討會於台北市舉行，參加者有全省無黨籍及民社黨、青年黨兩黨人士。《自由中國》的雷震亦參加這次會議並發表演說。

此次會議決議由李萬居、石錫勳、吳三連等與會的78人

為發起人，籌設「中國地方自治研討會」，於七、八月間兩度向政府申請社團登記，均未獲准成立。

從這年的地方選舉開始，《自由中國》便積極討論地方自治、地方選舉的問題。加上胡適返台就任中央研究院院長，他於5月27日自由中國社的歡迎餐會上發表「從爭取言論自由談到反對黨」的演說，公開主張由知識份子、教育界、青年出來組織一個在野黨。可以說，1957年的選舉檢討座談會成為組黨的濫觴，而《自由中國》雜誌則為組黨運動提供理論基礎。「中國地方自治研究會」雖未獲准成立，在野人士以「民主人士聯誼會」的名稱相聯繫。

大江東流擋不住

1960年的地方選舉（4月選省議員，11月選縣市長），組黨運動逐漸成形。選後的5月18日，在台北市召開「在野黨及無黨派人士本屆地方選舉檢討會」，當時的本土在野人士及大陸籍反對派共72人與會，包括雷震、李萬居、高玉樹、吳三連、楊金虎、許世賢、郭雨新、王地、齊世英、蔣勻田、成舍我、傅正、朱文伯、郭國基⋯等人。會中郭國基即席一段話：「現在國民黨一黨專政，也是認為中華民國的創立，是由國民黨一黨的貢獻，現在應該由他們一黨來享受革命勝利的果實。他們目中無人，一向專制獨裁，對民青兩黨、對於他們種種不滿意的行為可以置諸不理，這是由於民青兩黨本身的力量不夠大。所以我希望把民青兩黨整個全部解散，和台灣一般民主人士共同來組織一個強有力的在野黨，發揮民主的力量。」把組黨行動正式推向著手實施。

此次會議後，一連串的活動積極舉行。6月26日，「選舉改進座談會」召開第一次委員會，發表李萬居、雷震、高玉樹為新黨發言人。李萬居致詞表示：「這一個月來我們積極籌劃的工作雖是「地方選舉改進座談會」，實際上是在替組織新的反對黨做鋪路的工作。」七、八月份，分別於台中、嘉義、高雄、中壢舉行座談會，雷震於會中宣布新黨將於九月底或十月初正式成立。

然而國民黨豈能坐視台籍

■1960年，中央研究院院長胡適（左三）與吳三連（右一）、郭雨新（右二）、李萬居（左二）等人。圖片提供/陳菊

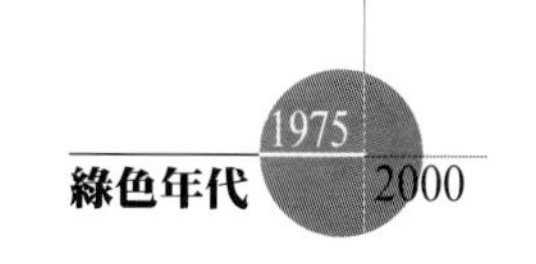

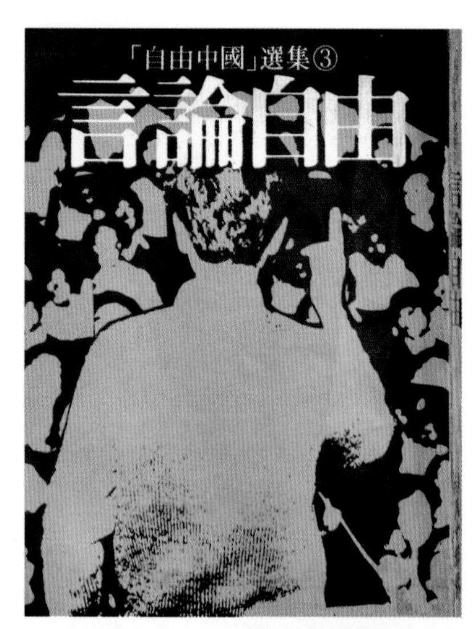

圖片提供/鄭南榕基金會

政治人物和大陸籍知識份子結合為反對黨？

9月1日，選舉改進座談會發表緊急聲明，指控國民黨當局無所不用其極騷擾組黨事宜，聲明指出：「發起人之一的吳三連於國民黨當局向他的事業集團施用壓力下，不得不暫時出國六個月，中心人物之一的雷震及其他負責籌組各人，均有大批特務跟蹤，甚至散佈住宅四周，如臨大敵。」

同日出刊的《自由中國》也發表由台大教授殷海光執筆措辭強硬的社論──《大江東流擋不住！》，這篇社論的結尾寫著：「大江總是向東海奔流的。我們深信，凡屬大多數人合理的共同願望遲早總有實現的一天。自由、民主、人權保障這些要求，絕不是霸佔國家權力的少數私人所能永久阻遏的。」

震驚海內外的「雷震案」

這些卑微的呼籲與要求，雖然展現了有良知的知識份子追求自由民主的決心，但是牢牢掌握著國家機器的國民黨當局，還是用國家暴力阻擋了大江東流！

1960年9月4日，台灣警備總部以涉嫌叛亂罪，逮捕新黨秘書長雷震及《自由中國》編輯傅正、經理馬之驌、會計劉子英等人，查扣了所有關於新黨的政綱、政策及宣言等資料。10月8日，國民黨當局以「為匪宣傳」（散佈「反攻無望論」）、「知匪不報」（雜誌社的會計劉子英被指為匪諜，雷震沒有檢舉他）兩項罪名，判處雷震有期徒刑十年。其餘被告劉子英「意圖以非法方式顛覆政府而著手實行，處有期徒刑十二年」，馬之驌「預備以非法方式顛覆政府，處有期徒刑五年」，傅正則裁定「交付感化，期間三年。」

■許信良（左）與《自由中國》創辦人雷震。攝影/ 張富忠

雷案發生後，海內外一片譁然，華人社會許多媒體都抨擊蔣介石政權為了阻止中國民主黨的成立，製造冤案。台大教授殷海光在台灣的《民主潮》雜誌上連續發表文章，聲援雷震，對雷震對民主憲政的貢獻予以肯定。

蔣介石本人和宋美齡則於雷震被捕後十日，接受十四位為雷案來台訪問的美國記者訪問，他告訴美國記者說：「已被逮捕的劉子英，在1950年抵達台灣的時候，曾經告訴雷震他是匪諜，而雷震仍予隱匿。」「逮捕雷震是依法辦理的。」「三年之內，共匪政權必被推翻。」

雷震被捕後，「選舉改進座談會」於9月12日發表聲明，表示組黨決心不變。10月17日中國民主黨籌備會發言人李萬居、高玉樹再次發表聲明，表示新黨運動絕不會因此停止，只不過稍延成立時間而已。然而僅此聲明而已，事後中國民主黨籌備會沒有再進行活動，1960年的組黨運動，就此雲消煙散，「中國民主黨」終於胎死腹中。

文化思想啟蒙的《文星》

新黨運動結束後，是一段漫長的政治氣壓低沉的時期。一九五〇年代白色恐怖的陰影，再度成為台灣人民揮之不去的夢魘。整個六〇年代的政治反對運動，只有個別零星的個人地方選舉，再也無法形成有意義的對抗集團。國民黨依然能大力推動它的黨化教

圖片提供/鄭南榕基金會

育，年老體衰的蔣介石逐步培養他的兒子蔣經國為接班人。

反對運動暫時熄火了，但一九六〇年代的《文星》雜誌，在此政治黑暗期對台灣文化思想的啟蒙上，產生相當大的影響力。《文星》於1957年11月創刊，原先標榜的是「文學的、藝術的、生活的」，到了1961年11月，李敖等青年人加入後，《文星》有了新貌，編輯重心轉至思想論戰，全面對中國傳統文化攻詰，大力提倡現代化、西化，極力宣揚西方的科學與民主。1962年後期，《文星》的編輯重心更涵括了對社會現狀的檢討與批判，諸如自由法治、教育、人權等等現實的「惡」，都成為該雜誌論述的主題。

《文星》的創辦人是蕭孟能，精神領袖是殷海光，扛起批判大旗的是李敖。犀利的文字和反傳統、反保守思想的態度，引起當代青年學子極大的迴響，在那個政治灰暗閉鎖、自由民主蒙塵的苦悶年代，《文星》成為年輕人必讀的刊

圖片提供/鄭南榕基金會

物，李敖更是學子的偶像。

雖然不是一個政治團體，甚至也不是什麼集團，《文星》對於青年人的影響力，讓國民黨大為緊張。在他們極權的腦袋中，中國大陸的「失守」不就是青年的思想被「共產主義毒蛇猛獸」污染而造成的後果嗎？

1966年4月，《文星》第九十期遭警備總部查禁，到67年九十八期出刊後，國民黨當局對《文星》處以「停刊一年」的行政命令處分。一年之後，國民黨中央委員會第四組函告文星書店：「茲據有關方面會商結果，認為在目前情況下《文星》雜誌不宜復刊」。就這樣由一個「政黨」（甚至還不是政府！）的函件，草率結束了《文星》的時代。

蔣經國接班

《自由中國》與《文星》一一被國民黨消滅後，到一九七〇年代初，才有《大學》雜誌的接棒。《大學》雜誌的

出現以及內部集結力量的背後因素，是有特定基礎的。

《大學》雜誌於1968年創刊，創辦人是鄧維楨。初期三年除介紹一些文化藝術思想之內容外，並無論政的層次，要到1970年末，雜誌改組，引進許多新血，《大學》雜誌才成為那個年代政治革新運動的刊物。

1970年代，台灣內外的情勢環境與前二十年有相當的不同。台灣社會工業化的成果，新興中產階級出現，中小企業逐漸成為社會主力，一定程度上形成要求政治權力分配、政治改革的力量。另一方面，國民黨內部權力改組，蔣介石把權力逐漸交給他兒子蔣經國，尚未完全穩定掌權的蔣經國，需要建立新的政治風格以提升他的政治聲望。在此同時，台灣面臨了1949年以來最嚴重的外交挫敗──美國總統尼克森訪問中國，宣稱將尋求兩國「關係之正常化」，台灣在聯合國席位被中國取代，以及日本宣稱釣魚台為其領土引發台灣大學生的保釣運動等等。

就在這些複雜的時局背景下，改組的《大學》雜誌登場了。

1970年10月，當時青商會總會秘書長張紹文和任教台大哲學系的陳鼓應，因認識國民黨中央黨部第五組副主任鄭森棨，經由鄭的傳達，反應他們對國是的意見，於是國民黨秘書長張寶樹在中央黨部召開了兩次青年座談會，應邀參加的有丘宏達、楊國樞、陳鼓應、張紹文、陳少廷等學術、企業界青年七十餘人。會中大家對時事提出許多批評。張紹文在會中提出召開青年國事會議，起用青年才俊，貫徹政治革新，團結海內外青年。

會後，丘宏達、楊國樞、張紹文等人商議要籌辦一本刊物，國民黨當局屬意由他們辦一本「中國青年」雜誌，但為他們婉拒。有人建議把《大學》開放，讓大家一起來參加，獲得《大學》同仁欣然同意。因此，大部份參與國民黨中央黨部青年座談會的人，都參加了新的《大學》雜誌。

智者與權者的結合

《大學》雜誌的改組，正是國民黨中央在背後扮演「推手」的角色，其中緣由在於當時行政院副院長蔣經國，在其父蔣介石長期栽培下即將接班。蔣經國曾任救國團主任，在他崛起過程中創造的政治神話裡，就有蔣是「青年導師」、「聆聽青年人建言」這樣的美譽。他接班前夕，又遭逢台灣外交上的重大挫敗，人心惶恐不安，蔣經國更需要展現新的領導風格，以安定人心，以提升威望，博取青年人的期望與好感。如同張紹文所說：「……當然這跟當時蔣經國先生的鼓勵，以及大家對他的期待有密切的關聯。」參與《大學》雜誌十分積極，當時任職國民黨中央黨部黨工的張俊宏，形容大學雜誌為「智者與權者的結合」。

1971年1月，《大學》雜誌改組成功，丘宏達任名譽社長，陳少廷為社長，編輯委員九人，由楊國樞任召集人，社務委員多達五十七人，網羅了當時學術界、企業界的新生人才。當期開始，《大學》雜誌言論大開，大幅度呈現出對現實政治的關切。

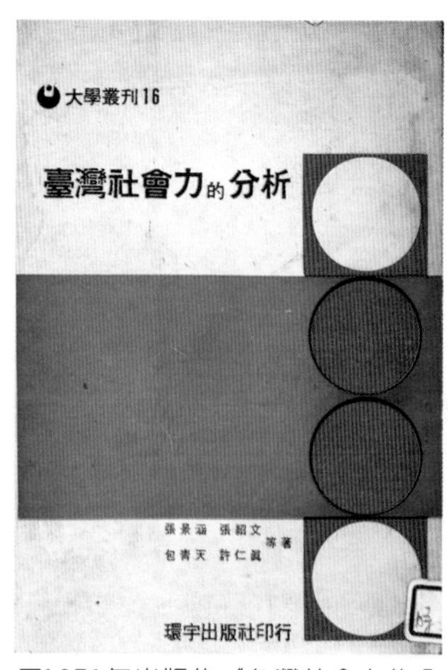

■1971年出版的《台灣社會力的分析》，主要討論使用分析方法論，談台灣階層化的概念。圖片提供/張富忠

那一期的文章有劉福增、陳鼓應、張紹文聯名的〈給蔣經國先生的信〉，提出三點建議，包括：「若有年輕人被列入『安全紀錄』而影響到他的工作或出國時，請給予申辯和解釋的機會。」具體而微呈現所謂「智者」與「權者」結合的微妙關係。

1971年4月，《大學》雜誌發表由九十三名學者，中小企業家共同署名的「我們對釣魚台問題的看法」：「釣魚台列嶼在歷史上、地理上與法律上應為中國領土台灣省的不可分割部分……」，同月台灣多所大學掀起一連串遊行、座談、血書連署簽名等保釣運動。五月號《大學》雜誌發表「保釣專號」。

1971年7月，美國總統尼克森基於蘇聯的壓力與急於擺脫越戰的困局，派季辛吉密訪中國大陸，並發表共同聲明，表示尼克森將應邀訪問中國，並尋求「兩國關係正常化」。這是台灣外交的重大挫敗，也讓台灣內部要求改革的聲浪高漲。同月的《大學》，刊出一篇由張景涵（張俊宏）、張紹文、許仁真（許信良），包青天（包奕洪）聯合撰寫的〈台灣社會力分析〉，剖析台灣舊式地主、農民、知識青年、財團、企業幹部及中小企業者、勞工、公務員等不同階層者的性格。該文發表後，引起朝野各界輿論的矚目。

1971年10月，《大學》推出由楊國樞、張俊宏、陳鼓應、孫震、蘇俊雄等十五人連署的「國是諍言」，分別從人權、經濟、司法、立法、監察等方面，對團體、政體及法統等問題深入探討，尤其對所謂的法統及中央民意代表有著極為嚴厲的指責。同期也刊出社長陳少廷的〈中央民意代表的改選問題〉，首度提出中央民意代表全面改選的主張。

也就在1971年10月25日，中華民國喪失在聯合國的代表權，被迫退出聯合國。

1972年1月，《大學》刊出〈國是九論〉，由多位青年知識份子聯合對現有統治結構中的積弊提出多面性的批評和建言。此時《大學》雜誌社委已增至一○二人，可說國內外青年一時之選，均集結在此。

短暫的大鳴大放

在〈國是九論〉提出五個月之後，1972年5月29日，蔣經國正式組閣，以「年輕化」、「本土化」為訴求，提出「十項政治革新」方案，並於6月底宣布將「增選」中央民意代表。蔣經國的種種訴求，可以說是部份回應了青年知識份子的要求。

然而，《大學》的大鳴大放，在大學校園引起的共鳴與迴響，卻也是「權者」不能容忍的。政大教育系學生李筱峰多次在《大學》發表批判教育的文章，遭政大記過退學的處分。台大《大學新聞》及《法言》多次回應「全面改選中央民意代表」的主張，並在大學間掀起熱潮。1972年，「向學校開刀，向社會進軍」的呼聲自台大擴散到其他校園。任教台大哲學系的陳鼓應，在〈國是九論〉的同期《大學》上，發表〈開放學生運動〉一文，引起國民黨中央日報連續六天刊出署名「孤影」的《一個小市民的心聲》，抹黑抹紅學生運動為毒蛇猛獸。

1972年12月，台大舉辦「民族主義座談會」，次年2月，台大教師陳鼓應、王曉波及學生錢永祥等人被警總約談。隨後又發生「台大哲學系事件」，趙天儀、李日章、王曉波等14位哲學系教師被解聘。

蔣經國收網

誠如張俊宏所說：「國民黨內部權力轉型業已完成，新內閣順利接棒，元老重臣的權力沒有阻礙地轉移到新領導者手中。」加上「退出聯合國之後，經過一段時間的緩衝，國人的情緒已漸平靜，而（台灣）國際的地位也逐漸穩固下來。」蔣經國順利接班後，也不需要「智者」的協助了，對「權者」來說，目的已達成，更何況「智者」引發的學生運動會是「不可收拾的毒蛇猛獸」。

書生問政形式的《大學》雜誌，隨即遭到強大的政治壓力，國民黨不再縱容他們大放厥詞。1973年1月，楊國樞辭去總編輯職務，原有的社長、編輯委員名單不再出現。社務委員紛紛撤出，另組《人與社會》雜誌。部份社務委員進入國民黨體系內，如關中、施啟揚、孫震、李鍾桂等人，成為國民黨新生的政治黨工。有的轉而參與實際政治活動，與地方政治人物結合，為日後的黨外運動帶來新的活力。

在蔣經國接班過程中，短暫發過光、發過熱的《大學》雜誌，完成了「階段性」任務，自此曲終人散。

1973年《大學》雜誌落幕後，很快的在1975年有一本新的政論刊物出現。它的組合人物、內容取向以及代表的意義，在在與《自由中國》、《文星》、《大學》不同，雖然這本刊物只短短生存5個月就被停刊、撤銷登記，但這本刊物的面世，宣告台灣新的政治反抗運動，與過去25年截然不同的、新的民主運動正式登場了。這是1975年8月1日出版的《台灣政論》。

黃信介、康寧祥登場

《台灣政論》的發行人是黃信介，康寧祥任社長，張俊宏任總編輯，張金策與黃華任副總編輯。

黃信介、康寧祥原是台北市的地方政治人物。黃信介早於1961年就當選台北市議員，1964年連任。1969年當選「增補選」立委（屬於第一屆，終身職）。康寧祥於1969年台北市改制後第一屆市議員選舉，以大學畢業、加油站工人的身份出馬競選，脫穎而出；1972年增額中央民意代表選舉（每3年需改選），在台北市激起旋風，高票當選。

黃信介出身台北老社區大龍峒，殷商家庭。康寧祥出身台北老社區艋舺，工人子弟。兩人都具有草莽土氣。在老一輩台籍政治人物「五龍一鳳」逐漸凋謝之際，黃、康的崛起，代表著本土政治人物傳承的希望。他們兩人的演講極富特色：黃信介言詞犀利、幽默風趣，每每引用俚語比喻，原汁原味令人咀嚼再三；康寧祥聲音沙啞卻帶磁性，演講內容訴說著歷史的大框架，總能引起群眾的激情迴響。兩人的政見會或助選演講，皆是萬人空巷、人山人海。黃信介的妙語和康寧祥的豪氣，引起一九七〇年代初黨外支持者爭相傳誦。他們兩人儼然是黨外的明日之星。

也就從一九七〇年代初黃康的時期起，「黨外」取代了「無黨無派」，成為對抗國民黨的新的標幟。1972年的第一次增額中央民意代表選舉，除了康寧祥外，還有老將嘉義的許世賢及彰化的黃順興當選立委。黃信介的胞弟黃天福及彰化的張春男當選國代。

近代民主運動的第一塊基石

1975年8月創刊的《台灣政論》，是國民黨來台後第一本高舉著「台灣」大旗的反對派刊物。《台灣政論》創刊號由康寧祥籌辦，黃信介擔任發行人。

當時的行政院長蔣經國為了表示國民黨的開放，准許康寧祥的申請。但辦雜誌時需要一筆保證金，大家都沒錢，是由黨外前輩郭雨新先生去借了約45萬元來當保證金的。原本康寧祥以為這筆錢「做做樣子」，做為申請雜誌的抵押金，存在銀行一個禮拜就可以還給郭雨新。沒想到銀行要求至少要放3、4個月，後來郭雨新又向朋友借錢給康寧祥，並由康寧祥支付每個月的利息。

《台灣政論》結合了崛起於民間的黨外政治運動者和《大學》雜誌政治改革運動落幕後分化出來的知識份子，《台灣政論》一出刊就造成轟動，首期再版了五次，到第五期時銷售量已高達五萬份，海外訂戶有兩千份。

12月第五期出版時，正值第二次增額中央民意代表選

■黃信介幽默風趣的俚語式演講方式，受到群眾極大的迴響。圖片提供/張富忠

■1975年，康寧祥出版立委問政小冊子，報告他在立法院成績。
圖片提供/張富忠

中華民國六十四年歲次乙卯年春牛圖

國家至上　民族至上

郭雨新　印贈

大利南北不利西方

風調雨順

國泰民安

為世界上所當行之事　作天地間不可少之人

■1975年「郭雨新、春牛圖」，是郭雨新送給農民的月曆，是一張紙的形式，上面有節氣和鼠牛虎兔等十二生肖的圖文，中間是一張郭雨新的照片，他也是宜蘭農民的代言人。圖片提供/宜蘭縣史館

■郭雨新（左二）、姚嘉文（右一）與外國友人。《台灣政論》雜誌當時就設在姚嘉文律師事務所內。圖片提供/郭時南

■郭雨新（後右一）、張俊宏（後右二）、黃信介（左二）與外國記者。圖片提供/郭時南

■「牛背上的民主騎士」郭雨新，攝於1975年12月23日立委落選謝票之夜，請選民一起和他高呼「台灣民主萬歲！」。
圖片提供/郭時南

■選戰三天後，郭雨新在宜蘭市沿街步行謝票，結果形成一場大遊行，兩萬多群衆像潮水一般，沿著街道推著前走。圖片提供/郭時南

■張俊宏負責郭雨新文宣，以「不死的虎將」、「台灣民意的領航員」為文宣主軸。傳單提供/范巽綠

完糧納稅 終歲辛勞

政府又為我們做些什麼？ 郭雨新

1 唸書的有沒有好前途？ 沒有（大學畢業有一半找不到適當工作）
2 我們的青年有沒有工作機會？ 沒有（郵局招考初中資格的郵務佐，五萬人報名一兩萬大學生，兩萬多高中生）
3 我們的學生有沒有吃苦耐勞？ 有（吃的是十二元的自助餐，住的是兩人一坪的木板床，一半以上得腸胃病）
4 我們的學生有沒有聽話、乖乖的唸書、不鬧事？ 有（全世界最守規矩，既不鬧學潮，也不批評政府）
5 老師有沒有領到薪水？ 有（一個月五、六千元）
6 冒貸案，老師有沒有責任？ 沒有（教育首長辭其咎，卻殃及老師）
7 老師的人格有沒有受尊重？ 沒有（七小時看管）
8 讀書人對國家有沒有危險？ 沒有（手無縛雞之力，秀才造反，三年不成）
9 讀書人有沒有演講、著述、集會結社的充分自由？ 有（但要隨時準備被解聘或唱綠島小夜曲）
10 農夫對國家有沒有貢獻？ 有（每年至少生產二百五十萬噸糧食）
11 農夫有沒有辛勤耕種？ 有（透早就出門，田上直直攞）
12 農田耕種有沒有完糧納稅？ 有（田賦、水費等按時乖乖的繳）
13 農田災害有沒有補償？ 沒有（種籽、農藥、肥料只好賒欠）
14 農民生、老、病、死有沒有人照顧？ 沒有（受苦無人問，送女入火坑）
15 工人有沒有勤勞工作？ 有（不斷工、拼命加夜班）
16 工人對經濟成長有沒有貢獻？ 有（工業成長率高達24%）
17 工人有沒有職業病？ 有（氣喘、肺癆、散光、斜視等）
18 工人有沒有保險？ 有（要到肺病第四期才准休養）
19 工人的職業有沒有保障？ 沒有（隨時可以解僱）
20 礦工的生命有沒有保障？ 沒有（一次災變死數十人）
21 生意人對國家有沒有貢獻？ 有（一年至少繳納三百八十多億元的稅金）
22 生意人有沒有享受？ 有（但每天要過＂三點半＂）
23 生意人有沒有大賺其錢？ 有（但必須＂奉養＂稅吏、治安人員）
24 賠本生意有沒有人做？ 沒有（但所得稅非預繳不可）
25 商業界有沒有通緝犯？ 沒有（除了滿街跑的票據犯）
26 攤販有沒有影響市容？ 有（但是生活重要，還是市容重要？）
27 公務員有沒有升遷機會？ 有（有背景的＂忠貞＂黨員）
28 眷村有沒有受到關懷？ 有（選舉的時候）
29 計程車司機有沒有人照顧？ 沒有（除了交通警察）
30 小民有沒有出國觀光的機會？ 沒有（官員、財閥、歌女說走就走）

太多太多的問題，千言萬語說不盡！歸根究底，只因為我們沒有——

①強有力的反對黨
②超然獨立的司法
③言論、出版、集會結社的真正自由
④生存、工作等基本人權的保障
⑤全面的社會福利
⑥解除長達二十七年的戒嚴

所以——
不是政府為我們做些什麼
而是——
我們要政府應該做些什麼
因此——
我們要為自己的權利、自己的生存
奮鬥到底！

不死虎將
愈戰愈勇 郭雨新

①

■郭雨新傳單背面訴求「完糧納稅終歲辛勞」文宣，附有30個問題，針對政府提出嚴厲的質問。圖片提供/范巽綠

■1975年8月，康寧祥創辦《台灣政論》雜誌，當時一筆保證金，由郭雨新去借錢，借了四十五萬元，做為申請雜誌的抵押金。
圖片提供/張富忠

舉，該期重要文章有姚嘉文的〈憲法與國策不可以批評嗎？〉郭雨新「被遺忘的社會──人道主義者不能容忍的軍眷問題」陳鼓應〈早日解除戒嚴〉……等。其中一篇文章由澳洲昆士蘭大學教授邱垂亮撰寫的〈兩種心向〉，該文是報導逃離中國大陸的知名鋼琴家傅聰與一位柳教授的談話，因觸及台海關係，被國民黨當局以「煽動他人觸犯內亂罪，情節嚴重」，下令停刊，並撤銷登記。

雖然只有5個月的風光，《台灣政論》卻是近代台灣民主運動史上重要的里程碑。這本刊物的出現，標示著自1949年以來蔣介石以國家暴力、白色恐怖為手段，高舉著完成反共復國統一大業的旗幟，實則遂行其個人獨裁統治的政治神話，已到了尾聲。因社會經濟變遷而出現的新生力量起來了，揚棄虛幻的中國神話，開始以「台灣」為立足點，向國民黨政權提出挑戰。在反抗精神上，它繼承著1960年的《自由中國》、1965年的《文星》和1970年的《大學》，1975年的《台灣政論》為下一個25年嶄新的台灣民主運動，奠下第一塊基石。

老兵不死

1975年12月的第二次增額中央民意代表選舉，黨外民主運動前輩「五龍一鳳」之一的郭雨新，參加第一選區──宜蘭縣、台北縣、基隆市的立委選舉。他以67歲高齡，打出「老驥伏櫪，志在千里」、「烈士暮年，壯心未已」的口號，進行了一場悲壯、意義深刻、影響深遠的選戰。

郭雨新先生以「不死的虎將」、「台灣民意的領航者」自詡。他是《自由中國》時代「中國民主黨」組黨運動時列名為新黨籌備委員會的七個常委之一。

與國民黨對抗了一生，郭雨新的最後一場選戰，卻敗在國民黨支持的三重市大富商林榮三「全面買票」的賄選以及國民黨提名的宜蘭邱永聰違法競選和作票下。他以八萬多票列為「落選頭」，但宜蘭縣的「廢票」即高達八萬票。開票夜，12月23日，郭雨新在宜蘭市區步行謝票，民眾尾隨其後，人越聚越多，多達兩萬人，群眾不斷高喊「郭雨新！當選！」狂熱而憤怒的群眾幾乎釀成暴動。

郭雨新立委落選謝票之夜，郭雨新對宜蘭群眾說：「各位親愛的父老兄弟姊妹，今天能得到大家這樣熱烈的正義支持，雨新非常感動，也非常感激。這次的選舉結果，大家的心裡非常明白，像這樣的落選，是不是光榮？（群眾喊：光榮！光榮！）總之，事情已經過去，大家應該繼續為我們的鄉土努力。至於說今天要有什麼『行動』，我認為，吃虧的是我們自己的同胞，流血的也是我們自己的同胞，非常的不值得。所以，我認為不必要。

■郭雨新感謝宜蘭鄉親的支持。圖片提供/郭時南

■一心追求民主、啓蒙後進的郭雨新，就像一位民主的導師。謝明達（左一）、周弘憲（左二）、黃毓秀（右一）等二、三十位台大學生穿著制服，為郭雨新公開分發傳單。圖片提供/郭時南

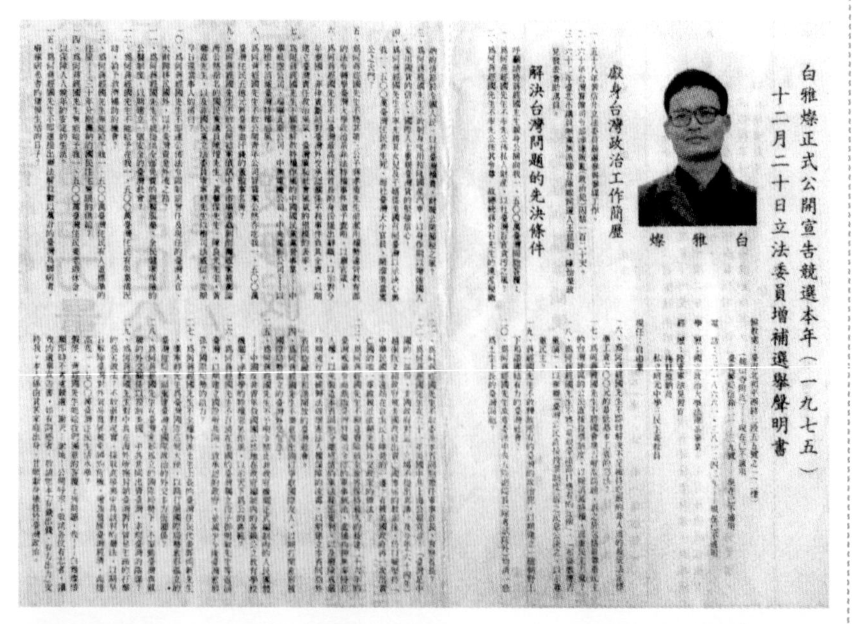

白雅燦正式公開宣告競選本年（一九七五）十二月二十日立法委員增補選舉聲明書

白雅燦

獻身台灣政治工作簡歷

解決台灣問題的先決條件

■白雅燦參加台北市立法委員選舉，印了一張「解決台灣問題的先決條件」的傳單，向行政院院長蔣經國提出29個問題，要求蔣經國公布財產，被國民黨以叛亂罪逮捕入獄。圖片提供/新台灣研究基金會

……最後我再次謝謝大家一起跟我高呼：『台灣民主自由萬歲！』」

一場可預見的血腥衝突平息了，因為郭雨新知道：「血是真理最壞的證人」。兩年後，這位和平老人離開了自己深愛的故鄉，自我流放美國，一別竟成永訣。

昂然落敗的人贏得永遠的尊敬與懷念，也開啟了台灣民主運動的門扉。

新生代的第一場戰役

郭雨新的落選，象徵著前一代的老將已開始退場，但郭雨新在這場選戰中，為下個階段的黨外民主運動，提供了最寶貴的資產：負責文宣的張俊宏，為他打選戰官司；控告林榮三賄選的林義雄、姚嘉文律師，在競選總部擔任幕僚；《大學》雜誌的活躍份子洪三雄、陳鈴玉，以及由陳菊（時任郭雨新的秘書）領軍的新生代助選兵團──邱義仁、吳乃仁、周弘憲、林正杰、林嘉誠、賀端藩、范巽綠、謝明達、蕭裕珍、田秋堇、吳乃德、黃毓秀、許志仁、鄭優、吳聰敏等人，引領未來20年風騷的這些充滿著理想的青壯輩及新生代，都在郭雨新的選戰中登場。

當年發傳單的黨外新生代，除了參與第一線的宣傳工作外，也見證了台灣選舉過程中國民黨買票、做票的種種黑暗面。正因為有這樣的衝擊，刺激了台灣民主運動的持續推展。

這場選舉，黨外陣營當選的有台北的康寧祥、彰化的黃順興，以及嘉義的許世賢。

也是在這場選舉裡，彰化籍的白雅燦在台北市參選立委，他印了一份「解決台灣問題的先決條件」的傳單，向蔣經國提出29個問題，要求蔣經國公布財產。10月23日，白雅燦被國民黨以叛亂罪逮捕，隔年（1976年）2月11日被處無期徒刑，發送綠島執行。印刷廠老闆周彬文被以「替叛徒做有利宣傳」之罪名，處有期徒刑五年。

＊本文部份取材自李筱峰所著《台灣民主運動40年》

萬苦千辛爲大衆●一心一意救台灣

我們號稱爲民主國家，而事實上又不可能回復獨裁，可是眼前所看到又和一個現代民主國家有太大的距離，有多少不公、不平、不合理的現象……

不死的虎將 ① 郭雨新 要問

	現代民主國家應該有什麼？	我們所看到的又是什麼？
1	全民社會福利	公務員本身之外，生、老、病、死自行料理。
2	生存、工作權的保障	除了「忠貞」黨員外，人人自危。
3	國民的自由出入國境	官員、歌女說走就走，小民出國只有鑽洞。
4	非軍人不受軍法審判	只要高興，平民照樣以軍法判刑。
5	秘密通訊的自由	郵電隨時被檢查或監聽。
6	獨立公正的司法	黨政介入司法審判
7	資源國有，企業自由競爭	黨營企業壟斷國家資源。
8	青年學生關心時政	軍訓教官嚴格管制。
9	學術、著述受尊重	教授講學受限制，教師七小時看管。
10	言論、出版的真正自由	批評黨政，身家生命危機重重。
11	政黨經費自行籌募	國民黨經費列入各級政府預算之內。
12	集會、結社的自由	非國民黨的集會結社必須事前請准，還要有治安人員在場。
13	充分的新聞自由	黨報、官報之外，兩家民營大報的老闆是國民黨的中央委員
14	戒嚴令絕不超過六個月	長達二十七年的戒嚴。
15	公平、公正、公開的選舉	說說而已，照搞不誤。
16	情報治安單位維護國家安全	全神貫注，對付黨外自由人士。
17	政策失敗，政務官引咎辭職	再大的錯，笑罵由人，好官我自爲之。
18	定期改選國會	兩千多名三十年未改選的中央民意代表，還以法統自居。
19	軍、憲、警超然國家化。	黨政軍一元化
20	強有力監督政府的反對黨	國民黨之下，有民社、青年兩個「花瓶」

立法委員候選人第一區
（台北縣、宜蘭縣、基隆市）

學歷
宜蘭農校畢業
台北帝國大學（台灣大學）
農業經濟系畢業

經歷
省議員二十五年

二十多年來，我們任勞任怨、安貧樂道，已經給執政的國民黨太多的時間、太多的機會。

如今，風雨飄搖，居然有官員說什麼公僕難爲，身爲主人，選票在握，更應該知道誰爲台灣的命運、民主的前途奮鬥到底？

誰眞正關心我們？眞正代表我們？

台灣民意的領航者/不死的虎將

① 郭雨新

台灣

國民黨要員說：「台灣之有今日，是因爲齊集大陸精英來台建設的結果。」這些人一開口就拿今日和光復初期比較，却經不起和其他民主國家比較。我們不必拿美國來比照，就拿鄰居戰敗的日本來比一比。

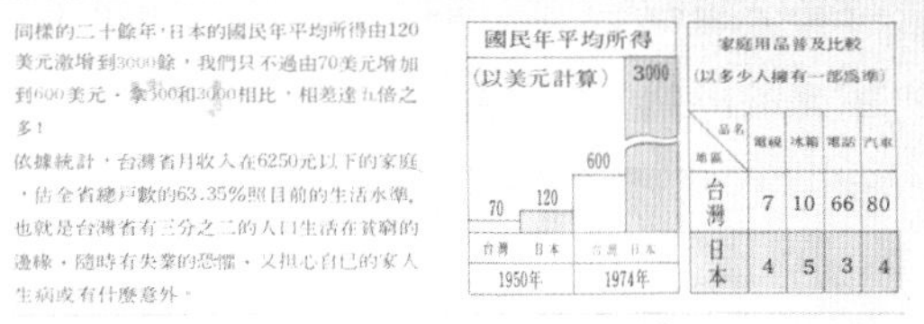

同樣的二十餘年，日本的國民年平均所得由120美元激增到3000餘，我們只不過由70美元增加到600美元，拿600和3000相比，相差達五倍之多！

依據統計，台灣省月收入在6250元以下的家庭，佔全省總戶數的63.35%照目前的生活水準，也就是台灣省有三分之二的人口生活在貧窮的邊緣，隨時有失業的恐懼，又担心自己的家人生病或有什麼意外。

國民年平均所得（以美元計算）

	台灣	日本
1950年	70	120
1974年	600	3000

家庭用品普及比較（以多少人擁有一部爲準）

地區＼品名	電視	冰箱	電話	汽車
台灣	7	10	66	80
日本	4	5	3	4

到底我們終歲辛勞、血汗所得流到那裏去?

一、集中到巨富奸商身上

全省有70%左右的農民負債，每天無數勞工在爲一、二百元的工資揮汗工作，卻有些坐在冷氣房，高背椅上的暴發戶不留一滴汗的日進萬金，這些擁有特權享盡庇蔭的巨富奸商，有數以億計的財產，他們可以花上數十萬元買得美女一笑，但吝惜數百元周濟貧苦的鄰居，清寒的學生，甚至貪得無厭，還想耗費數千萬買動選民，侮辱民權，…………據估計，台灣上億財產的有五百人左右，銀行定期存款已破1800億元的大關。

我們不反對人家賺大錢，但絕不贊成官商勾結，更堅決的反對權勢，金錢相互爲用，少數人獨享全民建設的成果。

二、移轉到美國

根據美國移民局統計，由台灣移民到美國的從1965年的四千餘人激增到1974年一萬六千餘人，這些人當中，有幾個是農民、勞工的子弟或其眷屬？[illegible]……一年帶走兩百億元，約等於我們國家總預算的四分之一。

另外，運用種種方法，變賣財產，存款到美國、瑞士……等等，更不計其數，…………

太多太多！……不要說它，不要說它！但是究竟太不合理！太不公平！

台灣民意的領航者/不死的虎將

① 郭雨新

主張 ❶財政部立即公佈大戶數十億欠稅、漏稅清單，並積極追繳 ❷請查政府官員及其眷屬的財產，如有雙重國籍，購買居留權者一律撤職，驅逐出境 ❸追查銀行兩百億元左右的呆帳及其責任

然後，立即實施 ❶年所得十萬元以下的人免稅，即農民田賦全免，勞工小本商人及軍公教等一律免稅 ❷全民免費醫療 ❸社會失業救濟…………

這樣就可以促進台灣社會的進步與和諧

■郭雨新的「萬苦千辛為大衆，一心一意救台灣」傳單。傳單提供/范巽綠

■郭雨新的道德感、紳士風格和永遠與國民黨對抗的風骨，是許多黨外新生代學習的榜樣。左起郭雨新、田秋堇、陳菊、吳乃仁、邱義仁、林正杰。圖片提供/郭時南

■1975年郭雨新（前排右二）與黨外新生代聚會，（右一）邱義仁，後方是擔任郭雨新秘書的陳菊（左四）與田秋菫（左三）。圖片提供/郭時南

■2005年7月30日郭雨新逝世二十週年紀念，當年為郭雨新競選立委發傳單的黨外新生代，齊聚在台北市國賓大飯店，拿著「不死的虎將」郭雨新傳單合影。攝影/邱萬興

1976

黨外大護法登場

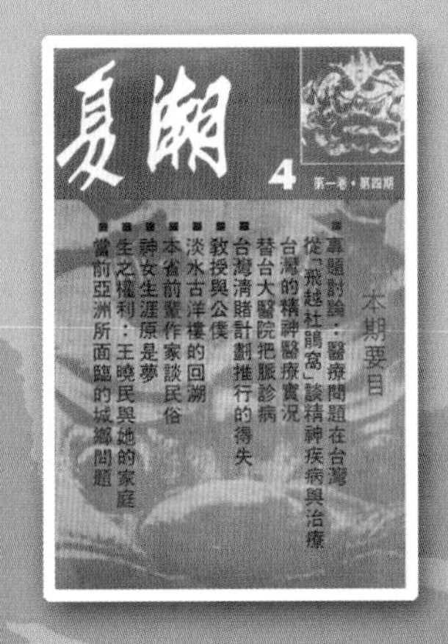

入獄・出獄

黨外大護法登場

1976年1月6日，林義雄、姚嘉文律師為郭雨新提起「選舉無效之訴」及控告林榮三「當選無效之訴」的選舉官司。

林義雄及姚嘉文非常認真的蒐集各種證物，期待能在司法領域得到公正。「選舉無效之訴」是控告辦理選務的台灣省政府違法玩法，各投票所沒有秘密投票，代領選票、冒領選票之舉觸目皆是。開票時，又故意將郭雨新的票列為廢票，或將郭雨新的票計為別人的選票，最後統計選票時還玩弄數字魔術。

此外，並指證宜蘭縣的國民小學，在選舉期間教學生唱國民黨候選人邱永聽的競選歌曲。歌詞如下：「邱永聽，為人忠，對建設，最有功，講政

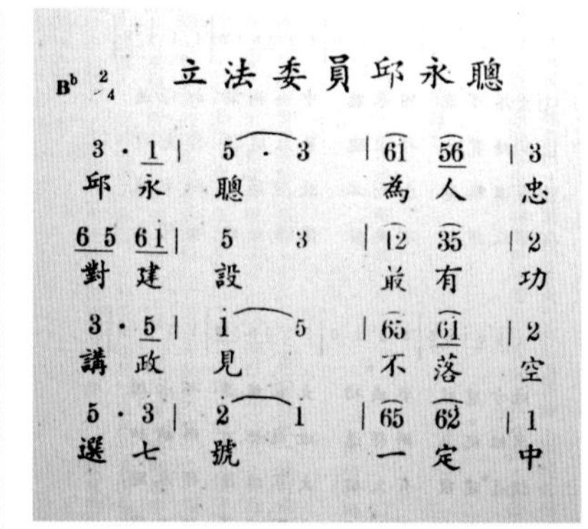

■當年，宜蘭縣國民小學教唱邱永聽的競選歌曲。

■1976年1月6日，林義雄、姚嘉文律師為郭雨新提「選舉無效之訴」及控告林榮三「當選無效之訴」的選舉官司，這是台灣選舉史上第一次對選舉的不公提出法律訴訟。圖片提供/姚嘉文

見，不落空，選七號，一定中。」不只簡單明瞭，還押韻呢！

「當選無效之訴」是控告無黨籍候選人林榮三透過三重市長宴請該市八十二個里長及地方士紳；並由里長公然在各投票所發香皂給選民。（當年物資比較缺乏，每位選民只拿到四塊香皂）。出產瑪莉三色香皂的公司，在投票前一天大量賣出約三十萬塊香皂，每塊香皂七元。

「當選無效之訴」還認真的開了幾次庭，「選舉無效之訴」則連傳訊證人都不願意，法官說：「選票不是我們可以隨便懷疑的。」「你想把北部的黨政要員都傳來嗎？」兩件訴訟分別在2月11日、23日被駁回。

隔年一月，林義雄及姚嘉文出版《虎落平陽》一書，詳實記錄訴訟過程。

1976年2月28日，《夏潮》雜誌創刊，但要到第四期以後，由蘇慶黎接任總編輯，才開始展現它的影響力。蘇慶黎為台南人，父親蘇新是台共創始人之一，二二八事件後逃亡至大陸，蘇慶黎還是嬰兒，此後未曾見到父親。

《夏潮》在往後的兩三年中間，於青年學子中產生很大的影響力。在戒嚴體制猶然強大的七十年代中期，左傾、進步的書籍都被查禁，《夏潮》以「關懷工農」、「鄉土文學」、「對資本主義批判」、「介紹第三世界抗爭現況」等等深刻的內容，擔任年輕人思想啟蒙的工作，一定程度上影響了很多青年人把目光投注在自己的土地和底層階級的人民。

蘇慶黎也積極投入黨外民主運動，七〇年代中期，她被國民黨中央黨部列為「女四大寇」之一，其他三人是：陳菊、呂秀蓮、施叔青。

1976年，警備總部抓了一些政治犯：

5月31日，楊金海與顏明聖。

7月4日，陳明忠。

10月19日，黃華。黃華此次是第三次政治黑牢。

這一年9月18日，蘇東啟坐滿十五年牢出獄，9月23日，魏廷朝坐滿第二次黑牢出獄。

■1976年7月1日，《夏潮》雜誌第四期剛出版後，陳明忠就被警總逮捕了。圖片提供/張富忠

■1976年2月28日《夏潮》雜誌創刊，創辦人鄭泰安。圖片提供/張富忠

■《夏潮》第四期起由蘇慶黎任總編輯。圖片提供/艾琳達

■1976年10月19日，《台灣政論》副總編輯黃華第三次進政治黑牢，被國民黨指稱利用《台灣政論》鼓吹台灣獨立，判處10年徒刑移送綠島。圖片提供/黃華

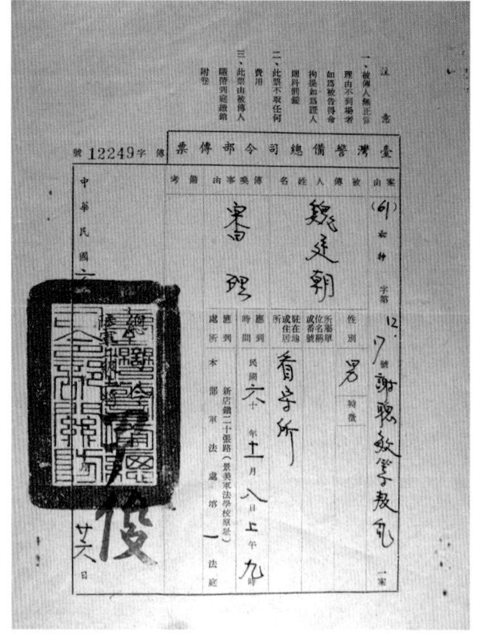

注意
一、被傳人無正當理由不到場者如為被告得命拘提如為證人即科罰鍰
二、此票不取任何費用
三、此票由被傳人隨帶到庭繳銷
附卷

臺灣警備總司令部傳票 傳字12249號

案由：(61)初特字第12號 謝聰敏等叛亂一案
被傳人姓名：魏廷朝
傳喚事由：審理
備考：
性別：男
特徵：
所屬單位名稱或番號：
駐在地或住居所：看守所
應到時間：民國六十年十一月八日上午九時
應到處所：新店鎮二十張路（景美軍法學校原址）本部軍法處第一法庭

中華民國六十一年十月廿六日

■1964年9月20日，魏廷朝起草「台灣自救宣言」，開啓了政治黑牢歲月。
圖片提供/張慶惠

■1971年2月，魏廷朝被莫須有指控涉嫌台北市美國銀行爆炸案，1972年被關在軍法看守所，同樂晚會與難友合唱。據魏廷昱說，他的哥哥魏廷朝在獄中可以完整唱完客家山歌、日本軍歌達六百首，每天從第一首歌開始唱，當六百首唱完，一天也過去了。
圖片提供/張慶惠

1977

桃園縣長選舉與中壢事件

桃園縣長選舉與中壢事件

■康寧祥與黃信介到宜蘭為林義雄省議員助選，林義雄與妻子方素敏（右二）。
圖片提供/黃天福

蔣家國民黨的威權統治，以維護法統的完整為說辭，藉口處於動員戡亂戒嚴時期，斷絕了國人透過中央公職選舉更迭政權的可能。但礙於國際輿論壓力和島內本土力量的政治需求，國民黨也不得不開啟一片小小的民主窗口──地方公職選舉。

一九四〇年代至七〇年代的地方選舉，曾經出現許多讓台灣民眾津津樂道的風雲人物，如改為直轄市之前的台北市長高玉樹、省議會的五龍一鳳郭國基、吳三連、李源棧、郭雨新、李萬居、許世賢等人，然而在國民黨傾全力的壓制和分化下，除了在1960年短暫而未成功的組黨運動之外，黨外人士的政治能量無法全力發揮。即使如此，地方公職選舉每回都能聚集大批群眾，在特定的框架牢籠內，有短期的「民主假期」；在軍警情治的高壓下，享受著台灣人集體關注國家鄉土事務的自由。

這種框架牢籠內的民主和自由，更因國民黨黨國體制全面操控媒體，參選人的大量賄選和選務人員集體舞弊作票，而受到另一種傷害。1975年郭雨新的落選就最好的例子。

■1977年1月25日，姚嘉文與林義雄律師出版《虎落平陽》，記錄郭雨新競選立法委員選舉與訴訟過程。
圖片提供/姚嘉文

黃信介、康寧祥串聯黨外人士

1977年11月19日舉辦的五項地方公職人員選舉，國民黨一貫的壓制、操控，終於受到了在野黨外力量和台灣群眾前所未有的反撲。

該年的選舉，是國民黨在台實施地自治以來規模最大的一次。在野黨外力量蓄勢待發，由立法委員黃信介與康寧祥推動全島黨外串聯，各地參與者紛紛響應，首度聚集在「黨外」的共同名稱下。

在選舉活動前，黃信介與康寧祥二度巡迴全島，徵詢、挖掘各地有意出馬競選者，並排定選舉期間兩人巡迴助講的行程。國民黨首度碰上全島串聯的在野黨外力量，雖然這股新生力量猶嫌青澀，並不具組織的型態，但給國民黨帶來很大的威脅，也讓各地原本孤軍的反對力量有了「集體」的歸屬感。

尤其黃信介、康寧祥兩人精采絕倫的演講，走出台北市之後，橫掃台灣南北，場場均吸引上萬群眾，引爆各地支持者的熱情，讓各地黨外候選人的聲勢隨著選舉日的逼近水漲船高。宜蘭縣、桃園縣、台中市、南投縣、雲林縣、台南市、高雄市、高雄縣、屏東縣等地，均因有黨外人士參選縣市長或省議員，選情極為激烈。

林義雄、張俊宏、許信良、施明德登場

除了黃信介、康寧祥兩位首度積極串聯全島黨外候選人的歷史性意義之外，這場選戰還有兩項對未來二十年民主運動發展有極大影響的指標：

一、黨外領導人陸續登場就定位。

1976年為郭雨新打選舉官司的林義雄律師，回故鄉宜蘭縣競選省議員；原為國民黨籍省議員的許信良，與國民黨決裂，脫黨加入黨外陣營參選桃園縣長；《大學》雜誌時代積極參與社務的張俊宏離開台北市，回故鄉南投縣參選省議員；甫於6月16日出獄，坐了15年政治黑牢的施明德，到雲林縣為另一位政治犯蘇東啟（蘇於1976年9月出獄，同樣黑牢15年）的太太蘇洪月嬌參選省議員助選。

二、投票當天發生火燒分局的「中壢事件」。

林義雄、許信良、張俊宏、施明德等人經過1977年的選戰之後，迅速在黨外陣營建立起極大的聲望。其中，許信良在桃園縣長選戰進行的嶄新的選舉模式，成為日後黨外選戰的典範；聯結著桃園縣長選戰引爆的「中壢事件」，更成為黨外群眾津津樂道的一次重大勝利。

這一代
雜誌
NEW GENERATION

■1977年7月，《這一代》雜誌創刊，發行人陳黎陽，主編張俊宏。圖片提供/張富忠

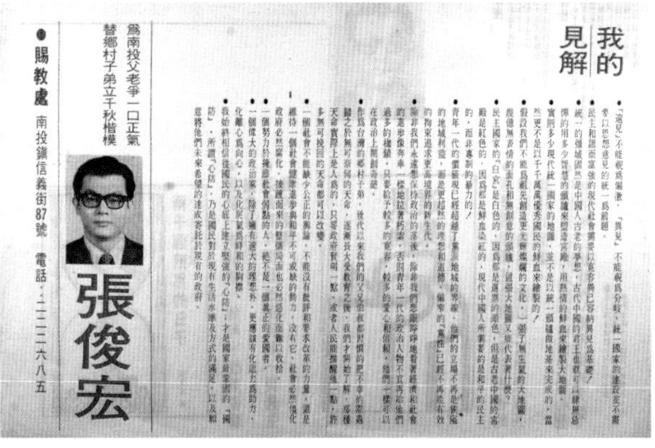
我的見解
為南投父老爭一口正氣
替鄉村子弟立千秋楷模
張俊宏
賜教處 南投鎮信義街87號 電話：二二二六八五

■國民黨在選前散發一本小冊子《一隻政治蒼蠅的嘴臉》在南投縣廣為散發，要全面打壓張俊宏。張俊宏出版「我的見解」文宣反擊。傳單提供/張富忠

■1977年，蘇東啓身穿囚衣，背上用油漆寫下他被囚期間「299」的編號，在雲林縣大街小巷為妻子蘇洪月嬌助選。圖片提供/新台灣研究基金會

政治大學政治系畢業的許信良，自少年時代以從政為其人生志向。他拿國民黨中山獎學金到英國愛丁堡大學留學，返國後任職國民黨中央黨部第一組，1972年獲國民黨提名參選省議員順利當選。農家子弟出身毫無背景財力的許信良，當時是國民黨刻意栽培的「青年才俊」，若他做個「乖乖牌」，日後仕途不可限量。

然而，早於1971年即與張俊宏等人聯名撰寫《台灣社會力分析》一書而獲得知識界矚目的許信良，並非以個人仕途的平順騰達為目標。他在省議員任內，因為降低田賦、提高穀價以及學生保險等事項，多次和省黨部發生嚴重的衝突。任職於國民黨中央黨部一組，參與《大學》雜誌以及省議員4年的經驗，許信良認識到了國民黨的保守顢頇。國民黨揹負太重的歷史包袱，領導階層代表的社會力量狹隘，無法真正革新，同時在台灣社會經濟快速轉型之際，無法代表新生的社會力量，無法反映大多數人的民意。這些因素使許信良決定於1977年的桃園縣長選舉和國民黨決裂；他準備要打一場台灣選舉史上完全不同的選戰。

過去台灣的選舉，是以非常傳統粗糙的方式進行的。國民黨的社會操控十分純熟，組織龐大分工細緻，懂得如何動員，如何送錢買票，如何作票；反對陣營則靠著國民黨掌控外的地方派系、家族宗親以及演講場上控訴國民黨的腐敗惡霸爭取「賭爛」票，所謂的宣傳，大多只是印著懇請賜票或印刷粗糙的文宣去進行選戰。

許信良的桃園縣長選戰卻是一場有分析社會結構、敵我情勢，有清晰戰略戰術，有排定節奏順序，有明顯主題訴求，有完整分工組織架構的現代化選戰。

許信良出版《風雨之聲》

首先，許信良於4月間出版《風雨之聲》一書，收集他過去4年在省議會的重要質詢，同時對省議會的72位同仁做了嚴厲的分類和剖析。在他的評價中，認為邱連輝、張賢東、洪木村、藍榮祥最好。其中邱連輝與藍榮祥是國民黨籍、張賢東與洪木村是無黨。受到許信良的贊賞，邱連輝在當年未受到國民黨提名連任，轉而退黨以黨外身份參選。但引起軒然大波的是「分類」。許信良將省議員分為四大類型；世家、公教人員、職業政客、財閥。其中，許多自詡為是清高政治家者被歸類為「職業政客」，認為大受侮辱，在國民黨省黨部策劃下，他們在省議會預算審查時，集體痛罵許信良，言語粗魯到以「流鶯」貶損許信良「留英」。這樣的圍剿，立即佔據第二天各報社會版頭條，當時報紙只能出版三大張，連續的頭條新聞，使許信良從桃園的省議員立即躍升為全國知名人士。連帶的，《風雨之聲》也成為暢銷書，估計連盜印本，有十萬本以上的銷量。

■許信良出版《風雨之聲》，收集他4年內在省議會的重要質詢，將省議員分成四種類型：世家、財閥、公教人員以及職業政客，引起很大風波。圖片提供/張富忠

國民黨的圍剿適得其反，使許信良成為反抗權威的英雄人物，這是花千萬廣告費都買不到的效果。許信良將競逐桃園縣長寶座的消息，更吸引一大批青年主動前來助陣，包括桃園縣在地的年輕人以及台北各所大學研究所的學生，紛紛自動請纓，加入許信良陣營。

這些年輕人，林正杰、范巽綠、賀端藩、楊奇芬、張富忠、陳國祥、范姜宏仁、姜松鑑……，除了有些曾經幫黨外發過傳單外，可以說完全沒有助選經驗。但這班青年部隊得到許信良完全信任授權，任他們的想像力充分發揮，讓他們天馬行空的創意得以發揮。

新精神、新人物、新桃園

在經過無數的徹夜長談分析討論後，許信良陣營擬定了「打宣傳戰」、「南守北攻」、「從鄉村包圍都市」、「縮小打擊範圍」、「不採聯合陣線」、「鼓動黨內外人士競選」等主要戰略。並以「新精神、新人物、新桃園」為訴求主題，配以閩南語歌謠「四季春」曲調的競選歌曲「大家來選許信良」。宣傳品則有三類：「貼紙」、「傳單」、「小冊子」，小冊子更細分為給一般市民、農民、知識份子三種不同版本。

由於桃園縣是大軍區，當時四十萬選民當中，「軍眷鐵票」即佔了將近十萬票，以傳統的估票角度，黨外許信良簡直毫無勝算。加以二十餘年來國民黨黨國不分和軍警情治的控制，社會群眾的政治取向趨近保守，因此許信良陣營廝守「中間路線」、「打縣黨部不攻國民黨中央」的策略，選舉調子則盡量歡樂、活潑，以沖淡政治恐怖氣氛。

在青年部隊的策劃下，競選總部決定以搭帳蓬方式取代傳統的辦事處，當時中壢市區有片兩千坪的空地，曾姓地主慷慨同意免費使用。在許信良農村親友勤儉克難的業餘巧手下，僅僅花了五萬元就搭建一個十六公尺長、四十八公尺寬大帳蓬、精神堡壘、牌樓、兩邊仲延數十公尺大字報版和大氣球的競選總部。宛如商展場的競選總部，立即成為當年底桃園最熱門的「風景區」，每天從早到深夜人群川流不息，摩托車停滿路邊，攤販也進駐周邊，晚上彷彿新的夜市。

■許信良8月出版《當仁不讓》。圖片提供/張富忠

■許信良競選桃園縣長拜訪選民名片。傳單提供/張富忠

大字報上寫著一行大字——「選舉不是恐怖的事，讓我們輕鬆、愉快、公平、合法的參加選舉」。進門的牌樓，寫上一行蔣經國的話——這是由青年部隊的賀端藩，翻遍了蔣經國言論集，找到他在大陸贛南當專員時一句名言——「打破惡勢力是推行新政的關鍵」。

帳蓬裡是一幅大國旗和孫中山、蔣介石的遺像，兩旁掛滿國民黨先烈的照片，對映著許信良的宣言「此心長為中國國民黨黨員」。這樣的佈局，是為了消除台灣民眾長期被壓制而形成的政治保守恐懼心理。

許信良發表「此心長爲中國國民黨黨員」聲明

當時選罷法規定，競選活動只有投票前十天。但在許信良4月出版《風雨之聲》，8月出版《當仁不讓》，以及6月爭取國民黨提名引起縣黨部各種打壓動作的傳言，至8月確定提名人，各媒體不斷暗示警告許信良，以及10月初國民黨開除許信良黨籍，10月下旬許信良發表「此心長為中國國民黨黨員」聲明……，雙方種種攻防戰，早已將桃園選情炒得火熱。到11月初競選活動正式起跑時，桃園縣已是一鍋滾燙的悶鍋，隨時都可能爆炸。

競選活動開始後，每天清晨，各鄉鎮的政治狂熱份子即主動聚集許信良競選總部，一方面閱讀總部前大字報的各種消息，一方面和其他人交換各地選情資訊。這些人回到鄉鎮後，立刻成為訊息傳播中心，在那個沒有行動電話的，沒有即時電視新聞，媒體全面被控制的年代，這種「摩托車螞蟻雄兵」的口耳相傳方式，使每日的動態選情迅速傳遍桃園縣各角落，也把各角落的消息傳回總部，讓總部能針對問題迅

此心長為中國國民黨黨員

被開除中國國民黨黨籍聲明

信良少讀聖賢之書，粗知義理，長攻經濟之學，心懷鄉國，因理想而加入中國國民黨，求實現而競選台灣省議員，五年於茲，雖志憂思生民之痛苦未減，聞風雨而惻惻，吾黨之銳氣已失，念前賢而思奮，是以殫精竭慮，大聲疾呼，不意謗毀隨生，責難終來，感坐而言之少補，欲起而行以救弊，遂有意告別議壇，競選縣長。

奈吾黨地方負責幹部私心自用，賄賂公行，篡竊黨員之意，違逆民眾之情。不以求獲提名而不改初衷，寧遭開除而不易其志者，蓋不忍見開國仁人義士血淚灌溉之志業，淪為今日不肖黨工營私苟且之工具。

日來心之[illegible]實沈痛，難以言宣，吾黨上有可敬之長官先進，下有情篤之同志友朋，公誼私交，何忍背離，易水風蕭，壯士不返，吾黨無烈士久矣，誠願一己政治生命之犧牲，激勵吾黨黨魂黨德之復振，吾名雖不列中國國民黨之籍，吾心願長為中國國民黨之員。

許信良 敬白

十月十二日

■10月12日，許信良發表脫黨聲明「此心長為中國國民黨員」文宣，用毛筆寫成的聲明，這是一篇文辭典雅，血淚俱下，見者動容的好文章。傳單提供/張富忠

速反應。

國民黨方面則是一貫的動員既有體系：縣內所有中小學朝會時，校長一律公然痛罵許信良是叛黨份子、共黨同路人，老師在授課時要求學生回家告知家長投國民黨候選人歐憲瑜；農會、公會、工會系統全面發動支持國民黨；報紙媒體毫不遮掩飾的成為國民黨的宣傳單。國民黨排山倒海而來綿密無漏的攻勢，引起許多選民的反感，許信良總部的大字報版上，遂有民眾自行張貼文章或抗議句子：

「老闆支持歐憲瑜，工人支持許信良。

農會支持歐憲瑜，農民支

■許信良在競選總部內，除了正中掛了懸掛國旗和國父遺像外，另外還懸掛三十張包括黃興、鄒容、胡漢民等先烈的照片。圖片提供/張富忠

持許信良。

校長支持歐憲瑜，老師支持許信良。」

「退報運動！聯合報既然是國民黨的宣傳品，它憑什麼一個月收我們七十五元？」

有個小學生回家後，向爸爸說：「老師叫我們投給歐憲瑜。」家長說：「好！你和妹妹投給歐憲瑜；爸爸和媽媽投給許信良，這才是公平的選舉。」

發現作票立即喊打：「打死共產黨！」

國民黨惡霸成習，毫不避諱，公然違反民主原則的種種手段，造成極大的反效果，讓許信良成為對抗惡黨的英雄人物。每個晚上，每個鄉鎮的政見演講會，都有上萬群眾追逐聆聽；宣傳車隊所到之處，民眾鞭炮不斷，主動丟到宣傳車上的捐輸品，例如米、蔬菜、豬肉或現金，堆滿了競選總部的庫房。這樣的景況，像極了傳說中的農民起義。

自施行選舉以來，國民黨還不曾遇上這麼強烈而全面的挑戰，任何人只要在桃園待上一天，就知道這場選舉的結果已經決定了。然而，在那個年代，選舉的結果還必須克服「作票」這個關卡。政治反對者的選票要能「開」得出來才算數。先前台灣有太多次反對者的票被國民黨作掉的紀錄，對許信良來說，殷鑑不遠。

因此在投票前三天，許信良競選總部開始推出一個強烈的訊息——絕不容忍作票。大字報版上一行大字：

「只有共產黨才作票，發現作票立即喊打，打死共產黨！」

這個充滿暗示，表達不惜玉石俱焚的態度，甫以許信良在政見會場上數度堅定的誓言，更是大幅度鼓動民眾的熱情。「抓到作票就打」成為投票前夕桃園民眾普遍同意認知的話題。

也就在投票前夕，桃園縣的黑社會明顯的被國民黨動員。連續幾天，許信良總部一再接獲知情者告知消息，要所有助選人員注意安全，尤其針對青年部隊的恐嚇警告更是明顯。總部四周在夜深人靜時刻，多次發現擠滿年輕小伙子的車輛巡繞四周，示威的意思甚明。

11月18日投票前一夜，許信良車隊最後在中壢市街遊行，將近晚上十一點，帶頭站

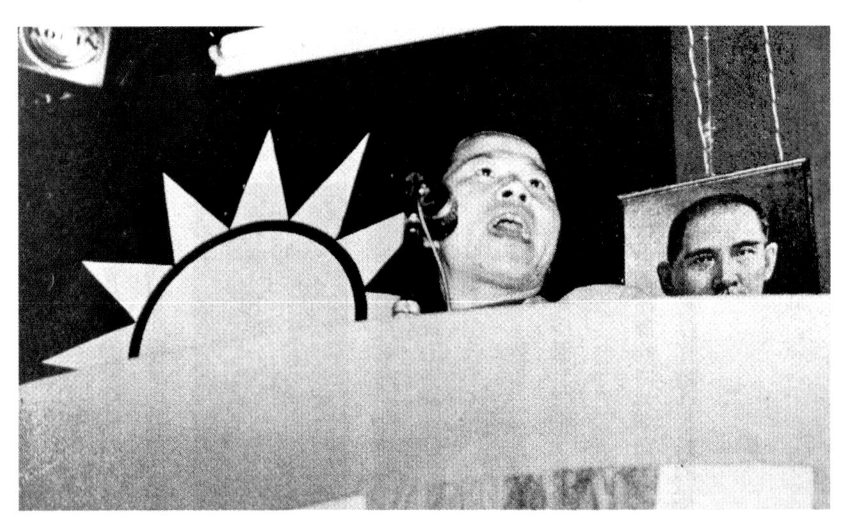

■許信良在政見發表會上，講台背後掛著巨幅的國旗，上面還掛著國父遺像。
圖片提供/張富忠

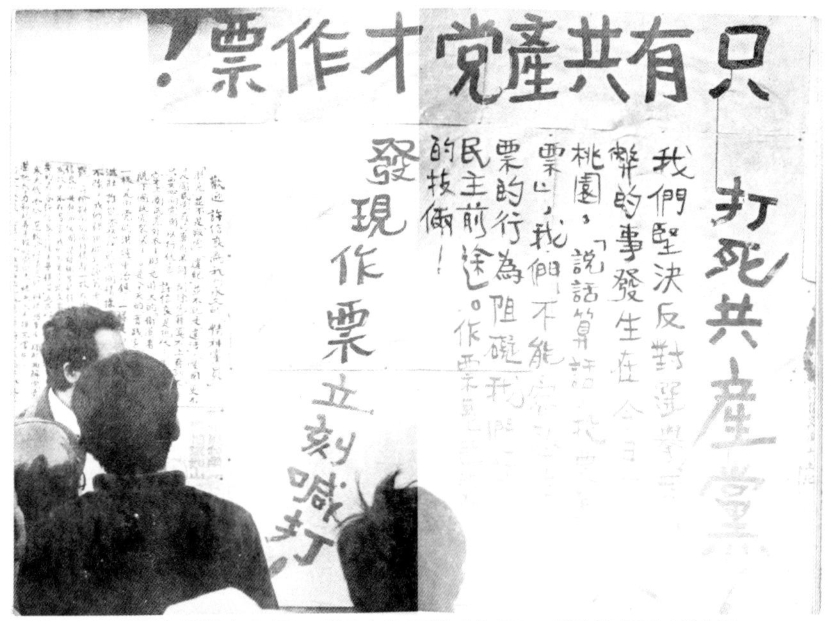

■許信良競選總部前大字報：「只有共產黨才作票」，發現作票立刻喊打。
圖片提供/張富忠

著許信良的首批車隊開得較快，和後面群眾、車隊相隔約五十公尺，此時一群由中壢有名流氓帶頭的十幾名小混混，不由分說圍住許信良的車子，以木棍、石頭攻擊車上人員，並企圖翻車。

隨車的四名保鑣立即圍攏許信良保護在內圈，但每個人都被石頭擊中或被木棍敲打，車隊的宣傳木板也被打得支離破碎，隨行者都受到相當嚴重的傷害。當時恰好有數名警員在路旁，他們卻紋風不動，任憑暴行持續。

隨後趕到的群眾趕跑了這些小流氓，當場差點就要「殺」過去，但被許信良制止。同時許信良也制止總部內許多拿起木棍準備去報復的主戰派。這場流氓施暴，現場目擊者成千上萬，但第二天的聯合報卻扭曲成「歐憲瑜的助選人員被毆傷」。這種完全顛倒是非的報導，猶如火上加油，使許信良的支持者更為躁怒忿恨。

■中壢分局前剛開始的時候人還不是很多。攝影/張富忠

桃園民眾強力護票

11月19日上午七時，暖暖冬陽下投票開始了。

然而，全縣各地自上午七點起陸續傳回總部的消息都是負面的：許多監票人員被禁止靠近投票所，被警察要求登記身分證、被帶回派出所詢問、監票人員在眷村被追打，許多投票所少發縣長選票，派出所員警一家家送錢買票…。短短兩小時內，許信良總部的氣氛，從前幾天的歡欣鼓舞一落千丈，被絕望、焦急的愁雲慘霧所籠罩。所有的消息證明：即使民眾展現了如此強大的支持力，即使許信良總部再三強烈警告不要作票，國民黨依然還是使用出它的最後一招──強行作票了。

這樣的劣勢，最後在群眾的集體自主力量下被扭轉回來。當天中午以後，各地民眾普遍發現事態嚴重，不再依賴監票員，開始自立監票了。很多投完票回家的人再回到投票所等待開票，不少人帶著手電筒防止「意外停電」，全縣各投票所前等待開票的群眾愈聚愈多，大家都想要「保護選票」。

國民黨的惡霸作票，終於碰上民眾的強力護票了。

中壢國小發現作票事件

上午十點半，有兩位老人家鍾順玉、郭塗菊夫婦到位於中壢國小的213投票所投票，由於年事已高行動緩慢，進入圈票處後久久未出來，投票所的主任監察員，也就是中壢國小校長范姜新林主動進入圈票處詢問。

此時，旁邊投票的兩位選民林火鍊和邱奕彬機警的注意范姜新林的一舉一動，他們看見范姜新林很技巧的將這兩位老人家投給許信良的票塗抹成廢票。

走出投票所後，林、邱兩人告訴兩位老人家他們的縣長選票已成為廢票了，於是這兩位老人家走回投票所向范姜新林要求補發選票，范姜新林當然拒絕，雙方爭吵了起來，引起投票群眾聚集。

中壢國小對面正是中壢分局，坐鎮的檢察官獲報後趕赴現場，他只把兩位老人家及證人帶回分局，被指控的涉嫌人范姜新林卻留在投票所繼續執行工作。

檢察官明顯的偏袒行為迅速傳遍中壢街市，群眾的情緒更為燥怒不滿。下午兩點半左右，有四、五名群眾衝進投票所把范姜新林推出來，這些人指著校長破口大罵，維護秩序的數位警察過去想解救校長，卻引來更多的群眾包圍。

沒多久桃園縣警局局長帶了二、三十位警察來救援，但包圍的群眾已達上百名，警察只能揮舞著警棍保護校長和自己，一路撤退至中壢分局內。不到十分鐘的光景，分局外馬路上已聚集了四、五百名群眾，切斷了南北縱貫大道。分局內卻是荒亂不堪的景象，原先還有四、五十位員警圍著半圓封鎖圈阻隔群眾，但越來越多的人潮根本就不理會警察的威權，當著警察面前，有人拿起旁邊工地的石頭丟向警局的玻璃窗，引起歡呼，剎那間，一片石頭雨紛紛拋過封鎖線的上空，把整棟警察局的玻璃窗砸得一片不剩。上百名警察，包括縣警察局長，在分局內不知所措，坐鎮的檢察官早已帶著涉嫌人范姜校長從後門溜走。包圍中壢分局的消息傳開後，各鄉鎮的群眾蜂湧而至，人潮不斷擴大，但卻無任何政府人士出面處理。

臨近傍晚，忿怒的群眾開始把分局前的數輛警車翻倒，激烈的行為更延伸至數條街外的火車站廣場，同樣也有警車被翻。中壢分局周邊數百公尺方圓內已成為無政府狀態，雖然街上還有憲、警在維持秩序，但已沒有人在意他們，只要有警、憲車，就被翻倒。

■包圍中壢分局的消息傳開，各鄉鎮群衆蜂擁而至。攝影/張富忠

■上萬的群衆下午四點包圍中壢分局，在分局前築成人牆的警員，眼睜睜的看著分局長王善望的偵防車被翻倒。攝影/張富忠

■抗議群衆看著警方沒有制止的動作，膽子加大，開始將分局前所有警車翻毀。攝影/張富忠

作票事件引爆 火燒中壢分局

晚上七點以後，一些激烈的群眾衝進分局內搗毀器物，圍觀的上萬群眾鼓譟吶喊助陣，此時，在場的員警集體撤退至分局旁的消防隊內。就在警察撤走不久後，毫無預警的，數枚催淚瓦斯彈打向人群，強力的爆炸聲伴隨著陣陣濃煙和嗆鼻的瓦斯味，使群眾向四方沒命的奔跑。但催淚瓦斯效果一過後，群眾再度衝回現場，就這樣。連續好幾次攻防。混亂的黑暗中，傳出有人中槍的消息，傷者被群眾送往附近的醫院，流血的慘劇激起群眾的憤怒，開始放火燒車。

八點以後，警方眼看催淚瓦斯彈失去鎮壓的效果，陸續從消防隊後內撤走。象徵公權力的警察局就此呈現空城。近午夜時，激烈份子開始燒警察局，大火燃燒了兩個多小時，燒毀了大半個警察局和毗鄰的六間警察宿舍。直到午夜三點以後，群眾才逐漸散去。

這場二二八事件以後台灣最大的暴動，卻未見台灣所有媒體有任何報導，只有中國時報一小則新聞，彷彿此事沒有發生過。戒嚴時代的1977年，國民黨的操控能力仍是十分強大的。

直到一星期後，11月26日，聯合報突然以大篇幅全版報導7天前的中壢事件，立場當然鮮明：「謠言四起，惡少滋事」。國民黨當局也陸續逮捕滋事者，並於12月12日起訴檢舉人邱奕彬偽證罪，作票涉嫌人范姜新林則不起訴。

國民黨當局陸續逮捕8名滋事者，於次年4月分別判刑2年4個月至12年不等。

中壢事件當場有群眾遭槍擊送醫院急救，坊間傳言有二名民眾當晚被槍擊致死，但此消息一直未受到官方證實。

中壢事件的爆發肇因於長期來群眾對國民黨蠻橫作票的不滿。多年來國民黨作票舞弊人人皆知，但都束手無策，也使得國民黨肆無忌憚，有票必作。桃園楊梅的279投票所，位於鄉下高山頂，選民都為「國防共同事業戶」，當時多數駐防外島，無法回鄉投票，實際到場者只有19人。當天下午國民黨楊梅民眾服務社幹事會同投票所主任、管理員、監察員等人，「幫」未回鄉的軍人投了480張選票，他們以棉花代替印章，蓋在選舉人名冊人。開出499票當中，許信良居然有一票。這場作票舞弊，因縣議員的選票分配出問題，爆發內鬨提出檢舉，才為外界所知。

許信良競選總部則於下午群眾包圍警察局後，嚴令工作人員不得靠近現場，以免被國民黨栽贓。當晚十時，催淚彈仍然無法驅散群眾之際，調查局第三處處長向許信良競選總幹事謝土枝先生提出三個條件：保證許信良當選，嚴懲范姜新林，請許信良出面驅散群眾。但謝先生認為此事非許信良策劃，無力也無法出面。

許信良大勝歐憲瑜

當晚開票作業，各票箱傳回的票數都是許信良遙遙領先，當年電視台已有選情報導，但就是不報桃園縣的消息。最後許信良以二十三萬多票贏過歐憲瑜的十四萬多票。

中壢事件為1977年的公職人員選舉，打下一個巨大的驚嘆號。各地黨外候選人大有斬

■中壢分局旁的消防隊也被群衆燒毀，連消防車都不能倖免，隔天中壢市民回到現場看熱鬧。攝影/張富忠

■1978年1月24日，中壢事件偽證罪判決，邱奕彬有期徒刑1年6個月，緩刑3年。
圖片提供/張富忠

■12月16日，檢查官對中壢國小校長范姜新林予以不起訴處分，另以偽證罪起訴證人邱奕彬，上圖左起鍾順玉、郭塗菊夫婦出庭。
圖片提供/張富忠

獲，包括黨外及無黨籍在內，縣市長當選4席，省議員21席，台北市議員6席。林義雄、張俊宏、邱連輝正式登上黨外領導圈；甫出獄六個月為為蘇洪月嬌助選的施明德，為昔日的「同窗」蘇東啟設計了極強烈意象的政治訴求：蘇的稚兒幼女穿上「我爸爸有罪嗎」，走遍雲林縣大街小巷，成功打出台灣第一場政治冤獄平反的選戰。

中壢事件及眾多黨外人士的當選，為低迷已久的反對陣營帶來重大鼓舞。從此以後，台灣的民主運動就大不同了。

■桃園縣長許信良〈後一右〉帶領張富忠〈前左一〉、林正杰〈前排中〉、陳菊〈前右一〉拜會《自由中國》發行人雷震夫婦。圖片提供/張富忠

Page 6 SOUTH CHINA MORNING POST SUNDAY, SEPTEMBER 17, 1978

Rising clamour of dissident groups focusing world attention on...

Repression in Taiwan

By STEPHEN WEBBE IN BOSTON

"I DON'T think many of us have been identified. But who can tell?" murmurs the youthful Taiwanese dissident, scooping up a handful of potato chips from the bowl in front of him and settling back on the comfortable couch. His two compatriots seem to agree.

The three men, snacking and sipping Cokes in the pleasant apartment, are talking about mass arrests, political oppression, and election fraud in Taiwan, ruled since 1949 by the Chinese Nationalist Party, or Kuomintang (KMT), and which today boasts the second-highest standard of living in Asia.

It is a risky business, they warn, and they decline, firmly but politely, to give their names. Articulate professionals in their 30s, they are convinced that KMT spies are everywhere.

Criticism of the Taipei regime by various Taiwanese dissident groups in the United States has been getting louder lately.

In January, the three men, along with other masked members of the Organisation to Support the Anti-KMT Movement in Taiwan, rallied in Boston's Copley Square to appeal for public support in upholding "political freedom and human rights" in their homeland.

There were similar demonstrations the following month in San Francisco, New York, Los Angeles, Seattle, and Chicago. When Chiang Ching-kuo, who has ruled Taiwan since 1975, was sworn in as president on May 20, dissidents again demonstrated in San Francisco and New York.

Settled by emigrants from China's Kwangtung and Fukien provinces in the 17th and 18th centuries, Taiwan was conquered in 1683 by the Manchus, who ruled it until 1895, when it was ceded to Japan after the Sino-Japanese war.

With Japan's defeat in 1945, Taiwan (sometimes called Formosa) was returned to Nationalist China, and in 1949 the government under Chiang Kai-shek, retreating before the victorious communists, fled to the island with one million mainlanders.

Culturally, linguistically, economically, and politically, the new arrivals were interlopers. Today, those who fled with the Kuomintang and their descendants constitute 14 per cent of the island's 16 million inhabitants. The highest legislative organ of the state, the Legislative Yuan, is still composed mainly of members who were elected in 1948 on the mainland.

The Organisation to Support the Anti-KMT Movement in Taiwan was effectively formed in 1976, but it did not go by that title until staging its Boston demonstration in January to support the people of the northern Taiwanese city of Chungli who rioted last November in protest over alleged KMT ballot tampering.

Incensed by a report that a pro-KMT school principal had invalidated a number of ballots cast for Hsu Hsien-liang, an anti-KMT candidate in an election for magistrate of Taoyuan County, some 10,000 people went on the rampage, burning a police station and firehouse along with 15 police cruisers and army trucks.

According to one of the dissident trio the regime embarked on "a massive and ongoing campaign of secret arrests" after the rioting – a charge dismissed as "irresponsible" by a spokesman for the Taiwanese Embassy in Washington.

The Boston demonstration did not amuse the city's Taiwanese consul general, Paul Tso, who sent a report on it to his embassy in Washington.

"It was an insult to the consulate and my country," he declares. "The slogans were fabrications and distortions." He insists that the masks worn by the demonstrators were not to ensure anonymity, as they claim, but to "get some publicity because they look strange."

Had he attempted to discover the identity of the participants? He paused for a moment and then declared he had not.

While Taiwanese dissidents in the U.S. run the risk of arrest only if they return home, many feel that Kuomintang agents are keeping them under surveillance here. "We know the KMT has sent agents over here, but so far we don't know to which city," says one of the Boston trio. "There is always some unknown person taking pictures at our rallies."

None of the three who agreed to talk with the *Monitor* had proof that their organisation is being watched, but one said he feels certain that Taiwanese students, or those posing as students, report on their activities to the consul general in Boston, an allegation Mr Tso rejects as "totally groundless."

"My primary fonction," he says, "is to promote trade and cultural relations with the six New England states and to look after the interests of our nationals." The embassy spokesman was equally dismissive, declaring that if the group members feel they are being watched, they must be "afraid of their own shadows."

If Taiwanese dissidents do not live in dread of the solitary confinement cells of Taipei's Ching Mei prison or the isolated, military-run Green Island prison camp, they do fear that an increasingly irritated Taipei regime, unable to muzzle them, may be tempted to take reprisals against their relatives.

The Taiwanese embassy in Washington rejects the suggestion that relatives might be harmed, branding it "a propaganda gimmick, an attention-getting device."

Whether or not its members are being snooped on or the lives of their relatives endangered, the Organisation to Support the Anti-KMT Movement in Taiwan intends to persist with criticism of a regime it feels has been engineering "a new wave of political oppression to stifle the growing demand for freedom and democracy."

It points out that three weeks before the Chungli riot, when local election campaigns were under way, "almost all the non-KMT candidates and their campaign workers were

Taiwan dissidents in Boston masked to conceal their identity from Taipei's agents

Taiwan President Chiang Ching-kuo... the critics are gathering

■國外媒體報導海外同胞在美國波士頓示威，聲援「中壢事件」被政治迫害的民衆。
圖片提供/艾琳達

1978

串聯與整合

串聯與整合

1977年底選舉勝利及中壢事件展現群眾力量這兩個因素，相當程度鼓舞許多政治異議人士往「黨外」集中。在普遍享受著勝利的喜悅氣氛中，1978年底的增額中央民意代表（國大、立委）選舉，成為崛起中的黨外串聯與整合的最佳契機。

黨外的集結以立法委員黃信介為中心，前一年勝選的許信良、林義雄、張俊宏及律師姚嘉文等人成為最佳輔佐，在雲林選戰助選一舉成名的施明德是全職工作者；由郭雨新秘書陳菊領軍的新生代，更是終年南北串聯，馬不停蹄，走東走西，把各地孤軍奮戰的反對人士，聯絡集結成有規模的政團。

選舉是於12月下旬舉行，但自1977年底選舉勝利之後，黨外的興奮一直沒有消失，黨外的串聯工作在各地都引起極大的迴響。許多知識份子受到群眾力量的鼓舞，同時也因為新任省議員林義雄、張俊宏兩人在省議會質詢，升高問政層次的精彩表現，受外界正面肯定，遂使得「參與政治」、「參加黨外」不再被說為只是政客的勾當，不再是恐怖的事。

許多高學歷的知識份子紛紛躍上政治舞台，做黨外的新兵。這些人包括台大哲學系副教授陳鼓應，哈佛大學碩士、新女性主義鼓吹者呂秀蓮，鄉土文學作家王拓、楊青矗，中壢事件邱奕彬案辯護律師張德銘，台灣歷史學者黃煌雄，《大學》雜誌作者何文振、中國時報記者陳婉真等人。

■美麗島雜誌社在中泰賓館成立酒會，黃信介立委串聯各地的黨外菁英，右起施明德、林義雄、呂秀蓮、黃天福、黃信介、許信良、張俊宏、姚嘉文。
圖片提供/新台灣研究文教基金會

這些人的加入，壯大了黨外陣營，也豐富了黨外訴求的內容。他們循著前一年選戰許信良陣營打下來的模式，出版專書擴展知名度並宣揚理念。

黨外參選人出版各類書籍

不同參選人出版的各類書籍，在1978下半年迅速升高台灣在野陣營問政的層次。他們跳脫過去小心翼翼、拐彎抹角、自我設限的心防，嚴厲批判當時政治、經濟、社會結構，直接訴諸台灣問題的核心：國民黨政權的合法性。這些書有：

呂秀蓮——《台灣的過去與未來》
姚嘉文——《變法與護法》
　　　　　《古坑夜談》
王　拓——《民眾的眼睛》
　　　　　《黨外的聲音》
黃煌雄——《國民黨往何處去》
陳鼓應——《民主廣場》
何文振——《給國民黨的諍言》
陳婉真——《勇者不懼》。

這些言論的深度與廣度，打破了過去黨外論政的格局，也是在當時國際局勢劇變之下，代表著台灣民間對國民黨領導的方向、內容提出全面的質疑與挑

■9月1日，姚嘉文與林義雄律師出版《古坑夜談》。圖片提供/張富忠

■9月15日，王拓《黨外的聲音》出版。圖片提供/張富忠

■8月15日，王拓《民衆的眼睛》出版，收錄鄉土文學論戰文章。圖片提供/張富忠

■何文振出版《黨外民主運動》。圖片提供/張富忠

■陳婉真出版《勇者不懼》。圖片提供/張富忠

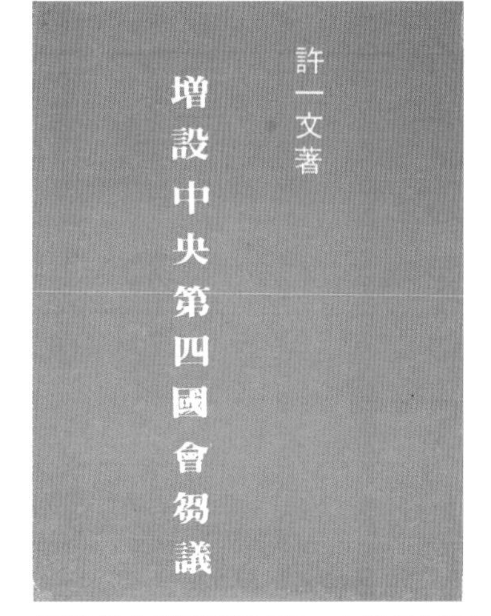

■4月15日施明德以許一文筆名出版《增設中央第四國會芻議》。圖片提供/艾琳達

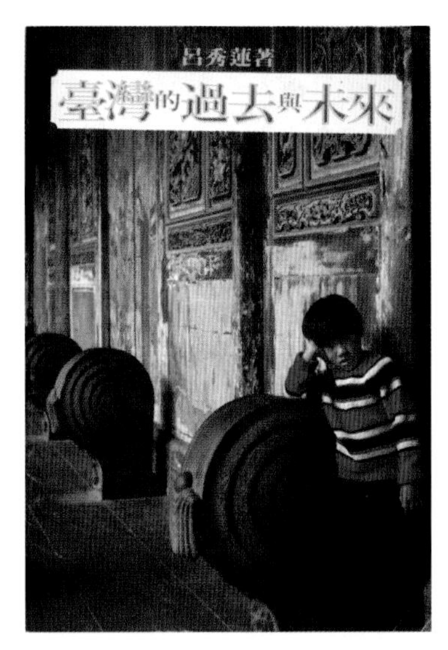

■11月30日，呂秀蓮《台灣的過去與未來》出版。圖片提供/張富忠

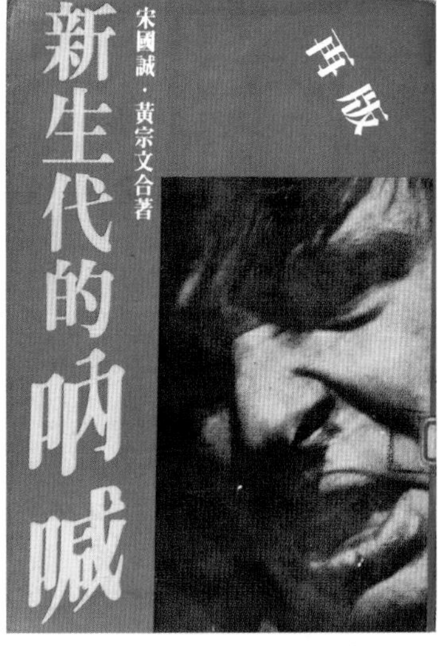

■12月2日，黃宗文、宋國誠《新生代的吶喊》出版。圖片提供/張富忠

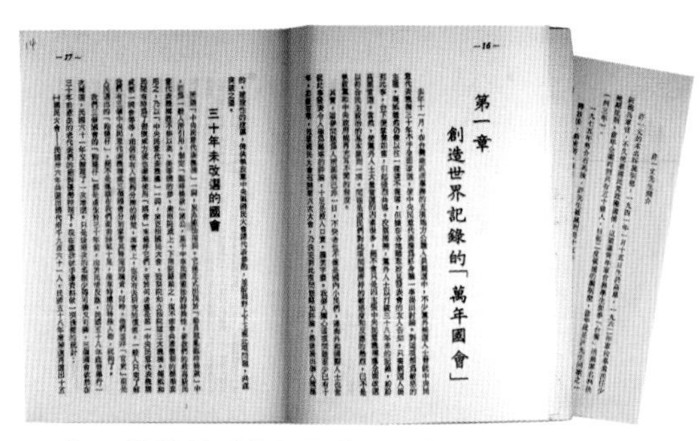

■施明德首創「萬年國會」一詞。圖片提供/艾琳達

■左起陳菊與姚嘉文、蘇洪月嬌、紀萬生。圖片提供/陳菊

戰。

百花爭放、百鳥齊鳴，中壢事件一把火燒出來的效果，充分反映在1978年黨外陣營的言論。言論的高昇，伴隨著黨外組織化逐漸成形完備，確實給當年的國民黨帶來很大的威脅。

黨外開始組織化串聯工作

進行黨外組織化串聯工作者，是以施明德和陳菊帶領的新生代部隊為主力。這些有的仍然在學、有的畢業不久的年輕人，個個是黨外的全職義工，任何召喚隨時報到，沒有薪水、沒有保障，也沒有任何安全的考量。在「大姊頭」陳菊的照顧和引領下，全台灣到處跑。

1975年為郭雨新發傳單、1977年到雲林為蘇洪月嬌助選的邱義仁，台大哲學系畢業，當時就讀於台大政治研究所。

1975年為郭雨新發傳單的吳乃仁，東海經濟系畢業，當時就讀於政大經濟研究所。

1975年為郭雨新發傳單、1977年為張俊宏助選的吳乃德是台大政治研究所的的學生。

同樣為郭雨新發傳單的蕭裕珍與謝明達，在1977年到南投為張俊宏助選，蕭裕珍就讀台大法律系，謝明達是台大經濟系的學生。

東海政治系畢業的林正杰、范巽綠、賀端藩三人，在1975年幫郭雨新先生發傳單，1977年到中壢為許信良助選，他們當時分別就讀政大公行所、淡江美研所、台大政研所。

藝專美工科畢業的張富忠，1977年為許信良助選。

這些新生代，大多出身台大與東海兩校。台大自有其反抗威權的傳統，「法言」社、「大新」社等社團培養出許多異議份子；當時東海的自由學風以自由主義學者李聲庭功不可沒。

新生代的集合地是台北市長安東路羅馬賓館內的郭雨新辦公室和林義雄及姚嘉文律師事務所。郭雨新在省議員任內即在此辦公，多年來南北二路的黨外人士到台北，都會到此地報到、遊走。1975年郭雨新被作票落選後，失望之餘赴美自我流放，但仍然維持此辦公室的運作，由秘書陳菊負責所有事宜。初生之犢的新生代，在陳菊穿針引線下，無視情治人員的跟蹤、恐嚇、警告，串聯各地黨外人士，成為國民黨

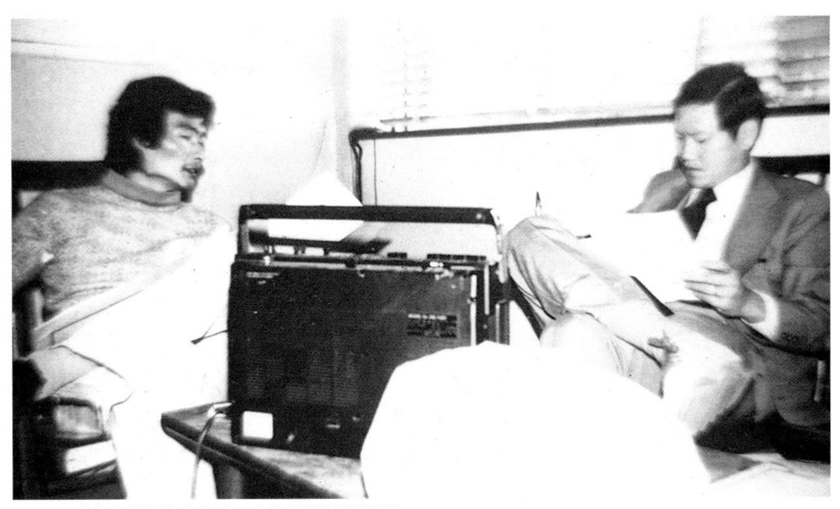

■施明德在黨外總部接受外國媒體訪問。圖片提供/艾琳達

情治單位極為頭痛的一群人物。

情治單位透露
欽犯逮捕名單

在1978年4月以後，情治單位透露將逮捕幾位活躍份子以殺雞儆猴，傳說中的名單有七人：陳菊、施明德、林正杰、張富忠、王拓、姚嘉文、李慶榮。

這張名單的出現，是有具體原因的：

作為新生代的大姊頭，陳菊在十八歲時即擔任郭雨新省議員的秘書，因郭先生的引介，她熟識全台灣的黨外人士及《自由中國》時代大陸籍自由主義知識份子。陳菊的熱情和永不息止的動力，使她成為1970年代中期台灣反對運動傳承的關鍵人物。透過她，新生代得以認識黨外前輩，透過她，源源不絕的年輕新血輸入至黨外陣營。而令國民黨情治單位更為痛恨的是：陳菊是當時台灣反對陣營與外國人權團體、機構「連線」的樞紐人物。

在她擔任郭雨新秘書時，認識了許多外國駐台新聞媒體的記者。1970年代的台灣在民主政治和人權紀錄上惡名昭彰，西方媒體記者或多或少對反對運動人士抱持好感與同情。國際的人權機構如國際特赦組織，往往透過記者與各國反對派人士取得聯繫。當時的台灣也不例外。

當時各類政治迫害案件發生後不久，國際人權團體很快能獲得受迫害政治犯的資訊，從而向國民黨的老闆美國施壓，逐漸地，國民黨情治單位了解到其中關鍵者正是陳菊。1978年初，被國民黨歸類為「共匪外圍刊物」的香港《七十

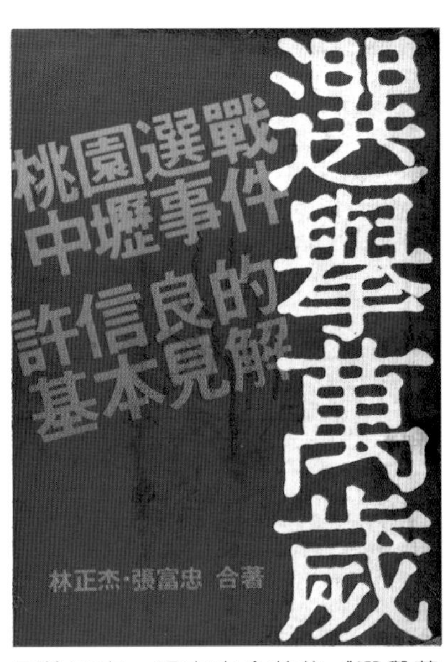

■林正杰、張富忠合著的《選舉萬歲》，對1977年桃園縣長選舉與中壢事件始末有極清楚的描繪。
圖片提供/張富忠

■《選舉萬歲》出版當天，姚嘉文（左一）帶著女兒姚雨靜與張富忠（左二）、陳菊（左三）、林正杰（右二）、陳國坤（右一）在印刷廠合影。圖片提供/陳菊

年代》月刊，出版了《雷震回憶錄》，此份手稿正是陳菊透過在日本的外國人權工作者梅心怡Lynn Miles輾轉送到《七十年代》總編輯李怡的手上。

警備總部強行搶走上萬冊《選舉萬歲》

名單上的林正杰和張富忠，是1977年許信良競選桃園縣長的青年軍。選後他們住到縣長公館內，花了一個月的時間寫出《選舉萬歲》。這本書詳實紀錄了桃園縣長選戰的點點滴滴以及中壢事件的實情報導。

《選舉萬歲》尚未出版已轟動，1978年3月18日深夜，《選舉萬歲》即將裝訂之際，警備總部動員上百憲警，封鎖萬華裝訂廠周圍數條街道，強行搶走一萬本尚未裝訂成冊的書。所幸在警總人員到達之前，裝訂完成仍然燒燙的二百本已被送到附近的康寧祥家中。

《選舉萬歲》也是由陳菊轉送到國外，在美國的郭雨新將之影印出版，轟動海外台灣留學生和同鄉界。

同樣被點名的施明德，在1977年6月坐滿15年黑牢出獄後，隨即到雲林縣為昔日「同窗」蘇東啟的太太蘇洪月嬌助選，在他的規劃下，蘇東啟穿著囚衣，率領穿著「我爸爸有罪嗎？」背心的兒女，遊遍雲林大街小巷，給純樸的鄉間帶來震撼。蘇洪月嬌高票當選後，施明德便進一步構思黨外組織化的工作。

姚嘉文是1975年郭雨新選舉的法律顧問，1977年和林義雄出版《虎落平陽》，紀錄選舉及選後訴訟的過程。姚律師當年在台北新生南路的事務所，也是黨外人士經常使用的聚會場所。

傳說名單中的另外兩位，王拓和李慶榮，則是屬於當時黨外陣營中《夏潮》系統。台灣的民主運動，自始並無左右統獨的區分，一九六〇年代《自由中國》籌組《中國民主黨》，是由大陸籍自由主義知識份子和台灣本土政治人物結合的一場運動。一九七〇年代中期興起的黨外，雖然已隱約有左統、右獨的區分，但在國民黨勢力依舊龐大，一黨專政的力量似乎仍無可撼動的壓力下，反國民黨成為黨外共同的目標，是統獨結合在一塊的公約數。

■《選舉萬歲》剩下最後二百本被送到康寧祥的家中，左起魏廷昱、張富忠、康寧祥、林正杰。圖片提供/張富忠

■隔年日本發行日文版的《選舉萬歲》。
圖片提供/張富忠

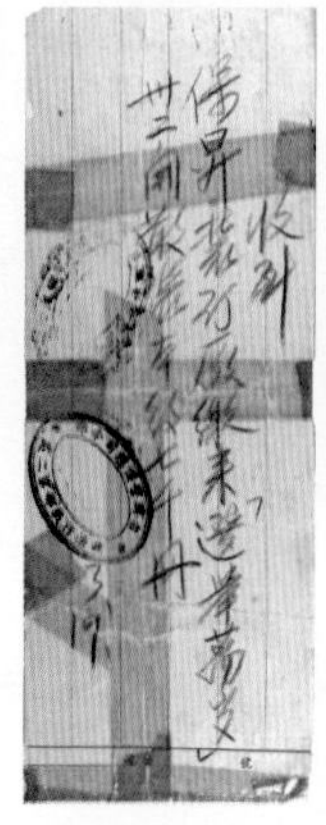

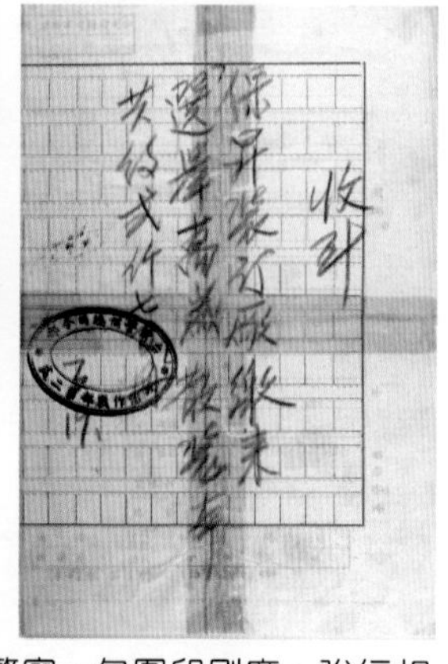

■上百名武裝警察，包圍印刷廠，強行扣押尚未裝訂成冊的1萬本《選舉萬歲》。後來警總對黨外書刊、雜誌都採取這種模式。此為警總沒收的便條紙。

代表左翼台灣的《夏潮》雜誌

左派以《夏潮》雜誌為基地，靈魂人物為總編輯蘇慶黎。

台灣的左翼力量，在國民黨一九五〇、六〇年代白色恐怖的強力鎮壓下，早已凋零殆盡。直到1976年《夏潮》雜誌第四期起由蘇慶黎接任總編輯後，才重新集結與復甦。

《夏潮》雜誌大量介紹台灣歷史及日治時期的作家和文學，並以第三世界的角度視野，強烈批判帝國主義，分析台灣社會矛盾。《夏潮》同時高舉中華民族主義大旗，立場堅定分明，在反國民黨陣營中，有其堅持與壁壘分明之處。

一九七〇年代中期的台灣，出現了這樣一本反帝、反資本主義世界、反支配，社會主義色彩鮮明的《夏潮》，一定程度上開啟很多青年學生的視野，也也影響了很多年輕人投身民主運動。《夏潮》的核心為蘇慶黎、陳映真、陳鼓應、王曉波、王拓、汪立峽、王津平等人。其中，陳鼓應為《大學》的積極參與者，陳映真、王拓為知名小說作家，王曉波在1973年「台大哲學系事件」中被台大解聘。《夏潮》重要的作者還有唐文標、李慶榮等人。

蘇慶黎、王拓、陳鼓應、汪立峽等人活動力強，參與黨外民主運動亦十分積極，在一九七〇年代末的反國民黨聯合戰線中扮演著重要、不可或缺的角色。

■陳菊與郭佳信神父（左二）。圖片提供/陳菊

■1978年7月下旬陳菊（左）被釋放後與施明德、艾琳達聚餐。圖片提供/艾琳達

1978年上半年，就在黨外眾多義工不斷串連，國民黨一再放話恐嚇抓人下渡過了。

警備總部逮捕陳菊

然而，國民黨終究是按捺不住了。6月15日凌晨三、四點，警備總部搜查陳菊位於青田街的家。搜出一大堆國民黨認定為「不法」的文件、刊物，諸如《七十年代》月刊、台獨月刊以及一些政治犯名單。

搜查過後，陳菊離家尋求奧援。過去她擔任人權救援者的工作，認識許多在台灣的國際人士，如今她自己成為當事人，必須躲起來。由外國人權工作者Roes-Mary Haddom的

■1978年呂秀蓮在桃園今日飯店舉辦競選拍賣會。圖片提供/新台灣研究基金會

我愛臺灣

呂秀蓮

就像每一次出國我都不曾存念著長留不歸的心意，去年八月卅一日飛離松山機場的時候，我知道我必速去速回，然而就像每一次回國朋友總要兜頭一個見面禮：「什麼時候回去啊？」這次返抵國門，我不得不嚴肅地說：「回去那裡？除却台灣，何處是兒家！」

是親情的顧盼，也是回憶的羈旅，更是反哺報恩的道義驅策，使我在遍遊新舊大陸之後，益發地感到：憑我想飛何處，終究不如歸去，也致令我在飽覽歐美的風光文物與日韓香港的人情世故之餘，亟亟乎乘風歸去。

特別是今年六月中旬我雲遊到美國首都華盛頓，拜會了美國國務院主管台灣事務的官員，與他們談論美中建交與台灣的前途問題。那時美國國家安全顧問布里辛斯基訪問中共甫歸，不旋踵報載美國批售雷達武器給中共，接着卡特總統將於明年二月以前完成美中（共）關係正常化的謠傳四起，整個華府外交圈瀰漫着山雨欲來風滿樓之概。

辭別國務院之後，我心情沉悒地在華府廣袤的綠色草原上彳亍。那高聳入雲的華盛頓紀念碑引起我無限的遐思，而岸然端坐在氣宇昂軒的大理石殿堂的林肯座雕更讓我迷惘不已。華盛頓這位領導拓荒的美國人擺脫大英帝國無理壓迫而獨立建國的美國之父，不知究因美利堅合衆國的富甲天下而沾沾自喜，抑因其雄霸環宇而惴惴難安？林肯這位爲解放黑奴高揭人類生來平等的人權殉道者，他那人道主義與國爲民有、民治、民享的眞知灼見，鏗然迴響，然而他的後代子孫何以一手製造了東西德與南北韓，另一手却斷送了越南？

這引發了我幾個月來研讀哈佛燕京圖書舘的台灣史料的種種感觸與心願。

概括地說，整個台灣的歷史是部綿延不絕的開發史，也是部被異族統治而又反抗強權的民族運動史。這部開發史含藏了移民與殖民二個性質不同的組合，前者的動機在於安身立命，他們在台灣尋求立足之地，與台灣認同、開發台灣、也老死台灣。後者的動機在於剝削搜刮，他們在台灣實施高壓統治，或中飽私囊，或資助母國，平時既不認同台灣，臨危則三十六計走爲上策。由於移民，台灣的歷史因此充滿着冒險拓荒的精神，篳路藍縷、胼手胝足，這是台灣先民墾荒地、啓山林的最佳寫照。由於殖民，台灣的歷史因此有它極爲悲慘無告的一面。

以言民族運動史，它至少表現了三個特點，就台灣島來說，它是紅顏薄命的；就台灣島的住民而言，它兼具了拓荒、抗暴與養女命的特質；至於台灣主權之所屬，則向爲外來政權所有，因而流露殖民心態並實現刀俎統治，其結果，往往生靈塗炭、血淚斑斑。

台灣既屢受異族的垂涎與蹂躪，台灣先民更未曾有機會主宰自己的命運。八十三年前，由於清廷出兵平定朝鮮的東學黨之亂而與日軍衝突，結果兵敗求和，台灣因此從中國版圖割捨出去，台灣人民也因此開始半世紀昏天暗地的殖民生活。三十三年前，日本由於不堪原子彈一擊，向全世界宣告投降的同時也宣告放棄台灣的統治，台灣乃告脫離日本的鐵蹄。

三十三年後，美國、蘇聯與中共這三個帝國主義國家，在他們角逐世界警察的強權競賽中，把玩着台灣的王牌。這張舉足輕重的王牌，如何出牌，此際正是風詭雲譎，衆方矚目，而做爲台灣住民的一份子，難道只能坐視「人爲刀俎，我爲魚肉」而束手無策嗎？

從美中建交回顧台灣歷史，再瞻望未來前途，我的脈搏是賁張的、熱血是沸騰的，而心情則很肅穆。

這賁張、這沸騰、這肅穆，使我超越了金元王國的繁華與舒適，超越了美利堅合衆國令人嫉妬的言論自由，我憬然於「五月的風不爲你溫柔，而大理石殿堂不爲你堅硬」，外國的一切既都不屬於你，你何不早日歸去？於是我放棄學位與獎學金，告別了哈佛校園，悄悄地我回來了，正如我悄悄地走，揮一揮衣袖，我雖不曾帶走一片雲彩，却帶回我對台灣的滿腔熱愛。

就這樣，在牙刷主義的逆流中，在設籍、置產的狂流裡，我回歸了，回歸到這塊生斯長斯、多災多難的故土。

我將重拾過去七年拓荒的步子，與一千七百萬同胞同甘共苦，並開創嶄新的機運。

■呂秀蓮參選國代以「我愛台灣」為競選主題文宣，主要是喚醒台灣意識。傳單提供/張富忠

呂秀蓮
談台灣的未來
節錄自「台灣的過去與未來」

■呂秀蓮的競選標誌「台灣與國旗」，談台灣的未來。
圖片提供/張富忠

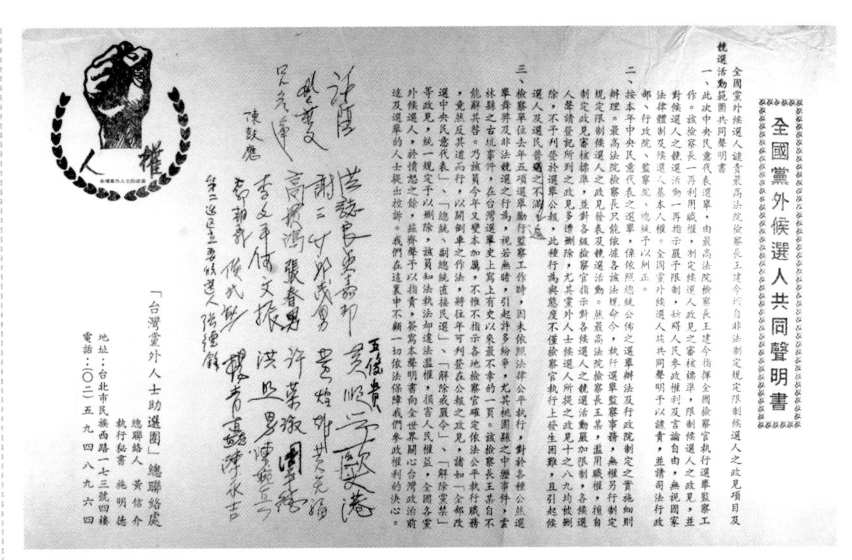

全國黨外候選人共同聲明書

全國黨外候選人譴責最高法院檢察長王建今擅自非法制定規定限制候選人之政見項目及競選活動範圍共同聲明書

一、此次中央民意代表選舉，由最高法院檢察長王建今指揮全國檢察官執行選舉監察工作。該檢察長一再利用職權，制定候選人政見之審核標準，限制候選人之政見，並對候選人之競選活動一再指示嚴予限制，妨礙人民參政權利及言論自由，無視國家法律體制及候選人基本人權。全國黨外候選人茲共同聲明予以譴責，並請司法行政部、行政院、監察院、總統予以糾正。

二、按本年中央民意代表之選舉，係依照總統公佈之選舉辦法及行政院制定之實施細則辦理。最高法院檢察長只能依據各該法規命令，執行選舉監察事務，無權另行制定規定限制候選人之政見發表及競選活動。然最高法院檢察長王某，濫用職權，擅自制定政見審核標準，並對各級檢察官指示對各候選人之競選活動嚴加限制，各候選人聲請登記所列之政見多遭刪除，尤其黨外人士候選人所提之政見十之八九均被刪除，不予刊登於選舉公報。此種行為與態度不僅檢察官執行上發生困難，且引起候選人及選民普遍之不滿。

三、檢察單位去年五項選舉勵行監察工作時，因未依照法律公平執行，對於各種公然選舉舞弊及非法競選之行為，視若無睹，引起許多紛爭，尤其桃園縣之中壢事件，雲林縣之古坑事件，在台灣選舉史上寫上有史以來最不幸的一頁。該檢察長王某自不能辭其咎。乃該員今年又變本加厲，不惟不指示各地檢察官確定依法公平執行職務，竟然反其道而行，以開倒車之作法，將往年可列登在公報之政見，諸如「全部改選中央民意代表」、「總統、副總統直接民選」、「解除戒嚴令」、「解除黨禁」等政見，統一規定予以刪除，該員知法執法卻違法濫權，損害人民權益，全國各黨外候選人，於憤怒之餘，茲齊聲予以指責，簽寫本聲明書向全世界關心台灣政治前途及選舉的人士提出控訴。我們在這裏中不斷一切依法保障我們參政權利的決心。

「台灣黨外人士助選團」總聯絡處
總聯絡人　黃信介
執行秘書　施明德
地址：台北市民族西路一七三號四樓
電話：(〇二)五九四八九六四

■台灣黨外候選人共同聲明書。傳單提供/艾琳達

建議和安排下，陳菊躲到彰化埔心鄉羅厝天主教堂，義大利裔美國籍的郭佳信神父因人權工作的關係，與陳菊是舊識。

陳菊逃亡後，國民黨發出通緝令。6月23日，情治單位循線找到羅厝天主教堂。郭佳信神父一度以「作彌撒」為由拒不開門，當然最後上帝也擋不住。

陳菊被捕後，各界震驚，包括美國大使館都向國民黨探詢案情。7月5日，國民黨中央黨部秘書長張寶樹召集安全局長王永澍、警備司令汪敬煦、國防部長高魁元、外交部長沈昌煥會商處理原則，決定7月6日釋放。

7月6日，警備總部召開記者會宣布陳菊交保釋放。陳菊本人被迫在記者前「自白」。記者會後，陳菊並未被真正釋放，國民黨當局安排她「參觀」十大建設，並到金門訪問。金門回來後，警總再安排她與各報負責海外宣傳的記者訪問談話，直至7月24日，才通知陳菊的父親接她回家。

10月下旬，美國駐台大使館在希爾頓飯店約見陳菊，與當時到台北訪問的國務院中國科科長費浩偉（Harrey Feldman）見面，費浩偉告訴陳菊：「你能夠獲得釋放是以武器和國民黨換來的。」原來當時費浩偉辦公室桌上擺了一份國民黨買武器的清單，陳菊被抓後，費浩偉就刻意擱置這項武器採購，國民黨了解後釋放陳菊，費浩偉才批准此公文。

呂秀蓮舉辦黨外第一場募款餐會

雖然發生了捉放陳菊的插曲，但絲毫不影響黨外人士旺盛的企圖心。隨著年底選舉時間的逼近，各地黨外參選者一一現身。除了出書造勢之外，黨外參選者亦陸續舉辦「民主募款餐會」，一方面一千元一張的餐券不無小補，再來又讓全台灣各地的黨外人士有聚會的名目，並在餐會中發表政治演說。

首先辦募款餐會的是呂秀蓮，她於9月22日在台北國賓飯店嘗試了第一場，結果非常成功，當天募了三十幾萬元。呂秀蓮揭開選戰序幕後，陳婉真、王拓、張德銘、楊青矗、陳鼓應、姚嘉文、康寧祥、黃煌雄、何文振等人亦以各種名義舉辦募款餐會。

施明德與艾琳達特別的婚禮

最特別、最有意義的一場集會，是10月15日施明德與艾琳達的婚禮。

政治犯施明德與國際人權工作者艾琳達已於6月15日國民黨放風聲要抓施明德時辦妥結

■施明德與艾琳達的結婚喜帖，是由張富忠設計台灣與美國聯姻圖案。圖片提供/艾琳達

■雷震為施明德與艾琳達證婚，陳菊（左）是結婚證書證婚人。圖片提供/陳菊

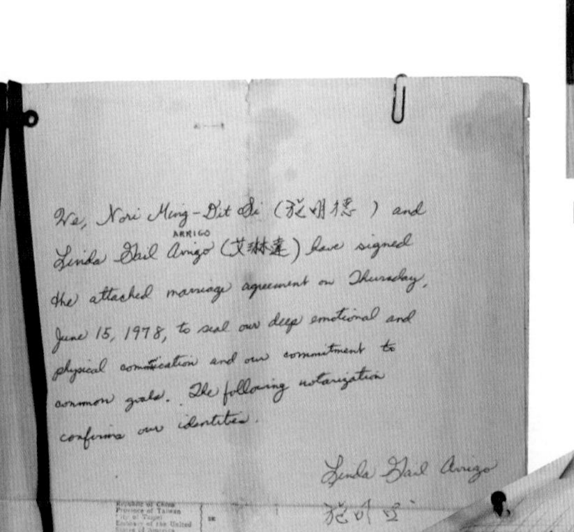

We, Nori Ming-Dit Si (施明德) and
Linda Gail Arrigo (艾琳達) have signed
the attached marriage agreement on Thursday,
June 15, 1978, to seal our deep emotional and
physical communication and our commitment to
common goals. The following notarization
confirms our identities.

Linda Gail Arrigo
施明德

— Nori Ming-Dit Si and Linda Gail ARRIGO —

■施明德與艾琳達到美國領事館簽的中英文結婚證書，由陳菊與蕭裕珍擔任證婚人。
圖片提供/艾琳達

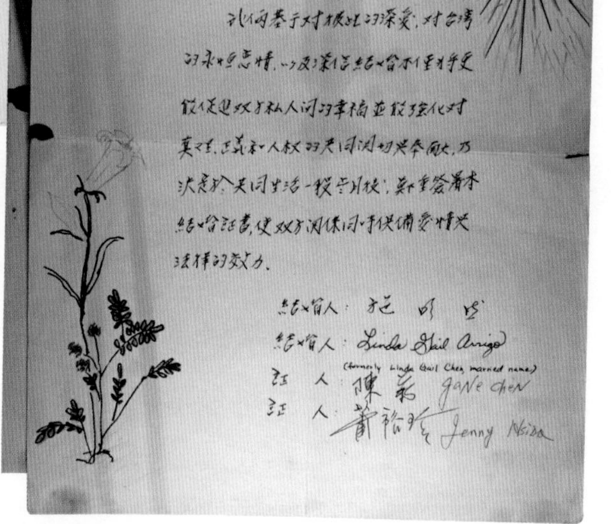

結婚証書

我俩 施明德 Linda Gail Arrigo 决定於
公元一九七八年六月十五日結婚.

我俩基于对彼此的深爱，对台湾的永恒忠情，以及深信結婚不但对于促进双方私人间的幸福並能强化对民主、正义和人权的共同関切與奉獻，乃决定於共同生活一段時期後，正式签署本結婚証書，使双方関係同時供備爱情與法律的效力.

結婚人：施明德
結婚人：Linda Gail Arrigo
(formerly Linda Gail Chen, married name)
証人：陳菊 Jane Chen
証人：蕭裕珍 Jenny Hsiao

■1978年10月15日，施明德與艾琳達在台北中國飯店舉行結婚典禮，婚禮中播放綠島小夜曲，民主前輩雷震出獄8年後首度公開露面，為兩人證婚。
圖片提供/新台灣研究基金會

■施明德與艾琳達結婚的家族大合影。圖片提供/艾琳達

婚登記，但隨著選戰臨近，他們決定辦一場特別的結婚典禮。

那是一場政治犯和黨外工作者的大聚會。證婚人是一九六〇年代的政治先行者雷震先生。施明德的綠島同窗，不分統獨，加上黨外人士共四百多人，擠滿了婚禮會場。許多人都是第一次見到雷震，那也是他被關十年、出獄八年後第一次公開露面，他的致詞，獲得滿場喝采。可以說施明德、艾琳達的婚禮，是民主運動後輩向前輩雷震致敬的一場典禮，也是台灣民主運動「薪傳」的一個儀式。8月中，施明德、艾琳達和謝聰敏拜會雷震，邀請他擔任證婚人。見面中，雷震一再告訴他們「要組黨」。婚禮過後3星期，雷震中風，在病榻上，他寫了一封簡短只有3行的信給施明德，仍然是「組黨」。雷震把他一生的心願交給施明德去完成。

在各種集會、餐會不斷進行之際，台灣反對運動的組織化工作亦逐步成形。

前一年的五項公職人員選舉，黃信介、康寧祥兩位的巡迴助選，僅只是個人的演出。而在大批黨外省議員當選後，1978年的選舉助選工作不再只是單打獨鬥的場面了，組織化的要求擺在眼前，由誰以及如何完成，形塑了未來黨外的面貌，也決定了未來黨外的權力架構。

組織化的核心人物是黃信介、施明德、張俊宏、林義雄、許信良等人。

■黃順興的人權標誌手冊由張富忠設計，後來施明德建議加入橄欖葉，成為後來黨外助選團標誌。
圖片提供/張富忠

■1978年，張富忠南下彰化為黃順興立委助選。圖片提供/張富忠

■施明德與黃信介女兒黃文柔（左一）、黃重光（右二）田秋堇（右一）在黨外助選團總部。圖片提供/艾琳達

■台灣黨外助選團總部，設在台北市民族西路黃天福競選辦事處樓上。 圖片提供/艾琳達

黃信介是終身職立委，但更重要的是他的識人和雅量。他大膽任用施明德為總幹事；在當時敢用政治犯擔大任，是極大的挑戰，但他用人不疑，交給施明德一本存款簿和一顆印章說：「不夠就講。」

張俊宏和林義雄則將黨外省議員組織起來，原本這些地方型的反對派人士，因他們兩人的推動，開始積極介入全國性活動。

施明德和許信良則到處鼓動適當的人參選。他們兩人都清楚看到歷史的契機，在1977年黨外勝利後，應抓住機會盡力拓展。

而原本聲望比黃信介高，儼然是當時黨外領導人的康寧祥，一來自己年底要參選，對黃信介弟弟黃天福及許信良支持的陳婉真在台北參選立委頗有微詞，再者，對黨外的快速擴展採取消極的態度，從而在黨外組織化的浪潮中落後了一大步。

黃信介宣布成立台灣黨外人士助選團

10月6日，黃信介在王拓的募款餐會上宣布成立「台灣黨外人士助選團」，10月31日，助選團公布「台灣黨外人士共同政見」，提出十二大政治建設。

這十二大政治建設是由施明德撰寫的，他把政見的層次提得很高，並且十分確定和國民黨對立的立場。施明德認為，必須以政見來選擇黨外，

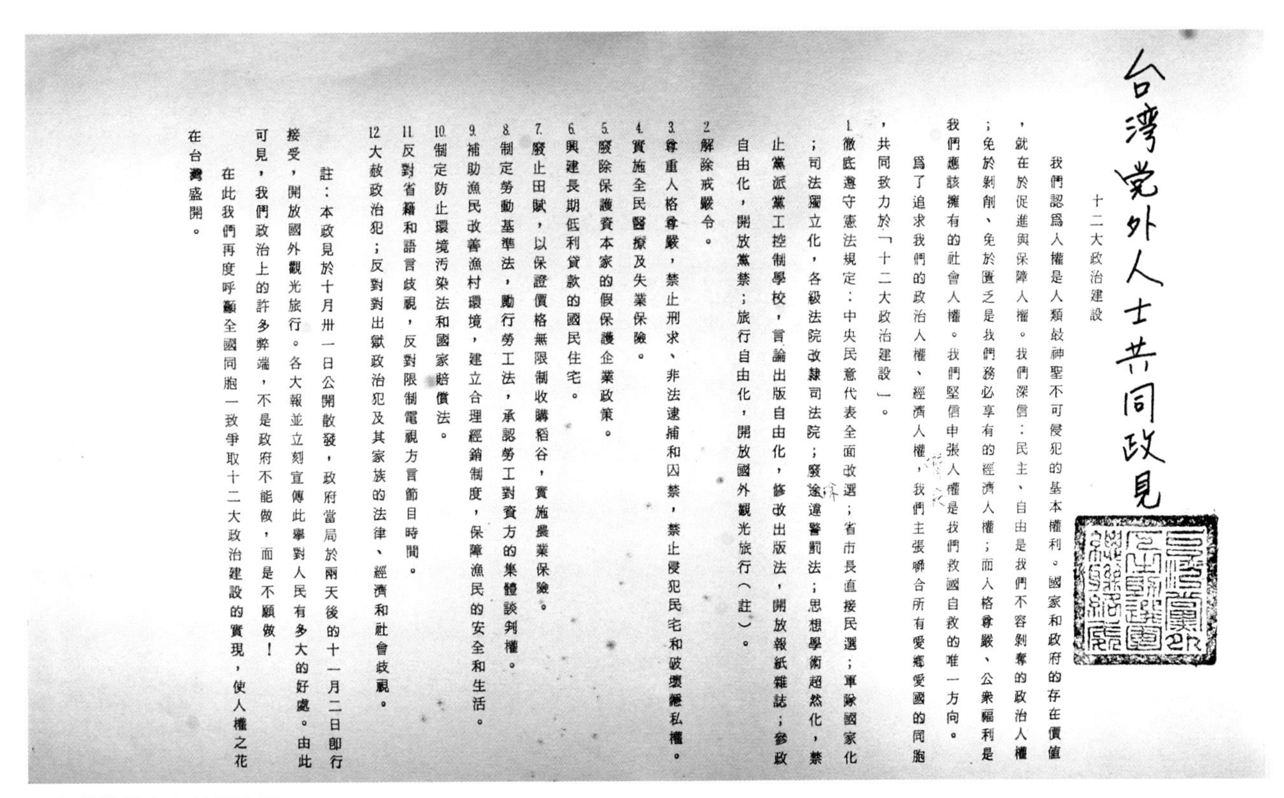

台灣党外人士共同政見

十二大政治建設

我們認爲人權是人類最神聖不可侵犯的基本權利。國家和政府的存在價值，就在於促進與保障人權。我們深信：民主、自由是我們不容剝奪的政治人權；免於剝削、免於匱乏是我們務必享有的經濟人權；而人格尊嚴、公衆福利是我們應該擁有的社會人權。我們堅信申張人權是我們救國自救的唯一方向。

爲了追求我們的政治人權、經濟人權，我們主張聯合所有愛鄉愛國的同胞，共同致力於「十二大政治建設」。

1. 徹底遵守憲法規定：中央民意代表全面改選；省市長直接民選；軍隊國家化；司法獨立化，各級法院改隸司法院；廢除違警罰法；思想學術超然化，禁止黨派黨工控制學校，言論出版自由化，修改出版法，開放報紙雜誌；參政自由化，開放黨禁；旅行自由化，開放國外觀光旅行（註）。
2. 解除戒嚴令。
3. 尊重人格尊嚴，禁止刑求、非法逮捕和囚禁，禁止侵犯民宅和破壞隱私權。
4. 實施全民醫療及失業保險。
5. 廢除保護資本家的假保護企業政策。
6. 興建長期低利貸款的國民住宅。
7. 廢止田賦，以保證價格無限制收購稻谷，實施農業保險。
8. 制定勞動基準法，勵行勞工法，承認勞工對資方的集體談判權。
9. 補助漁民改善漁村環境，建立合理經銷制度，保障漁民的安全和生活。
10. 制定防止環境污染法和國家賠償法。
11. 反對省籍和語言歧視，反對限制電視方言節目時間。
12. 大赦政治犯；反對對出獄政治犯及其家族的法律、經濟和社會歧視。

註：本政見於十月卅一日公開散發，政府當局於兩天後的十一月二日即行接受，開放國外觀光旅行。各大報並立刻宣傳此舉對人民有多大的好處。由此可見，我們政治上的許多弊端，不是政府不能做，而是不願做！

在此我們再度呼籲全國同胞一致爭取十二大政治建設的實現，使人權之花在台灣盛開。

■台灣黨外人士共同政見。圖片提供/艾琳達

■1978年11月17日，林義雄在蔣渭水紀念會上致詞。圖片提供/新台灣研究基金會

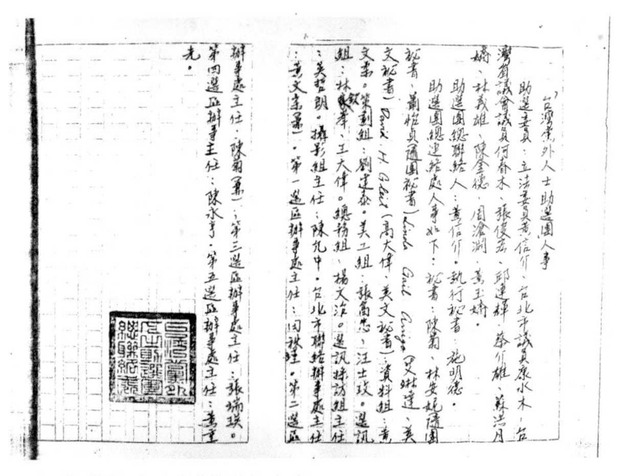

「台灣党外人士助選團人事

助選委員：立法委員黃信介、台北市議員康水木、台灣省議會議員何春木、張俊宏、邱連輝、蔡介雄、蘇洪月嬌、林義雄、陳金德、周滄淵、黃玉嬌。

助選團總聯絡人：黃信介。執行秘書：施明德。

助選團總連絡處人事如下：秘書：陳菊、林安妮（隨團秘書）、蕭裕貞（隨團秘書）Linda Gail Arrigo（艾琳達、英文秘書）、David H. Gold（高大偉、英文秘書）。資料組：黃[illegible]文案。策劃組：劉建森。美工組：張富忠、汪士玫。選訊組：林欽孝、王大偉。總務組、楊文波。選訊採訪組主任：吳哲朗。攝影組主任：陳允中。台北市聯絡辦事處主任：黃文案（兼）。第一選區辦事處主任：周秋娃。第二選區辦事處主任：陳菊（兼）。第三選區辦事處主任：張瑞琪。第四選區辦事處主任：陳永亨。第五選區辦事處主任：黃重光。

■台灣黨外人士助選團人士表。圖片提供/艾琳達

■12月5日，「全國黨外候選人座談會」，在台北市中山堂舉行，由左起姚嘉文、黃信介、黃玉嬌擔任主席，會中發表12項政治建設。圖片提供/艾琳達

■黃信介（左）與許信良宣布在年底增額中央民意代表選舉中以組織來對抗國民黨。圖片提供/艾琳達

敢認同者，才是黨外。

助選團由黃信介任總聯絡人，施明德為總幹事，陳菊任秘書。並由張富忠參照美國黑人民權運動的標誌，設計「人權」的標誌，作為黨外助選團的符號。這個標幟原來只有一個拳頭，後來由施明德加了橄欖葉，代表著要用和平的方式，用力爭取民主、人權。

「十二大政治建設」的共同政見以及架構完整的助選團，皆為1949年國民黨來台後首見的新生事物，黨外明顯的向組織化邁進了一大步。然而，黨外初始組織化，並無法完全解決、處理、包納各地的黨外山頭、派系。在第一批公布的助選委員，只有立法委員黃信介、台北市議員康水木，台灣省議員何春木、張俊宏、邱連輝、蔡介雄、蘇洪月嬌、林義雄、陳金德、周滄淵、黃玉嬌等11位，長期以來在高雄縣有極大支持度，由余登發領導的余家班並未納入（當時余陳月瑛已是省議員）。立法委員康寧祥也因黃信介胞弟黃天福執意競選立法委員，和黨外助選團產生了一定的緊張關係。

但是，台灣黨外人士助選團的列車在12月5日於台北市中山堂轟轟烈烈啟動後，聲勢高漲，氣勢驚人，使得原先猶豫不決的省議員一一加入，顯示民眾要求台灣反對力量團結的聲音，已開始壓制了山頭、家族、派系的力量。

12月5日，助選團選在台北市中山堂舉辦「全國黨外候選人座談會暨中外記者招待會」，這是台灣30年來反對勢力首度

■台北市國代候選人陳鼓應在座談會上發表。圖片提供/艾琳達

■立法委員候選人張春男發言。圖片提供/艾琳達

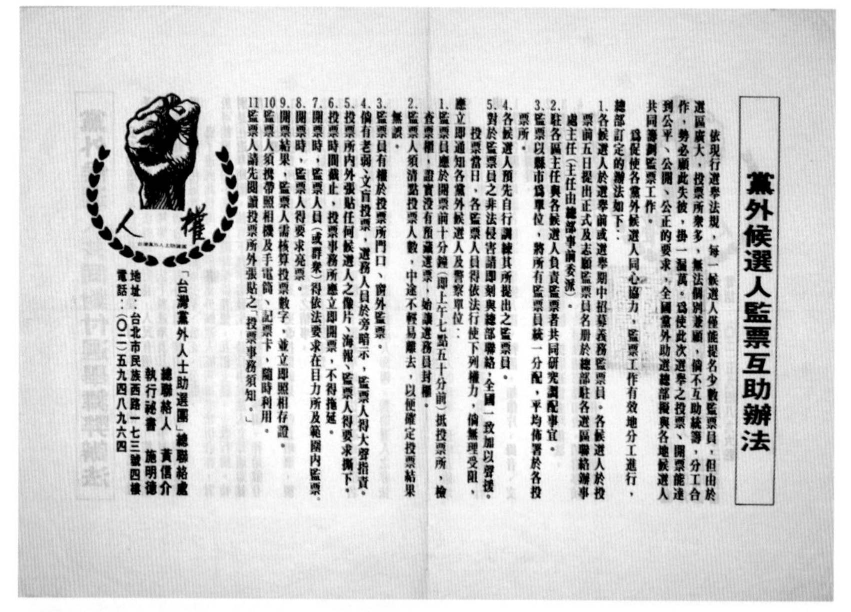

黨外候選人監票互助辦法

依現行選舉法規，每一候選人僅能提名少數監票員，但由於選區廣大，投票所眾多，無法個別兼顧，倘不互助統籌，分工合作，勢必顧此失彼，掛一漏萬。為使此次選舉之投票、開票能達到公平、公開、公正的要求，全國黨外助選總部擬與各地候選人共同籌劃監票工作。

為促使各黨外候選人同心協力，監票工作有效地分工進行，總部訂定的辦法如下：

1.各候選人於選舉前或選舉期中招募義務監票員。各候選人於投票前五日提出正式及志願監票員名冊於總部駐各選區聯絡辦事處主任（主任由總部事前委派）。
2.駐各區主任與各候選人負責監票者共同研究調配事宜。
3.監票以縣市為單位，將所有監票員統一分配，平均佈署於各投票所。
4.各候選人預先自行訓練其所提出之監票員。
5.對於監票員之非法侵害請即刻與總部聯絡，全國一致加以聲援。

投票當日，各監票人員得依法行使下列權力，倘無理受阻，應立即通知各黨外候選人及警察單位：

1.監票員應於開票前十分鐘（即上午七點五十分前）抵投票所，檢查票櫃，證實沒有預藏選票，始讓選務員封櫃。
2.監票人須清點投票人數，中途不輕易離去，以便確定投票結果無誤。
3.監票員有權於投票所門口、窗外監票。
4.倘有老弱、文盲投票，選務人員於旁暗示，監票人得大聲指責。
5.投票所內外張貼任何候選人之像片、海報、監票人得要求撕下。
6.投票時間截止，投票事務所應立即開票，不得拖延。
7.開票時，監票人員（或群眾）得依法要求在目力所及範圍內監票。
8.開票時，監票人得要求亮票。
9.開票結果，監票人需核算投票數字，並立即照相存證。
10監票人須攜帶照相機及手電筒、記票卡，隨時利用。
11監票人請先閱讀投票所外張貼之「投票事務須知。」

人 權

「台灣黨外人士助選團」總聯絡處
總聯絡人 黃信介
執行祕書 施明德
地址：台北市民族西路一七三號四樓
電話：（〇二）五九四八九六四

■黨外候選人監票互助辦法。傳單提供/張富忠

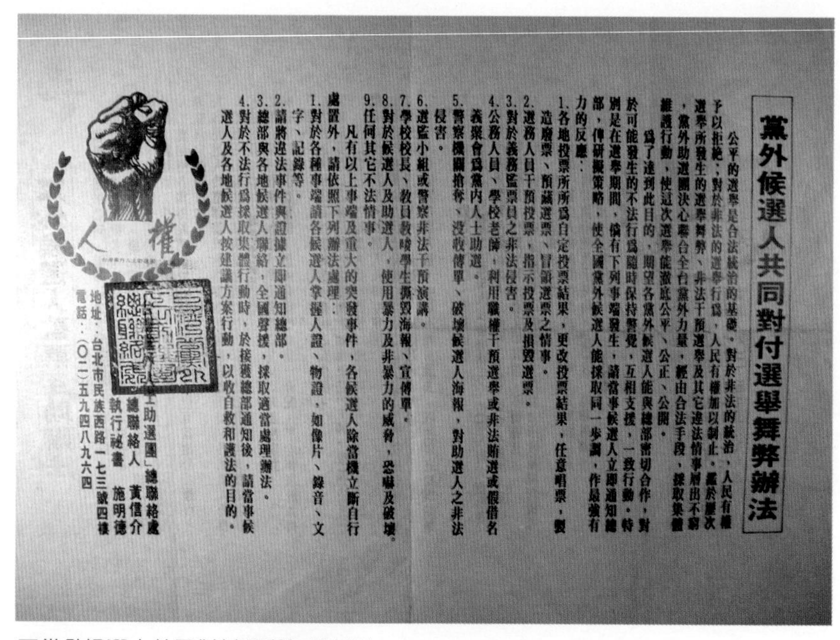

黨外候選人共同對付選舉舞弊辦法

公平的選舉是合法統治的基礎。對於非法的統治，人民有權予以拒絕；對於非法的選舉行為，人民有權加以制止。鑒於歷次選舉所發生的選舉舞弊、非法干預選舉及其它違法情事層出不窮，黨外助選團決心聯合全台黨外力量，經由合法手段，採取集體維護行動，使這次選舉能徹底公平、公正、公開。

為了達到此目的，期望各黨外候選人能與總部密切合作，對於可能發生的不法行為隨時保持警覺，互相支援，一致行動。特別是在選舉期間，倘有下列事端發生，請當事候選人立即通知總部，俾研擬策略，使全國黨外候選人能採取同一步調，作最強有力的反應：

1.各地投票所所為自定投票結果，更改投票結果，任意唱票，製造廢票、預藏選票、冒領選票之情事。
2.選務人員干預投票，指示投票及損毀選票。
3.對於義務監票員之非法侵害。
4.公務人員、學校老師，利用職權干預選舉或非法賄選或假借名義聚會為黨內人士助選。
5.警察機關搶奪、沒收傳單、破壞候選人海報，對助選人之非法侵害。
6.選監小組或警察非法干預演講。
7.學校校長、教員教唆學生撕毀海報、宣傳單。
8.對於候選人及助選人，使用暴力及非暴力的威脅，恐嚇及破壞。
9.任何其它不法情事。

凡有以上事端及重大的突發事件，各候選人除當機立斷自行處置外，請依照下列辦法處理：

1.對於各種事端請各候選人掌握人證、物證，如像片、錄音、文字、記錄等。
2.請將違法事件與證據立即通知總部。
3.總部與各地候選人聯絡，全國聲援，採取適當處理辦法。
4.對於不法行為採取集體行動時，於接獲總部通知後，請當事候選人及各地候選人按建議方案行動，以收自救和護法的目的。

人 權

助選團」總聯絡處
總聯絡人 黃信介
執行祕書 施明德
地址：台北市民族西路一七三號四樓
電話：（〇二）五九四八九六四

■黨外候選人共同對付選舉舞弊辦法。傳單提供/張富忠

■「黨外大護法」姚嘉文競選國大代表海報。傳單提供/姚嘉文

向國民黨挑戰的——
⑧姚嘉文律師
決心競選國大代表

國民黨統治台灣三十年來，黨外民主人士的奮鬥，是促使台灣走向民主的主要力量，這股力量，因為姚嘉文律師的參與而更加壯大，他運用法律，一再向國民黨挑戰，使國民黨不能再毫無顧忌的為所欲為。

姚嘉文律師已登記競選彰化縣國大代表，他將更進一步，用法律的手段向國民黨的政治體制提出挑戰。

台灣政論

民國64年8月，黃信介、康寧祥和張俊宏等人，創辦了一份極受國內外重視的「台灣政論」，這份雜誌對國民黨政府提出強烈的挑戰。姚嘉文律師不但受聘為「台灣政論」的法律顧問，並且也在該刊發表文章。他在「憲法與國策不可以批評嗎？」一文中說：「**對於現行憲法的批評，並不是什麼值得奇怪的事**」，「**民主國家的人民既然可以依法制定國策，否定國策，那麼批評國策絕沒有什麼不可以的**」，國民黨無言以對。

宜蘭立委選戰

64年11月，獻身台灣民主運動卅年的議壇虎將郭雨新在第一選區競選立法委員，國民黨用盡手段打擊郭雨新，姚嘉文律師受聘擔任其法律顧問，他在羅東的一場演講會上說：「**國民黨自己違法競選，竟然說別人不守選舉法規，真是有嘴說別人，無嘴說自己**」，在場的檢察官滿面通紅。

賄選官司

64年的立委選舉結果，財閥林榮三在國民黨的庇護下，公然分發肥皂賄選，因為擁有實據，郭雨新乃委託姚嘉文律師和林義雄律師提起當選無效之訴。雖然鐵證如山，卻仍然敗訴，姚律師在法庭上很憤慨地指出：「**我們要給誰作立法委員，算一算投他的人多少，而不是算他能夠買多少肥皂，不是看他有沒有錢，是看有多少選民支持他。**」

姚嘉文辦事處：彰化市民族路286號　電話：(047)222782～3
購買書籍請到辦事處或彰化市民族路南門市場口合益利商店。

■姚嘉文競選國大代表文宣。
傳單提供/張富忠

■為老百姓的權利向國民黨挑戰的姚嘉文。圖片提供/姚嘉文

■姚嘉文律師以「黨外大護法」的大旗，在故鄉彰化縣參選國大代表。
圖片提供/新台灣研究基金會

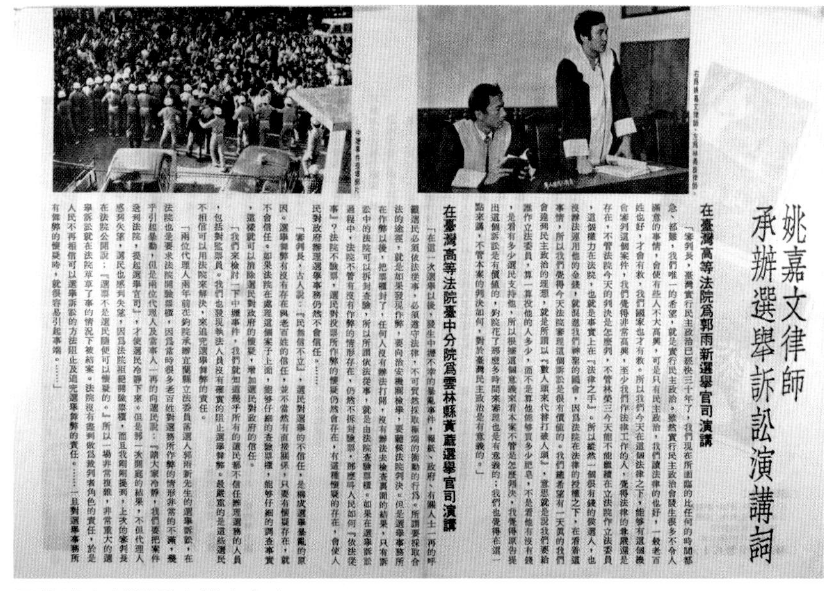

姚嘉文律師
承辦選舉訴訟演講詞

在臺灣高等法院為郭雨新選舉官司演講

「審判長，臺灣實行民主政治已經快三十年了，我們現在所面臨的比任何的時間都急、都緊，我們唯一的希望，就是實行民主政治。雖然實行民主政治會發生很多不令人滿意的事情，會使有些人不大高興，可是只有民主政治，我們讀法律的也好，一般老百姓也好，才會有救，我們國家也才有救。所以我們今天在這個法律之下，能夠有這個機會審判這個案件，我們覺得非常高興，至少我們作法律工作的人，覺得法律的尊嚴還是存在，不管法院今天的判決是怎麼判，不管林榮三今天能不能繼續在立法院作立法委員，這個權力在法院，也就是事實上在『法律之手』。所以縱然一個很有錢的候選人，也沒辦法運用他的金錢，就混進我們神聖的國會，因為法院在法律的授權之下，在看著這事情，所以我們覺得今天法院審理這個訴訟是很有價值的。我們總希望有一天真的我們會達到民主政治的理想，就是所謂以『數人頭來代替打破人頭』，意思就是說我們要給誰作立法委員，算一算投他的人多少，而不是算他能夠買多少肥皂，不是看他有沒有錢，是看有多少選民支持他，所以根據這個意義來看本案不管是怎麼判決，我覺得原告提出這個訴訟是有價值的，鈞院花了那麼多時間來審理也是有意義的；我們也覺得在這一點來講，不管本案的判決如何，對於臺灣民主政治是有意義的。」

在臺灣高等法院臺中分院為雲林縣黃蕭選舉官司演講

「在這一次選舉以後，發生中壢不幸的暴亂事件，報紙、政府、有關人士一再的呼籲選民必須依法從事，必須遵守法律，不可貿然採取偏激的衝動的行為。所謂要採取合法的途徑，就是如果發現作弊，要向治安機關檢舉，要聽候法院判決。但是選舉事務所在作弊以後，把票櫃封了，任何人沒有辦法打開，沒有辦法去檢查裏面的結果，只有訴訟中的法院可以拆封查驗，所以所謂依法從事，就是由法院查驗票櫃。如果在選舉訴訟過程中，法院不管有沒有作弊的情形存在，仍然不拆封驗票，那麼叫人民如何『依法從事』？法院不驗票，選民對投票所作弊的懷疑仍然會存在，有這種懷疑的存在，會使人民對政府辦理選舉事務仍然不會信任。……

「審判長，古人說：『民無信不立』，選民對選舉的不信任，是構成選舉暴亂的原因。選舉舞弊有沒有存在與老百姓的信任，並不當然有直接關係，只要有懷疑存在，就不會信任。如果法院在處理這個案子上面，能夠仔細的查驗票櫃，能夠仔細的調查事實，這樣就可以消除選民對政府的懷疑，增加選民對政府的信任。

「我們來檢討一下中壢事件，我們就知道幾乎所有的選民都不信任辦理選務的人員，包括對監票員。我們也發現執法人員沒有確實的阻止選舉舞弊。最嚴重的是這些選民不相信可以用法院來解決，來追究選舉舞弊的責任。

「兩位代理人兩年前在鈞院承辦宜蘭縣立法委員當選人郭雨新先生的選舉訴訟，在法院也是要求法院開驗票櫃，因為當時很多老百姓對選務所作弊的情形非常的不滿，幾乎引起暴動，但是兩位代理人及當事人一再的向選民說：『請大家冷靜，我們要把案件送到法院，提起選舉官司』，才使選民冷靜下來。但是那一次開庭的結果，不但代理人感到失望，選民也感到失望，因為法院拒絕開驗票櫃，而且我剛剛提到，上次的審判長在法院公開說：『選票不是選民隨便可以懷疑的。』所以一場非常複雜，非常重大的選舉訴訟就在法院草草了事的情況下被結案。法院沒有盡到做為裁判者角色的責任，於是人民不再相信可以選舉訴訟的方法阻止及追究選舉舞弊的責任。……一旦對選舉事務所有舞弊的懷疑時，就很容易引起事端。……」

■姚嘉文競選國大代表文宣。傳單提供/張富忠組織化，首度從街頭走進有歷史意義的廟堂。黨外推荐的候選人四十多位及各地熱心民眾七百餘人踴躍出席，擠滿了中山堂會場。

會議由黃信介擔任主席，黃玉嬌與姚嘉文協助主持。康寧祥、黃玉嬌、周滄淵、張俊宏、施明德做專題演講及工作報告。會中並通過由姚嘉文提出的「全國黨外候選人譴責最高法院檢察長王建今」的共同聲明，以及正式通過「十二項政治建設」為共同政見。

這場嚴肅的、有歷史意義的黨外組織化的首度大型會議，在任何民主國家，理應是極重要的政治消息，但是黃信介與施明德了解國民黨一定會封鎖第二天的新聞，於是他們精心策劃了一個引爆點。

中山堂反共義士國歌鬧場事件

黃信介告訴施明德，唱國歌時要將「吾黨所宗」改一個字，「吾民所宗」。施明德將此任務交付司儀──當年還是台大學生的蕭裕珍完成。唱國歌時，大家很高興，並未有人反對抗議。

會議進行二個多小時即將結束之際，突然一些所謂的反共義士勞政武、沈光秀等借題鬧場，強奪麥克風，抗議司儀擅改國歌，他們並高喊「中華民國萬歲」。

這群反共義士的鬧場，惹火了黃信介，他說：「今天的

■張德銘競選立法委員文宣。傳單提供/張富忠

■黃煌雄競選立委文宣。
傳單提供/張富忠

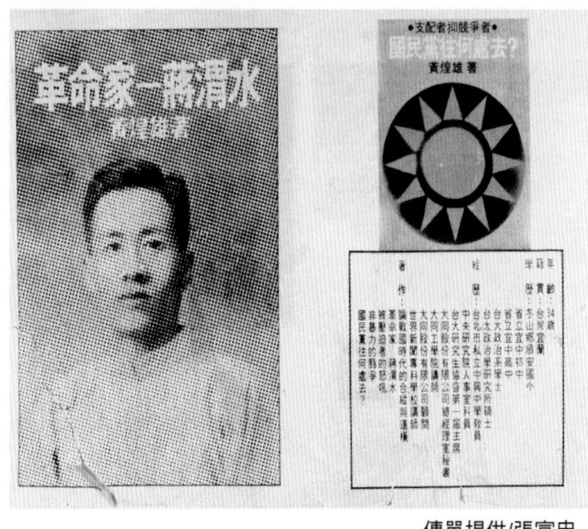

傳單提供/張富忠

■楊青矗以《在室男》小說受到文壇矚目，後密集發表以工人題材的小說，投入勞工運動。楊青矗競選工人團體立法委員文宣。圖片提供/艾琳達

吐盡心頭血・句句爲人民

■他的學歷：
基隆市八斗國民小學
省立基隆中學畢業
國立師範大學畢業
國立政治大學中文研究所碩士

■他曾做過些什麼工作？
發電廠臨時工人
煤場挑煤工人
造船廠的油漆工人
八斗子的捕魚人
家庭教師
中學教員
大專院校講師
「健康與生活」雜誌發行人
（最近遭新聞局停刊一年）

■他有些什麼著作？
金水嬸（短篇小說集）
張愛玲與宋江（文學評論集）
街巷鼓聲（思想評論）
望君早歸（短篇小說集）
民衆的眼睛（社會、政治評論）
黨外的聲音（訪問評論，最近遭警總查禁）
改革者王拓（短篇政治評論選集）
妹妹妳在那裏？（短篇小說）

■怎麼和王拓聯絡？
基隆市孝三路31號
電話：261706
262087

■王拓以《金水嬸》小說成名，1977年投入「鄉土文學論戰」，1978年競選國大代表傳單。傳單提供/張富忠

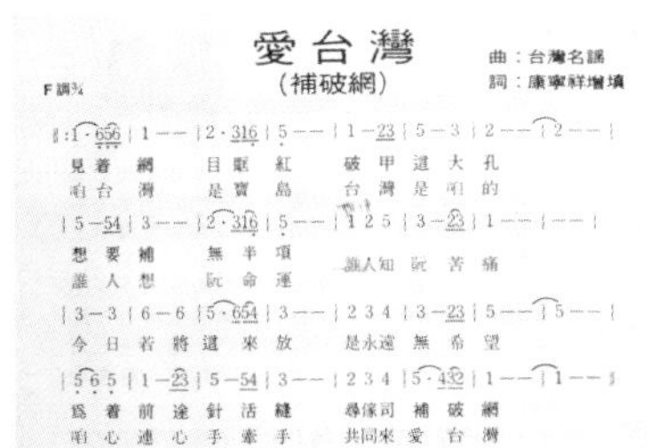

■1978年康寧祥競選立法委員「愛台灣」文宣歌詞。傳單提供/張富忠

趕緊團結！

三百多年來的台灣歷史充滿了辛酸血淚，台灣人毫無主宰自己命運的權利和尊嚴：**一方面是統治者政權的轉移從來沒有經過台灣島上居民的同意，另一方面是統治階層的政權利益從來沒有和台灣島上居民的利益相一致。**

三十年來國民黨是在台灣唯一的執政黨，它支配了整個台灣的社會和政治，它和台灣島上所有居民的關係又如何？它的政權利益和我們全體一千七百萬人民的利益是否相一致？這是必須誠懇、嚴肅地來檢討的問題。

現在，台灣的命運又面臨了國際強權外交的擺佈。所謂台灣地位問題，好像表示台灣的命運是操在那些霸國手中，不操在台灣一千七百萬人民自己手中似的。**在這種情形下，台灣島上的所有居民還有什麼地域和省籍之分呢？還能不趕緊團結在一起爲台灣的生存和將來奮鬪嗎？**國民黨面對這空前的困局到底要走向何處去？是否應該尊重台灣島上所有居民的意見？

同胞們！台灣是我們一千七百萬人的台灣，「**台灣人」就是願意在這塊土地上同生死共榮辱的所有居民。**台灣社會是我們的社會，是不容我們放棄責任，袖手旁觀的！

立法委員候選人 康寧祥
國大代表候選人 王兆釧

■1978年康寧祥與王兆釧聯合競選文宣。傳單提供/張富忠

立法委員候選人 張春男
國大代表候選人 劉峯松

想一想‥ 用智慧來思考問題，用勇氣來面對現實，這些是不是事實？

1 憲法規定人民有言論自由的權利，人人可以公開批評國民黨政府，但是誰敢呢？
2 中央民意代表可以三十幾年不改選嗎？
3 世界上除了台灣以外，還有其他的國家戒嚴長達三十多年嗎？
4 在台灣有沒有無辜百姓被警察刑求，甚至被活活打死呢？
5 中國過去有句俗話說「有錢判生，無錢判死」現在的法院，又如何呢？
6 憲法規定，不分黨派，人人平等，但是今天在台灣沒有加入國民黨的人，有機會當機關首長，學校校長嗎？
7 您知道每人每年平均要負担一萬五千元稅金嗎？我們繳的稅金多得國民黨政府花不完，今年就剩下154億，該不該減稅？
8 台灣的農民這麼窮，是因爲農民太懶惰？還是大有爲的國民黨政府政策造成的呢？
9 高速公路官營獨佔好？還是開放民營好？
10 國民黨在過去歷屆選舉中有沒有作票呢？你相信這一次國民黨眞的不會作票嗎？

爲什麼？ 台灣有那麼多不合理、不合法、不合情、不公正、不公平的問題會繼續存在呢？

誰？ 政府政策不良、問題重重，誰身受其害？

我們！ 我們都身受其害、我們必須堅強勇敢，堅決奮鬪；用我們的選票來創造一個眞正爲民所有、眞正爲民所治、眞正爲民所享，民主、自由、平等的新社會。

加速革新

減稅裕民

除盡弊政

成功在望

全民投票●全民監票 發現作票請打電話 (048) 320894

■張春男與劉峯松競選的聯合文宣。傳單提供/劉峯松

會議是憲法保障的集會，這是共產黨派來擾亂會場的壞人，打死壞人我不負責！」信介仙一說完，鬧場的人就被拳打腳踢踹出會場。

國民黨醜化黨外人士爲「黑拳幫」

第二天全台各大媒體果然絲毫沒有報導會議內容，卻用極大的篇幅聚焦在國歌事件所引起的衝突，徹底醜化黨外人士為暴力份子，並正式掛以「黑拳幫」的稱謂。國民黨除了在媒體上極力醜化黨外為暴力集團，更發動各種國民黨控制的社團，連署聲明譴責黨外暴力。例如說，中部地區一千七百餘位大專教授，曾譴責黨外以拳頭為標幟。

就如同1977年省議會圍剿許信良，讓許信良一夕間成為民間英雄，國民黨的全面極力醜化，反而快速助長黨外助選團的聲勢。12月8日，法定選舉活動起跑，助選團分為南北兩團，北團由黃信介領軍，南團由張俊宏帶頭，所有助選團都登記為楊青矗的助選員；當時他參選工人團體立委，選區為全國，登記為助選員才能正式上台演講。助選團所到之處，皆引起相當熱烈的迴響，自南到北，都市到鄉下，動輒上萬群眾聽演講。國民黨來台三十年，首度碰上四處烽火，這股火有愈燒愈烈之勢。

在桃園縣呂秀蓮選舉主題是「台灣問題」、「台灣命運共同體」、「台灣的過去與未

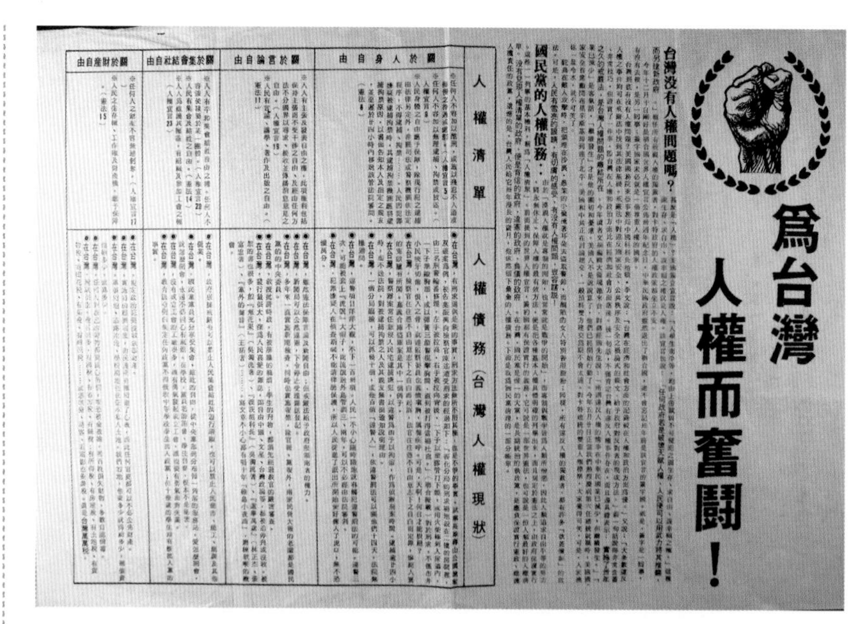

■張春男與劉峯松聯合文宣。傳單提供/張富忠

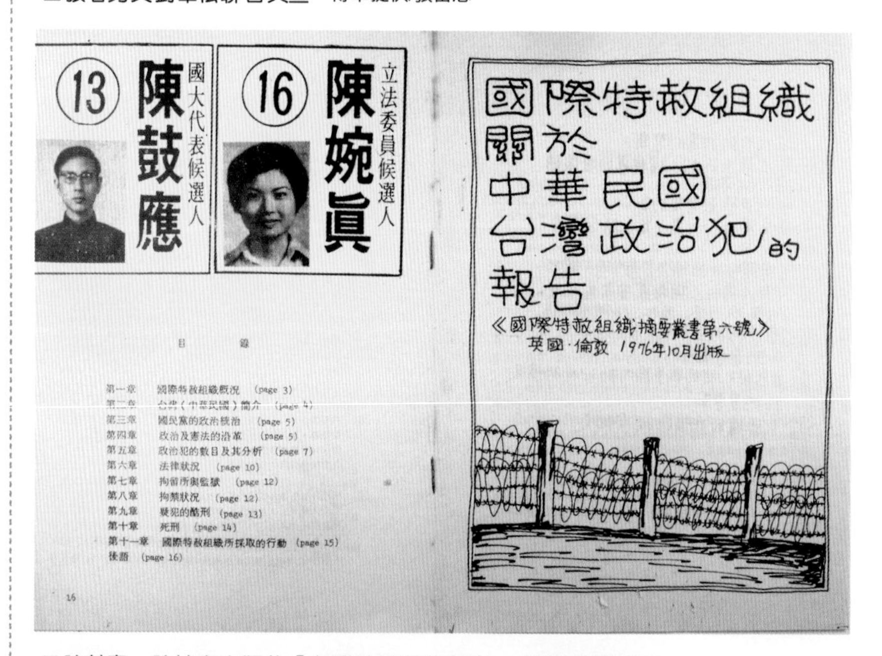

■陳鼓應、陳婉真出版的「台灣政治犯的報告」。傳單提供/張富忠

■「革命尚未成功，同志仍須努力」，日治時代以來不屈不撓的老作家楊逵到訪，兩陳拉著他在國旗及中山先生遺像下拍照。
傳單提供/張富忠

陳鼓應

維護人權 你我 不論省別

- 福建長汀人　1935年生　台大哲學研究所畢業
- 台北市新生南路三段96之3號　電話：3419995・3419990
- 經歷　世界新專副教授・台大哲學系副教授
- 著作　言論廣場(遠景)　春蠶吐絲(遠景)　社會公害(德華)　古代呼聲(德華)　容忍與了解(百傑)

■揚棄紙上民主，進入參與民主

黨外人士希望「徵召」已經「息影」多年的陳鼓應出來競選台北市的國大代表。這位多年來廣泛爲各方議論的「名人」，他的以黨外而且是外省人的身份出來參加選擧，可能是卅年來的首次。因此，陳鼓應的出來，有著強烈的「象徵」意義，開始了本省人黨外與外省人黨外「混一色」的新局面。………

陳鼓應揚棄了知識份子普遍相信的「文字」救國，亟力主張「行動」救國，這是他社會參與的起步。……

這可以告訴我們，公平與正義是人們生存的社會中，在經過不斷痛苦洗禮後所獲得的基本社會倫理。公平與正義的維護，才是民主的最高指導原則，公平與正義的聲音，在世界的各個地方，在各種領域中，都可以找到，……它就是反對專斷、僞善、霸權、欺騙、……等的綜合體。

揚棄紙上民主，進入參與民主的陳鼓應，更加主動的關切台灣人權問題，他爲黨外人士作人權呼號。……

■陳鼓應競選國大代表文宣。傳單提供/張富忠

陳婉眞

爭取民主 大家 無分黨派

- 台灣彰化人　1950年生　國立台灣師範大學畢業
- 台北市師大路92巷44號　電話：3911907・3417674
- 經歷　中國時報駐省議會記者・台北市政新聞召集人
- 著作　垂簾聽政　勇者不懼(長橋)

■有強烈正義感與使命感

陳婉眞在此時此地，準備出來競選立法委員，有双重意義：㈠代表了新聞界中具有強烈正義感與使命感的人員，不甘蟄伏，挺身而出的勇氣。㈡因爲陳婉眞是女性同胞，這也代表了近年來暗潮激盪下，婦女參政的由幽而顯。

目前，台灣的新聞界明顯的屬於向旣存權力秩序妥協，替旣存權力者服務這一類型，經由細緻的操作，新聞界將整個社會的聲音孤立起來，並將其原本應該容納各種聲音的篇幅，轉而容納那些鼓勵人們遺忘政治、遺忘參與，却鼓勵人們走向腐敗……。

陳婉眞的走了出來，而且很勇敢的以向新聞界背叛的姿態走了出來，果眞有一點勇者的氣象………。

她代表了台灣女同胞，尤其是知識婦女同胞的一層高度覺醒，婦女不再只是「寄食者」，她們更應該是「參與者」——向全民參與的浪潮中混身同進。

□摘錄自《大高雄》雜誌十一月號〈選擧書籍個論〉一文□

■陳婉真競選立法委員文宣。傳單提供/張富忠

立法委員候選人
16
陳婉眞
國大代表候選人
13
陳鼓應

我們的政見（全省黨外共同政見）

人權是人類最神聖不可侵犯的基本權利。我們深信：民主、自由是我們不容剝奪的政治人權；免於剝削、免於匱乏是我們務必享有的經濟人權；而人格尊嚴、公衆福利是我們應該擁有的社會人權。爲了追求我們的政治人權、經濟人權和社會人權，我們主張聯合所有愛鄉愛國的同胞，共同致力於「十二大政治建設」：

一、徹底遵守憲法規定，發起召開全中國國民會議，以期中央民意代表全面改選；省市長直接民選；軍隊國家化；司法獨立化；各級法院改隸司法院；廢除違警罰法；思想學術超然化；禁止黨派黨工控制學校；言論出版自由化，修改出版法，開放報紙雜誌；參政自由化，開放黨禁。

二、解除戒嚴令。

三、尊重人格尊嚴，禁止刑求、非法逮捕和囚禁，禁止侵犯民宅。

四、實施全民醫療及失業保險。

五、廢除保護資本家的假保護企業政策。

六、興建長期低利貸款的國民住宅。

七、廢止田賦，以保證價格無限制收購稻穀，實施農業保險。

八、制定勞動基準法，勵行勞工法，承認勞工對資方的集體談判權，有必要的罷工權。

九、補助漁民改善漁村環境，建立合理經銷制度，保障漁民的安全和生活。

十、制定防止環境污染法和國家賠償法。

十一、反對省籍歧視，推行國語而尊重各地方言，發揚台灣先人的民族精神。

十二、釋放政治犯；反對對出獄政治犯及其家族的法律、經濟和社會歧視。

賜教處：台北市師大路92巷44號　電話：3911907・3417674
台北市新生南路三段96之三號　3419990・3419995

■1978年陳鼓應、陳婉真聯合競選文宣「全省黨外共同政見」。傳單提供/張富忠

陳鼓應 報備競選國大代表
陳婉眞 報備競選立法委員

告中國國民黨宣言

吾等自幼受養於斯土斯民，深愛鄉土，心懷同胞。吾等亦皆中山先生之信徒，崇尚主義，志在救國。乃先後加入國民黨，思欲竭盡心智，以報吾土、吾國、吾民之恩；奉行主義以躋民有、民治、民享之境。壯志勁節，始終不渝。

溯自吾黨東渡來台，此其間，雖獨攬政權於不墜，所可憾者，卅載於茲，反攻迄無寸展，可憐青絲成白髮；與國喪失殆盡，自辱國格陷孤島；民族主義乃失。卅載於茲，動員戡亂又戒嚴，憲政橫遭擱置，民主徒託空言，自由慘受限制，民權主義又失。卅載於茲，政權與財閥相結，富商位尊，農工受賤，貧富懸殊，民生主義又失。

嗚呼！民族不立，民權不彰，民生不均，吾黨之魂失之久矣！苦心憂思，蓋以吾黨專政久年！黨工橫行，權令智昏，利使志窮；政府難得公僕，盡皆官僚，等因奉此，欺下瞞上；學者泯滅良知，類多鹿馬，搖尾乞憐，盡聞好言；報刊攀權附勢，見利忘義，壟斷輿論，強姦民意。廟堂多憾事，江湖啞無言，此情此景，豈忍卒睹？緬懷諸先烈，悠悠我心悲。

吾黨來台，始終當家。惜乎黨官不肖，坐令民有、民治、民享之理想淪爲河漢，愧對全國國民莫此爲甚！吾等辱爲黨員，甘以清流罹黨禍，不爲亡國作忠臣。乃藉此選舉，報備競選中央民意代表。此心此意，端在面對全體同胞，痛悔吾黨之失，矢志恢復國格，提高國位；勵行憲政，還政於民；實現民生，平均財富。

邇來，民智已開，人心思變。天下者天下人之天下也，願吾黨靜聆警世鐘，願同胞奮爲革命軍！期以推誠相與，共襄國是。庶幾勇挽國運於不濟，撥雲霧而見青天。

中華民國六十七年十一月

陳鼓應 陳婉眞

■陳鼓應、陳婉真「告中國國民黨宣言」。傳單提供/張富忠

來」，在彰化姚嘉文談憲法、戒嚴、國會全面改選，他們的言論都超越過去反對派人士所談的範疇，不再只是攻擊國民黨貪污腐敗，直攻國民黨政權的正當性、合法性。他們的演講場都能吸引數萬人潮，十分轟動。

陳鼓應與陳婉真聯合競選

全體候選人當中最成功、最引起國民黨憤怒恐慌的，是台北市一對很奇特的搭檔——陳鼓應與陳婉真。

陳鼓應是統派《夏潮》的重要成員，1972、1973年《大學》雜誌的主要撰稿者，1972年〈開放學生運動〉一文，引起國民黨中央日報連續六天圍剿，1973年2月遭警總約談，旋即在「台大哲學系事件」中，遭台大解聘。陳鼓應參選北市國大。

陳婉真原是中國時報駐台灣省議會記者，她當了六年記者後，看透了國民黨打壓新聞自由的種種手段，以及報社老闆為了既得利益和政治的權位而出賣新聞自由的行徑。她於1978年6月辭去記者職位，參選北市立委。

陳鼓應、陳婉真原都是國民黨黨員，一開始打算脫黨競選，但最後決定以黨員身份報備參選，按照當時的說法是：「他們從黨內打出去，配合黨外打進來。」陳鼓應是外省人，依當時的社會認知，應該是全力支持國民黨的，然而，他們卻給國民黨最重的一擊。這組搭檔，陳鼓應是統派，陳婉真當時並無明顯統獨立場，兩者結合卻十分精采。

發表《告中國國民黨宣言》

陳鼓應在《大學》的夥伴洪三雄、陳玲玉夫妻，為他們寫了一篇〈告中國國民黨宣言〉於11月1日發表，以國民黨的基本信仰「三民主義」為出

發點，「以子之矛，攻子之盾」，嚴厲批評國民黨在台三十年，完全背叛孫中山的理想。這篇宣言，以文言文寫得又鹹又澀，十分出色，比較1977年許信良的〈此心長為中國國民黨黨員〉，陳鼓應、陳婉真的宣言直接炮打司令部，毫不避諱，也因此引起國民黨中央震怒。

國民黨中央黨部秘書長張寶樹看到宣言後，氣得沒去上班；蔣經國得知後，說了一句話：「徹底調查有無叛國事宜」。黨中央強烈反彈，底下的媒體自然全力配合，所謂的反共義士也群起攻之，要「剷除消滅」這些「比共匪更惡毒」的「莠草」。有一篇新聞的標題是：「反共義士發出怒吼，控告陳姓男女叛亂」。

另一方面，這篇宣言在台北知識份子當中引起極大的迴響，爭相傳誦。競選總部將之印成傳單，沿街散發。在當時，公然散佈如此強烈的言論，簡直是「大逆不道」。

就這樣一篇文言文的宣言，立即壯大了他們的聲勢，但對國民黨來說，更嚴峻的挑戰還在後面：陳鼓應、陳婉真的選務所設在台灣大學對面。

「民主牆」與「愛國牆」打對台

選戰起跑，兩人即在台大正門對面新生南路人行道上設立「民主牆」寫大字報，成為台大學生上下課必然閱讀的「課本沒有教」的讀物，圍觀的現場也常有辯論、批評，沒有

■12月8日，陳婉真與陳鼓應到總統府旁的司法大廈，控告台北市長李登輝與最高檢查署檢查長王建今違法刪改候選人政見。圖片提供/新台灣研究基金會

■陳鼓應與陳婉真在台大校門口前設立黨外「民主牆」，第一張大字報斗大的橫披大標：「自由百花放！民主大家來！」與國民黨位於豪華書局前「愛國牆」打對台，盛況空前。圖片提供/新台灣研究基金會

■陳鼓應與陳婉真的「民主牆」。圖片提供/新台灣研究基金會

■施明德擔任「台灣黨外人士助選團」總幹事，將黨外巡迴助講，化為有共同政見、有共同標誌的政治組織，一個政團的模式呼之欲出，「沒有黨名的黨」雛形漸備，黨外儼然有衝破黨禁之實。 圖片提供/艾琳達

■范巽綠攝於「民主牆」。圖片提供/張富忠

■在民主牆上的言論，比較重要的主題包括：戒嚴、言論自由與輿論壟斷、司法獨立、政治與社會風氣、中央民代全面改選等問題。 圖片提供/張富忠

■康寧祥、王兆釧競選總部的民主牆。圖片提供/張富忠

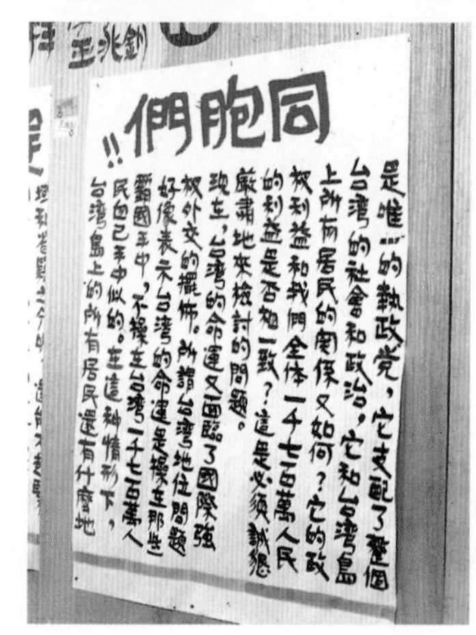

■康寧祥、王兆釧競選總部的大字報。 圖片提供/張富忠

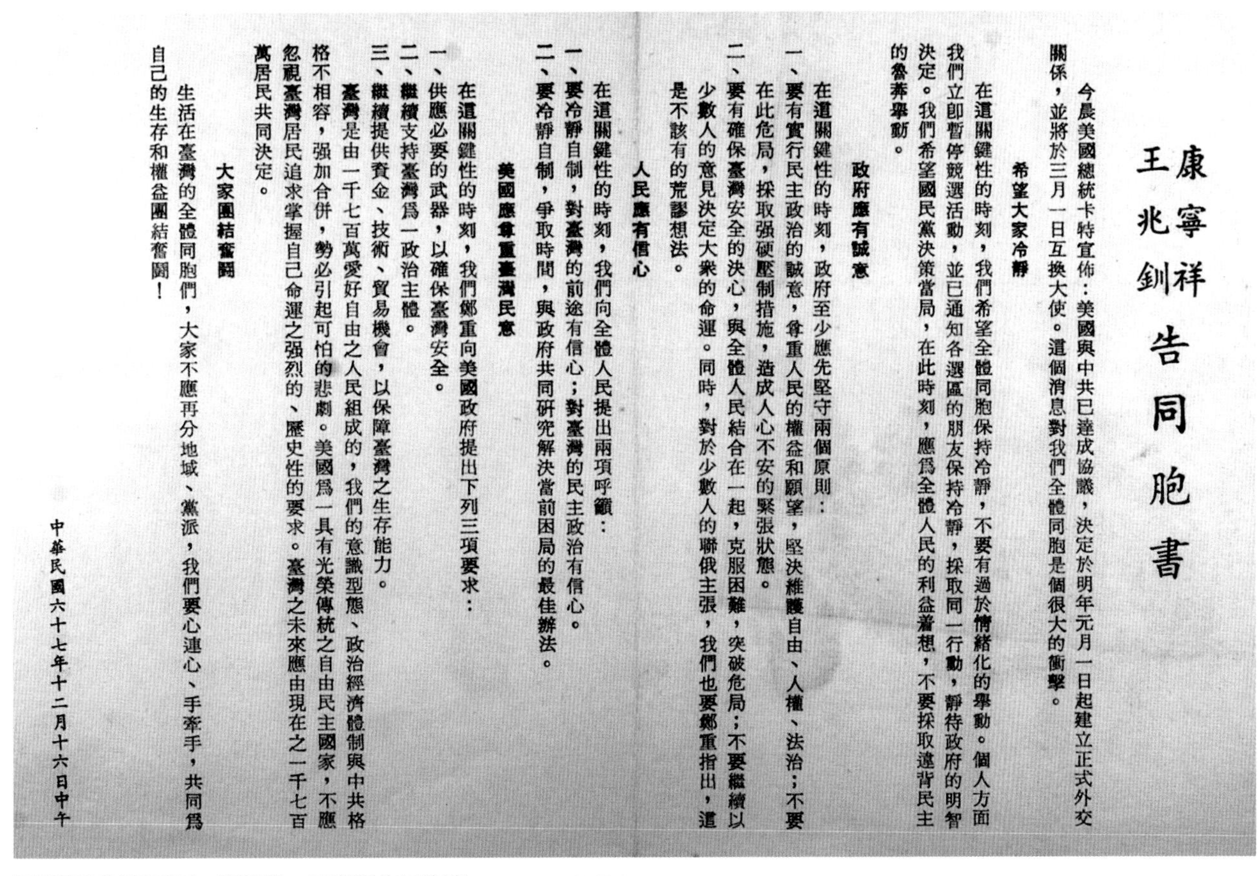

康寧祥 王兆釧 告同胞書

今晨美國總統卡特宣佈：美國與中共已達成協議，決定於明年元月一日起建立正式外交關係，並將於三月一日互換大使。這個消息對我們全體同胞是個很大的衝擊。

希望大家冷靜

在這關鍵性的時刻，我們希望全體同胞保持冷靜，不要有過於情緒化的舉動。個人方面我們立即暫停競選活動，並已通知各選區的朋友保持冷靜，採取同一行動，靜待政府的明智決定。我們希望國民黨決策當局，在此時刻，應爲全體人民的利益着想，不要採取違背民主的魯莽舉動。

政府應有誠意

在這關鍵性的時刻，政府至少應先堅守兩個原則：

一、要有實行民主政治的誠意，尊重人民的權益和願望，堅決維護自由、人權、法治；不要在此危局，採取強硬壓制措施，造成人心不安的緊張狀態。

二、要有確保臺灣安全的決心，與全體人民結合在一起，克服困難，突破危局；不要繼續以少數人的意見決定大衆的命運。同時，對於少數人的聯俄主張，我們也要鄭重指出，這是不該有的荒謬想法。

人民應有信心

在這關鍵性的時刻，我們向全體人民提出兩項呼籲：

一、要冷靜自制，對臺灣的前途有信心；對臺灣的民主政治有信心。

二、要冷靜自制，爭取時間，與政府共同研究解決當前困局的最佳辦法。

美國應尊重臺灣民意

在這關鍵性的時刻，我們鄭重向美國政府提出下列三項要求：

一、供應必要的武器，以確保臺灣安全。

二、繼續支持臺灣爲一政治主體。

三、繼續提供資金、技術、貿易機會，以保障臺灣之生存能力。

臺灣是由一千七百萬愛好自由之人民組成的，我們的意識型態、政治經濟體制與中共格格不相容，强加合併，勢必引起可怕的悲劇。美國爲一具有光榮傳統之自由民主國家，不應忽視臺灣居民追求掌握自己命運之强烈的、歷史性的要求。臺灣之未來應由現在之一千七百萬居民共同決定。

大家團結奮鬪

生活在臺灣的全體同胞們，大家不應再分地域、黨派，我們要心連心、手牽手，共同爲自己的生存和權益團結奮鬪！

中華民國六十七年十二月十六日中午

■1978年12月16日，康寧祥、王兆釧告同胞書。圖片提供/艾琳達

幾天，民主牆下盡是青年學子，每天人山人海。

面對洶湧的人潮，國民黨按捺不住，由一些保守派的教授出面，在民主牆的旁邊，設立「愛國牆」，雙方你來我往打對台。短兵相接之後更是變本加厲，兩牆不斷伸延擴展，從選前的四板，到選舉停止時刻的二十多板，連台大圍牆前的人行道也成為戰場。

短短一星期，台大校門口成為全台灣選戰最熱烈的地方。被挑動起來的，是台灣菁英代表的台大學子。

選戰展開後，全台黨外候選人在「黨外助選團」的協助造勢下，聲勢全面上揚，北市的康寧祥、黃天福、陳鼓應、陳婉真、王兆釧，北基宜的黃煌雄、王拓、何文振，桃竹苗的呂秀蓮、張德銘、簡錦益，中彰投的黃順興、姚嘉文、張春男、吳嘉邦、劉峯松，雲嘉南的許世賢、謝三升、黃麻、郭朝森，高屏的黃余秀鸞、周平德、邱茂男、郭一成、林應專、陳武勳，工人團體的楊青矗……。比前一年縣市長省議員選舉更狂熱的風潮席捲全台，個個氣勢如虹，信心十足。一般預料黨外陣營將可大獲全勝。

美國宣布和中華民國斷交

12月16日凌晨，突然傳來美國將和中華民國斷交的消息，國民黨當局在中午宣布停止選舉。

對正在洋溢著即將全面勝利氣氛的黨外陣營，國民黨的宣布，彷彿晴天霹靂，情勢逆轉，前途變得不可測。

當天中午，康寧祥與王兆釧聯名發表「告同胞書」，要求政府必須有實施民主政治的誠意和確保台灣安全的決心，同時呼籲人民冷靜自制，與政府共同研究解決困局的方法；並要求美國確保台灣安全，繼續支持台灣為一政治主體。

其餘黨外人士於當天紛紛趕往黨外助選總部商討對策，於當天下午共同發表一份由許信良口述，王拓執筆，黃信介、陳鼓應、陳婉真、姚嘉文、呂秀蓮、林義雄、張賢東、施明德、陳菊等27人連署的「社會人士對延期選舉的聲

明」。此份聲明呼籲政府應儘速恢復選舉，勿因斷交一事自亂陣腳，並期待政府「勇敢的抗拒軍事統治的誘惑和壓力」這篇聲明完成之際，施明德打電話給康寧祥，要求他共同連署，但康表示自己已擬好聲明，不另參與黨外人士的簽署行動。

黨外人士擔憂的軍事統治惡夢，在隨後的時日裡，似乎逐步成真。全台灣的活躍分子，被全面跟監，各種謠言陸續出籠：匪諜入侵，黨外人士家中被搜出槍枝、制服，美國以外交管道秘密提供武器給黨外人士等等，儼然黨外即將發起暴動。

國民黨的《南海血書》

斷交、停選、謠言滿天飛、跟監、人心惶惶之際，國民黨發起捐款買飛機以保家衛國，更發動全面抹黑醜化黨外人士的宣傳。最佳代表作是一篇極其愚蠢拙劣荒誕離譜的〈南海血書〉，刊登於12月19日《中央日報》，文長三千字。〈南海血書〉的作者宣稱，全文是以海螺尖端沾染自身鮮血寫於襯衫上，原文是越南文，譯者聲稱，血書是其打漁的內弟有一日在南海荒島上發現十三具屍體和一堆海螺殼，這份血書就在海螺殼內發現，血流乾而死的作者叫「阮天仇」。

〈南海血書〉將南越遭北越赤化歸咎於美國支持的「民主鬥士」，影射背棄台灣的美國人及黨外人士。全文刊出後，全國各大媒體紛紛轉載，教育部通函各級學校向學生講解，同時各教育機構大量翻印散發；台視中視華視三家電視台全力配合，連續數日聯播【越高淪亡記】。

國民黨全面愚化人民、醜化黨外，正是喪失信心，對政權不保的焦慮的表現。黨外陣營決定於12月25日召開「黨外國是會議」，一方面要向社會說明黨外人士的立場，另一方面，嘗試解決黨外不合的現況。黨外的不合，體現在康寧祥、黃信介兩位的緊張關係，但在選戰的熱潮中被掩蓋了。

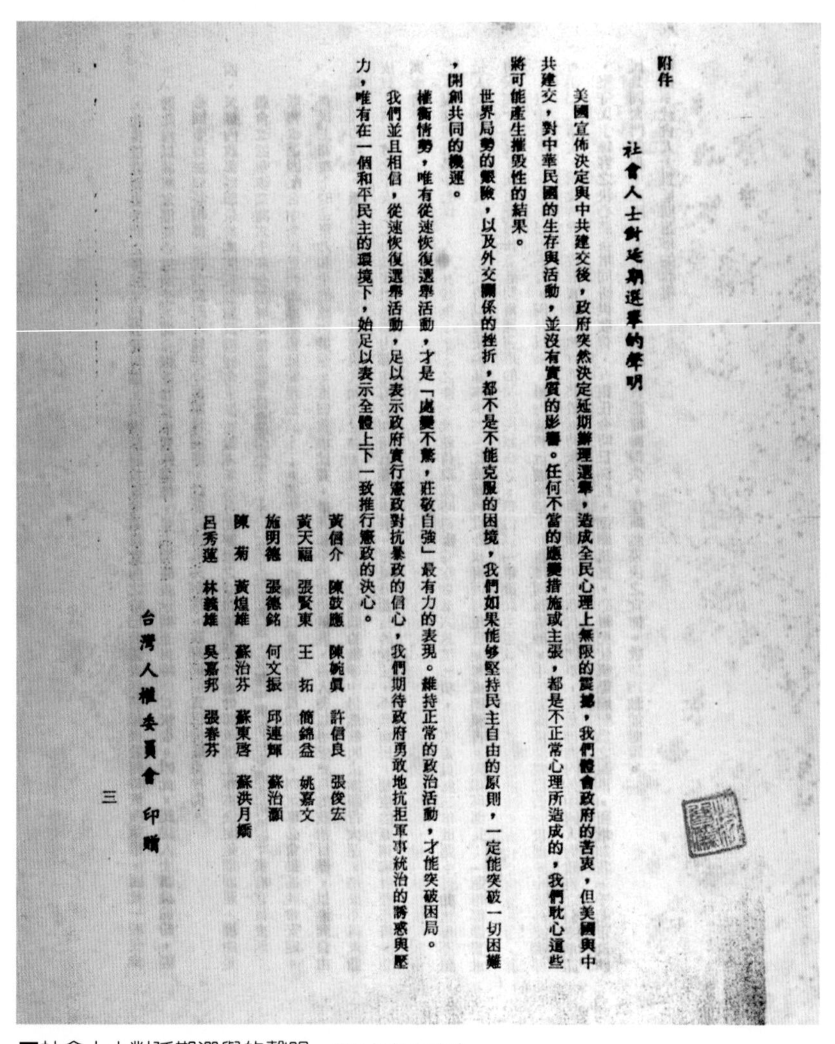

附件

社會人士對延期選舉的聲明

美國宣佈決定與中共建交後，政府突然決定延期辦理選舉，造成全民心理上無限的震撼，我們體會政府的苦衷，但美國與中共建交，對中華民國的生存與活動，並沒有實質的影響。任何不當的應變措施或主張，都是不正常心理所造成的，我們耽心這些將可能產生摧毀性的結果。

世界局勢的艱險，以及外交關係的挫折，都不是不能克服的困境，我們如果能夠堅持民主自由的原則，一定能突破一切困難，開創共同的機運。

權衡情勢，唯有從速恢復選舉活動，才是「處變不驚，莊敬自強」最有力的表現。維持正常的政治活動，才能突破困局。

我們並且相信，從速恢復選舉活動，足以表示政府實行憲政對抗暴政的信心，我們期待政府勇敢地抗拒軍事統治的誘惑與壓力，唯有在一個和平民主的環境下，始足以表示全體上下一致推行憲政的決心。

黃信介 陳鼓應 陳婉眞 許信良 張俊宏
黃天福 張賢東 王 拓 僑錦益 姚嘉文
施明德 張德銘 何文振 邱連輝 蘇治灝
陳 菊 黃煌雄 蘇治芬 蘇東啓 蘇洪月嬌
呂秀蓮 林義雄 吳嘉邦 張春芬

台灣人權委員會 印贈

三

■社會人士對延期選舉的聲明。圖片提供/張富忠

黨外人士請八卦寮的余登發出馬

黃康兩人互不服氣，只有第三人才能化解僵局。停選後，王拓、陳鼓應、陳博文、黃順興等人到高雄八卦寮拜訪余登發，請他出面主持黨外大計。

余登發是高雄縣黑派領導人，是有份量的山頭，然而余登發從來沒有想扮演全國性的領導者，也從來沒有真正成為黨外公認的領導人，黨外人士助選團初期，余家並未加入，直至聲勢起來，余家班才加入

助選團。雖然如此，余登發的份量及年歲輩分，仍足以成為黃康的潤滑劑。

發表「黨外國是會議」

余登發同意主持黨外團結大計，於是北上分別會晤康寧祥、黃信介，之後安排兩人見面。會面過程話不投機，最後不歡而散，但並未斷絕繼續談判的機會。

黨外助選團黃信介方面同意余登發為「黨外精神領袖」，並決定12月25日在台北國賓飯店召開「黨外國是會議」。25日當天，國賓飯店遭國民黨當局壓力，以「內部整修」為由表示無法出借場地，並不惜付出六倍於訂金的賠償金，現場一直有數十位情治人員於附近徘徊巡邏。

到達國賓飯店的黨外人士緊急決定移師到黨外助選團總部開會。會中，由黃信介和黃順興共同提議推舉余登發為黨外總部的最高領導人，獲得在場者一致鼓掌通過。同時與會

■台北國賓大飯店樓外樓受到國民黨的施壓，以整修內部為由，表示無法出借場地給黨外人士。圖片提供/艾琳達

■蔣經國總統發布緊急命令，下令停止選舉。黨外人士當晚在黨外總部開會，右起邱奕彬、施明德、王拓、張俊宏（左後）、黃信介。圖片提供/艾琳達

■黨外人士簽署聲明。圖片提供/艾琳達

者由余登發領銜，簽署一份「黨外人士國是聲明」，共有73位人士連署，包括在接近散會時趕來的康寧祥。

「黨外人士國是聲明」的出現，曾有段不小的波折。這份聲明是由施明德草擬，經林義雄完成。因其中有「我們堅決主張台灣的命運應由一千七百萬人民來決定」這一段話，隱含了台獨的主張，排除了中國對台灣命運的決定，這也是黨外文件首次出現這樣的文字。

余登發、黃順興、王拓、陳鼓應、蘇慶黎前一天都拒絕簽署，經施明德、林義雄、許信良、姚嘉文、張俊宏等人徹夜協調勸說，統派人士才於第二天全部簽名連署。

黨外人士國是會議的召開及發表聲明，表達了黨外陣營進一步組織化的決心。會中黃信介公開推荐許信良、張俊宏、姚嘉文、施明德、林義雄五人，負責研究黨外未來的方向。

余登發這時成為名義上的黨外領導人，黨外陣營逐初步計劃於隔年（1979年）1月29日到高雄進行拜年活動，並決定沿途散發「黨外人士國是聲明」。

1978年，就在國民黨全面愚民，黨外展現團結、組織化的決心中渡過了。

■余登發（中）簽署聲明「黨外人士國是會議」，要求民主化、自由化、解除戒嚴，從速恢復中央民代選舉；左起為黃順興、施明德、陳菊。圖片提供/艾琳達

1979

美麗島事件

美麗島事件

台美無預警的斷交，終止了1978年底中央民意代表的選舉。國民黨的強硬派抬頭，停選後，情治人員全面肆無忌憚跟蹤黨外活躍份子。

另一方面，黨外在台美斷交的停選錯愕混亂後，找到一個妥協點，由高雄縣的在野前輩余登發出任名義上的領導人，暫時克服了內部的緊張關係，黨外陣營的凝聚力得以維繫。

在多次研商後，黨外陣營初步決定於1979年1月29日由台北啟程，南下高雄進行拜年活動，計劃沿途散發「黨外國是聲明」的傳單。並訂2月1日，由黨外領導人余登發具名邀請全台黨外人士，在高雄縣橋頭鄉高苑工商舉辦千人餐會。

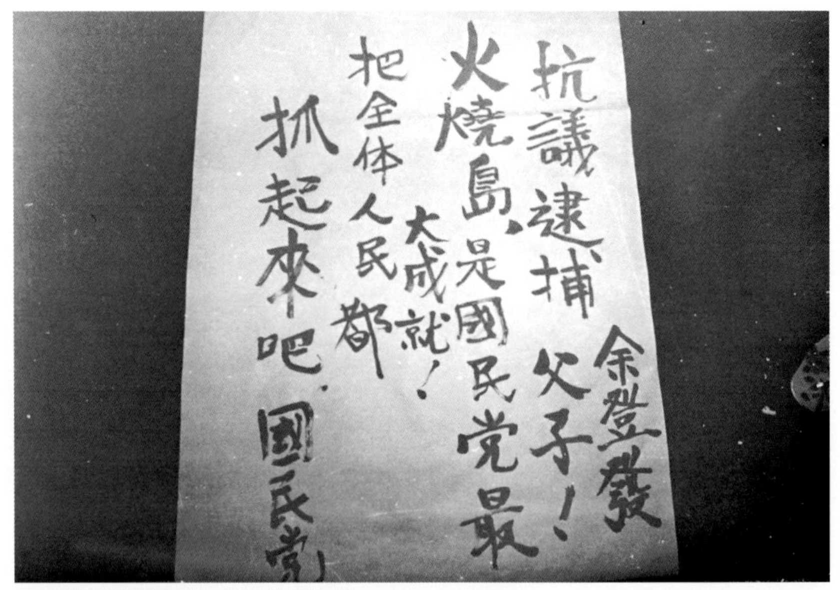

■抗議國民黨逮捕余登發父子海報。圖片提供/張富忠

以涉嫌叛亂逮捕余登發父子

詎料，1月21日清晨五點，調查局人員潛入橋頭鄉八卦寮余宅，押走余登發；上午10時，又在縣長黃友仁（余登發女婿）公館逮捕余登發之子余瑞言。他們被捕的罪名是「涉嫌叛亂」。叛亂的內容則是一位於1978年10月被捕並已經起訴的「匪諜」吳泰安供稱，曾將「革命動員第一號令」經余瑞言交給余登發，並派令余

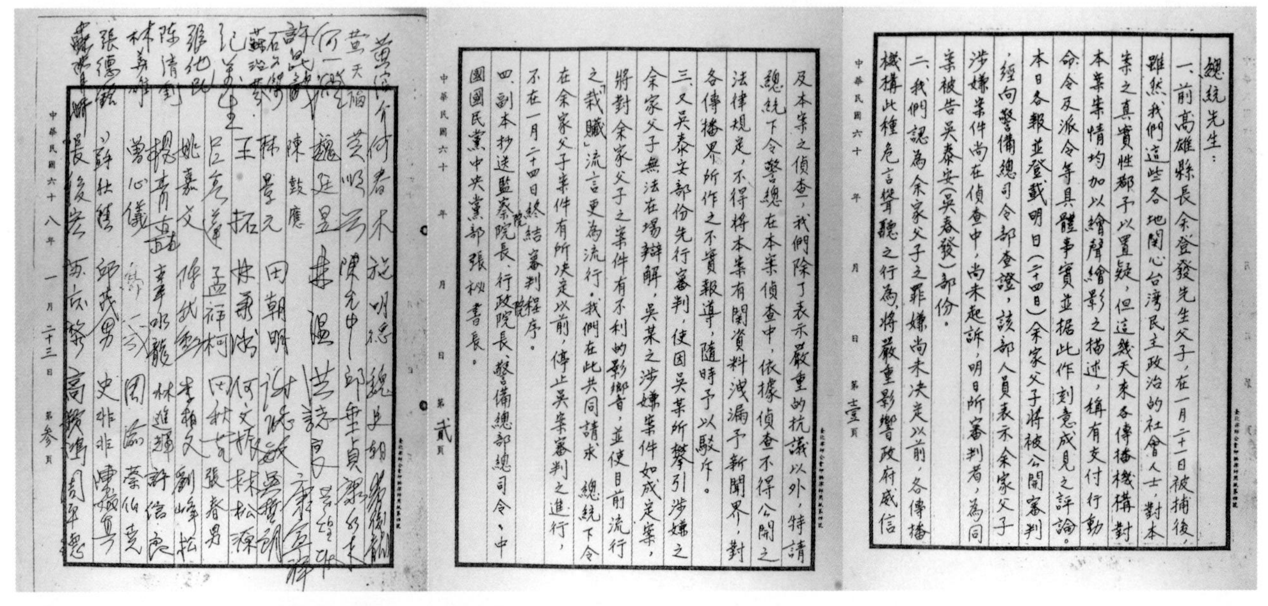

總統先生：

一、前高雄縣長余登發先生父子，在一月二十一日被捕後，雖然我們這些各地關心台灣民主政治的社會人士，對本案之真實性都予以置疑，但這幾天來各傳播機構對本案案情均加以繪聲繪影之描述，猶有支付行動命令及派令等具體事實並據此作刻意成見之評論。本日各報並登載明日（二十四日）余家父子將被公開審判，經向警備總司令部查證，該部人員表示余家父子涉嫌案件尚在偵查中，尚未起訴，明日所審判者，為同案被告吳泰安（吳春發）部份。

二、我們認為余家父子之罪嫌尚未決定以前，各傳播機構此種危言聳聽之行為，將嚴重影響政府威信

中華民國六十　年　月　日　第壹頁

及本案之偵查，我們除了表示嚴重的抗議以外，特請總統下令警總在本案偵查中，依據偵查不得公開之法律規定，不得將本案有關資料洩漏予新聞界，對各傳播界所作之不實報導，隨時予以駁斥。

三、又吳泰安部份先行審判，使因吳某所攀引涉嫌之余家父子無法在場辯解，吳某之涉嫌案件如成定案，將對余家父子之案件有不利的影響，並使目前流行之「栽贓」流言更為流行，我們在此共同請求總統下令在余家父子案件有所決定以前，停止吳案審判之進行，不在一月二十四日終結審判程序。

四、副本抄送監察院院長、行政院院長、警備總部總司令、中國國民黨中央黨部張秘書長。

中華民國六十　年　月　日　第貳頁

中華民國六十八年一月二十三日　第參頁

■黨外人士發起簽名，上書蔣經國總統，為釋放余氏父子請命。傳單提供/艾琳達

登發為「高雄台南地區最高指揮司令」。

余登發父子被捕消息迅速傳遍黨外陣營。黨外普遍的反應第一個是：「終於來了！」第二個反應是：「為什麼是余登發父子？為什麼是余瑞言？」

黨外人士和國民黨鬥爭，當然有入黑牢成為政治犯的思想準備，然而余登發高齡75歲，余瑞言因身體健康關係早已多年不問世事，甚至家事，如今卻成為國民黨向黨外開刀的對象，實在令人不忍。

當天上午消息傳開後，黨外人士於張德銘律師事務所緊急聚會研商對策。施明德、陳菊、許信良、陳鼓應、王拓、張俊宏、艾琳達、田秋堇、蕭裕珍、賀端藩、魏廷昱等人碰面討論，大家一致認為應迅速採取適當反應，若不抱著置之死地的決心，黨外人士將面臨絕境，這是台灣民主政治最危險的關頭。

許信良在討論中說：「選舉停止後，國民黨一切反民主的舉動，我們可以視為是他們的自保行為；但是，抓余氏父子已是一種攻擊行為，連余氏這樣在高雄地區擁有勢力的人物都抓，還有什麼不敢抓呢？我們不能再等待別人宰割了！……」

提議高雄縣橋頭示威遊行

會中幾種可能採行的反應行動都被提出討論，最後一致決定「遊行抗議」。地點是高雄橋頭鄉，余登發的家鄉。

歷經二二八事件，一九五〇、六〇年代白色恐怖的台灣社會，雖然到了一九七〇年代尾聲，仍在國民黨戒嚴令箝制下，「示威遊行」絕對是件天大的事，誰也不敢想像付諸實施後會有什麼下場？1977年雖然爆發中壢事件，但那是群眾自發起義，沒有人帶頭，沒有計劃。要遊行抗議，必須承擔深不可測的危險。

決定之後，大家分配任務，由施明德擔任總聯絡人，蘇慶黎、田秋堇、范巽綠等人留守台北負責新聞聯絡，其他各人分頭到各地找人，並約定通知時只說去慰問余家，絕口不提遊行的事。

當天南下知曉第二天行動的一些人，曾慎重交代後事，

■黨外人士到高雄縣橋頭鄉示威抗議遊行，1月22日在余家門前出發，由陳婉真（左）與陳菊手持「堅決反對政治迫害」走在隊伍最前頭，要求「立即釋放余氏父子」，這是戒嚴令下反對運動第一次示威遊行。圖片提供/新台灣研究基金會

為余氏父子被捕告全國同胞書：

元月二十一日清晨五点二十分，備受台灣同胞所尊敬的前高雄縣長余登發老先生與他的獨生子余瑞言（省議員余陳月瑛的丈夫），在他們高雄縣的住所被國民黨當局以涉嫌叛亂的罪名逮捕了！

國民黨當局在與美斷交後，中止增額中央民意代表選舉已是明顯地違反民主憲政的措施，但為顧及全民團結的意願，我們均已容忍。現在國民黨當局卻在全民一致要求改革聲中，以莫須有的罪名非法逮捕了夙為民眾所敬重的余登發先生父子，這種軍事統治與特務統治傾向的加強，以及政治迫害的手段都是我們絕對無法容忍，而堅決反對到底的！

去年十二月二十五日黨外人士原計劃在台北國賓飯店聚會，共商國是，余登發先生是主要的領導者之一，而這個聚會卻被國民黨當局所阻撓。今年二月一日（舊曆年初五）黨外人士計劃在高雄縣舉行過年團拜，國民黨當局為破壞黨外制衡力量的團結與成長，終於逮捕了余家父子。

自由民主是我們應走的道路，也是我們全民努力的目標。因此我們堅決要求國民黨當局：

立刻釋放余登發與余瑞言父子！

停止一切政治迫害的行徑！

姚嘉文　林義雄　黃順興　陳鼓應　張春男　王拓　邱連輝　張俊宏　許信良　周平德　何春木　郭一成

■黨外人士發起簽名「為余氏父子被捕告全國同胞書」。　傳單提供/艾琳達

■左起郭一成、張俊宏、許信良、姚嘉文、黃順興、周平德、陳菊、何春木等人，個個身披紅色布條，書寫著自己的名字在余家門口，高舉抗議大布條合影。圖片提供/新台灣研究基金會

■黨外人士遊行隊伍抵達橋頭信仰中心鳳橋宮前合影。圖片提供/艾琳達

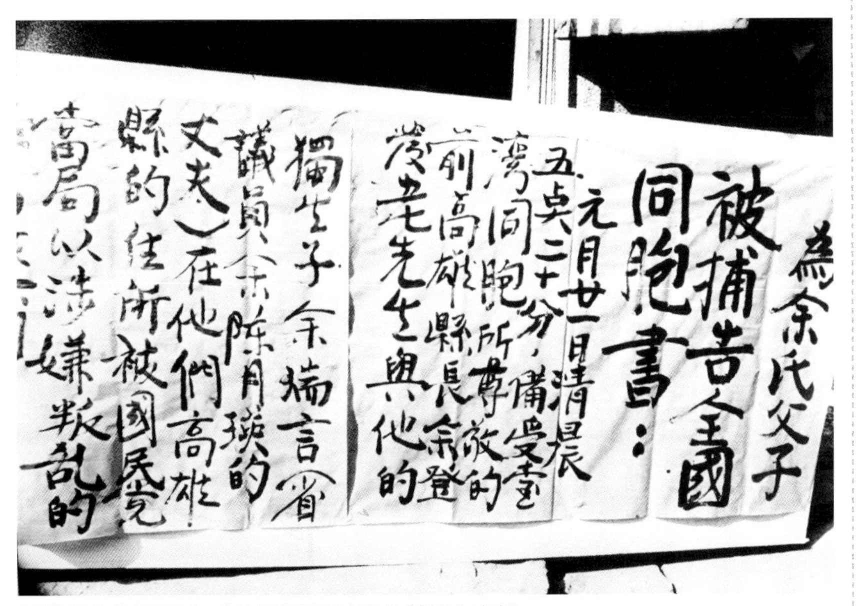

■姚嘉文律師口述，蕭裕珍現場抄寫的聲援大字報。圖片提供/艾琳達

他們知道，在戒嚴令下示威，是要冒生命危險的。

22日上午9時，各地黨外人士陸續抵達橋頭余家。他們是：林義雄、黃順興、許信良、陳菊、曾心儀、陳婉真、陳鼓應、姚嘉文、王拓、陳博文、張俊宏、張春男、邱連輝、何春木、楊青矗、邱茂男、周平德、林景元、郭一成、宰水龍、陳永田、胡萬振、魏廷昱、蕭裕珍、賀端藩、艾琳達、施明德。

施明德向大家提議遊行示威，有人表示最好不要遊行以免國民黨抓到把柄。許信良隨即表示：「事到如今，如果我們再不敢表示對政治迫害的絕對反對，對軍事統治的痛恨，我們只有任其宰割了。而天理、公道也將從此消失。」許信良的話獲得張春男、黃順興、邱連輝的附和支持，於是全體同意示威遊行。

然而，氣氛是十分緊張凝重的，沒有人知道踏出去後，會不會有機關槍等著。

前一晚抵達高雄的王拓，半夜在旅館將先前大家討論的意見整理成「為余氏父子被捕告全國同胞書」。先前抵達余家的陳婉真、曾心儀、艾琳達則早已寫好標語及紅綵帶上每個人的名字。

戒嚴令下第一次的示威遊行

出發前，高雄縣警察局長來電告訴余陳月瑛不准遊行，一位分局長則擋在門口大吼大叫，不准大家出去。姚嘉文、曾心儀痛斥分局長。門外，一早就聚集著，數百名關心余登發的地方鄉親；門內，是披著自己姓名彩帶，決心要走出去的黨外人士，警察擋在中間。

此時，施明德衝向前大喊：「開槍！警察開槍，我們不會躲避。」一時氣勢壓倒對方，眾人順勢推開警察，走出門外，余家門口的群眾都擠過來觀看。

就這樣，開始了三十年來戒嚴令下第一次的示威遊行。

走在最前面是手持「堅決反對政治迫害」大布條的陳菊、陳婉真，後面是曾心儀、胡萬振高舉「立即釋放余氏父子」的大標語。眾人身披著寫著自己名字的紅布條，彷彿就是要告訴國民黨：就是我，不管你的戒嚴令，就是要遊行。

沿途，張春男拿著手提麥克風不停的演講，圍觀的群眾很多，然而除了余家30多位工作人員外，並沒有人加入遊行行列，四週的氣氛是靜默兼恐懼，沒有人知道會發生什麼事。

走過一遍橋頭鄉的街道，回到余家，警備總部南區副司令、高雄縣警察局長和高雄團管區司令已在等候，但沒有人理會他們。隨後，大家依原訂計劃，搭遊覽車到鳳山市區遊行，發傳單、貼標語；然後轉往高雄火車站。

高雄火車站前廣場已有很多群眾和情治人員在等待，姚嘉文、張春男等人即席發表演講，呼籲群眾支持余登發，艾琳達、蕭裕珍、曾心儀等人四處發傳單、貼標語，和企圖阻止的情治人員吵起來，情勢一度陷入混亂。

演講告一段落後，施明德見計畫之事均已實行，便宣布結束，大家同車返回台北到康寧祥家開會。經過一天一夜的奔波、緊張，大家都疲憊不堪，但每個人心情都是興奮的。北上途中，曾心儀向施明德說了一段很有名的話：「國民黨的戒嚴令已不再是處女了，我們已強暴這三十歲的老處女了！」

接連兩天，黨外人士都在康寧祥家研商營救事宜，成立「余案關心委員會」，並推派康寧祥、張俊宏、姚嘉文、呂秀蓮、黃友仁為代表，到警總交涉。然而國民黨當局態度強硬，毫不讓步。

《夏潮》、《這一代》被處停刊一年

遊行兩天後，1月24日，黨外雜誌《夏潮》及《這一代》被處停刊一年；1月25日，台灣省政府將桃園縣長許信良以「擅離職守」的罪名移送監察院審議。看起來國民黨要擴大打擊面，株連其他了。

儘管黨外人士展開各種救援余氏父子工作，國外關心人權團體也強力抨擊國民黨當局，為余氏父子辯護的姚嘉文律師，在審判過程更指出許多荒謬不可能的情節，和不公平的判案過程，但國民黨依然不顧外界議論，在4月16日宣判余登發以「知匪不報」及「為匪宣傳」罪名，處八年有期徒刑；余瑞言三年徒刑；吳泰安

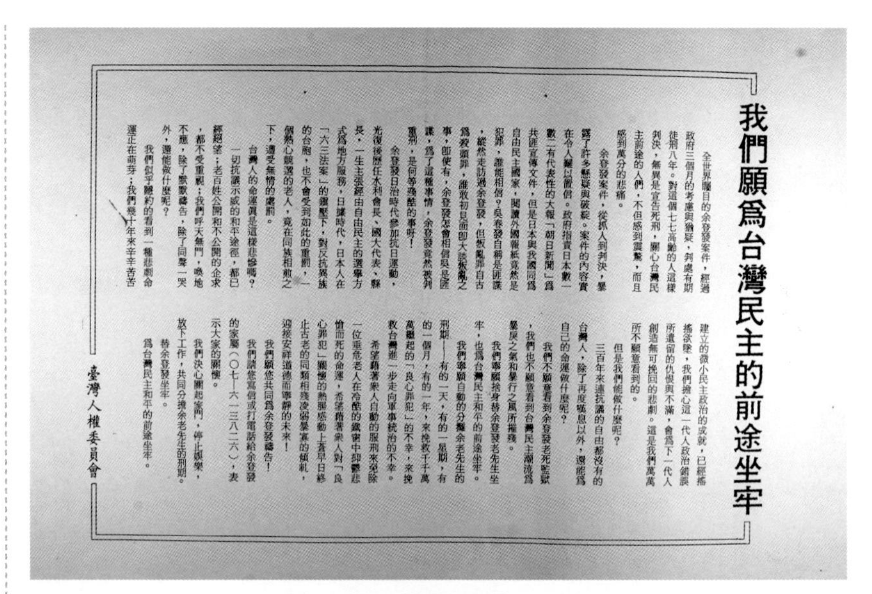

我們願爲台灣民主的前途坐牢

全世界矚目的余登發案件，經過政府三個月的考慮與猶疑，判處有期徒刑八年。對這個七七高齡的人這樣判決，無異是宣告死刑，關心台灣民主前途的人們，不但感到震驚，而且感到萬分的悲痛。

余登發案件，從抓人到判決，暴露了許多懸疑與破綻。案件的內容實在令人難以置信。政府指責日本數一數二有代表性的大報「朝日新聞」爲共匪宣傳文件，但是日本與我國同爲自由民主國家，閱讀外國報紙竟然是犯罪，誰能相信？吳春發自稱是匪諜，縱然走訪過余登發，但叛亂罪自古爲殺頭罪，誰敢初見面即大談叛亂之事，即使有，余登發怎會相信吳是匪諜，爲了這種事情，余登發竟然被判重刑，是何等殘酷的事呀！

余登發日治時代參加抗日運動，光復後歷任水利會長、國大代表、縣長，一生主張經由自由民主的選舉方式爲地方服務，日據時代，日本人在「六三法案」的鎮壓下，對反抗異族的台胞，也不會受到如此的重罰，一個熱心競選的老人，竟在同族相煎之下，遭受無情的處罰。

台灣人的命運眞是這樣悲慘嗎？一切抗議示威的和平途徑，都已經絕望；老百姓公開和不公開的企求，都不受重視；我們呼天無門，喚地不應，除了默默禱告，除了同聲一哭外，還能做什麼呢？

我們似乎隱約的看到一種悲劇命運正在萌芽；我們幾十年來辛辛苦苦建立的微小民主政治的成就，已經搖搖欲墜，我們擔心這一代人政治錯誤所遺留的仇恨與不滿，會爲下一代人創造無可挽回的悲劇。這是我們萬萬所不願意看到的。

但是我們能做什麼呢？

三百年來連抗議的自由都沒有的台灣人，除了再度嘆息以外，還能爲自己的命運做什麼呢？

我們不願意看到余登發老死監獄，我們也不願意看到台灣民主潮流爲暴戾之氣和暴行之風所摧殘。

我們寧願捨身替余登發老先生坐牢，也爲台灣民主和平的前途坐牢。

我們寧願自動的分擔余老先生的刑期——有的一天，有的一星期，有的一個月，有的一年，來挽救千千萬萬繼起的「良心罪犯」的不幸，來挽救台灣進一步走向軍事統治的不幸。

希望藉著衆人自動的服刑來免除一位垂危老人在冷酷的鐵窗中抑鬱悲憤而死的命運，希望藉著衆人對「良心罪犯」關懷的熱腸感動上蒼早日終止古老的同類相殘凌弱暴寡的傾軋，迎接安祥道德而寧靜的未來！

我們願您共同爲余登發禱告！

我們請您寫信或打電話給余登發的家屬（○七—六一三八二六），表示大家的關懷。

我們決心關起家門，停止娛樂，放下工作，共同分擔余老先生的刑期。

替余登發坐牢。

爲台灣民主和平的前途坐牢。

臺灣人權委員會

■5月21日，黨外人士成立的台灣人權委員會發表「我們願意為台灣民主的前途坐牢」的宣言，抗議政府對余案的判決。
傳單提供/艾琳達

■左起袁嬿嬿、田秋堇、邱靜美到景美軍事法庭關心余案宣判，4月16日警備總部軍事法庭宣判余登發以「知匪不報」及「為匪宣傳」罪名，判8年徒刑、余瑞言3年徒刑、吳泰安死刑。圖片提供/袁嬿嬿

■黨外人士在許信良縣長公館外貼海報，表示對余登發的支持。
圖片提供/張富忠

■黨外人士施明德、黃信介、黃順興等人走在隊伍最前頭，從桃園火車站前出發。圖片提供/新台灣研究基金會

■全台黨外人士至桃園火車站前遊行向縣民恭賀新年，2月4日黃信介到許信良縣長公館致送「人權萬歲」匾額，並發表「大家關心許信良」傳單。
圖片提供/艾琳達

死刑。

所謂「為匪宣傳」是在余家搜出一份日本《朝日新聞》，刊載有一篇中國要和平統一台灣的報導。所謂「知匪不報」，是依據吳泰安自述，曾派令余登發為「高雄台南地區最高指揮司令」。

愛國的眞匪諜

姚嘉文律師在法庭中多次質疑吳泰安的供詞，承審法官生氣的說：「姚律師，你認為吳泰安是假匪諜，對不對？」吳泰安接著說：「姚律師，你有良心一點，我是真匪諜，不是假匪諜，我是愛國的匪諜。」審判過程開放給媒體旁聽，都能夠發生如此荒唐的情節和角色，可以想見過去白色恐怖時代的秘密審判，會何等荒謬。

余案牽連出來的許信良「擅離職守」案，是另一個政治風暴。中壢事件後，許信良在黨外支持者心目中聲望極高，國民黨抓到他的小辮子，欲除之而後快。

黨外人士以拜年的名義遊行

2月4日，黨外人士以舊曆新年拜年活動的名義，齊聚桃園市，從火車站出發，沿途散發「大家來關心許信良」的傳單，舉著「恭賀新禧」的大布條，走向桃園市的景福宮和縣長公館，並高舉「人權萬歲」的匾額，聲援許信良。這是一次變相的遊行，國民黨當局出動了大批鎮暴車在附近等候。

4月20日，監察院指許信良「擅離職守，參與簽署不當文件及未經核准的遊行，並違法助選，證據確鑿，顯有違法失職之嫌」，通過彈劾許信良，並移送司法院公務員懲戒委員會懲處。

監察院的彈劾文中指出：「有……阮天仇等十餘民眾指控許信良擅離職守等……。」阮天仇正是前一年台美斷交後國民黨全面愚民大力宣傳的〈南

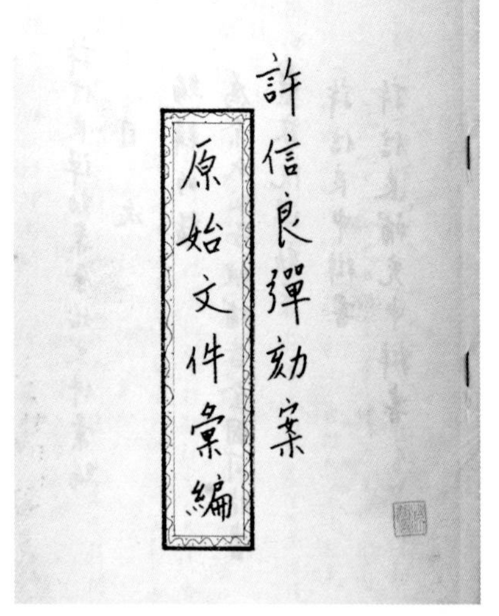

■4月20日，監察院通過彈劾桃園縣長許信良，指稱「桃園縣長許信良擅離職守，簽署污衊政府不當文件，參與非法遊行活動，證據確鑿」，許信良抗議這是「非法之判決」，上圖為原始文件。圖片提供/張富忠

海血書〉的作者，早已成為屍骨命喪南海無名小島。如今死而復生，成為中華民國官方文件中的一個證人。

5月26日，黨外人士再藉慶祝許信良生日為由，在中壢市舉辦餐會暨演講會，吸引了超過二萬以上群眾聚集。當天國民黨大為緊張，中壢市區憲警林立，會場四週佈滿重兵封鎖。這是黨外在選舉期間以外舉辦的第一場大型演講會。

許信良被懲戒休職二年

6月29日，公懲會宣布許信良「懲戒休職二年」。當晚六十多位黨外人士聚集於台北市美麗島雜誌社召開會議。許多發言者對國民黨自余案後半年來的政治迫害，表達了極為嚴厲的批評。

施明德形容此懲戒書是「台灣民主政治的死亡宣判

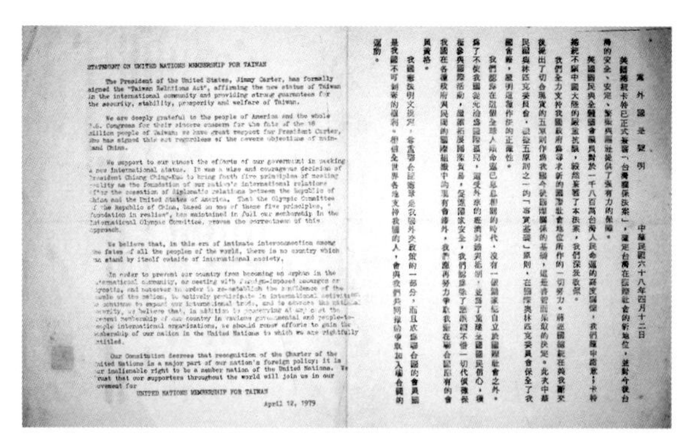
STATEMENT ON UNITED NATIONS MEMBERSHIP FOR TAIWAN

The President of the United States, Jimmy Carter, has formally signed the "Taiwan Relations Act", affirming the new status of Taiwan in the international community and providing strong guarantees for the security, stability, prosperity and welfare of Taiwan.

We are deeply grateful to the people of America and the whole U.S. Congress for their sincere concern for the fate of the 18 million people of Taiwan; we have great respect for President Carter, who has signed this act regardless of the severe objections of mainland China.

We support to our utmost the efforts of our government in seeking a new international status. It was a wise and courageous decision of President Chiang Ching-Kuo to bring forth five principles of meeting reality as the foundation of our nation's international relations after the cessation of diplomatic relations between the Republic of China and the United States of America. That the Olympic Committee of the Republic of China, based on one of these five principles, "foundation in realism", has maintained in full our membership in the International Olympic Committee, proves the correctness of this approach.

We believe that, in this era of intimate interconnection among the fates of all the peoples of the world, there is no country which can stand by itself outside of international society.

In order to prevent our country from becoming an orphan in the international community, or meeting with foreign-imposed [illegible], and moreover in order to re-establish the confidence of the people of the nation, to actively participate in international activities, to continue to expand our international trade, and to advance the national security, we believe that, in addition to preserving at any cost the present membership of our country in various governmental and people-to-people international organizations, we should renew efforts to gain the membership of our nation in the United Nations to which we are rightfully entitled.

Our Constitution decrees that recognition of the Charter of the United Nations is a major part of our nation's foreign policy; it is our inalienable right to be a member nation of the United Nations. We trust that our supporters throughout the world will join us in our movement for

UNITED NATIONS MEMBERSHIP FOR TAIWAN

April 12, 1979

■4月12日，黨外人士四十餘人聚會於姚嘉文律師事務所發表「黨外國是聲明」，呼籲爭取重返聯合國。
圖片提供/張富忠

書」。

許信良強調，黨外人士所以一忍再忍，只是惟恐任何一個過份行動，可能遭致玉石俱焚。張俊宏說，國民黨倒行逆施的作法，將使和平絕望。

最嚴厲的抨擊來自林義雄，他說「國民黨假借民主，欺騙友邦；假借反攻大陸，壓榨台灣百姓。」「目前黨外人士面臨兩種抉擇：一是以力對力，以暴對暴；一是沉默下來，任其自取滅亡！現在一切的示威遊行發傳單等，都已經無濟於事。」「國民黨是一個叛亂團體！」

歷經余案和許案，國民黨和黨外關係呈現極度緊繃的狀態。一面在抵抗、回應國民黨政治壓迫的同時，黨外陣營也悄悄的，不間斷的進行常設組織化的工作。

早幾年，黨外還只是少數政治明星個人單打獨鬥的局面，經過1977年選舉，許信良崛起，還有十幾位省議員當選，1978年的中央民意代表選舉，一下子三、四十位被認定的黨外候選人登上舞台。他們個個都是悍將，若沒有常設組織化的規範、約束、分配，勢必無法運作，因此，即使國民黨一再恐嚇將取締「非法」組織，黨外組織化的工作亦勢在必行。

五人小組研究組黨

1977年12月25日，黨外人士國是會議時，推出余登發為黨外領導人，同時間，黃信介提議施明德、許信良、姚嘉文、林義雄、張俊宏五人「負責研究黨外未來走向」。余案發生後，五人就經常聚會，研商各種對策。

這五人的學識、歷練都是一時之選，各有所長，互補不足。他們意識到：黨外不僅要組織化，也要掌握宣傳工具；五人統獨立場一致，社會議題採取中間偏左立場，經過數個月的討論，《美麗島》雜誌，一本兼具組織、運動、宣傳的刊物逐漸成形。

沒有黨名的黨

《美麗島》設有社務委員會、基金管理委員會、編輯委員會三個組織。基金管理委員會為實際決策核心，社務委員則廣納全台各地黨外人士，編輯委員包含當時統獨兩方最佳的編務人才。除台北總社之外，並在各縣市設服務處及縣市基金管理委員會。整個

■《美麗島》雜誌社召開編輯會議後，雜誌社成員在台北市仁愛路上合影留念。圖片提供/艾琳達

■《美麗島》雜誌社成員在仁愛路上合影，前排右起呂秀蓮、黃天福、許信良、林義雄、黃信介、姚嘉文、張俊宏、施明德、林文郎；後排右起張美貞、陳忠信、劉峯松、歐文港、魏廷朝、楊青矗、吳哲朗、陳博文、紀萬生、謝秀雄、張榮華。圖片提供/張榮華

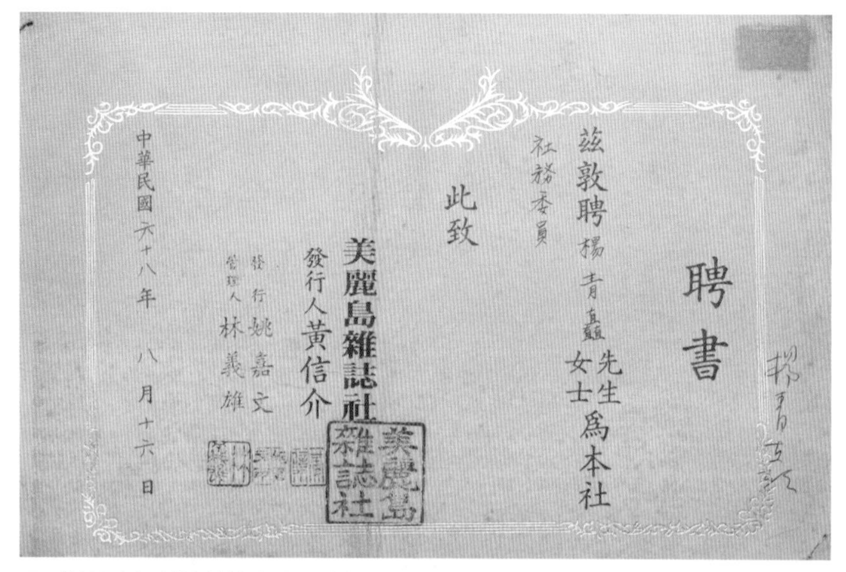

聘書

茲敦聘 楊青矗 先生 為本社社務委員

此致

美麗島雜誌社
發行人 黃信介
發行管理人 姚嘉文 林義雄

中華民國六十八年八月十六日

■《美麗島》雜誌社社務委員聘書。圖片提供/楊青矗

■4月11日，以周清玉命名的《美麗島》雜誌，向台北市政府新聞局提出申請設立登記。圖片提供/袁嬿嬿

組織架構儼然是一個政黨，依施明德的說法是一個「沒有黨名的黨」。

《美麗島》雜誌社發行人黃信介，發行管理人姚嘉文、林義雄，社長許信良，副社長黃天福、呂秀蓮，總編輯張俊宏，總經理施明德。實際執行編輯工作的是陳忠信。

《美麗島》雜誌創刊

原先依五人的計畫，在《美麗島》雜誌籌備期間，於6月1日在台北市成立「黨外民意代表聯合辦事處」，簡稱「黨外總部」，召集人為黃信介、黃順興、黃天福、林義雄、張俊宏五人。「黨外總部」研擬的組織模型，後來完全落實於《美麗島》雜誌社的組織型態。自八月中旬第一期《美麗島》問世出刊引起轟動，各地服務處於9、10、11月陸續順利成立後，《美麗島》即成為「黨外」的代名詞，成為實質的「黨外

■在台北市仁愛路《美麗島》雜誌總社召開編輯會議。圖片提供/艾琳達

■《美麗島》雜誌編輯會議後合影。圖片提供/黃天福

■8月24日《美麗島》雜誌創刊號上市。圖片提供/張富忠

■9月25日《美麗島》雜誌第2期出刊。圖片提供/張富忠

■10月25日《美麗島》雜誌第3期出刊，
發行量突破9萬本。圖片提供/張富忠

■11月25日《美麗島》第4期出刊，創下政論雜誌發行量最高紀錄14萬本。圖片提供/張富忠

總部」。

然而在施明德、許信良、姚嘉文、林義雄、張俊宏五人籌設黨外常設組織期間，亦曾受到另外一些黨外人士的不滿與挑戰。由張春男、呂秀蓮發起的「黨外中央民意代表候選人聯誼會」於6月2日成立，他們暗指施明德等人在籌設黨外組織的過程「黑箱作業」、「不民主」。

「黨外中央民意代表候選人聯誼會」成立

「黨外中央民意代表候選人聯誼會」在張春男、呂秀蓮的策劃下，密集在各地辦活動，6月24日在高雄澄清湖，7月1日在高雄市扶輪公園，7月28日在台中市中山公園。這些活動一改過去黨外在室內集會的方式，都在戶外舉行，引起情治單位極大的壓力。

6月24日在澄清湖，黨外人士進入後，整個風景區隨即被封鎖，不准遊客入內。7月28日，在台中市中山公園，受到消防車噴水伺候，並遭警察電棍驅散群眾。七二八之後，黨外候選人聯誼會就不再辦活動，此時亦是《美麗島》雜誌正式成立，一切都集中在《美麗島》的旗幟下。

此外，黨外的統派陣營亦於6月9日於彰化成立黃順興民眾服務處，並於9月6日發行《鼓聲》雜誌，以表明在與獨派合作的黨外聯合陣線下，「合作中有區隔」的立場。《鼓聲》出刊一星期後，即遭警總停刊一年。11月1日，統派再發行《春風》雜誌。

地下報紙《潮流》創刊

在黨外組織化的過程中，由吳哲朗、陳婉真、陳博文出版，手抄油印，不定期的地下報紙《潮流》扮演了推波助瀾的重要角色。吳哲朗原為台灣日報記者，在該報被國防部收購後離職；陳婉真原為中國時報記者，亦是前一年的立法

■9月28日，《美麗島》雜誌社高雄服務處成立茶會，發行人黃信介蒞臨致詞。圖片提供/艾琳達

■《美麗島》雜誌社副社長呂秀蓮在高雄服務處騎樓下發表演講。圖片提供/艾琳達

■《美麗島》雜誌社發行管理人姚嘉文向支持美麗島的支持者發表演講。圖片提供/艾琳達

■9月30日要離台赴美的社長許信良，在《美麗島》雜誌社高雄服務處樓下發表發表離台演講。圖片提供/艾琳達

委員候選人。

於4月27日出刊第一期的《潮流》，只發行一百份，原本多為省議會的消息，在省議會散發。但《潮流》刊登的新聞，完全是當時媒體不能也不敢登的真正的消息，很快的就在黨外聚會群眾中引起注意，而成為報導黨外政治新聞的一份「報紙」。《潮流》出刊不定期，但內容原汁原味，體現百分之百新聞自由，例如31期報導黃順興服務處成立時，軍警大軍部署騷擾會場的全部實況。41期報導許信良被休職後，黨外人士的談話，包括林義雄指控國民黨是「叛亂團體，在台造反」等言論。

8月7日，《潮流》的經理陳博文和印刷廠老闆楊裕榮同時被捕，當時出刊的第46期全部被沒收。此事發生後，正在美國旅行的陳婉真到紐約台灣辦事處「北美事務協調會」前絕食12天，抗議國民黨非法濫捕。陳婉真絕食至昏倒送醫院。

《美麗島》雜誌創下銷售最高紀錄

8月16日，《美麗島》雜誌創刊號上市。第一期就造成轟動，一再加印，最後銷售數為七萬本，創下當時雜誌銷售量的最高記錄。《美麗島》的暢銷，超乎任何人的期待，黨外人士充份感受到在非選舉期間群眾的熱情支持。

伴隨著一期比一期多的銷售量（最高的第四期達十四萬本），各縣市分社服務處以及基金管理委員會也迅速的在9、10、11月陸續建立起來，甚至在美國設立「全美聯絡處」。

《美麗島》的暢銷以及各地服務處順利成立，意味著戰後台灣反對運動，在跌跌撞撞將近三十年之後，終於完成了初步的組織化任務。這個組織靠著群眾的熱情，暫時掩蓋住許多粗糙和分歧。

美麗島的大旗幟，基本上是「反國民黨聯合陣線」，成員複雜訴求分歧，有統派有獨派，有社會主義者自由主義者，中產階級農工階級，環保主義者唯經濟發展論者，本省人外省人，女性主義者男性沙文主義者，革命家改革者，兼容並蓄。在「反國民黨」的要求下，成員們共同撐起這面大旗。

潮流
最原始的報紙．代表最真的民意
TIME
0001
不可抵擋的潮流

■不定期出刊，八開紙雙面手抄油印。創刊號裡一個類似社論的小欄，有張俊宏的發刊辭〈不可抵擋的潮流〉介紹其源流。
圖片提供/陳婉真

潮流
TIME
0015
蔣總統關懷省議會
祝潮流 光輝燦爛 大放異彩 姚嘉文賀
政治家對不利於己之言論應採取之態度

■省議員林義雄拔刀相助，在第15期的《潮流》寫了一篇〈政治家對不利之言論應採取之態度〉。圖片提供/陳婉真

■《潮流》第16期的刊頭下，刊載一則聲明：「潮流的立場是：雖然您說的話我不同意，但我要儘量為您爭取說話的權利。」潮流即以這種自我砥礪的胸襟，堅持到底。圖片提供/陳婉真

■左起紀萬生、陳鼓應、孟祥柯、蘇慶黎攝於黃順興服務處拒馬前。
圖片提供/艾琳達

■林義雄與張俊宏在省議會質詢，軍隊演習擅闖議場的「大軍壓境」風波。
圖片提供/張俊宏

國民黨右派勢力大反撲

然而，自1978年底台美斷交、停選之後，國民黨害怕失去政權的焦慮，引發內部右派勢力抬頭，對黨外陣營採取一連串的鎮壓騷擾行動。包括：余登發、余瑞言父子案；許信良休職案；《潮流》逮捕陳博文、楊裕榮；許信良生日餐會，軍警封鎖現場；六月中旬省議會總質詢，軍隊演習擅闖議場，引發林義雄、張俊宏質詢「大軍壓境」風波；6月彰化黃順興服務處成立，軍警以鐵絲網封鎖現場，號稱演習；六二四，黨外候選人聯誼會，軍警封鎖澄清湖；七二八，黨外候選人聯誼會，軍警出動消防車強力水柱沖散聚會者，並以電棍毆打群眾；8月宜蘭「蔣渭水逝世48週年紀念會」，北區警備司令部封鎖宜蘭交通要衢，警方以搜捕通緝犯為由，強行進入主辦者黃煌雄、高鈐鴻家中。

可以說，美麗島政團是在國民黨軍警特勢力強壓之下形

■6月9日，立法委員黃順興服務處成立，軍警以鐵絲網、拒馬封鎖成立大會現場，黃順興與警方理論，抗議封鎖。圖片提供/艾琳達

■7月28日，「黨外中央民意代表選舉聯誼會」，一行二十餘人在台中公園，邱垂貞演唱台灣民謠聯歡，遭到國民黨以消防車強力水柱、電棍驅散群衆。
圖片提供/新台灣研究基金會

成的，國民黨的強勢，一定程度上催生黨外陣營的強力「對抗」意識。雖然蔣經國指派國民黨中央黨部政策會兩位秘書長梁肅戎、關中，多次和黨外人士溝通，包括許信良、黃信介、康寧祥、林義雄、姚嘉文、施明德都曾出席。台灣在野前輩吳三連也嘗試以緩和氣氛，辦過多次雙方出席的聚會。但國民黨一方面溝通，一方面軍警特動作不斷，引發黨外陣營對國民黨兩手策略的猜疑與不滿，更加強對抗的氣息。

9月8日，美麗島總社在台北中泰賓館舉行創刊酒會。在酒會舉辦前三天，中泰賓館接獲數通恐嚇電話，警告要放「定時炸彈」。酒會在下午舉行，中午起，中泰賓館前馬路上就聚集了數十位「反共義士」，帶領一群高中學生，不斷的以「賣國賊」、「台獨份子」、「妓女」等字眼辱罵到場的黨外人士，警方以「保護」為由，佈置人牆隔離雙方。

當天到場的全台黨外人士將近千人，與會貴賓包括反對運動元老吳三連、國民黨中央政策會副秘書長關中、清大理學院院長沈君山等人。

酒會開始後，場外的示威者在警察「保護」下愈行囂張，除了辱罵之外，開始攻擊落單的黨外人士，並以電池、硬幣扔擲進出大門的人。警方在旁視若無睹。下午五點酒會結束後，場外示威人士揚言暴力對付黨外人士，警方要求與會者從「側門」出去，並以層層警員圍住大門。六點以後，

■1979年9月8日，《疾風》成員蕭玉井、李勝峰等人在中泰賓館外高聲叫罵。
圖片提供/新台灣研究基金會

■10月20日，下午8點《美麗島》雜誌社高雄市服務處舉辦成立以來第一次對外活動，邀請姚嘉文律師主講「民主與法治」。圖片提供/周平德

■右起楊青矗擔任美麗島雜誌社高雄市服務處主任與雜誌社總經理施明德、黃昭輝（左一）、政治犯黃重光（左二）攝於《美麗島》雜誌社高雄服務處。
圖片提供/楊青矗

■1979年11月20日，黨外人士前往台中參加吳哲朗坐監惜別會，手牽手出發前的隊伍，
前排右起吳仁輔、袁嬿嬿、艾琳達、施明德。圖片提供/新台灣研究基金會

■吳哲朗坐監惜別會，施明德要求管制交通的憲兵軍官放行，讓參加的民眾自由進出。圖片提供/新台灣研究基金會

被警方圍在內「保護」的黨外人士按捺不住，決定組「義勇隊」，自己保護自己。此時警方才出動驅散右派暴力份子。

警察的「保護右派暴力份子」的行為，讓黨外人士更是氣憤。

擔任美麗島雜誌社社長的許信良，認為黨外陣營已有規模，而他本人是國民黨和黨外衝突的重要原因，決定暫時出國以降低雙方緊張關係。9月30日，他與妻兒出國。

《美麗島》高雄市服務處遭攻擊被砸

9月4日，警總以叛亂罪嫌逮捕老政治犯張化民。10月3日，逮捕知名作家陳映真和李慶榮，偵訊37小時後釋放。第3期10月號出刊後，即風聞國民黨將查禁《美麗島》，理由是一篇抨擊韓國右派政權的文章，被國民黨認為「妨礙邦交」。

11月起，政治氣氛愈形詭異緊張。6日，高雄服務處遭六、七個年輕人攻擊；12日，南投縣服務處成立，軍方在街頭演習 甚至出現坦克車；20日台中服務處舉辦「吳哲朗坐監惜別會」，憲警圍堵太平國小會場不准民眾進出，教室裡進駐武裝軍人，頂樓還架著機關槍；29日，高雄服務處再度被搗毀；同時間，一群年輕人衝進台北市大龍峒黃信介住宅，以斧頭砸毀家具後揚長而去；12月7日晚，屏東服務處成立前夕，六名青年手持利斧搗毀家具、砍傷職員，更有人掏出手

■1979年11月29日，《美麗島》高雄市服務處第二次被砸，服務處在外牆上掛出大幅的抗議布條。圖片提供/新台灣研究基金會

■11月29日，《美麗島》雜誌高雄服務處遭8名青年持斧頭、武士刀闖入，搗毀辦公桌、玻璃、電話等。圖片提供/周平德

■美麗島高雄市服務處遭人搗毀，雜誌社人員在宣傳車貼上「嚴重抗議暴力迫害」的標語，表達受暴力威脅的心聲。圖片提供/周平德

■綠島是國民黨政權關政治犯的地方，11月7日施明德與艾琳達拍下綠島蓋新監獄鏡頭。圖片提供/艾琳達

槍恐嚇。

一連串的攻擊事件顯然是精心策劃的預謀，激怒了黨外人士。12月8日屏東服務處成立，一些黨外人士在高屏大橋上攔下跟蹤的警總特務，將他痛毆一頓。

12月10日，《美麗島》雜誌社計畫在高雄市扶輪公園舉辦「世界人權紀念日」演講大會。這場活動的申請一直未獲批准，但在當時的氣氛下，同時為了凸顯人權日的意義，決定如期舉行。國民黨方面則是不斷恐嚇警告，雙方劍拔弩張，對峙氣氛愈升愈高。

鼓山事件

姚國建、邱勝雄被毒打

人權日前一晚，美麗島高雄市服務處宣傳車在市區宣傳第二天的活動，於鼓山分局附近遭警察阻攔，雙方發生衝突，結果宣傳車上的兩位義工，姚國建和邱勝雄被抓到鼓山分局內。

姚國建，高雄眷村長大的外省子弟，一句閩南話都不會說，但當時已是美麗島高雄服務處義工的頭頭。他被警察以頭下腳上拖著的方式，整個臉叩叩叩，一路撞在階梯上進了分局，還被腳踹、踢，進去後已經滿臉是血，牙齒都撞斷了，但十幾個警察依然圍上來邊罵邊踹。邱勝雄的狀況也好不到哪裡去。兩人就在鼓山分局被十幾位警察當成足球踢得全身是血。踢完後，他們被押至南區警備總部，又是一陣毒打伺候。

姚國建、邱勝雄被抓的消息傳回服務處，黨外群眾隨即趕至鼓山分局。上百名群眾包圍分局時，姚國建、邱勝雄已被送走，象徵公權力的警察分局拉下鐵門，隔著鐵窗和群眾對峙。當天晚上，南投的黨外健將紀萬生以及施明德的秘書蔡有全、政治犯蘇東啟的女兒蘇治芬，正好在高雄，他們就到現場帶領群眾包圍分局。

僵持到半夜之後，國民黨傳來消息要放人，由蔡有全和蘇秋鎮律師兩人到南警部具保，把姚、邱帶回服務處。蘇治芬形容全身是傷，被抬下車

■左起張富忠、曾心儀、陳菊身批三色彩帶與火把遊行隊伍。圖片提供/周平德

■遊行隊伍由大卡車前導，車上搭設臨時演講台，黃信介在車上演講，另有一台小貨車作為指揮車。圖片提供/艾琳達

的兩人「整個臉都被打得變形了，腫起來了，幾乎認不出來哪個是姚國建，哪個是邱勝雄。」

「鼓山事件」姚國建、邱勝雄被毒打的消息迅速傳遍各地黨外，群情激憤，不少原本未計畫參加人權日活動的黨外人士也決定前往聲援。「拚到底」的主戰派聲音，促成了第二天一定要遊行的決定。

舉辦美麗島人權日活動

12月10日，各報頭版頭條消息：「高雄地區戒嚴司令部宣布：冬令宵禁提早自十日舉行」。這完全是針對晚上的人權日活動而來的警告。

自上午開始，高雄市區如臨大敵，三步一崗五步一哨。國民黨調動了憲兵、保安大隊、鎮暴部隊，出動新購買的大型鎮暴車，南部地區部隊全面待命。

南警部司令和憲兵司令在「後方指揮所」，南警部副司令和市警局副局長在「現場指揮所」，就像打仗一般的佈署。連台北市配備卡賓槍的忠勇大隊四百多人都漏夜以卡車運來。

各地黨外人士在下午以後紛紛抵達高雄服務處。窄小的空間擠滿了人。當時，擔任國民黨、黨外溝通，傳達國民黨消息的黃越欽教授也在現場，他帶來南警部司令常持琇的原則：「室內演講，不可遊行，不可持火把。」

這樣的原則，在當時等於是投降，黃越欽被主戰派轟了出去。

黃信介在下午六點抵達高雄火車站，南警部常司令在車站等他。幾經交涉後，常司令答應黃信介可以演講，不要遊行。協議達成後，常送黃到美麗島服務處，此時遊行隊伍已經準備就緒要出發了。

黃信介向施明德、姚嘉文詢問狀況，施明德向黃信介說明警總早已封鎖演講會現場，所謂的承諾根本是騙局。準備要出發的黨外人士和群眾早已按捺不住，紛紛點起火把，開始移動。黃信介宣布要熄滅火把，但這樣的要求完全起不了作用。

身披著名條、綵帶，手持著火把的數百人遊行隊伍，由陳菊、曾心儀、蘇治芬領頭站在第一線。隊伍緩緩前進，沒多久就到了服務處附近的大圓環，圓環邊是新興分局。

依施明德、姚嘉文的計畫，就只象徵性走到大圓環，演講後就解散。遊行隊伍暫停後席地而坐，開始由黃信介演講。此時憲兵鎮暴部隊從各地陸續趕來，將大圓環四週道路全面封鎖，被圍在封鎖圈圓環內的群眾約有一千多人，另有數萬群眾在原定演講的扶輪公園等待，知道消息後，便往大圓環方向移動。

鎮暴部隊包圍演講會場

在大圓環的演講原本平和的進行，但包圍的鎮暴部隊慢慢的縮小包圍圈，鎮暴部隊後面，是身形龐大、首度出現在台灣街頭的鎮暴瓦斯車。鎮暴車的氣勢，給群眾帶來不安的氣息。於是總指揮施明德與姚嘉文前往新興分局交涉，希望開放一出口讓民眾自由出入，以減緩現場緊張氣氛。

在交涉當中，大圓環內的被包圍的群眾發現中正三路的鎮暴車冒出大量白煙，逐漸逼近圓環，並打開強烈的探照燈，有人高喊「放瓦斯了！」，原本坐著的群眾驚恐的開始往反方向的中正四路奔走逃跑，施明德等人從分局出來時，人群已移動了。而中正四路的封鎖部隊最為單薄，只有憲兵手臂勾著手臂站著。逃命的群眾遂和憲兵發生第一波衝突。

衝過封鎖線後，美麗島人士引導群眾回到服務處，接近抓狂的群眾不肯散去，於是繼續進行演講。此時，原先在封鎖線外的群眾已和黨外遊行隊伍聚合，擠滿服務處前的馬路。

美麗島人士繼續對群眾演講，帶動唱歌，期待活動能平和收場。輪番上場者都也十分興奮，但一再呼籲群眾冷靜。

鎮暴部隊施放催淚瓦斯

黨外人士輪番演講，讓數萬群眾如醉如痴。當晚，呂秀蓮作了她此生最精彩的一次演講，她以感性的聲音訴說著「台灣人有權決定自己的命運」「咱要出頭天」。

將近十點，呂秀蓮講到最精彩時，從馬路另一端出現大批鎮暴車，向坦克部隊一樣開過來，比先前大圓環前的陣勢更為驚人。又是強烈的探照燈、施放催淚瓦斯，群眾在驚

■現場民眾首度看見憲警出動的鎮暴車，而且噴出白色的煙霧，造成衝突的開始。圖片提供/艾琳達

■現場四處都是鎮暴部隊。圖片提供/艾琳達

恐和憤怒的情緒下，再度和鎮暴部隊衝突。

這一波的衝突一發不可收拾，一直到半夜才逐漸結束，留下現場濃濃的瓦斯味以及四散各處，被群眾拔起來當自衛工具的馬路柵欄。

這場事先並沒有獲得執行戒嚴令的治安單位許可的國際人權演講會，執政當局派出大批軍警先鎮後暴，因而爆發警民大衝突。

12月12日下午7點，在《美麗島》雜誌總社舉行記者招待會，由黃信介、張俊宏、姚嘉文、施明德對高雄事件真相加以說明。當時，美麗島陣營領導者除了施明德與張俊宏堅信國民黨將抓人外，其餘的大致上都還樂觀，或者說，「不肯面對被逮捕的可能」。

展開大逮捕

12月13日，國民黨清晨展開行動，以「涉嫌叛亂」罪名，將黨外人士。張俊宏、姚嘉文、王拓、陳菊、周平德、蘇秋鎮、呂秀蓮、紀萬生、林義雄、陳忠信、楊青矗、邱奕彬、魏廷朝、張富忠等14人逮捕。施明德在警總人員圍捕下脫逃。

陳菊、呂秀蓮、林義雄被捕，施明德脫逃

12月13日清晨1點，台北市信義路國際學舍對面巷內，施明德寓所租在林義雄家的二樓、林義雄住一樓。警總逮捕目標為施明德、陳菊、呂秀蓮及林義雄。

施明德住二樓，前一天陳菊與呂秀蓮暫住施家，樓下有人按電鈴，施明德照樣大睡，艾琳達卻一夜睡不安寧，覺得門鈴響得古怪，不去開門，直覺的先拿起電話，結果發現電話線被給斷了，趕到陽台一看，樓下有一群大漢圍在門口，馬上衝回臥室告訴施明德：「逮捕的人來了!」

施明德叫艾琳達先穿好衣服，把鄰房的陳菊、呂秀蓮叫醒，才匆忙穿好衣服。這時警總人員自樓梯口闖上大聲喊叫：「警察!開門!開門!」

艾琳達搬了沙發頂住房門，陳菊也衝出陽台大叫：「林義雄!趕快起來!有人要抓我!」方素敏給樓上腳步聲和敲門聲吵醒，趕快叫醒林義雄說：「二樓好像在抓人，你起來看一下！」林義雄後面的窗戶，一個巨大人影從樓上落下，原來陳菊跳到樓下了，正好給守在樓下的警總人員逮捕

了。

這時林義雄家的鐵門也遭警總人員敲門說：「戶口普查啦!」

林義雄回答說「不像嘛!你們自己看看這麼多車，這麼多人，像什麼戶口普查？」

林義雄再把門鎖住，突然警總人員跳牆進來，「砰!」一聲，打破玻璃大門衝入，便衣人員一擁而入，就把林義雄銬著，他赤腳經過滿是玻璃碎片的地，被帶走了。

這時施明德從艾琳達身邊一閃而過，跳到後面，翻牆逃走了。

艾琳達與施明德的家門被撞開了，艾琳達看情況不對張口大叫，喊不了兩句，警總人員四五個大漢抓住她，用毛巾塞住她的嘴。同時就把呂秀蓮架走，呂秀蓮要求換好衣服再走。他們讓她換了衣服，把她逮捕了。

■張俊宏省議員。圖片提供/艾琳達

張俊宏省議員被捕經過

13日早上清晨五點，在羅斯福路和平東路口張俊宏的家，警總人員包圍前後門，二十多個全副武裝的員警端著上了子彈的槍衝了進來，張俊宏來不及穿衣就被拖到臥室門口，便衣人員不講話擁上去就扣上手銬，張俊宏腳上還穿著拖鞋，馬上被帶走。張俊宏衣裝不整，但自始嚴肅而鎮定。人帶走了，警總人員開始在房裏搜查，張俊宏的兒子給吵醒，跑出臥房到客廳問：「什麼事？」答：「你們家裏有手槍！」這樣東翻西翻，到了九點搜查完畢，帶走了電話簿、名片、各種競選資料、稿件、書刊。

■1976年9月，魏廷朝第二次走出黑牢後，與張慶惠結婚，1978年生下跟他長的一模一樣的胖兒子新奇，婚前他曾答應太太，絕不「插手」政治，但是他還是到美麗島雜誌社擔任執行編輯，這是他三度進黑牢。圖片提供/張慶惠

■姚嘉文律師。圖片提供/艾琳達

姚嘉文律師被捕經過

上午7點，台北市忠孝東路新生南路口姚嘉文寓所，姚嘉文家仍像往常一樣，用完早餐，準備上學上班。7點40分，姚嘉文為了發動車子先行下樓，到達一樓，就被警總人員逮捕帶走。

警總人員上樓先展示搜索票，理由是「涉嫌叛亂」。他們要周清玉坐在客廳一角的藤椅上，一群20多人，分別到每一個房間搜東西。限制周清玉：「不可以動，你必須坐在那邊，不可以亂跑，我們的規定就是這樣，規定就是法律，你懂不懂！」警總人員在姚嘉文家裡搜了3、4個鐘頭，拿了一些文件，他們的照片，書信到客廳，告訴周清玉這些是從她家找出來的，要周清玉在上面簽章。

當天清早，連讓姚嘉文通知周清玉與女兒姚雨靜一聲都不可能，他就這樣無聲無息地被帶走。

■高雄事件發生後，美麗島雜誌社服務處被人搗毀，黨外人士被抓時，更有老師帶領學生到服務處門前鼓掌叫好。圖片提供/周平德

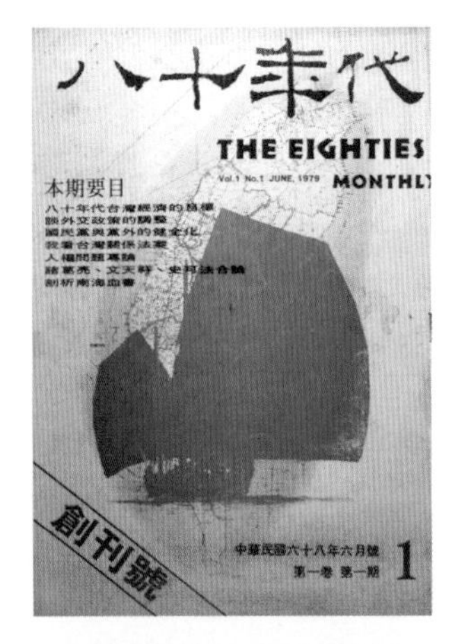

■12月20日，《八十年代》與《春風》雜誌被停刊1年。

逮捕立法委員黃信介

12月14日上午8點40分，黃信介在重慶北路住宅被捕。早上8點，康寧祥來到黃信介家，在客廳談話，談了半個小時，康寧祥離開黃家，要去參加九點開始的立法院會。這時在客廳內還有台北市警察局長，他不等立法院的開會結果，就帶了幾個人趕來黃信介家準備抓人。他帶著等待的神色，外表十分安靜的坐著。康寧祥走到屋子外面時，看到大約有一百多個人聚在門口，人群中有兩部大轎車十分顯眼。

早上9點立法院開議，老立委員陸續來了，大約到了兩百五十位，院長倪文亞宣布開秘密院會，要記者先行退席，會議開始由議事組主任胡濤宣讀警備總司令部函：

「立法委員黃信介，68年12月10日於高雄市假借慶祝世界人權日名義，策劃反政府暴力行為，涉嫌叛亂，請立法院准予依法逮捕偵查。」

宣讀完畢，倪文亞兩度詢問有無異議，會場中響起一片掌聲，平均年齡已達七十歲的老立法委員個個精神抖擻，熱烈的鼓掌，主席迅速宣布無異議通過。就在同時，康寧祥舉手要求發言，倪文亞認為發言時間已過，立即離席，康寧祥因而在座位上大呼：「議事犯規!」有的委員聽了紛紛起立大喊：「散會!散會!」

於是立委黃信介，就在鼓掌的歡樂中被立法院同意逮捕了。

會場外則有一群極右份子大喊口號示威呼應，他們在議會場外面十分威武的一字排開，人人拿著一片示威標語牌，上面寫著：「台獨黑拳幫狗腿費希平、美麗島份子康寧祥、黃順興、美麗島暴徒黃信介揪出立法院，請求立法院清除敗類……」

9點30分黃信介家裡的電話響了，台北市警察局長接了電話，很有禮貌的請立法委員黃信介離家。黃信介面帶笑容在弟弟黃天福扶持下步出家門，向群眾頻頻揮手。康寧祥立委趕回來黃家，兩個民主運動夥伴擁抱一下，互道珍重，黃信介就坐進黑色大車走了。

查封《美麗島》雜誌社

警總開始懸賞五十萬抓拿施明德，另宣布包庇或藏匿者，處死刑、無期徒刑或十年以上徒刑。施明德的美籍妻子艾琳達於12月15日被驅逐出境。12月19日，《美麗島》雜誌為新聞局處分停刊一年，並扣押出版品。12月22日，警總宣布：查緝施明德的懸賞金額，提高至一百萬元。警總並陸續在全台逮捕將近百人，查封《美麗島》雜誌社及各地辦事處。

1980

大審與平反

大審與平反

美麗島事件的大逮捕，重挫了自1977年後快速崛起的黨外陣營。國內媒體配合情治系統的口徑一面倒，對「黨外暴力叛國份子」大加撻伐，一片肅殺恐怖之氣，一時間，台灣彷彿回到五〇、六〇年代。

對二十世紀二次大戰後老牌獨裁政權的國民黨，動用國家暴力摧殘新生的民主力量，是必然合理之事。國民黨情治系統處心積慮已久，1978年台美斷交後，隨著《南海血書》全面愚民、醜化抹黑黨外人士而生出的各種謠言，諸如從哪些黨外人士家中搜出槍械武器制服等等，就是一個訊號；1979年的余登發案，連結了「人造匪諜」，是另外一個訊號。

從黨外陣營的角度：「動員勘亂時期」、「戒嚴令」的緊箍咒，剝奪了集會結社言論自由的基本民主，演講通常不准辦，雜誌通常被停刊，群眾集結之處，儘是鐵絲網、警棍、消防車、軍隊伺候。「法統」的大帽子，更扭曲壓制了台灣社會自七〇年代後生長出來的自主力量。因此，反抗也是必

■黃信介，本名黃金龍，1928年生，台北大龍峒人。1969年當選終身職立法委員。擔任《美麗島》雜誌發行人，被判有期徒刑14年，同時喪失立委資格。黃信介在美麗島雜誌發刊詞說：「讓我們共同來深深挖掘我們自己的土地，期待一個豐收的明天——自由民主的花朵開遍美麗島！」
攝影/周嘉華

■施明德，1941年生，高雄人。1979年任《美麗島》雜誌社總經理，被判無期徒刑，褫奪公權終身。最後陳述時說：「我不是怕死的人，只有為了理想、正義、國家、人民利益，我才會低頭，如果能夠平服國人的怨氣，能夠有助於國家的團結和社會的和諧，那麼被告很願意的，請求審判者判我死刑，請不要減刑，我請求，我請求……。」
攝影/周嘉華

然合理的事。

美麗島事件，正是這兩股「必然」的力量衝撞的結果。大逮捕之後，國內媒體的馴服，自由派學者的無力（胡佛、楊國樞、張忠棟、李鴻禧等教授甚至成為右派「疾風」集團公開叫囂要槍斃的對象），社會的人人自危，教育體系雪上加霜的全面洗腦，似乎說明了國民黨情治系統的勝利以及美麗島黨外陣營的全面瓦解。

然而，真正的鬥爭才正要開始。

美麗島事件秋後算帳

影響、形塑未來20年民主運動命運的鬥爭，是在「牢裡」和「牢外」兩個範疇內進行的。

逮捕美麗島人士由警總、調查局、警察、憲兵四個單位同步進行，包括1979年12月10日當天晚上在現場附近被跟蹤抓走的民眾吳振明，13日凌晨逮捕的14名國民黨眼中「首惡份子」，14日經立法院「同意」後抓走的黃信介，以及陸陸續續在各縣市清查逮捕的活躍份子。整個逮捕行動持續到1980年4月24日，警備總部將台灣長老教會總幹事高俊明以藏匿施明德（藏匿叛徒，知匪不報）的罪嫌逮捕後，才告一段落。

被捕者的原因不在有無參與美麗島高雄事件，例如中壢事件檢舉校長作票的邱奕彬根本就沒去高雄，而是「秋後算帳」，對活躍的民主運動參與者趁機剷除。同樣有到現場的《八十年代》編輯史非非（范巽綠）、林濁水、林世煜，只有范

■姚嘉文，1938年生，彰化人。台大法律系、法學研究所畢。1975年他與林義雄共同擔任郭雨新落選官司辯護律師，1979年擔任余登發父子叛亂案辯護律師，被譽為「黨外大護法」。他擔任《美麗島》雜誌發行管理人，最後陳述時說：「我已決定像彼得回到羅馬一樣，回到美麗島與我的朋友一起承受這場災難」，最後被判有期徒刑12年。攝影/周嘉華

■張俊宏，1938年生，南投人。1970年，畢業於台大政治研究所。1977年當選台灣省議員。1979年，擔任《美麗島》雜誌總編輯，被判有期徒刑12年。最後陳述時說：「希望美麗島高雄事件的災難早日過去，並導入一個光明的未來。」攝影/周嘉華

巽綠被捕，她是美麗島事件中唯一被逮捕的外省第二代，關了90天後不起訴釋放。

也有被抓一、兩天即釋放的，屏東的省議員邱連輝就是如此，高雄事件現場他還上台演講，抨擊核能電廠。邱連輝是高屏六堆客家籍政治領袖，他被逮捕時，屏東縣麟洛鄉的村民們為保護他，差點釀成暴動。省議員林義雄和立委康寧祥在鎮暴部隊衝向美麗島服務處之前一刻同時抵達現場，康寧祥立委上台講話，林義雄省議員只在台下向群眾揮手致意，但只逮捕林義雄。《夏潮》總編輯蘇慶黎關了3個月後不起訴釋放。

正式起訴的是：

軍法：黃信介、施明德、張俊宏、姚嘉文、林義雄、呂秀蓮、陳菊、林弘宣8名。

司法：魏廷朝、王拓、邱茂男、周平德、紀萬生、楊青矗、蔡有全、范政祐、邱垂貞、張富忠、陳忠信、陳博文、余阿興、蔡垂和、戴振耀、劉華明、吳文賢、許天賢、吳振明、傅耀坤、蘇振祥、陳福來、潘來長、李長宗、陳慶智、王滿慶、李明憲、許淇潭、蔡精文、鄭官和、劉泰和、邱明強、洪裕發33人。

鼓山事件：姚國建、邱勝雄2人。

藏匿施明德：高俊明、林文珍、許晴富、吳文、張溫鷹、林樹枝、趙振貳、黃昭輝、施瑞雲、許江金櫻10人

這些被捕者，分別在警總保安處、調查局、南警部接受

■呂秀蓮，1944年生，桃園人。美國哈佛大學法學碩士。呂秀蓮在1970年代大力推動女權，倡導新女性主義，是台灣婦女運動先驅者。擔任《美麗島》雜誌副社長，被判有期徒刑12年。呂秀蓮在最後陳述重燃希望之火：「這希望之火將繼續點燃到宣判那天，那時的火光也許會突然熄滅，那時，也許不再需要火光，因為天已大亮了！」。
攝影/周嘉華

■陳菊，1950年生，宜蘭人。世界新專畢業，曾任黨外前輩郭雨新的秘書。1979年，她擔任美麗島高雄服務處副主任，被判有期徒刑12年。最後陳述時說：「祈求歷史的悲劇不要再重演，想念所有的朋友，珍重而不再見，請林義雄代吻奐均，告訴她阿姨愛她。」攝影/周嘉華

長達四、五十天的偵訊。被歸類為「助勢打警察」的，例如吳振明、劉華明等人，被捕後即上腳鐐，交由憲兵「伺候」，每個人都被打得全身是傷，完全是報復的手段。（吳振明被踢得下體流血，染紅整條內褲，後來在法庭上，他提供出來作為刑求的證據，居然被法院駁為因「性病」而流血）。

被歸為「領頭首惡」者，開始由每組二名偵訊員，三組人馬輪流沒日沒夜、無法無天、疲勞轟炸地審問。受刑人寫了一遍又一遍的自白書，撕了再寫，寫了再撕。原來國民黨情治系統在編織、虛構一張龐大的叛亂圖像，這張叛亂網的龍頭是黃信介，由「五人小組」施明德、許信良、林義雄、張俊宏、姚嘉文負責擬定「長短程奪權計畫」，其他眾多參與者則是「有叛亂意圖」、「有意識的聯絡」，於高雄遊行時加入組織，著手實施叛亂行為。

這個國民黨虛擬的叛亂圖像，必須經由每個人的「自白」串聯才能完成。因此，任何人的「自白書」若不符合規格，就必須重寫、重寫、再重寫。國民黨當權者以無止境的疲勞審訊，恐嚇、威脅、欺騙、嘲笑、踐踏這些受刑人的人格，

母親女兒被殺前夕
林義雄指稱曾受恐嚇
疲勞盤問下簽署供狀
訊問階段結束今日將開始辯證

■林義雄曾遭到嚴重的刑求。

■林弘宣，1942年生，台中人。台大哲學系畢業，1979年擔任美麗島高雄服務處幹事，被判刑12年。最後的陳述說：「被告此刻心情，跟我主臨死前很接近，我不懷恨非法抓我，侮辱我，折磨我的治安人員，以及背後指使他們如此去做的任何人，我懇求我的上帝原諒他們，因為他們不知他們所做的；我也懇求上帝安慰一切因本案而正在受苦受難的共同被告及其家人親屬、朋友，以及海內外同胞。」攝影/周嘉華

■紀萬生（右），1939年，南投人。台中師專畢業，任教於國小、國中。1972年，紀萬生曾上萬言書力促教育改革，因而備受壓力，但他不受影響，不斷針砭時政，也成為被跟監的黑名單。1979年，擔任美麗島社務委員，被判入獄四年，左為蔡垂和。攝影/周嘉華

摧毀他們的意志。在不知天日的密室裡，受刑人遭孤立、隔離，有些人甚至不得不承認叛亂，誣陷別人。

其中以林義雄和紀萬生的性格最為剛烈。他們在數天數夜沒有休息、沒有睡眠之後，依然不肯「自白」、不肯「悔過」，因而被連續刑求一星期以上。林義雄被打得內傷，被香菸燙臉；紀萬生在總政治作戰部主任王昇來看他，嘲笑他「虎落平陽」，憤而指著王昇說：「狗、狗、狗」之後，被以老虎凳刑求至昏倒。紀萬生是被刑求得最厲害的一位，他左耳被打得失聰，最嚴重時，整張臉扭曲變形，連同案者都認不得他。蔡有全也是被刑求得很嚴重。

國民黨情治系統的這套偵訊方式，是20世紀獨裁國家通用的手法，警備總部早於五〇、六〇年代白色恐怖時期，已運用得嫻熟如意，絕無錯失。最後，每位被捕者都「自白」叛亂，企圖利用高雄人權日遊行，著手推翻政府，叛亂的武器則是木棍和石塊。

某位台灣老政治犯說過一句名言：「你簽署的、你承認的罪名，和最後的判刑沒有必然的關係。」後來，國民黨受到美國、國際輿論的壓力，決定縮小打擊面，這個虛構的叛亂集團就萎縮成八個人，其他原本已「自白」的叛亂者紛紛「退出」，重新謄寫一份沒有叛亂意圖的筆錄。

黨外女性大反撲

大逮捕發生後，殘存在外的黨外陣容面臨嚴苛的大考驗。康寧祥立委在逮捕後，對《八十年代》的年輕編輯群說：「現在黨外只剩下阿公和孫子！」過去兩年，憑著群眾的支持，憑著對民主的信念，點點滴滴累積建立反對運動組織的黨外菁英，一夕間竟成階下囚。昨日的風光正是今日的罪狀，觸犯的更是可能槍斃的叛亂罪，家屬的驚恐、悲痛、擔憂，絕不下於正在密室中受折磨的美麗島人士。

黨外陣營部份人士早於1979年中旬起就討論過國民黨翻臉、甚至再一次二二八事件的可能性，發起討論會的靈魂

■1979年12月14日，美麗島受難家屬攝於景美軍事監獄前。前排右起張俊宏太太許榮淑、田孟淑、曾心儀、魏廷昱、邱奕彬妹妹邱靜美、艾琳達、紀萬生太太、陳忠信太太唐香燕（左一）。後排右起魏廷朝太太張慶惠、張富忠母親、陳鼓應太太湯鳳娥（右四）、呂秀蓮的姊姊（右五）、林義雄太太方素敏（右六）、王拓太太（右七）、姚嘉文太太周清玉（右八）、張富忠父親（後左四）、包奕洪（後左五），艾琳達隔天被驅離出境。圖片提供/袁嬿嬿

■左起陳秀惠、袁嬿嬿、許榮淑、湯鳳娥、李豐、藍美津、方素敏。
圖片提供/袁嬿嬿

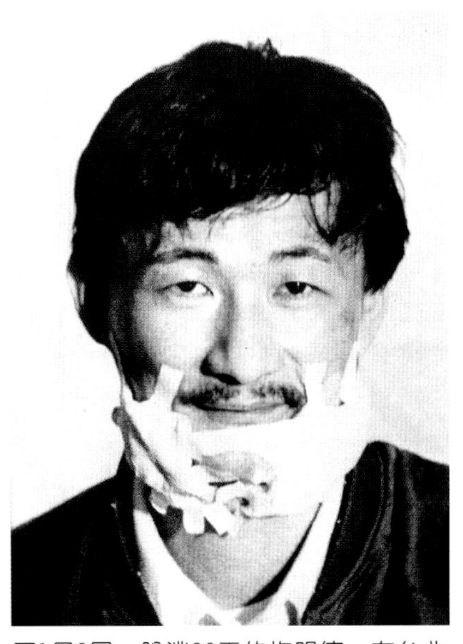
■1月8日，脫逃26天的施明德，在台北市漢口街許晴富家中被捕。上圖為警備總部逮捕施明德後發佈的新聞照片。

人物是艾琳達和蘇慶黎。

艾琳達（Linda Gail Arrigo），美國史丹福大學人類學碩士，自1975年起在台灣從事人口與勞工問題的研究。艾琳達秉持著左派信念，先後協助陳菊和施明德等人與國際人權組織建立聯絡管道。所謂的國際人權組織，在獨裁統治的年代，向來被國民黨視為是專門搞顛覆的共產黨外圍組織。

1979年9月，艾琳達嘗試建立常設的人權團體。原因在於9月4日警總逮捕張化民，而美麗島陣營對此事件沒有任何反應，沒有救援的行動。張化民是老政治犯，出獄後曾主動協助黨外。然而他是外省統派，他第二次被逮捕時，美麗島陣營卻保持緘默，讓艾琳達很感慨。美麗島陣營的漠然，讓同為黨外一份子的文化工作者周渝氣憤得到雜誌社內貼大字報抗議。

艾琳達多次邀集女性活耀份子聚會討論，包括了民主運動工作者與文化工作者如蘇慶黎、袁嬿嬿、呂秀蓮、李豐、徐慎恕、張香華、湯鳳娥、曾心儀等人。就在大逮捕前一個月，1979年11月13日，在黃信介家集會，邀請陳映真太太、李慶榮太太（李豐）報告他們兩位的先生於10月3日被捕的狀況。

在討論中，觸覺較為敏銳的蘇慶黎提及她的憂慮：1947年「二二八事件」發生後，殘存的家屬大多為女性，驚嚇之餘，她們只能暗夜哭泣，孤獨地把眼淚往肚裡吞，任憑宰割。蘇慶黎提出許多具體的作法，要婦女不可再做弱者。這次的討論，像是一場「預演」，一個月後美麗島事件就發生了。

1979年12月13日凌晨，國民黨抓人後，袁嬿嬿告訴自己：「終於來了」。如同一個月前的討論，她知道要先穩定家屬，要聯合起來，不能自我孤立。袁嬿嬿包下一部計程車，訪遍全台各地的受難家屬，和他們約定第二天上午到台北許榮淑家集合，再集體去探監。為避免被錄音，袁嬿嬿以筆談的方式和家屬溝通。

12月13日晚上，艾琳達在許榮淑家中接受美國洛杉磯WTFK電台越洋訪問，訪談進行了一個小時，艾琳達將高雄事件的來龍去脈詳盡的說了一遍，爾後，海外同鄉對高雄事件的了解就是以此訪談為範本。

14日上午，各地家屬如約集體探監，當然見不到被捕者。然而，這個小小的行動卻有極大的意義，代表了家屬並沒有崩潰，他們在景美軍監獄門口留下合影，做了歷史的見證者與參與者。

除了袁嬿嬿之外，康寧祥以及《八十年代》的編輯群范巽綠、林濁水、林世煜，和殘存的黨外活躍人士蕭裕珍、曾心儀、田秋堇、田朝明與田孟淑夫婦等人，在那段風聲鶴唳的時間，絲毫沒有退縮的擔負起聯絡、協助、慰問家屬的工作。當時那些被捕者的家門 ，都有情治人員公然站崗，甚至連他們的親友都不敢上門。

海內外也有關心者捐款，幫助那些生活遭遇困難的家屬。

正義之士

聲援美麗島受害者

國民黨的如意劇本是希望：抓人、媒體跟進撻伐、家屬噤聲求饒，被捕者自白認罪悔過，然後靜悄悄秘密審判，又回到「美好的五〇年代了」。

然而國民黨的期待落空了，還包括施明德逃亡27天，懸賞金額從五十萬跳到一百萬跳到兩百五十萬元，電視一再播放施的照片，簡直是十惡不赦的江洋大盜，新聞愈搞愈大，也成了國際要聞。

艾琳達於14日上午陪同家屬探監後，當日下午即遭國民黨滯留，第二天被驅逐出境。她在日本，經長期關心台灣人權問題的國際特赦組織工作人員梅心怡的安排，參加好幾次記者會；在香港，與當時華人知識圈中具有份量的《七十年代》總編輯李怡會面，口述「高雄事件」的經過；回美國後，巡迴各地台灣同鄉會、台灣人社團演講，超過一百場。

海外華人圈和台灣人社團，對美麗島大逮捕的反應十分激烈。史明、郭雨新、許信良、張燦鍙、彭明敏等多位政治團體領導人，在12月15日連署一份「台灣建國聯合陣線宣言」，誓言要使「罪惡的國民黨政權從整個地球上消失」。包括美國華盛頓、紐約，中南美洲的巴拉圭等好幾個台灣代表處、大使館，都被炸彈恐嚇，並遭海外同鄉示威抗議。

原本海外華人知識份子對1970年代後半葉，台灣民主與經濟的發展，充滿著高度的樂觀與期待，認為台灣是華人政治體中，唯一可能發展出民主體制的地方。美麗島事件的鎮壓逮捕，衝擊了大家的信心，樂觀轉變為憂心，大家更害怕是否會發生另一次「二二八事件」。許多學者，包括余英時在內，紛紛投書《紐約時報》，認為受審判的不是被捕者，而是「台灣的民主」。

陳若曦回台

海外華人知識份子的憂心，發展成由三十幾位學者和作家，包括杜維明、余英時、阮大仁、張富美、李歐梵、莊因、聶華苓、於梨華等人連署一封給蔣經國總統的信，由陳若曦帶回台灣。

台灣旅美作家陳若曦於1966年因對中國大陸社會主義憧憬而「回歸」大陸，1973年她在徹底失望後返美。離開中國後，陳若曦寫了一本小說《尹縣長》，轟動一時。這本書在台灣也是暢銷書，陳若曦因此成為知名作家，並於1978年獲得「吳三連小說文學獎」。

美麗島大逮捕後，陳若曦於1980年1月7日透過「吳三連基金會」的安排回台，並獲得蔣經國同意見面。在會面之前，陳若曦與台灣日報總編輯俞國基以及為《紐約時報》、《亞洲華爾街日報》撰稿的殷允

THE NEW YORK TIMES, THURSDAY, JANUARY 24, 1980

Taiwan Is Planning Open Trials Soon for Dissidents

Special to The New York Times

TAIPEI, Taiwan, Jan. 23 — With human rights conditions in Taiwan getting increasing international attention, the authorities here say they are preparing to hold open trials in the next few weeks of opposition demonstrators arrested after an anti-Government riot last month.

Sixty-five people are being held incommunicado for investigation of possible involvement in sedition as a result of a violent clash with the police that followed an unauthorized demonstration in the southern port city of Kaohsiung.

The decision to open the trials to the press and to relatives of the accused public was announced after pleas for leniency from 30 leading Chinese writers and scholars in the United States were presented to President Chiang Ching-kuo by a Taiwanese writer now living in California, Chen Jo-hsi. Miss Chen, the author of "The Execution of Mayor Yin," a book about life in Maoist China during the Cultural Revolution, ended a seven-day fact-finding trip here last week.

While military prosecutors, under martial law, have up to four months to conduct investigations before presenting any formal charges, swifter action is being promised in the case of the 65 opposition demonstrators, in part, it appears, because of increasing rumors and charges circulating abroad about human rights conditions in Taiwan.

Concern Voiced by U.S. Legislators

Concern about the situation was expressed here today by a five-member United States Congressional panel headed by Lester L. Wolff, Democrat of New York. Speaking at a news confer-

The New York Times/Diane Ying

Chen Jo-hsi, the writer, seeks leniency for dissidents jailed in Taiwan

siung incident, there was a concerted effort in Taiwan to take action against the Presbyterians. The delegation, he said, felt "very much assured" on leaving that the Taiwan Government had no intention to suppress any religious activities on the island.

Many of the Taiwanese press reports on the Kaohsiung riot have been denounced by opposition figures here as un-

Ying-shih, Professor of History at Yale University.

In a subsequent interview, Miss Chen said she had tried to relay to the President the concern of a wide segment of overseas Chinese intellectuals about Taiwan's democratic future.

"We are deeply concerned," she said, "precisely because we have put so many high hopes on Taiwan. We hope its politi-

overseas Chinese that the Government here intended to use this opportunity "to round up once and for all the democratic activists in Taiwan."

Those arrested include nearly all the leading members of the opposition groups that formed a loose coalition around Formosa magazine. Since they are not allowed to form an opposition political party, the magazine has served as their front for setting up branch offices around the island and organizing anti-Government rallies. The Kaohsiung demonstration was sponsored by a faction of the Formosa group.

President Said to Pledge Fairness

Miss Chen termed the rioting "a rather unfortunate happening brought about probably by misunderstandings on both sides."

She reported that the President had listened receptively to the views that she presented and had pledged that the cases of those arrested would be handled fairly and openly in accordance with the law.

"He did not promise leniency for the arrested, but he also did not condemn them," she said.

Shortly after her meetings with the President, the security authorities announced that those suspects among the 65 arrested who were not involved in sedition would be transferred to the jurisdiction of a civil court by the military prosecutors. This move was said to have been one of the suggestions made by the petition Miss Chen presented.

Maj. Gen. Hsu Mei-ling, spokesman of the Taiwan Garrison Command, also stated that representatives of both the foreign and the local press and family members of those accused would be per-

■紐約時報（The New York Times），1980年1月24日，刊登台灣作家陳若曦的照片，蔣經國告訴陳若曦，美麗島事件，很快將有公開審判。圖片提供/艾琳達

芃見面，全盤了解高雄事件的來龍去脈。

殷允芃曾於大逮捕後，經康寧祥的安排與交保在外、尚未被抓的「鼓山事件」兩位當事人姚國建和邱勝雄長談，姚、邱兩人被警察毒打的傷痕未退，牙齒也斷了，殷允芃才清楚知道高雄事件的近因緣由。

陳若曦與蔣經國會面兩次，在那個強人政治的時代，是極為難得的事。她向蔣經國直言：高雄事件是「先鎮後暴」，並質疑整個事件是情治單位表演的苦肉計。兩次見面後，陳若曦接受殷允芃的專訪，此篇報導刊登在《紐約時報》上。對蔣經國而言，陳若曦及她帶回來的連署書代表了海外華人重要知識份子的意見，這些人在國際媒體上也能產生一些影響力，這是他無法完全忽視的。

回台的一星期，陳若曦並與部分美麗島家屬見面，離台前還參加了老中青三代台灣作家的聚會。雖然能和蔣經國見面，但她在台灣期間，隨時都有特務跟蹤。與作家聚會那回，由於開車的黃春明（著名的鄉土文學作家）故意時慢時快，有時蛇行，甩開特務的跟蹤。沒想到聚會開始後不久，跟蹤的特務闖進會場，破口大罵：「開這麼快！讓我們都跟不上！」情治人員的囂張無恥，讓陳若曦大開眼界。

公開審判

與蔣經國第二次會面時，蔣經國告訴陳若曦會有「公開的審判」。

1月13日，美國在台協會理事長丁大衛訪台，他於18日會見高雄事件被捕者家屬，19日會見長老教會負責人。他公開表達美國對高雄事件及被捕者權利的關切。

2月20日，在羈押、偵訊二個多月，被刑求者的外傷都大致復原後，警備總部正式宣佈黃信介等8人由軍事檢察官依叛亂罪起訴，其餘37人移送司法機關起訴。

在大逮捕後的當天，協尋律師的工作已開始進行。許榮

■1980年美麗島軍法大審辯護結束後，由李勝雄律師召集律師團，在台北二二八紀念公園旁衡陽路上的「朗月照相館」拍攝合照。第一排右起陳水扁、蘇貞昌、謝長廷、呂傳勝、尤清、鄭勝助、張俊雄。第二排左起李勝雄、鄭慶隆、高瑞錚、江鵬堅、張政雄、金甫政、郭吉仁。照片提供／李勝雄律師

淑、周清玉等人先自行尋找熟識的律師朋友，康寧祥也熱心奔走，後來由張德銘律師和陳繼盛律師承擔起了決定性的律師辯護工作：尋找、集合、分配。張德銘在中壢事件擔任邱奕彬的辯護律師後，積極參與黨外活動，並於1978年投入桃竹苗地區立法委員選舉，高雄事件發生後，他也非常可能被捕。陳繼盛律師是台灣比較法學會的創始人，年輕一輩律師界的龍頭，他長期關注台灣民主運動的發展，比較法學會的會議室也是黨外多次會議的地點。

CHINA FOCUS　　HONGKONG STANDARD Thursday, March 27, 1980 Page 5

'Tools' of Chinese communists

Death penalty call for 8 dissidents

ON trial for sedition charges, Taiwan Provincial Assemblyman Lin Yi-hsiung, whose mother and twin daughters were murdered last month, holds his wife's hand as they leave the court martial in Taipei on Tuesday. He wears an armband of mourning. – AP picture

TAIPEI, Mar. 26 – The prosecution today asked for the death penalty for eight dissident leaders charged with sedition, saying they were a "tool" of the Chinese communists and created massive disorder.

"The most severe of the proscribed punishments should be applied," said the prosecution in a 10-page statement.

"What they (the dissidents) have done is endanger national security, neutralise the functions of our law, destroy our economy and plunge our society into chaos.

"(It) actually is serving as a tool for Chinese communism."

The request for the harshest sentence – the death penalty – was a turnaround from the government's indictment against the dissidents, who are accused of plotting to overthrow the government through violence and demonstrations.

In an unprecedented move for a military court indictment, the prosecution earlier asked for "leniency" because the eight dissidents had "admitted their mistakes and shown their repentence".

No explanation was given for the changed stance, but court observers noted that the defendants all have disavowed most of their confessions and accused authorities of obtaining them through illegal means.

The military trial, in its seventh day, began prosecution and defence arguements by centring on Huang Hsin-chieh, a national legislator and the dissidents' leader.

Huang, 52, was founder and publisher of the now defunct political magazine, Formosa. The other seven defendants also held executive posts in the publication.

All eight opposition leaders also are connected to a December 10 riot in the port city of Kaohsiung because of their organisation of a rally and parade immediately preceding the violence.

According to statements by activist Hung Chih-liang, Huang gave him HK$69,445 (US$13,889) as a guarantee for a business, the profits from which were to be used for seditious activities.

Hung also said Huan collaborated with Chinese communists and the Taiwan independence movement. The latter seeks Taiwan's autonomy and displacement of government positions held by Chinese who fled from the China mainland in the late 1940S.

The prosecution statement said once the charges and evidence is added there is clear "intent" to destroy the government and the Kaohsiung riot was an "overt" effort toward that goal.

The statement also said evidence against a so-called five-man Formosa magazine committee's subversive activities was "as plain as the nose on one's face". Huang, and defendants Shih Ming-teh, Yao Chia-wen and Lin Yi-hsiung were reportedly members of the committee.

Huang's lawyers said he did not lead the Kaohsiung parade before the riot and tried to stop the melee. They asked for a verdict of not guilty.

Trial of Taiwan Dissidents Called Test for Democracy

TAIPEI, Taiwan (UPI)—Opposi- tion leaders facing possible execution ... Formosa were accused of sedition af- ter a riot Dec. 10 in the port city of ...

■香港報紙（Hong Kong Standard），1980年3月27日的報導。圖片提供/艾琳達

在張德銘和陳繼盛的努力下，辯護律師團組成了。在戒嚴時代的台灣，民間律師曾為叛亂犯辯護過的只有姚嘉文律師，姚是余登發案的律師，如今卻成為叛亂犯。對於所有第一次踏進軍事法庭的年輕律師們，這一步就是跨進了和國民黨對抗的領域；這一步有可能使自己也成為下一波的叛亂犯。這些律師們，原本都很單純，很會唸書，好不容易考上律師執照，收入豐富、生活穩定，正是人生最好的黃金時段。踏進軍事法庭為獨裁政權的「欽犯」辯護，對他們來說，是冒險，是對自己命運的挑戰。

他們是：江鵬堅、陳水扁、尤清、謝長廷、蘇貞昌、張俊雄、呂傳勝、李勝雄、鄭勝助、高瑞錚、鄭慶隆、張火源、張政雄、金甫政、郭吉仁。

1980年2月20日軍法起訴

■辯護律師團成員陳水扁（左一）與蘇貞昌（左二）進入景美軍事第一法庭。攝影/周嘉華

■擔任姚嘉文辯護律師的蘇貞昌步入軍事法庭，姚嘉文告訴蘇貞昌：「這不是審判我，是在審判台灣的黨外」。攝影/周嘉華

■2月28日，身份不明的殺手潛入林義雄位於台北市信義路的家中，林義雄的60歲寡母林游阿妹女士、七歲雙胞胎女兒林亮均、林亭均祖孫三人，遭利刃刺殺身亡，九歲的長女林奐均被刺六刀，傷重送往台北市仁愛醫院急救才脫離險境。
照片提供/陳菊

臺灣時報
中華民國六十九年三月一日 星期六 第三版

林宅血案似有預謀・歹徒用心極為險惡
專案小組研判涉及暴力事件・偵查方向縮小範圍
警方昨在兇宅採到可疑指紋及掌印正作過濾比對

警總懸賞兩百萬元緝兇
汪敬煦司令籲民眾提供線索協助破案
台北地檢處指定孫長勛主持兇案偵查

兇殺案情轉變

林奐均病榻告乃父
「我不認識那個人」
父女談話內容已作成錄音

老母幼女慘遭橫禍
林義雄痛不欲生

基於安全考慮
殯儀館內停屍
謝絕進入探望

陶百川赴林宅
表達悼唁之意

林義雄保外
時間無限制

本報特稿

■台灣時報1980年3月1日第三版報導。

後，律師團正式組成，他們每天晚上在陳繼盛律師事務所聚會，並請城仲模講述戒嚴法的沿革，台灣戒嚴的經過。他們相互研究案情，討論研擬辯護對策，大家都是專業律師，很快就進入狀況。

但軍事法庭卻以一些小動作妨礙他們的辯護。2月20日起訴後，軍事法庭即召開秘密調查庭，卻「違法」不通知律師到場；律師團租了一台影印機抬到軍法處，準備影印偵查筆錄等卷宗，但遭軍事檢察官拒絕。他們的理由是「法律規定可以『抄錄』，抄就是抄寫，錄就是錄音，你可以用錄音機錄回去再謄寫，但絕不準影印。」

每一位律師只能派出一個助理抄錄，連續好幾天，從上午八時到下午五點下班，除了吃飯以外就是抄抄抄，為了怕抄錯，他們還真的用錄音機一字一字唸，回去後再對照一次。

林家血案

2月27日，開始可以探監。第二天2月28日，召開第一次公開調查庭。當天上午，林義雄的太太方素敏，姚嘉文的太太周清玉，張俊宏的太太許榮淑等人都到軍法處旁聽偵查庭。中午休息時，方素敏打電話回家一直沒人接聽，她不放心，於是請林義雄的秘書田秋堇回去看看。

田秋堇回到林義雄家，發現林義雄的長女奐均被人砍殺倒臥於客廳血泊中。田秋堇哭喊著聯絡附近的《八十年代》編輯部，急忙趕來的江春男和田秋堇將林奐均送到仁愛醫院急救；林義雄的母親和雙胞胎幼女亭均、亮均則不見蹤影。直到傍晚時刻才在地下室樓梯轉角和地下室中發現她們三人的屍體。

這是台灣近代史中最慘絕人寰的政治滅門血案。自林義雄被逮捕後，家門口不分晝夜都有特務站崗，任何人進出林家的一舉一動都在監視中。兇手出自何方可想而知。

第二天的《中國時報》卻刊出一篇由專欄主任王杏慶撰寫但未具名的新聞，標題為

「林奐均告訴康寧祥和司馬文武，兇手是『來過我們家的叔叔』。」司馬文武為江春男的筆名。國民黨則依此新聞，強烈暗示兇手是熟人，是黨外自己人，是台獨份子滅門林家以嫁禍國民黨。

然而，在台北市仁愛醫院接受急救手術的林奐均根本沒說過這樣的話，江春男也沒有說過這樣的話。

後來，警備總部把箭頭指向一位澳洲籍的學者，留著大鬍子的家博，他因為做研究的關係，見過林義雄律師，符合「熟人」的條件；此外，又去過大陸，又符合了「共匪」和「台獨」的關係。家博被警總軟禁在台北圓山飯店不准離境，但沒有證據的事怎麼也查不出任何線索，最後只能讓家博離境返回澳洲。

林家滅門血案發生後，震驚了整個台灣社會，也嚇壞包括律師團在內的黨外陣營。消息傳到偵查庭時，大家在法庭內抱頭痛哭。當天深夜，林義雄獲准交保及延期審理。

這件政治滅門血案至今未破，兇手仍然逍遙法外。黨外陣營普遍相信這是國民黨情治單位幹的，更相信蔣經國的次子蔣孝武牽涉在其中；依獨裁政治父傳子的法則，蔣孝武應該是蔣經國的接班人。

■家博也去旁聽軍法審判。
照片提供/艾琳達

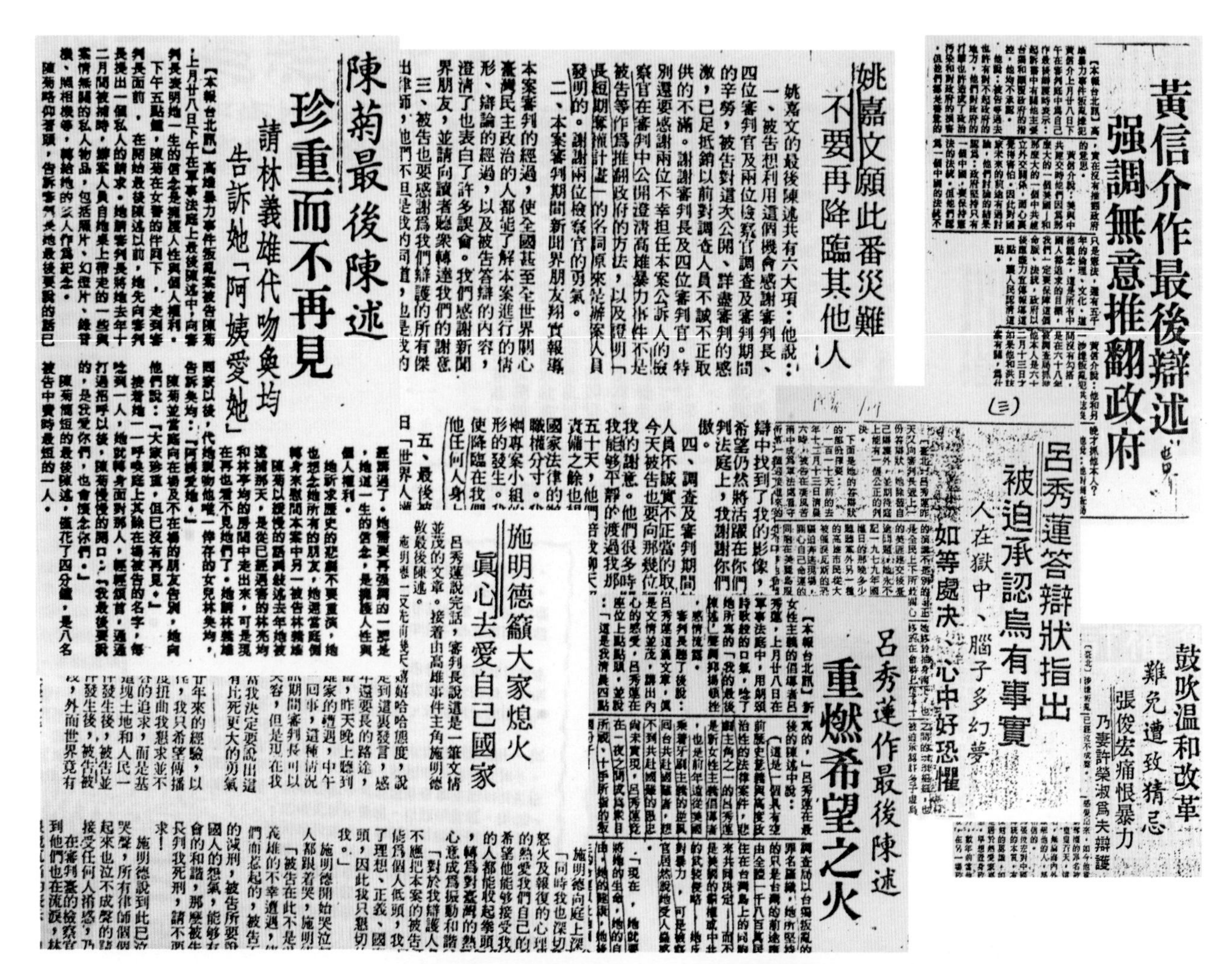
黃信介作最後辯述 強調無意推翻政府

姚嘉文願此番災難 不要再降臨其他人

陳菊最後陳述 珍重而不再見
請林義雄代吻奐均 告訴她「阿姨愛她」

呂秀蓮答辯狀指出 被迫承認烏有事實
人在獄中、腦子多幻夢 如等處決、心中好恐懼

鼓吹溫和改革 難免遭致猜忌
張俊宏痛恨暴力 乃妻許榮淑為夫辯護

施明德籲大家熄火 真心去愛自己國家

呂秀蓮作最後陳述 重燃希望之火

■3月18日，國民黨軍法大審「高雄美麗島事件」主要8名被告，地點在台北市景美區台灣警備總司令部軍法處第一法庭公開審判。台灣各大報首度全版鉅細無遺，報導9天審案過程及對話。

軍法大審就在林家滅門血案的震驚中展開了。

3月18日，軍法大審開始。交保在外並獲准延期審理的林義雄主動到庭，國民黨曾透過沈君山暗示林義雄若不出庭，能以另案方式處理。遭逢人世最悲慘狀況的林義雄，選擇和美麗島同志站在一起。

律師團挑戰軍事審判

辯護律師團在密集討論後，確定了整個辯護的攻防戰略，幕後有很多義工、學者、專家協助，包括精神科的醫師和教授，來解釋在逼供、刑求、疲勞審訊下的各種可能性。所有人都同意這是政治審判，不是法律審判，因此法律末端的枝枝節節完全不重要。當然，最重要的原則是：絕不

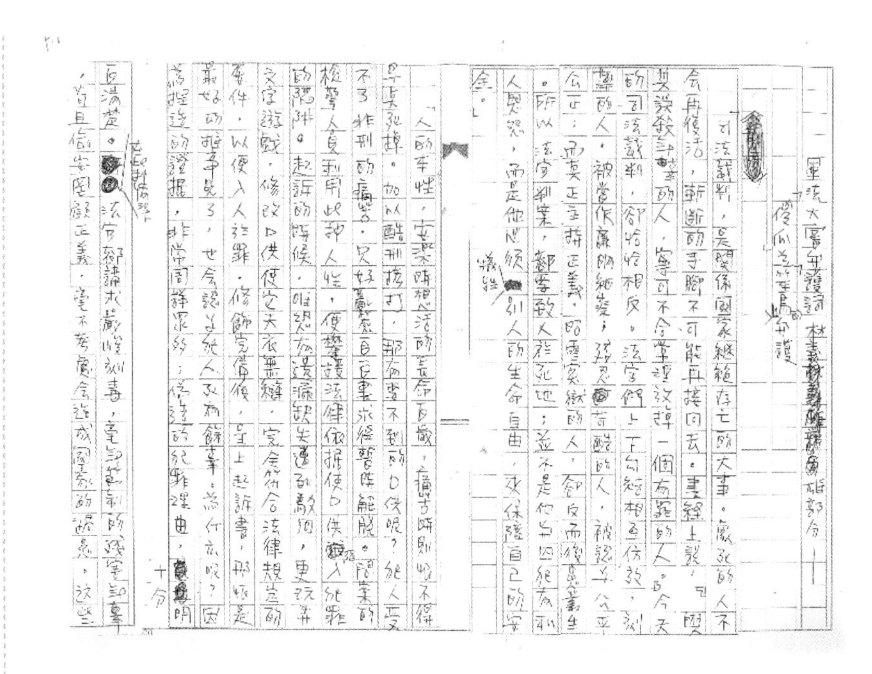

■1980年「美麗島事件」進行軍法大審時，江鵬堅律師不顧當時環境的艱難險惡，毅然接受為林義雄辯護，親自寫一篇「傻瓜」為「笨鳥」的辯護詞，在開庭結辯的最後一天，撰述感人的辯護而曾淚灑當庭，涕泣不成聲。江鵬堅「鐵肩俠骨」的美名不脛而走。圖片提供/江彭豐美

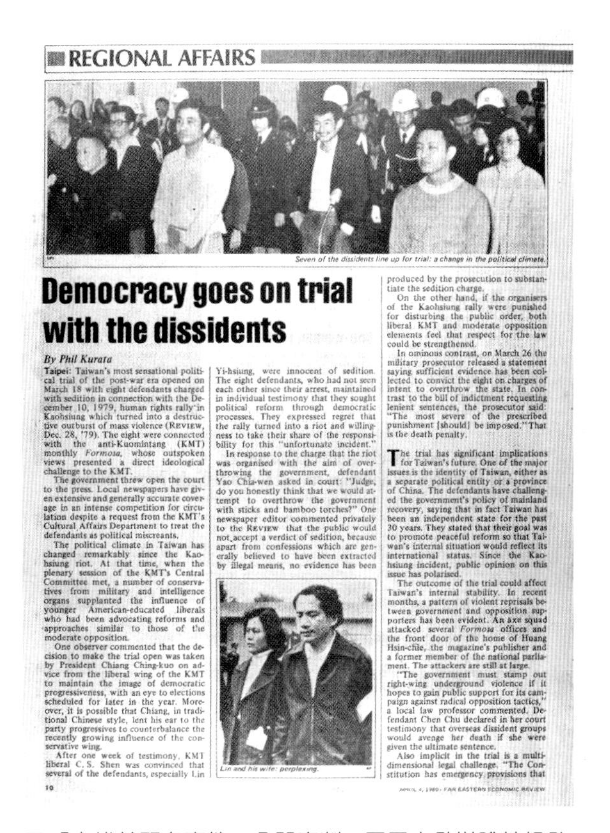

REGIONAL AFFAIRS

Seven of the dissidents line up for trial: a change in the political climate.

Democracy goes on trial with the dissidents

By Phil Kurata

Taipei: Taiwan's most sensational political trial of the post-war era opened on March 18 with eight defendants charged with sedition in connection with the December 10, 1979, human rights rally in Kaohsiung which turned into a destructive outburst of mass violence (REVIEW, Dec. 28, '79). The eight were connected with the anti-Kuomintang (KMT) monthly *Formosa*, whose outspoken views presented a direct ideological challenge to the KMT.

The government threw open the court to the press. Local newspapers have given extensive and generally accurate coverage in an intense competition for circulation despite a request from the KMT's Cultural Affairs Department to treat the defendants as political miscreants.

The political climate in Taiwan has changed remarkably since the Kaohsiung riot. At that time, when the plenary session of the KMT's Central Committee met, a number of conservatives from military and intelligence organs supplanted the influence of younger American-educated liberals who had been advocating reforms and approaches similar to those of the moderate opposition.

One observer commented that the decision to make the trial open was taken by President Chiang Ching-kuo on advice from the liberal wing of the KMT to maintain the image of democratic progressiveness, with an eye to elections scheduled for later in the year. Moreover, it is possible that Chiang, in traditional Chinese style, lent his ear to the party progressives to counterbalance the recently growing influence of the conservative wing.

After one week of testimony, KMT liberal C. S. Shen was convinced that several of the defendants, especially Lin Yi-hsiung, were innocent of sedition. The eight defendants, who had not seen each other since their arrest, maintained in individual testimony that they sought political reform through democratic processes. They expressed regret that the rally turned into a riot and willingness to take their share of the responsibility for this "unfortunate incident."

In response to the charge that the riot was organised with the aim of overthrowing the government, defendant Yao Chia-wen asked in court: "Judge, do you honestly think that we would attempt to overthrow the government with sticks and bamboo torches?" One newspaper editor commented privately to the REVIEW that the public would not accept a verdict of sedition, because apart from confessions which are generally believed to have been extracted by illegal means, no evidence has been produced by the prosecution to substantiate the sedition charge.

On the other hand, if the organisers of the Kaohsiung rally were punished for disturbing the public order, both liberal KMT and moderate opposition elements feel that respect for the law could be strengthened.

In ominous contrast, on March 26 the military prosecutor released a statement saying sufficient evidence has been collected to convict the eight on charges of intent to overthrow the state. In contrast to the bill of indictment requesting lenient sentences, the prosecutor said: "The most severe of the prescribed punishment [should] be imposed." That is the death penalty.

The trial has significant implications for Taiwan's future. One of the major issues is the identity of Taiwan, either as a separate political entity or a province of China. The defendants have challenged the government's policy of mainland recovery, saying that in fact Taiwan has been an independent state for the past 30 years. They stated that their goal was to promote peaceful reform so that Taiwan's internal situation would reflect its international status. Since the Kaohsiung incident, public opinion on this issue has polarised.

The outcome of the trial could affect Taiwan's internal stability. In recent months, a pattern of violent reprisals between government and opposition supporters has been evident. An axe squad attacked several *Formosa* offices and the front door of the home of Huang Hsin-chie, the magazine's publisher and a former member of the national parliament. The attackers are still at large.

"The government must stamp out right-wing underground violence if it hopes to gain public support for its campaign against radical opposition tactics," a local law professor commented. Defendant Chen Chu declared in her court testimony that overseas dissident groups would avenge her death if she were given the ultimate sentence.

Also implicit in the trial is a multidimensional legal challenge. "The Constitution has emergency provisions that

Lin and his wife: perplexing.

10

APRIL 4, 1980 · FAR EASTERN ECONOMIC REVIEW

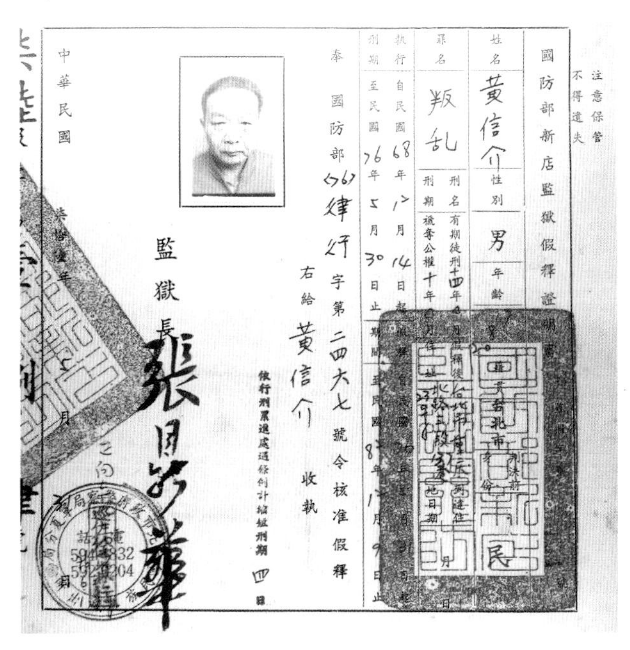

注意保管 不得遺失

國防部新店監獄假釋證明書

姓名	黃信介	性別	男
罪名	叛乱	刑名	有期徒刑十四年
		刑期	褫奪公權十年
執行	自民國68年12月14日起		
刑期	至民國76年5月30日止		

奉國防部(76)肆仟字第二四六七號令核准假釋

右給黃信介收執

依行刑累進處遇條例計縮短刑期 四 日

監獄長 張目的華

中華民國 年 月 日

■「美麗島大審」黃信介等八名被告接受公開軍事法庭審判，引起國內外媒體高度重視，審判終結黃信介被判刑14年，上圖是國防部新店監獄發給黃信介假釋證明。圖片提供/黃天福

■「高雄美麗島事件」公開審判，因國內外媒體競相登載傳播，及在庭旁聽人士陳述，使美麗島事件真相得以揭露，被告各人之主張及見解獲得澄清，國民黨之抹黑計謀被摧毀。圖片提供/艾琳達

■6月2日，高雄美麗島事件司法審判審理終結，邱茂男、王拓等人出庭聽判。台北地方法院宣判，魏廷朝、邱茂男、周平德、王拓、紀萬生、楊青矗、張富忠、陳忠信、邱垂貞、戴振耀、陳博文等33名觸犯陸海空刑法第七十二條多數集合暴行脅迫罪，分別遭到10個月至6年半徒刑不等的司法處分。攝影/周嘉華

■張富忠（左）有期徒刑4年、褫奪公權3年，陳忠信（右）有期徒刑4年、褫奪公權3年。攝影/周嘉華

■魏廷朝（右）有期徒刑6年、褫奪公權5年，邱垂貞（左）有期徒刑5年、褫奪公權4年。攝影/周嘉華

求饒。

軍法處雖然經過二個多月的「整合」，但畢竟是虛構的，處處充滿人為加工、前後矛盾的情節，整個「劇本」十分粗糙，前言不對後語。甚至到最後，軍事檢察官都承認所謂「長短程奪權計畫」是他自己歸納創造的。

律師團直攻戒嚴令的違法，質疑自白書的可信度，要求調查偵訊人員刑求之事。他們挑戰檢察官，挑戰審判的正當性，也為了鼓舞八名被告的士氣，激起他們的鬥志。當然，審判長只能一一敷衍。針對調查刑求一事，審判長表示已去函調查局詢問，調查局則回函說沒有刑求。

律師團也指出，「現在已經不是石器時代了，那有以木棍、石塊就能叛亂？」然而，這終究是國民黨的傀儡法庭，審判長只能依照既定劇本走，照本宣科，不敢橫生枝節。

原本身心被摧殘得差不多的八位軍法被告，隔離人世間兩個多月，毫無外界資訊，甚至其餘七名被告都不知道林義雄家遭受滅門慘案。但在「重見天日」後很快就恢復鬥志，施明德是老牌政治犯，早就確定政治辯護的立場；姚嘉文對律師說：「這不是在審判我，這是在審判黨外。」姚嘉文的女兒姚雨靜探監時哭，姚嘉文告訴她：「不要為自己的爸爸哭，不要為私人的問題哭，要為台灣哭。」

30年來，軍法處開過無數次的庭，過去對政治犯的判決，要生、要死、要關多少年，都在秘密審判中決定，向來沒有辯護律師的挑戰，沒有外界的壓力。這次，15位學養豐富的年輕律師有備而來，任何一位辯護律師的法律素養以及專業的程度，都遠遠超過軍事審判庭上的法官。而對軍法處來說，更「嚴重」的是：這回是公開審判。

旁聽席上坐著家屬以及來自國際和國內各大媒體的記者。這是台灣新聞界30年來第一次有機會窺看到軍法審判的完整過程。

軍法大審9天期間，台灣各

大報連續每日全版甚至數版報導法庭上的攻防對話，有聞必錄，鉅細靡遺。施明德的從容，姚嘉文的冷靜，呂秀蓮的感性，陳菊的大氣，張俊宏的堅持以及辯護律師精彩的挑戰，一一呈現在所有台灣民眾面前。軍法官在法庭上左支右絀的窘態也因而無所遁形。

軍法大審的高潮是8名被告的「最後陳述」。面對著懲治叛亂條例「二條一」唯一死刑的威脅，他們的最後陳述，就像是即將告別人世的遺言。法庭上沒有人卑躬曲膝求饒。8名被告有的是對理想的堅持，對民主體制的熱情，對土地人民的大愛，場面至為感人。

包括法警、辯護律師、家屬、記者，許多人流著淚聆聽他們最後的一席話。甚至身為原告的軍事檢察官都掉下眼淚。

透過媒體的大幅報導，沉寂封閉了30年的軍法處大門被打開了，他們在法庭上侃侃而談，黨禁、報禁、萬年國會、台灣獨立的主張、合法顛覆政府、台灣前途走向⋯，所有的禁忌都拋開了！台灣民眾集體上了一場政治大課，由8名被告和15位辯護律師擔任講師。

■王拓（右）有期徒刑6年、褫奪公權5年，左為劉泰和無罪釋放。
攝影/周嘉華

■周平德（左）有期徒刑6年、褫奪公權5年，李明憲（右）有期徒刑10個月。攝影/周嘉華

■戴振耀（右二）有期徒刑4年、褫奪公權3年，左二為邱明強無罪釋放。
攝影/周嘉華

過去辦雜誌寫文章都必須躲躲閃閃，在選舉期間所發表的政見無法暢所欲言，全部都因這場軍法大審一字不漏地刊在報紙上，而有所突破。這次軍法大審，對台灣人民的政治關心度和視野，有極重要的提升作用。

但即使法律層面的辯護，在在戳破軍事檢察官起訴內容的荒唐牽強，以及以刑求逼供取得的不實自白，政治層面的辯護又是如此磅礡感人，4月18日軍事法庭依然強橫地做了重判：施明德無期徒刑、黃信介14年徒刑、林義雄、姚嘉文、張俊宏、呂秀蓮、陳菊、林弘宣12年徒刑。

軍法大審宣判後六天，4月24日，警備總部以藏匿施明德的罪名逮捕台灣基督長老教會總幹事高俊明牧師，並於4月29日連同張溫鷹、林文珍等10人提起公訴。

司法審判部份，33名被告部份於6月2日台北地方法院宣判，魏廷朝、邱茂男、紀萬生等33人分別遭到6年、4年、3年等不同的處分。

美麗島軍法大審後，國民黨情治系統依然蠻橫囂張，對於殘存黨外人士言論的壓制毫不鬆懈。1979年底被停刊的康寧祥的《八十年代》，由同一批人馬在1980年8月1日創刊《暖流》，旋於8月15日遭停刊1年；8月21日，黃天福創辦《鐘鼓樓》雜誌，尚未上市就被警備總部到印刷廠搶走5萬冊。

走那沒走完的路

1980年12月6日，因台美斷交停選二年的中央民意代表選舉恢復。黨外陣營在美麗島菁英被捕後元氣大傷，能否在這次選舉中通過考驗，是決定黨外日後命運與前途的關鍵。

美麗島陣營形同瓦解，但全台灣依然有19位候選人打著「黨外」的名義參選。這次選舉沒有助選團，沒有共同政見，沒有組織。可是它是一個指標，測試著台灣民眾對高雄美麗島事件的看法與意見。尤其，有三位受難者家屬參選，姚嘉文的妻子周清玉，張俊宏的妻子許榮淑，黃信介的弟弟黃天福；他們三人的選舉，成為此次選戰的焦點，吸引了所有政治觀察者的目光。

雖然經歷了軍法大審，美麗島人士的政見、訴求得以完整呈現出來，辯護律師的精彩挑戰也揭穿國民黨情治系統迫害民主運動者的各種惡劣手段，但社會情勢依然緊張低迷，沒有人能知道群眾是否願意站出來支持受難者家屬，一切還都是未知的挑戰。

國民黨當局在選前放話，不准候選人在競選中談高雄事件及為美麗島受刑人翻案。國民黨的態度十分強硬，更利用各種手段干擾受刑人家屬的選舉。

周清玉在台北市參選國大代表，若有一樓店家答應出租給她做為競選總部，該店家馬上受到情治單位的「關注」。許多店家因而紛紛打退堂鼓，退還訂金。最後，周清玉只能以她自己的住家──位於新生南路與忠孝東路公園旁的一間五樓公寓，作為選舉競選總部。

許多人也受到國民黨恐嚇不得為她助選。

黨外新生代史非非（范巽綠）、林世煜、陳文茜等人為她助選，還有一些辯護律師謝長廷也站出來為周清玉助選。周清玉採取了感性的訴求，「與我同行」、「走那沒走完的路」，而最大的標語就是「姚嘉文的妻子」。

選舉在極度緊張和不確定中展開。第一場演講會在一個小公園舉行，開始的時候，群眾甚至擔心特務的干擾而躲在樹叢角落裡，不敢靠近演講台。但是，當周清玉上台以如泣如訴的感性音色講出第一句話：「我是姚嘉文的太太……」之後，在台上就哭了起來，四散的群眾都圍了過來，全部的聽講者都陪她掉眼淚。

■范巽綠與周清玉、姚雨靜。圖片提供/范巽綠

■周清玉在演講會從頭到尾的重心是談其夫姚嘉文律師，還有她與女兒雨靜的孤單、無助、無援、痛苦與挫折。她娓娓道來，配上「望君早歸」主題曲，如泣如訴的哀怨訴求，引發民眾熱淚。圖片提供/范巽綠

群眾的心防打開了！風聲傳開了！周清玉第二場演講會開始就是人山人海，周清玉依然以「我是姚嘉文的太太」為開場白，她在台上唸姚嘉文自獄中寫回家來的信，底下的群眾陪著她哭，場面十分感傷動人。每場政見會她也敘述二二八與林家滅門血案，敘述台灣民主運動的苦難。

許榮淑在台中、彰化、南投參選立法委員，她以「薪火相傳」告白，談及自日治時代的文化協會、雷震的自由中國到七十年代的民主運動，雖然備受打擊，生命力卻是愈來愈充沛。

各地黨外候選人都以「延續黨外香火」、「追隨前輩腳步」、「延續黨外命脈」為訴求。

這次選舉結果，三位受刑人家屬都當選了，周清玉以十五萬三千六百多票，第一高票當選台北市國大代表；許榮淑以七萬九千三百多票當選，當選台中縣市、彰化縣、南投縣立委；黃天福和康寧祥雙雙在台北市當選立委。為美麗島事件奔走組成律師團的張德銘，在桃竹苗當選立委。

黨外當選者還有宜蘭的黃煌雄，高屏地區的黃余秀鸞（余登發的女兒）和台北市的王兆釧國代。

家屬的高票當選，尤其是周清玉在台北市捲起的旋風，代表著台灣民間社會對美麗島案的平反，靠著群眾的支持，黨外的香火延續下去了！

■黃信介之弟黃天福，在台北市都以高票當選立委。傳單提供/范巽綠

■周清玉最後以十五萬多票，在台北市第一高票當選國大代表。
傳單提供/范巽綠

■前左起張德銘、黃余秀鸞、許榮淑、黃天福、周清玉，後排左起林應專、尤清、黃煌雄，攝於中山堂中央民代當選證書發給典禮。圖片提供/袁嬿嬿

為人權工作的外國友人

台灣的民主運動發展過程中，外國友人的直接參與，以及外國友人和海外台灣同鄉聯合在海外展開的救援行動，是對抗國民黨政府威權統治的很重要的一股力量。許多外國友人也因而遭國民黨政權的驅逐，其中包含唐培理牧師(美國美以美教會傳道師)、彌迪理牧師(英國長老教會)、嘉偉德牧師(美國歸正教會派來台灣基督長老教會、負責大專學生事工的宣教師)、郭佳信神父、梅心怡、三宅清子、Rosemary Haddon、Cathy Kearny、記者Dennis Engbarth (安德毅)、學術研究工作者Linda Gail Arrigo(艾琳達)、Monica Croghan等。

美國籍的梅心怡 (Lynn Miles)

梅心怡於1962年底來台學中文，他的老師、朋友全是外省人，甚至他的寄宿家庭就是國民黨情報頭目的家庭，他一直以為台灣就是「自由中國」。在1965年底到1966年初之間，一連發生了三件事，才讓梅心怡徹底認清蔣介石政權的本質。

首先，梅心怡讀到喬治‧柯爾(George Kerr)所寫的《被出賣的台灣》(Formosa Betrayed)。喬治‧柯爾曾擔任美國駐台副領事。這本書完全顛覆了梅心怡原先對台灣的認知。其次，梅心怡問他台大班上的同學有關書中的「二二八事件」，才知道原來真有此事，而這個殘酷大屠殺的史實，竟然能被高壓統治的國民黨政府掩蓋得很徹底，台灣人民之間僅能透過秘密耳語來口耳相傳。第三，梅心怡閱讀李敖所寫的《傳統下的獨白》之後，認識了李敖，他說：「李敖傳授我那些學校裡學不到的東西。我們的交往，讓我能即時認知到國民黨政府骯髒、未被記錄的歷史。」1971年初，李敖、謝聰敏、魏廷朝被逮捕。不久之後，梅心怡就被國民黨當局驅逐出境，名列黑名單25年，直到1996年才解禁。

梅心怡被驅逐之後，先在日本大阪待了10年。他竭盡所能，把有關被監禁的台灣人的書面資料，交到記者及國際特赦組織等人權團體之手。救援政治犯的圈子逐漸擴大，形成一個救援網路。此後幾年之內，大家都知道梅心怡是台灣地下聯絡網及海外協助網的中介。

日本籍的三宅清子 (Miyake Kyoko)

三宅清子是救援台灣政治犯的重要功臣之一。她的先生是台灣人，因此她可以經常往返日本與台灣。1960年代末期到1970年代間，她在台灣定居約八、九年。其間，認識了剛刑滿出獄的謝聰敏、魏廷朝二人，這是她接觸台灣恐怖政治的開始。

不久，謝聰敏、魏廷朝二

■右起梅心怡、郭佳信神父、陳菊、安德毅。圖片提供/陳菊

■陳菊（左）與三宅清子（右）。圖片提供/陳菊

■三宅清子在日本印製救援美麗島高雄事件受難人傳單。圖片提供/陳銘城

人再度被國民黨當局以莫須有的罪名逮捕。謝聰敏在被捕前，將一份用報紙包裹的《台灣青年》和政治犯名單，交給三宅清子。三宅清子在得知謝聰敏被捕後，立刻將政治犯名單抄寫一份，託給一位要回日本的外交官，請他轉給在東京的《台灣青年》。

三宅清子的救援行動，後來被國民黨當局查知。國民黨運用一切手段騷擾她，她於1976年搬回日本，把救援台灣政治犯的工作轉往故鄉日本，並持續與史明、黃昭堂等台灣同鄉，共同為救援島內的政治犯以及台灣的人權工作而努力。

艾琳達

(Linda Gail Arrigo)

艾琳達，1949年生於美國，父親是美國軍官，1963年跟著父親來到台灣。自1963年到1968年的五年間，艾琳達都住在台灣。

1975年，艾琳達為了寫論文而回到台灣研究女工問題。其間，經康寧祥的介紹，艾琳達認識了陳菊、陳鼓應、張俊宏和一些政治犯的朋友。

1975年9月25日，陳鼓應邀請艾琳達去警備總部軍法處，參觀李敖、謝聰敏、魏廷朝案的宣判。艾琳達在法庭外，幫政治犯的家屬和外國記者間做翻譯。

1977年5月7日，艾琳達再度回到台灣。陳菊請艾琳達協助處理政治犯的人權問題。1978年1月，國民黨政府的情治單位想把艾琳達趕出台灣，便不讓她繼續在台大註冊，希望艾琳達知難而退。而艾琳達也開始思考「要用什麼方式和身份留在台灣」，因為她的簽證將在1978年10月到期。

透過陳菊的介紹，艾琳達認識了施明德。艾琳達對施明德頗為欣賞，覺得他有決心做事，比起一般的政治犯有思想。

1978年5月，施明德搬進了艾琳達的家。施明德出版了一本小書，批評國民黨的萬年國會，情治單位放話要抓他。艾琳達對施明德的境遇非常同情。6月15日上午，施明德接到一通電話，知道他自己可能會被逮捕。因此，艾琳達和施明德決定到美國領事館簽證結婚。艾琳達和施明德是為了民主運動的緣故才結婚：施明德必須閃避隨時可能到來的逮捕，艾琳達則是為了不想被遞解出境。

艾琳達接著隨即到大使館去請願，表示她的配偶可能會被逮捕。陳菊、蕭裕珍當他們的證婚人。當天晚上，陳菊的家就被搜查。

1979年12月13日清晨，國民黨政權展開美麗島事件大逮捕，艾琳達於12月15日被驅逐出境。

艾琳達隨後前往香港，積極從事人權救援工作，一方面蒐集資料，另一方面利用國際關係繼續救援被捕的政治犯。她甚至將這些珍貴的資料、大逮捕的經過，翻拍成幻燈片，帶回美國向全美台灣同鄉巡迴演講超過百場以上。艾琳達對台灣民主運動的努力與貢獻不遺餘力。直到1990年黑名單解禁後，艾琳達才再回到台灣。

Couple a World Apart Are United by Hunger

By BOB SECTER

VIGIL—Shih Ming-Deh's wife, Linda, on hunger strike outside local Reagan headquarters.

■洛杉磯時報（Los Angeles Times），1980年9月10日。艾琳達在雷根的競選總部前絕食抗議。圖片提供/艾琳達

1981

美麗島辯護律師參政

黨外的政治沙龍 紫藤廬開幕

1981年1月18日，位於新生南路三段的「紫藤廬茶藝館」開幕，成為台灣第一家茶藝館。這個茶藝館因屋前老紫藤攀簷，所以命名為「紫藤廬」。紫藤廬茶藝館的老闆，則是曾參與《八十年代》雜誌編輯工作的周渝。

東海外文系畢業的周渝，對文化活動的投入相當深。1976年，台灣的「小劇場」仍處於荒漠階段，周渝就到耕莘文教院經營小劇場工作，並且改編台灣作家王禎和的作品〈望你早歸〉。由於演出非常成功，後來各大學紛紛邀請他們演出。然而〈望你早歸〉卻橫遭國民黨當局禁演，周渝因而離開耕莘文教院。小劇場事件之後，周渝仍然嘗試各種邊緣文化的工作，與藝文界及黨外人士交遊往來。

周渝是外省籍的青年。他的父親周德偉是台灣早期的經濟學者，畢業於中國北京大學經濟系，且常與一些自由主義學者如殷海光、張佛泉、徐道鄰、夏道平等人來往。周渝自幼耳濡目染，由於對自由主義的憧憬，使他也投身到政治改革的行列之中，與許多黨外青年如司馬文武、陳忠信、康文雄、范巽綠、林進輝、李筱峰、林濁水、林世煜等人，一同在1979年6月創刊的《八十年代》雜誌共事。

周家的宅院──父親周德偉的公家宿舍──早期就經常招待文人學者，到了周渝大學畢業、跨出社會、在黨外雜誌工作時，這個老家更成了黨外及藝文界人士聚會、抒發議論的場所。後來周渝的友人建議他，乾脆開放經營，讓更多人來參與。1981年，周渝著手改建老家，進而產生經營「紫藤廬」茶藝館的構想。

周渝曾經表示，促使他經營「紫藤廬」的一個遠因是，他在中學時非常喜歡閱讀法、俄的小說，這些哲學思想對他產生極大的衝擊，他很嚮往台灣能有一個像羅素書中所描述劍橋大學的小酒館，可供人閒聊辯論、刺激人文思想。由於周渝對茶道的欣賞與認同，他把小酒館轉變成茶藝館。

自此之後，「紫藤廬」成了黨外人士最常聚會的政治沙龍，許多重要的議題討論與國民黨的抗爭對策，都在這個地方進行。

■1月18日，周渝「紫藤廬茶藝館」開幕，成為台灣第一家茶藝館，因屋前老紫藤攀簷，遂命名為紫藤廬，成為黨外人士與藝文界人士最常聚會之處。攝影/周嘉華

■黨外人士常在紫藤廬開會討論，左起袁嬿嬿、江鵬堅（左三）、郭吉仁（左四）、張富忠、范巽綠。圖片提供/袁嬿嬿

張春男、劉峯松被以內亂罪判刑

1980年底，為了延續黨外的民主香火，美麗島事件受難家屬紛紛參加增額國大代表、立法委員選舉。

然而，在這場選戰中，卻有兩個候選人，遭逢與其他人黨外候選人不同的境遇。一個是參選第三選區立委候選人的張春男；另一個是同為參選第三選區國代候選人劉峯松。他們兩人都因競選期間的言論遭國民黨以「內亂罪」起訴審判。

1981年1月17日，張春男被台中地檢處收押，後被判刑3年6月。3月11日，劉峯松因選舉期間在宣傳車上廣播「同胞們起來吧，一二三，打倒獨裁政權。」而被檢察官控告散播叛亂思想，以「內亂罪」起訴，同樣被判刑3年半。

劉峯松曾任法院觀護員，服務了20多年，盡忠職守，屢獲上級的嘉勉和推薦。只因他加入黨外陣營，角逐年底的國代選舉，落選後就遭國民黨「秋後算帳」。

為劉峯松案辯護的律師謝長廷曾向檢察官說，「劉峯松說獨裁政權，又沒有講是誰。」檢察官卻說：「就是要打倒國民黨，很清楚。」謝長廷接著又用他一貫機智幽默的口氣問檢察官：「你認為國民黨是獨裁政權嗎？」雖然如此，張春男和劉峯松仍逃不過國民黨的黑牢。

■3月11日，劉峯松被控告散播叛亂思想，判刑3年半。
圖片提供/劉峯松

■1月17日，立委參選人張春男，因競選言論涉嫌煽惑暴亂，判刑3年半。
圖片提供/劉峯松

■張春男的傳單，因被國民黨認定「內容不妥」而強迫塗黑。
圖片提供/劉峯松

旅美博士陳文成魂斷故鄉

陳文成博士，1950年出生於台北縣林口鄉，自台大數學系和數學研究所畢業後，於1975年赴美國密西根大學研究所深造。1978年獲得博士學位，並在同年獲聘任教於卡內基美隆大學。

在美國留學和教書的這段期間，陳文成博士非常關心台灣島內的政治發展，不但積極參加同鄉會、人權會，推動台灣民主，也曾捐款支援島內的《美麗島》雜誌。

美麗島事件後，憤慨的陳文成曾在美國當眾焚燒蔣經國總統的肖像，又因情治單位查出陳文成曾經匯款5000美元資助美麗島雜誌社，陳文成因此列名國民黨的海外黑名單，受到國民黨政權的注意。

1981年5月，陳文成幾經申請之後，獲准自美返台探親。1981年7月2日上午，三名警總人員持著「約談傳票」，硬把陳文成從家裡帶走。7月3日清晨，陳文成被人發現陳屍在台大校園內距研究圖書館不到三公尺的草坪上。陳文成遇害身亡時，才31歲而已。

陳文成的離奇死亡，經警方偵查後以「自殺」結案，警備總部甚至對外宣稱，陳文成「畏罪跳樓自殺」。這個宣布引起黨外人士群情激憤，大家都認定陳文成是死於特務的「政治謀殺」。陳文成的命案發生後，成為海內外關注的焦點。陳文成的妻子陳素貞重返美國後，卡內基美隆大學校長賽爾特派該校統計系系主任狄格魯和法醫魏契來台驗屍，返美後舉行記者會，證實陳文成「死於他殺」。

■1981年7月2日，返台探親的陳文成博士被警備總部約談，隔天陳文成被人發現陳屍台大校園內，死因至今真相未明。圖片提供/陳文成基金會

美國國會為此舉行聽證會，使得「陳文成命案」躍上美國報紙的頭條新聞，也讓國際社會目睹了國民黨政府的胡作非為。

陳文成博士罹難後，家屬原本打算在於1990年成立「陳文成博士紀念基金會」，然而向國民黨政府提出申請時，教育部卻以「命案未破」為由，不准基金會的名稱上出現「陳文成」三個字。家屬只好先以「台美文化交流基金會」的名義申請立案。後來才於1998年設立「陳文成博士紀念室」。

十多年來，該基金會以促進台灣本土文化之研究發展，提昇台美兩地文化交流為宗旨，透過舉辦二二八學術研討會、音樂會、歷史影像展、人權電影展等各項文化活動，來紀念為台灣奉獻的陳文成博士。直到2000年7月，陳水扁政府取得政權後，該基金會才得以「正名」為「陳文成博士紀念基金會」。

民主要制衡・制衡靠黨外
美麗島辯護律師參政

黨外菁英自1979年美麗島事件後，幾乎全數被國民黨羅織入獄。隔年，1980 年底，美麗島事件受難人的家屬已紛紛高票當選國代、立委。因此，1981年底縣市長與省市議員選舉的佈局上，黨外陣營出現「誰來參選」的問題。

由於在1980年的美麗島事件軍法大審時，15個律師加入辯護律師團，勇敢站出來為美麗島事件受難的被告辯護。這些辯護律師的知名度因而大幅提高，在黨外陣營聲望甚佳。黨外大老康寧祥、邱連輝等人

■林正杰、謝長廷、陳水扁在競選總部討論文宣內容。攝影/范巽綠

■1981年陳水扁、謝長廷、林正杰競選台北市議員時合影。左起江鵬堅、周清玉、陳水扁、尤清、謝長廷、林正杰、康寧祥、黃天福。攝影/范巽綠

極力勸說下，由這些辯護律師來遞補黨外參政時的真空期，是順理成章的。因此，黨外人士推陳水扁、謝長廷、蘇貞昌、呂傳勝（為呂秀蓮的兄長）等辯護律師出來參選。

蘇貞昌曾經回憶這段歷史說：「那年夏天，陳水扁、謝長廷、我和林正杰四人，相約在松江路青商會旁的大樓會商。我們都認為，美麗島事件在法庭上一件一件辯、一個一個救，實在來不及，台灣要改革，還是得從政治做起。」正因有此共識，於是蘇貞昌選擇回屏東參選省議員。

為了向台灣人民展現黨外的群體形象，黨外人士逐漸醞釀組成「黨外推薦團」，一種類

■1981年選舉開始，有「黨外」字樣旗幟出現在台北新公園音樂台演講會場。
圖片提供/范巽綠

■黨外文宣工作的人，都是利用晚上十一、二點的時候來競選總部畫漫畫海報、寫大字報，這種挑燈夜戰的生活，可說是那段黨外文宣工作的寫照。
圖片提供/范巽綠

康水木 現任市議員
台北市44歲
(双園・古亭・景美・木柵)
東海高中畢業　曾任工人、攤販、推銷員、司機　擁有25年黨外經歷　民國46年、49年、52年為郭國基助選　民國58年為康寧祥、黃信介助選　61年為黃天福、康寧祥助選　62年為黨外市議員聯合陣線（王昆和、張俊宏、康義雄、陳怡榮）助選　64年為康寧祥助選　67年參加黨外助選團全省巡迴助講　69年為康寧祥、王兆釧助選　著作：「黨外二十五年」
聯絡處：汕頭街22巷44弄64號
電　話：3079221

林正杰 福建省人　三十歲
(大安、城中、龍山)
大同中學→建國高中→東海大學政治系→政大公共行政研究所碩士　民國64年郭雨新、康寧祥助選員　民國66年許信良、張俊宏助選員　民國69年周清玉、許榮淑、張德銘助選員　「這一代」編輯　「富堡之聲」編輯(創刊號停刊)「進步雜誌」社長(創刊號停刊)　「深耕雜誌」社長　著作：「寧為黨外」「選舉萬歲」(在印刷廠被查扣)　「選舉的遊戲規則」(碩士論文)
聯絡處：台北市和平東路三段229號４樓
電話：7064495

陳水扁律師
台灣省人　三十歲
(松山、南港、內湖)
南投隆田國小→曾文中學→台南一中　律師高考及格　台大法律系畢業　台北平民法律服務中心志願律師　台北市國際青年商會會章顧問　出席世界青商大會我國代表　中國比較法學基金會董事　青輔會企管人才訓練班講座　高雄事件軍法大審辯護律師
聯絡處：台北市松山路322號
電話：7622225・7622227

謝長廷律師
台北市人　三十五歲
(建成、中山、延平)
國立台灣大學法律系　日本京都大學法學碩士　律師高等考試及格(58年)　司法官特種考試及格(59年)　工人、家教、專利代理人　台北平民法律服務中心主任　中國比較法學會秘書長　關懷雜誌社社長　高雄事件軍司法大審辯護律師　著作：「為保護女性從業人員的立法催生」、「為姚嘉文辯護的回憶」等。
聯絡處：台北市長安東路一段60號２樓
電話：5421418・5425456

民主要制衡　制衡靠黨外

有黨外，就有進步！

■美麗島辯護律師陳水扁、謝長廷與林正杰、康水木4人以「黨外、制衡、進步」聯合競選，接起「黨外」的香火，皆高票當選台北市議員。由范巽綠挑選的「綠色」開始成為黨外的招牌顏色，從此黨外人士大量採用「綠色」系統印刷文宣品。傳單提供/范巽綠

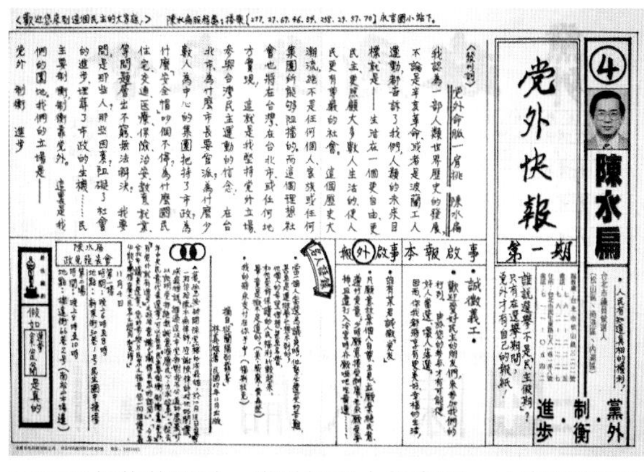

■1981年代的選戰，黨外候選人都會買一台油印機放在競選總部內，以人工方式印「選舉快報」傳單。上圖是陳水扁第一次競選台北市議員時，李筱峰、曾心儀為阿扁製作手寫油印傳單。傳單提供/范巽綠

■1981年陳水扁律師第一次選市議員以「黨外大護法」為競選口號文宣傳單。傳單提供/范巽綠

■戒嚴時期國民黨政府規定，選舉傳單上要打上印刷廠的地址電話，候選人要簽名以示負責。傳單提供/范巽綠

■林正杰的「寧為黨外」文宣。傳單提供/范巽綠

■林正杰第一次參選台北市議員文宣。傳單提供/范巽綠

似政黨的提名制度，向選民推薦黨外候選人。黨外推薦團也在一份聲明上明白表示：「我們黨外人士參加選舉之目的，是為了形成制衡力量，使我國的民主政治更進步。沒有黨外人士參加選舉，是沒有競爭的選舉，對國民黨而言，毫無光彩，對民主政治而言，缺乏實質的意義。」

本來陳水扁也打算回台南參選，到了決定參選前的最後幾天，林正杰、陳水扁和謝長廷三人，在謝長廷的律師事務所開會，決定三個人一起投入台北市議員選舉。他們決定用「制衡」的觀念，提出「黨外、制衡、進步」，「民主要制衡，制衡靠黨外，有黨外才有進步」的標語。不久，這些觀念、標語就成了年底黨外候選人的共同口號。

這次選舉中，綠底白字的「黨外」旗幟開始出現在黨外的演講會場上。在林正杰、陳水扁、謝長廷和康水木四人選戰的文宣負責人范巽綠的建議下，黨外人士大量採用有環保意義、進步概念的「綠色」為主導顏色來印刷文宣品。後來綠色就演變成為黨外的招牌顏色，甚至到後來的民進黨建黨，仍持續沿用綠色。

在台北市議員部份，除了林正杰、陳水扁和謝長廷三個政治新手之外，同時也搭配了黨外老手康水木，四人聯合競選，就在選舉投票前兩天，11月12日，孫中山的誕辰紀念日，他們四人甚至以「紀念我們的國父」為名，辦了一場活動。

在宜蘭縣的部份，原本陳定南屬意參選省議員，然而早已努力耕耘許久的游錫堃堅持參選省議員，在當時的宜蘭大老黃煌雄的協調下，終於勸動陳定南改參選宜蘭縣長。在一九八〇年代的台灣各項公職選舉中，黨外人士通常只把目標

紀念我們的國父

渡過光輝燦爛的十月之後，十一月並不該是光芒驟斂的時光。

我們並沒有忘記，一百二十四年前的十一月十二日，是中國乃至世界歷史上，一個重要的戳記。這一天，人類的世界降生了一位偉大的人物。

我們並非在敘說「天縱之聖」的神話，但我們知道，中國近代史的滄桑與血淚，中國專利政治下的腐敗與腥髗，以及中國人民的痛苦與哀號，孕育了這位人物的情操。他的勇注豪邁、他的激昂慷慨、他的俠義奮發，使他的人格成為自由、平等、博愛的象徵。於是，誰也不在乎迎逢阿諛的偉佞之臣們，再不再為他塑造刻板的銅像了。

今天，縱使陽光不再照耀他的銅像，春雨不再洗滌他的行館，然而，他的人格、他的精神、他的理想，卻永遠那樣深刻地烙印在我們的心坎。

「扶持弱小」「濟弱扶傾」是他的人格特質，因此，他願意「與不幸者站在一起，為了他們而拒絕獨自進入天堂」。一九○五年以前的科舉，他是趕得上的，然而，他沒有上京城趕赴科考，而卻抓筆疾書，上書李鴻章痛陳救國大計。

踏尋他的足跡，我們深自期許，希望也能與他一樣。因此，我們遠離了權貴中心，我們沒有擠近中央黨部，我們決心為民生疾苦，敗俗弊政，發生振聾啓聵的呼聲。

民國之初，他曾闡切說過：「一國之政治必賴有黨爭始有進步。……本黨將來擔任政治事業，實行本黨之黨綱。其他之在野黨則處於監督地位。假使本黨實施之黨綱不為人民所信任，則地位必至更迭。而本黨在野亦當負監督責任，此政黨之用意也。互相更迭，互相監督，而後政治始有進步。」當我們發現他當年胼手胝足創立的政黨，到今天已不再實施他的理想時，我們只好與它分道揚鑣。我們不向沒有靈位的神壇燒香跪拜！

在他去世的前一年，他還苦口婆心的叮嚀：「現在中國號稱民國，要名符其實，必要這個國家真正是以民為主，要人民能夠講話，確是有發言權。像這個情形，才是真民國，如果不然，就是假民國」。為追求「以民為主」的「真民國」，我們決心向一切足以造成「假民國」的因素挑戰！我們以執著於他的精神為榮，不以奉他的虛名而滿足。

在國民黨第一次全國代表大會開會時，他呼籲：「人民所做不到的，我們要替他們去做；人民所沒有權利的，我們要替他們去爭。……」

當我們發現，國民黨的子孫已不再理會他的呼籲時，我們卻有一股繼承其志奮的狂熱與興奮，即使我們在極力為人民爭取權利時，不時地受到其國民黨子孫的譏諷與屈辱，也不稍懈其志。

於是，我們終於從他的身上，發現了我們自己；也從我們身上，感覺到他的存在。我們與他，竟是這樣地靈犀相通，尤其當我們回顧他的一生，是那樣備受壓抑、屈辱與誤解，我們便更感受到他賜給我們的忍辱負重的勇氣與毅力！

於是，當「三民主義統一中國」在今日已被部分人喊成一句口號時，我們發現，我們才是要真正負起實行三民主義任務的一代！

康水木
謝長廷
陳水扁
林正杰

■康水木、謝長廷、陳水扁、林正杰在台北市榮星花園舉辦「紀念我們的國父」活動傳單。傳單提供/范巽綠

■康水木、陳水扁、謝長廷、林正杰聯合競選台北市議員邀請卡。傳單提供/范巽綠

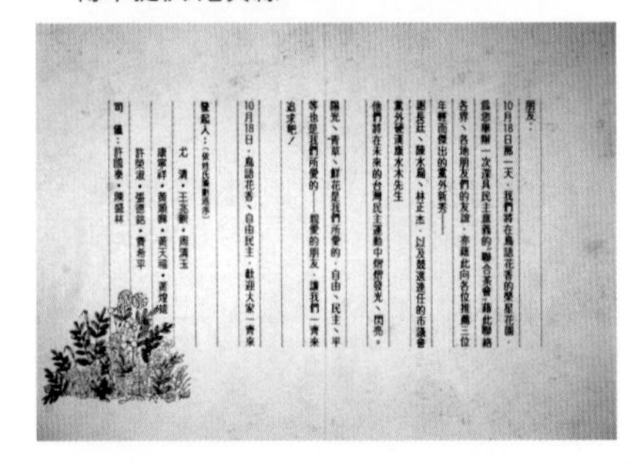

鎖定在「省議員」一職，因為那時省議會還是全國政治的中心，只要贏得省議員選舉，便取得黨外正統地位，發言也較有份量，媒體的曝光度也較多。而「縣長」一職，因為國民黨長期的勢力把持，黨外一直很難攻進，所以很少有人願意下功夫去開疆闢土。

本來陳定南不願接受這樣的協調，去經營一場不過是「犧牲打」的選戰，但考慮了幾個月，他接受參選「宜蘭縣長」的挑戰。出乎意料的是，在國民黨的強力打壓下，宜蘭縣反而戰出了絕佳的成果，陳定南順利當選縣長，從此改造了宜蘭的命運。

11月14日，縣市長、省市議員大選日，美麗島辯護律師陳水扁、謝長廷與林正杰、康水木4人都高票當選台北市議員。同時當選為台北市議員的黨外人士還有林文郎、徐明德、王昆和和陳勝宏。

蘇貞昌、游錫堃也分別在屏東縣、宜蘭縣高票當選台灣省議員。同時當選為省議員的還有蔡介雄、謝三升、簡錦益、黃玉嬌、周滄淵、林清松、傅文政、蘇洪月嬌、陳啟吉、廖枝源、余玲雅和陳金德。

在縣市長方面，邱連輝當選屏東縣長，黃石城當選彰化縣長，陳定南則當選為宜蘭縣第一位黨外縣長。

這次選舉結果驗證了一個事實：「黨外運動的最大貢獻，就是提供民眾一個不同的選擇，黨外運動的最大努力，就是打破國民黨獨佔的政治局面。」

許多辯護律師的當選，為黨外民主運動注入了新血。同時黨外推薦團的推薦制度，也為這個無名的政團增加了一點凝結作用。黨外人士透過這一次的推薦制度，經過選民的認同，逐步確立了黨外的主體勢力。

黨外在這次選舉中所表現的組織化行動、具體化領導核心，以及統一的政治符號，已逐漸具備「雛形政黨」的條件。謝長廷後來更直稱這個雛形政黨為「黨外黨」。

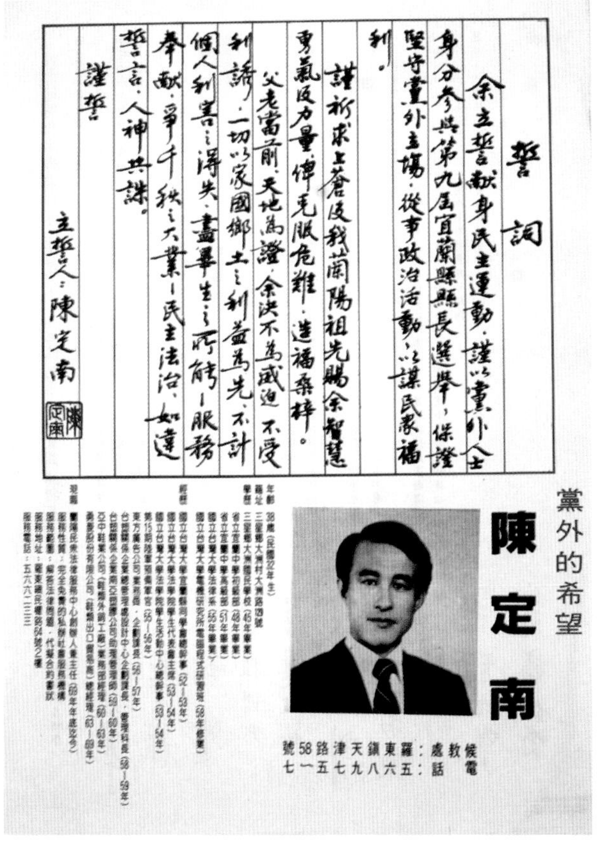

誓詞

余立誓獻身民主運動，謹以黨外人士身分參與第九屆宜蘭縣縣長選舉，保證堅守黨外立場，從事政治活動，以謀民眾福利。

謹祈求上蒼及我蘭陽祖先賜余智慧勇氣及力量，俾克服危難，造福桑梓。父老當前，天地為證，余決不為威迫，不受利誘，一切以家國鄉土之利益為先，不計個人利害之得失，盡畢生之所能，服務奉獻，爭千秋之大業－民主法治，如違誓言，人神共誅。

謹誓

立誓人：陳定南

黨外的希望

陳定南

候教處：羅東鎮天津路58號
電話：五六八九七五一七

■1981年陳定南當選宜蘭縣第一位「黨外縣長」的文宣。傳單提供/范巽綠

■1981年2月8日，美麗島辯護律師尤清（左三），獲得黨外省議員左起周滄淵、邱連輝、余陳月瑛、何春木、傅文政5票支持，當選監察委員。攝影/邱萬興

■1981年蘇貞昌第一次參選省議員，打出「人人講『好酒沉甕底』！屏東人敢『踦尾包衰』？」就靠著安裝在卡車上的兩根竹竿帆布活動講台，從台灣尾衝到台灣頭。圖片提供/蘇貞昌

■蘇貞昌的老宣傳車，遇到上坡坎坷路，剛選上省議員的蘇貞昌也和大夥一起推車上路。圖片提供/蘇貞昌

■1981年剛當選省議員的蘇貞昌，謝票謝累了，就利用午休時間，在路邊石椅小睡一下。圖片提供/蘇貞昌

籍貫／台灣省屏東縣人
出生年月日／36年7月28日生
學歷／屏東市仁愛國小、屏東中學、台大法律系畢業、高等考試律師及格。
經歷／台大屏中校友會總幹事
平民法律服務中心志願律師
台北市國際青年商會會長
國際青年商會中華民國總會副會長
中國比較法學會理事兼秘書長
高雄事件軍司法大審辯護律師
現任／律師
中國比較法學會理事
台北市屏東同鄉會理事
八十年代雜誌社法律顧問
國際青年商會中華民國總會長期發展委員
住址／屏東市中正路一六四號
電話／（〇八七）三二七二四・三二七五

蘇貞昌

■蘇貞昌第一次競選台灣省議員名片。名片提供/范巽綠

■蘇貞昌競選省議員時，連去一個小廟上香都會有情治人員跟監，在白色恐怖氣氛中，蘇貞昌還是一步一腳印誠懇拜票。圖片提供/蘇貞昌

1982

黨外新生代批康

黨外三劍客．省議會鐵三角

經歷了1981年的選戰，許多黨外辯護律師順利進入省市議會，不但為政壇輸入新的活力，也為黨外開闢新的戰場。

林正杰、陳水扁、謝長廷三人因各自的專業領域，與過去長期經營、耕耘的黨外市議員大不相同，進入台北市議會後，他們三人因問政方式相近且常常並肩質詢，因此在市議會中得到「黨外三劍客」的封號。當時，在市議會中另有國民黨籍市議員趙少康、郁慕明和劉樹鋅等三人自稱是「黨內三劍客」。

黨內、外三劍客自進入台北市議會後，就經常在議會殿堂上因不同的政治理念起衝突。跑市政新聞的媒體記者對這種衝突現象特別有興趣，自此開始，黨外的見報率逐漸提高。

除了台北市議會之外，省議會是台灣黨外政治的另一重心。黨外省議員在監督省政府施政的過程中也是盡心盡力。尤其是美麗島的辯護律師蘇貞昌、長期在宜蘭地方經營的游錫堃，和來自台南、政大公行碩士的謝三升三個人，因為在省議會的質詢上砲火猛烈而被並稱為「省議會鐵三角」。

「省議會鐵三角」的質詢內容，常常登上報紙第二版；有些民眾甚至為了看鐵三角質詢，排隊等著拿旁聽證進入議場。當時，擔任省主席的李登輝也常被黨外鐵三角的質詢砲火修理得體無完膚。

■黨外三劍客左起林正杰、謝長廷、陳水扁。攝影/范巽綠

■省議會鐵三角左起游錫堃、謝三升、蘇貞昌。圖片提供/游錫堃

黨外新生代批康

1982年5月14日，為了審查警備總部預算，有26個立法委員提出「邀請警總備詢」案。握有立法院內絕對主導權的國民黨，竟然不讓已登記的25人充分發言，只讓其中2人講完話，就急急以表決方式先通過停止討論，隨後又將此議案否決，完全無視於少數立委的意見。這個舉動引起張德銘的不滿，當天晚上，張德銘聯絡了幾位黨外立委，打算發動議事杯葛手段。

5月21日，共有9位黨外立委開會討論，達成三點決議：從25日開始採取反對行為；任何法案或預算都提出反對意見，要求表決；不接受協調，且沒有一個人可以代表大家接受協商或邀宴。一得知黨外立委可能採取這種行動，國民黨立委黨團書記長周慕文就不斷展開協調與溝通的任務。

5月25日，亦即預定採取杯葛行動的當天，黨外立委費希平、康寧祥、張德銘、黃煌雄、張榮顯、黃余秀鸞、許榮

圖片提供/鄭南榕基金會

攝影/邱萬興

批評黨外，刻不容緩．抗議黨外杯葛立法院會的虎頭蛇尾
■張明雄

第一碗圓子湯
■林世煜

放棄杯葛，黨外還有什麼
杯葛鬧劇始末記
■王麗美

放火的，不要變成放水的
■李敖

■6月10日，林世煜主編的《深耕》第11期半月刊雜誌出刊，公開指責康寧祥放水，推出特別報導王麗美〈放棄杯葛，黨外還有什麼〉的專題與李敖所寫的〈放火的，不要變成放水的〉，張明雄（邱義仁）的〈批評黨外，刻不容緩〉，抗議黨外杯葛立法院會的虎頭蛇尾，林世煜的〈第一碗圓子湯〉，掀起了日後黨外雜誌〈批康〉與黨外公職人員路線之爭的序幕。

淑、黃天福等8人在立法院圖書室集會，表示接受周慕文的協調與溝通。黨外的杯葛動作就不了了之。

事隔兩週之後，許榮淑發行、林世煜主編的《深耕》雜誌，開始大量報導並公開指責康寧祥「放水」，「喝國民黨的圓仔湯」。批判康寧祥的主要原因是，根據事後對杯葛行動的了解，5月25日上午的集會，並非所有參加21日集會的委員都接到通知；而且也不是所有到場立委的決議。因為早在幾位立委到達之前，兩、三位黨外「巨頭」早已決定讓步、達成協議了。多數黨外立委對少數人「代表」他們取消杯葛行動，違背當初堅持的決議，相當憤怒與不滿。

個性強硬、曾在康寧祥的《八十年代》當過編輯的林世煜，在第11期的《深耕》雜誌上（6月10日出版），推出〈放棄杯葛，黨外還有什麼〉的專題，分別刊載幾篇指責康寧祥等人的文章：王麗美的〈杯葛鬧劇始末記〉、李敖的〈放火的，不要變成放水的〉、張明雄（邱義仁的筆名）的〈批評黨外，刻不容緩〉以及林世煜的〈第一碗圓子湯〉。《深耕》的這一專題出現，掀起了日後黨外雜誌長時期「批康」的序幕，也發出了黨外雜誌批評黨外政治人物之先聲，並且揭開了日後黨外路線之爭的序幕。

在這些路線爭執與內部強力批判的文字下，首當其衝的就是被嚴厲批判的康寧祥。自從立法院的「放水風波」引起作家李敖及黨外新生代林世煜等人聯手策畫的「批康」以來，康寧祥經常受到黨外內部（新生代為主）的批鬥，長達三年多。「批康」的文字，多達一、二十萬字。

■左起林世煜、于良騏、林正杰、邱義仁。圖片提供/范巽綠

黨外四人行

黨外人士在1981年省市公職人員選舉時，透過集體推薦制度獲得相當成果後，當時儼然以黨外主流領袖自居的康寧祥，開始與他在立法院內的夥伴黃煌雄、張德銘等人討論到「黨外除了在國內參與選舉、擴大民意基礎之外，是不是也應該拓展它的外交力量？」

尤其，考量了台灣日益艱難的外交處境，以及有關台灣主權與美國對台軍售問題，而國民黨當局又對這些問題束手無策時，康寧祥等人於是試圖以在野政治領袖的身分，從事一次黨外人士的外交行動。

經過康寧祥縝密的安排策畫，康寧祥、張德銘、黃煌雄等3位立委，與監委尤清共4人，於1982年6月29日起，透過「北美洲台灣人教授協會」的邀請，作了一次為期40天的美、日訪問之行。「黨外四人行」除了與美國朝野人士接觸之外，並與旅美台灣同鄉廣泛接觸。他們在訪美期間，接觸將近了五千名的台灣同鄉。雖然國民黨執政當局一再表示四人行不得參加「世界台灣同鄉會」的年會，但是他們卻以巧妙的方法，在休斯頓讓參加「世界台灣同鄉會」的人士來聽他們的演講。他們以人權與安全並重的基本原則，推動旅美台灣同鄉團體達成協議，共同要求美國繼續供應台灣防衛性武器。

「黨外四人行」首次將台灣在野的聲音傳到國際上去，這不但是30多年來黨外第一次集體向國際政治舞台出發，開擴黨外發展的國際宣傳，也是「反對黨外交」的雛型。

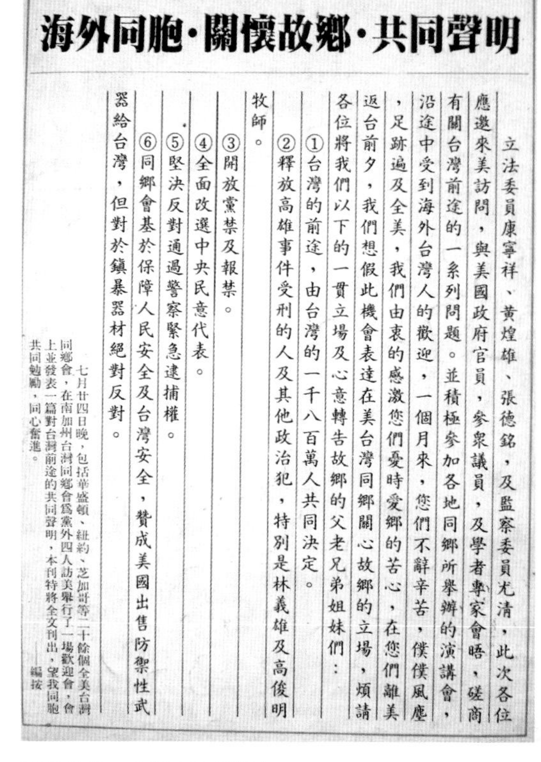

海外同胞·關懷故鄉·共同聲明

立法委員康寧祥、黃煌雄、張德銘，及監察委員尤清，此次各位應邀來美訪問，與美國政府官員，參衆議員，及學者專家會晤，磋商有關台灣前途的一系列問題。並積極參加各地同鄉所舉辦的演講會，沿途中受到海外台灣人的歡迎，一個月來，您們不辭辛苦，僕僕風塵，足跡遍及全美，我們由衷的感激您們憂時愛鄉的苦心，在您們離美返台前夕，我們想假此機會表達在美台灣同鄉關心故鄉的立場，煩請各位將我們以下的一貫立場及心意轉告故鄉的父老兄弟姐妹們：

①台灣的前途，由台灣的一千八百萬人共同決定。

②釋放高雄事件受刑的人及其他政治犯，特別是林義雄及高俊明牧師。

③開放黨禁及報禁。

④全面改選中央民意代表。

⑤堅決反對通過警察緊急逮捕權。

⑥同鄉會基於保障人民安全及台灣安全，贊成美國出售防禦性武器給台灣，但對於鎮暴器材絕對反對。

七月廿四日晚，包括華盛頓、紐約、芝加哥等二十餘個全美台灣同鄉會，在南加州台灣同鄉會爲黨外四人訪美舉行了一場歡迎會，會上並發表一篇對台灣前途的共同聲明，本刊特將全文刊出，望我同胞共同勉勵，同心奮進。——編按

■黨外四人行的共同聲明。

■左起尤 清、曹子勤、許榮淑、康寧祥、張德銘、黃煌雄。圖片提供/尤 清

■1982年6月29日，「黨外四人行」。
圖片提供/尤 清

四位美麗島受刑人第一次獄中絕食

■姚嘉文被關在明德監獄的小窗戶內。攝影/邱萬興

四位高雄事件受刑人黃信介、張俊宏、姚嘉文、林弘宣，從1980年軍法大審到1984年間，一直關在景美看守所。他們雖身在監牢，仍心繫民主。他們深知一牆之隔，牢裡牢外的緊密關連：牢裡的人舉足輕重，動見觀瞻，牽動著牢房外千萬台灣人民擁抱民主的信心，鼓舞著新生世代走過荊棘遍佈的政治沙漠。

1982年「美麗島受難人共同聲明」即是在這樣的時代背景與氛圍下所產生。1982年8月17日，美國與中華人民共和國簽署「八一七上海公報」，北京政府為了換取華府減少對台軍售，表面答應雷根政府，將努力以和平方式解決與台灣的爭端。台灣朝野對一向親台的雷根總統屈服於北京壓力而犧牲台灣，感到莫大的失望與震撼。而且雷根政府減少對台軍售的政策，明顯牴觸了1979年卡特總統所簽署的「台灣關係法」提供台灣「充分」防衛武力的明確規定。國際局勢的種種變動，使得在牢內的美麗島受難人對於台、美、中三邊關係的急遽變遷，產生焦慮，關心之情，他們對於國民黨死守法統壓制民主的不滿更是躍然紙上。

1982年9月1日，在台灣警備總部景美軍事看守所坐牢的黃信介、張俊宏、姚嘉文及林弘宣四人，為表達對台灣前途的看法，聯合具名發表了鏗鏘有力的「獄中聲明」。

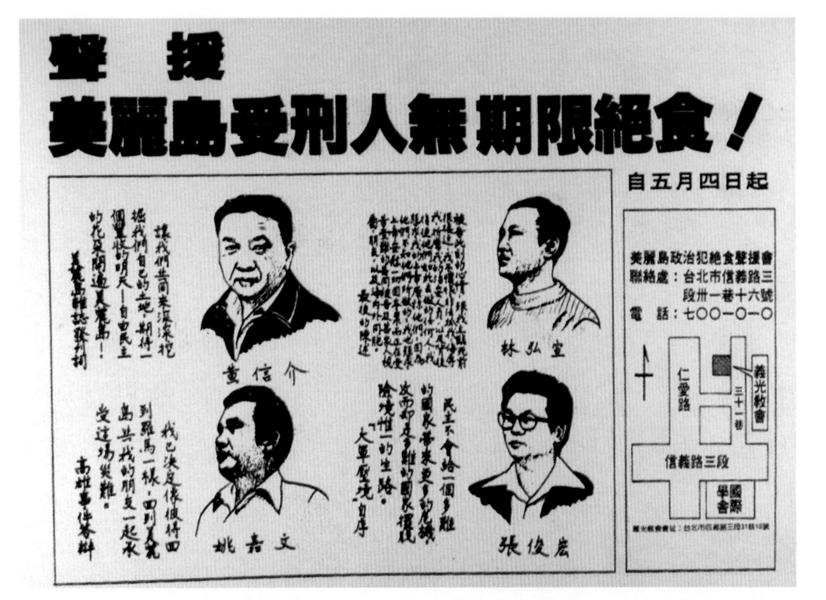

■這份絕食海報的印製過程極為艱辛。當時，義光教會外面遭到警總和警方的層層封鎖。黨外人士為了將這份海報從教會內帶出來印製，必須突破警總和警方的層層封鎖，只好在義光教會內先將海報切割成三份，然後由范巽綠、田孟淑、負責印刷的廖耀松之妻陳明珠分別攜出教會後，在他處將此稿重新組合後，再由廖耀松廣為印刷。圖片提供/姚嘉文

獄中聲明的擬定與傳遞

美麗島事件受難人家屬周清玉、許榮淑等人，於1980年參選中央民意代表時高票當選，受難人在牢中反而備受封鎖隔離，不能互相見面，不能互道聲息。美麗島事件的8位被告中，施明德送往綠島，陳菊、呂秀蓮二人另羈女牢。其餘五人則留在警備總部景美看守所服刑，黃信介住第一區三十五房，林弘宣在三十六房，姚嘉文在三十八房。張俊宏及林義雄在第二區，兩區有圍牆相隔。

雖然遭到獄方刻意的封鎖及區隔，並且滴水不漏地監控他們的一舉一動，使得他們對外的訊息管道被封鎖得密不可破。他們仍藉由透過閱報（只限中央日報）、家屬接見及其他管道，持續研判台灣政治前途的發展，也透過各種方式互相交換意見。張俊宏和姚嘉文所談更多。常常利用放風運動時間，隔著牆下水溝對話。1982年初，入牢3年多後，他們認為時機成熟，應該發表公開聲

明。姚嘉文先徵得黃信介及林弘宣的同意後，再與張俊宏共同撰寫聲明，對外發表。聲明內容由姚嘉文擬稿，張俊宏潤飾，最後再加上黃信介的「願上天及英勇祖先保佑吾土吾民」。

雖然「獄中聲明」擬得很辛苦，然而傳遞過程一樣非常辛苦。將這些美麗島受難人「共同聲明」發表出來的過程，其實是充滿戲劇性的「諜對諜」劇碼。其實就算聲明擬妥，他們也無法親手交到家屬的手中。

在重重限制下，姚嘉文等人一方面暗中擬妥聲明稿，並由四人共同簽署後，將這份重要文獻交給同情這些民主鬥士的獄卒攜出；又為了不使統治當局追查起來時連累獄卒，於是姚嘉文和周清玉想了一個辦法，故意在每次監所會面時，由姚嘉文口述，周清玉筆記的方式，讓獄方產生錯覺，誤認為這些談話是透過會面時所完成。其實，聲明原稿早已由不同管道攜出。

「共同聲明」雖然從獄中辛苦攜出，然而，公布的過程卻不順利。原本周清玉希望藉由當年9月28日黨外從政人士在台北市中山堂光復廳舉行的「市政研討聯誼會」的機會公布聲明，但是，卻有部分黨外主事者認為不妥，拒絕美麗島家屬藉這個場合發表，並表示「最好不要做這種事」。最後，這份聲明並不是在大會中宣讀，而是委屈地於會後散發。然而，聲明一旦發表，它的爆發力也隨即展現。

這份聲明除了提出當時國民黨當權者無法接受的許多民主觀點，如「寧要民主，不要統一」、「實行民主是對抗共產威脅最有效的方法」、「將主權歸屬、政府型態、基本國策以及政治領袖的產生等付諸全民公決」、「公民投票」、「人民制憲」、「總統直選」，也再度呈現美麗島運動主張的正確性，並且公開批評執政當局「因缺乏應變開局的決心和勇氣，已使台灣陷入更危急的困境」。

尤其重要的是，這份「共同聲明」明白表示出台灣和大陸社會本質的不同，且提出「民主」比「統一」更重要的理論。因此，有人說這份「共同聲明」幾乎就是台灣獨立宣

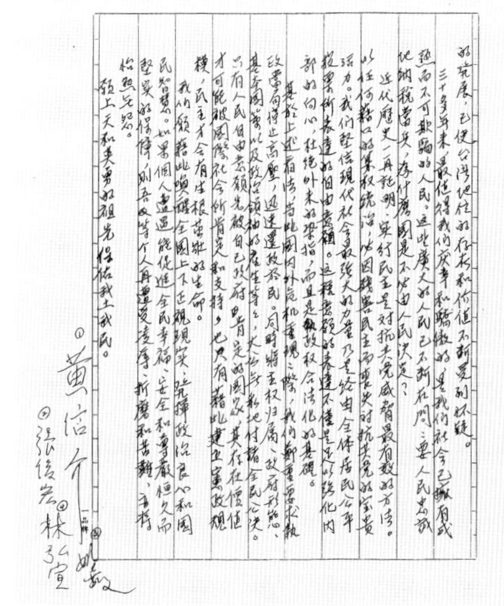

■9月1日，黃信介、張俊宏、姚嘉文、林弘宣在獄中發表「美麗島受難人共同聲明」親筆簽名原件。表明「在台灣完成民主，遠比為中國製造統一更為迫切重要」。圖片提供/姚嘉文

美麗島受難人共同聲明

71年9月1日

由於政治看法和主張的不同，身陷重牢，我們確信這是基於執政當局的政治需要。然而三年來，國內外情勢的發展，證明我們對台灣前途看法和主張的正確。執政當局因為缺乏應變開局的決心和勇氣，已使台灣陷入更危急的困境。

三百年來，為追求自由而陸續來此拓墾的英勇人民，以新的思想和生活方式，開創了自立奮發的民族氣象，並且奠定了民主社會的基礎。台灣和中國大陸長期隔離的結果，已使得雙方社會本質有著明顯的差異。

「統一」雖是中國古老傳統的願望，「民主」卻是近代舉世人民普遍的要求。當兩者不可得全，我們寧取「民主」。任何缺乏民意基礎的統一，只有帶來大多數人民困苦和傷害。

中華民族在歷史上曾經不只一次有過因為理想不同而分立建國的經驗。我們堅信任何人民不能單純因為歷史及種族的原因而喪失選擇自由民主生活方式的權利。為長遠利益考慮，在台灣完成民主，遠比為中國製造統一更為迫切更為重要。

執政當局基於此項考慮，堅拒中共統一的壓力。另一方面卻在台灣將立國根基建於長久不能實現的口號和諾言上。不僅使處境尷尬不安，道德形象黯然衰敗，而且長久用以阻塞民主的發展，已使台灣地位的存在和價值不斷受到懷疑。

三十多年來，最值得我們慶幸和驕傲的，是我們社會已擁有成熟而不可欺騙的人民。這些廣大的人民已不斷在問：要人們忠誠地納稅當兵，為什麼國是不必由人民決定？

近代歷史一再證明，實行民主是對抗共產威脅最有效的方法。以任何藉口的集權統治，必因殘害民主而喪失對抗共產的寶貴活力。我們堅信現代社會最強大的力量乃是經由全體居民共同投票所表達的自由意願。這種意願的表達不僅是足以強化內部的向心，杜絕外來的染指，而且是政權合法化的基礎。

基於上述看法，當此國內外危機重現之際，我們鄭重要求執政當局停止高壓，迅速還政於民。同時將主權歸屬、政府形態、基本國策以及政治領袖的產生等等，大公無私地付諸全民公決。只有尊重人民意願的政府，其存在價值才可能被國際社會所肯定和支持，也只有藉此建立憲政規模，民主才會有生根茁壯的生命。

我們願藉此喚醒全國上下正視現實，發揮政治良心和國民智慧。如果個人遭遇能促進全民幸福、安全和尊嚴恒久而堅實的保障，則吾等個人再遭受凌辱、折磨和苦難，亦將怡然無怨。

願上天和英勇的祖先保佑我土我民。

黃信介
張俊宏
姚嘉文
林弘宣

■9月28日，黨外人士在台北市中山堂集會，以「民主、團結、救台灣」提出制定「國家基本法」6項主張，會後周清玉散發「美麗島受難人共同聲明」傳單，讓國民黨大為震驚，引起警備總部全面查禁該聲明。圖片提供/姚嘉文

■1984年黨外人士發起「追求民主、分擔苦難」，在義光教會展開絕食，左起江鵬堅、黃天福、許榮淑、周清玉、林黎琤、尤清、謝長廷、張俊雄、林正杰等。圖片提供/江彭豐美

■1984年5月4日，黨外人士組成「美麗島政治犯絕食聲援會」，在台北市義光教會要展開連續3天絕食活動，以和平方式傳達獄中受難人絕食訊息，江鵬堅發表「追求民主、分擔苦難」聲明書。圖片提供/江彭豐美

言。這份聲明發出後驚動社會各界，立刻引來國民黨當局的高度緊張警戒。除了警備總部隨即以違反「戒嚴時期出版物管制辦法」加以查禁之外，並且透過國民黨御用媒體，扭曲受難人提出共同聲明的嚴肅意義。不過也因國民黨的大力反撲，反而強化了這份共同聲明的效果。

獄中聲明引發的絕食行動

由於獄中聲明對台灣社會的震撼力，黨外人士得到消息，軍方有意以「為匪宣傳」的罪責，偵辦負責印刷及分發共同聲明的周清玉。因此發表獄中聲明的四人開始宣布絕食，家屬、親友及黨外朋友也一起配合進行絕食活動。

接著，警備總部派軍事檢察官分別隔離偵訊發布獄中聲明的四位美麗島受刑人，以確定聲明是否在獄中所撰寫的，或者是在外面的家屬或黨外人士借用受刑人的名義在發放。姚嘉文承認是他所撰寫，表示是透過家屬接見時唸稿再由家屬謄寫。軍事檢察官不相信，但也無法查出管道。最後姚嘉文一再表示聲明書是他要周清玉分發的。姚嘉文從軍事檢察官詢問的口氣中明顯地感覺到，國民黨當局非常緊張。

在這個著名的「獄中聲明」絕食活動後，經過了一年多，1984年5月，為了對抗日漸嚴格管制的牢中措施，並反應對國內外政治情勢發展的高度關心，黃信介、張俊宏、姚嘉文、林弘宣四人決定再次進行長期的絕食行動，以刺激當時路線分歧、組織林立的黨外陣營，重新思考彼此間的合作模式，讓台灣的民主運動更茁壯。

1984年5月4日開始，美麗島事件受難家屬為了聲援獄中4人的絕食行動，以及擴大家屬和黨外同志參與絕食抗爭的行列，由江鵬堅、尤清召開記者會，發表「追求民主、分擔苦難」聲明，絕食地點則選定在林宅血案原址，現為基督教義光教會的所在地。

我爸爸不是壞人
第一屆「小小夏令營」

一群關心受刑人家屬的朋友蘇慶黎、袁嬿嬿、蘇治芬、陳秀惠，與剛出獄不久的鼓山事件受刑人姚國建等人，在許多熱心人士的贊助下，於1982年8月12、13、14日三天，舉辦了一個為期3天2夜的「小小夏令營」。參加小小夏令營的成員，有姚嘉文的女兒姚雨靜、邱茂男的長女邱議瑩與其弟，王拓的女兒王怡之等人，主要為美麗島事件和鼓山事件的受刑人子女，平均年齡約10歲，有的人甚至一出生，父親就已身繫牢獄。

這些父親坐政治獄的小小孩，因為遭遇和一般小孩不同，想法也比一般小孩成熟很多，只是從他們的言談中，還是可以感受到他們深深的落寞。有一個才讀4年級的小孩曾說：「有一次在班上跟同學吵架，人家吵不過我，就說我爸爸是『壞人』，尤其是男生……」，「我爸爸不是小偷，也不是強盜，我爸爸不是『壞人』，我爸爸是『好人』」。這個男生反問她：「『好人』為什麼要進監牢？你爸爸是『壞人』！」在這些似是而非的言論下，心靈受傷最深的就是這群無辜的小孩。

12日中午，來自全省各地參加小小夏令營的隊員，先在台北市新生南路上的紫藤廬茶藝館，享用一頓豐盛的午餐。為了協助小小隊員做好心理建設，主辦單位特別在午餐後，安排了「張老師」時間，讓小

■「籠中傳人」不要害怕，你的爸爸不是壞人，他是個好人。圖片提供/袁嬿嬿

■「小小夏令營」的發起人蘇慶黎（後排右一）與袁嬿嬿（後排左一）關懷美麗島受刑人家屬子女。圖片提供/袁嬿嬿

■第一屆「小小夏令營」工作人員，手持麥克風講解的蘇慶黎（左一）陳秀惠（後排左二），擔任領隊的姚國建（後排戴墨鏡）、袁嬿嬿（後排右一）。圖片提供/袁嬿嬿

■在花園新城快樂玩水的小朋友，有個不一樣的夏天。圖片提供/袁嬿嬿

小成員發抒內心的疑問，接受張老師的心理輔導。

之後，在領隊姚國建的帶領下，50多人浩浩蕩蕩搭上一部大遊覽車，前往新店郊區的花園新城紮營。下午則安排到花園新城的游泳池戲水玩耍。晚上，營隊準備了化粧舞會來歡迎小小朋友。

13日早上，由長老教會的趙振貳牧師帶領小小隊員前往烏來，欣賞烏來的風景名勝。一路上還是免不了「警察」隨行、跟蹤。晚上營隊舉辦一場惜別會，許國泰遠從中壢運來50多雙球鞋，鄭維楨送給每位小朋友書籍一套，聖經公會贈送兒童聖經，何文振送內衣等等，許多熱心的黨外人士提供豐富的禮物，讓小小隊員雀躍不已。

14日早上，小小夏令營結束在花園新城的活動後，全員整隊下山，途中經過台北市區時，再到圓山動物園及兒童樂園，讓小朋友盡情享受一個愉快的假期。

3天2夜的「小小夏令營」活動結束後，許多政治犯的年幼子女認識許多和自己遭遇相同的小朋友，因而消除原先鬱積在心中已久的孤獨感。這個首度舉辦的活動，得到黨外各界人士的肯定與熱烈迴響。從第二年暑假開始，「台灣關懷中心」周清玉接手承辦「第二屆關懷夏令營」活動，之後，持續數年之久，讓這些政治犯的小孩有個不一樣的夏天。

■蘇慶黎帶領小朋友到台北圓山動物園玩，讓小朋友有一個快樂的暑假。圖片提供/袁嬿嬿

■小小夏令營的五十多位小朋友與辛苦的大哥哥、大姐姐合影。姚嘉文的女兒姚雨靜（後排右七）、邱茂男的女兒邱議瑩（後排右八）。圖片提供/袁嬿嬿

■周清玉主辦「第二屆關懷夏令營」在桃園縣阿姆坪的「湖濱飯店」舉行，這屆有更多政治犯的小朋友參與活動。圖片提供/袁嬿嬿

1983

黨外雜誌百花齊放

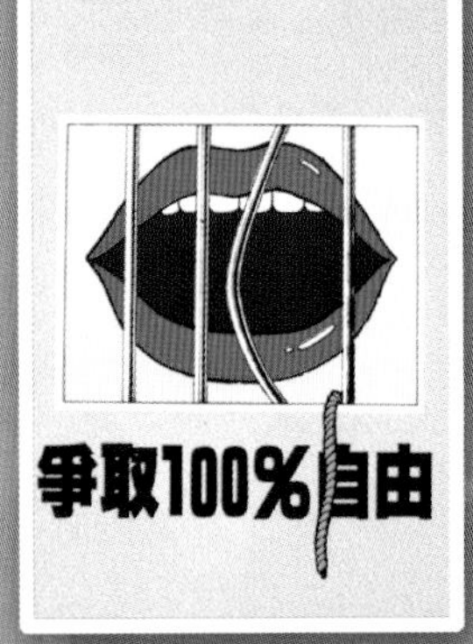

黨外雜誌百花齊放

1975年，台灣本土菁英黃信介、康寧祥、張俊宏、黃華、姚嘉文等人，共同籌劃出版一本政論性雜誌。他們先於1975年5月以《台灣公論》之名提出雜誌申請而遭駁回，後來改以《台灣政論》才獲准登記。這是第一本以「台灣」為名稱的政論雜誌。在這本雜誌中，曾探討的主題包括：國會全面改選、解除戒嚴、解除報禁、解除黨禁等等。1970年代的《台灣政論》，可說是1980年代黨外雜誌的典範。由於《台灣政論》對台灣社會的影響深遠，尤其是對國民黨統治基礎的嚴重衝擊，第5期就被國民黨警備總部以該雜誌煽動他人觸犯內亂罪，遭到停刊處分。

隨後，1976年的《夏潮》雜誌，1977年的《這一代》雜誌，1978年的《富堡之聲》雜誌、《新生代》雜誌，1979年的《潮流》，都在國民黨的嚴厲掌控下，很快就被停刊處分。

《八十年代》和《美麗島》創刊

1979年，兩本對黨外民主運動有相當影響力的雜誌《八十年代》和《美麗島》先後出刊，對國民黨的衝擊尤其強烈。《八十年代》和《美麗島》分別代表黨外運動的兩條不同的路線。《八十年代》結合一群學術界的學者和新聞界的記者，從事批判性的論述；《美麗島》則採取群眾路線，企圖以雜誌來發展組織、從事政治改革運動。

《美麗島》雜誌初創辦時，黃信介曾以《聖國》為名提出申請，國民黨執政當局以「發行旨趣籠統、不符規定」為由拒絕其申請，後來改以周清玉命名的《美麗島》為名，才通過申請。

1979年底美麗島事件發生後，兩本雜誌相繼被停刊。1980年美麗島事件過後，黨外人士前仆後繼的努力下黨外雜誌再度崛起，百花齊放，百家爭鳴。琳瑯滿目的黨外雜誌，正好填補了台灣人民對事實真相的渴求。

祝
八十年代的
美麗島
春風吹又生
海外一羣關心台灣民主的台灣同鄉敬上

■祝賀《八十年代》、《美麗島》、《春風》雜誌創刊的廣告。
圖片提供/張富忠

美麗島事件後的黨外雜誌

1980年2月1日，八十年代的姊妹刊物《亞洲人》雜誌創刊。發行人司馬文武、社長康寧祥。

1980年8月1日，八十年代的姊妹刊物《暖流》創刊，發行人康文雄、社長康寧祥，國民黨以封面有「八十年代」四個字為由，第一期就被停刊。

1980年8月21日，黃天福創辦《鐘鼓樓》雜誌創刊號尚未上市，五萬多份在印刷廠遭警總全數搶走。

1980年10月15日，《海潮》月刊創刊，發行人王義雄、社長潘立夫。

■1975年8月《台灣政論》雜誌創刊。

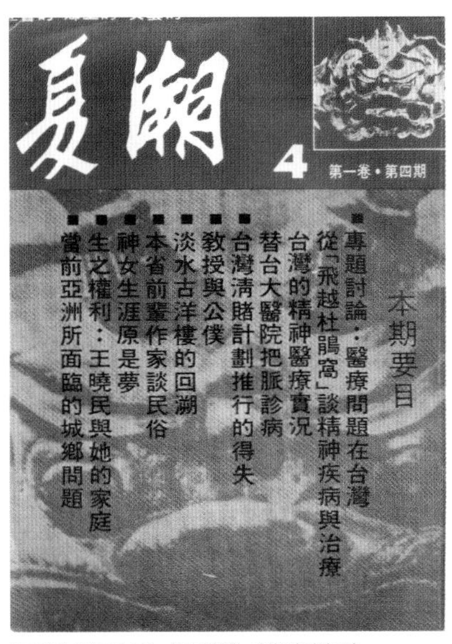

■1976年2月《夏潮》雜誌創刊。

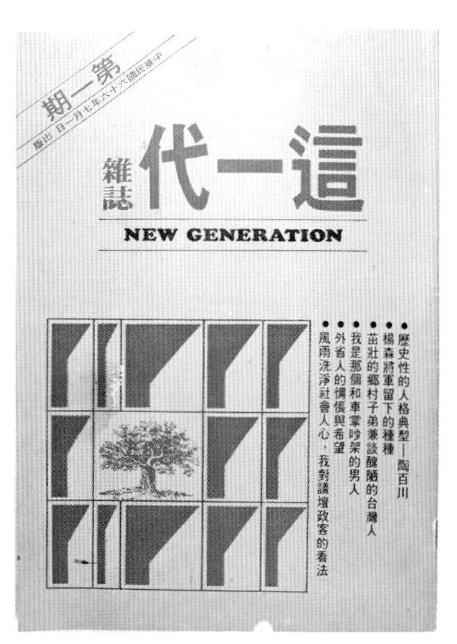

■1977年6月《這一代》雜誌創刊。

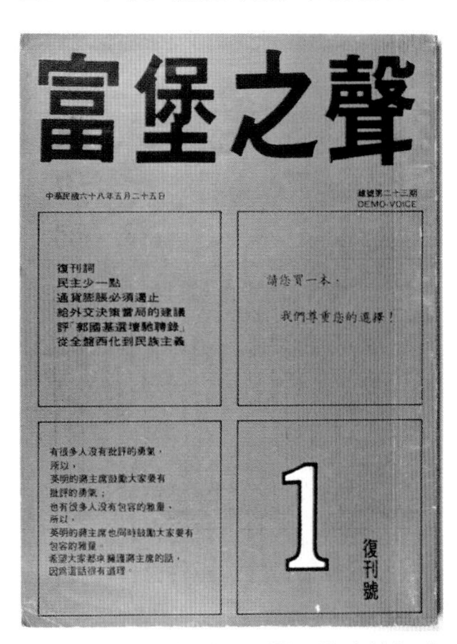

■1978年5月《富堡之聲》雜誌革新號創刊。

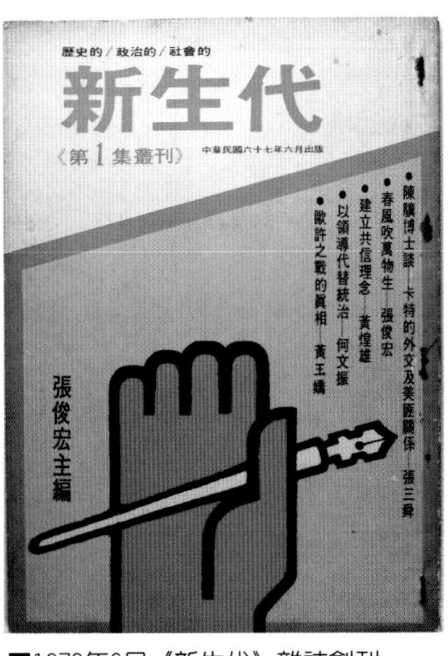

■1978年6月《新生代》雜誌創刊。

■1979年4月全台第一份向報禁挑戰的地下報紙《潮流》創刊。

■1979年6月《八十年代》雜誌創刊。

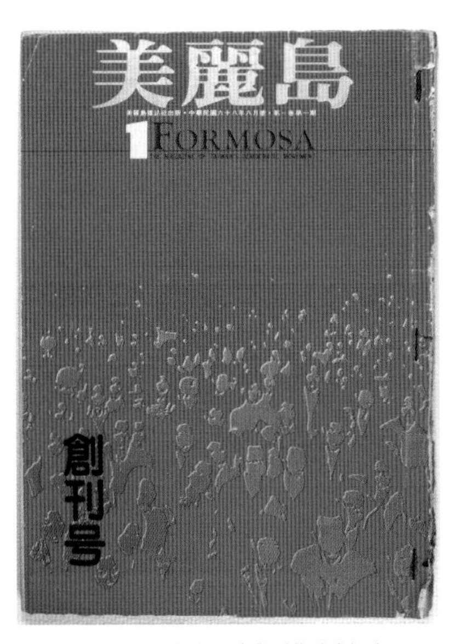

■1979年8月《美麗島》雜誌創刊。

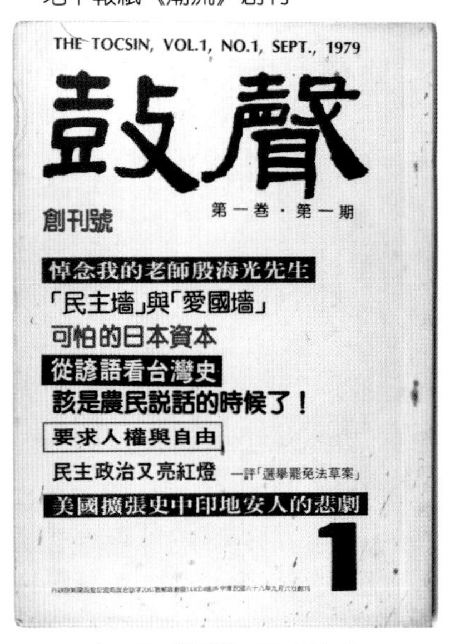

■1979年9月《鼓聲》雜誌創刊。

黨外半月刊雜誌陸續出版

1981年起，黨外歷經中央民意代表與省市議員選舉，黨外新生代與美麗島受難家屬、辯護律師當選公職，為了爭取言論自由紛紛創辦政論雜誌，數目之多前所未有，黨外雜誌開始以半月刊形式發行、有些仍以月刊形式發行。這些雜誌以黨外觀點評論台灣的政治現狀，讓台灣人民對國民黨的統治有不同的思考面向。

1981年2月16日《政治家》半月刊雜誌創刊，鄧維賢任發行人兼總編輯。

1981年2月25日《縱橫》月刊雜誌創刊，總編輯為宋國誠。

1981年4月20日《進步》雜誌創刊，社長為林正杰、總編輯為林世煜。

1981年6月1日《深耕》雜誌創刊，由林正杰、林世煜、林濁水3人擔任主筆。

1981年10月25日《關懷雜誌》創刊，發行人周清玉、社長謝長廷。

1982年9月1日《博觀》雜誌創刊，創辦人尤清、發行人尤宏、主編林濁水，這是黨外雜誌第一本討論反對黨問題與組織新黨問題。

1983年1月1日《在野》雜誌創刊，發行人李榮基、社長程福星。

1983年1月16日《鐘鼓鑼》雜誌創刊，發行人為黃天福、社長為陳水扁。

1983年1月16日《民主人》雜誌半月刊創刊，鄧維賢為總編輯。

黨外第一本週刊出版

由於厭煩國民黨的新聞封鎖與查禁，黨外人士林正杰、蔡式淵等人決定創辦週刊性質的黨外雜誌，以縮短出刊與發行時間，來和國民黨做長期抗爭。有些黨外雜誌還曾經提議，多辦幾個週刊，每天由不同的週刊發行，來取代國民黨所設下的報禁。後來，因為技術問題很難克服，這個提議終究成空。

1983年3月14日黨外第一本政論週刊《前進》週刊創刊，名譽發行人費希平、發行人蔡式淵、社長林正杰，總編輯耿榮水，黨外開始推出新聞性週刊。

■黨外雜誌大反撲，在各家雜誌社刊登廣告，希望能聯合黨外週刊每天出一本來突破國民黨的報禁。

前進系列刊物：
前進週刊
前進廣場週刊
前進時代週刊
前進世界週刊
向前看週刊

前進之聲

《如有文責概由林正杰負責，恕不外讓》

大家都來改版權頁

——「前進」對「前進模式」和「蓬萊島模式」的因應措施。

前進小啓：本刊正式敬告法官，「前進」人事、職務自本期起，變動如所附版權頁。

發行人／蔡式淵（請假）
代理發行人／林正杰
社長／林正杰
總編輯／林正杰
採訪主任／林正杰
執行編輯／林正杰
校對／林正杰
發行經理／林正杰
財務經理／林正杰

電話／7088333・7029186
郵政帳號／0593971-0　林正杰帳號
零售／國內每本新台幣50元
長期訂閱／國內每半年26期900元
全年52期1600元

•3•

■前進刊登的改版權頁，文責全部由林正杰負責，恕不外讓。

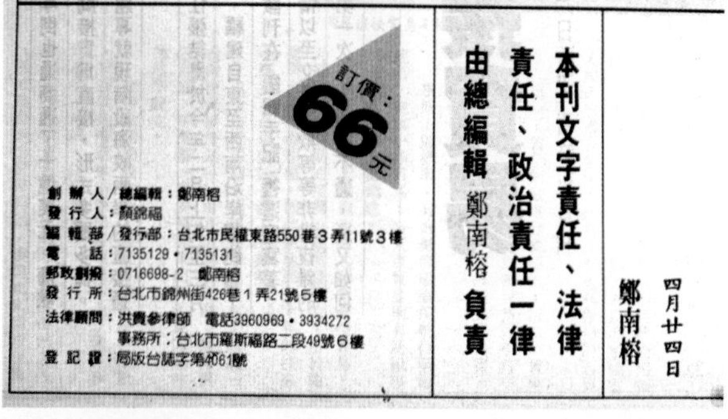
訂價：66元

創辦人／總編輯：鄭南榕
發行人：顏錦福
編輯部／發行部：台北市民權東路550巷3弄11號3樓
電話：7135129・7135131
郵政劃撥：0716698-2　鄭南榕
發行所：台北市錦州街426巷1弄21號5樓
法律顧問：洪貴參律師　電話3960969・3934272
事務所：台北市羅斯福路二段49號6樓
登記證：局版台誌字第4061號

本刊文字責任、法律責任、政治責任一律由總編輯鄭南榕負責

鄭南榕　四月廿四日

■時代週刊在第一頁刊登的「文字、法律、政治責任」一律由總編輯鄭南榕負責。

■1979年11月《春風》雜誌創刊。

■1980年2月《亞洲人》雜誌創刊。

■1980年8月《暖流》創刊。

■1980年10月《海潮》月刊創刊。

■1981年2月《政治家》半月刊雜誌創刊。

■1981年2月《縱橫》月刊雜誌創刊。

■1981年4月《進步》雜誌創刊。

■1981年6月《深耕》雜誌創刊。

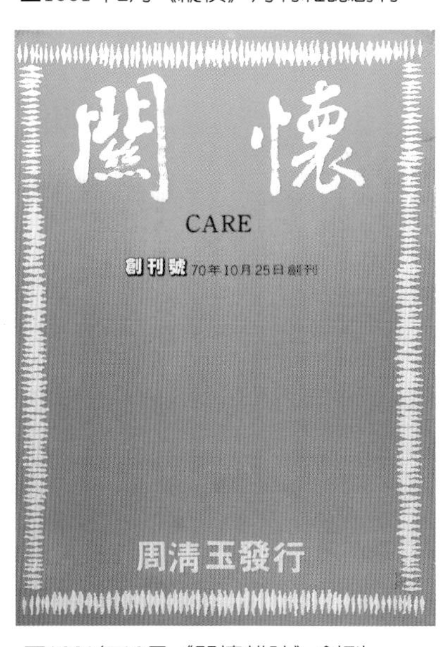

■1981年10月《關懷雜誌》創刊。

1983年8月13日前進週刊的姊妹刊物《前進廣場》創刊，名譽發行人費希平、發行人蔡式淵、社長林正杰。

1983年10月27日《生根》雜誌創刊，創辦人許榮淑、發行人許國泰、社長吳乃仁、副社長邱義仁、總編輯林世煜。

1984年3月12日鄭南榕創辦《自由時代》系列週刊，由陳水扁擔任雜誌社社長。

1984年3月29日《雷聲》雜誌創刊，創辦人雷渝齊。

1984年6月1日《新潮流》雜誌創刊，發行人吳乃仁、社長洪奇昌、總編輯邱義仁。

1984年6月12日《蓬萊島》雜誌創刊，創辦人黃天福、社長陳水扁。

1984年7月1日《開創》雜誌創刊，發行人黃煌雄。

1984年7月7日《薪火》雜誌創刊，發行人耿榮水。

1984年8月20日《台灣潮流》週刊創刊，創辦人許榮淑。

1984年8月20日《發展》週刊創刊，創辦人鄭南榕。

1984年9月10日蓬萊島的姊妹刊物《西北雨》週刊創刊，創辦人黃天福、總編輯李逸洋。

1985年1月11日《第一線》週刊創刊，創辦人、總編輯吳祥輝。

1985年6月29日《新路線》雜誌創刊，發行人兼總編輯周伯倫。

1985年7月15日《山外山》雜誌創刊，社長為胡德夫、總編輯為林文正。

■鄧維賢。

鄧維楨創辦《政治家》

《大學》雜誌的創辦人鄧維楨，於1981年2月16日創辦了《政治家》半月刊。這是黨外雜誌第一份以半月刊型態出現的雜誌。

《政治家》的封面以黨外政治人物為主題，雜誌的內容也多半以報導黨外人士的相關新聞為重心，並記載黨外人士的重要活動，以及對黨外反對運動的主張。這些內容有的著重於黨外路線的討論，或者黨外與國民黨在議會抗爭的新聞，有的則分析黨外公職的派系爭議，反映出雜誌與黨外密切結合的關係。

鄧維楨將《政治家》雜誌轉給弟弟鄧維賢接棒。《政治家》半月刊出刊後，就不斷遭到警總查禁、停刊的處分，該雜誌於是以《民主人》、《民主政治》、《政治家叢刊》等不同名稱的系列雜誌不斷的出刊。

■許榮淑立委。

許榮淑創辦《深耕》

由美麗島受刑人張俊宏的妻子許榮淑立委創辦的《深耕》雜誌於1981年6月出刊，許榮淑立委擔任發行人，社長為林正杰。《深耕》系列的成員多為黨外新生代，總編輯為林世煜。後來林正杰離開《深耕》，改由吳乃仁任社長，邱義仁任副社長。同時發行人也改由許國泰擔任，許榮淑則改任創辦人。

從1982年「杯葛風波」開始，《深耕》系列就不斷推出「批康」的文稿；《深耕》雜誌第11期中刊出許多篇批康文章。批判的對象不但從康寧祥個人擴大到其他黨外公職人員，並且批判風潮迅速蔓延至其他的黨外雜誌，導致黨外內部山頭與新生代之間形成對立。

在林世煜等新生代的主導下，《深耕》雜誌系列的文章常被黨外人士認為是破壞黨外團結，促使日後黨外新生代先後離開《深耕》而另辦雜誌。

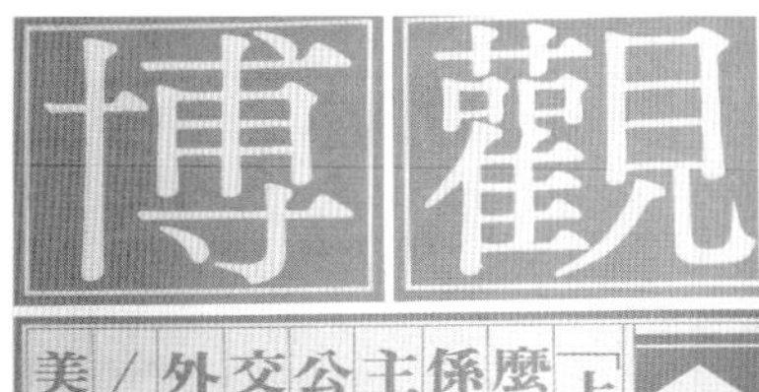

台灣的外交

「上海二號公報」顯示了什麼？／尤清談台灣對外關係／三十年來黨外的外交主張／黨外四人訪美歸國公開談話會記錄／打開外交僵局的新途徑——兩黨外交／尤清演講台灣人權／北美台灣同鄉會簡介／美國學界對華政策的辯論

■1982年9月《博觀》雜誌創刊。

■1983年1月《民主人》雜誌創刊。

■1983年1月《鐘鼓鑼》雜誌創刊。

■1983年1月《在野》雜誌創刊。

■1983年2月《夏潮論壇》創刊。

■1983年3月《前進》週刊創刊。

■1983年8月《前進廣場》創刊。

■1983年10月《生根》雜誌創刊。

■1984年3月《自由時代》週刊創刊。

■江鵬堅參加周清玉創辦的《關懷》雜誌創刊茶會。

周清玉創辦《關懷》

1981年10月25日，由國大代表周清玉擔任發行人，謝長廷律師擔任社長的月刊型雜誌《關懷》創刊。第1期尚無總編輯，由黃怡擔任主編，等雜誌開始步上軌道後，才由史非非（范巽綠）、黃宗文、周柏雅等人先後擔任該雜誌的總編輯。

《關懷》雜誌標榜做為台灣第一本人權刊物，從出刊以來，致力於傳播人權理念，關懷人權，聲援政治受難者，關心獄政、揭露牢獄黑幕，介紹政治犯，以及關懷社會福利、婦女、勞工等議題，並支援社會其他抗議活動。

《關懷》雜誌創刊時，周清玉已成立台灣關懷中心，旨在關懷「美麗島事件」政治犯與其家屬，尤其針對受難人與家屬的探訪、照顧及協助處理問題，舉辦政治犯子女的「關懷夏令營」，以及「出獄歡迎會」等活動。

做為一本黨外雜誌的刊物，《關懷》雜誌與眾不同的地方在於，它不強調時事評論或理念爭辯，只是單純以「關懷」的角度，關懷政治受難者與家屬。因此《關懷》雜誌曾被查禁，但不曾被停刊，是黨外雜誌中從未使用備胎雜誌的特例。

■左起林正杰、鄭勝助、林世煜、洪金立、林進坤、廖仁義。

林正杰創辦《前進》週刊

1983年3月14日，曾任《深耕》社長的林正杰，聲稱「受夠報紙的氣，要以辦週刊方式來突破報禁」，為此林正杰創辦了《前進》週刊，成為第一份以週刊形式發行的黨外雜誌。

《前進》週刊的名譽發行人為費希平，發行人為蔡式淵，社長為林正杰，總編輯為耿榮水，蔡仁堅任總主筆，其主要編輯群有楊祖珺、魏廷昱、張富忠、于良騏、黃嘉光等人。《前進》以新聞報導形式的「新聞週刊」自許，改變以往黨外雜誌以政論為主的編輯方式。

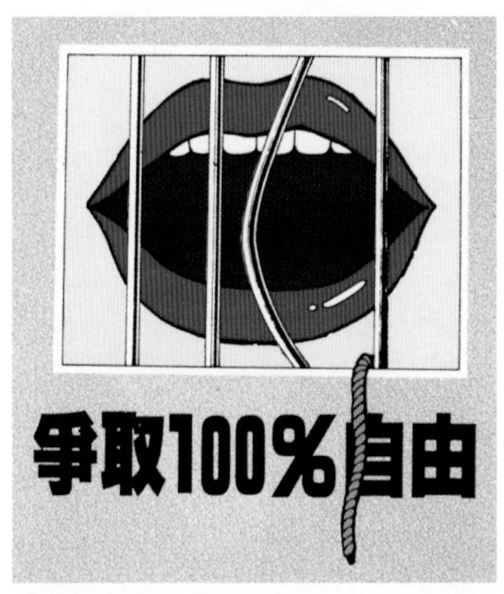

■鄭南榕系列週刊都會印上「爭取100%自由」。

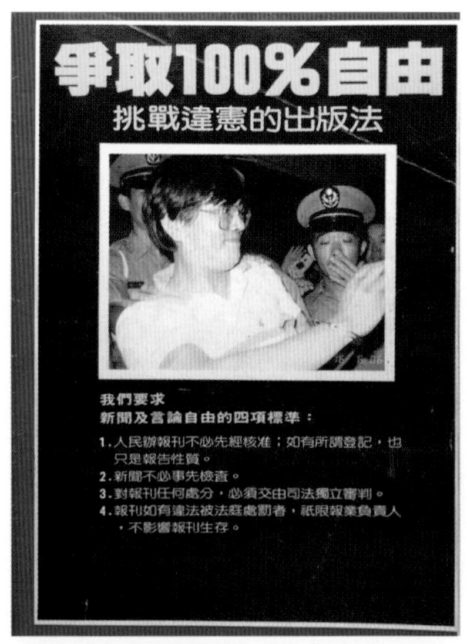

圖片提供/鄭南榕基金會

鄭南榕創辦《自由時代》

1984年3月12日，鄭南榕創辦《自由時代》系列週刊，由陳水扁擔任雜誌社社長。這份雜誌共申請了18張執照，堅持「爭取100% 言論自由」的訴求，而屢遭警總查禁、沒收。

鄭南榕自1981年開始幫《深耕》、《政治家》等雜誌寫稿；他常跑立法院旁聽，一坐就是一整天，並把立法院當作觀察政治、研判新聞、報導寫作的教室。1984年鄭南榕為了辦雜誌，到處收集黨外友人、同志的大學畢業證書，向新聞局登記為發行人，以做為雜誌停刊時的備胎之用。為了對抗警總的查禁沒收和新聞局的停刊處分，他總共登記了18張執照，同時又逐步建立印刷、裝運和行銷網路管道的暢通，以不計血本的擔當按期出刊，打算長期對抗國民黨對言論自由的箝制。

《自由時代》週刊的內文第一頁即明白表示：「所有文字責任、法律責任、政治責任一

■1984年6月《蓬萊島》雜誌創刊。

■1984年6月《新潮流》雜誌創刊。

■1984年7月《開創》雜誌創刊。

■1984年7月《薪火》雜誌創刊。

■1984年8月《台灣潮流》週刊創刊。

■1984年9月《西北雨》週刊創刊。

■1985年1月《東北風》週刊創刊。

■1985年1月《第一線》週刊創刊。

■1985年6月《新路線》雜誌創刊。

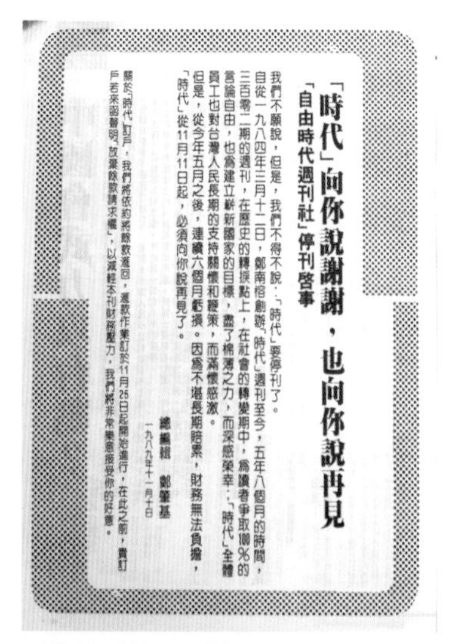
「時代」向你說謝謝，也向你說再見
「自由時代週刊社」停刊啓事

我們不願說，但是，我們不得不說：「時代」要停刊了。

自從一九八四年三月十二日，鄭南榕創辦「時代」週刊至今，五年八個月的時間，三百零二期的週刊，在歷史的轉捩點上，在社會的轉變期中，為讀者爭取100%的言論自由，也為建立嶄新國家的目標，盡了棉薄之力，而深感榮幸。「時代」全體員工也對台灣人民長期的支持關懷和鞭策，而滿懷感激。

但是，從今年五月之後，連續六個月虧損。因為不堪長期賠累，財務無法負擔，「時代」從11月11日起，必須向你說再見了。

總編輯　鄭肇基
一九八九年十一月十日

關於「時代」訂戶，我們將依約將餘款退回，退款作業訂於11月26日起開始進行，在此之前，貴訂戶若來函聲明「放棄餘款請求權」，以減輕本刊財務壓力，我們將非常樂意接受你的好意。

■自由時代週刊停刊啓示。

律由總編輯鄭南榕負責」。

為了爭取百分百的言論自由，突破國民黨的言論禁忌，《自由時代》大量報導蔣家神話、國防軍事弊端內幕、二二八事件、台灣獨立等議題。也因為勇於挑戰國民黨的言論禁忌，《自由時代》成為所有黨外雜誌中被警總查禁得最勤、名稱更換得最為頻繁的雜誌，並創下黨外雜誌存活最久的歷史紀錄。

《自由時代》系列週刊自出刊後，一直到鄭南榕自焚後半年才結束，總共經歷了5年8個月，於1989年11月11日停刊，共出版302期。

《新潮流》週刊創刊

以邱義仁與吳乃仁、洪奇昌為主的黨外新生代，於1984年6月1日創辦《新潮流》雜誌，由吳乃仁擔任發行人，社長為洪奇昌，總編輯為邱義仁。《新潮流》雜誌創刊，開始對黨外運動長久以來以公職人員為主導的路線提出反省，

■左起邱義仁、林濁水、洪奇昌。

認為：「選舉運動只是民主運動的一個環節，議會路線應與群眾路線相調和，亦即現階段的台灣民主運動必須和吾土吾民做持續不懈、緊密的結合。由此出發去建立更廣泛的社會基礎，去動員更深入多文化的社會力量。」

1984年9月9日，《新潮流》第14期刊出兩篇「不合就該分」以及「黨外市議員談雞兔問題」文章，揭開了黨外「雞兔問題」紛爭的序幕。

1984年9月9日，黨外編輯作家聯誼會在台大校友會館舉行會員大會，選出第三任新任會長邱義仁、副會長洪奇昌。隨後不久，《新潮流》雜誌的黨外新生代，以該雜誌成員為班底，自組一個政治性的小團體。黨外編聯會後期舉辦的許多活動，幾乎是「新潮流」主導。而從第三任開始到第五任為止的黨外編聯會幹部，幾乎可說是「新潮流」勢力的延伸。

黃天福創辦《蓬萊島》

黃天福於1984年6月12日創辦《蓬萊島》週刊，由陳水扁擔任社長、李逸洋擔任總編輯。《蓬萊島》創刊號明白指出其延續《美麗島》雜誌的精神，標榜著以「台灣的黨外、黨外的台灣」為目標，以報導台灣黨外為重心，凝聚黨外的反對勢力，以黨外的角度看台灣的政治，以黨外的立場批判國民黨的執政。

黃天福是黃信介的胞弟，曾任《美麗島》雜誌社的副社長，1980年當選立法委員。《美麗島》雜誌被停刊後，黃天福積極籌備另一份繼承《美麗島》精神的黨外雜誌《鐘鼓樓》。

1980年8月21日，《鐘鼓樓》雜誌的創刊號尚在緊鑼密鼓籌備之中，五萬多份還攤在平版機上印刷、尚未裝訂完成的紙張、樣版和底稿，就全部被警總人員搶走。

1983年1月16日，黃天福再度創辦《鐘鼓鑼》雜誌，社長亦為陳水扁。1984年9月10日，蓬萊島的姊妹刊物《西北雨》週刊創刊，創辦人為黃天福、總編輯為李逸洋。

黨外雜誌和警總大玩捉迷藏

由於琳瑯滿目的黨外雜誌對國民黨政權的基礎構成嚴重的殺傷力，國民黨政權因此將黨外雜誌視之為眼中釘，肉中刺。新聞局常常動不動就把某一期的黨外雜誌查禁掉，或者乾脆一點，下令停刊，不准該份雜誌發行。

其中，軍事機關的警備總部，更是扮演言論思想的打手。他們公然衝去印刷廠，搶走尚未發行的黨外雜誌，也經

■1986年5月《新觀點》雜誌創刊。

■1986年5月《新台政論》雜誌創刊。

■1986年6月《自由天地》雜誌創刊。

■1986年9月《台灣新文化》雜誌創刊。

■1986年9月《自由台灣》雜誌創刊。

■1987年2月《民進報》周刊創刊。

■1987年2月《民進週刊》雜誌創刊。

■1987年2月《台灣與世界》雜誌創刊。

■1987年10月《客家風雲》雜誌創刊。

※本篇文章雜誌封面由曾盛洋、鄭南榕基金會、民進黨中央黨部文宣部提供

蓬萊島週刊	總號 1～4	第一期即被停刊，創黨外雜誌紀錄
蓬萊島叢刊	總號 5～13、18～22	未出刊，即停刊
西北雨週刊	總號14～17	出刊二期即被停刊
鐘鼓鑼週刊	總號24～30	出刊六期收到停刊公文
東北風週刊	總號31～35	出刊四期收到停刊公文
蓬萊島叢書	總號36～41	未出書即被停刊
蓬萊人週刊	總號42～45	出刊三期收到停刊公文
宋家王朝系列	總號46～50	未出書即被停刊
蓬萊島復刊	總號51	查禁

■警總查禁或停刊雜誌的理由，多數是以「散佈不實文字，危害社會治安」、「捏造事實，栽誣政府」、「扭曲事實，挑撥分化」等理由。

常四處去書報攤查扣黨外雜誌。每當警總一有查扣雜誌的行動，總讓黨外雜誌的負責人經濟損失重大，精神的壓力更大。

黨外雜誌的工作人員都知道，每期雜誌要出刊時，就是跟警總大玩捉迷藏的時候。國民黨玩久了，覺得這樣太費力，乾脆直接對人下手，許多黨外雜誌的負責人、編輯、作者等人，常常因此吃上言論官司而遭判刑。例如，1984年12月底，《前進雜誌》的楊祖珺、蔡仁堅等人被判8個月，而《蓬萊島》的陳水扁、黃天福、李逸洋等3人被判1年，《自由時代》的鄭南榕被判8個月。

雜誌買賣的特殊管道

對黨外的支持群眾而言，黨外雜誌就是精神食糧。然而，即使黨外雜誌發刊時都表明徵求「基本訂戶」，但在戒嚴令下，「訂閱」黨外雜誌無異於自找麻煩，而且雜誌動不動就被查禁、停刊，嚴重影響讀者的權益，因此黨外雜誌幾乎沒有固定的訂戶，而是以書報商做為行銷管道，把雜誌批到書店、書報攤，讓讀者自行購買。

為了防範警察的盯梢，黨外雜誌絕對不會舖設在書架上，購買雜誌的人必須私下向老闆詢問，才能買得到。久了以後，連老闆都知道哪些人是黨外雜誌的熟悉客戶。

國民黨的對付手段

國民黨政權為了箝制台灣人民的言論、思想自由，利用自訂的「新聞檢查政策」，並使出很多手段來對付黨外雜誌。為了處理新聞檢查的事，國民黨特別組織了一個專門小組來負責，包括警總、調查局、警察、各級政府新聞單位、行政院新聞局，和國民黨文化工作會等單位，每星期一至兩次集會討論如何處置各個黨外雜誌。討論後，負責行動的是警總，以及警總「屬下」的各縣市政府文化小組與各級警察。而對付的手段，則依情節輕重而有不同的等級之分。

最輕微的處分是查禁，通常在黨外雜誌上市後，才發動文化小組配合管區警察，到各書報攤去沒收。高一級的處分是扣押，通稱查扣，檢調單位直接派員到裝訂廠，見一本拿一本，搬上卡車揚長而去。黨外雜誌社的災情慘重，事後大概只有少數漏網之魚可以流到市面上。最嚴重的處分是「停刊」，政論性刊物，一被停刊就是一年。

按國民黨的法令而言，「查禁」或「扣押」得由警總按照「出版物管制辦法」逕行處理；而「停刊」則依照「出版法」，由各級政府新聞處出面下令。不過這只是發文機關形式上的差別而已，一切決策仍是由國民黨新聞檢查小組這個「黑牌」組織來制定。

處分出版品的法令依據，主要是所謂「台灣地區戒嚴時期出版物管制辦法」，該辦法依戒嚴法第11條第1款之規定，於1970年5月22日由國防部命令公布。一般政論刊物觸犯的通常是第3條第6款：「淆亂視聽，足以影響民心士氣或危害社會治安者」；以及第7款：「挑撥政府與人民感情者」。如果犯的是第3款：「為共匪宣傳者」的話，問題更為嚴重，差不多是要坐牢的。

警總以「春風專案」掃蕩黨外雜誌

1980～1985年期間，是國民黨查禁黨外雜誌次數最為頻繁的時候，以警總為主的「春風專案」、「中興專案」對各個黨外雜誌進行大力掃蕩；審查單位以警方人員於印刷廠、裝訂廠、書報攤進行監視與查扣沒收，以杜絕黨外雜誌流入市場。警總查禁或停刊雜誌的理由，多數是「散佈不實文字，危害社會治安」、「違背反共國策，為匪宣傳」、「揑造事實，栽誣政府」、「扭曲事實，挑撥分化」、「詆譭國家元首」、「混淆視聽，挑撥政府與人民情感，影響士氣民心」、「與發行旨趣不符」與「登載不實」等理由。

面對國民黨如此無法無天的查禁手段，黨外雜誌除了一再進行抗議外，更與警備總部的取締查禁作業進行周旋，例如採取備胎雜誌的登記對策，申請多張雜誌出版執照，以供查扣時作為備胎；或採取分散印刷廠的策略，以備萬一其中一家印刷廠被查扣時，其他家印刷廠能繼續印製；或採取「行銷禁售」政策，因為被查禁的雜誌往往會更暢銷，所以黨外以觸犯國民黨禁忌來增加銷售量、強化銷售管道；或採取發行「叢刊」的方式代替雜誌發行。

黨外雜誌界若要對付國民黨的查禁政策，除了以「備胎雜誌」的方式不斷地出版性質相近的雜誌之外，另一種因應方式就是用出版社的名義以「書」的形式出版。因為國民黨對書籍只能「禁書」，而不能像對雜誌一樣停刊。

《自由時代》的鄭南榕可說是出版最多禁書的黨外人士，尤其鄭南榕為遭到國民黨教唆暗殺的傳記作家劉宜良（筆名江南）出版有名的《江南事件海外檔案》一書，其他還有膾炙人口的《國民黨喪國記》（1949年美國國務院白皮書）、

■林正杰、楊祖珺（後排中）在裝訂廠，保護尚未裝訂成冊的白紙黑字，堅持護書到底，與警方僵持十餘小時。攝影/余岳叔

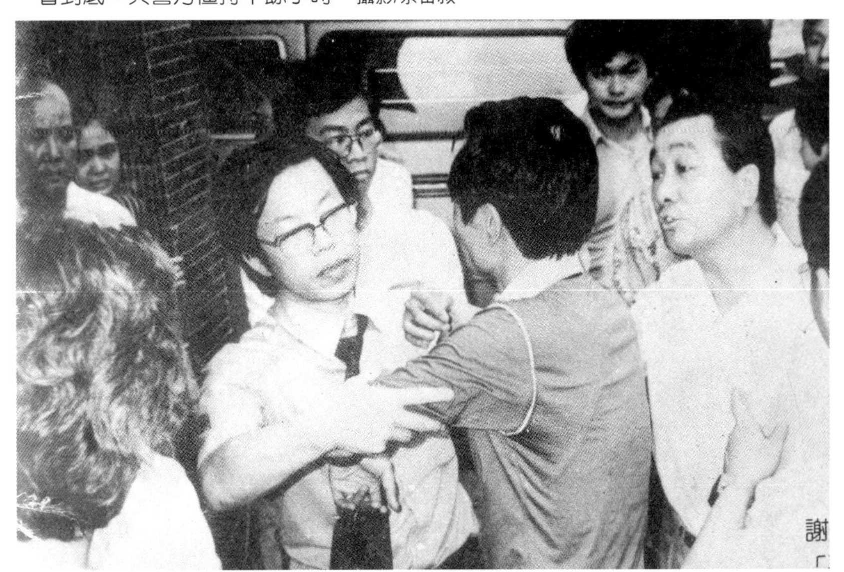

■謝長廷、康寧祥與警總人員在印刷廠爭執，謝長廷要求對方出示搜索票。攝影/余岳叔

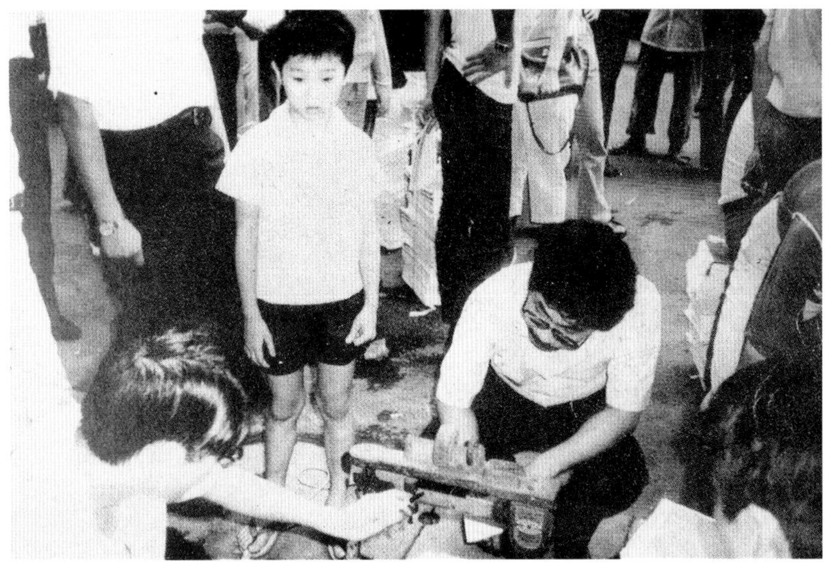

■《生根》雜誌社吳乃仁與新聞局搶書的人員，將黨外雜誌秤斤兩，警總連尚未裝訂的內頁圖文紙、封面、封底都要搶走。攝影/余岳叔

《失敗的悲劇者蔣介石》、《蔣介石臉譜》、《我所認識的蔣介石（馮玉祥著）》、以及《一代軍閥郝柏村》等。

搶救黨外雜誌大鬥智

警總「查禁」、「查扣」的方式，無法令黨外人士信服，因此在「查扣」雜誌時，黨外公職人員，雜誌社社長、總編輯，常是站在第一線和警方抗爭。這種情況司空見慣，不勝枚舉。

曾經有一個相當有趣的案例發生在1983年2月24日，警總到裝訂廠查封《深耕》雜誌第28期的過程。當天下午3點，裝訂廠趕工要交給雜誌社，警總人員卻出現在裝訂廠，把雜誌、還沒裝訂的封面、內頁都打包起來準備運走，還拿出一張單子要裝訂廠老闆簽收。《深耕》雜誌社社務委員謝長廷律師即時趕到，看到文化小組的車子停在裝訂廠門口，正要往車上搬散裝的內文。謝長廷大聲制止他們的行動：「這是人民的財產，你們要拿出公文來，才能搬這些紙張。」《深耕》雜誌的工作人員也立刻展開護產行動，於是兩方人馬出現熱烈搶奪雜誌的場面。

後來，《深耕》雜誌社社長林正杰氣呼呼的趕到現場，和情治人員發生爭執。謝長廷向發行人許榮淑建議：「既然他們說〈卅年重大政治犯案件〉那篇文章有問題，與其被沒收，不如我們自己把它銷毀。」工作人員於是搬來一隻大破茶桶，就在裝訂廠門口，點起一把火，把那些散頁燃燒起來。這些舉動讓圍觀的群眾愈聚愈多，民眾好奇忍不住拿起一些散頁來看。

後來文化小組的人把公文拿到現場，又繼續過來搶封面和內頁。許榮淑發現公文上應蓋警總關防大印的地方是空白，就向文化小組的人抗議。文化小組的人卻指著後面用藍色橡皮圖章蓋的警備總司令陸軍二級上將陳守山幾個字，說：「有這個就可以了。警總給我們的公文也是只蓋這個章。」

謝長廷警告對方說：「政府一般函件可以不蓋印信，但這是給人民的查禁命令，性質上是軍事機關發布的命令，不是人民與警總之間的申請或答覆，一定要蓋關防大印，這張有問題的公文是可以打官司的。」謝長廷後來又發現被搶去的雜誌散頁數量需要再確定，因此對文化小組的人說：「我們要查核一下這些被你們清點過的散頁，以及搬走了的雜誌，看看和你們所簽發的公文上數量符不符合？」這一招把文化小組的人楞住了，有人想出辦法，把48頁加上封面就是一本《深耕》雜誌的重量，如果把現場所有零頁的重量，除以每一本的重量，就可以算出多少本雜誌了。

於是文化小組的人到裝訂廠隔壁去借磅秤，開始一綑一綑地稱重量。結果因為封面和內頁被燒掉一部份，也被現場民眾拿走一部份，重量怎麼稱都沒有辦法準確。最後只好放棄查扣零星散頁，趕緊請許榮淑簽收一張沒收7,700本雜誌的單據，隨即撤離現場。終於結束這一場雜誌搶奪的戰爭。

搶奪雜誌的故事不斷上演，各雜誌社都有豐富的歷史故事可說。一直到1983年6月，《關懷》雜誌被查扣的那次開始，黨外才向有關單位爭取到一個原則，「所查扣的印刷品，應只限於查禁公文載明的那一部份，還未裝訂成冊的不應完全查扣沒收」。

■警備總部、各縣市政府文化工作執行小組以「春風專案」、「中興專案」，常假藉臨檢名義，非法強行進入民宅並搜索，逕行掠奪黨外雜誌。攝影/邱萬興

掙脫綑綁民主的鎖鏈

為了抗議警總的掃蕩，黨外雜誌界發動數次大型抗爭。

1985年5月7日，黨外編聯

會與黨外雜誌社，前往立法院、監察院抗議請願活動，抗議「警總的非法搜索」黨外雜誌。

1985年7月3日，邱義仁因取得一份警總為箝制言論自由取締黨外雜誌的座談會紀錄，與新聞局二局科員陳百齡、台大政研所學生石佳音3人，以涉嫌「妨礙軍機」被調查局收押逮捕到台北市辛亥路市調處。黨外人士江鵬堅、李勝雄、簡錫堦等人召開記者會，展開救援行動，發表「濫捕人民就是獨裁」聲明，邱義仁隔天晚上交保獲釋。

抗議警總全面查扣雜誌

1985年7月18日，黨外雜誌編輯再度發動「七一八請願」活動，赴行政院抗議警總全面查扣黨外雜誌作法。當天上午9點半，由編聯會、各黨外雜誌社及各地黨外人士組成的請願團，在監察院門口集結，準備前往行政院請願。

當請願人員陸續聚攏時，大批警察立刻趕赴現場鎮壓，

■在監察院前抗議請願的黨外雜誌編輯與作家，遭警方包圍。攝影/余岳叔

■前進時代週刊社、蓬萊島週刊社、民主政治週刊社、生根週刊社、台灣年代週刊社、亞洲人週刊社、民主天地週刊社、薪火週刊社、關懷雜誌社、黨外編輯作家聯誼會、新潮流雜誌社、制衡雜誌社、開創雜誌社等雜誌社，對警備總部、各縣市政府文化工作執行小組一再濫權查禁書刊發表聯合抗議「我們決心為言論自由奮鬥到底!!」攝影/余岳叔

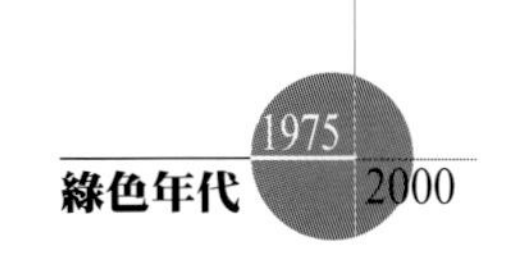

將請願隊伍團團圍住。包圍圈分為三層，最裡面是女警隊，赤手空拳；外面兩層是手拿警棍的男警，第二層拿的是木棍，第三層拿的則是外包橡膠皮的鐵棍。另外在馬路邊尚有兩部警備車，坐著滿滿兩車的鎮暴部隊。在行政院方面，也分三層佈署，最外面是女警隊，中間是男警，靠近行政院大門的最後一道防線則由憲兵把關。除了憲警之外，還有無數的特務在外圍巡行監視，並錄影拍照存證。據估計，情治機關出動的兵力大約是請願隊伍的十倍以上。

■許榮淑立委（左三）與林正杰市議員（左四）率領隊伍到監察院抗議。
攝影/余岳叔

■《自由時代》發行人鄭南榕（右一）與黨外雜誌社編輯，在監察院前舉著「嚴懲警總非法份子」，要求保障言論自由。
攝影/余岳叔

新生代作家成立「黨外編輯作家聯誼會」

雖然黨外一直以言論自由、人權等理念作為對民眾的訴求，然而，在黨外工作的生態圈內，公職人員的獨攬大權與黨工的人微言輕卻是一直存在的現象。過去任何願意獻身黨外運動的年輕人，除了依附黨外公職、擔任助理之外，別無出路，在這種依附山頭生存的情況下，黨工的生活及前途便全看公職的自由心證。

1982年底，曾經擔任林義雄政治助理的邱義仁，自美國芝加哥大學休學返國，立即進入《深耕》雜誌擔任副社長。邱義仁以其優秀的政治學養、豐富的政治經驗，與敏銳的思考能力，開始在《深耕》雜誌上推出一系列對黨外運動路線的探討，反對山頭主義特權，進而引發了黨外內部民主化的呼聲及黨工爭取人權的意識抬頭。

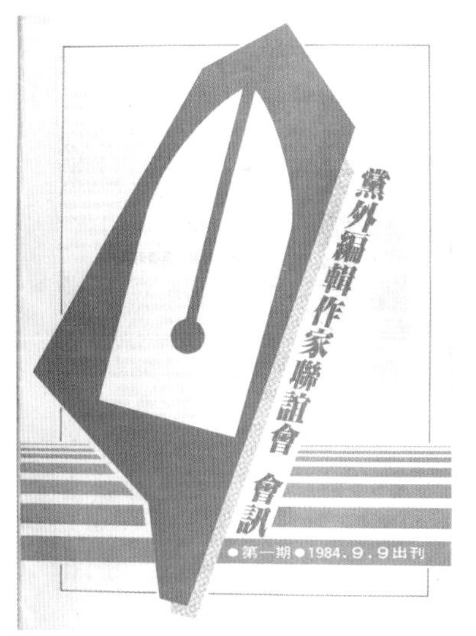

■1984年黨外編輯作家聯誼會發行的第一期會訊。圖片提供/張富忠

1983年黨外後援會成立

1983年初，「深耕」召開多次座談會，尋求因應年底立委選戰的黨外組織化，謝長廷提出「黨外選舉後援會」的構想，得到眾多黨外雜誌社編輯及新生代黨工的贊同。

1983年4月16日，20多位黨外中央民意代表、省市議員、黨外雜誌代表，共同通過了「1983年黨外人士競選後援會草案」。

「後援會」的概念，本來是源自於1981年地方選舉時所採取的「推薦」制度，當年黨外大選成功，因而構思更進一步加強黨外的組織運作模式。不料，「後援會」在組織籌備的過程中，卻反而成為黨外陣營分裂的觸媒。

1983年底的「增額立法委員」選舉，國民黨開放選舉的席次依舊非常有限，對美麗島事件之後的「黨外」政團來說，僧多粥少。而且「黨外」組織鬆散，比不上國民黨有充分資源可以進行提名及輔選。因此，黨外立委康寧祥，積極奔走各地公職與山頭之間，謀求現任公職控制黨外推薦候選人的制度。

新生代反制「四條二款」

以「深耕」為主的新生代則與謝長廷等新一代政治人物結合，形成一股黨外民主化的清新理想，他們的結合衝擊1983年黨外選舉後援會的組成。

康寧祥在黨外後援會會議中，提出著名的「四條二款」：保障所有現任立委為當然推薦之立委候選人。

在8月29日的黨外後援會第3次籌備會議中，第4條第2款，改成：「現任黨外立法委員如繼續連任者，應優先考慮。」

康寧祥此舉，立刻引起黨外雜誌大加撻伐，也引發黨外新生代鄭重思考他們在台灣民主運動中所應扮演的角色。

新生代深知在民主運動歷史上，絕不能留下這一條違反民主原則的文字紀錄，並且也意識到如果新生代黨工的力量無法團結，就沒有力量對抗山頭特權。

8月30日下午，黨外雜誌《生根》、《博觀》、《關懷》、《夏潮》、《鐘鼓鑼》、《海潮》、《縱橫》、《在野》、《民主人》等新生代，在《前進》雜誌社聚集，就康寧祥堅持下通過的「八二九草案」提出討論，大家都同意如果此案通過，黨外就與被抨擊的國民黨

「萬年國會」沒有兩樣。蘇慶黎、林正杰因而在會中提出組織「黨外編輯、作家聯誼會」的構想，希望藉著聯誼會，加強彼此的聯繫，增進瞭解，舉辦學術性的研討活動，並維繫黨外編輯及作家的適當權益。這個構想一提出，就得到所有與會人士的一致贊同。

9月3日中午12點，黨外編輯、作家等30餘人，在紫藤廬茶藝館召開籌備會，台北市議員謝長廷、陳水扁，美麗島辯護律師江鵬堅等人也參加了這次的會議。會議在召集人林正杰的主持下，通過組織章程草案，並決定於9月9日選出會長、副會長，正式成立聯誼會。這兩次因「八二九草案」延伸出來的會議，都曾邀請康寧祥轄下的《亞洲人》與《暖流》雜誌社同仁參加，但他們都沒有派人參加。

9月9日下午2點，「黨外編輯作家聯誼會」在台北市四季餐廳正式成立，共有來自全台各地的105位黨外編輯、作家參加。大會公推江鵬堅、林正杰、鄧維賢3人為主席團主持會議的進行。經過與會人士逐條詳細討論，通過了聯誼會章程，並順利地推選出林濁水擔任創會會長，邱義仁為副會長，林正杰、蘇慶黎、謝長廷、劉守成、鄭南榕為紀律委員。大會直到8點20分才結束，全部開會時間長達6小時20分。

■1983年9月9日，林濁水當選「黨外編輯作家聯誼會」第一任會長。攝影/余岳叔

編聯會要求撤消保障現任的規定

黨外編聯會成立後的第2天，在首任會長林濁水的

■由左起鄧維賢、江鵬堅、林正杰擔任編聯會成立大會主席團，主持會議的進行。攝影/余岳叔

■1983年9月3日，黨外雜誌社的編輯與作家在台北紫藤盧集會，由林正杰（站立者）主持討論成立「黨外編輯作家聯誼會」。攝影/余岳叔

領導下，集體於次日(9月10日)出席「1983黨外選舉後援會」，支持謝長廷等人在後援會章程中刪除保障現任的規定，經討論後，後援會決定刪除此條文。

黨外也在1983年底開始進入組織化的階段，其後相繼成立的黨外組織包括1984年成立的黨外公政會、勞工法律支援會、台灣人權促進會，及各地聯誼會，這些都將成為往後黨外組織的基礎。

黨外編聯會成立之初，財源短缺，在第二任會長張富忠與總幹事范巽綠的協助下，舉辦「編聯會之夜」，募款五十餘萬元，成立辦公室並擴張許多小組，成立「台灣史、社會經濟、生態消費、勞工、婦女、文化、少數民族」等委員會，使黨外編聯會多面向探討社會問題，不再只限政治議題打轉。邱義仁、劉守成、張晉城、汪立峽、袁嬿嬿、周渝、胡德夫分任各組召集人，編聯會規模擴大不少。

雞兔問題引起軒然大波

第三任會長邱義仁則著重在黨外運動問題的探討，他和總幹事劉守成到全省各地與地方黨外人士討論「雞兔問題」，引起公職人員與編聯會的緊張關係，也在黨外內部造成軒然大波。

第四任會長吳乃仁，總幹事賁馨儀，舉辦「陳菊之夜」、「吳振明請願」、黨外雜誌「五一七」及「七一八」言論自由示威等街頭活動，並出版「1984年黨外文選」。

吳乃仁任內，編聯會與黨外公政會合作共同舉辦「第一屆民主實踐研究班」，共組「1985年黨外選舉後援會」，黨外旗幟便在後援會中第一次明訂，擬定共同政見，黨外的政黨雛形在編聯會與公政會的合作下逐漸形成。

第五任編聯會會長洪奇昌醫師事業繁忙，會務大都由總幹事邱義仁負責。經過三年多的地方奔走，邱義仁已成為黨外黨工的新領袖，也為黨工在黨外內部取得相當的發言權。

1986年，民進黨成立，黨外編聯會的階段任務也完成。黨外編聯會在邱義仁的領導下，許多成員都加入新潮流系。在邱義仁、吳乃仁、洪奇昌採取機動、彈性並拓展地方實力的做法下，使新潮流系在民進黨內舉足輕重。

■黨外編聯會與黨外公政會共同舉辦1985年「第一屆民主實踐研究班」，訓練幹部文宣、組織，與演講能力。圖片提供/袁嬿嬿

推動編聯會

大家一起來

各委員會正副召集人名單

委員會	職稱	姓名
台灣史委員會	召集人	張晉城
	副召集人	楊碧川
社會經濟委員會	召集人	邱義仁
	副召集人	林濁水
生態消費委員會	召集人	汪立峽
	副召集人	鄭南榕
勞工委員會	召集人	劉守成
	副召集人	簡錫堦
婦女委員會	召集人	袁嬿嬿
	副召集人	廖武龍
文化委員會	召集人	周渝
	副召集人	李寧
少數民族委員會	召集人	胡德夫
	副召集人	蘇慶黎
資料中心負責人		周渝

黨外編輯作家聯誼會

台北市樂利路42巷2號2樓 TEL:(02)7088333

■1984年在第二任編聯會會長張富忠的推動下陸續成立七個委員會。

圖片提供/張富忠

■劉守成出版《領導黨外的人》。

各位關心民主運動的前輩：

基於「以和平方式促進台灣之民主政治，確保人權，認為台灣之前途應由台灣全體住民共同決定」之基本共識，一群熱愛鄉土，關懷社會，願為民主運動效力的黨外雜誌工作人員，於一九八三年九月九日成立了「黨外編輯作家聯誼會」，這個會是一個「學術性、聯誼性、批評性」之團體，我們的成員係以文章和其他方式表達前述之基本共識。

半年來，「黨外編輯作家聯誼會」曾經積極的參與了去年底的選舉，會員們分別投入各地黨外陣容。「編聯會」並曾舉辦過「歡迎美麗島受刑人歸來茶會」、「美國參議員愛德華・吾滋歡迎會」、「黃華、王拓母親追思會」、尤清、李鴻禧、呂亞力、謝長廷、施性忠演講會等一連串活動。

在目前黨外運動普遍陷於停滯不進的階段，「編聯會」有責任也有義務積極的促進黨外的活力、豐富黨外的生命力。我們相信：黨外有生命，台灣才有前途！

因此，今年三月間我們成立了七個委員會，分別開始進行有關台灣史、社會經濟、生態消費、勞工、婦女、文化及少數民族各方面的研究與活動，並著手成立第一個黨外資料中心。各委員會亦計劃在近期內出刊各種小冊子及舉辦多樣化的相關活動，包括戲劇演出、台灣民謠演唱、公開演講及專題座談等。三月廿五日，我們在台中舉辦了第一次人權系列活動——「黃華、王拓母親追思會」——並出版「追念美麗島的母親」小冊子，作第一次的嘗試。

「編聯會」的成員多為在各黨外雜誌撰稿的作者及編輯，但社會與經濟基礎尚受到相當大的限制，為了台灣的民主政治，為了台灣的前途，我們需要您鼎力協助。我們相信您的任何支援，都是對台灣民主運動最可貴的貢獻。我們期待您成為「編聯會」的贊助人。

讓我們大家一起來，推動台灣民主運動！

黨外編輯作家聯誼會敬啓
一九八四年四月

黨外編輯作家聯誼會

圖片提供/張富忠

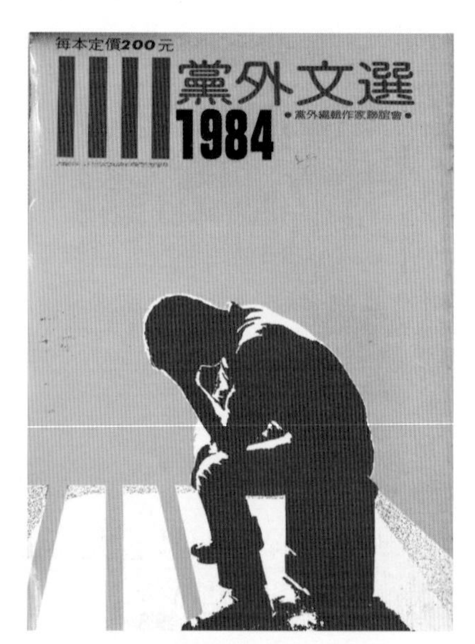

■1984年編聯會出版「黨外文選」。

大家一起來，推動台灣民主運動
編聯會之夜
時間：1984年4月26日晚上六點三十分
地點：台北市濟南路二一一號台大校友會館四樓
慷慨解囊　共襄盛舉
黨外編輯作家聯誼會　敬邀

■1984年舉辦編聯會之夜，募款餐會餐券。

圖片提供/張富忠

陳菊，我們感念你！
陳菊生日之夜晚會
時間：一九八五年六月十日下午七時
地點：台大校友會館四樓
黨外編輯作家聯誼會主辦

■1984年編聯會舉辦「陳菊，我們感念你」生日晚會。

黨外在轉捩點上
1983年增額立委選舉

1983年9月上旬，為了是否在組織章程內，保留「現任黨外立委欲繼續連任者，得優先考慮保障名額」的條文，黨外後援會內部起了極大爭論。後來，這條文雖經刪除，勉強縫合了黨外新生代和公職的表面裂痕，但公職與「黨外編輯作家聯誼會」的緊張關係後，已是無可否認的事實。

針對1983年12月增額立委選舉，「黨外後援會」推舉25位候選人，並以「民主、自決、救台灣」，作為這次選戰的共同競選口號。在這次選舉中以「1983年黨外人士競選後援會」為名提出的「全國共同政見」共有10條：

(一) 台灣的前途應由台灣全體住民共同決定。

(二) 徹底實行憲法，廢止臨時條款，解除戒嚴令：恢復人民言論、出版、集會、結社之基本權利。

(三) 全面普選中央民意代表、廢除遴選、重組國會。

(四) 立即通過省縣議員自治通則及直轄市自治法，省、市長民選，貫徹地方自治。

(五) 國民黨應退出軍隊、檢警及司法機關。各政黨應公布財產，其霸佔之公產應立即歸還國家。

(六) 維護人性尊嚴：學術研究及政治主張持不同意見者應予尊重。禁止刑求、非法逮捕；並大赦良心犯。

(七) 嚴格限制農畜產品進口，保護漁民海上作業，保障勞動者之權益。消滅貪污特權及官商勾結，整頓國營事業，促進私人企業之健全發展。

(八) 保存文化財產，珍視古物古蹟，防治公害，恢復山川秀麗舊貌，維護優良生存環境。

■江鵬堅的競選總部掛上「民主、自決、救台灣」，絲毫不理會國民黨的恐嚇。
圖片提供/江彭豐美

(九) 平等對待所有海外僑胞，確認各地台灣同鄉會之合法地位。

(十) 面對現實，突破外交困境，重返國際社會。

許榮淑、方素敏、高李麗珍、江鵬堅、張俊雄、黃天福、許國泰等人另組成「美麗島」連線參選，將「要求特赦美麗島事件受刑人」的訴求，作為這次選戰的主要焦點。

選舉前夕，國民黨擅自修改「選罷法」，對黨外使用宣傳車、旗幟、傳單等有非常嚴格的限制。此外，黨外「全體住民自決」的主張，遭到國民黨全力打壓。這一項有關「台灣前途住民自決」的政見，被國民黨當局認為有濃厚的「台獨意識」，有「煽惑他人觸犯內亂或外患罪」之嫌，因此遭到內政部長林洋港以中央選舉委員會身分發表談話，禁止黨外候選人引用這條政見於海報與傳單上。違反此項命令者，將依法判處七年的有期徒刑，使得「自決」的字眼成為1983年增額立委選舉最大的禁忌。

在這些限制下，康寧祥決定採用「打破中央決策壟斷，掌握台灣住民命運」的口號，巧妙的避開自決的字眼，有的黨外候選人就將「自決」改成「自覺」。也有候選人印好傳單後，再將「自決」兩字塗黑。

只有台北市的江鵬堅律師，競選總部前高掛「民主自決救台灣」，絲毫不理會國民黨的恐嚇。

■1983年方素敏的抉擇小冊子。

■1983年方素敏競選宣言「認同這塊土地」。傳單提供/范巽綠

方素敏把林義雄還給台灣

1983年的增額立委選舉中，最引人注目的候選人，就是選前一個多月從美國回台的林義雄的妻子方素敏。她以「受苦難、救台灣」的形象，捲起方素敏旋風。

方素敏的第一波文宣推出「把林義雄還給台灣」，刊登林義雄在軍事法庭的辯護詞，強調林義雄是宜蘭選出最優秀的省議員，林義雄是無罪的。方素敏在宜蘭舉辦第一場演講會，以小提琴演奏出悲切的台灣民謠「望你早歸」，作為演講會的伴奏。方素敏演講時語調哀傷，談到家庭的不幸時，經常泣不成聲。當方素敏在台上對民眾說出她親眼看到林義雄被刑求的傷痕時，她總是悲從中來，忍不住淚流滿面。她曾高聲地說，「我的丈夫義雄是無罪的！」「今天看到這麼多人，就證明義雄所追求的民主理想是對的！」。

方素敏提到林家血案時，她說雙胞胎女兒只有七歲而已，她們只知道唱歌嘻笑，每天當她下班以後，亮均、亭均就爭著告訴她幼稚園的事，爭著唱老師教的歌給她聽，她們連這世界上有壞人都不知道，「我實在不知道，那個兇手怎麼忍心下得了手？……」她說：「願我家的悲劇，不要再發生在任何人的身上」。

每次說到女兒的事，總忍不住哽咽顫抖，台下的群眾都哭成一片。方素敏的每一場政見會都人山人海，政見會結束後，都會以「望你早歸」的歌聲感謝大家對方素敏的支持與愛護，最後方素敏以12萬多票的第一高票當選立委。

一屆立委、終身黨外

黨外選舉後援會在台北市的推薦康寧祥、黃天福、江鵬堅，以及徵召林正杰的妻子楊祖珺參選。美麗島辯護律師江鵬堅在其民生東路競選總部前面，掛上一幅巨大的綠色看板「呼籲釋放林義雄」，以及「一根蠟燭四周圍著有刺的鐵絲網」的「國際特赦組織」的標誌。

林義雄被殺害的兩位孿生女兒照片則釘在江鵬堅律師的競選總部前面的告示板上，非常醒目。江鵬堅律師以「維護人權」做為訴求，要求國民黨政府特赦林義雄。同時江鵬堅律師在這次選舉中，出版了二本書《不信公義喚不回》、《人權萬歲》，對於江鵬堅律師塑造其關懷人權的形象幫助很大，使他在台北市打出高知名度。

選戰最後的關鍵時刻，江鵬堅律師喊出：「一屆立委，終身黨外」，表明在三年立委任期內，當權者若是還沒宣布解除戒嚴，他將不再競選連任。最後江鵬堅順利當選立委。

意外落選的康寧祥

12月3日，投票揭曉，國民黨贏得超過85% 以上的席次，贏得71席中的62席。選前遭到李敖與《生根》、《民主人》等黨外雜誌新生代批判的康寧祥，黨外的選票受到影響，加上黃天福、康寧祥、江鵬堅、楊祖珺等四人同時參選，面臨「參選爆炸」的局面，康寧祥感到黨外同志的威脅，最後喊出一句口號：「十四年的一盞民主燈，面臨被撲滅的時刻」。結果康寧祥在台北市以三萬二千多票落選，是這次選舉最大的震撼。

一屆立委 終身黨外

江鵬堅

不信公義喚不回 誓為人權馬前卒

謝長廷（台北市議員）
對菁英份子覺醒的鼓勵

律師從政對黨外最重要的作用是——讓黨外在骨架上長出肌肉。從過去省議會的林義雄，到目前立法院的張德銘，市議會的謝長廷，都是律師從政的優秀範例，對黨外來說，如果要吸收菁英到議事堂，律師應該是最適當的人選。

江鵬堅曾參加美麗島辯護，並幫周清玉、謝長廷助選，上次我競選市議員，他也擔任過我的法律顧問，此外他還幫過很多人的忙。我個人與他並不算十分熟稔，但他說過一句很深刻的話，我覺得很值得在這裡提出。他說：「黨外人士如果競選公職，最好祇當一任。」這個觀點與我一樣，因為黨外目前要在任何民意機構變更決策都很困難，所以，進入體制內以後，除了熟悉體制內的運作，最重要的工作是為黨外訓練人才，我們應該讓更多的人有上場的經驗。我非常贊成江律師這種不戀棧公職的想法。

林正杰（台北市議員）
黨外人士出任公職，最好只做一任

我支持江鵬堅，除了過去與他在律師業務和社團活動有過合作機會，深深了解他為人的剛正、治學的專精、做事的敬業，最重要是因為我認為他這次的參選具有幾個相當重大的意義。

江律師從事律師業務近二十年，當過扶輪社社長，並且是亞洲法學會人權委員會聯絡人，稱得上是我們社會的菁英份子。目前我們社會存在很多不合理、不合法的問題，但起來反抗的都是那些被壓迫的受害者。我個人認為，如果祇是受害者提出不平與反抗，是產生不了什麼作用的，一定要第三者，也就是沒有受迫害的，尤其是菁英份子覺醒後，帶動社會爭取公道和正義，才能形成一股力量。

我認為經由他的投入，可以喚醒更多菁英份子的覺醒。

服務處：台北市民生東路687號
電　話：7128484，7128485

尤　宏（博觀雜誌主編）
具備「時代意義」

「十幾年的專業律師生涯，破例承辦軍法案件，是因為我對林義雄律師人格、思想的信任，我將全力以赴。」這是一九八〇年，高雄事件發生後不久的一個晚上，江律師在討論高雄事件辯護問題聚會上拋下的一句話，當時曾令我心中激湃不已，後來在辯護期間，看到江律師筆鋒犀利、言辭感人，讓我更覺得他是整個律師團中的翹楚，過從他被律師團公推為「結辯」，就可知他當時所受的重視。

■1983年江鵬堅最後喊出「一屆立委、終身黨外」傳單。傳單提供/江彭豐美

■江鵬堅位在台北市民生東路總部掛上「釋放林義雄是全民的心聲！」大看板。圖片提供/江彭豐美

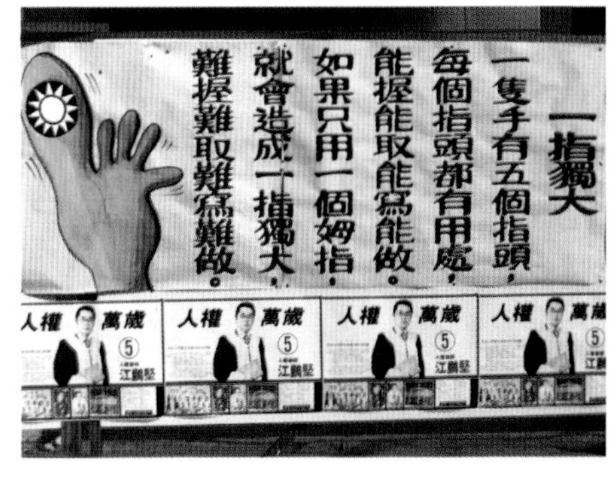

■江鵬堅競選總部的海報牆，「權力會使人腐化，制衡力量就是防腐劑」。圖片提供/江彭豐美

第二選區全軍覆沒

黨外在這次台灣省的第2、4、6選區中，慘遭全軍覆沒。第二選區（桃園縣、新竹縣市、苗栗縣），向黨外後援會報備參選的五人，分別是桃園的許國泰、張德銘，竹苗的陳文輝、魏早炳、陳一光，最後因黨外參選人數過多，票源不集中，全部落選。桃園的許國泰與張德銘落選，可算是黨外陣營的重大挫敗。

另外嘉義市長的補選中，已故的嘉義市長許世賢的女兒張博雅，以5萬8千多票，獲得壓倒性勝利，擊敗國民黨提名的莊承龍。

1983年的黨外立委比上屆減少3席，只有許榮淑、方素敏、余陳月瑛、江鵬堅、張俊雄、鄭余鎮等6席立委。他們形成新的黨外國會陣容。黨外四人行的康寧祥、張德銘、黃煌雄連任失敗，均告落選。另外「美麗島連線」的許國泰、黃天福與高李麗珍三人都落選了！最令黨外感到惋惜的是高俊明牧師的妻子高李麗珍，在第4選區僅以17票之差落選。

美麗島辯護律師從尤清擔任監察委員開始，陳水扁、謝長廷、蘇貞昌律師進入省市議會，這次選戰「南張北江」的張俊雄、江鵬堅律師兩人又被選進立法院，美麗島辯護律師因而成為美麗島事件後黨外的新主流、新希望。

22 立法委員候選人 康寧祥

台北市人 46歲

■學歷
台北市雙園國民小學
台北縣樹林初級中學
台北市延平高級學校
國立中興大學行政學系

■現任
立法委員
「八十年代」雜誌社發行人
「亞洲人」雜誌社社長
「暖流」雜誌社社長

■曾任
工人、推銷員
家庭教師、台北市議員
「台灣政論」雜誌社社長

■著作
「問政三年」
「問政六年」
「危機與希望」

競選總部：台北市中華路二段四號二樓（中華路與汕頭街交叉口）
電話：3813561～3

台灣人的百年心願・康寧祥的政治目標

〈開創黨外外交〉

黨外立監委四人行

■1983年，康寧祥競選立法委員傳單。傳單提供/張富忠

■康寧祥意外落選，在競選總部前和蘇貞昌省議員（右）、康水木市議員（左二）向選民致歉。圖片提供 / 余岳叔

■1983年黨外的新科立委，前排左起余陳月瑛、許榮淑、方素敏，後排左起江鵬堅、鄭余鎮、張俊雄。圖片提供/江彭豐美

1984

黨外公政會成立

黨外公政會成立

1979年底美麗島事件發生後，大批黨外領導菁英被捕，原先已有政黨雛形的組織也宣告瓦解。台灣民主運動面臨了寒冷的冬天，是否會像六〇年代的《自由中國》，必須再等個十幾年才能復甦？

然而，軍法大審過後，黨外以極其驚人的速度復原，八〇年底美麗島受難家屬當選，被視為社會對美麗島事件的平反；1981年底辯護律師出馬，為黨外陣營注入新血。這兩次選舉的突破與勝利，穩住了黨外的基礎。

同時，自1981年起，前仆後繼如雨後春筍的黨外雜誌，更吸納大批年輕人參與民主運動。自大逮捕後僅僅兩、三年的時間，黨外參與者的廣泛以及其行動的強度，已不輸美麗島時代了。

黨外陣營復原，大批年輕志工的加入，使得「黨外組織化」的課題再度浮上檯面。但這新的課題與美麗島時代有不同的條件：

一、 缺乏被群體公認、同意的領導人。

二、 新浮上檯面的政治明星，如謝長廷、陳水扁、蘇貞昌等人，政治歷練尚嫌生澀。

三、 新生代與廣泛的公職之間存在著不等程度的緊張關係。

在1983年9月成立的「黨外編聯會」，即是以新生代黨工為主體，只有部份公職人員加入，在社會位階上，不被視為黨外的全體。但黨外編聯會的組成，卻催化了黨外公職踏出一步，走向組織化。

■費希平擔任黨外公政會第一屆理事長，左為秘書長林正杰。圖片提供/張富忠

黨外公共政策研究會，簡稱「公政會」，是由黨外公職人員組成的政治團體，原來的名稱為「黨外公職人員公共政策研究會」。創立時間為1984年5月11日。

國民黨非常不願看到黨外走向組織化，擔心會產生政黨政治，乃全力打擊，1984年11月初，國民黨政府公開宣稱黨外公政會為違法組織，要求解散或更改名稱登記，引起高度的政治緊張。

為了尋求妥協的解決之道，1984年12月6日，黨外公政會第一屆理事長費希平，致函給當時的國民黨秘書長蔣彥士。此舉隨即引發陳水扁、邱義仁等黨外新生代的強烈反彈。兩個多月後，費希平為此黯然下台，宣布退出黨外公政會，改由尤清接任第二屆理事長，謝長廷擔任秘書長。

1985年11月全台舉辦省市議員及縣市長的選舉，國民黨政府終於允許將黨外公政會的經歷登記在選舉公報上。

1985年12月26日，黨外公職人員公共政策研究會修改章程，秘書長謝長廷提案設立地方分會，獲理事會通過，決定在全國各地方設立分會，並將名稱改為「黨外公共政策研究會」，讓非公職人員亦可加入為會員。國民黨再度聲明，黨外公政會如設立地方分會，將與有關單位研究，依戒嚴法取締。國民黨和黨外的對立局面再度升高。

1986年5月10日，國民黨

揚言要強力取締黨外公政會時，陶百川、胡佛、楊國樞、李鴻禧等四位學者，具名邀請7位黨外人士與國民黨中央政策會3名副秘書長，在台北市來來大飯店進行首度溝通會議。

同一天，就在黨內外進行溝通的前幾個小時，由陳水扁、黃天福、謝長廷、江鵬堅、周伯倫等人籌組的「黨外公政會台北分會」宣布成立，並選出水扁擔任理事長。這是黨外公政會第一個分會。

5月17日，黨外公政會台北市第2個分會「首都分會」成立，康寧祥當選為理事長，秘書長林正杰，並提出「民主時間表」及組黨的呼聲，設有「組黨行憲委員會」，蕭裕珍任召集人。

隨後，黨外公政會陸續在全台各地成立十幾個分會，一直到民主進步黨正式成立為止，黨外公政會的任務才算告一段落。

1986年8月15日，黨外公政會與編聯會聯合，在台北市中山國小舉辦「行憲與組黨說明會」，邀請美國民主黨國際事務協會會長艾特渥到場演講。艾特渥上台致詞，肯定台灣的民主運動。數萬名黨外運動支持者到場聆聽，會中並舉辦「升黨外旗幟儀式」，將群眾對組黨的激情與期待帶到了最高點。

■尤清主持黨外公政會研習會開課典禮。攝影/邱萬興

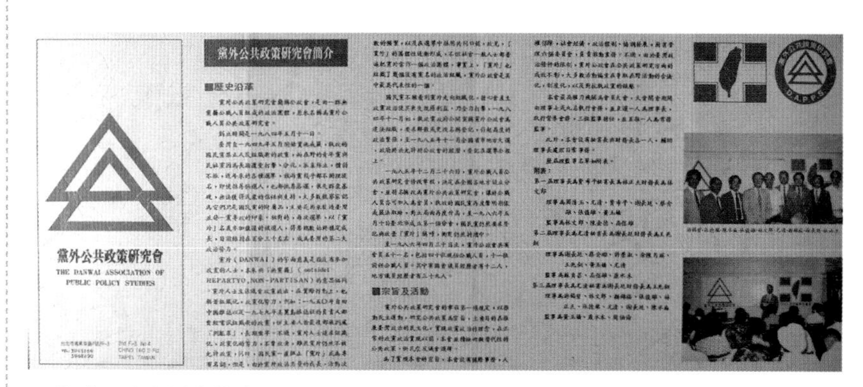

黨外公共政策研究會簡介

歷史沿革

宗旨及活動

黨外公共政策研究會

THE DANWAI ASSOCIATION OF PUBLIC POLICY STUDIES

■黨外公政會創會簡介。圖片提供/邱萬興

■尤清監察委員擔任黨外公政會第二屆理事長，左為秘書長謝長廷，右為財務長王兆釧。圖片提供/尤清

台灣勞工法律支援會成立

1984年的台灣，尚處在戒嚴時代，一群熱心的黨外人士無懼於國民黨對台灣自主性工運發展的威脅恐嚇，於5月1日成立「台灣勞工法律支援會」(簡稱勞支會)。這是台灣有史以來，第一個以法律服務協助勞工爭取權益的工運組織，也是後來的「台灣勞工陣線」的前身。第一屆執行委員包括邱義仁、郭吉仁、賀端藩、簡錫堦、楊青矗、袁嫦嫦、蘇慶黎等人。勞支會成立後，積極出版《勞動者》刊物，以基層勞工觀點，進行社會批判。

「勞支會」的成立，應追溯到黨外編聯會時期的帶動與影響。1984年3月11日編聯會改選第二任幹部，由張富忠擔任會長、劉守成擔任副會長、范巽綠擔任總幹事。於張富忠任內，在編聯會的組織架構下，組成7個委員會，分組推動各項黨外人士所深深關切的議題。3月27~30日，「勞工、台灣史、生態消費、文化、經濟社會、婦女」各委員會分別召開第一次會議。當時，勞工委員會的召集人為劉守成，副召集人為簡錫堦。

1984年5月1日，編聯會在高雄市天安飯店，舉辦「五一勞動節勞動基準法」座談會，並將當天出版的《美麗島的勞工》小冊子，分送給到場的群眾。同一天，「台灣勞工法律支援會」也正式成立，由郭吉仁和李勝雄擔任義務律師，唐雲騰擔任總幹事。

勞支會主要的任務是擔任勞工後勤支援的角色，最初並沒有打算走上街頭抗爭，而是以義務法律諮詢的方式，協助勞工解決國內業者積欠工資事件、勞保權益及職業病認定的爭議，介紹其他國家勞工啟蒙運動的經驗，藉以吸引基層工會的信任。勞支會的終極目標是社會的合理化，也就是建立一個沒有剝削、資源共享且人與人互相尊重與包容的新社會。

在解嚴前，勞支會的成員進入一些工廠協助勞工組織工會，或透過體制外的聯誼會活動，促進工會的自主化及民主化發展，逐步衝撞國民黨的體制。1987年，勞支會由賴勁麟出任總幹事。他經常在工廠門口散發勞工教育傳單，而情治單位也會不忘派員守候在工廠大門。

解嚴以後，1988年，勞支會脫離法律支援的階段，因應新形勢而改名為「台灣勞工運動支援會」(簡稱仍為勞支會)。 此階段著重自主工會的組織、教育，與串聯。目的就是要組織勞工，讓勞工運動蓬勃起來。勞支會成員進入工會實施勞工教育，希望把國民黨控制下的「花瓶工會」，變成勞工

■編聯會勞工委員會出版的「美麗島的勞工」。傳單提供/張富忠

■勞支會要「創造平等人性的新社會」。攝影/邱萬興

■1992年工運人士顏坤泉因聲援安強十全美鞋業關廠被判入獄，並以自我關在鐵籠囚禁的行為表達政府偏袒資方司法不公的抗議。攝影/潘小俠

朋友手中真正具有實力的「戰鬥工會」，並積極投入勞基法、工會法及勞資爭議處理法的修法工作。在勞支會的協助推動之下，共有10個自主工會組成「全國自主勞工聯盟」。

勞支會的成員涵蓋統獨兩派，但在1986年民進黨成立後，雙方政治立場歧異的問題浮上檯面，大部份以新潮流系為主體的獨派成員加入民進黨，人數較少的統派乃退出勞支會。1987年底，立委王義雄、遠東化纖工會幹部羅美文等人結合，成立台灣第一個以勞動者為主的政黨「工黨」，蘇慶黎任秘書長。

1990年前後，台灣經濟面臨轉型，勞工失業、企業惡性歇業關廠、積欠工資等事層出不窮。一波波勞工抗爭出現在台灣社會各角落：新玻、桃客、苗客、基客、台鐵、台汽、新光、遠化、大同、板橋、長榮重工、中時、台塑、仁武、南亞仁武……。「勞支會」和「工黨」成員，既競爭又合作，協助勞工抗爭。

各地的抗爭，促成了1988年「自主工聯」的成立和「二法一案大遊行」。然而自1989年起，國民黨對勞工運動採取強硬的手段，包括出動軍警進入工廠協助資方「維持秩序」，痛毆勞工，以司法手段對付活躍的工會幹部，以媒體醜化積極的工運人士為「工運流氓」。那幾年被起訴的工運人士或工會成員有：彭如春、曾茂興、顏坤泉、簡錫堦、吳錦明；遠化羅美文、黃文淵等十二人；基客王耀梓等十五人、何佩珊、汪立峽、莊妙慈、李易昆、鄭村棋、吳永毅、林子文等人。

勞支會主要幹部，也是新潮流成員的李文忠、賴勁麟、蕭裕正等人在1990年前後紛紛參選，引起部份「自主工聯」幹部的不滿。在1990年後，「自主工聯」與勞支會保持一定的距離。

1992年，勞支會改名「勞工陣線」（簡稱勞陣）。年底「三法一案大遊行」後，「勞陣」透過盧修一立委提出勞陣版本的勞基法修法草案，但勞陣版本不為部份工會幹部接受，乃有1993年「工人立法行動委員會」（簡稱工委會）的出現。

爾後，雙方愈行愈遠，工委會自1993年起每年定期辦工人遊行，稱為「秋鬥」。

勞陣則逐漸變為政策及理念的倡導者，於2000年時，協助全國產業總工會成立，勞陣扮演著「智庫」的角色。

台灣人權促進會成立

七〇年代，國民黨戒嚴統治下，戕害人權之事層出不窮，而整個社會的保守心態，加上國民黨的宣傳醜化，讓「人權」的概念和「反政府」、「顛覆」等負面意像連結在一起。

美麗島陣營在施明德與艾琳達等人的努力下，強化、突顯人權的時代意義何重要性。艾琳達在1979年時，曾嘗試設立人權救援組織，但因美麗島事件而告終止。

■江鵬堅立委擔任「台灣人權促進會」創會會長。圖片提供/江彭豐美

1984年8月，由江鵬堅、郭吉仁、張晉城、史非非（范巽綠）、黃宗文、施瑞雲、顏伊謨等人發起籌設人權組織。並於1984年12月10日國際人權日，成立「台灣人權促進會」（簡稱台權會），由江鵬堅立委擔任首任會長，副會長為台大教授劉福增。

台權會成立之初的任務與目標，以爭取人民的政治權利與公民權利為首要之務，尤其著重政治犯的救援、解除黑名單、要求保障言論、集會、結社、遊行，與思想自由等的基本人權。此外，反對濫用公權力侵犯人權（如非法逮捕、刑求、不公平審判等），關心婦女、勞工、原住民、殘障者、精神病患等社會弱勢團體的工作權、生活權，以及從事人權理念的傳播、聯繫世界各地人權機構，也是台權會的重點工作。

台灣人權促進會

會址：台北市新生南路三段25巷1號2F
電話：(02) 7018419・7019787
TAIWAN ASSOCIATION FOR HUMAN RIGHTS
No.1, Lane 25,2F1.,
Hsin-Shen S. Rd. Sec.2
Taipei, Taiwan

人權受迫害

台灣，是位於太平洋西岸的島嶼，由七十九個大小島嶼組成，面積三五、九八一平方公里，與中國大陸隔著台灣海峽相對——海峽最窄處分只有一三〇公里。台灣現有人口一千九百多萬，其中包括大約廿六萬的原住民。

三百年來，台灣曾經歷了荷蘭人、西班牙人與日本人的統治，直至第二次世界大戰結束一九四九年中華民國政府從中國大陸撤退來台，同年五月十九日台灣警備總司令部宣佈戒嚴，取消憲法中一切有關個人權利與自由的規定。由於國民黨政府宣稱他與對岸的共產黨政權一直處於戰爭狀態，長達卅九年的戒嚴令一直到一九八七年才宣佈取消，但又被以"國家安全法"取代，台灣也早就成為全世界戒嚴最長久的國家。

長期戒嚴期間，在有關當局強烈要求秩序和治安的心態下，不但人權的保障普遍受到漠視，也造成台灣民眾對人權意識的混淆與模糊，刑求與非法拘捕之事時有所聞，而一般法院對此類情事多不詳加追究，因此一旦人權遭受迫害，一般人多投訴無門。「台灣人權促進會」就在這種情況下，於一九八四年十二月十日國際人權日成立。

組織與服務

「台灣人權促進會」成員包括大學教授、醫師、文學家、記者、律師、宗教界人士、民意代表、政治受難者及企業界人士。

成立至今，本會除了幫助人權遭受迫害或政治受難者之個案，並針對社會上各項人權問題舉行座談會、演講會、發行會訊，對違反人權之事件採取各種行動維護台灣人民的基本權益，盡最大的力量傳播保障人權的理念。

台灣目前的人權工作可算還是起步階段，要建立一個嚴密有效的救援組織，相當困難。因此目前台灣的政治犯救援工作，多半還須借助國外人權機構，如國際特赦組織的幫助。但台灣社會近年來對政治犯的關切重視，較諸過去以往已有提昇，有關單位長期以來所培養的對政治犯的恐懼感，也已消散不少。所有的台灣人權工作者只有繼續不斷的努力，將來才會有更好的成果。我們深信在「人權國際化」和「人權本土化」的目標下，全世界和台灣的人權終會獲得伸張，這個世界將更有希望，台灣也才有真正的和平。

我們的任務與目標

1.為所有良心囚犯展開救援工作。
2.反對濫用公權力侵犯人權（譬如非法逮捕、刑求、不公平審判等）。
3.爭取言論、集會、結社、思想自由等基本人權保障。
4.關心婦女、勞工、原住民、殘障者、精神病患等社會弱勢團體的工作權、生活權。
5.從事人權理念的傳播，聯繫世界各地人權機構，促進人類平等互愛。

國際人權宣言—

朋友您站在那一邊

當統治者恣意踐踏人權的時候……
朋友，你站在那一邊？
當眾苦裏酷刑不斷，哀號呻吟四起的時候……
朋友，你站在那一邊？
當良心犯帶著備受折磨的身心，回到這個他們為之奉獻生命青春的社會，卻因老弱貧病交加而生活難以為繼的時候……
朋友，你站在那一邊？
在白與黑之間，你可以選擇很多種顏色，但是
如果必須在正義與不義之間作一選擇
如果必須在尊嚴與恥辱之間作一選擇
如果必須在積極參與與冷漠旁觀之間作一選擇
朋友，你站在那一邊？
讓我們伸出熱情的雙手
歡迎你立即加入爭取人權的行列。

期待您慷慨解囊，無論數額多少，都代表您對台灣人權工作的支援，我們將善用您的捐款，對國內外人權工作做最大的努力！
郵撥帳號 1091982-7 陳菊帳戶

■「台灣人權促進會」簡介。圖片提供/邱萬興

創會後不久，台權會就對內印製發行一份刊物──《台灣人權促進會會訊》，一直到3年後，1987年12月，這份會訊才改為《台灣人權雜誌》。在黨外的雜誌界，早先於1981年開始，已有一份《關懷雜誌》，關懷台灣政治犯的人權問題。與《關懷雜誌》略有不同之處，台灣人權促進會的會訊旨在報導世界各國政治犯的人權狀況，藉著多元化的國際人權報導，一方面讓國內從事政治救援的工作者有新的國際觀，另一方面，同時也和國際特赦組織保持資訊交流，鼓勵台灣民眾寫信參與國際救援行動，讓台灣的人權現況和國際接軌。

台灣人權促進會第二任會長為陳永興醫師，第三任會長為李勝雄律師，第四任會長為陳菊。台灣人權促進會自成立後，不斷對台灣政治問題採取高度關心，如要求為「二二八事件」平反、請求國際聲援「許曹德、蔡有全的台獨案」、詳實報導五二〇農民抗爭等等，也把台灣從黨外到民進黨以來的民主運動訊息，傳送到世界各地。

■「台灣人權促進會」創會時出版「釋放所有政治犯」救援海報。傳單提供/邱萬興

台灣原住民權利促進會成立

在憲法上，台灣的少數民族不僅享有「各民族一律平等」的形式平等，且因其為弱勢民族享有被「保護、扶植」的權利。但是自台灣從殖民的日本政府手中被國民黨接收以後，執政當局違背憲法精神採取同化政策，再加上少數民族的生計生產方式，被納入以市場取向的資本主義經濟體系裡，使得少數民族的經濟社會體系，遭遇前所未有的挑戰。在政治上，他們被國民黨強迫定名為「山地同胞」，並強迫使用漢名，因而在文化傳承上面臨極大的危機。

鑑於台灣少數民族面臨的嚴重危機，「黨外編聯會」於1984年4月4日（4月4日為日本首次討番紀念日），在原住民盲詩人莫那能與編聯會會長張富忠共同策劃之下，協同原住民青年卑南族歌手胡德夫，童春慶等，和關懷原住民的漢人朋友，成立「少數民族委員會」，由胡德夫擔任召集人、蘇慶黎擔任副召集人。

編聯會「少數民族委員會」之宗旨：一、嚴重關切山地經濟遭受掠奪之情況，二、深入調查台灣少數民族童工、雛妓、船員及其他勞動者遭受迫害之情事，三、闡揚台灣少數民族文化的珍貴價值，抵制同化政策，四、促進少數民族之政治覺醒，鼓吹少數民族之自治權利，五、其他有助於提升台灣少數民族尊嚴與權益的事項。

胡德夫是當時第一個參加黨外政治團隊的原住民青年。他不斷利用各種的演唱、演講活動，並透過黨外雜誌向台灣社會告知一件事實：「山胞——台灣的主人」的處境和困難！1984年6月20日，海山煤礦爆炸，礦工之中有許多阿美族同胞罹難，胡德夫以「編聯會少數民族委員會」召集人身份，在新公園舉辦一場募款演唱會——「為山地而歌」，並寫作了一首歌「為什麼？」在現場演唱。演唱會中，胡德夫對政府所謂的「山地政策」進行嚴厲的批判。

「編聯會」成立「少數民族委員會」後，在新的學期開始後，《高山青》雜誌（台大原住民青年的地下刊物）也接著創刊，這群台大學生很快地就和黨外的漢人朋友，如：郭吉仁、張俊傑、林正杰、楊祖珺、范巽綠、王志明等匯聚在一起，打算籌辦較為自主性的「山地政治團隊」。其中原住民學生林文正、劉文雄、鍾誠良、陳信雄等人雖未反對，但卻持保留的態度，他們認為這團隊中漢人的比例太多，應該全面發起「原住民」來籌辦這個團隊。不過胡德夫卻堅持不論原住民、漢人應把力量結合起來，共同對抗國民黨的壓迫，才有可能獲得初步的成果。而「權利促進會」就是胡德夫所提出的團隊名稱。

在這個團隊籌備過程中，1984年11月20日討論組織章程草案之際，主要發起人之一的編聯會總幹事范巽綠，主張以「原住民」取代「山胞」或「高山族」之稱呼，她的提議獲得

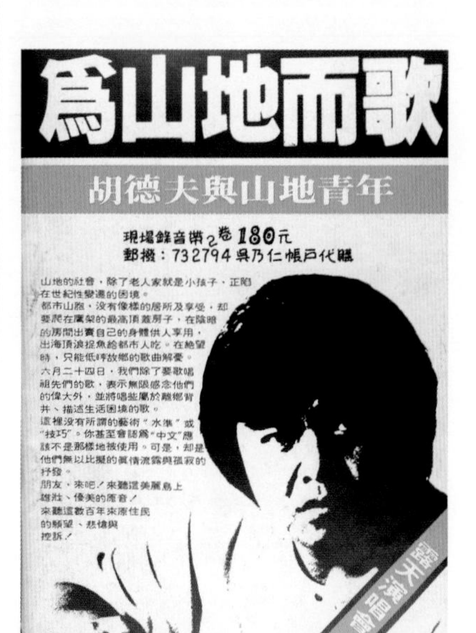

■胡德夫舉辦「為山地而歌」的露天演唱會，作歌、唱歌、募款為難胞募款。
傳單提供/張富忠

通過，「原住民」這三個字首度出現於台灣社會。

當時為了招募會員，胡德夫隻身由台北出發，經台中、台南、屏東山區、高雄、台東而至花蓮，共招募到28名創會會員，包括童春發教授(排灣族、花蓮玉山神學院教授)，田雅各醫生(布農族)、施努來、郭建平（此二位為蘭嶼青年），麥春連(魯凱族)、林時樹（泰雅族、當時仁愛鄉衛衛生所主任），石明雄、汪啟聖(鄒族)、黃修榮、辜進富(泰雅族)等。

1984年12月29日，胡德夫及童春慶會同上述會員，於台北馬偕醫院禮堂在大批警察的阻撓下，創立了「台灣原住民權利促進會」(簡稱原權會)，胡德夫當選為創會會長，並在成立大會使用自己的傳統姓名──路索拉滿‧阿勒。在成立大會中，胡德夫向會員們表示，他經常在各式演唱會上使用一句表明身份立場的開場白為：「我們是原來就住在台灣的民族」，他希望以這個概念來為這個組織命名，同時並請人類學者王志明幫忙搜尋一個更貼切的英文譯名。王志明以「INDIGINOUS PEOPLE」來稱之，中文則稱為「台灣原住民」，這一名稱獲大部份會員的贊成而通過，這個新成立的團體正式命名為「台灣原住民權利促進會」。

原權會成立當天晚上，在馬偕醫院九樓大廳舉行了一場很特殊又很有意義的「小米之宴」──原住民除夕義賣晚會，由玉山神學院童春發牧師主持，有曹族傳統歌謠，原住民創作曲，排灣、太魯閣、卑南、布農、阿美等古調演唱，會中並穿插義賣山地文物，為原權會籌募工作基金，最後與會人士共吟「我的家在那路彎」後結束此一盛會。

首屆台灣原住民權利促進委員會組織如下：

諮詢顧問：李鴻禧、陳其南、張曉春、郭吉仁。

促進委員：劉文雄（阿美)、童春發（排灣)、王智章（漢)、田雅各（布農)、汪啟聖（曹族)。

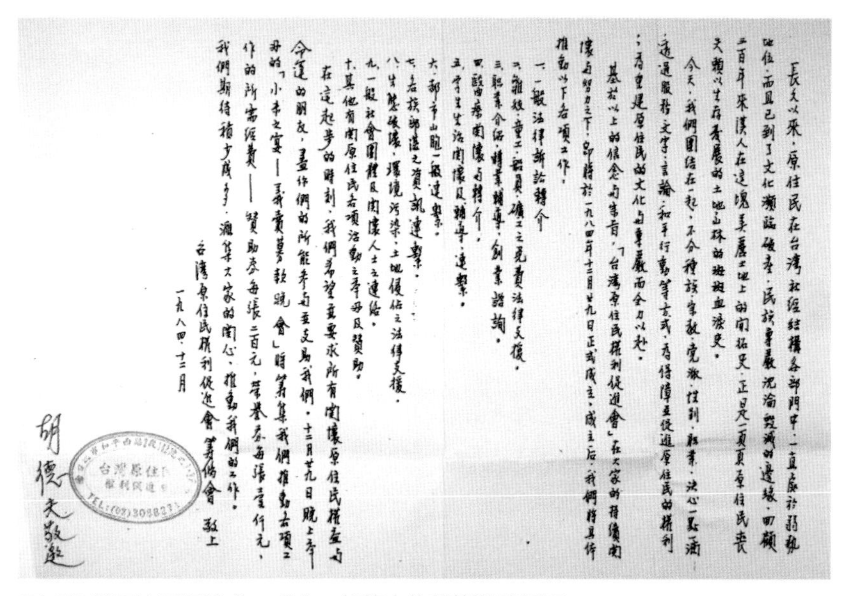

長久以來，原住民在台灣社經結構各部門中，一直處於弱勢地位，而且已到了文化瀕臨破產，民族尊嚴淪喪毀滅的邊緣，回顧三百年來漢人在這塊美麗土地上的開拓史，正是一頁頁原住民喪失賴以生存耕養的土地山林的斑斑血淚史。

今天，我們團結在一起，不分種族、宗教、黨派、性別、職業，決心一點一滴透過服務、文字、言論、和平行動等方式，為保障並促進原住民的權利；為重建原住民的文化與尊嚴而全力以赴。

基於以上的信念與宗旨，「台灣原住民權利促進會」在大家的持續關懷與智力之下，即將於一九八四年十二月廿九日正式成立，成立后，我們將具體推動以下各項工作，

一、一般法律諮詢轉介
二、雛妓、童工、船員、礦工之免費法律支援。
三、職業介紹、轉業輔導、創業諮詢。
四、醫療關懷與轉介。
五、學生生活關懷及輔導、連繫。
六、都市山胞一般連繫。
七、各族部落之資訊連繫。
八、生態破壞、環境污染、土地侵佔之法律支援。
九、一般社會團體及關懷人士之連絡。
十、其他有關原住民各項活動之參與及贊助。

在這起步的時刻，我們希望並要求所有關懷原住民權益與命運的朋友，盡你們的所能參與並支持我們。十二月廿九日晚上參與的「小米之宴──義賣募款晚會」時，募集我們推動各項工作的所需經費──贊助券每張二百元，榮譽券每張壹仟元，我們期待積少成多，滙集大家的關心，推動我們的工作。

台灣原住民權利促進會籌備會 敬上

一九八四、十二月

胡德夫 敬邀

台灣原住民權利促進會 TEL:(02)308827[illegible]

■「台灣原住民促進會」成立，胡德夫的親筆邀請信函。傳單提供/張富忠

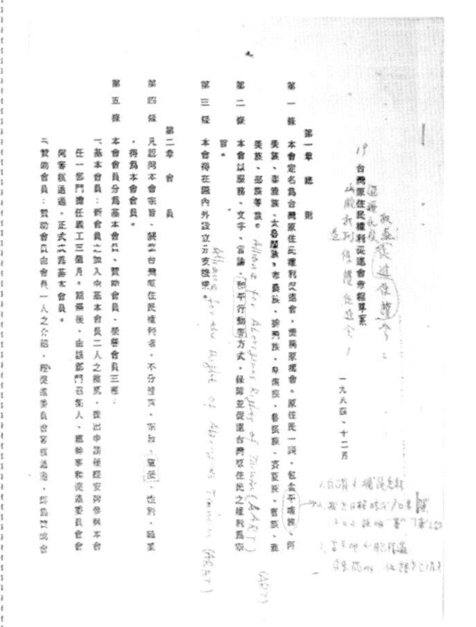

台灣原住民權利促進會章程草案

一九八四、十二月

第一章 總則

第一條 本會定名為台灣原住民權利促進會，簡稱原權會。原住民一詞，包含平埔族、阿美族、泰雅族、太魯閣族、布農族、排灣族、卑南族、魯凱族、賽夏族、曹族、雅美族、邵族等族。

第二條 本會以服務、文字、言論、和平行動等方式，保障並促進台灣原住民之權利為宗旨。

第三條 本會得在國內外設立分支機構。

第二章 會員

第四條 凡認同本會宗旨，關懷台灣原住民權利者，不分種族、宗教、黨派、性別、職業，得為本會會員。

第五條 本會會員分為基本會員、贊助會員、榮譽會員三種：

一、基本會員：新會員之加入由基本會員二人之推薦，[illegible]任一部門擔任義工三個月，期滿後，由該部門召集人、總幹事[illegible]委員會會同審核通過，正式成為基本會員。

■12月29日，原權會成立時，為了會名章程討論修改名稱，最後獲大部份開會會員的贊成而通過為「台灣原住民權利促進會」。傳單提供/張富忠

■「台灣原住民權利促進會」第一期會訊。傳單提供/張富忠

會長：胡德夫（卑南族），副會長：黃勝禮（漢）

總幹事：武湃・卡那紹（阿美），總務：李明珠（泰雅），學生組：鍾誠良（太魯閣族），組訓：黃勝禮（漢）。研究部：王志明（漢）；服務部：童春慶（排灣）；開發部：范巽綠（漢）。

「台灣原住民權利促進會」成立後，積極推動原住民正名、原住民自治的運動。原權會每兩年改選一次，第二任會長為阿美族夷將（劉文雄）、第三任會長為魯凱族拉娃告・賴克拉克（麥春連）、第四任會長為邵族巴努・加巴暮暮（毛隆昌），第五任為泰雅族尤幹・納甫。到1994年，歷經三次還我土地運動及多次上街頭之後，終於順利達成將憲法中的「山胞」正名為「原住民」。

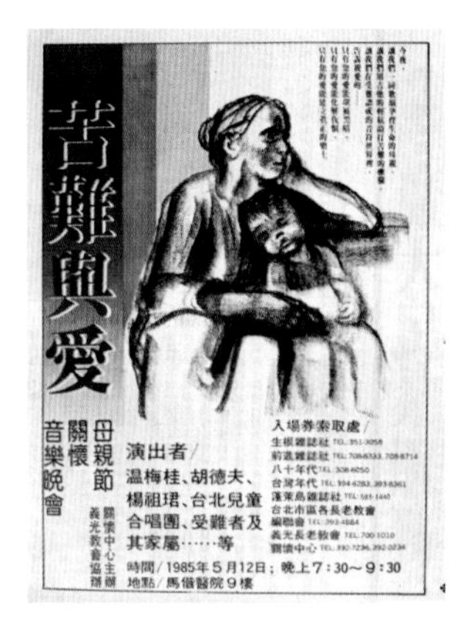

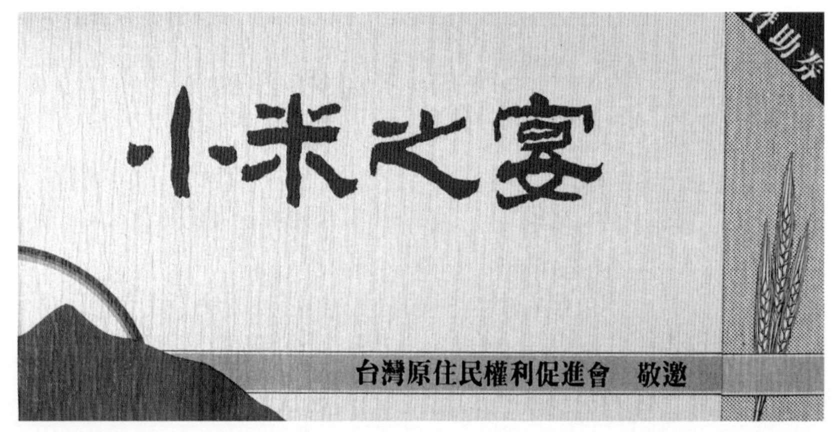

小米之宴
台灣原住民權利促進會　敬邀

■原權會成立，當天晚上並舉行了一場「小米之宴」。傳單提供/張富忠

台灣高山族的吶喊

黨外編輯作家聯誼會
少數民族委員會印製
連絡處：台北市新生南路三段六十巷七號六樓
電話：三九三一四八八四

一九八四年六月二十四日

根據資料顯示，海山煤礦災變中，七十一位死者裡面，有三十二位是山地人，其中大部分來自台東縣池上鄉，其餘來自花蓮。這是此次災變裡，各大小報紙和電視廣播所「故意忽略」的最大事實，在台灣各地的礦工中，高山族佔高比例的現象，是相當普遍的，海山礦場的八百多位工人中，高山族便佔五百餘位。我們為山地人悲慘的社會經濟環境以及國民黨控制下的傳播機構刻意掩飾高山民族悲慘境遇的手段，提出嚴重的抗議！

山地人從台灣的原住民變成「平埔番」，變成「山地同胞」，到現在又變成名符其實的「地底洞人」。從平原一步步被趕向山野蠻荒之地，現在又被趕到海上當漁夫，趕進華西街暗無天日的小房間中供人玩弄，趕進火熱地心般的礦坑裡；台灣高山族已逐漸消失在美麗之島的地表上，真是一幕活生生的民族沈淪史！

海山煤礦災變暴露的不僅是台灣煤礦業的脆弱和台灣勞動者的保障問題，更暴露了台灣高山族被壓迫在我們社會最底層的事實！我們要呼籲全體社會不但應積極伸出援手即時協助受難家屬，而且應重視高山族同胞所面臨的種族滅絕危機！

「少數民族委員會」成立宗旨

一九八四年四月

在憲法上，台灣的少數民族不僅享有「各民族一律平等」的形式平等，且因其為弱勢民族而享有被「保護、扶植」的權利。但是自台灣光復以後，卅多年來，首先由於執政當局違背憲法精神的同化政策，再加上少數民族的生計生產方式被納入以市場作為取向的資本主義經濟體系裏，而使得少數民族的經濟社會體系遭遇前所未有的挑戰。今天台灣少數民族所遭遇的經濟剝削、社會歧視、政治壓迫，以及文化漠視，已經使得台灣少數民族頻臨滅族的危機。

「黨外編輯作家聯誼會」鑑於台灣少數民族面臨的嚴重危機，特別聯合所有關心少數民族權益的山地人和平地人，於一九八四年四月成立「少數民族委員會」。在消極方面，我們要揭發執政當局不當的少數民族政策，以及整體台灣社會對少數民族的壓迫；在積極方面我們要宣揚有關少數民族權益的進步思想，以促進憲法所賦與少數民族的權利。

基於上述理念，「少數民族委員會」將就下述範疇積極展開活動：

一、嚴重關切山地經濟遭受掠奪、尤其土地所有權日益喪失之情況，並透過各種活動呼籲社會關切、督促政府制定保障台灣少數民族權益之土地政策。
二、深入調查台灣少數民族童工、雛妓、船員及其他勞動者遭受販賣或種種殘酷迫害之情事，並透過各種輿論工具加以揭發和聲討。
三、闡揚台灣少數民族文化的珍貴價值，強化台灣少數民族維繫固有民族特徵的動力，以抵抗執政當局的強制同化政策。
四、促進台灣少數民族的政治覺醒，鼓吹少數民族的自治權利，並以和平行動支援台灣少數民族抵抗政治迫害。
五、其他有助於提昇台灣少數民族尊嚴與權益的事項，均應全力以赴。

少數民族委員會工作日誌

●四月四日，（日本首次討番紀念日）成立少數民族委員會。召集人胡德夫、副召集人蘇慶黎，執行秘書陳秀賢。
●五月，建立山地資料中心。
●六月九日，舉辦「台灣山地問題演講會」。
●六月十七日，參加高雄市民衆日報的「台灣山地文化座談會」。
●六月二十日，海山礦災。組調查隊，調查山胞受難情況，並發起募款運動。
●六月二十二日，追踪罹難山胞家屬狀況。
●六月二十四日，舉辦「為山胞而歌」演唱會。出版山地歌謠專集。展開「愛心到海山，請伸出援手」為罹難山胞家屬募款活動。

「為山胞而歌」專集已出版。內中搜集了古老的、幾近失傳的美麗島上的原音，也特別介紹了現代淪落在都市的原住民的悲歌。定價一百元。請劃撥七三二七九四郵政帳戶，吳乃仁收。

胡德夫與各族山地青年的「為山地而歌」演唱會。現場實況錄音專輯（兩卷）。預約特價一百八十元。請劃撥七三二七九四郵政帳號，吳乃仁收。

■黨外編聯會「少數民族委員會」出版台灣高山族的吶喊文宣。傳單提供/張富忠

1985

黨外省議員集體總辭

林義雄的母親與雙胞胎女兒安葬宜蘭林家墓園

1979年12月，林義雄律師因美麗島事件被捕入獄。兩個月後，林義雄位於台北市信義路三段31巷16號的家中，發生一件慘絕人寰的滅門血案。

1980年2月28日，人數不詳、身份不明的冷血殺手，潛入林義雄家中行兇。林義雄的60歲寡母林游阿妹女士，和7歲雙胞胎女兒林亮均、林亭均祖孫三人，遭到歹徒用利刃刺殺身亡。林游阿妹女士，共計身中13刀，全身遍傷而慘死在地下室；雙胞胎幼女林亮均、林亭均兩人，均因背部脊椎右邊被刺1刀當場喪命在地下室的儲藏間。

9歲的長女林奐均，則被刺6刀，（前胸1刀，後背5刀），深及肺部，生命垂危。傷重送往台北市仁愛醫院急救，手術長達7小時，療養1個多月才脫離險境。

1984年8月15日，美麗島受刑人林義雄、高俊明、許晴富及林文珍獲假釋出獄。坐牢4年多的林義雄終於步出監獄、平安返家，但他的母親林游阿妹女士與孿生女兒亮均、亭均祖孫三人卻仍停屍在殯儀館4年多，尚未入土安葬。

1985年1月1日，林義雄決定選擇在這一天，舉辦葬禮，安葬他的母親與孿生女兒祖孫三人。

1月1日在殯儀館舉行簡單

■林義雄行跪拜禮送別母親，也感謝來自全台的黨外人士，後排右起余陳月瑛、藍美津、許榮淑、蘇洪月嬌。攝影/蔡明德

■林義雄選在1985年1月1日，安葬他的母親林游阿妹與雙胞胎女兒亮均、亭均，令在場觀禮人士都不忍而目眶泛紅。攝影/蔡明德

的祭拜禮，而後將祖孫三具棺材運上靈車。搬運過程中，林義雄及其胞妹不斷撫棺痛哭，令在場觀禮人士，熱淚盈眶。隨後三人安葬宜蘭、台北兩縣交界附近的山中，俯視著蘭陽平原的林家墓園。

林家墓園座落在宜蘭縣，沿北宜公路盤旋而上，經過九彎十八拐後不久，就會來到通往林家墓園小徑的入口。

進入林家墓園後，走過一小段石頭路，抬頭遠望，視線盡頭矗立著由一座立碑和一道橫樑構成的十字架，祖孫三人就安葬在立碑後面、橫樑前面。三人無辜的靈魂，背負著象徵人間苦難的十字架。

■林宅血案祖孫三人出殯隊伍，江鵬堅立委走在隊伍最前頭。攝影/蔡明德

黨外省議員總辭

1985年5月16日，14位黨外省議員為了抗議國民黨強行表決通過不合法的超額省府委員預算案，採取了集體辭職的行動。這是台灣地方自治史上最勁爆的一次省議員集體辭職事件。

過去30多年來，在國民黨的執政下，政府帶頭違法的做法早已稀鬆平常。省政府組織法第四條明文規定：省府委員最多只能有11人。在國民黨的運作下，省府委員人數不但違法、違憲地高達23人，而且國民黨連修改法令的動作都不肯做，就像一隻「偷吃腥還不肯抹嘴巴的貓」。

其實早在一年前（即1984年），黨外省議員就已經把國民黨「省府委員名額違反省府組織法的問題」攤在省議會公開討論了。他們先用理性、溫和的問政方式「要求政府守法」，或者「修改法令」。但國民黨政府完全不予理會，公然漠視省議員「監督政府」的權力。一年過去了，當權者依然囂張如昔。1985年省議會預算審查的10天前，黨外省議員就把聲明，連同相關的完整資料，用雙掛號信寄出，從總統府、行政院、中央黨部、省黨部、省政府、其他省議員，到各大報社，提醒國民黨。沒想到國民

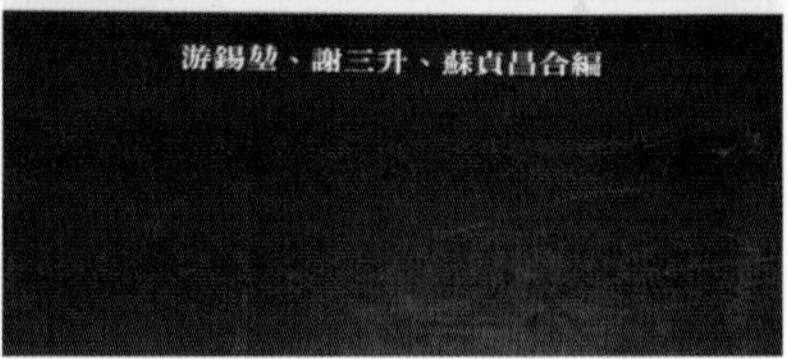

■游錫堃、謝三升、蘇貞昌聯合編著《黨外省議員集體總辭》。圖片提供/蘇貞昌

■歷史性的黨外省議員總辭，十二位黨外省議員步出省議會合影，最後只有游錫堃、蘇貞昌、謝三升三位真正辭職，其他都是〝玩假的〞。攝影/蔡明德

■「鐵三角」之一的蘇貞昌辭職到底，回屏東面告鄉親。圖片提供/蘇貞昌

黨還是「相應不理」，終於使黨外省議員堅決採取集體辭職的方式，來凸顯國民黨政權的蠻橫無理。

黨外省議員集體辭職後，震動社會各界。學術界、輿論界連續報導評論。總辭後，國民黨當局以「辭職之意思表示尚欠明確」的解釋，再配合其他「說服」的方法，使得其中一、兩位辭意不堅的黨外議員又回到省議會，國民黨當局並把自己違法、違憲的政治焦點轉移且模糊化。

最後，只有三位省議員真正辭職，其餘都是「玩假的」。有省議會「鐵三角」之稱的蘇貞昌、游錫堃、謝三升三人，自始至終表現得最為堅定不移，不為國民黨所動。他們回到自己的家鄉屏東縣、宜蘭縣、台南縣，所舉辦的演講會到處引起熱潮，盛況空前。這說明了人民對他們以辭職對抗國民黨違法、違憲的做法之支持。

■「鐵三角」之一的游錫堃為了省府組織超編憤辭省議員，回宜蘭受到鄉親支持鼓勵。圖片提供/游錫堃

新黨新氣象‧自決救台灣

1985年縣市長、省市議員大選

1985年11月——在黨外省議員總辭事件的6個月後，黨外再度面臨地方選舉（縣市長及省市議員）。在黨工和公職之間一直呈現緊張關係的黨外，要以什麼態度和方法來共同面臨選舉，是黨外運動的一大考驗。

黨外人士意識到不要自相抵消本身實力，才能突破瓶頸，為此，「黨外公政會」與「編聯會」暫釋前嫌，有再組「黨外後援會」之議，編聯會態度尤其積極。

「1985年黨外選舉後援會」，在9月28日上午於台北中泰賓館召開候選人推薦大會。第二天各大報的報導方式，均放棄國民黨文工會所規定的以「無黨人士」的稱呼，具實直稱為「黨外後援會」，並詳盡報導黨外後援會所推薦的候選人名單。這種改變，顯示了黨外政團經過數年的運作發展，已建立了它無可否認的社會基礎。

除了共同政見之外，在此次選舉中，黨外候選人共同打出一句口號——「新黨新氣象，自決救台灣」，顯示出此時的反對運動以「組織新黨」及「住

■1985年謝長廷出版《黨外黨》。

■1985年蘇貞昌競選連任省議員時，推出「衝南衝北蘇貞昌、衝官衝府為屏東」競選口號。圖片提供/蘇貞昌

民自決」為最重要的訴求主題。而黨外政團也儼然以政黨的地位自居。同時，在周清玉的請託之下，藝術工作者歐秀雄（筆名官不為）也為黨外後援會設計出一面具有象徵意義的旗幟。這面旗幟就在選舉中帶動黨外的氣勢。

1985年10月，被中共囚禁15年的中國大陸民運鬥士林希翎來台，在台北耕莘文教院主講「談中國大陸人權」。原本是來台探親的林希翎毫不客氣地批判國民黨政權與其統治台灣的心態，說「其實國民黨走的時候，中國老百姓是歡送的」。林希翎的演講相當刺激、勁爆，敢言別人所不敢言的內容，她毫無顧忌地大膽鳴放對國民黨的不滿。

隨後應林正杰的邀請，林希翎在演講台上，以極嚴厲尖銳的口吻批判蔣介石以及國民黨，突破當時的言論禁忌。受到黨外群眾的熱烈迴響，自此之後，黨外人士對她的演講邀約不斷。「林希翎」旋風在全台捲起，助長了黨外的選舉聲勢。最後，國民黨以欺騙的手段，將林希翎從台灣騙到香港去，且不再發給她入境台灣的簽證。

1985年11月16日，縣市長與省市議員選舉，黨外成績相當可觀。省議員方面，後援會推薦的18名當中，有周滄淵、黃玉嬌、王兆釧、莊姬美、傅文正、何春木、余玲雅、游錫堃、陳金德、蘇貞昌、蔡介雄等11人當選。

省議會鐵三角的游錫堃在宜蘭縣參選時，國民黨為了封殺他，刻意提名兩個同為「溪南」的候選人出來競選，結果游錫堃以8萬8555票的空前高票當選，得票率44.9%，打破宜蘭縣省議員有史以來的記錄。而國民黨提名的兩個候選人，加起來才得到6萬多票。

國民黨在屏東則提名全額五席省議員候選人，希望一舉封殺蘇貞昌。蘇貞昌在總辭事件後愈挫愈勇，順勢推出以他自己的名字為問政對句的「衝南衝北蘇貞昌，衝官衝府為屏東」做為競選口號。這場選舉中，這次以8萬4318票的超高得票當選（上屆3萬6千多票），比上屆暴漲兩倍多，足以讓兩個省議員當選。

其中較為可惜的是，「省議會鐵三角」的謝三升不幸落選。自此之後，省議會鐵三角的畫面就不復見了。

台北市議員方面，後援會推薦的11名，林文郎、陳勝宏、王昆和、周伯倫、徐明德、謝長廷、藍美津、張德銘、林正杰、康水木、顏錦福，全數當選。這種百分之百的當選率，在全島黨外人士及其支持者中，傳為盛事美談。高雄市議員方面，6名被推薦候選人當中，陳武動、陳光復、林黎琤等3人當選。

黨外當選者之中，台北縣的王兆釧、宜蘭縣的游錫堃、桃園縣的黃玉嬌、新竹市的莊姬美、屏東縣的蘇貞昌等省議員，以及台北市第一選區的林

■大陸民運人士林希翎（右）與江鵬堅、柏楊（左）合影。圖片提供/江彭豐美

■黨外公職人員，前排左起方素敏、余陳月瑛、黃玉嬌、蘇洪月嬌、許榮淑，後排左起何春木、鄭余鎮、江鵬堅、張俊雄、陳金德、陳水扁、游錫堃、蘇貞昌。圖片提供/江彭豐美

文郎、第三選區的謝長廷、第四選區的張德銘等市議員，都分別在他們的選區中以最高票當選。

在縣市長選舉方面，陳水扁律師自「蓬萊島事件」（馮滬祥控告陳水扁誹謗）後，就辭去台北市議員的職務。然而國民黨卻整整一年對陳水扁的政治司法案件擱置不理，因此陳水扁開始思考返回故鄉台南參選一事。1985年的9月28日，陳水扁獲得黨外共同推薦，因返回故鄉台南參選縣長一職。陳水扁在台南掀起一陣政治旋風，但由於準備時間過短，加上國民黨利用台南縣的地方派系，以山海夾擊的方式，以致陳水扁高票落選。

另一個全台矚目的選戰焦點則是尤清在台北縣參選縣長。原本是高雄縣籍的監察委員尤清距監委任期結束還有一年，他認真投入參與黨外公政會的組黨事宜。1985年的縣市長大選中，尤清曾考慮過回高雄縣參選縣長，但與長期致力耕耘地方勢力的余家班有所抵觸，況且在上一次的監委選舉中，余陳月瑛也曾鼎力相助。因此尤清決定轉戰台北縣長，為當時有黨外沙漠之稱的台北縣開拓新天地。選戰一開打，果然「彩虹戰士」的魅力銳不可擋，一場轟轟烈烈的「彩虹戰爭」於焉上演。雖然最後不幸敗北，這場選戰卻在台北縣為黨外播下民主的種籽。

這一年的縣市長選舉中，黨外陣營只有余陳月瑛一人當選高雄縣第一位女性縣長。

1985年大選後兩天，11月18日，陳水扁在台南縣關廟謝票時，阿扁嫂吳淑珍在巷道內遭拼裝車撞成重傷，許多黨外人士認為這是一場有預謀的政治車禍。

■1985年尤清以「彩虹戰士」挑戰國民黨提名的林豐正。傳單提供/尤清

■黨外市議員謝長廷、顏錦福、藍美津、徐明德、周伯倫等人，在市議會要求台北市長民選。攝影/余岳叔

傳單提供/尤清

1908～1985

牛背上的民主騎士——郭雨新

那美好的仗，我已經打過了，
當跑的路，我已經跑盡了，
所信的道，我已經守住了。

郭雨新是台灣民主運動史上不朽的老兵，他為台灣人爭取民主權益，使他贏得「台灣民意領航者」的地位，他生平最大的理想便是組織反對黨，讓台灣早日達到政治民主化的境界。「民主」一向是郭雨新一貫的堅持，他認為「民主是世界的趨勢，是隨時可以聽到的聲音、歷史的潮流，任何地區、任何人都阻止不了這個歷史的潮流。」

1908年8月24日，郭雨新出生於宜蘭市，1931年進入台北帝國大學，靠著本省巨富林松壽先生學費的贊助，他才能順利讀書、完成學業。1934年3月自台北帝國大學（台灣大學的前身）農業經濟系畢業，畢業後即進入林松壽的公司──「林本源會社」擔任經理，隨後到上海和北京經商。郭雨新在戰後回到台灣，所經營的生意非常成功。

1949年，郭雨新以青年黨代表身份，獲得遴選擔任台灣省參議會的參議員，1951年以最高票當選台灣省第一屆臨時省議會議員，之後長達21年連任了四屆省議員，前前後後共擔任了25年的省議員，並與吳三連、郭國基、李萬居、李源棧、許世賢並喻為「省議會五龍一鳳」。

郭雨新畢生投入民主運動，問政犀利，故有「小鋼砲」之稱。1960年，他曾參與雷震、傅正籌組的「中國民主黨」，是該黨的7位常委之一。1960年代末期，美國駐華大使馬康衛被國民黨懷疑為「搞台獨、搞顛覆」的專家，與美國大使館關係密切的郭雨新，也因而被國民黨視為頭痛的問題人物，自此，郭雨新就得不到國民黨的出國許可。

1972年，郭雨新欲競選連任省議員，因國民黨無理打擊、破壞而放棄競選。1973年，郭雨新以省議員身份參選監委。而黨外陣營也曾經為了這次監委選舉，發動一次空前絕後的全省大團結，大家都認為郭雨新應該可以拿到最高票了。不料，國民黨出動黨、政、軍各方壓力，強力介入選舉，恐嚇省議員們不得投給郭雨新，並宣稱將以選票編號、集體亮票方式監控選票流向。郭雨新得知上情，為了避免造成省議員同仁困擾，遂採「零票落選」

■民主是郭雨新先生一貫的堅持，他認為『民主是世界的趨勢，是隨時可以聽到的聲音、歷史的潮流，任何地區、任何人都阻止不了這個歷史的潮流。』圖片提供/郭時南

■1931年郭雨新進入台北帝國大學，靠林松壽先生每月給他學費，幫助他讀書。1934年台北帝國大學畢業後即進入林本源會社工作。圖片提供/郭時南

■日治時期，親朋好友為郭雨新入伍送行。圖片提供/郭時南

■1934年，郭雨新與妻子石宛然結婚。圖片提供/郭時南

以示抗議。

1975年底中央民意代表選舉，時年67歲的郭雨新參選立委，選區分布台北縣、基隆市與宜蘭縣，郭雨新在張俊宏的文宣策劃下，訴求「不死的虎將──郭雨新」、「烈士暮年、壯心未已」，成功地掀起選戰聲勢。選前，郭雨新當選的呼聲最高，然而開票之後，廢票竟逾8萬多張，創下選舉史上廢票的最高記錄。郭雨新的落選，可說是國民黨在台灣地方選舉史上最醜陋的作票污點。該次選舉，以及選後的選舉官司，由兩位法律顧問林義雄、姚嘉文合寫《虎落平陽》一書，詳實記錄所有過程。

1977年，由於郭雨新向國民黨政府申請出國許可申請了十年，一直未獲執政當局首肯，在吳三連和許金德的作保下，國民黨政府終於讓步，同意讓郭雨新出國去探視兒女與孫子。4月17日這一天，他離開了心愛的台灣，誰知道這竟是他與故鄉的永別之行。

1978年1月，郭雨新在美國宣布參選台灣總統，海外數十個團體登報在《華盛頓郵報 Washington Post》 買下半頁廣告，以中英文刊登「擁護郭雨新競選總統」的決心，並登出他的五項政見：

一、 台灣總統應由台灣人民選出。

二、 國民黨國民大會決不代表台灣人民。

三、 郭雨新先生才是台灣人民的總統候選人。

四、 台灣未來地位應由台灣人民決定。

五、 台灣人民要建立自己的政府與國家 。

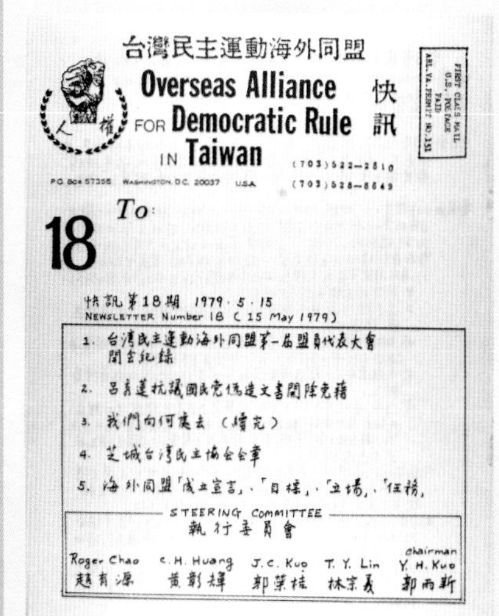

台灣民主運動海外同盟
Overseas Alliance FOR Democratic Rule IN Taiwan
快訊
FIRST CLASS MAIL U.S. POSTAGE PAID ARL. VA. PERMIT NO. 151
P.O. Box 57356 WASHINGTON, D.C. 20037 U.S.A. (703)522-2810 (703)528-8649
To:
18
快訊第18期 1979·5·15
NEWSLETTER Number 18 (15 May 1979)
1. 台灣民主運動海外同盟第一屆盟員代表大會閉会紀錄
2. 呂秀蓮抗議國民党偽造文書開除党籍
3. 我們向何處去（續完）
4. 芝城台灣民主協会会章
5. 海外同盟「成立宣言」、「目標」、「立場」、「任務」
STEERING COMMITTEE
執行委員會
Roger Chao 趙有源 C. H. Huang 黃彰輝 J. C. Kuo 郭榮桔 T. Y. Lin 林宗義 Chairman Y. H. Kuo 郭雨新

■1979年，郭雨新在美國成立「台灣民主運動海外同盟」，每兩週發行一期同盟《快訊》，主要記載台灣黨外運動的消息，讓海外台灣同鄉瞭解。傳單提供/艾琳達

1979年，郭雨新在美國成立「台灣民主運動海外同盟」，出任主席，每兩週發行一期同盟《快訊》，主要記載台灣黨外運動的消息，讓海外台灣同鄉瞭解。

直到1985年8月2日，郭先生逝世於美國維吉尼亞州亞歷山大醫院，國民黨才允許他魂歸故土。在美國舉行完追悼會後，他的遺體根據其遺囑，運回台灣安葬在陽明山。

郭雨新的一生，可以說是一位在野人士在威權體制下，為台灣人爭取權益與尊嚴的歷史縮影，郭雨新扮演著對黨外民主薪火相傳承先啟後的重要角色，結合台灣老中青三代，讓台灣的反抗精神、民主思潮沒有斷裂，使民主種子得以繼續發展。

■1981年，郭雨新（站立者）參加巴西世界台灣同鄉會，左起黃昭堂、彭明敏、陳唐山、周叔夜。圖片提供/郭時南

The Following Commentary is a Paid Advertisement

THE WASHINGTON POST

THE PRESIDENTIAL ELECTION IN TAIWAN ON MARCH 21 AND 22, 1978 MUST BE DEMOCRATIC AND FREE

擁護郭雨新競選總統

The current system of Presidential election on Taiwan is totally unacceptable. The President and Vice-President are not elected directly by all of the eligible citizens in the nation; rather, they are indirectly chosen by an electoral body called the National Assembly, a fictitious institution created on the Chinese mainland thirty years ago for an entirely different geographical, political, and population setting:

1. Current members of the National Assembly were elected in 1947, when the seat of the Republic of China (ROC) was still in Nanking, China. Two years after the election (1949), the ROC was forced by the People's Republic of China to flee to Taiwan. Henceforth, the ROC and the island of Taiwan have become synonymous and identical in terms of geography, politics, and populations. However, the unwieldy National Assembly with a total of more than three thousand members in 1947 and reduced to 1,248 at the present time due to deaths still remains the electoral body that elects the President and Vice-President. As the younger generation under the age of 51, who constitutes the greatest segment of the population, has never elected the members of the National Assembly, the President and Vice-President have, in fact, become an institution irrelevant to the greatest segment of the nation's citizens.
2. Among a total of 17 million population under the ROC's present control, every 1,600 Chinese mainlanders are represented by a member of the National Assembly, whereas every 700,000 native Taiwanese are represented by a member of that electoral body! Since the Chinese mainlanders on Taiwan have not lived on the Chinese mainland for thirty years, and since the native Taiwanese are only tokenly represented, Taiwan's President and Vice-President have represented neither China nor Taiwan.

In view of the absurdities and injustice of this electoral system, we strongly demand that the National Assembly be abolished for good. Instead, the President and Vice-President must be elected directly by the entire eligible citizens of the island by applying the democratic concept of one person, one vote.

Election frauds by the ruling party (Chinese Nationalist Party) have become a fact of life in Taiwan under the present regime. Last November, a riot in protest of election fraud involving 30,000 protesters—the largest since the February 28, 1947 island-wide violence—occurred in Chungli, a northern city of Taiwan. This type of riot could happen anytime in the future, should the authorities on Taiwan continue to conduct elections in an unfree manner. For the solidarity of the people there, we demand that the forthcoming Presidential election be conducted fraud-free.

DR. KUO YU-HSIN'S CANDIDACY
The Undersigned Fully Endorse Dr. Kuo Yu-hsin
To Be the Sixth President of Taiwan

Dr. Kuo Yu-hsin, a native of Taiwan, is the foremost spokesman[...] the common people on the island of Taiwan. During his twenty-[...] years of consecutive service in the Taiwan Assembly (the island's h[...] est elective office), he has actively promoted the happiness and w[...] fare of the common people. He is a staunch defender of democr[...] His head-on collision with the Taipei regime, headed first by Ch[...] Kai-shek and now by his son Chiang Ching-kuo, for its institutio[...] ized repression such as the thirty-year-old martial law, the syste[...] minority rule, police state mechanism (secret police and inform[...] one-party dictatorship, freedoms by the regime to arrest, torture, [...] imprison political opponents, taxation without representation, etc., [...] made him the leading enemy of the regime, but the most reve[...] spokesman for the "silenced majority."

The undersigned therefore fully endorse and support Dr. K[...] candidacy for the sixth President of Taiwan. They also urge their c[...] trymen to endorse and support Dr. Kuo in his Presidential bid.

THE FUTURE OF TAIWAN
Its Solution Must Be Based On The Principle Of Self-Determinati[...]

The future status of Taiwan must be determined only by the p[...] ple who live in the island of Taiwan. We, the Taiwanese, repudiate [...] present Nationalist regime who, in the name of China, perpetuat[...] repressive minority rule in Taiwan. We also repudiate the People's [...] public of China for its political and territorial ambitions over Taiw[...] We absolutely refuse to become a pawn in the big power politics [...] tween the United States and China.

The right to self-determination of the Taiwanese people is not [...] gotiable. We firmly believe that when the people of Taiwan are p[...] mitted to openly and freely express their political choice, they [...] overwhelmingly choose to establish a new and independent coun[...] of their own, in which freedom, equality, justice, and democracy p[...] vail.

The so-called Taiwan question is not merely a question of settl[...] the feud over a piece of real estate. It is the real life, the happiness, [...] dream and the hope of the 17 million Taiwanese that are at stake.

We welcome normalization of relations between the Uni[...] States and the People's Republic of China. However, we oppose [...] terly the Shanghai Communiqué's following declaration: "The Uni[...] States acknowledges that all Chinese on either side of the Taiwan St[...] maintain there is but one China and that Taiwan is a part of China. T[...] United States Government does not challenge that position. It re[...] firms its interest in a peaceful settlement of the Taiwan question by [...] Chinese themselves." We Taiwanese who constitute 85 percent of [...] whole population and who have resided on the island for more th[...] four centuries categorically maintain that Taiwan is not a part of Chi[...] and that the Taiwan question must be settled by the Taiwanese peo[...] themselves. No outsiders can dictate to whom Taiwan and the Taiw[...] nese people should belong.

1. 台湾總統應由台湾人民選出
2. 國民党國民大會絶不代表台湾人民
3. 郭雨新先生才是台湾人民的總統候選人
4. 台湾未來地位應由台湾人民決定
5. 台湾人民要建立自己的政府與國家

SPONSORING ORGANIZATIONS AND INDIVIDUALS

WHAT YOU CAN DO TO HELP

1. Urge your Senator, Congressperson, and President Carter to support the principle of selfdetermination for the Taiwan issue.
2. Urge the Taiwan Government to conduct a democratic and free Presidential election (Write to Mr. Chiang Ching-Kuo, Premier, Executive Yuan, Taipei, Taiwan).
3. Write to the Government of the People's Republic of China to respect the wish of the Taiwanese people to determine their own political future.
4. Lend us your moral and material support by sending your donation to:
Action for Majority Rule in Taiwan,
P. O. Box 28024, Washington, D.C. 20005. (202) 628-1376.

■1978年，郭雨新宣布參選台灣總統，在華盛頓郵報買下全版廣告，海外數十個團體登報以中英文刊登我們「擁護郭雨新競選總統」的決心。傳單提供/艾琳達

■1985年3月，郭雨新伉儷情深於華盛頓。圖片提供/郭時南

■郭雨新在美國病逝，在美國舉行追悼會後，遺體運回台灣安葬在陽明山。1985年8月14日，來自全台四百多位黨外人士齊聚中正機場，手持鮮花，肩上戴著黑紗，迎接郭雨新的歸來。圖片提供/郭時南

1986

民主進步黨九二八圓山建黨

■2月4日，美麗島受刑人陳菊（中）獲假釋出獄，台權會江鵬堅會長（右）為她舉辦歡迎會。
圖片提供/江彭豐美

■5月17日，黨外公政會台北市第2個分會「首都分會」成立，康寧祥當選為分會理事長，秘書長林正杰，並提出「民主時間表」及組黨的呼聲，圖左為張德銘。攝影/余岳叔

這一年，最重要的大事莫過於「民主進步黨成立」。

黨外人士歷經多次選舉之後，公職人員和非公職人員各組團體，黨外公政會和黨外編聯會即為最重要的團體。

1986年2月，美麗島事件受刑人之一的陳菊獲假釋出獄，不久，又積極投入下半年的組黨事宜。而在海外，許信良、謝聰敏、林水泉等人也積極展開「海外組黨」事宜，打算以「遷黨回台」的方式，迫使國民黨接受「反對黨已成立」的事實。《自由時代》的鄭南榕和江蓋世，則響應加入海外許信良的「台灣民主黨建黨委員會」。

在台灣島內，黨外公政會也開始有「立會為組黨」的意見和行動。「台北分會」率先在5月10日成立，陳水扁當選為台北分會理事長。接著陸陸續續首都分會與各地分會先後成立，組黨的願望愈來愈熱切。

五月中旬，台大學運份子李文忠遭校方退學，李文忠在台大傅鐘下，成為學生絕食抗議的先驅；參與學運的學生，對國民黨干預校園的手段產生強烈不滿，進而引發一連串校園改革運動。校園內學生反國民黨的聲浪，和校園外人民要求國民黨「解嚴」、「解除黨禁」的聲浪，像滾雪球般越滾越大。

5月19日，鄭南榕推動「五一九綠色行動」，黨外人士在龍山寺大會合，要求國民黨解除戒嚴，在風雨中與軍警對峙了十多個小時，考驗了黨外人士街頭運動的毅力與耐力。

5月23日，陳水扁的「蓬萊島雜誌誹謗馮滬祥案」宣判。黨外人士不服法院判決，舉辦全島坐監惜別會，反對國民黨的情緒一波波地被激起。6月9日，他們三人更以「提前入獄」的方式，挑戰國民黨的司法體系。

7月3日，曾參與雷震組黨被國民黨羅織入獄過的傅正，眼見黨外菁英各自為組黨之事單打獨鬥，決定挺身而出，結合各方人馬正式成立「組黨小組」。

組黨十人小組的成員有：立法委員費希平、江鵬堅、張俊雄、監察委員尤清、國大代表周清玉、台灣省議員游錫堃，台北市議員謝長廷、人權工作者陳菊、學者傅正和黃爾璇。7月中旬開始，每週五下午，在周清玉家中積極討論組黨事宜，黨綱的研擬由尤清、傅正、黃爾璇、謝長廷等人負責。

8月15日，黨外人士在台北市中山國小舉辦「組黨說明會」，邀請美國民主黨國際事務協會會長艾特渥演講，數萬民眾到場聆聽，反應十分熱烈。「組黨」之事已如箭在弦上。

9月3日，台北市議員林正杰被控選舉誹謗案，判刑一年六個月，褫奪公權三年。林正杰認為司法不公，堅決不上訴，改採「街頭狂飆」行動，再次全島遊行演講，抗議國民黨的「司法已死」。反對國民黨的民心士氣也隨著這一波的街頭狂飆，一路往上衝。9月27日，林正杰自動到法院報到服刑。

1986年這一年度裡，黨外人士在國民黨刻意處理的司法不公的案件上，不再採用被動被抓被關的方式，反而改採主動「提前入獄」及「自動接受拘提」的方式來回應國民黨。

9月28日，黨外後援會推薦大會於台北圓山大飯店敦睦廳開會，一百三十二位與會人士簽名發起組黨，下午六點五分費希平、尤清、游錫堃、謝長廷、顏錦福、黃玉嬌主持記者會，宣布「民主進步黨」正式成立。民主進步黨(簡稱民進黨)結合人民的力量，無視於國民黨的反對，堅決突破黨禁，組成新黨，與國民黨相抗衡。

11月10日，民進黨用「淡江大學校友會」的名義，向台北市環亞大飯店租場地，召開第一屆全國黨員代表大會。會中通過黨綱、黨章及紀律仲裁辦法等議案。當天深夜十一點五十五分，在台北市仁愛路元穠茶藝館選舉黨主席，江鵬堅以十三票對十二票，一票之差險勝費希平，當選為第一屆民主進步黨黨主席。

11月30日，許信良、謝聰敏、林水泉等黑名單人士搭機返台，上萬人前往桃園機場接機，遭憲警、鎮暴警察強力封鎖和圍堵，並被消防車的強力水柱和催淚瓦斯所傷，引爆流血衝突。

12月7日，第一屆增額立委、國代選舉，民進黨首度得到立委24.78%、國代22.21%的得票率，並在國民黨長期掌控勢力範圍的工人團體立委和國代，各攻佔一席。商業團體的席次中，也由民進黨取得一席國代。

■1130桃園中正機場事件，江鵬堅請女性群衆站在第一線阻隔群衆與鎮暴部隊對峙。攝影/邱萬興

■活躍黨工廖耀松，身披黨外公政會背帶，在桃園中正機場事件中，在最前線擂了近十個小時的大鼓，鼓舞民進黨的士氣。攝影/邱萬興

台灣民主黨海外組黨

鄭南榕與江蓋世登記爲第一、二號黨員

組黨一直是台灣民主運動人士的共同心願，然而正因國民黨的處處掣肘，使得海外的台灣人也心急起來。1986年5月1日，前桃園縣長許信良與謝聰敏、林水泉等人，在美國紐約市「聯合國廣場」大酒店宣布「台灣民主黨建黨委員會」成立，準備於1986年年底遷黨回台，並聲稱不惜闖關回台坐牢。

台灣民主黨建黨委員會在成立聲明中表示，「我們為了爭取人民組黨的權利，決定於1986年5月1日在海外成立『台灣民主黨建黨委員會』。『台灣民主黨』是一個『突破黨禁的黨』，成立之後、遷黨回台、突破黨禁。黨外組黨運動已經在台醞釀。……『台灣民主黨』是由民主運動的奉獻者所組織，只做黨外不敢做的事，突破國民黨的禁令，克服黨外組黨的障礙，打開民主政治的第一道門。我們抱著成功不必在我的信念，前仆後繼，實現人民深沉的願望。」

「台灣民主黨建黨委員會」的成員來自海外各界人士，並根據台灣和海外民主人士的意見，在其聲明中提出共同的主張：

一、總統由全體台灣人民直接選舉產生。

二、全體中央民意代表由

■「台灣民主黨建黨委員會」成立許信良與幹部合影。圖片提供/張富忠

[台灣民主黨建黨委員會]成立

台湾公論報 86.5.5

釐訂五項基本主張歡迎不同信仰人士加入
與謝聰敏林水泉誓言返故鄉合法奮鬥
年底完成遷黨回台目標
許信良担任「臨時主席」

【本報紐約訊】海外台灣人於五月一日正式宣佈成立《台灣民主党建党委員會》，決定以公開、和平、合法的方法爭取人民應有的權利，許信良、謝聰敏、林水泉等成員並誓言在年底前利用可行方法遷党回台，突破國民党党禁成立反對政党。

《台灣民主党建党委員會》到目前為止共有一百十三名成員，由許信良担任臨時主席，整個建党工作預計於八月底完成，在今年年底前由許信良等三人帶隊返台，完成遷党回台工作。

被問及如何完成遷党回台工作，林水泉表示，他們三人將以何種方式，在什麼時間回來，現在還不能公佈，但他保證在年底前一定完成這項任務。

原任台灣革命党第一副總書記的許信良，在會中正式宣佈退出革命党。

革命党總書記洪哲勝也在會中發表一份中央委員會聲明，允許許信良自四月卅日起退党。

《台灣民主党建党委員會》是於當天下午二時，在紐約聯合國廣場旅舘正式宣佈成立，約有五、六十人到場，並隨即召開記者招待會，由康泰山主持。

在建党聲明中，建党委員會提出五項共同主張，許信良等人並表示，凡是贊成這些主張者，不論個人政治信仰如何，均可申請加入。這五項主張是：

一、總統由台灣人民直接選舉產生；二、全體中央民意代表由台灣人民選出；三、廢除戒嚴令；四、釋放政治犯；五、廢除党禁和報禁，保障言論自由。

聲明中並指出，《台灣民主党》是一個"突破党禁的党，目前只是任命臨時幹部，執行遷党回台任務，配合党外的行動。倘若遷台前党外另組反對党，國民党政府開放党禁，則《台灣民主党》將自動改為該反對党的海外支部。

聲明中並呼籲海內外人士以寬大的胸懷和宏偉的氣度團結合作，共同展開反對党運動，把握千載難逢的機會，發揮人民大無畏的力量。

曾三進宮的政治犯謝聰敏在會中敘述建党委員會成立的背景說，《台灣民主党》的構想由來已久，自台灣有選舉後党外人士就有這種想法，去年施明德絕食時提出組党呼吁，海外成立促進會響應，至今進一步成立建党委員會。

謝聰敏指出，日據時代台灣禁止結社，蔣渭水等人就到東京結社，因此在海外組党是史有前例。

他讚揚許信良"有膽識"、"有組織力"、"有挑戰力"，是最適合遷党回台的領導者。

他表示，許信良回台就是肯定合法鬥爭，肯定國民党體制，國民党應引以為傲，不應加以反對。

前台北市議員林水泉表示，他來美五年，看到海外同鄉投入運動的資金及精力相當龐大，其成就雖不少，但若一直維持現狀，較難有進步。況且，台灣情勢已有改變，以前或可用武力、革命來打倒國民党，但現在在技術上應加以改進。

然而，林水泉強調，他並不排斥其他團體用武力或其他方式，繼續進行奮鬥。

談到遷党回台工作，林水泉表示雖然前程多艱，但他們仍要作開路工作，抱著要犧牲就由他們來犧牲的精神，而不是抱著"別人的囝仔死未了"的心情。

【接下頁】

8

■1986年5月1日，許信良在美國紐約市「聯合國廣場」大酒店宣布「台灣民主黨建黨委員會」成立。圖片提供/張富忠

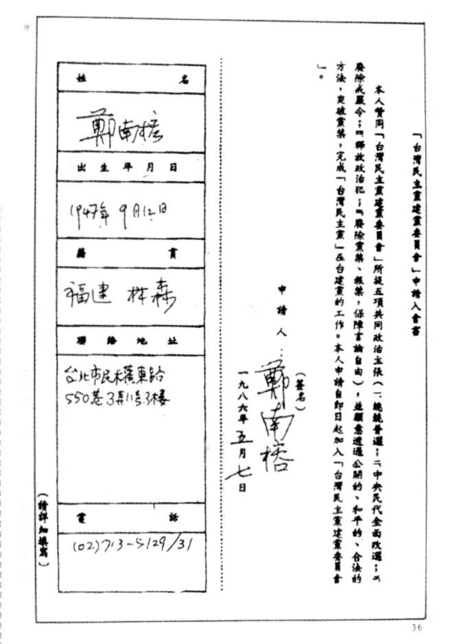
「台灣民主黨建黨委員會」申請入會書

本人贊同「台灣民主黨建黨委員會」所提五項共同政治主張（一、總統普選；二、中央民代全面改選；三、廢除戒嚴令；四、釋放政治犯；五、廢除黨禁、報禁，保障言論自由），並願意透過公開的、和平的、合法的方法，突破黨禁，完成「台灣民主黨」在台建黨的工作。本人申請自即日起加入「台灣民主黨建黨委員會」。

申請人：鄭南榕（簽名）

一九八六年五月七日

姓名
鄭南榕
出生年月日
1947年9月12日
籍貫
福建 林森
聯絡地址
台北市民權東路550巷3弄11號3樓
電話
(02)713-5129/31

（請詳細填寫）

36

■1986年5月7日，《自由時代》發行人鄭南榕為響應海外組黨運動，親筆簽署「台灣民主黨建黨委員會」申請入會書，傳真到海外，登記為台灣島內第一號「台灣民主黨」準黨員。圖片提供/艾琳達

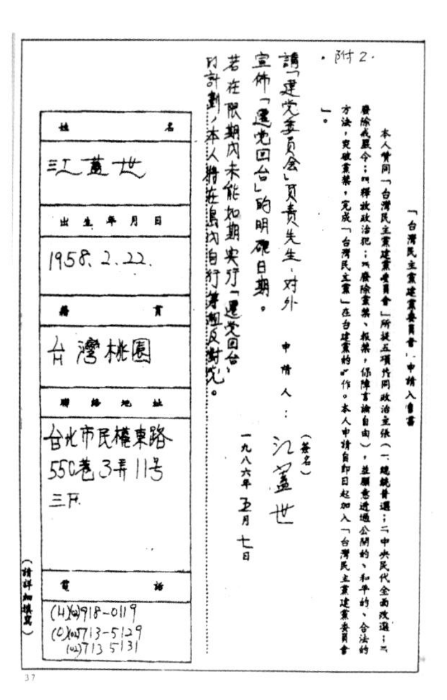
・附2・

「台灣民主黨建黨委員會」申請入會書

本人贊同「台灣民主黨建黨委員會」所提五項共同政治主張（一、總統普選；二、中央民代全面改選；三、廢除戒嚴令；四、釋放政治犯；五、廢除黨禁、報禁，保障言論自由），並願意透過公開的、和平的、合法的方法，突破黨禁，完成「台灣民主黨」在台建黨的工作。本人申請自即日起加入「台灣民主黨建黨委員會」。

請「建党委員会」負責先生，对外宣佈「建党回台」的明確日期。若在限期內未能如期实行「建党回台」計劃，本人將在島內自行籌組反對党。

申請人：江蓋世（簽名）

一九八六年五月七日

姓名
江蓋世
出生年月日
1958.2.22.
籍貫
台灣桃園
聯絡地址
台北市民權東路550巷3弄11号三F.
電話
(H)(02)918-0119 (O)(02)713-5129 (02)713 5131

（請詳細填寫）

37

■江蓋世親筆簽署「台灣民主黨建黨委員會」申請入會書登記為台灣島內第二號「台灣民主黨」準黨員。圖片提供/艾琳達

台灣人民選出。

三、廢除戒嚴令。

四、釋放政治犯。

五、廢除黨禁和報禁，保障言論自由。

5月1日記者會當天，共有114位建黨委員名單公諸於世，司儀並宣布委員會公推彭明敏教授擔任榮譽主席，象徵海外台灣人的團結；許信良擔任臨時主席，實際負責建黨工作。也發佈由主席任命的執行委員會委員，計有：許信良、謝聰敏、林水泉、賴文雄、康泰山、許丕龍、蔡同榮、鍾金江及謝清志等9人。

「台灣民主黨建黨委員會」之所以成立，用意即在加速台灣島內突破黨禁、推動組黨的腳步。記者會召開後美國華文報紙競相報導。5月7日，國民黨主席蔣經國提示中央政策會秘書長趙自齊，應本著誠懇的態度，與社會各方進行意見溝通，以促進政治和諧與民眾福祉。國民黨的這個政治動作，很明顯是受到海外組黨的國際壓力下，才做的戰略性撤退。國民黨開始准許黨外公政會設立分會，但要求不得再使用「黨外」二字，並要求必須向內政部登記。

與此同時，5月7日，兩位黨外新生代──《自由時代》發行人鄭南榕與編輯江蓋世，為響應許信良海外組黨運動，兩人先後親筆簽署「台灣民主黨建黨委員會」申請入會書，傳真到海外，登記為台灣島內第一、二號「台灣民主黨」準黨員。這一份申請書的資料不曾公諸於台灣島內的黨外雜誌，因為在國民黨的戒嚴體制及風聲鶴唳的組黨過程中，這個舉動可說是冒著生命風險而進行的。

國民黨在重重壓力之下，不得不釋放對黨外公政會的種種束縛，因而5月10日和5月17日，黨外公政會的台北分會和首都分會陸續成立。

接著5月19日，「台灣民主黨」第一號準黨員鄭南榕，發起了一項前所未有的「519綠色行動」。這是台灣人首次提出「反戒嚴」的行動訴求向國民黨挑戰。因為鄭南榕挑戰國民黨的組黨禁忌和戒嚴令禁忌，因此國民黨利用去年（1985年）選舉時，鄭南榕的雜誌刊載〈一億元滅桃計劃〉，導致前黨外立委張德銘控告鄭南榕「違反選罷法」，使鄭南榕被提起公訴。這個司法案件拖延很久，6月2日，國民黨卻突然以迅雷不及掩耳的手段，把鄭南榕逮捕入獄。

6月8日，「台灣民主黨」第二號準黨員江蓋世，在桃園發起「組黨行軍」，遭到8位國民黨情治人員圍毆致傷。國民黨想以這些恐嚇、圍毆、逮捕入獄的手段，企圖阻止黨外人士組黨，卻沒想到台灣人民早已分頭進行組黨的計劃了。

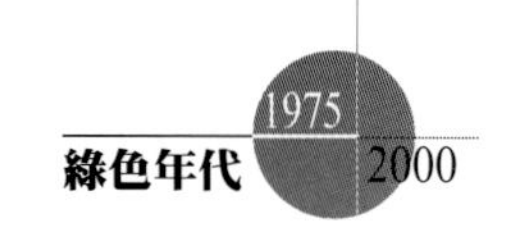

傅鐘下的絕食

台大學運李文忠事件

1980年代以後，台灣的學生運動漸漸地蓬勃發展。國民黨在校園內長期壓制學生的自主權，但部份有思考、反省能力的年輕學子，不懼校方的強大壓力，一代提攜一代前仆後繼地為爭取學生主權而努力。在各個大學校園內都有這樣的學生運動，不論是台大、政大、東海、東吳、輔大等。其中，尤以台大學運備受關注，而台大學運又以「李文忠事件」最受矚目。

就讀政治系期間，李文忠曾與劉一德、賴勁麟、王增齊、楊金嚴等五人，組成一個「五人組」，不斷地為台大校園的「普選制度」而努力。李文忠也加入黨外編聯會，曾擔任《關懷》、《蓬萊島》、《新潮流》等雜誌編輯，以及立法委員許榮淑助理等職。

■李文忠在台大傅鐘旁抗議學校對他政治迫害。攝影/蔡明德

1985年5月，李文忠因「五一一（5月11日）要求普選台大代聯會主席遊行」一事，遭校方留校察看處分。

1986年2月，李文忠的大二英文三修不過，遭到學校退學。但由於電腦選課記錄有錯，他曾循體制內管道向校方交涉，歷經兩個多月而無結果。校方曾有人員在交涉過程中要求李文忠「承諾不再鬧事」，做為交換條件。

1986年4月，台大學運份子持續要求「普選制度」，而掌管台大的校長孫震與校方人員依舊否決學運份子的要求。

1986年5月5日，李文忠在學運同志的陪同下，以抗議「台大校方對李文忠政治迫害」的名義進行抗爭，在台大校園內靜坐、遊行、請願，要求有權復學。台大校方對於此事沒有具體回應。5月7日，李文忠又到教育部請願，結果仍然碰壁。

1986年5月10日，李文忠接獲兵役通知，5月16日即將入伍。由於事情來得太快又太突然，大家都揣測有軍方的力量介入。因此，李文忠決定要「絕食抗議」。學運同志也決定聲援李文忠。

1986年5月11日，學運同志在胸前佩帶康乃馨，從校門口遊行到傅鐘，沿途呼口號，支持李文忠要求復學的絕食行

動，並且要求校方讓教授組團調查。此事經過黨外雜誌的報導，台大校方感受到來自社會的強大壓力。終於在5月12日傍晚和學運份子達成協議，讓張忠棟、蕭新煌、黃武雄、瞿海源、張曉春、楊國樞、胡佛、朱炎、曹俊漢等九名教授組成委員會來處理李文忠的復學案。

但是，隨後在5月15日，校方又推翻委員會的決議案，堅持將李文忠以退學處分。學運份子認為校方言而無信，向全校同學尋求聲援，接著校方也動用校警和便衣人員一面驅散，一面毆打學生。這是台大校方首次公然在校園內動用暴力對付學運份子。

5月16日中午，學運份子為李文忠辦了一場「告別台大校園惜別會」，會中開始有影像媒體「綠色小組」來記錄這次學運的行動。這也是學運有始以來第一次有影像記錄的行動。

「李文忠事件」的發展沸沸揚揚，一直到1986年7月，台大校方把參與「李文忠事件」的六名學運份子：王作良、王增齊、林郁容、周威佑、徐進鈺、鄧丕雲等以「留校察看」處分，並把李文忠本人開除學籍，「李文忠事件」終於在校方的強力壓制下，暫告一段落。但是，不可否認，「李文忠事件」在台灣的學運史上，尤其在學生自主權的爭取和校園民主的理念上，功不可沒。

■李文忠在台大傅鐘下絕食抗議「台大非法退學處分」後，5月16日，台大學生與好友護送他遊行走出校門，南下服役。攝影/蔡明德

對決台北龍山寺
519綠色行動

1986年的5月19日，《自由時代》雜誌創辦人鄭南榕發起「五一九綠色行動」，訴求「反對台灣長期以來的戒嚴統治」。當時的黨外雜誌，紛紛報導風起雲湧的第三世界國家反獨裁的民主運動。鄭南榕認為，「菲律賓能，台灣當然也能！」

五一九綠色行動，地點訂在台北市的龍山寺。這是台灣戒嚴三十八年以來，第一次有人敢公開提出「反戒嚴」的行動訴求挑戰國民黨，並以群眾運動的方式在街頭展現。

立法委員江鵬堅擔任行動的總指揮，黨外公政會台北分會理事長陳水扁市議員擔任發言人，簡錫堦負責動員和指揮工作。來自全島各地的重要黨外人士張俊雄、尤清、陳水扁、謝長廷、黃天福、李勝雄、顏錦福、洪奇昌、邱義仁、陳光復、湯金全、黃昭輝、戴振耀、蔡有全、蕭裕珍、江蓋世、田孟淑等人群聚在龍山寺廣場，人人頭綁綠絲巾，手拿綠色抗議布條「要求解除戒嚴！」、「戒嚴就是軍事統治」。在這次活動中，黨外人士對外宣稱，要將大隊人馬帶去總統府抗議。

早上十點，黨外示威陣容擺妥，準備大步踏出龍山寺大門時，警方派出一千多名警察，將龍山寺鐵門鎖上，以警力團團圍住，不讓示威群眾越雷池一步，同時在龍山寺外圍道路，派出女警大隊與警力包圍住，將圍觀民眾阻隔於龍山寺外。

國民黨如臨大敵，附近商家停業一天，警力把龍山寺四周包圍得水泄不通，當天集結而來抗議的黨外人士，全部遭警方封鎖而被圍困在龍山寺內。這一天，主導這一場史無前例的示威行動者是鄭南榕，但是他沒有公職身份。一旦國民黨翻臉，後果將如何？沒有人知道。

隔著龍山寺鐵門，一位高階警官拉著喉嚨大喊：「今天

■在象徵民主聖地的龍山寺，田孟淑（左二）、蕭裕珍（左三）、蔡有全與江蓋世舉著「戒嚴就是軍事統治」在龍山寺前馬路上示威遊行。
圖片提供/江蓋世

■「519綠色行動」抗爭，黨外人士於台北龍山寺內被數千警力四面封鎖，因而與警方對峙12小時。
攝影/宋隆泉

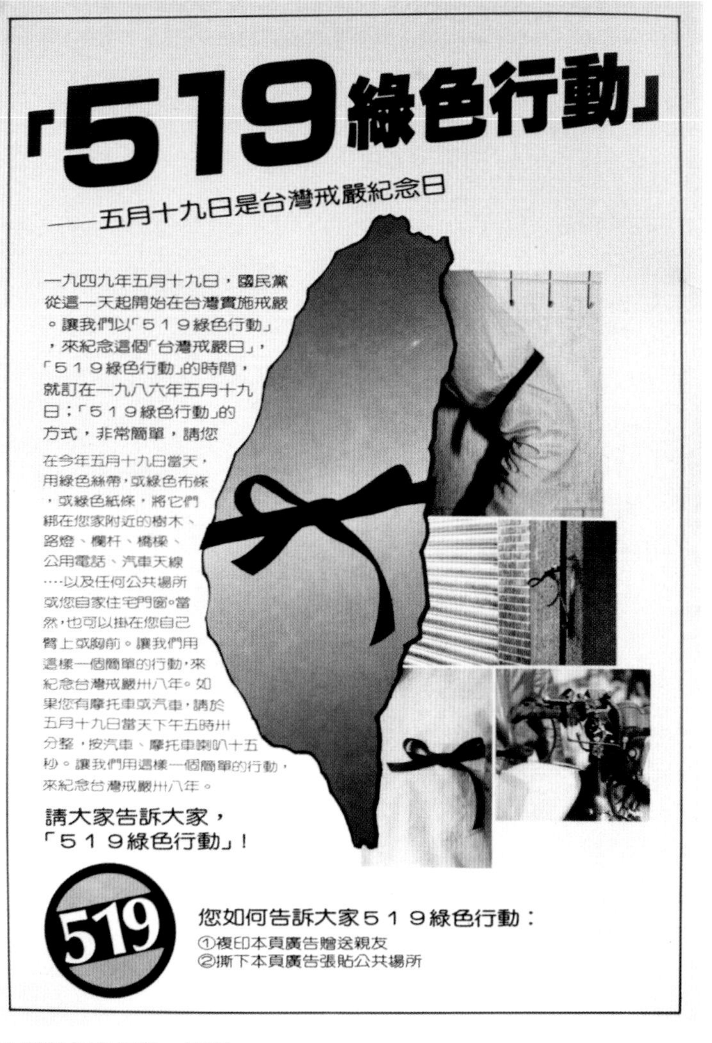

「519綠色行動」

——五月十九日是台灣戒嚴紀念日

一九四九年五月十九日，國民黨從這一天起開始在台灣實施戒嚴。讓我們以「５１９綠色行動」，來紀念這個「台灣戒嚴日」，「５１９綠色行動」的時間，就訂在一九八六年五月十九日；「５１９綠色行動」的方式，非常簡單，請您

在今年五月十九日當天，用綠色絲帶，或綠色布條，或綠色紙條，將它們綁在您家附近的樹木、路燈、欄杆、橋樑、公用電話、汽車天線……以及任何公共場所或您自家住宅門窗。當然，也可以掛在您自己臂上或胸前。讓我們用這樣一個簡單的行動，來紀念台灣戒嚴卅八年。如果您有摩托車或汽車，請於五月十九日當天下午五時卅分整，按汽車、摩托車喇叭十五秒。讓我們用這樣一個簡單的行動，來紀念台灣戒嚴卅八年。

請大家告訴大家，「５１９綠色行動」！

519

您如何告訴大家５１９綠色行動：

①複印本頁廣告贈送親友
②撕下本頁廣告張貼公共場所

■「519綠色行動」傳單。傳單提供/鄭南榕基金會的集會是誰負責的？請他出來一下！」當時許多黨外人士正在你看我，我看你時，立法委員江鵬堅站了出來，對著那位警官說「好啦，是！我來負責！」他踏出這一步，負責扛起示威的重責大任，擔任行動的總領隊，也為他後來的政治發展，奠下了無人可比的基礎。

當時，示威現場有兩個場景。一個是以公職人員為主，在龍山寺廣場內靜坐；另一個是少數黨工在龍山寺外走動，江蓋世與蔡有全、蕭裕珍、田孟淑（田朝明醫師的太太）一起拿著一面寫著「戒嚴就是軍事統治」的綠色長布條，卻也只能在第一層封鎖線內高喊「出頭天」，衝也衝不出去。

國民黨採取「不攻擊、不驅趕、不抓人」，只佈下天羅地網，採用警力包圍群眾的消耗戰，「黨外示威者要出去，可以，想進來，對不起，門兒都沒有。」示威群眾從白天奮戰到黑夜，從艷陽高照、汗流浹背，持續到傾盆大雨，如落湯雞一般。黨外人士不曾打過這樣的持久戰，而發起人鄭南榕事先連糧食、飲水都沒準備，後勤補給嚴重缺乏，每個人都餓得發昏。

幸好，黨外人士暱稱「袁姐」的袁嬿嬿，她圓圓胖胖的身軀擠在人群裡，賣力的將買來的一包又一包熱騰騰的饅頭、包子及土司、飲料，騰空飛過圍牆內。袁嬿嬿自掏腰包的舉動，觸動了旁觀民眾的熱情，大家爭先恐後去附近搶購食物。「空中補給」源源不斷而來，使他們能持續和國民黨抗爭，由白天支撐到黑夜。

在這一場示威活動中，江鵬堅立委充分展現其臨危不亂、指揮若定的領導能力。他和軍警不斷地溝通交涉，終於避免了原本擔心會擦槍走火的意外。歷經十二小時烈日暴雨下的抗議示威後，整個事件終於在晚上十點平安落幕。

事件結束後，江鵬堅立委擔心鄭南榕安危，堅持陪著他回到台北市錦州街家門口，讓葉菊蘭看鄭南榕到家，才敢放心回家。

tions with the main- g ground. Says Byron of the International tam at the Chinese Kong. "[Taiwan's] hing-kuo has shown before." Weng also nofficial and private aipei and Peking. too, that the K.M.T. ver so slightly, on the ene. Martial law, im- mo Chiang Kai-shek s in force, and genu- s have yet to emerge. Corazon Aquino's as- cy of the Philippines people power." Presi- begun to take small ogue with the Tang- party," a loose coali- side the K.M.T. a change in attitude, es, is not clear. Last the government re- that dissidents ro- th. To mark the May artial law, 500 Tang- athered in the court- ngshan Temple, in- half a mile to the Building. Inspired by ent's use of the color resistance to Ferdi- ngwai demonstrators nds and ribbons as a dissent. ld have been the big- 1979, when a demon- ern city of Kaohsiung But shortly before the eir walk, 1,200 police temple. After a few the demonstrators hour sit-in at the tem- ation Marshal David ber of the Legislative ot have reached our e raised our voices tion of martial law." shan effort, Tangwai been making fitful lings with the govern- meeting, the first of its T. officials and oppo- K.M.T. group agreed g of branch offices for Policy Research As- nization founded two ify the fragmented op- ge, the Tangwai prom- n the constitution, an on since the basic law

self-government at the provincial level. The first two topics were quickly shelved for discussion at the next K.M.T. party congress, not expected to be held until the spring of 1987 at the earliest. But the other two may be discussed with the opposition.

The K.M.T. remains popular in Taiwan, largely because it can claim credit for the country's prosperity (per capita income is $3,000, among the highest in Asia) and a relatively even distribution of wealth.

cials may reclaim possessions expropriated on the mainland following the Communist takeover in 1949.

Even more startling has been Peking's move to authorize a revision of China's modern history: Chiang Kai-shek, once reviled by the Communists as a "traitor, murderer and bloodsucker," has since last year been described in the press as a helpful ally of Mao Tse-tung in the fight against the invading Japanese army in the

Demonstrators at Taipei's Lungshan Temple protest the government's martial-law rule

Nonetheless, K.M.T. Secretary-General Mah Soo-lay believes that dialogue with Tangwai is important "for the sake of national unity and harmony. We can hear their views, and we hope that they gain a greater understanding of ours."

The decision to treat with the Tangwai may also be motivated by fear that scrutiny in the U.S. of the government's authoritarian ways might some day result in shrinking support for the regime by Washington. The Reagan Administration recently gave U.S. aerospace firms the green light to help Taiwan develop a fighter aircraft to replace an aging fleet of Northrop F-5Es by the early 1990s. Peking considers even such indirect involvement a violation of the 1982 Joint U.S.-China Communique on Arms Sales to Taiwan, under which the U.S. promised to reduce the quantity and sophistication of U.S. weapons being made available to Taiwan. U.S. officials contend that only

Chiang Ching-kuo

'30s. At the same time, Peking is encouraging visits by Taiwanese to the mainland, illegal under Taiwan law but easily accomplished through Hong Kong. More important, indirect trade between the two Chinas, mainly through Hong Kong, has bloomed (estimated at $1.3 billion in 1985), despite cutbacks last year in mainland purchases caused by a shortage of foreign exchange.

In the end, the key factor that may change Taiwan's attitude toward Peking will be a change of guard in the K.M.T. The aging members of the Legislative Yuan, many of whom took their seats 40 years ago, are rapidly dying off. Their replacements have grown up on the island and do not share the founding generation's bitter memories of lost battles with the Communists. The diminishing threat from the mainland, the possibility of more trade with the world's most populous country and anxiety about the link with the U.S. may also encourage a more accommodat-

■1986年6月2日的《時代雜誌》刊登了黨外人士在龍山寺要求解嚴活動。雜誌提供/江蓋世

■519反戒嚴行動，前排左起尤清、張俊雄、陳光復、總指揮江鵬堅、湯金全、鄭南榕、黃昭輝、戴振耀。圖片提供／湯金全

519
取消戒

蓬萊島事件
三君子坐監惜別會

1984年，黨外雜誌《蓬萊島》刊出一篇文章，指出東海大學哲學系主任馮滬祥「以翻譯代替著作」，撰寫《新馬克思主義批判》一書。馮滬祥因此而具狀控告《蓬萊島》雜誌社社長陳水扁、發行人黃天福以及總編輯李逸洋三人誹謗。此後，黨外人士便以「蓬萊島三君子」來稱陳水扁、黃天福、李逸洋三人。

《蓬萊島》雜誌社在刊出這篇文章前，曾經邀集「北美洲台灣人教授協會」七位教授評鑑，以一百多頁報告書，舉出四十四個例證，聯合指出馮滬祥的著作確實「以翻譯代替著作」。

然而台灣高等法院早已用政治手段來審判「蓬萊島案」。1986年5月23日，陳水扁的太太吳淑珍，在她的「一人一元，輪椅環島行軍聲明」中提到，「高等法院隨便找來名不見經傳、僑生出身，或與馮滬祥有關的學者三人，無力逐一反駁海外七位名教授的評鑑，避重就輕，竟眾口一詞的附和

■1985年，陳水扁、黃天福、李逸洋因蓬萊島案文字獄與藍美津、吳淑珍特別拍了入獄前歷史性照片，最左邊的「阿扁嫂」吳淑珍女士，隨後因車禍半身癱瘓。
圖片提供/鄭南榕基金會

■1986年5月23日，《蓬萊島》雜誌誹謗官司案，為抗議法院判決「陳水扁需賠償親國民黨學者馮滬祥二百萬元」，陳水扁將推吳淑珍輪椅全島化緣，發表「一人一元，輪椅行軍」聲明，舉辦全島坐監惜別會。攝影/張芳聞

馮滬祥自己的說法。」

台北地方法院於1985年1月12日，宣判三人各處有期徒刑一年，附帶民事賠償二百萬元，上訴期限屆滿前，吳淑珍「代夫上訴」。

1986年5月23日，在三位被告與八位律師組成的辯護團全部拒絕出庭的情形下，高院辯論終結。5月30日，高等法院判決：被告陳水扁、黃天福、李逸洋等三人有期徒刑八個月確定，並附帶民事賠償新台幣二百萬元給原告馮滬祥。

「蓬萊島案」宣判後，蓬萊島三君子展開全島十天六場「坐監惜別演講會」。6月9日上午十點，公政會台北分會在台北市議會，為陳水扁等三人，舉辦一場「坐監惜別歡送會」，演說於十一點四十分就結束。

隨後，陳水扁三人堅持以「光榮入獄」的方式，要「徒步」到地檢處報到並「提前三天入獄」的計畫，遭到警方強力阻撓，警方全面封鎖市議會。

一直到當天晚上，在士林陽明國中的演講會上，支持的群眾被告知陳水扁等三人仍被困在台北市議會，在場群眾轉往市議會聲援。民眾人數最多的時候，約在深夜十一點到一點之間，當時車行的復興橋和人行的路橋都站滿了人群，街頭的警民比例約為二千比八千，是台北市前所未見的一次街頭活動。

而在市議會內的黨外人士，則與警方僵持了十六個小時之久。終於在凌晨三點十分，國民黨做出讓步的決定，讓陳水扁等三人提前入獄。

■《自由台灣週刊》大篇幅報導蓬萊島三君子入獄。
圖片提供/張富忠

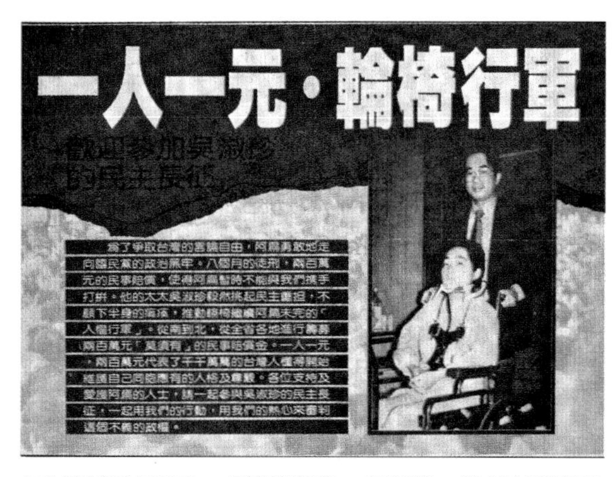

■1986年6月1日，「蓬萊島案」宣判後，從台南縣關廟鄉山西宮開始舉辦第一場「一人一元、輪椅行軍」。

傳單提供/張富忠

反廢水・反廢氣
鹿港反杜邦運動

杜邦在1985年年底獲經濟部准予設廠後，隨即積極展開運作，洽購彰濱工業區鹿港段。

1986年3月，鹿港鎮民數萬人聯署，反對杜邦在鹿港設廠。陳情書分送總統府、行政院、立法院、環保署等單位。

鹿港居民反對的第一個理由是「杜邦設廠，將會對當地環境造成極大的污染與傷害」。尤其針對杜邦生產二氧化鈦過程中產生的廢氣與廢水處理，更是擔憂。

杜邦在鹿港的設廠計劃中所選定的廢水排放地點，雖符合「廢水拋海」的基本條件，但在美國本土杜邦早已完全揚棄這種廢水投海的處理作業，改以「陸上回收」法。美國政府的做法是站在保護海洋的立場，做到生態保育，而杜邦在台灣竟仍然採取「廢水拋海」的處理法，其心可議。

鹿港居民反對的第二個理由是，鹿港為全台第一個「古蹟保存區」，為台灣的觀光重鎮。此外，鹿港與彰化海線每

台大人對杜邦事件的時代見證！

台大學生杜邦事件調查團綜合報告書

葉啓政（台大教授）

蕭新煌（台大教授）

張曉春（台大教授）

徐正光（中研院民族所研究員）

楊憲宏（聯合報記者）

今年暑假，一群台大人本諸關懷社會的赤忱，集體前往彰化鹿港，親身參與和深入調查鹿港居民抵抗杜邦設廠的血淚歷程後，以大學生的良心和理性，為我們鍾愛的土地、為我們身處的時代，撰寫出最忠實的見證——台大學生杜邦事件調查團綜合報告書，並且承蒙以推廣科技知識著稱的牛頓出版社大力贊助出版。

關懷台灣環境保護、關心鹿港反杜邦運動，請支持台大學生杜邦事件調查團綜合報告書出版！

台大學生 杜邦事件調查團 綜合報告書

（本書要目）
- 杜邦事件大事記
- 杜邦設廠案問卷研究
- 彰濱反杜邦運動訪談實錄
- 二氧化鈦廠環境影響評估
- 美國杜邦公司污染控制考察團共同意見
- 多位學者專家對杜邦事件的評論文章

■1986年7月3日，台灣大學十五位學生利用暑假，專程前往鹿港，組成「反杜邦調查團」，在鹿港街頭散發「台大學生參與反杜邦聲明」。傳單提供/張富忠

■1986年12月13日，反對杜邦設廠的彰化縣鹿港四百多位居民搭遊覽車北上，由李棟樑率領，以參觀總統府為名義，在總統府前訴「怨」陳情抗議，這是戒嚴時期第一次民眾突破軍警封鎖直闖總統府。攝影/蔡明德

■鹿港人理直氣壯進行反杜邦運動，他們了解到抗爭的目標，就是保家愛鄉。
攝影/蔡明德

保衛鹿港就是保衛台灣

反公害運動支援會

■反杜邦文宣總部設計系列「保衛鹿港就是保衛台灣」傳單。
傳單提供/張富忠

鹿港鎮全民投票
決定要不要杜邦

傳單提供/張富忠

年有上百億漁業的獲利。彰濱海邊的蚵養殖業和鹿港的「蚵仔煎」同享盛名，政府為了杜邦每年16億的營業額，卻出賣鹿港的生態環境。最令人詬病的是，經濟部甚至沒為杜邦設廠做過環境影響評估。

6月4日， 彰化縣鹿港與福興兩鄉鎮，有三百多位中、小學學生在美術老師帶領下，於文武廟廣場上繪製漫畫，並在鹿港沿街張掛反杜邦海報看板。

6月24日，彰化縣鹿港鎮發起一項自發性的反杜邦街頭示威遊行，上千位居民穿上印有「我愛鹿港、不要杜邦」的運動杉，在文武廟空地集合，由李棟樑與粘錫麟率領遊行到天后宮，民眾在鞭炮聲與歡呼聲中遊行，這是台灣有史以來第一次歷史性的反公害大遊行。

1986年6月28日，反杜邦運動的彰化縣公害防治協會發起人之一，同時也是彰化縣議員李棟樑，在「堅持反杜邦」的聲明中指出，「鹿港分局福興分駐所所長黃達民，曾於6月26日親自登門造訪李家，並希望李議員太太能勸止李議員，對於杜邦設廠的事，不要太過激烈，以免遭遇不測，否則會如『林義雄滅門血案』般，造成抄家滅族的下場。」由此可見，在當時風聲鶴唳的社會運動抗爭中，只要是令國民黨政權頭痛的人物，國民黨政府多半透過這種恐嚇手段，來達到阻止的目的。

1986年6月29日晚間，黨外人士在鹿港國小舉辦「反杜邦設廠」說明會。12月13日，反對杜邦設廠的彰化鹿港居民搭遊覽車北上，以參觀總統府名義，在總統府前訴「怨」呼口號「我愛鹿港，不要杜邦」，抗議政府漠視民意。

鹿港反杜邦運動不但沒有因國民黨的恐嚇而停頓，反而如火如荼地繼續進行著，聲勢繼續擴大。各方人士紛紛組成團體，或由民意代表舉行座談會；台大社團「大學新聞社」學生到鹿港參與反杜邦運動、發送傳單、作成問卷報告；「反杜邦演講」的舉辦更是受到熱烈回應。

在經過一年多的抗爭後，杜邦終於在1987年3月12日宣布停止設廠計畫。這是台灣環保運動新的里程碑。

鹿港反杜邦運動給台灣人民的珍貴啟示在於：唯有住民的團結，才能確保居住環境的品質。

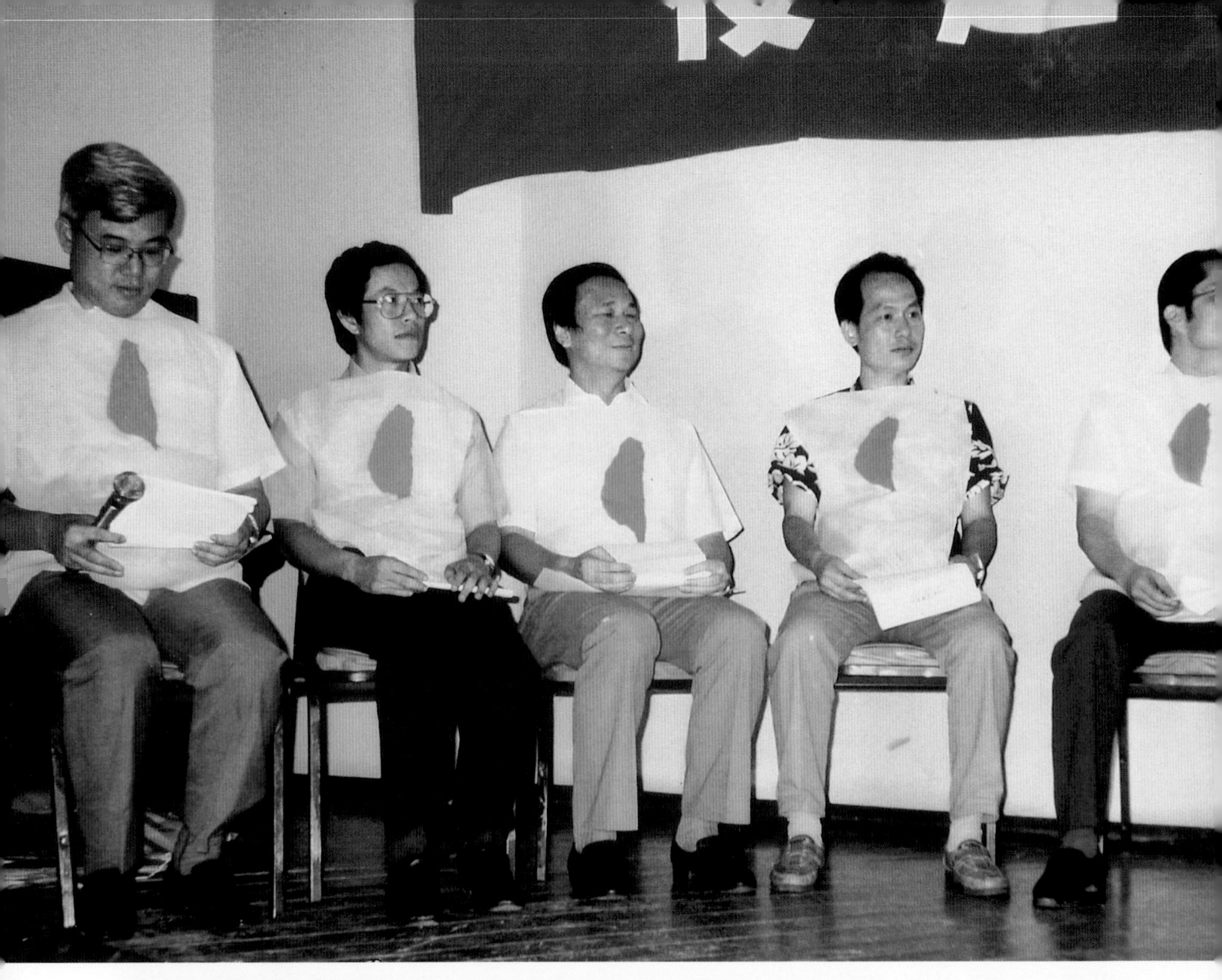

黨外都是這樣長大的

■1986年7月6日，「台灣人權之夜」晚會，左起尤清、謝長廷、張俊雄、林正杰、江鵬堅每個人都穿著我愛「台灣」的罩衫，一起演出「黨外都是這樣長大的」諷刺喜劇。圖片提供/江彭豐美

■1986年7月6日，台灣人權促進會在台大校友會館舉辦「台灣人權之夜」，由會長江鵬堅公布自1949年以來遭受白色恐怖名單，以及「槍斃二五六次、坐牢六千年」文宣。
圖片提供/江彭豐美

街頭就是人民

林正杰街頭狂飆十二天

■「街頭小霸王」林正杰從1986年9月4日起，舉著「和平、奮鬥、救民主」布條，接連12日全島長征，發動街頭狂飆。攝影/宋隆泉

黨外台北市議員林正杰檢舉國民黨籍胡益壽議員在1985年市議員選舉中賄選一案，遭檢方以證據不足不起訴胡益壽。選後，胡益壽以林正杰在選舉活動期間舉辦民主講座，違反選罷法，控告林正杰當選無效，卻因超過選罷法規定的時效而不能成立。

由於林正杰曾在台北市議會質詢胡益壽向市銀行超額貸款（一億多元）案，胡益壽接著控告林正杰「涉嫌誹謗並違反選罷法」。

1986年8月24日，首都公政會在台大校友會館，舉辦「政治風暴中的黨內外關係—由林正杰案談起」座談會，知名學者李鴻禧、張忠棟、呂亞力、楊國樞、傅正、鄭欽仁、林玉體等，均認為林正杰案乃是議會言論免責權與司法尊嚴的考驗。

8月29日，林正杰被拘提到庭答辯。9月1日，傳出林正杰將被判重刑的消息。「前進」系的同仁集會討論，林正杰決定不上訴，轉而進行抗議行動。9月2日，首都公政分會集會，支持林正杰的決定，並籌劃各項因應措施。

9月3日，台北地方法院無視於「市議員的言論免責權」，將林正杰以誹謗罪的罪名，判處一年六個月有期徒刑，並褫奪公權三年。林正杰強烈不滿判決結果，以事先備好「為司法送終，向市民告別」的聲明書，和一只繫著黑帶象徵「送終」的鐘，走出法庭。

走出法院後，林正杰夫婦隨即和康寧祥、周清玉、蔡式淵等多位黨外人士，在法院門口進行「司法死了」的抗議演講。一小時後，大家開始步行，準備走過總統府，遊行到市議會，洪奇昌、蔡式淵、林文郎、蕭裕珍、張富忠也都到場聲援陪伴。沿途警察暴力鎮壓，多人被警察毆打受傷。

林正杰掙出警方封鎖後，憤而跑步直衝總統府後門，並將手上的鐘用力摔在總統府前面。林正杰的憤怒，加上黨外人士長期對國民黨統治方式的不滿，開啟了接連下來十二天的街頭狂飆。

■9月7日，林正杰至台北市頂好市場向市民告別，林正杰爬上欄杆上抗議警察公然使用警棍，毆打黨外人士及遊行群衆。
攝影/余岳叔

■9月9日，林正杰至林森北路與錦州街口舉行演說，上萬群眾在現場歡呼，大批鎮暴部隊阻止不成，群眾隨著林正杰遊行到市議會解散。攝影/宋隆泉

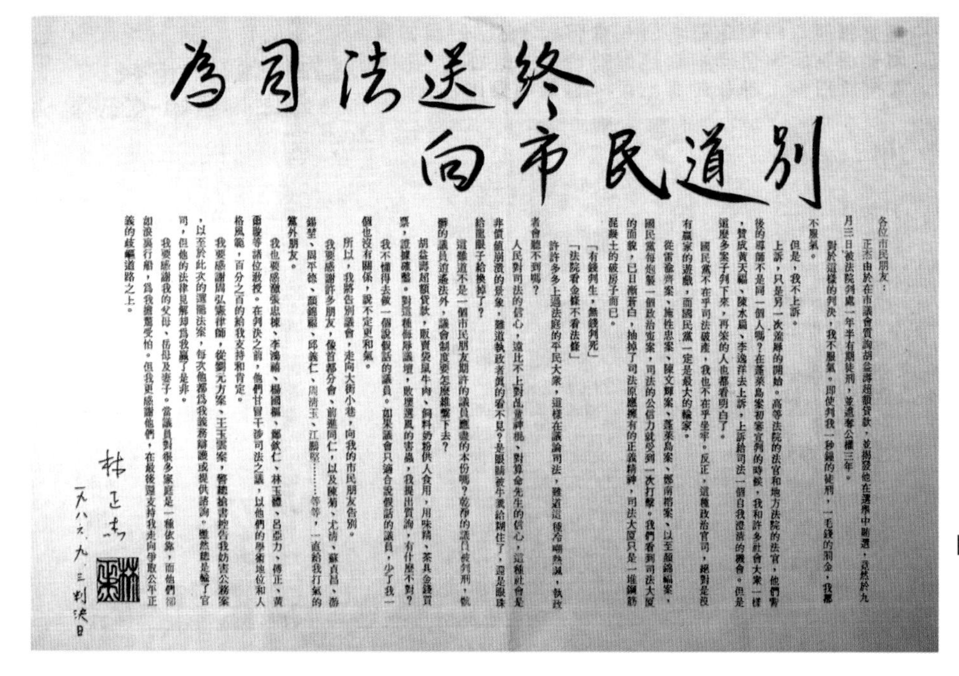

為司法送終 向市民道別

各位市民朋友：

正杰由於在市議會質詢胡益壽超額貸款，並揭發他在選舉中賄選，竟然於九月三日被法院判處一年半有期徒刑，並褫奪公權三年。

對於這樣的判決，我不服氣。即使判我一秒鐘的徒刑，一毛錢的罰金，我都不服氣。

但是，我不上訴。

上訴，只是另一次羞辱的開始。高等法院的法官和地方法院的法官，他們背後的導師不是同一個人嗎？在蓬萊島案初審宣判的時候，我和許多社會大衆一樣，贊成黃天福、陳水扁、李逸洋去上訴，上訴給司法一個自我澄清的機會。但是這麼多案子判下來，再笨的人也都看明白了。

國民黨不在乎司法破產，我也不在乎坐牢。反正，這種政治官司，絕對是沒有贏家的遊戲，而國民黨一定是最大的輸家。

從雷震案、施性忠案、陳文輝案、蓬萊島案、鄭南榕案、以至顏錦福案，國民黨每炮製一個政治冤案，司法的公信力就受到一次打擊。我們看到司法大廈的面貌，已日漸蒼白，抽掉了司法原應擁有的正義精神，司法大廈只是一堆鋼筋混凝土的破房子而已。

「有錢判生，無錢判死」

「法院看金條不看法條」

許許多多上過法庭的平民大衆，這樣在議論司法，難道這種冷嘲熱諷，執政者會聽不到嗎？

人民對司法的信心，遠比不上對乩童神棍、對算命先生的信心，這種社會是非價值崩潰的景象，難道執政者真的看不見？是眼睛被牛糞給糊住了，還是眼珠給龍眼子給換掉了？

這難道不是一個市民朋友期許的議員應盡的本份嗎？乾淨的議員被判刑，骯髒的議員逍遙法外，議會制度要怎麼維繫下去？

胡益壽超額貸款，販賣袋鼠牛肉、飼料奶粉供人食用，用味精、茶具金錢買票，證據確鑿。對這種侮辱議壇，敗壞選風的害蟲，我提出質詢，有什麼不對？

我不懂得去做一個說假話的議員。如果議會只適合說假話的議員，少了我一個也沒有關係，說不定更和氣。

所以，我將告別議會，走向大街小巷，向我的市民朋友告別。

我要感謝許多朋友，像首都分會、前進同仁，以及陳菊、尤清、蘇貞昌、游錫堃、周平德、顏錦福、邱義仁、周清玉、江鵬堅……等等，一直給我打氣的黨外朋友。

我也要感激張忠棟、李鴻禧、楊國樞、鄭欽仁、林玉體、呂亞力、傅正、黃爾璇等諸位教授。在判決之前，他們甘冒干涉司法之譏，以他們的學術地位和人格風範，百分之百的給我支持和肯定。

我要感謝周弘憲律師，從劉元方案、王玉雲案，暨趙捨書控告我妨害公務案，以至於此次的選罷法案，每次他都為我義務辯護或提供諮詢。雖然總是輸了官司，但他的法律見解卻為我贏了是非。

我要感謝我的父母、岳母及妻子。當議員對很多家庭是一種依靠，而他們卻如浪裏行船，為我擔驚受怕。但我更感謝他們，在最後還支持我走向爭取公平正義的崎嶇道路之上。

林正杰

一九八六.九.三判決日

■9月3日，「為司法送終、向市民道別」，林正杰接連十二天發動全台及台北市街頭狂飆運動。傳單提供/張富忠

■9月10日，林正杰至桃園縣中壢市舉辦告別遊行，林正杰、楊祖珺夫婦跳到警車上，抗議國民黨動員15連軍警鎮壓，警車旁兩側是全台隨著林正杰奔走的蕭忠和（右一）、車頂上的莊勝惠（右），以及呂吉清（左一）、陳吉勳（左二）。
攝影/余岳叔

林正杰先後在全台各地的街頭，以未預告不定點的沿街遊行方式，開始「向市民告別」行動。9月4日在台北市的通化夜市；9月5日在六張犁地區；9月6日在龍山寺；9月7日在台北東區頂好市場，警察四處圍堵並公然使用警棍，毆打遊行群眾，林正杰、康寧祥等都曾被毆傷；9月8日在台大公館地區，警方派出電網鎮暴車及大批鎮暴警察阻撓，林正杰的告別演說後，群眾並在台電大樓進行反核抗議；9月9日中午，台灣大學張忠棟等十一名教授聯名邀請林正杰夫婦午餐，表示關心與支持。晚間林正杰到林森北路、錦州街口舉行「告別演說」，結束後逾兩萬群眾簇擁林正杰等遊行，至台北市議會解散。

9月9日林正杰夫婦和康寧祥等至中壢，參加活動的群眾超過數千人，警方則動員十五連軍警鎮壓；9月11日林正杰一行人到高雄市，上萬群眾遊行到美麗島雜誌高雄服務處舊址前，高呼「美麗島無罪」的口號；9月12日到新竹。9月13日告別活動要在台中舉辦，但是警總出動大批人馬，把林正杰夫婦和康寧祥等人阻擋在高速公路造橋收費站數小時之久，蓄意阻撓活動的進行。林正杰等人遲至深夜才抵達台中，然而熱情的支持者並未散去，照常演說遊行。9月14日，在台北金華國中進行「告別」集會，參加的群眾超過兩萬人。

9月16日，誹謗案上訴的日期截止，林正杰遵守諾言，堅決不上訴。9月20日，林正杰為民主「落髮」剃成光頭。9月26日入獄前夕，林正杰發表了〈入獄聲明〉。在聲明中，林正杰寫下他的感觸：「十二天以來，街頭的熱情與歡笑，給了我們更大的信心與勇氣。民心不死，國家就會有希望。街頭是什麼？街頭就是人民。……」

9月27日，林正杰在多位黨外人士的陪同下，光榮入獄。而他的「街頭狂飆」行動，彷彿為次日（9月28日）民主進步黨的創黨推波助瀾。

■林正杰在台北市舉辦「上街頭，救民主」遊行。攝影/余岳叔

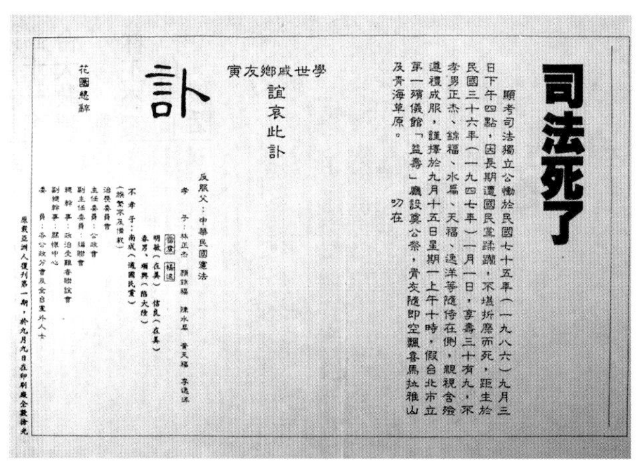

司法死了

順考司法獨立公慟於民國七十五年（一九八六）九月三日下午四點，因長期遭國民黨蹂躪，不堪折磨而死，距生於民國三十六年（一九四七年）一月一日，享壽三十有九，不孝男正杰、錦福、水扁、天福、遠洋等隨侍在側，親視含殮遵禮成服，謹擇於九月十五日星期一上午十時，假台北市立第一殯儀館「益壽」廳設奠公祭，骨灰隨即空飄喜馬拉雅山及青海草原。

叨在 學世戚鄉友寅 誼哀此訃

訃

反服父：中華民國憲法
孝　子：林正杰　顏錦福　陳水扁　黃天福　李逸洋
明敏（在美）　信良（在美）
春男、楊興（陷大陸）
不孝子：南成（遺國民黨）
（族繁不及備載）

治喪委員會
主任委員：公政會
副主任委員：編聯會
總幹事：政治受難者聯誼會
副總幹事：關懷中心
委　員：各公政分會及全台黨外人士

花圈懇辭

原載亞洲人復刊第一期，於九月九日在印刷廠全數搶光

■「司法死了」，這張非常富有創意的文宣傳單，讓許多黨外支持者，誤以為真的在台北市第一殯儀館有重大的活動，因而造成當天民權東路大塞車。傳單提供/張富忠

■為民主落髮，剃成光頭的林正杰，在台北地方法院發表入獄聲明：「天佑吾鄉、天佑吾民」。攝影/余岳叔

■9月27日，因誹謗案被判刑的林正杰主動到台北地方法院報到服刑，黨外人士與支持者送行，抗議司法不獨立。攝影/余岳叔

■民進黨創黨時，中央黨部設在青島東路「黨外公政會」原址。由於空間不夠用，整個中央黨部的設備就是原有幾張大會議桌子和椅子，別說專用的辦公室了，黨主席江鵬堅連自己的座位都沒有。攝影/邱萬興

■游錫堃擔任一九八六黨外選舉後援會召集人。攝影/邱萬興

第二屆民主實踐班上課了！

■1986年10月31日，黨外公政會與黨外編聯會聯合主辦「第二屆民主實踐研究班」。圖片提供/江彭豐美

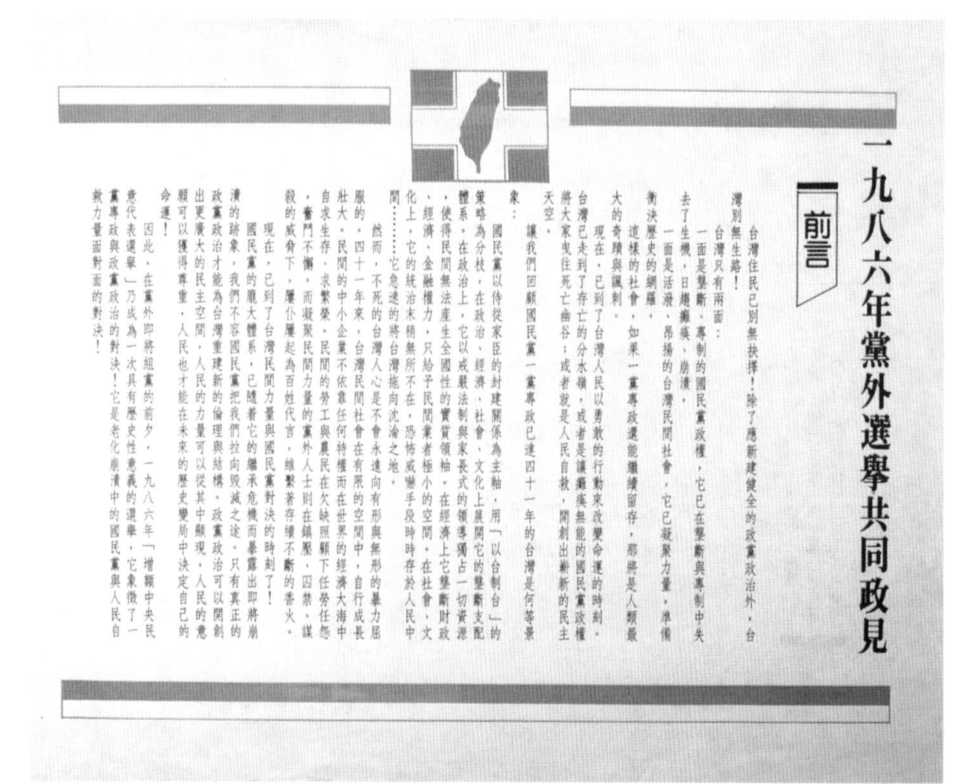

一九八六年黨外選舉共同政見

前言

台灣住民已別無抉擇！除了應新建健全的政黨政治外，台灣別無生路！

台灣只有兩面：

一面是壟斷、專制的國民黨政權，它已在壟斷與專制中失去了生機，日趨癱瘓、崩潰。

一面是活潑、昂揚的台灣民間社會，它已凝聚力量，準備衝決歷史的網羅。

這樣的社會，如果一黨專政還能繼續留存，那將是人類最大的奇蹟與諷刺。

現在，已到了台灣人民以勇敢的行動來改變命運的時刻。台灣已走到了存亡的分水嶺，或者是讓癱瘓無能的國民黨政權將大家曳往死亡幽谷；或者就是人民自救，開創出嶄新的民主天空。

讓我們回顧國民黨一黨專政已達四十一年的台灣是何等景象：

國民黨以侍從家臣的封建關係為主軸，用「以台制台」的策略為分枝，在政治、經濟、社會、文化上展開它的壟斷支配體系。在政治上，它以戒嚴法制與家長式的領導獨占一切資源，使得民間無法產生全國性的實質領袖。在經濟上它壟斷財政、經濟、金融權力，只給予民間業者極小的空間。在社會、文化上，它的統治末梢無所不在，恐怖威嚇手段時時存於人民中間……它急遽的將台灣拖向沈淪之地。

然而，不死的台灣人心是不會永遠向有形與無形的暴力屈服的。四十一年來，台灣民間社會在有限的空間中，自行成長壯大。民間的中小企業不依靠任何特權而在世界的經濟大海中自求生存、求繁榮。民間的勞工與農民在欠缺照顧下任勞任怨，奮鬥不懈。而凝聚民間力量的黨外人士則在鎮壓、囚禁、謀殺的威脅下，屢仆屢起為百姓代言，維繫著存續不斷的香火。

現在，已到了台灣民間力量與國民黨對決的時刻了！

國民黨的龐大體系，已隨著它的繼承危機而暴露出即將崩潰的跡象，我們不容國民黨把我們拉向毀滅之途。只有真正的政黨政治才能為台灣重建新的倫理與結構。政黨政治可以開創出更廣大的民主空間，人民的力量可以從其中顯現，人民的意願可以獲得尊重，人民也才能在未來的歷史變局中決定自己的命運！

因此，在黨外即將組黨的前夕，一九八六年「增額中央民意代表選舉」乃成為一次具有歷史性意義的選舉，它象徵了一黨專政與政黨政治的對決！它是老化崩潰中的國民黨與人民自救力量面對面的對決！

共同政見

全體台灣住民們！為了能主宰我們自己的命運，決定自己的生活方式，我們呼籲大家攜手共同支持下列主張：

1 台灣前途由台灣全體住民共同決定。

2 立即解除戒嚴，廢止架空憲法的臨時條款及一切違憲法令，回歸民主憲政。

3 堅持組黨自由的合憲權益，各政黨公平競爭輪替執政。

4 尊重國民主權原則，中央民意代表全面改選，總統直接民選。

5 地方自治合憲化，省市長直接民選。

6 落實司法獨立，確實保障基本人權，堅持反對公權力私有化、家族化。

7 打破與黨政軍勾結之特權事業，輔助中小企業，健全自由經濟體制，善用外滙存底建設台灣。

8 杜絕國防經費之浮濫，實行精兵政策，縮短服役年限。

9 進行社會福利政策，保障婦女、殘障、勞工、農民、漁民及少數民族等權益。

10 發展獨立自主外交，維護台海兩岸和平，重新加入聯合國。

11 尊重台灣現有之各種語言及民俗文化，歡迎海外同鄉回饋鄉土，保障其出入國境之自由。

12 反對增建核能廠，經濟發展優先考慮生態環境，保障消費者權益。

(附註：凡受「一九八六黨外選舉後援會」推薦者，必須採用第一條至第三條為共同政見，前言及其他政見則僅供參考)

■1986年黨外選舉共同政見文宣。
傳單提供/邱萬興

民主進步黨 九二八圓山建黨

■1986年9月28日，「1986黨外選舉後援會」第三次大會於台北市圓山大飯店敦睦廳舉辦推薦大會，由游錫堃省議員擔任主席。大會場地由大會司儀魏耀乾以牙醫師名義向圓山大飯店租場地，下午組織新黨會議採秘密方式進行，不對外開放，謝長廷提出「民主進步黨」黨名，132位與會人士簽名發起組黨。前排左起蔡龍居、游錫堃、顏錦福、蘇貞昌、張富忠、魏耀乾、謝長廷。攝影/邱萬興

在民進黨組黨前夕，台灣街頭的抗議聲浪，已經風起雲湧勢不可擋了。從鄭南榕發起龍山寺「五一九反戒嚴綠色行動」揭開群眾運動的序幕，接著陳水扁、黃天福、李逸洋三君子的坐監惜別會，造成了處處人潮；隨後台北市議員林正杰被判刑放棄上訴，十二天全台街頭狂飆。那一年彷彿是火山爆發前夕，只要是親身經歷過的人，都可以深刻感受到一股隨時都有可能衝破國民黨政治封鎖線的強大民氣。

1986年9月28日教師節當天，一些黨工提早到台北圓山大飯店敦睦廳會場，幫忙「一九八六年黨外選舉後援會」會場由廖耀松、鍾朝雄負責佈置。林樹枝與後援會秘書林秋滿、陳清泉在外面的服務台負責聯絡，並張羅辦理黨外後援會報到手續，范德雄、鍾朝雄、邱萬興等義工，則守在大會門口權充臨時警衛。凡是非黨外選舉後援會成員及貴賓，一律謝絕參觀，而且過程也不開放給媒體記者採訪，大會並決定下午三點半起才對外開放。

九點廿分，大會一開始，隨即有個迎旗儀式，迎的是「黨外選舉後援會」的會旗。

原先黨外選舉後援會對外界的說詞，該大會只是推薦黨外人士競選1986年的立法委員及國大代表的誓師大會。游錫堃省議員主持大會，向社會各界推薦二十名立委及二十二名國代候選人。

大會開始後，先討論議程。謝長廷、尤清出乎眾人意料，率先提出臨時動議，要求變更議程討論組黨事宜，並主張立即組黨。黨外選舉後援會代表一百二十三人隨即一同簽署，成為第一批組黨發起人。眾人公推費希平擔任組黨發起人會議的召集人。

下午兩點四十五分，與會人員舉行第二次「組黨發起人會議」，繼續討論黨名、黨章，以及是否立即組黨，為了黨名問題，會場掀起一陣激辯。最後終於以謝長廷提案「民主進步黨」的名稱獲得眾人的支持而通過。

大會結束後，由費希平、尤清、謝長廷、顏錦福、游錫堃、許榮淑、黃玉嬌等人主持「民主進步黨成立」記者會，下午六點零六分，組黨發起人費希平宣布：「民主進步黨正式成立！」

■民進黨圓山建黨紀念鑰匙圈。
圖片提供/邱萬興

民主進步黨黨名由來

早在「黨外公共政策研究會」（簡稱「公政會」）的時代，謝長廷就一直思考若組黨的話，黨名應該如何命名？

當時編聯會和公政會的關係非常緊張，而這兩個組織謝長廷都參加，也在其中扮演很重要的角色。當時擔任公政會秘書長的謝長廷認為，編聯會是來自新生代的力量，代表進步的取向，公政會則代表民主的包容。因此，他開始構思「民主進步黨」為黨名。這個黨名，其實已經把當時的兩大派系「美麗島」和「新潮流」，兩大組織「公政會」、「編聯會」的影子都包含在內。為此，謝長廷在8月25日鄭南榕的《自由時代》週刊刊登黨外對組黨的看法，告知黨外人士，他所提議的黨名為「民主進步黨」。

黨外後援會在圓山建黨的那一天下午2點45分，與會人員舉行第二次「組黨發起人會議」，繼續討論黨名、黨章，以及是否立即組黨。為了黨名問題，與會人士因此有一場熱烈的「腦力激盪、言辭激辯」的場景出現。

謝長廷極力主張使用「民主進步黨」，因為這樣的黨名，可避免「中國結」與「台灣結」的困擾。省議員黃玉嬌主張使用「台灣民主黨」，很多人附和她的主張。省議員何春木則重提雷震組黨時所用過的「中國民主黨」，還說用這個黨名，將來可以帶回中國大陸去。他的話還沒說完，大家就笑出聲來。

黃玉嬌覺得一個黨名竟要討論這麼久，站起來用她的大嗓門說：「反正上面一定要加台灣兩個字，下面讓你們怎麼搞都沒關係。」她一語雙關，惹得全場哄堂大笑。

由於謝長廷和尤清都極力鼓吹「民主進步黨」的名稱，因此會場內逐漸形成接受這個黨名的共識。

然而，此時朱高正卻表示異議，他認為應該要取為名「進步民主黨」，以後才能分裂為「進步黨」和「民主黨」。朱高正的主張，似乎為他日後脫離民主進步黨，成立社民黨一事，埋下伏筆。

當時謝長廷就起來反對朱高正，說：「哪有人一開始建黨，就主張要分裂的，這實在不應該。」謝長廷的意見獲得會場眾人的支持，在一片鼓掌歡呼聲中，通過「民主進步黨」的黨名。

■尤清（中）是當天組黨提案人與謝長廷（左一）極力主張用「民主進步黨」的黨名。攝影/邱萬興

組黨秘密基地與組黨10人秘密小組

1986年7月3日起，傅正邀請黨外人士吃飯，展開每週一次的組黨秘密會議，地點在周清玉台北市忠孝東路二段的家裡。第一次參與的人士有：江鵬堅、費希平、尤清、張俊雄、謝長廷、周清玉、陳菊、傅正、黃爾璇和康寧祥。當天開會期間，康寧祥數度接聽電話，態度上略顯猶豫。黃爾璇表示，事後他與傅正、尤清等人討論，「老康這樣子可能會脫隊，但是，他又是大老，沒有他參加，不夠圓滿」。因此，決定在進行到第二階段組黨時，再邀請康寧祥加入。此外，為避免國民黨監控，往後會議不用電話通知，不得缺席、不得洩漏小組的存在，由參與者自行前往開會場合。

第二次起，參與組黨秘密會議的人士有：費希平、傅正、尤清、江鵬堅、張俊雄、周清玉、謝長廷、游錫堃、陳菊、黃爾璇等10人。這個「10人小組」常常在一起忙到深夜，秘密協商組黨方式，研擬黨章、黨綱、創黨宣言，又怕國民黨得知消息，所以都是自己寫完稿、打字、拿剪刀剪剪貼貼，一切都靠自己。這就是民進黨「建黨10人小組」的由來。

為反對黨命名

徵求黨名最後十天(本活動9月10日截止)

經過這幾個月來群衆熱烈響應，我們得到下列9個黨名，您認為那個好？就在黨名前打✓，或者您有更好的黨名，也請您寫下：

□民衆黨 □民主黨 □台灣民衆黨 □台灣民主黨 □民主進步黨
□台灣社會黨 □社會民主黨 □自由黨 □自由民主黨
□其他(您的命名) ____________

姓名或代號 ____________ 電話 ____________

地址 ____________

黨外公政會首都分會 主辦 會址／信義路4段134號4F 電話／7048576、7031602

■黨外公政會首都分會舉辦為反對黨命名問卷調查。傳單提供/林正杰

一九八六黨外選舉後援會
推薦大會程序表

時間：1986年9月28日下午三時
地點：台北市中山北路四段1號
圓山大飯店敦睦廳

一、大會開始（奏樂）	司　　儀：	蘇貞昌．林黎琤
二、主席就位	主　　席：	游錫堃
三、恭迎大會會旗進場		
四、主席致詞		
五、介紹被推薦人	披彩帶：	各選區輔導委員
六、被推薦人宣誓	宣讀代表：	許榮淑
七、監誓人致詞	監誓人：	費希平
八、授　　旗	授旗人：	大會主席
九、被推薦人代表致詞	受旗代表：	尤　清
十、宣讀共同政見	宣讀人：	張俊雄
		蕭裕珍
		許國泰
十一、來賓致詞		
十二、禮　　成		

■民進黨圓山建黨大會程序表。傳單提供/張富忠

一九八六黨外選舉後援會

游錫堃於台北圓山大飯店推荐大會開幕致詞

今天是「一九八六黨外選舉後援會」最興奮和最嚴肅的時刻。興奮的是，我們已完成了黨外立委、國代候選人的推選，立即可向社會各界鄭重推荐參加年底選戰；嚴肅的是在這個黨外組黨的關鍵年，我們肩負著開創台灣政黨政治的歷史使命，又向前踏出了一大步。

站在後援會會旗（黨旗）之前，面對著大家，錫堃內心充滿了感激，首先要感謝各位貴賓除了日常的關懷指教之外，在教師節寶貴假日的今天蒞臨指導。其次要感謝黨外各位先進、各團體及地方後援會前輩，在過去這段期間提供各項卓見、支持與協助，使得後援會會務得以順利推展，於今天把工作成果如期展現在社會各界之前，錫堃除了在此表達個人感激之外，也要代表後援會向大家致最高謝意。

後援會在八月二十四日正式成立，今天是九月二十八日，在短短的三十五天之中，我們制定了全國後援會組織章程、地方後援會組織辦法、組成全國和地方後援會，在民主原則下，終於推荐出尤清等19人參選立委，周清玉等25人參選國代，他們都是黨外在各階層最具代表性的菁英，我們相信，他們的優秀、傑出，必能贏得社會各界的信賴與支持，我們也深信，在各界的信賴與支持及大家的努力下，他們必能高票走入國會為台灣獻心力，為全國民眾謀福祉。

歷史的洪流、民主的浪潮，已經使黨外組黨進入臨盆時刻，面對當前海內外的政治情勢，台灣的前途已屆抉擇關鍵。今天後援會提出本次選舉的共同政見與口號，正是向全國民眾宣示我們階段性的政治主張與政見訴求，提供選民一個全面性的觀點，由選民在台灣的轉捩點上，用選票來決定自己的新里程。

長期以來，各界的支持和前輩的努力，黨外在議會席次、制衡層次上已是實質上的兩大政黨之一，今年我們不但要努力超越過去百分之三十的得票率，擴大民意支持的基礎，更要以「民主新希望、新黨救台灣」的訴求來突破目前政黨政治的瓶頸，為台灣的政治開創民主的新天地。

在這裡，我們要呼籲社會各界，大家共同維護支持一個公正、公平的選舉活動，全面抵制買票、賄選、作票、舞弊的選舉，共同掃除這種惡性循環的政治公害，建立一個健康的參政管道和進步的民主政治。

依法而治是民主政治的必備要件，然而選罷法形同「閒」「霸」法，成為執政黨的工具，使法制蒙羞。選舉規範雙重標準，對國民黨候選人的買票、賄選，視而不見，種種違法行為皆逍遙法外，選罷法等於「閒」罷法，對於黨外人士卻是「霸」氣十足，黨外個個動輒得咎、鋃鐺入獄，無謂地引起社會緊張對立，衝突急劇升高，最近抗議運動在街頭獲得喝采與歡呼，這是值得社會各界重視與執政黨深切檢討的「當頭棒喝」。

最後我再一次呼籲全國民眾認清選舉的目的及選票的力量，共同來掌握自己的命運。

召集人 游錫堃

一九八六年九月二十八日於圓山大飯店

■游錫堃擔任一九八六黨外選舉後援會召集人。攝影/邱萬興

一篇沒有對外發表的民進黨創黨宣言

高舉黨外的民主旗幟前進

■黨外人士在下午2點45分，與會人士舉行第二次「組黨發起人會議」，繼續討論黨名，以及是否立即組黨，在當天圓山大飯店敦睦廳的圓柱上，早已佈置完成「新黨新希望」的標語，等待建黨時刻來臨了！
攝影/邱萬興

黨外公共政策研究會 公報

黨外公共政策研究會 公報

發刊詞

民主進步黨的補品
——黨外公報誕生

民主進步黨適時成立

海內外奔相走告，來電致賀

民主進步黨
歡迎有誠意的溝通

民主新希望
新黨救台灣

恭賀 民主進步黨
成立誌慶

■在黨禁、報禁的年代裡，「黨外公政會」發行《黨外公報》，由林樹枝、賴勁麟、王作良、郭文彬負責採訪編輯，報導民進黨圓山建黨消息。以這樣一份輕薄短小的四開文宣小品，每期售價十元的《黨外公報》，銷售量竟然衝破每期十萬份，正是當年選舉演講會場中最暢銷的宣傳最佳利器。
傳單提供/邱萬興

近代人類歷史早就證明：民主是歷史的洪流，是誰也擋不住的，任何反民主的力量，都不過是一股小小的逆流，終必為民主的洪流所淹沒。

很不幸，國民黨自執政以來，始終企圖抵擋這種歷史洪流，無意真正實行民主。更不幸的是，國民黨在大陸慘敗以後，竟不知道以真民主來收拾人心，補過贖罪，反而在權力失落恐懼症的陰影下，完全以共產黨的手法反共。

國民黨退據台灣三十七年來，總是極盡所能的加強統治，而不斷擴張特務、警察、憲兵的力量與地位，甚至不惜與流氓組織掛勾，進行政治暗殺的陰謀，在這國民黨權力至上觀念的支配下，也就自然造成了整個封閉體系與落後形象，不僅教育越來越教條化，文化越來越庸俗化，而且社會越來越瀰漫色情、賭博、暴力。即使本該是最神聖的選舉，也無法逃過金錢與暴力的污染。

現在大家所看到的，無非是色情行業如雨後春筍，大家樂席捲台灣，兇殺案乃至分屍案層出不窮。至於公共安全的維護，生態環境的保護，更有如無政府狀態。因此，僅僅高雄市一地，解體油輪爆炸的悲劇落幕，萬壽山崩塌的悲劇就上演。

眼看社會秩序與道德的崩潰發生，眼見台灣的外在壓力日漸嚴重，國民黨的內部也隨時可能發生劇變，尤其國民黨與中共更隨時可能從事秘密政治買賣。台灣的命運與前途，顯已進入生死存亡的歷史轉捩點。

面對這個轉捩點，究該何去何從？尤其究會有何種下場？在只有聽憑國民黨主宰的情形下，不少人都越來越徬徨、憂慮、恐懼，乃至千百計的尋找夢寐以求的世外桃源。

但我們堅決相信：台灣不是一黨一家的私產！台灣是屬於大家的！是屬於出生在台灣與生活在台灣的全體人民的！所以，台灣的命運和前途，絕不該由國民黨擅自決定，而該由我們所有出生在台灣和生活在台灣的全體人民共同決定。而且，我們還堅決相信：在這個歷史的十字路口，台灣只有走向真正民主，才是唯一的生路，任何一黨一派的集體領導、軍事獨裁、乃至一家一族的家族政治，都是假民主、反民主的死巷子。

環顧今日台灣，唯有黨外才是保障民主的重要力量。但唯有團結才能真正發生力量，而且唯有組黨才能真正團結。而最近幾個月來，黨外公政會在各地分別舉行的組黨說明會，都獲得民眾熱烈迴響。特別是8月15日晚上在台北市中山國小操場的那一場，情形的熱烈，更打破了台灣三十多年的紀錄，進而表現了廣大民眾對於黨外組黨的渴望與支援。

我們既然早已獻身黨外民主運動，現在又面對此情此景，當然要義不容辭的承擔組黨責任。因此，我們決定組織民主進步黨，而且宣布從現在起就正式成立。我們要先將黨外力量團結起來，進而將一切爭民主、愛民主的力量團結起來，對國民黨發揮真正的制衡作用，保證台灣的民主，並且掌握台灣的命運和前途。

我們的黨，既然是以追求台灣的民主進步為目標，儘管國民黨還是以革命政黨自居，迷信槍桿子出政權，我們 還是要堅持現代民主國家的政黨原則，寧願為普通政黨。我們決心一本五大信念，就是憲法、自由、福利、理性、和平，追求一個全面進步的社會，而與任何政黨從事公開、公平、公正的競爭，一切取決於所有台灣地區的人民。在今後，我們仍願與任何政黨溝通，但不會迷信溝通，尤其希望國民黨不要繼續不以誠意進行溝通，同時，我們更不願與任何政黨衝突，但未必是害怕衝突，特別希望國民黨不要蓄意製造衝突。

我們認為：國民黨員是人，所有非國民黨員都是人，我們同樣也是人。站在憲法保障的人權基礎上，誰也不該比誰多一分。他們既然有權組織國民黨，所有非國民黨員當然也有權組黨，我們同樣也有權組織民主進步黨。

遠在二十六年前，我們早已有中國民主黨慘遭扼殺的痛苦經驗。七年前，我們又有美麗島黨外黨再受摧殘的悲慘教訓。雖然我們一再受到無情的非法迫害，我們還是忍了又忍，等了又等，但在熬過了幾十年的漫漫長夜以後，國民黨居然還要一拖再拖，始終沒有真正實行民主的誠意，使大家看不到一絲民主的曙光。現在，為了台灣的民主，也為了台灣的進步，更為了與我們大家命運和前途息息相關的台灣命運和前途，我們又怎能再忍？更怎能再等？

最後，我們不得不鄭重強調：縱然國民黨硬要用過去迫害中國民主黨和美麗島黨外黨的手法對付我們，我們也義無反顧，絕不退縮。我們個人可以被抓、被關、被殺，但必會前仆後繼，保證民主進步黨絕不在迫害下消失。但我們仍要竭誠呼籲：所有出生在台灣與生活在台灣的海內外人士，為了台灣，也為了自己，勇敢的站出來，參加我們的行列，讓我們並肩攜手，踏著黨外前輩的足跡，高舉黨外的民主旗幟而共同奮鬥！前進再前進！

民主進步黨 敬啟

傅正注：
1986年7月3日，由我出面邀宴組黨十人小組在台北市忠孝東路一段御龍園晚餐後，在附近周清玉代表住處經審慎商討後，便決定組黨，而立刻採用謝長廷議員提議的民主進步黨黨名，並分配基本工作，除由謝議員負責黨章的起草外，由尤清委員、黃爾璇教授和我組成三人小組，負責「宣言」、「基本綱領」、「行動綱領」的起草。然後我們三人又分配工作，由我負責「宣言」，尤委員負責「基本綱領」，黃爾璇教授負責「行動綱領」，而由我起草的「宣言」草案經十人小組多次提出修改意見後，終經我修改如現在的文字，除費希平委員一人對是否在文字上再做若干修正加以考慮外，其餘成員都已沒有異議，可以算已定案。後因9月28日圓山大飯店通過創黨決議，時間倉卒，未及提出，以致沒有創黨宣言。

兵分五路開會
產生民進黨第一屆黨主席

開會地點：　省議會台北會館、台北環亞大飯店
甲天下餐廳、金華國中晚會
元穠茶藝館

民進黨踏出建黨的第一步後，1986年11月10日，民進黨在環亞大飯店舉行第一次全國黨員代表大會。由於國民黨不承認「民主進步黨」成立，民進黨只好用「淡江校友會」的名義，才能順利租借到開會場地。在會中，大家逐條討論黨綱、黨章，選舉中央執行委員。

這次代表大會的主要任務是選舉首任黨主席、中央常務執行委員（中常委）、中央執行委員（中執委），與中央評議委員（中評委）。「美麗島系」和「新潮流」各派代表互相競爭黨主席的職位，美麗島系支持費希平立委，新潮流系則推舉江鵬堅立委。

當天晚上，在台北市金華國中舉辦民主進步黨成立晚會，支持的群眾對於新誕生的民進黨熱情贊助，當晚的小額捐款就募集了一百多萬元的經費。

晚會結束後，在台北市仁愛路圓環上蘇治芬開設的元穠茶藝館內，投票選出第一任黨主席與第一屆中央常務委員等重要幹部。

民進黨第一屆中央常務執行委員（中常委）名單為：江鵬堅、費希平、康寧祥、謝長廷、尤清、蘇貞昌、游錫堃、吳乃仁、洪奇昌、潘立夫、周滄淵等共11人。

民進黨第一屆中央執行委員（中執委）名單為上述11名中常委，再加上周清玉、傅正、黃爾璇、張俊雄、戴振耀、陳武進、黃昭凱、楊雅雲、楊祖珺、許榮淑、張富忠、顏錦福、周伯倫、蔡仁堅、林文郎、張德銘、蔡介雄、施性平、余玲雅、何文杞等共31人。

民進黨第一屆中央評議委員在甲天下餐廳開會，選出中評委：邱義仁、林濁水、陳菊、王義雄、蔡龍居、蔡式淵、許國泰、郭吉仁、廖學廣、李茂全、吳鐘靈等共11人。11名中評委再選出五名中央常務評議委員，由郭吉仁律師當選主任委員。

最後，深夜11點55分，中執會選舉的結果出來，素孚眾望的江鵬堅立委，以13票對12票，一票之差險勝費希平立委，當選第一任民進黨黨主席。

第一會場：省議會台北會館

■11月10日上午，民進黨建黨十八人工作小組左起為：黃爾璇、邱義仁、顏錦福、周滄淵、周清玉、郭吉仁、陳菊、蘇貞昌、許榮淑、尤清、傅正、費希平、康寧祥、張俊雄、謝長廷、游錫堃、江鵬堅、洪奇昌假台灣省議會台北會館，秘密召開第一屆黨員代表大會準備會議會後合影。攝影/宋隆泉

第二會場：台北環亞大飯店

■1986年11月10日，費希平立委主持民進黨第一屆全國黨員代表大會。攝影/邱萬興

■民進黨用「淡江大學校友會」的名義，下午在台北市環亞大飯店，召開第一屆全國黨員代表大會。會中通過黨綱，黨章及紀律仲裁辦法等議案。

第三會場：甲天下餐廳

■民進黨第一屆中央評議委員（中評委）左起為：吳鐘靈、王義雄、陳菊、蔡龍居、蔡式淵、郭吉仁、許國泰、邱義仁、林濁水、廖學廣、李茂全共11人。11名中評委再選出5名中央常務評議委員，最後由郭吉仁律師當選主任委員，攝於甲天下餐廳。攝影/宋隆泉

■黨外編聯會成立「黨外民俗戲曲歌謠團」，由簡錫堦、沈楠主演的【王寶釧嫁女兒】，於新黨晚會上演。攝影/邱萬興

第四會場：金華國中大操場

■晚上七點在台北市金華國中舉辦「民主進步黨新黨之夜」。大操場留下了遍地的垃圾，新上任的黨主席江鵬堅認為這樣不行，新成立的民主進步黨應該給人民不一樣的新觀感，在深夜一點多，黨主席與陳菊、李勝雄、郭吉仁等人回到現場將垃圾撿乾淨，這就是民進黨創黨主席第一項任務。攝影/宋隆泉

■民進黨第一屆中常委，左起吳乃仁、謝長廷、游錫堃、周滄淵、費希平、江鵬堅、洪奇昌、康寧祥、尤清、蘇貞昌、潘立夫。攝影/宋隆泉

第五會場：元穠茶藝館

■民進黨第一屆中央執行委員（中執委）合影，第一排左起為：戴振耀、吳乃仁、陳武進、黃昭凱、洪奇昌、潘立夫、黃爾璇、張德銘、楊雅雲。第二排起謝長廷、張富忠。第三排起顏錦福、周伯倫、蔡仁堅、林文郎、楊祖珺、張俊雄、許榮淑、游錫堃、尤清、費希平、周滄淵、江鵬堅、蘇貞昌、蔡介雄、周清玉、傅正、康寧祥、施性平等人攝於台北市仁愛路元穠茶藝館，其中兩位中執委余玲雅與何文杞不在合影中。攝影/宋隆泉

■江鵬堅立委以13票對12票，一票之差險勝費希平立委，當選為第一屆民主進步黨黨主席。在風聲鶴唳聲中，江鵬堅出任創黨主席，不僅要有擔當，還要有隨時被抓的準備，所以當時的江鵬堅並沒有讓太太與家人知道太多，連後事都已準備好了。攝影/邱萬興

民主進步黨
給全國同胞的公開信

◎民進黨中央黨部政策中心主任傅正 執筆

近代人類歷史早就證明：民主是歷史的洪流，任何反民主的力量，都不過是小小的逆流。

但大家也知道：現在民主政治是政黨政治。沒有真正的政黨政治，就不能稱為民主政治。很不幸，自民國成立以來，在民國初年，雖然政黨勃興，乃至最理想的兩黨政治也露出曙光，但只是曇花一現。更不幸，隨著獨裁極灌浪潮的興起，革命政黨居然成了最主要模式，非僅迷信黨外無黨、黨內無派，而且迷信槍桿子裡出政權，黨化軍隊，使黨爭不是和平競爭，而是血淋淋的戰爭，以至禍國殃民。尤其不幸，抗戰勝利不久，由於國民黨的貪污、腐化、無能，完全如同國民黨候選人最近在政見會上所指責的一樣，雖然具有絕對優勢的兵力，卻在流血黨爭中慘遭失敗，喪失了整個大陸，而撤退到台灣，一直到今天，還不知道要何年何月才結束！

■民進黨建黨18人小組成員，左起江鵬堅、謝長廷、張俊雄、蘇貞昌、尤清，1986年11月6日攝於台大校友會館公布黨綱與黨章記者會。攝影/邱萬興

事理很清楚：要反共唯有民主，也唯有民主才可以反共。因此，為了追求真正的民主，二十多年來，黨外人士一直為求促進政黨政治的奮鬥，希望建立真正的反對黨，發揮應有的制衡作用。但是，不僅中國民主黨胎死腹中，而且美麗島黨外黨也歸於流產。儘管如此，我們絕不氣餒。直到最近一年，面對台灣局勢已經越來越接近歷史的轉捩點，我們堅決相信：真正政黨政治的促進，絕不容一拖再拖。因此，經過週密的策畫、部署，特別是無數的艱難、險阻，在今年9月28日，我們終於正式宣布民主進步黨的成立，而且在11月10日召開全國代表大會，完成了一切組黨工作，開創了政黨政治的新時代！

我們的黨經全國代表大會通過的黨章、黨綱，就是我們追求台灣真正民主進步的藍圖，也是我們向海內外同胞提出的民主進步保證書。

我們在「基本綱領」中提出的「我們的基本主張」，從民主自由的法政秩序、成長均衡的經濟財政、公平開放的福利社會、創新進步的教育文化、到和平獨立的國防外交，相信都是民主進步所必需。而我們在「行動綱領」中進一步提出的「我們對當前問題的具體主張」，無論是外交、國防、自由人權、政治、財經、社會、勞動、農漁林牧、教育、文化，相信更都是目前台灣所急需。

我們保證：我們的信念，我們有決心貫徹。我們的主張，我們有信心推動。但我們的黨是否能發揮預期的力量，畢竟還是決定於大家是否能熱烈支持。我們完全相信：人民的力量才是最偉大的力量，唯有獲得人民的熱烈支持，我們的黨才會成長、壯大，為促進台灣的民主進步奉獻出最大的力量。

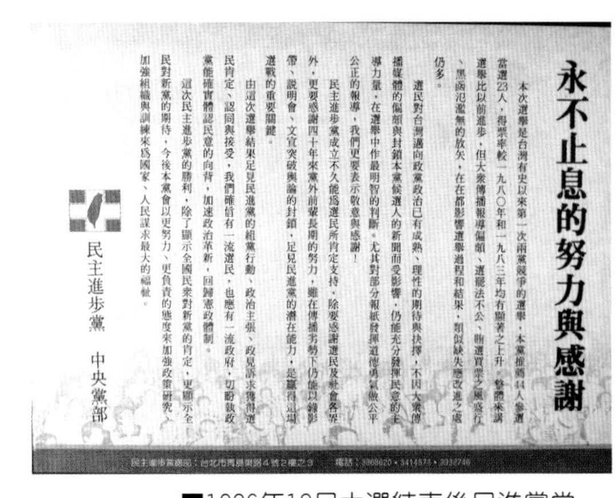

永不止息的努力與感謝

本次選舉是台灣有史以來第一次兩黨競爭的選舉，本黨推薦44人參選當選23人，得票率較一九八〇年和一九八三年均有顯著之上升。整體來講選舉比以前進步，但大眾傳播報導偏頗、選罷法不公、賄選買票之風盛行、黑函氾濫無的放矢，在在都影響選舉過程和結果，類似缺失應改進之處仍多。

選民對台灣邁向政黨政治已有成熟、理性的期待與抉擇，不因大眾傳播媒體的偏頗與封鎖本黨候選人的新聞而受影響，仍能充分發揮民意的主導力量，在選舉中作最明智的判斷。尤其對部分報紙發揮道德勇氣做公平公正的報導，我們更要表示敬意與感謝！

民主進步黨成立不久能為選民所肯定支持，除要感謝選民及社會各界外，更要感謝四十年來黨外前輩長期的努力，雖在傳播劣勢下仍能以錄影帶、說明會、文宣突破輿論的封鎖，足見民進黨的潛在能力，是贏得這場選戰的重要關鍵。

由這次選舉結果足見民進黨的組黨行動、政治主張、政見訴求獲得選民肯定、認同與接受，我們確信有一流選民，也應有一流政府，切盼執政黨能確實體認民意的向背，加速政治革新，回歸憲政體制。

這次民主進步黨的勝利，除了顯示全國民眾對新黨的肯定，更顯示全民對新黨的期待，今後本黨會以更努力、更負責的態度來加強政策研究、加強組織與訓練來為國家、人民謀求最大的福祉。

民主進步黨 中央黨部

■1986年12月大選結束後民進黨當選立委12席，國代11席。
傳單提供/邱萬興

很高興，自從我們的黨成立以來，已經從海內外獲得廣泛的支持。特別是，我們先後在台北市、台中市、高雄市舉辦的三場新黨之夜晚會，每次都有超出萬人以上的同胞參與，而且不惜慷慨解囊，捐助建黨基金。所有這一切，我們將永遠珍惜，誓以行動來報答。

由於我們的黨成立不久，各方面都還在草創階段，不可能完全符合大家的理想，甚至缺點一定不少。因此，我們竭誠希望：除了給我們支持外，也給我們批評、指教。我們保證：為了台灣的民主，為了台灣的進步，即使是對於最嚴厲的責難，我們也會虛心檢討，努力改進。

現在，增額中央民意代表選舉正在進行。這一次的選舉，是我們的黨剛成立便遇到的選舉。由於組織還有待建立，尤其大眾傳播工具又幾乎完全掌握在國民黨的手裡，我們推出的候選人，先天條件更不如人，完全是處在逆勢。唯一值得安慰的是，選民的眼睛畢竟是雪亮的，選民的耳朵也畢竟是靈敏的，要聽真正有政見的政見，真能帶動台灣民主進步的政見。因此，在全台灣各地區，我們的黨向大家推荐的候選人，自辦政見會的吸引力，不知遠超過國民黨候選人多少倍。

不過，投票的時間已經快到了。我們不得不呼籲：所有關心台灣民主進步的同胞，所有希望台灣真民主真進步的同胞，千萬要發揮在聽政見時給我們的候選人鼓掌、歡呼的熱情，非但把最神聖的一票投給民主進步黨的候選人，而且要用全力為民主進步黨候選人拉票，勝敗完全決定於每位同胞的一票。

最後，我們不得不鄭重強調：支持民主進步黨的候選人，就是支持民主進步黨！支持民主進步黨，就是支持台灣的民主進步！

民主進步黨

黨旗設計者—歐秀雄

每年民進黨黨慶一到，慶祝大會會場必定一片綠色旗海飄揚，卻很少有黨員知道，這面綠色底、白色十字、綠色台灣的旗幟，是出自於歐秀雄之手。

歐秀雄，筆名「官不為」，高雄岡山人。中原大學建築系畢業後，1970年赴日本研習建築設計透視圖。

歐秀雄是一位虔誠的基督徒，從小在教會的環境下，接受音樂的薰陶。除了有設計長才之外，也非常喜歡音樂。1975年，他向師大教授曾道雄學習聲樂，1974年獲得台灣區男聲獨唱冠軍。

從小親身經歷過二二八事件，知道教會的牧師（蕭朝金）遭槍殺，讓歐秀雄對國民黨的統治作風很不以為然。美麗島事件後，前聖經公會出版幹事趙振貳牧師，因介紹高俊明牧師協助施明德逃亡，而被關了兩年。趙振貳牧師出獄後，在艋舺教會舉辦感恩禮拜，歐秀雄應邀到場獻詩，因而認識了在台上受邀為貴賓的周清玉。

次日，周清玉便透過趙振貳牧師向歐秀雄表示，希望跟他學唱歌。因為當時周清玉身兼關懷其他受難者家屬的工作與國大代表，自己也是受難者家屬，身心俱疲，打算藉由向歐秀雄學唱歌來發洩情緒。歐秀雄回憶說：「上不到幾次課，周清玉就拖我去策劃『受刑人家屬關懷音樂會』。」

1985年周清玉邀請歐秀雄設計黨外公政會年底選舉要用的旗子。

歐秀雄當場設計了兩個版本。第一個版本是參考大英國協的旗幟，綠色底白色米字，中央有個綠色台灣，因為那時候，綠色已是黨外開始所用的代表色。

第二個版本則是以白色底，中間有個黑色的台灣，台灣中間再一個白色的拳頭。

當大家討論這面旗幟時，有人看著白色的米字說，「看起來好像台灣四分五裂」，因此提議改成十字，象徵「台灣背著民主的十字架」。基督徒的成員紛紛表示贊成，但是非基督徒者又反對，認為台灣人大多非基督徒，難引起認同。後來又有人提議把它想成「台灣走在十字路口上」，於是最後就完成「一個十字、各自表述」，而取得一致的認同。

1986年9月28日當天上午，「一九八六年黨外選舉後援會」在圓山飯店召開時，曾有個「迎旗」儀式，迎的正是這一面旗。當天下午，民進黨正式成立。後來，10月中旬，民進黨開會決議把歐秀雄設計的這面旗幟，明定為民進黨黨旗。

出其不意地成為民進黨黨

■1986年10月13日，民進黨召開工作委員會議，會中通過建築設計師歐秀雄設計的1985、1986年黨外選舉後援會會旗，做為「民進黨黨旗」。歐秀雄至今還保存民進黨黨旗設計原稿。攝影/邱萬興旗設計者之後，歐秀雄原來也差一點就成為民進黨黨歌的創作者。原來，姚嘉文擔任民進黨第二任黨主席時，曾經公開徵求黨歌。原本周清玉請歐秀雄擔任評審，但是當時許多有音樂素養的知識分子根本不敢參與，收到的歌曲品質都不是很好，因此周清玉便請歐秀雄自己創作一首。

歐秀雄拿出早就寫好的「勇敢的台灣人」，歌詞也符合姚嘉文「要有民主、進步」的要求，但這首歌遭到創黨元老費希平反對，因為歌詞一開頭，「台灣島嶼原本美麗，受外邦統治了數百年」，費希平以國民黨並非「外邦」而否定了這首歌，以至於後來民進黨一直沒有黨歌。

然而，後來「勇敢的台灣人」這首有進行曲味道的旋律和歌詞意境，在街頭運動抗爭上，仍成為黨外人士最喜歡唱的一首歌，對反對運動士氣的鼓舞，確實發揮了莫大的作用。

勇敢个台灣人.....

作詞/官不為(歐秀雄)

台灣島嶼原本美麗，
受外邦統治了數百年，
雖然英雄代代輩出，
可惜攏半途來犧牲。
礁砧路途嘓風雨，
民主運動日日大進步。
咱著扑拚！千萬吥嗵餒志！
排除萬難，前途無限，
團結就有向望。
咱著扑拚！無論任何阻擋！
排除萬難，扶持相牽，
勇敢个台灣人。
排除萬難，扶持相牽，
建設咱个新台灣。

■1985年黨外公政會時期，歐秀雄參考大英國協的國旗，設計出右邊的圖案，但許多黨外人士看到好像台灣四分五裂，於是歐秀雄把它修改成左邊的圖案，歐秀雄信仰基督教，把它詮釋成「台灣背著民主的十字架」，但許多沒有基督信仰的黨外人士，則把這面旗子認為台灣在十字路口。攝影/邱萬興

■1986年10月10日，台灣反核史上第一次示威遊行，黨外編聯會發動反核人士在台大校門口集合，以嘉年華會方式到台電大樓前舉辦「只要孩子，不要核子」抗議活動，前排右一為詹益樺。攝影/宋隆泉

只要孩子・不要核子
首次反核嘉年華會

民主進步黨成立後不久，為了抗議國民黨與台電公司要興建核四廠，1986年10月10日，黨外編聯會主導發動反核的抗議活動。

由於碰巧遇上台北市圓山動物園要搬遷至木柵動物園去，反核人士如謝長廷、洪奇昌、貢馨儀、周清玉、黃嘉光、蔡式淵、簡錫堦、袁嫵嫵、田朝明、卓榮泰、黃富、林樹枝、廖耀松、葉勝芳、詹益樺、田孟淑、陳文茜等人，全都戴上動物造型的面具，用活潑的嘉年華方式，從台大門口一路遊行到到羅斯福路上台電大樓前，抗議反對死亡科技，喊出「反核四救台灣」「只要孩子，不要核子」這是台灣反核史上第一次示威遊行。

■在羅斯福路台電大樓大門前，田朝明醫師與田孟淑也一起參加反核抗議活動。攝影/宋隆泉

場面浩大・激烈對峙

桃園中正機場事件

許信良要闖關回台，
國民黨動用軍警鎮暴部隊嚴陣以待，封鎖機場道路，
出動鎮暴裝甲車來回不停穿梭，
軍用直昇機在上空盤旋，灑下「心戰傳單」，
以紅色水柱並與催淚瓦斯對付民進黨接機民眾，
在桃園中正機場前出現棍棒、石頭齊飛的殺戮戰場。

■八十多歲高齡的前高雄縣長余登發（中）由孫子余政憲陪同，從中壢帶領民眾步行十幾公里到桃園中正機場。攝影/邱萬興

江鵬堅在接任民進黨創黨主席之後不到三星期，11月底的「桃園中正機場事件」，可說是民進黨草創初期最大的一場危機。

1986年11月30日，為了迎接「黑名單」許信良的闖關歸鄉，民進黨號召全台各地群眾到桃園中正機場接機，歡迎許信良返台。在這之前幾天裡，陸續已有黑名單人士闖關，桃園中正機場內已經是大小衝突不斷。

11月30日當天，全台各地許多民進黨候選人（1986年底，立法委員和國民大會代表選舉）都率領群眾前往接機。各路人馬先到中壢許國泰立委競選總部集合，由高齡85歲的高雄縣老縣長余登發，領軍走在群眾前面。

「萬人民主行軍」從中壢步行三個小時，走十幾公里到桃園中正機場現場。為了感念多年前許信良在高雄橋頭事件中的義氣相挺，余登發老縣長堅持以步行方式走完全程，令人十分感動。

當「萬人民主行軍」的隊伍走到大園機場交流道，那裡早已擠滿了從各地來聲援的群眾。國民黨派遣鎮暴部隊，在機場前一公里處，架起了蛇籠鐵絲網。每個鎮暴憲兵手上都拿著齊眉木棍。鎮暴部隊個個帶上防毒面具，並有瓦斯車尾的消防車隨行壓陣。機場旁，國民黨更動用警備車及十幾輛軍用裝甲運兵車來回走動，如臨大敵，情況十分緊張。

下午一點多，余登發老縣長走到現場時，群眾一陣歡呼叫好，整個隊伍往前移動，此時軍方一陣緊張，馬上命令消防車用強力紅色水柱驅離在場群眾，鎮暴部隊並發射催淚瓦斯彈。當時的天空，吹著略帶點寒意的東北季風，鎮暴部隊全部帶上防毒面具，占在上風的位置，而示威群眾在下風處，想逃都逃不掉。

示威群眾第一次感受到了催淚瓦斯的震撼！只要一被催淚瓦斯噴到，眼睛都無法睜

■民進黨主席江鵬堅與周清玉國代在鎮暴隊伍前帶領民衆唱「黃昏的故鄉」，安撫被催淚瓦斯襲擊的現場民衆。攝影/邱萬興

■為了阻擋許信良返台，國民黨派出大批憲警，封鎖通往機場道路，出動坦克車，在機場旁道路來走動以消防車向民衆噴射紅色消防水，以及發射催淚瓦斯，對付民進黨接機民衆。攝影/余岳叔

開。許多人難受得趕緊設法去洗眼睛。民進黨的幹部，包括黨主席及候選人，都和群眾一起承受催淚瓦斯及強力水柱的攻擊。

而此時，警方陣營一些年輕人突然向群眾丟石頭，顯然是有備而來；被激怒的群眾不退卻，也拿起石頭丟回去。一時之間警民互丟石頭，只見石頭滿天飛，衝突一觸即發。石頭滿天飛時，江鵬堅主席的背部，也被石頭擊中。從這時候起的十多個小時裡，一波接一波警民對峙、短兵相接的劇碼不斷上演。

隨後，從群眾這方，突然開進來三十幾部警車要進入機場，停在示威群眾與宣傳車中間動彈不得。警方不可能不知道前面道路已被封鎖，這很明顯是國民黨故意設下的陷阱，是要激起民眾的反感。

當場有三輛警車的車窗及輪胎被刺破，更有人要把警車翻倒、要點火燃燒警車，這幾個人被民進黨糾察隊制止，並詢問身份，他們答不出來。但糾察隊無公權力，只能放了他們。沒想到這些人居然跑向憲警鎮暴部隊方向，輕撥盾牌，隱身進憲警陣營。這些人顯然是國民黨要嫁禍民進黨的「假暴民」。。

隨後，江鵬堅主席背對著整排的鎮暴部隊，拿起手提麥克風，呼籲民眾「不要丟石頭，要冷靜，要坐下來」，與周清玉帶領著大家唱「黃昏的故鄉」及演講，民進黨黨工廖耀松則擂大鼓助陣。

軍方此時則不斷地播放愛國歌曲以示對抗。下午二點多編號323的軍用直昇機低空盤旋，從空中灑下滿天威脅「招降」的傳單，「請民眾趕快回家去吧！」就這樣從早到晚一共待了十幾個小時，尤其時間越晚越危險。而參與的民眾都是各地候選人帶來的，江鵬堅主席根本不清楚有哪些人，但他卻憑著一股堅定的毅力與信念，在當天混亂的現場，控制住場面，克服了眼前最大的危機考驗。

江鵬堅主席不但要和領導鎮暴部隊的高階軍警單位對話，還要穩住來自全台上萬抗議民眾的情緒。為了要隔開鎮暴警察和示威民眾，避免衝突的場面擴大，江鵬堅主席請一些女性黨員，周清玉、許榮淑、翁金珠、余玲雅、張溫

■「中正機場事件」一輛輛警車開進來，沿路算一算，一共三十一輛警車。攝影/邱萬興

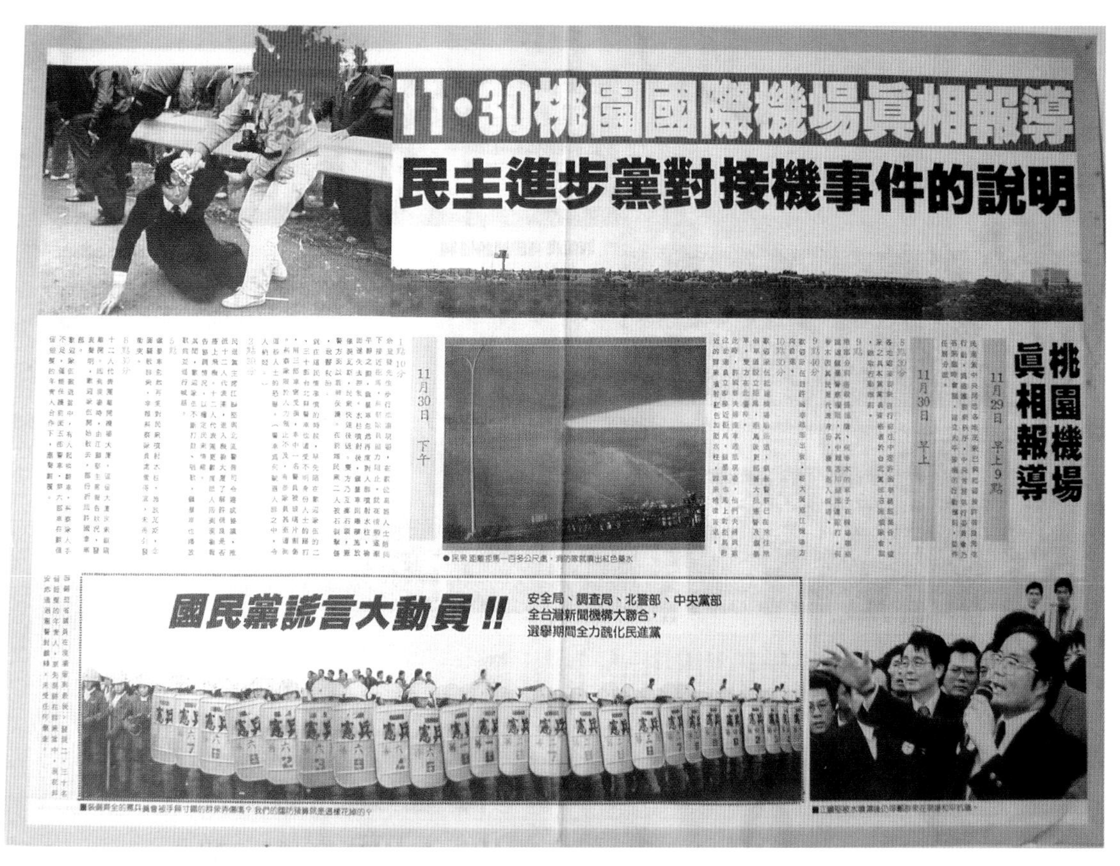

11・30桃園國際機場眞相報導

民主進步黨對接機事件的說明

桃園機場眞相報導

11月29日 早上9點

11月30日 早上

11月30日 下午

●民眾距離那邊一百多公尺處，消防隊就噴出紅色藥水

國民黨謠言大動員!!

安全局、調查局、北警部、中央黨部
全台灣新聞機構大聯合，
選舉期間全力醜化民進黨

社會公器不容濫用
事實眞理必須澄清

許信良有回國的權利

台大法律系教授李鴻禧說：
許信良有回到自己國家的權利。

軍警單位戒備機場・執勤態度強硬

卅餘民眾被饗以警棍拳脚

雖經指揮官制止仍難平息

機場警民衝突目睹記

■在高壓統治的時代，國民黨全力封鎖所有的媒體，不讓真相曝光，在媒體上提到民進黨的新聞時，都還稱為「民×黨」或「×進黨」，因此，民進黨中央黨部只好印製大量傳單，讓台灣人民知道「機場事件」事實的真相。傳單提供/邱萬興

鷹、蕭裕珍、林秋滿、楊翠、楊祖珺等人，手拿著鮮花站在群眾的第一線，把群眾和鎮暴部隊分隔開來，混亂的場面終於得到控制。

最後，江鵬堅主席和秘書長黃爾璇教授、游錫堃省議員等幾位幹部，被容許進入機場大廈內，以電話和在日本成田機場陪伴許信良的友人連絡，才得知國民黨警告所有的航空公司，阻止許信良踏上任何飛往台灣的班機。國泰航空公司在國民黨威脅下，拒絕許信良、謝聰敏、林水泉、若宮清等人登機，他們因而滯留日本無法回台。

晚上八時，江鵬堅主席向群眾解釋狀況，當場解散群眾回家，整個歡迎隊伍在高喊「民進黨萬歲」之後陸續散去，才讓一場危機不斷的示威行動平安落幕。

桃園中正機場事件，可說是民進黨成立後最危險的一次抗議示威行動，也是美麗島高雄事件後最大型的一場群眾示威運動。

這場示威運動在第二天被國民黨掌握的大眾媒體全面抹黑，但卻有兩支「小眾媒體」的錄影帶讓國民黨的抹黑戰術破功。其一是綠色小組在群眾這方的錄影帶，另一支是一位英國記者在憲警陣營所拍，清楚錄到憲警人員向群眾丟石頭的情況。這位英國記者當場將錄影帶及底片交給江鵬堅，江鵬堅轉交給林炳煌。綠色小組和林炳煌分別將此兩支錄影帶大量拷貝，分送民進黨候選人總部播放，以「小眾媒體」拆穿「大眾媒體」的謊言。

我還是一定要回來！

～許信良致鄉親父老的感謝書

■許信良回美後致鄉親父老感謝書「我還是一定要回來！」。
傳單提供/張富忠

■一位英國攝影記者在離開台灣時，交一份「警察向民眾丟石頭」的相片，給民進黨主席江鵬堅。

軍警單位戒備機場‧執勤態度強硬

卅餘民眾被毆以警棍拳腳

雖經指揮官制止仍難平息

政府原則決定將不處分非航

台灣局勢任何演變 安定民主絕不可棄

許信良聲東擊西 巧施金蟬脫殼計

民進黨昨組協調小組與有關單位交涉未果

機場警民衝突目睹記

卅五人被憲警毆傷

張富忠下巴被毆傷 北警部已應允徹查

機場事件充斥不理性行為 台灣民主運動恐將受斲傷

若干員警執勤 記者目擊動粗

許信良闖關過程 箇中問題頗耐玩味

■1986年12月3日，自立晚報總編輯顏文閂以獨立、持平的態度，衝破新聞封鎖與審檢，第二版全版刊登12月2日，軍警動粗的「桃園機場憲警暴力事件」。

■左起謝聰敏、許信良、林水泉等人在日本成田機場，被國泰航空公司拒絕登機，以致無法踏上回台班機。圖片提供/張富忠

■12月2日，許信良宣稱要從菲律賓搭乘菲律賓航空班機回台，民進黨中執委張富忠（上圖）以協調代表身份前往桃園中正機場接機時，遭到擔任警衛的軍警圍毆，被押入蘆竹鄉營區內，當天與詹益樺（下圖）等人，共有三十五位民眾被饗以警棍拳腳毆傷押入軍營，至傍晚才釋放。攝影/邱萬興

■12月5日，（前排右起）林秋滿、卓榮泰、周清玉、謝長廷與支持者赴台灣電視公司，抗議台視新聞對「桃園機場事件」不公正的報導。攝影/邱萬興

對抗三台電視的小衆媒體

綠色小組的影像記錄

「他們腳踩著球鞋，肩扛著攝影機，拍下台灣每個社會運動的現場。多一份事實記錄，就多一份力量，這是他們衝勁的來源。」這是描寫「綠色小組」最傳神的寫照。

「綠色小組」的主要成員為：王智章、李三沖、林信誼、鄭文堂四個人。這四個人靠著小眾媒體，顛覆了戒嚴時期三家電視台（台視、中視、華視）的國民黨傳聲筒角色。

1986年11月30日，在許信良闖關回台的機場事件中，「綠色小組」扮演了一個非常重要的角色。他們透過攝影機的鏡頭，把事情的原貌忠實地呈現在大眾的眼前，徹底瓦解了國民黨媒體欺騙台灣人民的謊言。

那天下午，就在接機群眾和鎮暴部隊對峙而僵持不下時，「綠色小組」的成員，把一支在現場所拍攝的、尚未整理剪接的錄影帶，從機場火速運送回台北市蔡式淵的競選總部，並在競選總部前立即播放，「機場事件」的真相首度被公布，駐足圍觀的人潮擠得水洩不通。隨後綠色小組將影帶大量拷貝，分送全台民進黨候選人播放。

這支錄影帶是「綠色小組」的成員冒著在紅色水柱、催淚瓦斯彈、飛石，以及暴警相向的生命威脅之下，所拍攝完成的。「綠色小組」的成員之一李三沖，在機場被水龍頭沖了三次，不但攝影機被水沖壞了，甚至一雙白色的球襪也因被紅色水柱沖到而染成紅色。

如果沒有「綠色小組」的努力，台灣人民絕看不到國民黨的惡形惡狀。也因為「綠色小組」的努力，這支「機場事件」的錄影帶，扭轉了1986年年底選舉年的局勢，徹底粉碎國民黨利用媒體控制來愚弄人民的企圖。

早在1984年7月之時，王智章就曾經在海山礦災現場採訪，透過非官方的小眾媒體——「一部個人攝影機」，把當時礦工家屬對礦主的控訴，和家屬對醫院草率醫療過程的不滿情緒全都錄下，並且自己召開記者會，讓事實真相公諸於世，為不幸罹難者的家屬爭取到更多的賠償與照顧。

從1985年11月起，王智章開始有一個構想，想運用攝影機來作一系列的紀錄，報導國民黨統治下無法得知的社會真相。他認為，過去黨外文宣多半只侷限於文字，例如：傳單、海報、書籍，相對於國民黨包山包海的電視、報紙，實在勢單力薄，如果能運用錄影帶，多一份記錄，就多一份力量。這也是王智章籌劃成立「綠色小組」的原因。

在1986年5月19日「五一九反戒嚴綠色行動」中，在龍山寺外圍，層層疊疊的警力包圍下，王智章扛著攝影機，爬進爬出地在現場忙著拍攝。每次他都是先將攝影機從警察頭上，遞給「綠色小組」的同伴，然後群眾再合力將他抬起，越過警察的封鎖線。

在1986年3月，鹿港反杜邦運動中，「綠色小組」從一開始就做很詳盡的記錄，台大的學生社團「大新社」主動組團前往鹿港調查反杜邦的事件，也是受到王智章的影響。

其他還有「新玻事件」、

■綠色小組王智章的現場錄影報告，有效的顛覆台灣大衆媒體對社會、政治運動的封鎖。攝影/蔡明德

「三晃農葯廠污染事件」，以及「華西街販賣原住民少女」的街頭抗議等等的紀錄，都是急遽變動的台灣社會中，除了政治之外，亟需台灣人民共同關懷的社會問題。

這些問題都隨著「綠色小組」主張「和平的・生態的・草根的・進步的」工作理念，一一透過攝影機，留下了歷史的記錄。而這些記錄的重要性就在於：它是戒嚴時期三家大眾媒體的電視報導中看不到的事實真相。

自立晚報

軍警單位戒備機場・執勤態度強硬

卅餘民衆被饗以警棍拳脚

雖經指揮官制止仍難平息

機場警民衝突目睹記

本報記者聯合採訪

若干員警執勤
記者目擊動粗

調查員蒐證糾紛案
蔡式淵昨有所說明
指制止丟石不聽始起衝突
調查局稱管理嚴格不可能

張富忠下巴被毆傷
北警部已應允徹查

新聞網外

國民黨為消滅民進黨
不擇手段，為贏得選舉不計代價

謊言、暴力、幽靈人口傾巢而出

■民進黨候選人大量引用影像記錄製成文宣快報，發揮了強大的影響力，這是蔡式淵競選總部傳單，決定性地扳回三天後民進黨的選舉票源。傳單提供/張富忠

民主新希望・新黨救台灣
民主進步黨正式登場

時候到了，讓我們向「黨禁」宣戰！

1986年的「增額中央民意代表選舉」是一次最具有歷史性意義的選舉。長期以一黨專政的國民黨，首度面臨組織完成的反對黨的挑戰。

民進黨建黨初期，全台黨員只有一千三百多人，當時敢加入民進黨的人非常少。在蔣經國當權的時代，國民黨堅決不肯承認「民主進步黨」成立的事實。國民黨對各類媒體的嚴厲控制，平面的報紙媒體與三家電視台的電子媒體在處理新聞報導時，只要是有提到「民進黨」的地方，一律是用「民X黨」、「X進黨」或「所謂的民進黨」等字眼取而代之。蓄意掩蓋事實，貶低民進黨的消息或活動。總之，國民黨不肯承認民進黨的合法地位，所以民進黨所辦的活動均屬不法行為。

九二八建黨後，民進黨立刻面臨到的重頭戲，就是年底的增額中央民意代表大選。10月20日，「民進黨中央巡迴助選團」成立，由民進黨創黨主席江鵬堅擔任總團長，台灣省議員游錫堃擔任總幹事。助選團並分成南北兩團，「北團」由費希平擔任團長，顏錦福擔任北團總連絡；「南團」由郭吉仁擔任團長，邱義仁、陳菊擔任副團長，舉辦全台巡迴演講會，配合「民主新希望、新黨救台灣」的共同口號，掀起全面性的選戰風潮。

民進黨創黨主席江鵬堅剛出版一本新書《選票代替子彈》，正打算以義賣方式，為民

第1號・第1好的立法委員候選人康寧祥

康寧祥傳單系列之4

給台北市民的公開信

康寧祥的最後一次選舉

這是我最後的一次選舉！

在整個政治體制沒有改變以前，我將不再參加任何選舉。

選舉本來是民主政治最基本的要件，但在台灣，它卻是選罷法、精選、與幽靈人口，等堆積起來的畸型制度。因此，國民黨雖然辦了四十年的選舉，不僅沒有辦法培養出任何真正具有聲望的政治人物，而且因爲選舉管道過於狹窄，使有志於參政的人，只能互相推擠、結成怨恨、反而有利於國民黨的控制和操縱。

十七年來，我獻身民主運動，長居陋巷，從未爲自己的身家籌謀。但是至今卻遭受各種無情的中傷和誹謗，使我遍體鱗傷，感切痛深。

此次選舉，各種匿名黑函滿天飛，非置我於死地不可。但我知道，在這種不道德的畸形體制下，人人都是這個制度下的被害者，尤其對在野人士而言，更是早晚必須面對的殘酷的考驗。

現在民進黨剛剛誕生，百廢待舉，而國民黨權力接班危機迫在眉捷，蓬勃的社會勢力蓄勢待發，未來的三年又沒有選舉。因此立法院必將成爲政治風暴中心。

我絕非機戀公職，但十七年來我深受各位鄉親的栽培，在此兩黨政治初興雛型，立法院即將展現新局之時，民進黨更需要具有豐富議壇經驗的人來承先啓後，乘時造勢，共同改造國會建立真正的民主制度。

一個曾在選舉中落敗的政治人物，是否能東山再起、重返議壇，這是一項極大的挑戰。重返立法院，爲政黨政治鋪路，不但是我最大的心願，也是對長久以來，一直支持我、栽培我的朋友們一個最好的回饋。

但是，不論選舉結果如何，在民主政治沒有建立之前，我絕對不會再參加任何選舉。我將把我的後半生，奉獻給新黨，使其成長茁壯，促成政黨政治的早日實現。

康寧祥

1 立法委員候選人
民主進步黨中央常務委員
康寧祥

康寧祥服務處
總部：基隆路一段398號
☎／7076129・7076159・7076132・7076134

■「康寧祥的最後一次選舉」，競選台北市立法委員文宣。得票134,839票，當選立法委員。傳單提供/張富忠

1986黨外後援會推薦
民主進步黨中央常務委員
國大代表候選人
⑦洪奇昌

時候到了 台灣人 站出來

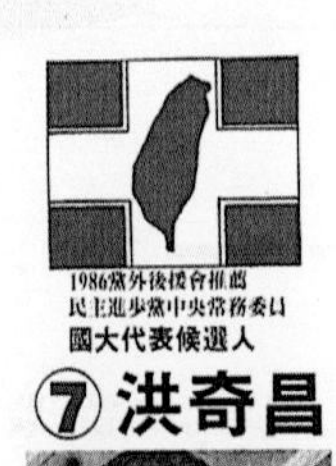

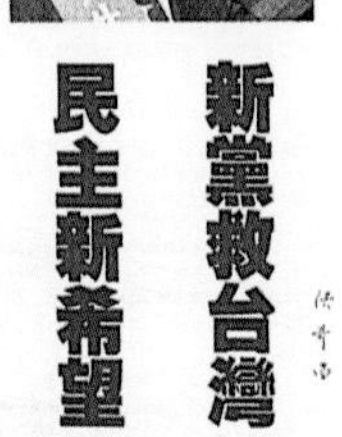

新黨救台灣
民主新希望

台灣的住民竟要花人家三倍的錢去養三個政府。

「三合爲一，重造政府」，這是最根本，最基礎性的改革。

■洪奇昌以第一高票當選台北縣國大代表，得票161,384票。傳單提供/邱萬興

■康寧祥的最後一戰，舉著民進黨旗揮軍進入國會。攝影/蔡明德

進黨籌募建黨基金，不料還未收到新聞局的查禁公文，卻先被警備總部查禁，反而成為演講會場上銷售量最好的黨外書籍。

1986年10月31日，黨外公政會與黨外編聯會聯合主辦「第二屆民主實踐研究班」，在台北縣新店燕子湖畔楓橋酒店，舉行為期三天的訓練營，為民進黨全台候選人培訓文宣與組織幹部人才。

11月28日，民進黨內新潮流系的國代候選人洪奇昌、翁金珠、黃昭輝等人，聯合發出一份選舉文宣戰報，內容則是一個標題為「把蔣經國綁起來」的漫畫傳單。在戒嚴時代，國民對黨外宣傳的控制還是十分嚴密，黨外這種將「諷刺蔣經國的漫畫印在傳單上」，是國民黨絕對不允許的，因此這一批文宣品尚在印刷廠，就遭到警總人員的攔截搶奪。

11月30日，許信良與謝聰敏、林水泉等人闖關回台，民進黨與來自全台上萬群眾前往接機，國民黨派出大批憲警軍事鎮壓，引爆流血衝突的「桃園中正機場事件」。

12月1日，打著「在街頭前進的博士」名號的蔡式淵與立委許國泰到台北市民生東路國泰航空公司抗議，抗議該公司拒絕讓許信良登機回台。警方出動上百名的鎮暴部隊，手持盾牌，擋在該航空公司門前，蔡式淵當場逮到調查局幹員陶秀洪在抗議現場扔石頭製造事端的證據，蔡式淵的知名度因而在台北市大幅提高。

12月3日，自立晚報以第二

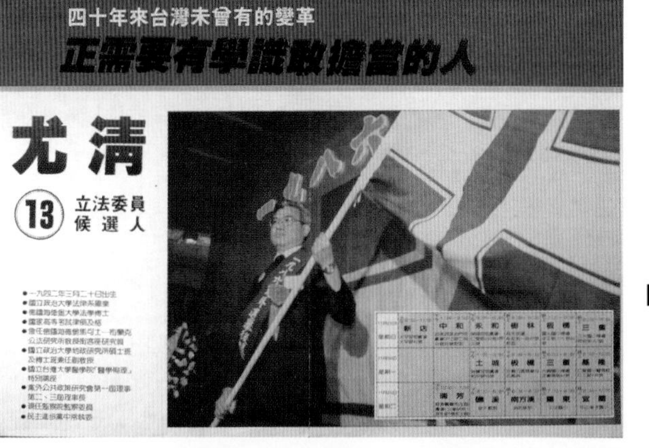

■尤清競選台北縣立法委員文宣，得票159,374票，當選立法委員。
傳單提供/邱萬興

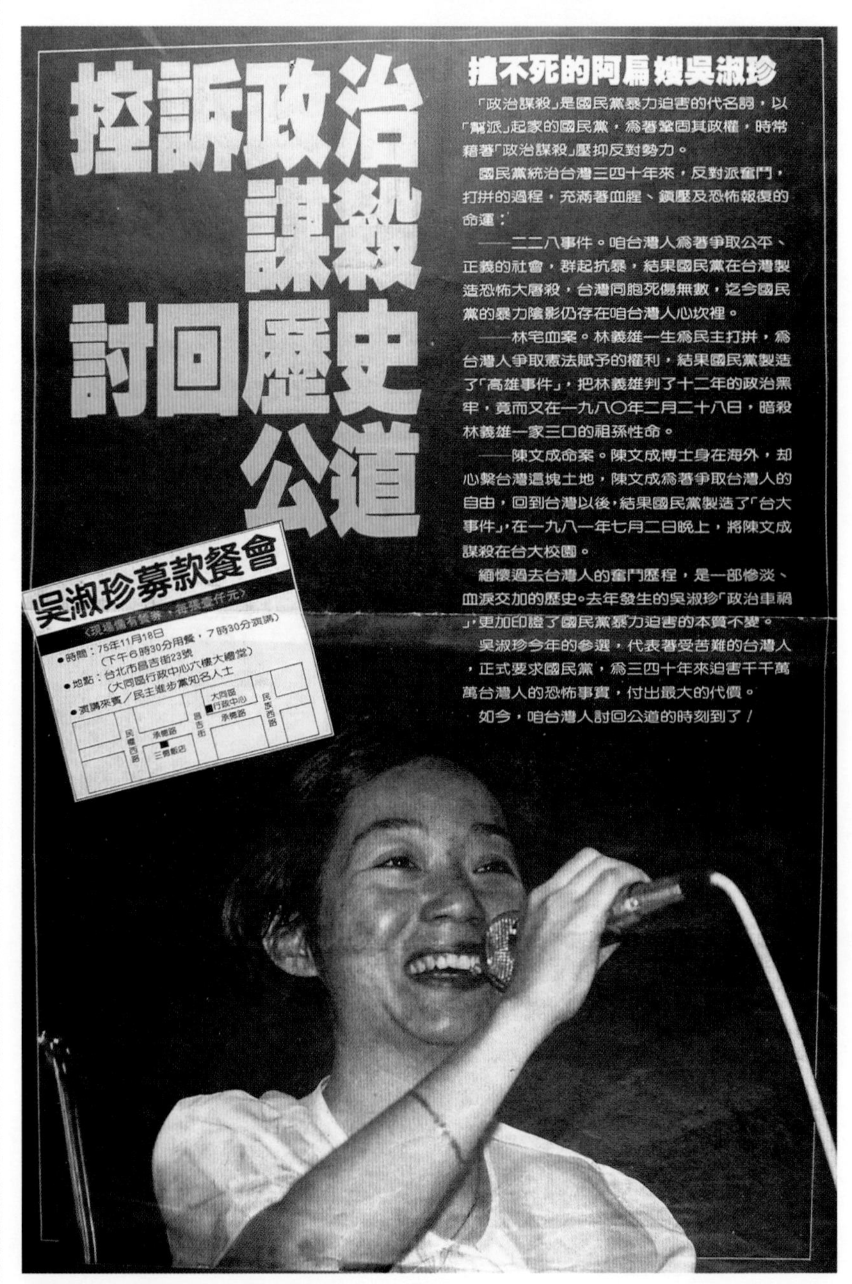
控訴政治謀殺
討回歷史公道

擋不死的阿扁嫂吳淑珍

「政治謀殺」是國民黨暴力迫害的代名詞，以「幫派」起家的國民黨，為著鞏固其政權，時常藉著「政治謀殺」壓抑反對勢力。

國民黨統治台灣三四十年來，反對派奮鬥，打拚的過程，充滿著血腥、鎮壓及恐怖報復的命運：

——二二八事件。咱台灣人為著爭取公平、正義的社會，群起抗暴，結果國民黨在台灣製造恐怖大屠殺，台灣同胞死傷無數，迄今國民黨的暴力陰影仍存在咱台灣人心坎裡。

——林宅血案。林義雄一生為民主打拚，為台灣人爭取憲法賦予的權利，結果國民黨製造了「高雄事件」，把林義雄判了十二年的政治黑牢，竟而又在一九八〇年二月二十八日，暗殺林義雄一家三口的祖孫性命。

——陳文成命案。陳文成博士身在海外，却心繫台灣這塊土地，陳文成為著爭取台灣人的自由，回到台灣以後，結果國民黨製造了「台大事件」，在一九八一年七月二日晚上，將陳文成謀殺在台大校園。

緬懷過去台灣人的奮鬥歷程，是一部慘淡、血淚交加的歷史。去年發生的吳淑珍「政治車禍」，更加印證了國民黨暴力迫害的本質不變。

吳淑珍今年的參選，代表著受苦難的台灣人，正式要求國民黨，為三四十年來迫害千千萬萬台灣人的恐怖事實，付出最大的代價。

如今，咱台灣人討回公道的時刻到了！

吳淑珍募款餐會

〈現場備有餐券，每張壹仟元〉

●時間：75年11月18日（下午6時30分用餐，7時30分演講）

●地點：台北市昌吉街23號（大同區行政中心六樓大禮堂）

●演講來賓／民主進步黨知名人士

■吳淑珍競選台北市立法委員文宣：得票80,139票，當選立法委員。傳單提供/邱萬興

國大代表候選人　民主進步黨中央評議委員

③蔡式淵 到國泰航空公司抗議

當場捕獲調查局人員在場製造事端

■蔡式淵競選台北市國大代表，得票89,971票，當選國大代表。 傳單提供/邱萬興

對台灣的愛與希望　立法委員候選人

②張俊雄港都戰報

為新黨開活路，為台灣找出路！

張俊雄願與您共挑民主大業的重担！

9月28日，民主進步黨成立了　多少血淚、多少辛酸
多少志士、奮鬥、犧牲　台灣人終於有了自己的政黨
民主新希望、新黨救台灣　讓我們勇敢地站出來
像菲律賓人民一樣　以鮮花軟化槍管
以血肉阻擋坦克　國民黨若膽敢撲殺新黨
我們決叫它付出慘痛代價
保護新黨
就是保護台灣人共同的心願

■張俊雄連任高雄市立法委員，得票77,429票。 傳單提供/邱萬興

開創新政治

台灣實行政黨政治，一直是國人共同的心願，但當社會還停留在黨外應不應該組黨的辯論中時，謝長廷以一名黨外公職新秀，却已經在構思黨外長期的發展策略。

七十一年，他提出「柔性政黨」的概念，主張黨外先以有實無名的實質政團運作，爭取社會認同，再順勢組黨。三、四年來，他一直朝著這個理想邁進，隨時利用機會實踐他的主張。七十二年，他又將「後援團」的構想帶進黨外，終於使黨外首次有了組織化的選舉提名機構。七十三年，他參與創設「黨外公政會」，黨外公職人員的組合，形成國民黨之外最大的實力團體。他的「柔性政黨」看似平淡無　，却真正發揮了「以柔克剛」的作用，連國策顧問陶百川都稱讚謝長廷的「柔性政黨」對民主政治貢獻頗大，也引來國民黨的反對與取締。

謝長廷不為時空條件所限，而能積極開拓資源；即使在狹小的政治空間中，他也能將自己的能力發揮得淋漓盡致。在公政會社會福利委員會主任委員任內，他一腳踏上街頭，發動了「消滅垃圾山」活動；在內政部聲言取締公政會，內外咸表疑懼的時刻，他出任艱鉅，一肩扛起重擔；公政會設立地方分會，是出自他的構想；在第十四個地方分會成立之後，他又看準時機，在選舉後援會大會中一舉推動了民主進步黨的建黨。

謝長廷才具卓越而不求名位，使他連任三屆公政會秘書長要職，備受各方倚重。觀察過謝長廷的人，無不欣賞他政治智慧成熟、處事明快穩健、渾身充滿年輕人的熱情與活力。從政五年以來，謝長廷已泱泱然有政治家之風。

謝長廷進入黨外，黨外因此而團結、而組織化、而組成了民主進步黨；謝長廷進入市議會，市議會因此而制定了聽證辦法、而成為最有活力的民意機關、而為政治革新帶來了進步與希望。他能化腐朽為神奇，能為新時代描繪新希望，而這正是立法院所迫切需要的。

立法院需要一個大衆的代言人，立法院需要一個精通法律的人權律師，立法院需要一個高瞻遠矚的政治家，謝長廷正是我們所需要的這個人。只要給他更上層樓的機會，他的能力，絕對值得大家信賴，他的表現，也一定會對歷史有交代！

作一個在野的政治人物，必須永遠充滿鬥志。

謝長廷在民主進步黨的中外記者會中解釋黨綱。

帶來進步與希望的人　謝長廷總部：地址：台北市承德路80號　電話：5518268-2線

■帶來進步與希望的人——謝長廷競選台北市立法委員文宣。傳單提供/邱萬興

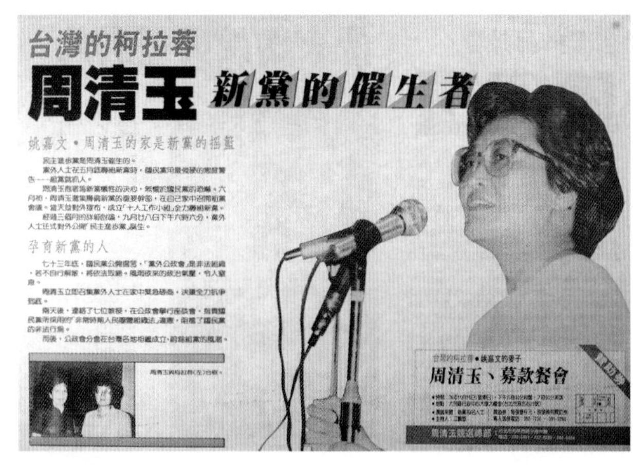

■周清玉競選台北市國大代表文宣，得票125,823票，台北市第一高票。傳單提供/邱萬興

■許榮淑「永遠站在第一線」，（選區台中縣市、彰化縣、南投縣）立法委員文宣，得票191,840票，全國第一高票，當選立法委員。傳單提供/邱萬興

版全版，刊登了該報社記者在現場目擊軍警動粗的「桃園機場憲警暴力事件」。民進黨全台候選人大量引用該文的報導，並製成文宣快報，廣為發送給社會大眾，讓更多人知道被國民黨掩蓋的事實，自立晚報的報導製成傳單後，發揮了強大的影響力，決定性地扳回民進黨的選舉票源。

12月5日，民進黨候選人謝長廷、吳淑珍、周清玉、蕭裕珍等人與數百位支持者赴台灣電視公司，抗議台視新聞抹黑民進黨，對「桃園機場事件」不公正的報導。

12月6日，第一屆增額中央民意代表選舉投票揭曉，台灣有史以來第一次兩黨競爭的選舉，民進黨獲得11席國大代表，為周清玉、蔡式淵、洪奇昌、張貴木、范振宗、翁金珠、蘇培源、黃昭輝、蘇嘉全、徐美英、吳哲朗，獲得22.21% 得票率。

立法委員當選12席，得票率24.78% ，其中第一選區至第四選區及高雄市均是最高票，當選12人是康寧祥、吳淑珍、尤清、黃煌雄、許國泰、許榮淑、朱高正、王義雄、張俊雄、余政憲、邱連輝、王聰松。

陳水扁律師因「蓬萊島案」被關在土城看守所，陳水扁的妻子吳淑珍「代夫出征」高票當選立法委員。而重披戰袍的康寧祥，在最後關頭以低姿態喊出「康寧祥的最後一次選舉」，也高票當選台北市立法委員。然而選前聲勢一直看好的謝長廷卻意外地高票落選，讓許多選民、支持者，與學者專家跌破眼鏡。美麗島事件的受難家屬張俊宏的妻子許榮淑，則以全國第一高票，19萬1840票當選第三選區立委。

朱高正在第四選區參選立法委員，他不參加婚喪喜宴，不佈樁腳，完全靠演講會起家。選舉前，他一共辦了一百一十多場群眾性演講會，是全台灣舉辦最多場次演講會的候選人，也是國民黨在南部最頭疼的候選人。9月27日，民進黨成立前一天，朱高正在嘉義縣民雄國小舉辦「新黨說明會」，遭國民黨派出鎮暴部隊與噴水車阻攔，爆發流血衝突事件。這個流血衝突事件也打響了朱高正的知名度，短短四個月內，聲名席捲雲嘉南五縣市，在選戰中更以黑馬之姿囊括了12萬0338票，以該選區的第一高票當選。

美麗島事件的受難家屬—姚嘉文的妻子周清玉再度以12萬5283票，第一高票當選為台北市國代。台北縣的洪奇昌則以16萬1384票，全國第一高票當選國代。原本工人團體、商業團體的席次完全在國民黨的掌控之下，1986年的選舉，也破天荒讓民進黨攻下三個席次。民進黨籍的電信局員工王聰松，以6萬3884票當選工人團體立委；同屬電信局員工領班的徐美英以9萬8861票，第一高票當選工人團體國代；吳哲朗則是以1萬7096票，突破重圍，當選商業團體的國代。

1987

風起雲湧 解嚴前後街頭運動

■6月12日，為了抗議「國安法」遊行，左起貢馨儀、蘇培源、蕭裕珍、許國泰舉著民進黨旗走在隊伍最前面。攝影/邱萬興

■鄭南榕與林宗正牧師。攝影/余岳叔

在台灣民主運動過程中，1987年是一個分水嶺。延續著1986年黨外人士突破國民黨的黨禁，台灣第一個真正有實力的反對黨—「民主進步黨」創黨成功之後，不管在政治運動或是社會運動上，人民要求改革的呼聲與抗爭，日益增加。

在這一年裡，美麗島事件受刑人陸陸續續被釋放出來，蓬萊島三君子也被釋放，民進黨各地的縣黨部亦逐一成立。

過去四十年沒人敢談論的「二二八事件」，在鄭南榕創辦的《自由時代雜誌》的報導下，神秘的面紗慢慢被掀起。隨著鄭南榕、陳永興、李勝雄發起「二二八和平紀念日促進會」，在全台各地舉辦演講，國民黨終於無法再以壓制的手段，繼續欺瞞台灣人民。

長期戒嚴之下，台灣人民連返鄉探親的基本人權都被剝奪。在這一年，民進黨開始發起「返鄉省親運動」，一來為海外台灣人黑名單爭取返鄉權利，二來也為外省籍同胞爭取大陸探親權利。

在國民黨的統治方面，最重要的是，「戒嚴令」終於在1987年7月15日解除了。在台灣人民「要求解嚴」的意念愈來愈強烈的情況下，蔣經國不得不讓步，解除戒嚴令的同時，也廢掉「動員勘亂時期臨時條款」。

箝制台灣民主發展的魔咒終於一夕之間崩裂了。不過，眼見過去的政治特權要毀於一旦，國民黨也不甘示弱，硬是通過「國安法」來維繫他們的既得利益。

在解嚴前後，政治抗爭不斷上演。正因為在解除戒嚴令前，國民黨打算以通過國安法來做為解嚴的籌碼，因此有「五一九要求解嚴、不要國安法」的抗爭，「六一一」江蓋世帶領抗議民眾，遊行隊伍往中山北路士林方向「打算拜訪蔣經國」，這也是台灣抗爭史上頭一遭直搗總統官邸的遊行。「六一二反對國安法遊行」國民黨再度製造衝突，並起訴謝長廷、洪奇昌、江蓋世三人。

8月中，民進黨提出「反對官派省市長」的要求，在台北市舉行「省市長直接民選大遊行」。

8月底，「蔡許台獨案」又掀起了另一波國民黨整肅台獨的高潮。

9月，原住民紛紛為不實的「吳鳳神話」而抗爭，要求教育部刪除教科書中的「吳鳳神話」。

年底，12月25日，民進黨要求「國會全面改選」運動，由康寧祥立委督導這場「一千人對抗一千九百萬人的戰爭」，數萬民眾挺身支持這項「要求萬年老國代、老立委下台」的政治改革訴求，包圍台北市中山堂與憲警對峙，造成台灣史上第一次因政治抗爭而使台北市西門町南北鐵路中斷。

■民進黨發動519「只要解嚴，不要國安法」大型和平示威活動，圖中綁著「不要國安法」頭巾的活躍黨工林明正與群眾一起高喊只要「100%解嚴、100%回歸憲法」。
攝影/黃子明

救她們走出那條黑街

彩虹專案救援雛妓運動

1985年台灣基督教長老教會舉辦「觀光與賣春」研討會，在9月份的一次籌備座談會中，「婦女新知」理事長李元貞教授，建議以教會力量來協助雛妓，促使當時基督教長老教會彩虹婦女事工中心主任廖碧英，前往華西街進行實地調查。廖碧英從調查中發現了雛妓問題的嚴重性，於是在1986年成立「彩虹專案」，開始從事救援雛妓的工作。

由於原住民在經濟上的弱勢，許多無辜的、未滿16歲的少女，往往被無知又缺錢的父母出賣到台北華西街的私娼寮，淪為雛妓。在性交易的食物鏈之下，父母得到了物質需求上的滿足，嫖客得到了性需求的滿足，老鴇、人口販子、私娼寮的保鑣，都因性交易而在轉手之間獲利。最可憐的莫過於雛妓本身，她們被迫從事性交易，不但被剝削得一無所有，甚至連最基本的人身自由都沒有。

■這一次「救援雛妓」抗議活動用到的所有版畫海報、布條、背心，由長期為台灣女性勞工奉獻的袁嬿嬿與林美瑢等一手包辦製作。攝影/蔡明德

1987年初，廖碧英決定聲援原住民少女，經過與「婦女新知」成員的商議、討論，決定動員原住民、婦女運動團體、人權團體、宗教團體、政治團體等31個民間單位及機構，以「彩虹專案」為名，聯合發表聲明「反對販賣人口——關懷雛妓」。

1987年1月10日，參與「彩虹專案」的社運人士，齊聚到台北龍山寺和華西街示威遊行靜坐，抗議政府縱容「販賣人口及山地雛妓」，並到台北市桂林分局遞交抗議聲明。這是社運人士第一次為關懷雛妓的問題走上街頭。

在遊行的過程中，社運人士親身步入花街柳巷，更深刻感受到雛妓的辛酸、悲哀與無奈。但除了心痛，除了抗議之外，社運人士也拿那些為所欲為的老鴇、人口販子、保鑣沒輒。因為正是當時的法律，縱容這些人逍遙法外：逼良為娼是告訴乃論罪，如果沒有人提出告訴，這些老鴇就不會受到法律的制裁。而被賣到這裡來的雛妓，礙於家庭或其他受制於人的種種因素，不能或不敢提出告訴，她們甚至沒有不接客的自由，比慘遭輪暴的情況更淒慘，逼雛妓接客的老鴇、人口販子、保鏢卻往往逃過法律制裁。

透過這次大規模的遊行抗議，「關懷雛妓」運動不但引起了社會輿論的廣泛探討，也讓台灣人民重新思考政治問題以外的「人權觀念」、「人身自由」、「法律正義」等問題。1987年3月，警政署終於在各方的壓力之下，成立了「正風專案」，任務是取締人口買賣、救援雛妓。

一年之後，1988年的1月9日，以「救援雛妓再出擊」聯名抗議的團體，由31個增加為55個，再度踏入華西街示威抗議。沿途有附近的居民指陳警察「正風」不力。

婦女新知的秘書長曹愛蘭問桂林分局的分局長，一年內正風專案究竟取締了多少「人口販賣」的案件，而分局長劉孝直則坦承而低調地回答：「14件。」這個回答，讓所有努力關懷雛妓運動的人士，深深感慨國民黨政府的執行不力。

原住民雛妓問題持續了很多年，一直不見有明顯的改善。根據政府官方統計資料顯示，自1987年3月至1994年9月，總共查獲384件人口買賣案件，未滿16歲的雛妓1,540人中，原住民少女就佔了四分之一，然而原住民人口數占全台灣總人口數不到2%，顯示原住民少女賣身為娼的問題依舊嚴重。

■「雛妓的存在是你我的傷痛」，袁嬿嬿與范巽綠手持布條，在台北市桂林分局前聲援「雛妓」運動。 攝影/邱萬興

■1月10日，由婦女、原住民、人權團體發起「彩虹專案」關懷雛妓運動，高舉「人口販子滾開」、「稚女無辜、嫖客有罪」等的抗議標語、布條，到台北華西街救援雛妓，抗議販賣人口遊行。攝影/宋隆泉

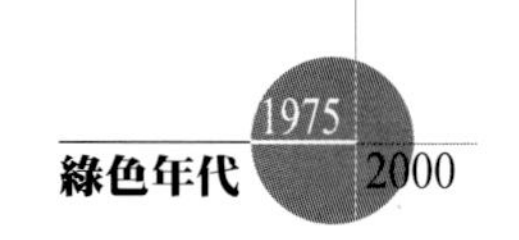

黨外大護法　姚嘉文出獄

■美麗島事件受刑人姚嘉文，被判刑十二年。服刑七年一個月後，於1987年1月20日獲假釋出獄，與妻子周清玉、女兒姚雨靜，一家團聚。攝影/邱萬興

■姚嘉文（左）與牽手周清玉、女兒姚雨靜回彰化老家拜見父親（左二）。攝影/邱萬興

■姚嘉文、周清玉與辯護律師蘇貞昌（左）、謝長廷（右）。攝影/邱萬興

蓬萊島三君子出獄

■1987年2月10日，蓬萊島三君子陳水扁、黃天福（右）、李逸洋（左二）在數百民眾與家屬熱烈歡呼之下，坐監八個月出獄，踏出土城看守所。攝影/邱萬興

■陳水扁拿著喊話器演講，感謝大家對他們三人的關心。攝影/邱萬興

挑戰國民黨禁忌
二二八事件40週年紀念

1945年二次世界大戰結束後，日本戰敗，台灣自此不再受日本的殖民統治。然而，國民黨政權在接收台灣的同時，也因黨政軍的腐敗，與台灣人民的期望有非常大的落差，社會情況混亂。到1947年2月28日，終於爆發「二二八事件」。

在「二二八事件」中，數以千計無辜的台灣人民，在事件中遭到逮捕和屠殺。台灣人自此開始視政治為禁忌，對政治事務都抱持戒慎恐懼的態度。數十年來，絕大多數的長輩都會告誡子女「各行各業都能做，唯有政治不能碰！」

1987年2月4日，「二二八和平日促進會」正式成立，由台灣人權促進會會長陳永興醫師擔任會長，李勝雄律師擔任副會長，《自由時代週刊》創刊人鄭南榕擔任秘書長。其中鄭南榕是打破二二八禁忌的關鍵人物。

「二二八事件」到了1987年，正好滿四十週年。過去在國民黨戒嚴的體制下，從來沒

提供/鄭南榕基金會

■「二二八事件」40週年，「二二八和平促進會」要求公布真相，平反冤屈，撫慰死難家屬，興建紀念碑和紀念館，訂定二二八為和平日等訴求。左起鄭南榕、林宗正、黃昭凱，2月15日在台南市舉辦第一場遊行，結果遭警方暴力阻擋。
攝影/余岳叔

228事件 40周年紀念行動

——公佈眞相・平反冤屈

228 和平日

二二八和平日宣言

四十年來，「二二八」事件像一片烏雲，縷縷的冤魂濃聚不散；又像你我心底的陰影，掩著我們最深刻的創傷。屈不得直，冤不得伸，眞相不得大白。四十年來，死者無法安息，生者難以平安；這個島上因此沒有眞正的和平。

但是「和平」——統治者與被統治者，本地人與外省人之間的和平——正是這個島上最重要的生存基礎。

因此，「二二八事件」發生的第四十週年，我們呼籲全島住民共同來紀念這個日子，並祈求和平早日降臨在台灣島上。我們呼籲公佈眞相，平反冤屈，讓死者的冤魂得以安息，讓生者的心靈得以平安，也讓這個島上的住民，得以因瞭解而諒解，因諒解而和解，因為和解就是邁向和平的開端。

我們懇切地向島上的每一位住民發出這個訊息：在第四十週年的「二二八」，請讓我們以「和平」來紀念它，並訂定這一天為「和平日」。

「二二八和平日促進會」會長陳永興及三十七個發起團體等共同聲明

會址：北市民權東路550巷3弄11號3樓　☎：(02)7135129 7135131

各界捐款敬請使用郵撥帳號：0716698-2　鄭南榕　或與本會連絡

「二二八和平日促進會」第一階段活動時間地點表

時間	地點	地址	協辦單位	活動內容	聯絡電話	備註
2月14日 下午7時	北市日新國小	台北市 太原路圓環邊	謝長廷服務處	室外大型演講說明會	(02)5813391	
2月15日 下午7時半	台南體育場 忠靈塔前	台南體育場 忠靈塔前	高李麗珍服務處	室外大型演講說明會	(06)2220364 2261842	2月15日下午2時和平遊行
2月18日 下午7時	桃園國小操場	桃園市內	桃園黨外聯誼會	室外大型演講說明會	(033)866340	
2月21日 下午7時半	洪奇昌三重服務處前廣場	台北縣三重市 中正北路38號	洪奇昌服務處	室外大型演講說明會	(02)9893452	
2月22日 下午7時	苗栗市 玉清宮廣場	苗栗市內	苗栗黨外聯誼會	室外大型演講說明會	(037)327777	
2月22日 下午7時半	南京路 游泳池前廣場	台東市內	張甲長服務處	室外大型演講說明會	(089)334948	
2月26日 下午7時	嘉義體育場	嘉義市內	黨外嘉義聯誼會	室外大型演講說明會	(05)2242690	
2月27日 下午2時	員林服務處	彰化縣員林鎮 三民街38之2號	許榮淑 翁金珠 員林服務處	室內座談說明會	(048)328552 325810	
2月27日 下午7時	埔里仁愛公園	埔里鎮內	南投民主聯誼會	室外大型演講說明會	(049)984282	
2月27日 下午7時半	鳳山忠孝國小	鳳山市新富路 630號	張俊雄服務處	室外大型演講說明會	(07)7431161	
2月28日	台中光復國小操場	台中市三民路	許榮淑服務處 張溫鷹服務處	室外大型演講說明會	(04)2234136 2223556	
下午7時	高雄勞工公園	高雄市中山路	張俊雄服務處	室外大型演講說明會	(07)2729738	

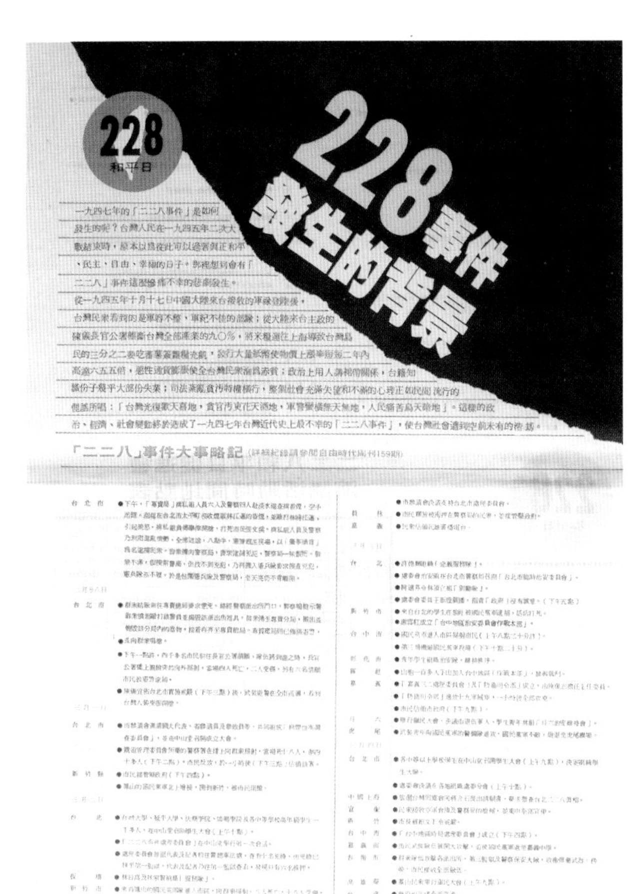

228事件 發生的背景

228 和平日

一九四七年的「二二八事件」是如何發生的呢？台灣人民在一九四五年二次大戰結束時，原本以為從此可以過著眞正和平、民主、自由、幸福的日子。那裡想到會有「二二八」事件這麼慘痛不幸的悲劇發生。

從一九四五年十月十七日中國大陸來台接收的軍隊登陸後，台灣民衆看到的是軍容不整，軍紀不佳的部隊；從大陸來台主政的陳儀長官公署壟斷台灣全部產業的九〇%，將米糧運往上海導致台灣島民的三分之二要吃番薯簽雜糧充飢，發行大量紙幣使物價上漲率在短短二年內高達六五五倍，惡性通貨膨脹使全台灣民衆淪爲赤貧；政治上用人講裙帶關係，台籍知識份子幾乎大部份失業；司法紊亂貪污特權橫行，整個社會充滿失望和不滿的心理正如民間流行的俚謠所唱：「台灣光復歡天喜地，貪官污吏花天酒地，軍警蠻橫無天無地，人民痛苦烏天暗地」。這樣的政治、經濟、社會變動終於造成了一九四七年台灣近代史上最不幸的「二二八事件」，使台灣社會遭到空前未有的浩劫。

「二二八」事件大事略記（詳細紀錄請參閱自由時代周刊159期）

傳單提供/張富忠

■在台南市舉辦二二八和平日大遊行。攝影/余岳叔

有人敢公開談論「二二八事件」，更不用說為二二八事件舉辦紀念儀式或活動。「二二八和平日促進會」成立後，台灣島內和海外共有56個團體加入促進會。

從2月14日召開記者招待會，宣布展開祈禱會、祭拜典禮、座談會、演講會、和平遊行等紀念活動，2月15日在台南市舉辦第一場遊行，一直到3月17日，在台灣全島一共舉行了23場公開性的群眾活動，要求國民黨政府公布二二八事件的歷史真相，平反二二八事件受難者的冤屈，安慰罹難者的家屬，向罹難者、受難者家屬以及全國人民道歉，同時展開調查與登記，興建二二八紀念碑和紀念館，出版有關「二二八事件」的研究論文和資料，並把每年的2月28日訂為「二二八和平日」。

由於嚴重地挑戰了國民黨當局過去統治台灣的合法性與正當性，因此，「二二八和平日促進會」的活動，幾乎是全面性遭到憲警的暴力阻擋與打擊。

1987年2月28日，為紀念二二八事件四十週年，民進黨特別選在當時發生二二八事件附近的台北市延平北路永樂國小，舉辦「二二八和平日演講會」。會中，1月20日出獄的姚嘉文律師，以及2月10日出獄的陳水扁律師，都在晚會上公開宣布加入民進黨。

■陳永興在二二八演講會，突破禁忌公開談論「二二八事件」。
攝影/邱萬興

■「二二八和平促進會」，在嘉義市準備舉行遊行活動時，遭到數百名鎮暴部隊強力阻撓與壓制。攝影/宋隆泉

■1987年「紀念二二八事件四十週年」，民進黨中央黨部在台北市永樂國小主辦「二二八和平日演講會」，數萬民眾參與，會後遊行到淡水河十三號水門祭拜二二八冤死英魂。攝影/邱萬興

■「二二八和平日演講會」上，甫出獄的陳水扁在晚會上公開宣布加入民進黨。攝影/邱萬興

台灣人總統平反二二八
李登輝應代表國民黨公開道歉！

台灣人應知二二八

一、定二二八爲和平日，每年舉行追思儀式
二、公佈事件眞相，平反冤曲
三、國民黨政府應公開道歉
四、二二八史實編入歷史敎科書
五、受難人遺族從優賠償
六、特赦所有政治犯

二二八和平日紀念大會（在台南市舉行）

民主進步黨中央黨部 主辦　台南市黨部 承辦　各縣市黨部 協辦

傳單提供/邱萬興

民進黨中央黨部搬新家

民進黨中央黨部在財務長周滄淵省議員努力下，用募款與義賣的錢，買下台北市建國北路二段175號7樓，佔地130坪新辦公室，一共花了635萬元，5月6日搬新家，從黨外公政會青島東路的會址，遷入建國北路辦公，5月18日舉行慶祝茶會。

■江鵬堅主席主持第一屆中執委宣誓典禮。攝影/邱萬興

■新當選的中執委陳水扁與姚嘉文首度參加民進黨中央黨部中執會。攝影/邱萬興

■民進黨全代會黨代表在黨旗上簽名，與有榮焉。攝影/邱萬興

■江鵬堅主席主持「民進黨國外訪問團記者會」。攝影/邱萬興

■1987年3月29日，民進黨在台大校友會館召開第一屆第一次臨時全國黨員代表大會，補選中央執行委員，由姚嘉文、陳水扁、朱高正當選。攝影/邱萬興

紮根基層

民進黨各縣市成立地方黨部

■創黨初期，民進黨召開中央執行委員會時，因為黨外公政會場地不夠大，必須四處借場地召開會議。攝影/邱萬興

■蘇貞昌擔任民進黨中央黨部組織部督導，與江鵬堅主席一起召開各縣市黨員入黨審查會議。攝影/邱萬興

■1987年6月7月，民進黨全台第一個縣黨部「台北縣黨部」成立，鄭余鎮當選第一任主委。攝影/邱萬興

■擔任組織部督導蘇貞昌（中）與幹事陳武進（左）向費希平立委（右）講解民進黨全台成立地方黨部情形。攝影/邱萬興

■1987年8月1日民進黨高雄市黨部成立大會，周平德當選第一任主委，黨主席江鵬堅、蘇貞昌、費希平、余登發老縣長均列席參與。攝影/邱萬興

■1987年8月2日，民進黨台北市黨部成立，康水木市議員當選第一任主委。攝影/邱萬興

想家

老兵返鄉運動

何文德等人發起外省人返鄉運動，要求開放中國大陸省親，
民進黨全力促成老兵返鄉探親，
當年，時局動盪中，他們倉促遠離故鄉。
想家，他們想了40年。
親情被政權鬥爭犧牲了，他們成為可憫的望鄉人。
這些少小離家的外省人，臨老才能歸鄉探親。
1987年底，國民黨政府終於同意開放大陸探親的窄門。

■何文德與他的老兵弟兄，穿著「媽媽，想家啊！」「我的家在東北松花江上」，
爭取回到禁斷四十年的大陸故鄉。攝影/蔡明德

抓我來當兵，送我回家去！

我們要求政府發給每位老兵新台幣六萬元返鄉探親路費

矗立在台灣海峽中間的「柏林圍牆」，終於被我們一群穿著「想家」奇裝異服的老人推開了一道裂縫。

兩岸隔絕將近四十年了，在回家之路即將引導我們重踏故鄉泥土，再喝一瓢兒時井水的前夕，我們才恍然大悟我們生長的地方對我們竟然是那麼陌生，距離是那麼遙遠，路途是那麼樣坎坷。

孤苦零丁　孑然一身

現在我們至少已經六、七十歲的老頭子，不管當年你、我是被抓、被征或自願從軍「報効黨國」。但我們一生幸福卻絕無二致地，全都奉獻給了這個「大有爲的政府」。

樹高千丈，落葉歸根。垂垂入暮之年，夫復何求？但當我們想趕搭返鄉列車回家探親時，我們自己已是來日無多，孑然一生的老人，不能不茫茫然問問自己：我們的「親」在那裡，我們的家在何處？

台灣的富裕連海峽那邊的「領導人」都公開羨慕的。但當我們正準備束裝上路，親身體驗「探親是基於人道」的「德政」時，我們又再一次發現我們這些在軍中被譽爲「聖人」，退伍後被封爲「榮民」的老傢伙，人生應該有的，我們一概全無。除了一身病痛，剩下就祇有一張非「先總統蔣公」死而復活，繼續領導我們「反共抗俄，消滅共匪」才能兌現的「戰士授田證」外，其他上無片瓦，下無寸土，身無分文，連吃飯都成問題。

父債子還　理所當然

日薄西山，時不我予。「戰士授田證」之設置，本來就是一場騙局。如果根據「蔣總統們」宮廷內規——凡有利於人者必以「拖」字來看，就算坐在輪椅上的「蔣總統經國先生」答應「父債子還」，又將如何？

說實在話，在他，天曉得他能不能辦完這件事；在我們，不要說夢想腰纏萬貫，衣錦還鄉了。其實，你、我只要到各地「榮民醫院」看看那些等待返鄉探親等了四、五十年，結果一個接一個被送進焚化爐的老哥哥們，要是我們還要守株待兔再痴痴等下去，後而接著送進去的又將是誰呢？

沒有當年老兵　那有今日政權

「沒有當年老兵，那有今日政權」。我們無謂強調我們在國、共兩黨爭戰中所扮演的角色；我們也不必懷念曾被誇獎爲「勞苦功高國軍將士」的虛榮。我們就是我們，我們是一群退伍老兵。就算我們這些老兵在「蔣總統們」心目中，只是一群供其驅駛賣命的家奴走狗，時至今日，它們也應該天良發現，資遣我們返鄉探親，送還原籍呀！

既要戰士授田　更要回家路費

因此，我們堅決主張：「戰士授田」是我們應得的權利，返鄉探親路費是「蔣總統們」應負擔的義務。橋歸橋，路歸路，二者各有原由，不可混爲一談。

「外省人返鄉探親促進會」是推動兩岸探親的首創人道組織，也是腳踏實地，一步一步推開探親之門，獲得各界支持與肯定的唯一人權團體。何文德是這個團體的發起人之一，也是這個會的會長。眼看返鄉探親已經從非法變合法，而當時同他一起四處散發傳單的老朋友，以及千千萬萬同樣是孤苦無依，一無所有的老哥哥，竟然在垂暮之年望歸路而興嘆時，我們促進會的全體同仁，莫不有人溺己溺的搥心之痛。

所以，當何文德十月十一日參加老松國小演講會時，特別當著萬千聽眾宣佈：「抓我來當兵，送我回家去！我們要求政府發給每位老兵新台幣陸萬元返鄉探親路費。當我率領的歷史性返鄉探親團動身前夕，國民黨對我們的要求尚未做出肯定的承諾，那我回到大陸以後就要告訴大陸同胞，發起一人一元運動，解救我們老兵返鄉探親」。

本會一向是說到那裡，做到那裡，而且是一定會成功。國民黨所造成的親情乖離已四、五十年，而我們所要求於它者不過區區陸萬元之回家路費而已。如果在它們享盡統治權利之餘，連這麼一點最低限度的道義責任也還想要賴，我們敢以項上人頭預言：將來資助我們返鄉探親者，一定是那「貧窮落後」的故鄉父老兄弟姐妹們。道理很簡單，因爲，你、我不是他們的兒子，就是她們的丈夫；不是他們的兄弟，就是他們的親戚朋友。他們不來救我們，誰來救我們？

結伴返鄉　互相照應

老來結伴好返鄉！孤苦無依的老哥哥，來吧！趁在太陽下山以前，讓我扶著你，你牽著他，他拉著我。讓我們彼此照應，互相幫助，心連心，手牽手地踏上我們等待將近四十年的返鄉探親之路吧！

沒有當年老兵　那有今日政權

傳單提供/張富忠

■何文德訴求想家運動：「抓我來當兵，送我回家去！」。攝影/邱萬興

■1988年1月17日，「外省人返鄉探親團」成為政府開放第一個返鄉探親的團體，傅正教授（右一）親自到桃園中正機場送行。攝影/蔡明德

■盲眼的莫那能是排灣族詩人。
攝影/邱萬興

來自地底的控訴

時間不再給我，我走向世紀之門
在這終站與起點
我卸下包括愛、恨、悲、歡之一切
通過大門，是無悔無爭的世界
在這裡我看見幾百年來
相繼來到的祖先
這個家是被遵奉的
永不遷徙的安息之地
那一天，突然地那一群東西
用十字鎬敲開我們的家
將我們的屍骨挖出，灑落在地面
天啊！
這是什麼樣的劫難？！
什麼樣的懲罰？！
我們哀嚎、哭泣、呼喚
孩子們沒有看見，也沒有聽見
卻喚來野鼠和烏鴉

滾開吧！
太陽！
你不去溫暖在陰暗角落裡顫抖的子民
卻來曝曬我們被支離的屍骨
滾開吧！
野鼠和烏鴉！
難道連你們都還要增加我們的苦難
（節錄自莫那能的詩）

挖我祖墳事件
東埔布農族抗議

■胡德夫與莫那能在行政院前。攝影/邱萬興

為了蓋飯店，
南投縣政府以妨礙「風景區觀瞻與地方繁榮」為由，
竟然毫不尊重原住民的風俗，
硬把信義鄉東埔村布農族的祖墳挖出，並將屍體任意曝曬。
東埔村原住民失去祖先的墳墓，憤而走上街頭抬棺抗議。
4月3日，原權會聯合十五個民間團體，
將棺木抬往行政院前要求見俞國華院長，
呈遞抗議書，但未獲接見，
抗議人士轉往總統府陳情，至總統府前開封街口遭憲警阻擋，
派代表進入總統府，要求政府重新安置布農族祖墳。

■前往總統府抗議，反對！政府漠視原住民文化。
攝影/邱萬興

■原住民團體在立法院前抗議挖我祖墳。攝影/邱萬興

■在行政院前抬棺抗議，要求南投縣長吳敦義下台。 攝影/邱萬興

校園抗議運動
台大學生511自由之愛

台灣在1980年代學運史上，第一件大規模學生抗議運動，是台大學運的「自由之愛」。「自由之愛」主張以校園內大學生的集體力量，對抗國民黨用國家機器（包括校長、教官、行政人員等）控制校園、支配學生的制度。

繼1986年台灣大學校方將李文忠開除學籍之後，校園內的學生運動較為低迷，但曾經為學運而努力的學生依舊為理想而奮鬥。1987年1月17日，一百多位台大研究生，為爭取建立真誠的學術競爭和自由對話的環境，反對限制大學內的言論自由，共同簽署一份「爭取校園言論自由聯合宣言」。

3月24日，六十多名台大學生組成「大學改革請願團」，到立法院請願，要求「政治校長撤出校園、教官全面退出校務、全面修改大學法」。學生們高舉抗議標語，呼喊著「教官退出學校」、「還我學生權」、「還我自治權」等口號，並且遞交一份由一千八百位台大學生連署的請願書。

5月11日，台大學生發起「校園漫步」活動。六十多位學生高舉各種改革訴求的布條、標語，呼著「要求普選」和「我愛台大」的口號，在台大校園各處演講，訴求改革理想，並說明「五一一」的歷史意義，一方面紀念學長們過去的努力，另一方面繼續爭取學生代聯會普選制度，以及要求學術自由和校園自治。

學生抗爭的行動，一再激怒國民黨掌控下的校方人員，學校本來打算把參與的學生以最嚴厲的退學處分，但學運經過李文忠事件後，不再是校內

■5月11日，台灣大學社團學生發起「511自由之愛」活動，林佳龍身穿普選衣服，高呼「我愛台大！普選！普選！」，要求「校園解嚴、修改大學法」，爭取代聯會會長改採普選制。攝影/邱萬興

■身穿普選的台大學生在校園漫步。攝影/邱萬興

單純的懲戒問題，民主運動人士也開始關心並批判國民黨以黨治校的作風，因此在社會輿論的壓力下，最後校方只能將自由之愛成員的其中7人：文馨瑩、吳介民、林志修、林佳龍、梁至正、陳啟斌和鍾佳濱記小過處分。

■「自由之愛」是一九八〇年代學運史上第一次大規模學生抗議，台大的校園抗爭也迅速引發其他大學校園內類似的抗爭活動。

大學改革請願團

■1987年3月24日，台大學生發起「大學改革請願團」在立法院請願，「要求政治校長撤出校園，教官全面退出校務，全面修改大學法」。
攝影/邱萬興

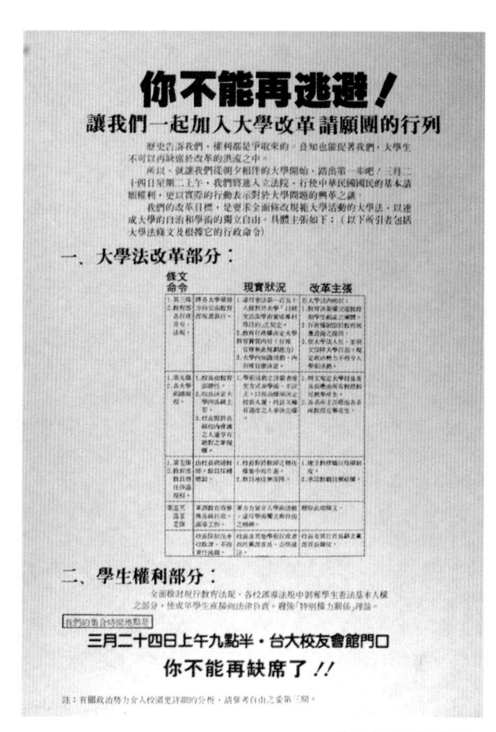

你不能再逃避！

讓我們一起加入大學改革請願團的行列

歷史告訴我們，權利都是爭取來的。良知也催促著我們，大學生不可以再缺席於改革的洪流之中。

所以，就讓我們從朝夕相伴的大學開始，踏出第一步吧！三月二十四日星期二上午，我們將進入立法院，行使中華民國國民的基本請願權利，更以實際的行動表示對於大學問題的興革之議。

我們的改革目標，是要求全面修改規範大學活動的大學法，以達成大學的自治和學術的獨立自由。具體主張如下：（以下所引者包括大學法條文及根據它的行政命令）

一、大學法改革部分：

條文命令		現實狀況	改革主張
[illegible]	[illegible]	[illegible]	[illegible]
[illegible]	[illegible]	[illegible]	[illegible]
[illegible]	[illegible]	[illegible]	[illegible]
[illegible]	[illegible]	[illegible]	[illegible]
[illegible]	[illegible]	[illegible]	[illegible]

二、學生權利部分：

全面檢討現行教育法規，各校訓導法規中剝奪學生憲法基本人權之部分，使成年學生直接向法律負責。剷除「特別權力關係」理論。

我們的集合時間地點是

三月二十四日上午九點半・台大校友會館門口

你不能再缺席了！！

註：有關政治勢力介入校園更詳細的分析，請參考自由之愛第三期。

傳單提供/邱萬興

請留下最後一片白沙灘

反對核四廠興建

1987年4月26日，蘇俄「車諾比爾核電爆炸事件週年日，反核人士與台北縣貢寮鄉民在核四建廠預定地鹽寮，舉行「請留下最後一片白沙灘」的「反核四」示威抗議，反對興建核四。

■台大教授張國龍帶領大家在台北縣鹽寮核四預定地抗議呼口號。攝影/邱萬興

只要解嚴・不要國安法

■1987年3月18日，以「只要解嚴、不要國安法」為訴求的綠色行動本部，右起廖耀松、林樹枝、楊雅雲與戴振耀（左一），在立法院前支援民進黨立委抗議制定國安法。攝影/邱萬興

■抗議制定國安法，朱高正在立法院總預算審查會場，跳上主席桌扯下麥克風，將公文資料踢滿地。攝影/邱萬興

■「台灣第一戰艦」朱高正，在1987年6月9日被極右團體「反共愛國陣線」指名罵為「流氓立委、小丑立委」。他們出動三四百人包圍立法院，拉起「不信朱高正，真是神經病？」布條，在立法院外與朱高正發生扭打。攝影/邱萬興

首見蛇籠拒馬

五一九要求解嚴示威

民進黨中央黨部發動
「只要解嚴，不要國安法」
五一九大型示威活動，
上萬群衆到國父紀念館
抗議國民黨實施戒嚴三十八年，
要求「100%解嚴、100%回歸憲法」，
國民黨動員上萬軍警圍堵封鎖，
展開長達十二小時的對峙，
民進黨被拒馬與鐵絲網圍堵封鎖一天。

■國民黨動用了所有最新的鎮暴設備，鎮暴部隊如臨大敵，在國父紀念館四周每人手上拿著催淚瓦斯槍，身背瓦斯槍整排子彈，要對付民進黨抗議民衆。攝影/邱萬興

■從美國來台灣學中文的史考特，拿著鉗子賣力地在剪擋路的鐵絲蛇籠網，當他每剪斷一根鐵絲時，群衆就鼓掌拍手叫好。事後有群衆問他，你為何這麼做？他回答：「我看不慣警方的這種做法。」7月31日，史考特因毀損拒馬鐵網被判刑8個月，緩刑三年，驅逐出境。攝影/蔡明德

攝影/宋隆泉

1986年5月19日，為了抗議國民黨戒嚴統治台灣38年，黨外人士發起「五一九綠色行動」，在龍山寺附近示威遊行，當天被警方以鎮暴部隊圍堵在寺內長達十幾個小時。隨後，國民黨政府當局為了因應台灣人民要求解嚴的訴求，提出以另立「國家安全法」來替代戒嚴，做為解嚴的先決條件。

在國民黨的算盤裡，透過國安法的規範，台灣人民不得有「分裂國土」或「共產主義思想」的主張，此外，關於出入境、進出管制區、軍法審判案件，有「於解嚴後不得上訴的規定」。這些條文，在在讓民主運動人士不服，認為國民黨沒有誠意，用換湯不換藥的方式繼續掌控台灣的政治大權。

在立法院內，民進黨籍的立法委員盡全力反對國安法的制定，並在台灣全島各地舉辦一連串的「反對國安法說明會」。然而民進黨立委是立法院的少數，占絕大多數的國民黨立委（包含從中國大陸隨國民黨來台四十年未改選的老立委在內），仍舉手表決，於6月23日強行通過「國安法」的制定。

1987年3月18日，鄭南榕主導的「五一九綠色行動本部」，持續要求「解除戒嚴」，並發動民眾聚集在立法院前，抗議制定國安法。本來「五一九綠色行動本部」打算在4月19日到總統府前，舉行大型示威抗議活動，後因種種考量，最後決定延期到5月19日，由「民

■陳水扁推著吳淑珍一起參加國父紀念館「519解嚴」抗爭活動。
攝影/潘小俠

■冒著寒風細雨、全身溼透的抗爭隊伍，只能在國父紀念館四周打轉遊行，左二起沈楠、黃怡、李瑞雲、藍美津、余玲雅、黃玲娜等人走在隊伍最前頭，向國民黨要求「100％解嚴！」。攝影/邱萬興

主進步黨」的社會運動部接辦。

5月19日當天，在台北市仁愛路的國父紀念館集合，由民進黨社會運動部主任謝長廷擔任總督導，「五一九綠色行動」要求「只要解嚴，不要國安法，100%解嚴，100%回歸憲法」，約有近兩萬名民眾參加。然而，國民黨也祭出民主運動人士首見的「蛇籠」、「拒馬」，在紀念館外嚴陣以待，並用鎮暴部隊把參與的萬名群眾圍堵在廣場內，自中午起雙方僵持不下，一直對峙到深夜。

民主運動人士「只要解嚴，不要國安法」的強烈訴求，沒有因國民黨的威嚇而停止，往後數月，在政治運動的議題中，不斷地為要求解嚴而加溫。又歷經了六月份多次的抗爭活動，國民黨主席蔣經國總統，終於在1987年7月15日，宣布解除戒嚴令。動員戡亂時期臨時條款也於同日廢止。台灣實施了38年的戒嚴令，是全世界戒嚴最久的國家。

■民進黨主席江鵬堅（右二）擔任名譽領隊與秘書長黃爾璇（右三）、陳武進（右一）戴鋼盔者為高雄縣的黨工劉文福。攝影/邱萬興

■晚上8點時，民進黨糾察隊舉著「只要解嚴、不要國安法」，在國父紀念館前升起民進黨旗後，由總指揮謝長廷宣布反國安法示威活動結束。攝影/蔡明德

完美的人格者

大魏黑獄歸來

人稱「大魏」的魏廷朝，是黨外圈內人人尊敬的「完美的人格者」。大魏是1936年出生在桃園縣八德鄉的客家人。他的父親魏為崇是小學老師，對日本統治台灣極為憤慨，遂將兒子取名「廷朝」，即朝廷的顛倒，意為「顛覆朝廷」。

大魏的前半生，三進三出政治黑牢。就讀台大法律系時，即跟隨彭明敏教授，走上政治的不歸路。

第一次坐牢，1964年，魏廷朝與彭明敏、謝聰敏起草「台灣自救宣言」，拆穿國民黨的「反攻大陸」神話，要求國會全面改選，被以預備顛覆罪判刑8年。

第二次坐牢，1971年，被誣指參與美國商業銀行台北分行爆炸事件，再度被捕，判刑8年6個月。

1979年，參與「美麗島事件」三度被捕入獄，他擔任《美麗島》雜誌社的執行編輯，判刑6年。前後共被判刑24年半，坐牢17年3個月又7日。

大魏為了台灣的前途與民主自由，犧牲個人生命中最美好的歲月，他不但是客家硬頸精神的典範，也是台灣民主運動中的義勇先鋒。

■1987年5月26日，魏廷朝出獄，張慶惠帶著女兒魏筠一大早趕到土城仁教所，去迎接久違了的魏廷朝。攝影/邱萬興

■來自全台各地的政治犯與民進黨主席江鵬堅、張溫鷹，二、三百人前來歡迎魏廷朝出獄。攝影/邱萬興

美麗島受刑人歷劫歸來

1987年5月30日，美麗島受刑人黃信介、張俊宏、黃華、楊金海、顏明聖等26名政治犯獲假釋出獄。

■1987年6月8月，前高雄縣長余登發（中）北上拜訪剛出獄的黃信介（右）、張俊宏（左）。攝影/邱萬興

■這是出獄後黃信介為了拍《民進週刊》封面，特別穿起西裝拍照。攝影/邱萬興

■1987年6月14日，「一九八七台灣人權之夜」假台北市金華國中操場舉辦晚會，歡迎黃信介、張俊宏、黃華、楊金海、魏廷朝、顏明聖和洪惟和七人平安歸來，由吳鐘靈代表政治犯致感謝詞。攝影/邱萬興

■左起林弘宣、陳菊、姚嘉文、黃信介、張俊宏、許榮淑攝於台灣關懷中心。攝影/邱萬興

反對國安法
六一二事件現場記實

六一二事件的一夜暴力激情，
第二天，報紙大幅度報導。
這是1987年台灣解嚴前規模最大的街頭流血衝突事件。

■立法院大門口前，一層又一層的鎮暴警察，身著厚重的鎮暴裝，頭戴鋼盔，手持鎮暴盾牌，背對愛陣人馬，面向民進黨群衆。攝影/邱萬興

1987年6月12日，民進黨中央黨部在立法院大門口發動群眾，抗議國民黨強行制定國安法。這場定點的和平示威，卻遭到「反共愛國陣線」(簡稱「愛陣」)的反制，而爆發了該年最嚴重的暴力流血衝突事件。

■抗議「萬年老賊遺臭萬年」。攝影/邱萬興

■林秋滿與「進步婦女聯盟」站在隊伍前面抗議「表決部隊，可恥！不要臉！」
攝影/邱萬興

當天中午12點30分左右，立法院大門口站了兩排鎮暴警察，宛若銅牆鐵壁，而鎮暴警察背後躲了一群「愛陣」的人馬，拿著他們所信仰的中華民國國旗，向民進黨支持者揮舞叫喊。

「反共愛國陣線」的人馬，與提早趕來立法院大門口的民進黨支持者，雙方爆發激烈的流血衝突。在立法院圍牆內的「愛陣」成員，把折斷的旗桿、石頭、玻璃等東西，丟向聚集在中山南路車道上的民進黨支持者。而民進黨的支持者也不甘示弱，反擊回去。棍棒齊飛，殺聲連連，血跡斑斑，立法院前的中山南路，好像殺戮戰場一般。

衝突過後，警方派出鎮暴警察，以嚴密的封鎖線，將雙方隔開。於是，這兩個政治主張南轅北轍的團體，隔著鎮暴警察遙相對罵。「愛陣」的人馬，集結在高聳的立法院圍牆之內。立法院大門口前，一層又一層的鎮暴警察，身著厚重的鎮暴裝，頭戴鋼盔，手持鎮暴盾牌，背對「愛陣」人馬，面向民進黨群眾。雙方在鎮暴警察的隔絕之下，暫時避開正面的肢體衝突，只是透過麥克風，互相叫陣喊話。

下午5點左右，群眾聚集愈來愈多。民進黨社運部的督導謝長廷，站在指揮車上，宣布開始向青島東路遊行。當遊行的隊伍經過開南商工和成功中學的時候，樓上的學生，竟然向民進黨群眾丟雞蛋、砸空罐子。遊行隊伍中，有的人氣不過，很想找他們理論，但大隊的指揮，不斷呼籲繼續前進，不要理會學生的挑釁。

隊伍繼續走到紹興南路與信義路交叉口時，赫然看見鎮暴部隊已嚴陣以待，此時，整個地區交通已經全部癱瘓了。謝長廷眼看前進不得，只好掉個頭，將隊伍帶到電信大樓前集合。

這時，民進黨的中常委費希平趕來，要求謝長廷切實執行黨中央的決定，遊行到此就應宣布結束。下午六點，謝長廷正式宣布解散，全程參與遊行且興頭正高的群眾為之譁然，有人幹聲連連，「怎麼可以現在就結束了？」

在解嚴之前，黨外以及民

■民進黨的基層支持者莊勝惠面對鎮暴毫無所懼，在街頭運動裡時常被鎮暴警察毆打，也是被國民黨起訴最多案件的基層黨員。攝影/邱萬興

■「反共愛國陣線」的人馬，與民進黨支持者，雙方爆發激烈的流血衝突，在立法院圍牆內的愛陣成員，拿著國旗，把折斷的旗桿、石頭丟向聚集在中山南路車道上的民進黨支持者，而後者也不甘示弱，反擊回去，於是一時間，棍棒齊飛，殺聲連連，血跡斑斑，立法院前的中山南路，好像殺戮戰場……。攝影/邱萬興

■謝長廷帶領群衆在立法院前抗議「反對國安法」。攝影/邱萬興

進黨的政治領袖們，對街頭的群眾運動既愛又怕，愛的是民氣可用，怕的是控制不好，群眾不聽指揮，稍一不慎，可能會爆發流血衝突事件。

謝長廷宣布了之後，場面一度混亂。其他的大隊指揮表示，「不應該就地解散的！好不容易才聚集的民氣，一下子就散掉了，豈不是給佔據立法院的愛陣人馬太大的便宜嗎？」但是，謝長廷是當天的總督導，群眾才分批的逐漸散去。

但部份群眾沒有隨著謝長廷宣布解散而離去，相反的，卻主動回到立法院，與「愛陣」展開長達七個小時的攻防戰。

入夜以後，情勢愈來愈緊張，因為在外面包圍立法院的群眾，群龍無首，又不肯離去，而愛陣人馬雖在鎮暴警察的隔離之下，雙方雖不致正面進行肉搏戰，但愛陣也進退不得。

一夜的激情，「叫、吼、罵、丟……」一直到凌晨一點多，警方才下令鎮暴警察，展開威力掃蕩的陣勢，強力驅除群眾。一陣陣的衝殺與吼叫之後，夜深了，群眾慢慢的散去，街頭的水銀燈照射之下，馬路上一片狼籍，折斷的旗桿，破碎的磚塊，零零落落的石頭，點綴著悶熱而肅殺的、空盪的台北街景。

六一二事件的一夜暴力激情，第二天，報紙大幅度報導。這是1987年台灣解嚴前規模最大的街頭流血衝突事件。

我們不會因此退縮

民主進步黨
爲聲援六一二抗議運動被訴同志聲明

本黨同志謝長廷、洪奇昌、江蓋世、雷金寶等，因主辦或參加本黨六一二抗議示威活動，被以妨害秩序等罪名起訴受審，本黨經中常會決定，堅持本黨立場，全力維護議會路線與群衆路線並重之原則，聲援受審同志。

國民黨起訴本黨督導社會運動部中常委謝長廷，以及從事群衆運動之洪奇昌等同志，目的在阻止本黨推行群衆運動。群衆運動爲本黨活動項目之一，與議會活動並重，本黨絕不因國民黨此項壓制行爲，而有所改變或退縮。

本黨爲台灣民主運動之組織，以推行民主改革，促成台灣政治進步爲目標。爲達成此項目標，本黨一同採用世界民主運動普遍採行之一切合法、和平示威手段，號召全民持續奮鬥。一國執政者，如有誠意推行政治改革，絕不無端壓制群衆運動；應知化解群衆運動最有效之方法，不在壓制，而在推行改革，滿足人民之要求。國民黨不此之圖，反而以壓制本黨群衆活動爲能事，實屬不智。本黨面對此項挑戰，當繼續推行群衆和平示威活動，不達政治目標，絕不停止。

本黨中央爲動員全黨同志齊力聲援被訴同志，共同維護本黨群衆運動活動之原則，除指派邱義仁及張富忠兩同志支援謝長廷同志督導社會運動部工作外，並將組織工作小組籌劃全台之抗議活動，必要時，將赴立法院抗議。

↑江蓋世(左)謝長廷(中)洪奇昌(右)

群衆運動無罪

關於此案，本黨認爲不是我們這三位同志個別的案子，而是代表本黨被起訴，就此案而言，可以牽涉到三方面的責任：(1)政治責任，(2)道德責任，(3)法律責任，政治與道德責任應由群衆及歷史去評斷，法院應該審判的是法律責任，目前就起訴書而載的內容，顯然是國民黨利用法院做爲對付政治反對者的工具，目的是在抑阻本黨對群衆路線的運用，本黨要再次堅定的強調，在目前階段，也就是國會未能全面改選以前群衆路線是本黨無可選擇的選擇。

江鵬堅 主席

「六一二」示威活動衝突事件說明

民主進步黨給全國同胞的公開信

「六一二」示威活動造成的衝突，大體上可以分成三個階段：一是上午九點到下午一點，屬於我們的示威活動開始以前；二是下午一點到六點左右，屬於我們的示威活動期間；三是下午六點左右到深夜一點半左右，屬於我們的示威活動結束以後。在整天之內發生的歷次所謂衝突事件，根據記者親眼看到的事實是這樣的：

所謂「六一二」衝突事件的全盤真相已經很清楚，主要導火線顯然是在國民黨打手所宣稱的所謂「反制」。不過，正如台大法律系教授李鴻禧所表示：「他只聽過人民有集會的自由，但還沒有聽見有『反制』的自由，如果對反共愛國陣線的『反制』行動，不加以適當的處理，將來必然會有更多的衝突。」

傳單提供/邱萬興

■6月11日，詹益樺手提麥克風從立法院出發，陪著江蓋世在台北市區走了四個小時的「都市游擊戰」。圖為中山南路復興橋上快車道。攝影/邱萬興

■身穿甘地精神的江蓋世。攝影/邱萬興

■6月11日，穿著「甘地精神」綠色背心的江蓋世，拿著「人民有主張台灣獨立的自由」海報攝於監察院。攝影/邱萬興

從611公開喊台獨到612事件

1986年「五一九綠色行動」之後，台灣人民要求解嚴的呼聲愈來愈大。1987年5月19日，民進黨中央動員整個黨的力量，集結群眾，在台北市的國父紀念館，再一次舉行盛大的「五一九要求解嚴」大型示威活動。

蔣經國晚年面對這股龐大的民意壓力，不得不進行鬆綁戒嚴的政治工程。但解除戒嚴之前，他還想搞另外一部法律，來代替戒嚴法，以彌補解嚴後國民黨政權所失去的部份權力，這部法就是「國家安全法」(簡稱「國安法」)。

當時的國會，國民黨佔多數，要通過「國安法」易如反掌。民進黨呼籲：「國安法」的通過，就是「戒嚴令」的借屍還魂。在這種前提之下，民進黨不斷透過群眾運動，對國民黨執政當局施壓。這也就是「六一二事件」的前因。

1987年6月10日起，民進黨的社運部發動連續三天包圍立法院，抗議國民黨制定國安法的行動。

當天下午，江蓋世與一群要求「台獨思想自由」的民進黨黨工及支持者，約兩三百人，以悠閒散步的方式，突擊了從立法院、監察院、行政院、總統府廣場前的景福門、國民黨中央黨部等在內的博愛特區，創下台灣反對運動的先例。

1987年6月11日傍晚，江蓋世為了抗議「國安法箝制台灣人民的思想自由」，帶領群眾一百多人，從立法院穿越當時中山北路的復興橋，往士林官邸前進，打算拜訪蔣經國。

當時同行的友人還包括：《自由時代》雜誌社的同事兵介仕、黃怡、陳明秋，「關懷中心」的人權幹事周柏雅，謝長廷服務處的廖耀松、尤清服務

■國民黨用國安法來整肅民進黨，鎖定三人，一個是擔任六一二總督導的謝長廷（右三），一個是擔任六一二指揮的洪奇昌（右二），另一個是江蓋世（右一）。這是民進黨創黨以來，頭一次遭到國民黨正面的開刀，9月12日左起周清玉、姚嘉文、楊金海、余登發、余政憲、蘇培源等人聲援受迫害的民進黨同志。攝影/邱萬興

處的楊木萬，來自高雄的詹益樺，以及人稱「黨外保母」的田孟淑。

這支遊行隊伍從一百多人，一路走到士林時，已增加到上千人，這一群反對運動新生代，在這場由他們發動的街頭戰役中，創下了當時「目標最高，遊行最久」的記錄。而江蓋世的舉動，也使他成了國民黨在「六一二事件」中起訴的對象之一。

6月12日當天，民進黨發動群眾示威遊行。當時，行動的總督導是民進黨社運部的督導──台北市議員謝長廷；行動的總指揮則是有國大代表身份的洪奇昌。當天中午，為避免民進黨的黨員及支持者受到「愛國陣線」成員的挑釁，洪奇昌國代甚至還在立法院前，協助警方溝通、協調，掌控衝突場面。

然而，國民黨政權仍藉「六一二事件」，起訴民進黨的領導人士，謝長廷、洪奇昌和江蓋世遭到台北地檢處檢察官陳清碧的起訴，罪名是「妨礙公務」、「妨礙秩序」。而謝長廷則因帶領群眾大罵老賊不要臉，所以他個人又多加了一項「侮辱公署罪」。

在「六一二事件」中，「愛國陣線」的人士許承宗、吳東沂也同時被起訴。在起訴的對象中，謝長廷、洪奇昌、江蓋世是「主菜」，而國民黨為了平衡輿論起見，只好也放些「配菜」許承宗、吳東沂。他們被起訴的罪名是「妨礙秩序」。

「六一二事件」並沒有這麼簡單就結束，從1987年6月23日開庭開始，一直持續到1990年8月18日判刑確定，總共歷時三年多。這也是國民黨日後對付民進黨的手段之一。

國民黨政權不斷從群眾運動的事件中，對民進黨的菁英份子「殺雞儆猴」，透過逮捕、起訴、判刑等方式，讓很多異議份子身繫囹圄。

一樣的街頭
不一樣的進步婦女聯盟

1987年解嚴前後，台灣民主運動的發展上，開始出現關注不同主題的婦女團體，如提升婦女意識、爭取婦女權益的「婦女新知」、關心環保議題的「主婦聯盟」等等。

1987年5月1日，由積極參與政治活動的女性，蔡明華、曹愛蘭、林秋滿、蕭裕珍、范巽綠、陳秀惠等人發起的「進步婦女聯盟」（簡稱進步婦盟）正式成立。「進步婦盟」以「團結婦女力量，促進社會進步」為宗旨，號召了許多熱心參與政治的女士加入，如二二八事件受難家屬張秋梧、張冬惠兩姊妹、黨外名醫田朝明醫師的夫人田媽媽、陳菊、袁嬿嬿、楊秀英、黃怡等人，皆是進步婦盟的成員。

1987年5月10日，母親節當天，「進步婦女聯盟」首先於國父紀念館前，散發「母親的十大心願」傳單。6月12日。為了抗議「國安法」強制表決通過，並聲援民進黨所發動的「只要解嚴、不要國安法」抗議活動，「進步婦盟」成員手舉要求老賊下台的海報，毫不畏懼地在立法院門前的鎮暴部隊面前來回抗議。

「進步婦盟」不論對國會全面改選、救援雛妓、聲援海外黑名單、農民與勞工的問題，甚至廢除刑法一〇〇條的政治改革運動，都熱切地投入。她們在民主運動過程中，經常以整齊有序的抗爭行動，表達出台灣女性對社會的期許與對弱勢者的關懷。解嚴前後，「進步婦盟」的成員們，身穿整齊劃一的背心制服，在每個階段的街頭運動抗爭中，給人深刻的印象。

■「進步婦女聯盟」的成員們，身穿整齊劃一的背心制服參與各項抗爭活動。圖片提供/袁嬿嬿

■「進步婦女聯盟」到李登輝總統官邸抗議，要求國會全面改選。圖片提供/林秋滿

無所不在的
新約教徒錫安山保衛戰

1979年，國民黨基於對人民結社的恐懼，悍然摧毀新約教徒在高雄縣甲仙錫安山上建設的美好家園。80年代中期的街頭運動中，處處可見到新約教徒以整齊的組織，在不同場合控訴蔣家政權的迫害。

在戒嚴時期的街頭抗爭，新約教徒行動口號、標語喊的比黨外人士還要衝，面對國民黨軍警特務的毆打、逮捕，新約教徒依然不懼怕，行動也是最激烈、凶悍，就像街頭聖戰士，他們也是國民黨最頭疼的一群對手。

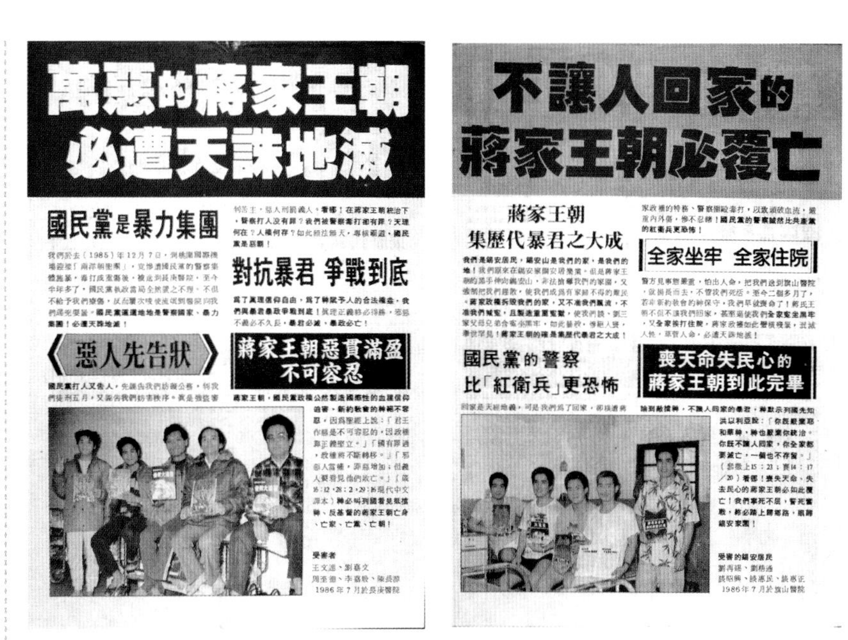

萬惡的蔣家王朝 必遭天誅地滅

國民黨是暴力集團

我們於去（1985）年12月7日，到桃園國際機場迎接「南洋朝聖團」，竟慘遭國民黨的警察集體施暴，毒打成重傷後，被丟到長庚醫院，至今半年多了，國民黨執政當局全然置之不理，不但不給予我們療傷，反而屢次唆使流氓到醫院向我們恐嚇要錢。國民黨道道地地是警察國家、暴力集團！必遭天誅地滅！

惡人先告狀

國民黨打人又告人，先誣告我們妨礙公務，判我們徒刑五月，又誣告我們妨害秩序。真是強盜審判苦主，惡人刑罰義人。看哪！在蔣家王朝統治下，警察打人沒有罪？我們被警察毒打卻有罪？天理何在？人權何存？如此無法無天，專橫霸道，國民黨是惡霸！

對抗暴君 爭戰到底

為了真理信仰自由，為了神賦予人的合法權益，我們與暴君暴政爭戰到底！真理正義終必得勝，惡極不義必不久長，暴君必滅，暴政必亡！

蔣家王朝惡貫滿盈 不可容忍

蔣家王朝，國民黨政權公然製造國際性的血腥信仰迫害，新約教會的神絕不容忍，因為聖經上說：「君王作惡是不可容忍的，因政權靠正義堅立。」「國有罪過，政權將不斷轉移。」「邪惡人當權，罪惡增加；但義人要看見他們敗亡。」（箴16：12，28：2，29：16現代中文譯本）神必叫列國看見抵擋神、反基督的蔣家王朝亡身、亡家、亡黨、亡朝！

受害者
王文達、劉嘉文
周至德、李嘉殷、陳興源
1986年7月於長庚醫院

不讓人回家的 蔣家王朝必覆亡

蔣家王朝 集歷代暴君之大成

我們是錫安居民，錫安山是我們的家，是我們的地！我們原來在錫安家園安居樂業，但是蔣家王朝的黑手伸向錫安山，非法搶奪我們的家園，又強制把我們趕散，使我們成為有家歸不得的難民。蔣家政權拆毀我們的家，又不准我們飄流，不准我們喊冤，且製造重重冤獄，使我們談、劉三家父母兄弟含冤坐黑牢，如此暴政，慘絕人寰，舉世罕見！蔣家王朝的確是集歷代暴君之大成！

國民黨的警察 比「紅衛兵」更恐怖

回家是天經地義，可是我們為了回家，卻被蔣家政權的特務、警察圍毆毒打，以致頭破血流，嚴重內外傷，慘不忍睹！國民黨的警察誠然比共產黨的紅衛兵更恐怖！

全家坐牢 全家住院

警方見事態嚴重，怕出人命，把我們送到旗山醫院，就揚長而去，不管我們死活。至今二個多月了，若非新約教會的神保守，我們早就喪命了！蔣氏王朝不但不讓我們回家，甚至迫使我們全家冤坐黑牢，又全家挨打住院。蔣家政權如此蠻橫殘暴，泯滅人性，草菅人命，必遭天誅地滅！

喪天命失民心的 蔣家王朝到此完畢

論到敵擋神，不讓人回家的暴君，神默示列國先知洪以利亞說：「你既厭棄耶和華神，神也厭棄你統治。你既不讓人回家，你全家都要滅亡，一個也不存留。」（撒上15：23；賽14：17／20）看哪！喪失天命、失去民心的蔣家王朝必如此覆亡！我們寧死不屈，誓死奮戰，終必踏上歸鄉路，重歸錫安家園！

受害的錫安居民
劉再福、劉積遜
談昭興、談憲民、談憲正
1986年7月於旗山醫院

■有一說：蔣經國是被新約教會詛咒死的。傳單提供/張富忠

■新約教徒到總統府前發傳單控訴「蔣家王朝」的迫害。攝影/宋隆泉

彰化縣
國大代表
台北市
國大代表
周清
吳哲朗

民進黨國大黨團
帶土產拜訪蔣經國總統

1987年6月20日，由周清玉帶領民進黨國大黨團十一位成員：蔡式淵、洪奇昌、張貴木、范振宗、翁金珠、蘇培源、黃昭輝、蘇嘉全、吳哲朗、徐美英，從周清玉家裡出發，步行帶著台灣的土產禮物，想要到總統府拜訪蔣經國總統，表達民意，傳達民情，遭國民黨上千軍警阻擋在總統府博愛特區前，不讓十一位國代越雷池一步。

■鎮暴警察大戰民進黨國會議員，左起蔡式淵、洪奇昌、黃昭輝。攝影/邱萬興

■蔣經國總統不吃這一套，見總統難如上青天，黃昭輝努力要躍過鎮暴部隊的防線。攝影/邱萬興

■周清玉國代搬出「中華民國憲法」有理也講不清，要硬闖也不行。

蔣經國總統宣布解嚴

蔣介石以中國國民黨總裁身分剛到台灣不久，就指示當時的台灣省政府主席兼台灣警備司令陳誠，於1949年5月19日，發布戒嚴令，於翌日零時起開始全台戒嚴。

在國民黨實施戒嚴期間，台灣人民很容易隨便被扣上「涉嫌內亂外患」的罪名，甚至接受軍事審判。當時的立法院為了防治共產黨，而通過「戡亂時期檢肅匪諜條例」，擴充政治活動犯罪的構成要件，縱容情報治安機關蒐羅人民的活動情報。國家公權力在長期戒嚴中備受國民黨的濫用，台灣人民的基本政治權利完全失去保障。

自1986年黨外人士舉行「五一九綠色行動」，到1987年民進黨一連串行動的極力爭取，要求國民黨解除戒嚴，國民黨抵擋不住潮流的趨勢，又不願放棄原先掌握在手中的既得利益，因此自1987年3月，便在立法院打算另立「國安法」，以取代惡名昭彰的「戒嚴法」。

1987年6月23日，國民黨在立法院強行三讀通過國安法。

1987年7月15日由蔣經國總統宣布解嚴為止，台灣的戒嚴時期總共長達38年。

1949

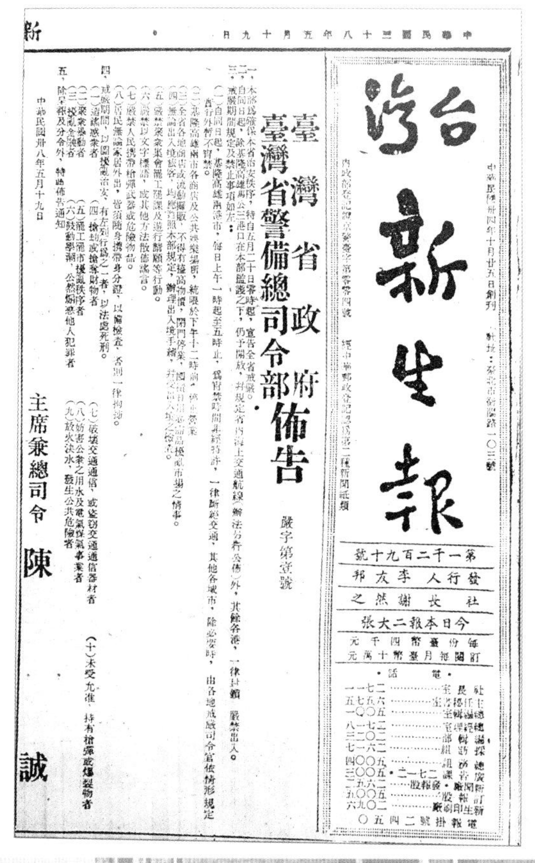

台灣新生報

中華民國三十八年五月十九日

第一千二百九十號　發行人 李友邦　社長 謝然之　今日本報二大張

臺灣省政府
臺灣省警備總司令部 佈告

嚴字第壹號

一、本部為確保本省治安秩序，特自五月二十日零時起，宣告全省戒嚴。

二、自同日起，除基隆高雄馬公三港口在本部監護之下，仍予開放，并規定省內海上交通航線（辦法另行公佈）外，其餘各港，一律封鎖，嚴禁出入。

三、戒嚴期間規定及禁止事項如左：

（一）自同日起，基隆高雄兩港市，每日上午一時起至五時止，爲宵禁時間，非經特許，一律斷絕交通，其他各城市，除必要時，由各地戒嚴司令官依情形規定實行外，暫不宵禁。

（二）基隆高雄兩市各商店及公共娛樂場所，統限於下午十二時前停止營業。

（三）全省各地商店或流動攤販，不得有擡高物價，閉門停業，囤積日用必需品擾亂市場之情事。

（四）無論出入境旅客，均應遵照本部規定，辦理出入境手續，并受出入境之檢查。

（五）嚴禁聚眾集會罷工罷課及遊行請願等行動。

（六）嚴禁以文字標語，或其他方法散佈謠言。

（七）嚴禁人民攜帶槍彈武器或危險物品。

（八）居民無論家居外出，皆須隨身攜帶身分證，以備檢查，否則一律拘捕。

四、戒嚴期間，以圖擾亂治安，有左列行爲之一者，以法處死刑。

（一）造謠惑眾者　（二）聚眾暴動者　（三）擾亂金融者　（四）搶劫或搶奪財物者　（五）罷工罷市擾亂秩序者　（六）鼓動學潮，公然煽惑他人犯罪者　（七）破壞交通通信，或盜竊交通通信器材者　（八）妨害公眾之用水及電氣煤氣事業者　（九）放火決水，發生公共危險者　（十）未受允准，持有槍彈或爆裂物者

五、除呈報及分令外，特此佈告通知

中華民國卅八年五月十九日

主席兼總司令 陳誠

戒嚴令

■1949年5月20日零時起，台灣進入全世界最長的戒嚴時期。省主席兼總司令陳誠佈告戒嚴期間，嚴禁遊行請願；居民無論居家外出，都要隨身攜帶身分證以備查驗，否則有被拘捕之虞。

1987

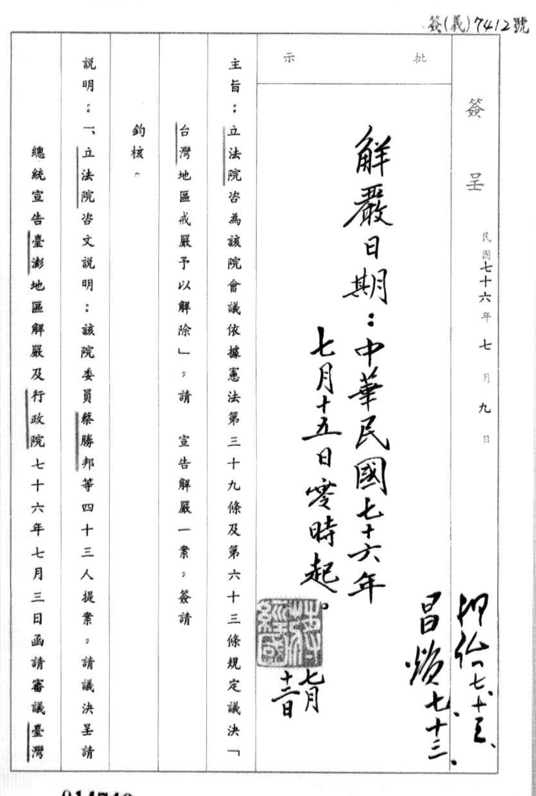

簽(義)7412號

簽呈　民國七十六年七月九日

主旨：立法院咨為該院會議依據憲法第三十九條及第六十三條規定議決「台灣地區戒嚴予以解除」，請　宣告解嚴一案，簽請

鈞核。

說明：一、立法院咨文說明：該院委員蔡勝邦等四十三人提案，請議決呈請總統宣告臺澎地區解嚴及行政院七十六年七月三日函請審議臺灣

批示

解嚴日期：中華民國七十六年七月十五日零時起。

七月十二日

014743

蔣經國批示解嚴日期

■1987年，立法院第79會期第40次會議咨情總統解除戒嚴。7月12日，蔣經國批示解嚴日期為「7月15日零時起」。檔案影像提供/總統府

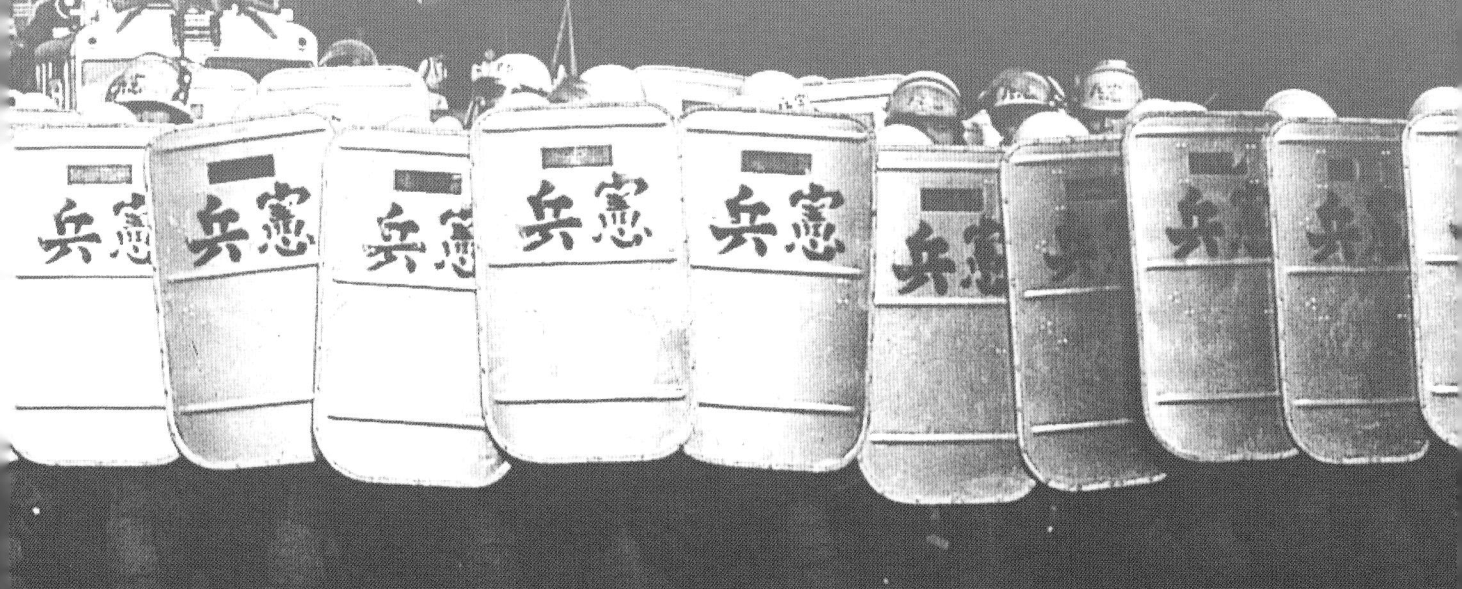

改正歷史錯誤的公義之旅

原權會揭穿吳鳳神話

為了抗議「吳鳳神話」所帶給台灣原住民在精神上、心靈上的壓迫與傷害，台灣原住民權利促進會，結合了許多不同族別的原住民，於1987年的9月策畫了一次「公義之旅」。

這一連串的活動，包括9月9日（吳鳳生日）當天上午在嘉義火車站吳鳳銅像前的抗議演講與遊行，下午至嘉義縣政府遞交抗議書；9月12日上午到教育部向教育部長毛高文交抗議書，毛高文當場表示，今後全國小教師將不再講授「吳鳳捨身取義」的神話故事。當天下午從台大校門口沿著羅斯福路、和平東路遊行到師大之後並演講；9月19日晚上則邀請學者、民意代表等，在耕莘文教院舉辦「從吳鳳神話看大漢沙文主義座談會」。

原住民抗議的內容是：

一、教育部調整以漢民族為本位的教育政策，完全刪除小學課本中的吳鳳史蹟，而代之以介紹台灣原住民族歷史文化全貌之課文，以尊重文化差異，癒合民族傷痕，彰顯社會正義，達成民族間的和諧。

二、尊重原住民人格尊嚴及生存發展權益，爭取原住民平等權，籲請政府：

（1）將吳鳳鄉改名（由吳鳳鄉鄒族居民決定之）。

■9月9日，原權會帶領原住民、包括大學生、長老教會牧師前往嘉義火車站前之吳鳳銅像抗議，舉著「吳鳳是劣士，莫那魯道是烈士」、要求「拆除吳鳳銅像」。攝影/蔡明德

（2）伴隨「吳鳳神話」而花費了納稅人一億五千萬元建造的吳鳳神廟，必須變更其使用性質，轉變為「台灣漢族、原住民族和平紀念館」。

（3）拆除嘉義火車站前吳鳳銅像。

三、請中研院近代史研所、民族所及台灣史研究會成立調查小組，以澄清歷史真相，恢復吳鳳本來面目，並還原住民一個公道。

9月9日當天，原權會的抗議行動得到了將近四十個社會團體的協助、支持和參與。當天，原權會遞交抗議書的對象是嘉義縣長何嘉榮，而何嘉榮縣長在面對憤怒的原住民抗議團體時，則是用敷衍了事的官僚作風以對。

當天上午9點，抗議團體在嘉義火車站的吳鳳銅像前，輪番上陣演講後遊行。抵達嘉義縣政府。縣政府以午休為由，採「躲避」、「拖延」的戰術，來反制抗議團體，一直到下午4點30分何嘉榮才出面面對抗議團體。

何嘉榮搬出一堆藉口，表明「教科書」是國立編譯館的權限，他無權也無能做決定，因而把「在教科書中刪改吳鳳故事」的訴求，推給教育部；接著，把「吳鳳鄉改名」的訴求推給鄉公所，表示如果鄉民代表大會提議，他會轉呈省府；最後，對於「拆除吳鳳銅像」的訴求，他以「火車站前的吳鳳銅像，在嘉義市升格後，已屬嘉義市的轄區，我無權過問。」一語來回應。最後，在百般無奈下，何嘉榮終於接下這份抗議書。

■9月12日，原權會等三十九個團體到教育部聯合請願，要求「刪除吳鳳神話」抗議遊行活動。攝影/邱萬興

當天冗長的抗議活動結束後，有一些年輕的鄒族原住民朋友指出吳鳳神話的錯誤邏輯。他們表示，在鄒族的服飾中，紅色是最受歡迎的色彩，它代表英勇，也代表友善。他們不可能殺「身穿紅衣之人」。

原住民的宗教信仰與漢族不同，鄒族的宗教聚會場所名之為「庫巴」，整個建築構造和漢人的廟宇不同。鄒族的族人向來沒有「建廟」的觀念，更遑論為吳鳳建廟。整個吳鳳的故事都是統治者捏造的神話。

攝影/宋隆泉

建立新而獨立的國家

蔡有全、許曹德台獨案

1987年8月30日，數百名曾遭國民黨迫害的政治犯，群聚在台北市國賓飯店，成立「台灣政治受難者聯誼總會」。

蔡有全是「政治受難者聯誼總會」成立當天的會議主持人。大會在討論組織章程時，許曹德站起來發言提案，要求大會把「台灣應該獨立」六個字，列入組織章程裡。許曹德話一說完，眾人皆譁然。這種主張，在過去白色恐怖時代是殺頭大罪。雖然台灣已經解嚴了，可是「懲治叛亂條例」還沒廢除；刑法一百條尚未修改。如果許曹德的提案通過的話，那麼，「台灣政治受難者聯誼總會」就成了不折不扣的「內亂」組織。

當天，聯誼總會選出的會長是魏廷朝、副會長柯旗化。在大多數政治犯的贊同之下，大會仍然通過把「台灣應該獨立」六個字，列入組織章程裡。雖然此時已經解除戒嚴，但國民黨政權仍利用一切的情治偵查、檢調司法等體系，嚴厲地控制台灣新興的團體或組織，尤其是像「台灣政治受難者聯誼總會」這種明白在大會章程中揚言主張「台灣獨立」的組織。因此，許曹德和魏廷

傳單提供/邱萬興

■1987年8月30日，「台灣政治受難者聯誼會」在台北國賓大飯店舉辦成立大會，蔡有全擔任大會主持人，許曹德在會中公開主張「台灣應該獨立」列入大會章程，被國民黨以「叛亂罪」起訴。攝影/邱萬興

朝二人，便成為國民黨政權的俎上肉。

後來會長魏廷朝對於章程中明列有關「台灣應該獨立」條文深表錯愕，認為「聯誼會」應該是維護政治犯的權益與保障，不宜提出強烈政治主張，政治主張應由政治團體提出，而請辭會長，副會長柯旗化則以剛出獄不久，健康狀況不佳及家人反對為由，堅決婉拒出任副會長一職。使「台灣政治受難者聯誼總會」頓時變成一個沒有「會長」的組織。

8月30日當天晚上，「台灣政治受難者聯誼總會」移師到台北市的金華國中操場，舉辦一場盛大的演講會。蔡有全在演講會上，公開聲明他主張台灣獨立。這剛好給國民黨一個機會，把「台獨提案人」許曹德和「公開主張台獨者」蔡有全，一齊起訴。

蔡有全、許曹德兩人於10月12日首度出庭，由台灣高檢處檢察官葉金寶偵辦的「政治受難者聯誼總會」的台獨案，隨即遭到收押。當天全島蜂擁而來聲援的活動中，來自高雄的基層黨工劉文福、林阿清兩人，也在聲援活動的衝突事件中遭到收押。

1988年1月9日，蔡、許台獨案在高等法院舉行馬拉松式的辯論庭，從早上九點半一直開到晚上十一點二十分才結束。1月13日，蔣經國因病去世。1月16日，高等法院宣判蔡有全判處有期徒刑11年，許曹德10年。

■聯誼會在討論大會組織章程時，許曹德站起來發言，要求大會把「台灣應該獨立」六個字列入章程。攝影/邱萬興

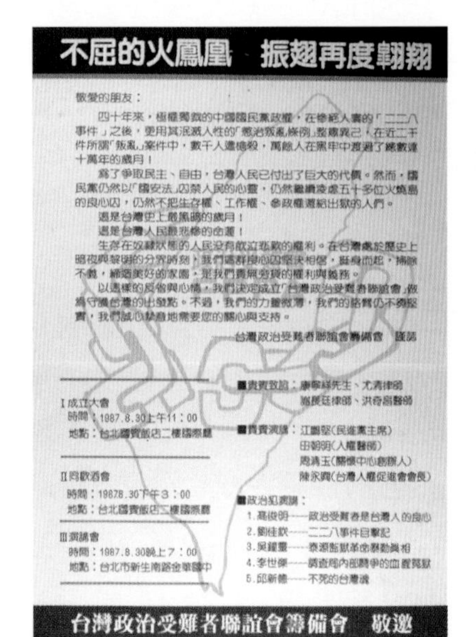

不屈的火鳳凰　振翅再度翱翔

敬愛的朋友：

四十年來，極權獨裁的中國國民黨政權，在慘絕人寰的「二二八事件」之後，更用其泯滅人性的「懲治叛亂條例」整肅異己，在近二千件所謂「叛亂」案件中，數千人遭槍殺，萬餘人在黑牢中渡過了總數達十萬年的歲月！

為了爭取民主、自由，台灣人民已付出了巨大的代價。然而，國民黨仍然以「國安法」囚禁人民的心靈，仍然繼續凌虐五十多位火燒島的良心囚，仍然不把生存權、工作權、參政權還給出獄的人們。

這是台灣史上最黑暗的歲月！

這是台灣人民最悲慘的命運！

生存在奴隸狀態的人民沒有啟迪悲歌的權利。在台灣處於歷史上暗夜與黎明的分界時刻，我們這群良心囚堅決相信，挺身而起，掃除不義，締造美好的家園，是我們責無旁貸的權利與義務。

以這樣的反省與心情，我們決定成立「台灣政治受難者聯誼會」做為守護台灣的出發點。不過，我們的力量微薄，我們的胳臂仍不夠堅實，我們誠心懇意地需要您的關心與支持。

——台灣政治受難者聯誼會籌備會　謹誌

I 成立大會
時間：1987.8.30上午11：00
地點：台北國賓飯店二樓國際廳

II 同歡酒會
時間：19878.30下午3：00
地點：台北國賓飯店二樓國際廳

III 演講會
時間：1987.8.30晚上7：00
地點：台北市新生南路金華國中

■貴賓致詞：康寧祥先生、尤清律師
鄭慶廷律師、洪奇昌醫師

■貴賓演講：江鵬堅（民進黨主席）
田朝明（人權醫師）
周清玉（關懷中心創辦人）
陳永興（台灣人權促進會會長）

■政治犯演講：
1.高俊明——政治受難者是台灣人的良心
2.劉佳欽——二二八事件目擊記
3.吳鐘靈——泰源監獄革命暴動真相
4.李世傑——調查局內部鬥爭的血腥冤獄
5.邱新德——不死的台灣魂

台灣政治受難者聯誼會籌備會　敬邀

■「台灣政治受難者聯誼會成立邀請卡」。傳單提供/邱萬興

■10月12日，台灣高檢處檢察官葉金寶，首度開庭偵訊「政治受難總會」的台獨案，成立大會當天的主席蔡有全（右），以及提案「台灣應該獨立」的許曹德（左）兩人出庭應訊，隨即遭到收押。攝影/邱萬興

■10月17日，聲援蔡有全、許曹德救援活動在台中舉行第一波演講會及示威遊行，兩張油畫人像由廖耀松之子廖偉仲義務繪製。攝影/邱萬興

■10月19日，台灣基督長老教會牧師聲援團舉辦聲援「蔡、許案」大遊行，林忠正牧師率領牧師團遊行隊伍與警方在台北市羅斯福路上發生激烈衝突。攝影/黃子明

■蔡有全的太太周慧瑛（左）與許曹德的太太徐秀蘭（右），舉著「還我丈夫，還我親人」上街頭。攝影/邱萬興

■台灣基督長老教會牧師聲援團。攝影/邱萬興

■1987年9月28日，民進黨台北市黨部在西門町舉辦遊行，慶祝建黨週年紀念，大家樂！攝影/邱萬興

等待──賀民進黨週年慶

經過漫長的禁錮與等待　　島嶼終於甦醒
夾雜狂歡的呼喊與舞蹈　　引導群衆，給他們火光
渡過酷寒的煎熬與考驗　　台灣終於復活
附和著雀躍的聲音與節拍　　帶領人民，給他們希望
少年的台灣，有不少考驗　　新生的島嶼，有許多等待
嘹亮的嗓門唱出的歌聲　　要能迴盪在人民胸膛⋯

──廖莫白

承先啓後 民進黨黨主席交接

■第二任黨主席姚嘉文（左）從創黨主席江鵬堅（右）手中接下印信，一起帶領民進黨走過草創階段的艱辛與困苦。（圖中為中評委召集人蔡式淵）攝影/邱萬興

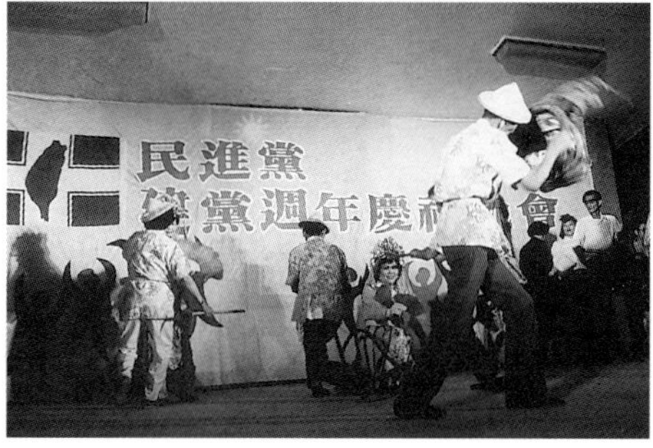

■1987年9月28日，民進黨中央黨部晚上在台北市金華國中大操場舉行黨慶週年晚會，由邱垂貞負責策劃鄉土表演活動。攝影/邱萬興

■許榮淑立委訪美歸來，攜回美國國會議員致贈的美國國旗，轉交給黨主席江鵬堅。攝影/邱萬興

台灣民主聖火環島接力長跑

為了台灣民主政治的發展，民進黨致力推動「國會全面改選」。1987年10月31日，由海外台灣同鄉組成的FAPA（台灣人公共事務會）發起「台灣民主聖火返台長跑運動」聖火點燃儀式。受邀至美國紐約出席的貴賓有黃信介、張俊宏、許信良、呂秀蓮、彭明敏、康寧祥、費希平、王聰松、王桂榮、洪哲勝、楊黃美幸等人士。

聖火由黃信介點燃，遞交給台灣人的朋友──「美國紐約市眾議員」索拉茲，再傳給聖火隊隊長蔡同榮後，隨即在美國紐約自由女神像前的砲台公園起跑，先在美國境內展開越野接力長跑，之後再將聖火從美國傳回台灣。

象徵民主精神的「聖火火種」，由張俊宏、王聰松於11月14日下午護送回台灣。當日下午，民進黨發動全台各地的民眾一起前往桃園機場迎接聖火回台。國民黨則是處心積慮的防止民主聖火回台，返台的張俊宏、王聰松等人甚至因此在機場入境時，遭海關人員扣押聖火火種。

因為早已料到國民黨會採取一些手段來阻撓民主聖火的傳遞任務，民進黨內也分批攜帶「聖火火種」返台。費希平甚至早在張俊宏返台前就已悄悄把火種安全傳到民進黨主席姚嘉文的手中。

11月15日，民進黨於是展開了「民主聖火環島接力長跑」活動，從台北市台灣大學起跑，由民進黨主席姚嘉文與中央黨部社運部督導謝長廷，將民主火炬分傳給台北縣市長跑隊員，然後「民主聖火」沿途南下，配合聖火長跑活動，舉行遊行與22場演講會，掀起島內「民主聖火長跑、國會全面改選」的一連串活動。

■民進黨台北市黨部聖火長跑隊，在台北市西門町展開環島民主聖火接力長跑。攝影/邱萬興

■民進黨第二屆主席姚嘉文從費希平立委（左）手上，接下「台灣民主聖火長跑」聖火及海報，推動國會全面改選。
攝影/邱萬興

迎接民主聖火 全面改選國會

民主聖火已在紐約自由女神像前點燃，將經由台灣海外同鄉和美國正義人士，傳越美洲大陸，橫過太平洋，護送到台灣，再由島內的人民，繼續跑遍全島，以表達島內外台灣人民一致追求自由民主，要求國會全面改選的心聲。

11月14日下午1時30分民主聖火抵達台灣桃園國際機場

●演講日期・地點〈每晚七時開場〉

日期	地點
11月13日	台北市金華國中
11月14日	新竹市天公壇
11月15日	台中市光復國小
11月16日	彰化市平和國小
11月17日	台南市體育場
11月18日	高雄市勞工公園
11月19日	屏東市體育館東側
11月20日	花蓮市明義國小
11月21日	宜蘭縣羅東鎮公正國小
11月22日	台北縣新店市大豐國小

民主進步黨 中央黨部 社會運動部 主辦　國大黨團 各縣市黨部 承辦 協辦

台灣民主聖火長跑

RUN FOR DEMOCRACY ON TAIWAN 1987

迎接聖火節目表

迎接聖火……奏樂
聖火起跑……奏樂

時間：1987年11月14日 下午1時30分
地點：桃園國際機場
主辦單位：FAPA在台組織 民主進步黨 社會運動部
台灣人權促進會

國會全面改選 推動民主巨輪

傳單提供/邱萬興

■1987年11月15日，民進黨在龍山寺舉行「民主聖火長跑、國會全面改選」運動，由黨主席姚嘉文與謝長廷將聖火傳台北縣聖火長跑隊，展開環島民主聖火接力長跑的「國會全面改選」運動。攝影/邱萬興

垃圾是不會自己跑進垃圾桶的

國會全面改選活動包圍中山堂

在解嚴之後，國民黨除了祭出「國安法」之外，又在國會中堅持通過「集遊法」和「人團法」，目的就是在對付民進黨，以及其友好團體，並對任何集會遊行活動都嚴加控制。

國民黨在國會裡始終以「量」取勝，不僅讓「數十年不改選」的「立委」、「國代」，做為通過法案的表決部隊，甚至這些老立委、老國代凋零之後，還可以用國民黨的遞補制度，再把其他人候補上去。

國會結構如此荒唐，國民黨當然予取予求，可以通過任何它想要通過的法案。因此，國會全面改選，成為解嚴後民進黨最重要的政治目標。

民進黨國會全面改選運動專案推出「八人小組」，由姚嘉文、康寧祥、朱高正、許榮淑、謝長廷、陳水扁、周清玉、張富忠共同策畫、決議，決定於1987年12月25日，在台北市中山堂發起最大規模的群眾抗議活動。張富忠負責策畫這次活動的宣導文宣，康寧祥立委則擔任這次的行動督導。在這次活動中，這些「數十年不改選」的「立委」、「國代」，有了新的封號：「老法統」、「萬年立委、萬年國代」、「老賊」、「怪老子」、「表決部隊」。

這波文宣中，明白清楚地展現出國民黨的萬年老法統，在國會結構中的荒謬性。根據統計資料顯示：所謂的「老法統」，共有1190人，分別有盤踞在國民大會的865人，立法院的218人，監察院的36人。這些人的平均年齡都在76歲以上。有的人需使用輪椅，有的人要用心律調整器，有的人要提尿袋，有的人只能躺在病床上打點滴。

少數還有行動能力及溝通、表達能力的人，雖然勤於開會，卻是國民黨不折不扣的「表決部隊」。

這些國會殿堂裡毫無台灣人民民意基礎的「怪老子」，形成台灣國會中獨有的「體制性暴力」，不但浪費台灣人民的民脂民膏，也強硬阻擋了台灣社會的民主化發展。在865位「怪

國會全面改選・台灣才有前途

這是

1100人對1900萬人的戰爭

這是任何「合理的」社會都不會發生的事：

一千一百一十九個與世脫離的人，居然繼續操縱一千九百萬人的命運！

他們盤踞著國民大會，立法院，監察院。

有的必須使用輪椅，有的必須使用心律調節器，還有的只能躺在病床上打點滴。

那極少數還能走動的，雖勇於開會，但只會當國民黨的「表決部隊」。

他們有時候也會發言，但發言的內容必定使四十年前他們的選民也羞愧萬分。

他們是台灣國會中的「怪老子」，他們形成了台灣獨有的「體制性暴力」。

他們憑藉這種「體制性暴力」，阻擋了民意。

他們憑藉這種「體制性暴力」，強硬的阻擋了台灣的民主發展。

他們在這種「體制性暴力」下，浪費民脂民膏而毫無回報。

更重要的是，由於這種「體制性暴力」的庇蔭，國民黨政權才能這麼「無動於衷」的進行它的統治，造成了台灣今天這種政治、經濟、社會、文化種種危機併發的困境。

任何「不合理」，可以被容忍一時，但並不代表它就可以被容忍於永久。

現在，是台灣人民要求收回這種已淪陷了四十年的「人民主權」的時候了。

我們要求國會無條件的全面改選！

因為：

——唯有國會的全面改選，真實的民意才能在國會中充份顯露。

——只有充份代表民意的國會，才能在爭辯與討論中形成共識。

——只有充份代表民意的國會，才能使扭曲了四十年的台灣恢復正常。

我們要求國會全面改選，目的在於使台灣能夠「國家正常化」。

我們已厭倦於在國會中和「老法統」、「怪老子」作無謂的糾纏。

我們嚴正的要求：台灣人民要「自立」，台灣社會要「正常化」，它的第一步就是國會全面改選！

我們也嚴正的要求：「老法統」、「怪老子」要以懺悔的心，終止那已存在了四十年的「體制性暴力」，重新還給台灣人民清明的政治天空！

只有國會全面改選，

台灣才有前途！

他們的平均年齡

怪老子與增額中央民意代表平均年齡比較表

國會議員種類	國大代表		立法委員		監察委員	
總額	949		316		67	
項目	怪老子	增額國大代表	怪老子	增額立委(含海外遴選)	怪老子	增額監委(含海外遴選)
人數	865	84	218	98	36	31
平均年齡	76.68	47.30	80.42	49.6	81.75	56.16

他們四十年來做了些什麼事？

一、選舉七任總統。當選人分別是：第一屆蔣中正，第二屆蔣中正，第三屆蔣中正，第四屆蔣中正，第五屆蔣中正，第六屆蔣經國，第七屆蔣經國。

二、每年坐領高薪。其中還包括長期居住在國外的旅外代表和長期臥病的「病號代表」。據統計，有八十四名國大代表不住在台灣，每六年飛來台灣投票一次。他們每月領七萬八千二百元，全年領九十三萬八千四百元。台灣納稅人一年要給住在外國的怪老子國大代表吃掉七千八百八十二萬五千六百元。至於一百多位長期臥病無法下床的怪老子國代、立委，監委，每個月仍然照常吃七、八萬元台灣人民的血汗錢。四十年來，包括不住在台灣的，臥病不能行動的，平均每一個怪老子要吃掉台灣納稅人四千萬元。

三、阻礙台灣民主發展。

垃圾是不會自己跑進垃圾桶的！所以…

同胞們！12月25日

請到台北中山堂和我們一起表示一千九百萬人的民意

時間：1987年12月25日上午八時至下午一時

地點：台北市中華路中山堂新建大樓前

台北市博愛路永綏街南北側

在行使人民集會遊行權時，請務必遵守和平、非暴力原則

民主進步黨 中央黨部 主辦 地方黨部 協辦

■民進黨第一波「垃圾是不會自己跑進垃圾桶的」國會全面改選傳單。傳單提供/張富忠

老子國代」中，有343位是遞補來的，另外還有224位在排隊等候遞補。歷年來，遞補總數為664人。這個數目是1986年台灣全島選出的國大代表的「八倍」。

更為人所詬病的是，這些「國代老法統」除了選舉正、副總統之外，別無它事可做，卻每年坐領高薪，吃掉很多台灣納稅人民的血汗錢。國家要支付這些「老法統」每個人每月七萬八千兩百元，一年要花掉九十三萬八千四百元。這些人之中，有些根本不住在台灣，卻每六年飛來台灣投一次票，而仍照樣領台灣人民的薪水。四十年來，包括不住在台灣的、臥病不能行動的，平均每一個怪老子吃掉台灣人民「四千萬元」。

1987年12月25日當天，民進黨主導的「國會全面改選」示威活動，分為「場內」和「場外」兩部份。

在「場內」的國會殿堂裡，這場示威活動，首開反對黨公職人員在國家元首面前直接「示威抗議」的先例，當天為「行憲四十週年紀念日」。蔣經國總統出席了國民大會。

就在蔣經國總統開始致辭時，民進黨國大黨團十一名國代，突然在自己的座位起立，連續十幾次高呼「國會全面改選」的口號後原地就座。隨後，坐著輪椅的蔣經國總統，請國民大會代表的秘書長何宜武，代為宣讀行憲四十週年致辭。宣讀到一半時，民進黨的國代突然一致起立，展開原先備好的，前面寫著「全面改選」、後面寫著「維護憲政」的綠色背心。會場內的資深老國代見狀，立即高喊「把他們趕

■民進黨創黨主席江鵬堅（左）與第二任主席姚嘉文（右）帶領民進黨全力推動「國會全面改選」運動，並推動一波一波群衆運動，漸漸壯大民進黨聲勢，奠定黨的始基。攝影/劉振祥

■兩位老國代要進中山堂開會，卻迷失在遊行隊伍中，民進黨黨工陳忠和在一旁協助他們。

出去」、「打倒台獨」、「中華民國萬歲」等口號。會場內頓時陷入一片混亂狀態。

等到行政院長俞國華致辭時，民進黨國大再次高舉「老表混蛋」的布條巡迴會場，同時與國民黨的國代發生肢體衝撞。

在會場外，兵分三路，由許國泰、許榮淑與張俊雄擔任指揮，參加示威抗議的民眾集結了超過五萬人的人潮，在上午十點半，於西門圓環會合，把國民大會開會的中山堂附近，擠得水洩不通，以致南北鐵路因而中斷數小時之久。

為了控制這場示威遊行，國民黨動員了一萬五千名以上的軍警、鎮暴警察，全力封鎖中山堂附近的道路。許多要進出中山堂的國民黨資深老國代，因道路被封鎖而搞不清方向，找不到路，甚至被民眾帶到民進黨的宣傳車上，成為民眾取笑的對象。

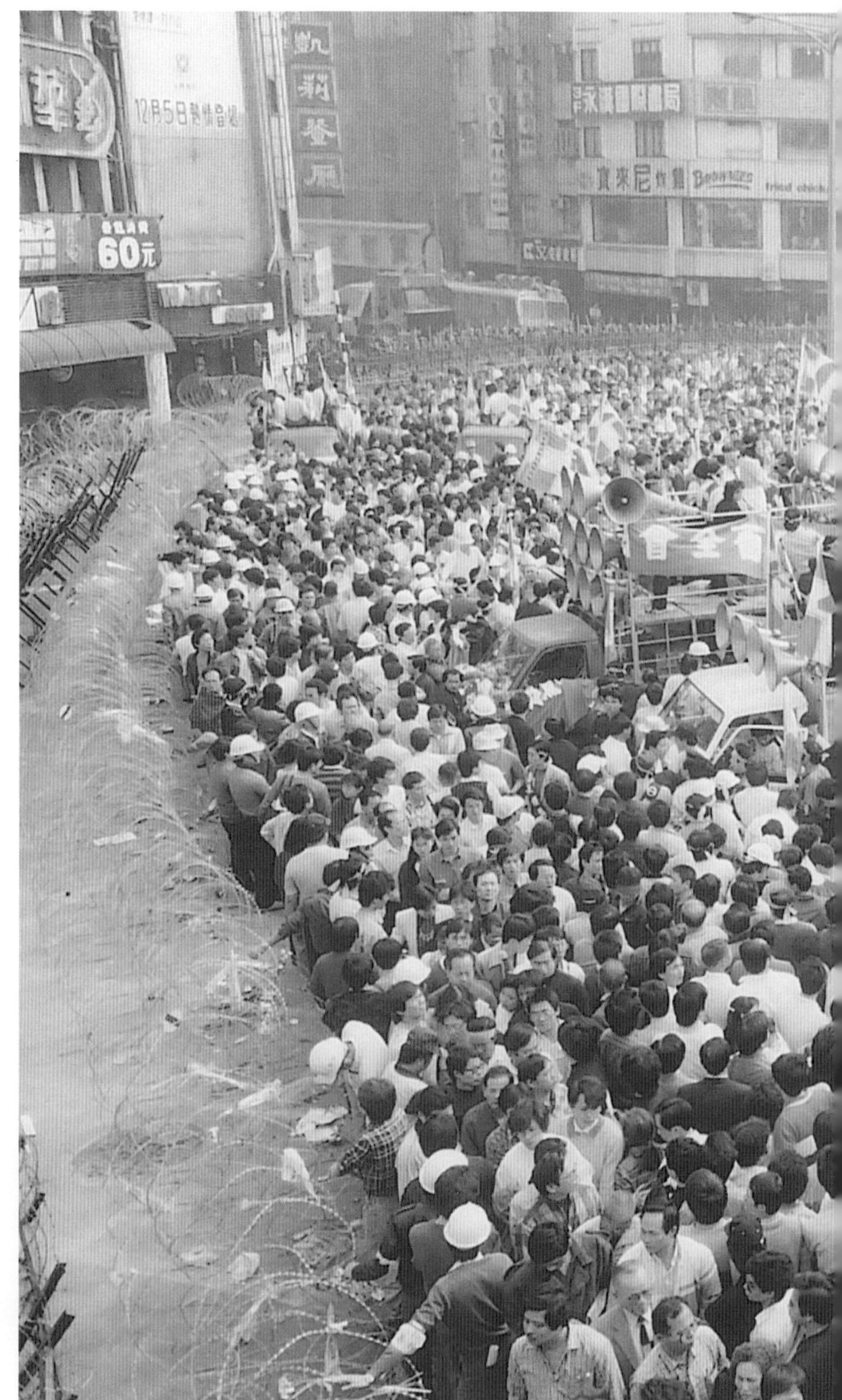

■「慶祝行憲四十週年」，民進黨發起「國會全面改選」，包圍中山堂大型示威活動，這是一場「一千一百人對一千九百萬人的戰爭」，五萬群衆包圍中山堂與國民黨動員的數萬軍警對峙，將西門町圓環擠得水洩不通，要求中山堂内的「萬年老賊下台，國會全面改選」。攝影/邱萬興

■民進黨國大黨團十一位成員參加西門町街頭抗爭，高呼「怪老子上西天，台灣人出頭天」。攝影/邱萬興

■抗議人潮站在火車頭上，也阻止了北上兩班火車的前進。攝影/邱萬興

■示威群衆阻止了南下火車前進。攝影/邱萬興

上帝派來的街頭戰士——林宗正牧師

■U.R.M.創始人林哲夫博士（右一）、林宗正牧師（右二）和課程就授Rev.Dr.Edgar File亦稱「愛台灣先生」（左二）與黃昭凱（左一）。圖片提供/黃昭凱

林宗正，長老教會的牧師，中等身材，面型削瘦，但聲音奇響無比。放眼當時的反對運動界，沒有任何一個人街頭演講的聲量，能夠超過林宗正。

1987年10月19日，台灣基督長老教會組成「人人有主張台灣獨立自由」牧師團。擔任牧師團總策畫的林宗正牧師，帶領將近三百位牧師、教徒，一起走上街頭，以遊行示威的方式，聲援蔡有全、許曹德。當遊行隊伍遭到警察與鎮暴部隊阻擋時，林宗正牧師以他宏亮的聲音，毫不客氣地指著警察與鎮暴部隊，說：「我以上帝之名，來譴責你們。」充份地展現一位堅持公義、替天行道的牧師本色，彷彿就像一個上帝派來的街頭戰士。

「台獨聯盟」加拿大本部，從1983年起，開始安排台灣島內的長老教會牧師及社會運動草根組織者，到多倫多接受「社會運動的訓練課程」。林宗正牧師便在這種情況下，與勞工運動的組織工作者簡錫堦，遠赴多倫多接受URM訓練。

URM是長老教會城鄉草根訓練的組織，後來他們將此「社運草根訓練課程」移回台灣。1988年，由林宗正、鄭國忠牧師等人擔任講師，於台南縣善化的口埤教會，成立URM在台訓練的基地，培養了台灣島內許多台獨運動、原住民、婦女、學生、環保運動等社運團體的基層幹部及草根組織者。

1988年12月31日，林宗正牧師所訓練出來的URM成員，扯下了位於嘉義市火車站前的吳鳳銅像，徹底粉碎國民黨政權所創造的吳鳳神話，還給台灣原住民原有的尊嚴。1989年，他因吳鳳事件入獄八天。

1991年開始，林宗正牧師持續從事「愛與非暴力」的草根訓練工作。1991到1993年，台灣反對運動所推行的大型示威活動，如抗議郝柏村擔任閣揆的「反軍人干政」，林宗正牧師所培訓出來的URM成員，往往扮演重要的組織者，或形成一支有思想、有紀律的糾察隊伍，對當時維持街頭運動的秩序與和平，功不可沒。

台灣民主運動大事記 1975～1987

1975

4/5 蔣中正（蔣介石）總統去世，副總統嚴家淦接任總統，國民黨主席由蔣中正之長子蔣經國繼任。

4/6 國內三家電視台為哀悼蔣介石總統去世，取消一切娛樂節目3天，改以新聞節目播放，並以黑白片播出1個月。並宣布全國娛樂場所停止娛樂1個月，全國軍公教人員配喪章1個月 。

8/1《台灣政論》雜誌創刊出版，黃信介擔任發行人、康寧祥任社長、張俊宏為總編輯、姚嘉文擔任法律顧問、黃華與張金策擔任副總編輯。

10/23 白雅燦參加台北市立法委員選舉，印了一張「解決台灣問題的先決條件」的傳單，向行政院院長蔣經國提出29個問題，要求蔣經國公布財產，被國民黨以叛亂罪逮捕入獄，隔年（1976年）2月11日被判處無期徒刑，送往綠島。印刷廠老闆周彬文替白雅燦印傳單被起訴，起訴要旨「替叛徒做有利宣傳」，周彬文被處以有期徒刑5年。

12/20 黨外民主前輩、「省議會五虎將」之一的郭雨新，參選第一選區宜蘭縣、台北縣、基隆市「增額立法委員」選舉，林義雄、姚嘉文擔任律師團，張俊宏負責文宣，以「不死的虎將」、「台灣民意的領航員」為文宣主軸，陳菊率領黨外新生代邱義仁、吳乃仁、吳乃德、林正杰、林嘉誠、周宏憲、田秋堇、謝明達、蕭裕珍、黃毓秀、范巽綠、賀端藩、陳玲玉、鄭優、洪三雄等人到宜蘭為郭雨新助選。郭雨新因國民黨全面做票，廢票多達8萬張而落選，宜蘭民眾抗議選舉舞弊，不滿的群眾險些在宜蘭市街釀成暴動。以「黨外」名義競選而當選立委的有台北的康寧祥、彰化的黃順興、嘉義的許世賢。

12/27《台灣政論》雜誌第5期中，刊登邱垂亮撰〈兩種心向〉，報導逃出大陸鋼琴家傅聰與柳教授一夕談被警總認為其結語顯屬煽動他人觸犯內亂罪，遭到停刊。

1976

1/6 林義雄、姚嘉文律師為郭雨新提「選舉無效之訴」及控告林榮三「當選無效之訴」的選舉官司，這是台灣選舉史上，第一次對選舉的不公提出法律訴訟。

1/21《台灣政論》副總編輯、宜蘭縣礁溪鄉鄉長張金策，被地方法院以「貪污五千元」的罪名，判處有期徒刑10年，並被停職，張金策於1977年5月下旬偷渡出境逃往美國。

2/11 台灣高等法院駁回郭雨新所提「選舉無效之訴」及「當選無效之訴」的選舉官司。

2/28《夏潮雜誌》創刊，創辦人鄭泰安，第二期起蘇慶黎參與編務，並在陳明忠與陳映真的支持下，蘇慶黎從第四期正式接手《夏潮雜誌》。

5/31 楊金海與顏明聖等人籌組反對黨遭調查局逮捕，楊金海在調查局兩個月秘密偵訊中，歷經21種酷刑，屈打成招。

7/4 陳明忠於《夏潮雜誌》第

四期出刊後被捕，以「企圖武裝暴動」名義判處死刑，後來在海外保釣人士的救援下，改判15年有期徒刑。

7/28 楊金海與顏明聖被國民黨以叛亂罪起訴，分別被判處無期徒刑和12年徒刑，移送綠島監獄。

9/18 政治犯前輩蘇東啟坐牢15年刑滿出獄（1961年雲林縣議員蘇東啟因叛亂罪名被捕入獄）。

9/23 魏廷朝坐牢5年8個月刑滿出獄（1964年魏廷朝因起草《台灣自救宣言》，被以預備顛覆罪判刑8年，1971年又被誣指主導美國新聞處爆炸事件再度被捕）。

10/10「炸彈郵包事件」發生。王幸男不滿國民黨政權高壓統治台灣，自美返台挖空三本國語字典內頁，用電池與黑火藥，外面用牛皮紙包好分別郵寄謝東閔、李煥、黃杰三人，結果炸傷謝東閔左手。

10/19《台灣政論》副總編輯黃華，第三次政治黑牢，被國民黨指稱利用《台灣政論》鼓吹台灣獨立，以「叛亂罪」起訴，判處10年徒刑移送綠島。（黃華第一次入獄，在1963年以「中國民主黨」名義參選基隆市議員選舉後，12月18日被以「甲級流氓」移送小琉球管訓2年半。出獄後，1967年因與林水泉、顏尹謨、呂國民籌組「全國青年團結促進會」，8月20日被捕，第二次入獄被以懲治叛亂條例判刑10年，1975年7月獲減刑出獄）。

1977

1/7 國民黨留置王幸男的家人與朋友當人質，為了不要連累無辜親友，王幸男從香港過境台灣，故意讓國民黨在台北松山機場將他逮捕。

1/25 姚嘉文與林義雄律師出版《虎落平陽》，記錄郭雨新競選立法委員選舉，與進行「選舉無效」及「當選無效」的訴訟過程。

1/27 軍事法庭宣判，以炸彈郵包炸傷台灣省主席謝東閔的王幸男，被以「二條一」叛亂罪論處，判無期徒刑。

2/ 呂秀蓮《新女性主義》修定版，由拓荒者出版社出版。

4/1 被國民黨囚禁9年零26天的柏楊重獲自由。（柏楊因1968年將「fellows」譯為「全國軍民同胞們」等字樣的「大力水手」連環漫畫在《中華日報》刊出，成為被判刑10年牢獄的導火線）。

4/ 許信良《風雨之聲》出版，收集他4年內在省議會的重要質詢，將省議員分成四種類型：世家、財閥、公教人員以及職業政客，引起風波。

6/1 《這一代》雜誌創刊，發行人陳黎陽，主編張俊宏、副主編何文振。

6/16 坐滿15年政治黑牢的施明德出獄，（施明德1962年6月16日因「台灣獨立聯盟案」，以叛亂罪在小金門被捕，判處無期徒刑）。

8/1 台灣省議員許信良《當仁不讓》出版。

8/16 台灣基督長老教會發表第3次聲明「人權宣言」，主張建立台灣成為一個「新而獨立的國家」。

8/17 鄉土文學論戰，《反共文學vs.鄉土文學》，聯合報副刊上連續3天全版刊出彭歌《不談人性，何有文學》文章，點名尉天驄、王拓和陳映真等人，接著就由國防部總政戰部召開國軍文藝大會，開始進行鄉土文學的全面批判，引起鄉土文學作家全力反擊。

10/12 許信良發表「此心長為中國國民黨員」文宣。

11/5 新聞局宣布警備總部破獲中共組織，逮捕戴華光、劉國基、賴明烈3人。

11/19 台灣首次舉辦五項地方公職選舉，爆發震驚海內外的「中壢事件」，中壢國小213投票所發生投票舞弊，引發群眾燒毀警車與中壢分局大樓。許信良以壓倒性的票數（23萬比14萬）當選桃園縣縣長。宜蘭的林義雄、南投的張俊宏、屏東的邱連輝、雲林的蘇洪月嬌等共有13名黨外人士當選台灣省議員。

11/23 吳濁流所著的《波茨坦科長》一書遭當局查禁。

12/16 檢察官對中壢國小校長予以不起訴處分，另以偽證罪起訴證人邱奕彬。

1978

1/17 警備總部軍事法庭就「人民解放陣線」案宣判，戴華光處無期徒刑，賴明烈15年，劉國基12年。

1/24 中壢事件偽證罪判決，邱奕彬有期徒刑1年6個月，緩刑3年。

3/18 林正杰、張富忠合著的《選舉萬歲》被查禁，警總派遣上百名武裝警察，包圍印刷廠，強行扣押尚未裝訂成冊的1萬本《選舉萬歲》。後來警總對黨外書刊、雜誌都採取這種模式。

3/21 國大代表投票，蔣經國獲得1184票、謝東閔獲得941票，當選中華民國第6任正副總統。

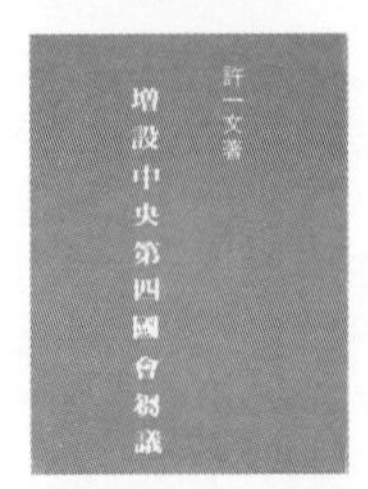

4/15 施明德在《這一代》第10期以「許一文」筆名發表《增設中央第四國會芻議》，首創「萬年國會」一詞。

4/17 中壢事件宣判， 8名被告因公共危險罪與妨害公務，分別處以2年4個月至12年徒刑。

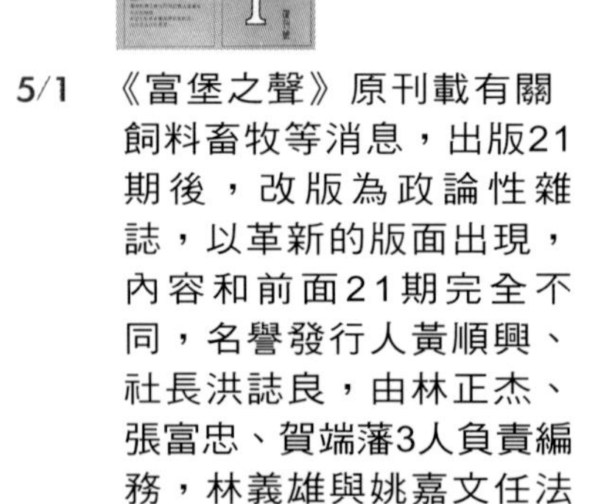

5/1 《富堡之聲》原刊載有關飼料畜牧等消息，出版21期後，改版為政論性雜誌，以革新的版面出現，內容和前面21期完全不同，名譽發行人黃順興、社長洪誌良，由林正杰、張富忠、賀端藩3人負責編務，林義雄與姚嘉文任法律顧問，革新號出版第1期就被查禁。

5/20 蔣經國、謝東閔就任第6任總統、副總統，蔣經國提名孫運璿為行政院長。

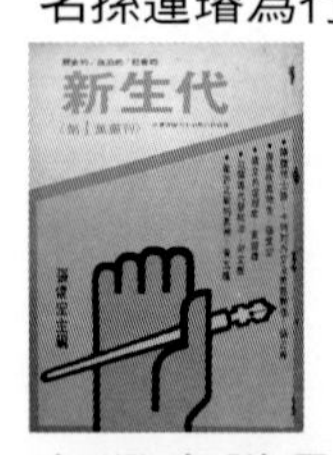

6/1 台灣省議員張俊宏發行《新生代》雜誌創刊。

6/15 陳菊台北市青田街家中，被警備總部秘密警察查獲有歷年來政治犯名單與雷震文稿被送往國外，和國民黨當局認定的不法反動文件台獨月刊、《七十年代》等書刊，而被下令通緝追捕。

6/23 陳菊在彰化縣埔心鄉羅厝天主教堂被捕，愛爾蘭籍郭佳信神父曾為保護陳菊緊閉大門，關熄電燈，以「正在作彌撒為藉口」，拒不開門。

7/6 陳菊被捕13天後，警總宣布「交保釋放」，陳菊被迫舉行記者招待會。

8/15 王拓《民眾的眼睛》出版，收錄鄉土文學論戰文章。

8/16 楊祖珺、李元貞、蘇慶黎、夏林清等婦運人士共同推動廣慈博愛院雛妓教育工作，在台北市榮星花園舉辦「青草地歌謠慈善演唱會」，有四、五千聽眾買60元門票觀賞，將民歌運動推向歷史高點。

8/31 國防部以一億五千萬元收購大量報導黨外消息的台灣日報。

9/1 姚嘉文與林義雄律師出版《古坑夜談──雨傘下的選舉》，暴露雲林縣選舉舞弊及選務黑幕，以及縣長落選人黃麻競選及選舉訴訟過程。

9/15 王拓《黨外的聲音》出版。

9/22 呂秀蓮在國賓飯店舉辦民主餐會，首開黨外人士以民主餐會籌募競選經費的風氣。

10/6 國代、立委選舉起跑，黃信介立委在王拓餐會上宣布成立「台灣黨外人士助選團」，張富忠設計黨外共同標誌「人權符號」，推出

12大政治建設共同政見。黨外首次以組織「沒有黨名的黨」來對抗國民黨，由黃信介擔任總連絡人，施明德擔任總幹事。

10/15 施明德與艾琳達在中國飯店舉行結婚典禮，婚禮中播放「綠島小夜曲」，民主前輩雷震出獄8年後首度公開露面，為兩人證婚。

10/18 黃信介立委在台中市白金樓餐廳舉行會議，宣布分成二組「黨外人士助選團」展開助選活動。

10/20 台大哲學系副教授陳鼓應與中國時報記者陳婉真，在餐會上正式宣布連袂競選國大代表與立法委員。12月初，在台大校門口前，黨外「民主牆」與國民黨「愛國牆」打對台，盛況空前。

11/1 姚嘉文律師《護法與變法》出版。

11/15 姚嘉文律師以「黨外大護法」的大旗，在故鄉彰化縣參選國大代表，舉辦民主餐會。

11/30 呂秀蓮《台灣的過去與未來》出版。

12/2 黃宗文、宋國誠《新生代的吶喊》出版。

12/5 「全國黨外候選人座談會」，在台北市中山堂舉行，由黃信介、姚嘉文、黃玉嬌擔任主席，會中發表12項政治建設，當天發生「反共義士」騷擾黨外座談會會場事件，隔日各大媒體發動文字圍剿，故意諷刺黨外為「黑拳幫」。

12/15 美國總統卡特宣布和台灣斷交，與中國建交。

12/16 蔣經國總統發布緊急命令，下令停止選舉。國民黨開始打壓、抹黑黨外力量及異議份子。

12/25 黨外人士計劃在台北國賓大飯店召開「黨外人士國是會議」，遭到國民黨極力阻擾，只好在黨外助選團總部開會發表聲明，要求民主化、自由化、解除戒嚴，從速恢復中央民代選舉。

12/27 美國代表團副國務卿克里斯多夫一行抵台，出台北松山機場時遭民眾以石塊、雞蛋、番茄、棍棒攻擊，美方向我提出強烈抗議。

1979

1/1 台美正式斷交。

1/21 國民黨以「叛亂罪」逮捕前高雄縣長余登發及其子余瑞言。

1/22 黨外人士到高雄縣橋頭鄉示威抗議遊行，在余家門前出發，高舉「堅決反對政治迫害」，「立即釋放余氏父子」的標語，並提出「為余氏父子被捕告全國同胞書」，這是戒嚴令下反對運動第一次示威遊行。

1/24 《夏潮》及《這一代》雜誌被處停刊1年。

1/25 國民黨將往橋頭示威而「擅離職守」的桃園縣縣長許信良，移送監察院審議。

2/4 全台黨外人士至桃園市遊行向縣民恭賀新年，並到許信良縣長公館致送「人權萬歲」匾額，沿途散發「大家關心許信良」傳單。

3/1 政府開放國內雜誌登記。

3/7 前《自由中國》雜誌發行人雷震先生病逝。

3/9 余案公開審判，姚嘉文律師受委任為余案出庭辯護，余陳月瑛以輔佐人身份，為余登發及余瑞言提出陳述意見狀，並要求與證人對質。

3/28 余登發被捕後，在獄中寫下長達萬言自述──〈我的政治生涯〉，由媳婦余陳月瑛代為出版。

4/12 黨外人士四十餘人聚會於姚嘉文律師事務所，發表「黨外國是聲明」，呼籲爭取重返聯合國。

4/16 警備總部軍事法庭宣判余登發以「知匪不報」及「為匪宣傳」罪名，判8年徒刑、余瑞言3年徒刑、吳泰安死刑。

4/20 監察院通過彈劾桃園縣長許信良，指稱「桃園縣長許信良擅離職守，簽署污衊政府不當文件，參與非法遊行活動，證據確鑿」，許信良抗議這是「非法之判決」。

4/22 黨外人士在台北國賓飯店舉辦陳菊、陳婉真生日晚會，主要目的在為余登發後援會籌募基金。

4/27 全台第一份向報禁挑戰的地下報紙《潮流》創刊，由吳哲朗、陳婉真負責採訪的手抄影印刊物，在省議會出現。

5/17 《潮流》在省議會受國民黨省議員圍剿，指其破壞省議會名譽，要求台灣省新聞處從嚴取締。

5/21 黨外人士成立的台灣人權委員會發表「我們願意為台灣民主前途坐牢」的宣言，抗議政府對余案所作的判決。要求關心台灣民主前途的有心人，共同分擔余登發老縣長的刑期。

5/26 桃園縣中壢市約有兩萬名民眾參加許信良縣長生日晚會，在許信良原縣長競選總部附近聽黨外人士發表演講，抗議監察院對許信良的彈劾。

5/27 姚嘉文、陳菊編著的《黨外文選》出版，要獻給許信良當做39歲的生日禮物，5月31日遭警總查禁。

6/1 黨外民意代表聯合服務處成立簡稱（黨外總部）。

《八十年代》雜誌創刊，康寧祥任發行人，司馬文武任總編輯。參與編輯陣容的新生代有康文雄、史非非（范巽綠）、林進輝、陳忠信、李筱峰等人。在創刊號的內容裡，林濁水發表一篇文章，名為〈剖析南海血書〉，針對當時國民黨的文宣單位刻意編造並且以此文要求高中、國中、國小等各級學校學生閱讀、撰寫心得報告的〈南海血書〉，從科學及常情上予以剖析反駁。林濁水這篇文章鞭辟入裡，打破國民黨的政治神話、政治謊言，轟動一時。

6/2 由姚嘉文、張春男、呂秀蓮、黃順興、黃天福等人發起的「黨外中央民意代表候選人聯誼會」，在台北市仁愛路三段「黨外總部」成立。由姚嘉文發行兼創辦，專門報導黨外消息的《消息》第一號問世。

6/9 立法委員黃順興彰化服務處成立，軍警以鐵絲網封鎖現場。

6/12 內政部長邱創煥宣布「黨外中央民意代表候選人聯誼會」為非法組織。

6/14 台灣省議員林義雄、張俊宏在省議會總質詢國民黨「大軍壓境」，抗議軍隊演習擅闖省議會議場。

6/29 公懲會宣布對許信良科以休職二年的處分。黨外人士發表「黨外人士為許信良縣長被休職二年敬告海內外同胞書」。

7/28 「黨外中央民意代表選舉聯誼會」，一行二十餘人在台中公園草地上演唱台灣民謠聯歡，遭到國民黨以消防車用強力水柱，用電棍驅散群眾，黨外人士因而發表「七二八台中事件聲明」。

7/30 《美麗島》雜誌社召開編輯會議，雜誌社成員會後在台北市仁愛路安全島上合影留念。

8/7 陳博文與印刷廠老闆楊裕榮因印製《潮流》同時被捕，《潮流》第46期全被沒收。

8/9 陳婉真在紐約「北美事務協調會」門前，為「潮流」絕食12天，以至昏倒入院。

8/24 《美麗島》雜誌創刊號上市，發行人黃信介、發行管理人林義雄、姚嘉文、社長許信良、副社長呂秀蓮、黃天福，總編輯張俊宏，雜誌社總經理施明德，負責編輯魏廷朝、陳忠信，全台各地的黨外人士掛名社務委員共有61人。

9/4 警總以出版《中國文化之診斷》編輯《今日府會》，撰印《中國統一與中共統戰問題之探討》等刊物，再一次將張化民以「為匪宣傳」的罪名，處十年徒刑。

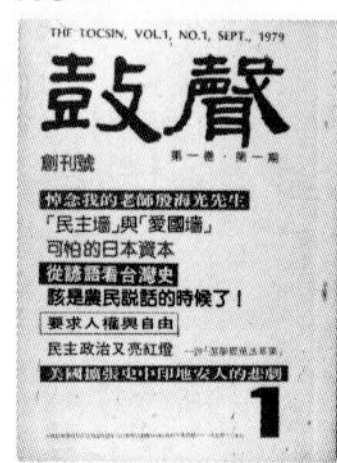

9/6 《鼓聲》雜誌創刊，發行人陳鼓應、社長張春男，9月14日被警總查禁。

9/8 黨外人士在台北中泰賓館

舉行《美麗島》雜誌發行創刊酒會，遭到極右派「疾風集團」鬧場示威與反共義士叫罵要「打倒黑拳幫！」，此即「中泰賓館事件」，創刊酒會後，《美麗島》雜誌於9、10、11月在全台主要大城市設立分社及服務處。

9/28 《美麗島》雜誌社高雄服務處成立茶會。

9/30 許信良偕家屬離台赴美，黨外人士唱著「望你早歸」送行。

10/1 呂秀蓮出版《講沒完的政見》。

10/3 《富堡之聲》總編輯李慶榮和知名作家陳映真涉嫌叛亂逮捕偵訊，37小時後釋放。

11/1 《春風》雜誌創刊，榮譽發行人黃順興，發行人詹澈（詹朝立），社長王拓。

11/20 台中美麗島之夜──吳哲朗坐監惜別會。

11/15 愛爾蘭籍郭佳信神父因為保護陳菊，成為國民黨的眼中釘，被迫離台。

11/25《美麗島》第4期出刊，創下台灣政論雜誌發行量最高紀錄──14萬份。

11/29 黃信介住處與美麗島雜誌社高雄服務處同遭搗毀。

12/9 高雄鼓山分局警方逮捕並刑求黨外宣傳車義工姚國建與邱勝雄，此為「鼓山事件」。

12/10《美麗島》雜誌社以紀念世界人權日為由，號召各地黨外人士，會合於高雄市扶輪公園，舉辦演講會。這次紀念大會，事先並沒有獲得執行戒嚴令的治安單位許可，執政當局派出大批軍警、鎮暴車嚴陣以待，演講會後的遊行活動因此受阻，憲警強制驅散群眾，因而爆發警民大衝突的「高雄美麗島事件」。

12/12《美麗島》雜誌社在下午5時舉行記者會，由黃信介、張俊宏、姚嘉文、施明德對高雄事件加以說明。

12/13 國民黨清晨展開大逮捕行動，以「涉嫌叛亂」罪名，將黨外民主菁英林義雄、張俊宏、姚嘉文、陳菊、呂秀蓮、王拓、魏廷朝、楊青矗、周平德、陳忠信、張富忠、蘇秋鎮、邱奕彬、紀萬生等十四人逮捕入獄，隨後並陸續在全台逮捕將近百人，查封《美麗島》雜誌社及各地辦事處。

12/14 警備總部行文立法院，經立法院鼓掌通過，逮捕立法委員黃信介。警總懸賞五十萬捉拿施明德，另包庇或藏匿者，處死刑、無期徒刑或十年以上徒刑。

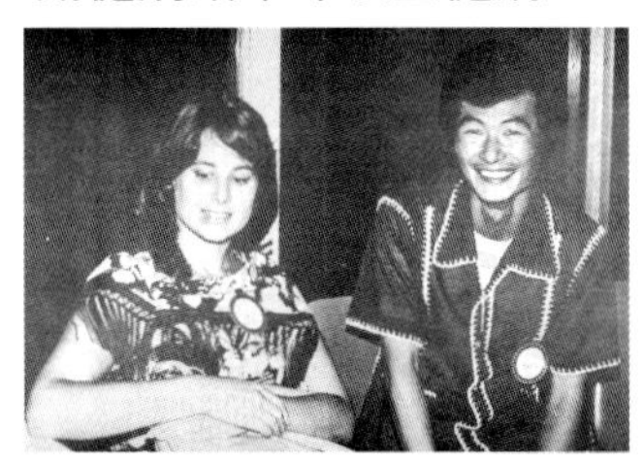

12/15 施明德的美籍妻子艾琳達被國民黨驅逐出境。

12/19《美麗島》雜誌共發行4期，被警備總部查禁。

12/20《八十年代》與《春風》雜誌被停刊一年。

12/22 警備總部宣布：查緝施明德的懸賞金額，提高至一百萬元。

1980

1/7 作家陳若曦自美返台，面見蔣經國總統，為「美麗島事件」被捕黨外人士請命。

1/8 高雄美麗島事件後脫逃26天的施明德，在台北市漢口街許晴富家中被捕，送往新店安坑拘留偵訊。

1/10 警備總部宣布涉嫌窩藏施明德之嫌犯許晴富、江金櫻、張溫鷹、吳文牧師被捕。

1/18 美國在台協會主席丁大衛，接見美麗島事件被捕人士家屬18人。

1/20 康寧祥立委「為我們的民主前途請命」，就高雄美麗島事件向行政院提出質詢，指出高雄美麗島事件的審判，必將成為影響我國未來民主政治的轉捩點。

1/25 行政院新聞局長宋楚瑜強烈指責美國《新聞週刊》報導美麗島事件歪曲不實。

2/1 《八十年代》的姊妹刊物《亞洲人》雜誌創刊。

2/5 警備總部宣布，余登發獲准保外就醫。

2/20 警備總部宣布「高雄美麗島事件」主要8名被告，以叛亂罪提起起訴依軍法審判，同案被押之另37人移送司法機關起訴。

2/28 林義雄律師家「滅門慘

案」，林義雄母親林游阿妹、雙胞胎女兒亮均、亭均祖孫三人在家中慘遭殺害，長女奐均被刺六刀，經急救後倖存，造成三死一重傷，林義雄獲交保及延期審理。

3/11 因「鼓山事件」在押姚國建、邱勝雄，被高雄地方法院依妨害公務、傷害罪嫌，各判處徒刑3年及2年6個月。

3/18 國民黨軍法大審「高雄美麗島事件」8名被告，在台北市景美台灣警備總司令部軍法處第一法庭公開審判。辯護律師共有15人，江鵬堅、尤清、謝長廷、張政雄、李勝雄、郭吉仁、高瑞錚、陳水扁、鄭慶隆、蘇貞昌、鄭勝助、呂傳勝、張俊雄、鄭冠禮及張火源，台灣各大報首度全版鉅細無遺，報導審案過程及對話。

'Tools' of Chinese communists

Death penalty call for 8 dissidents

Trial of Taiwan Dissidents Called Test for Democracy

4/18 警備總部軍事法庭判決：依懲治叛亂條例第二條第一項，判處施明德無期徒刑。黃信介14年徒刑，姚嘉文、張俊宏、林義雄、呂秀蓮、陳菊、林弘宣各處有期徒刑12年。

4/24 台灣基督長老教會高俊明牧師因藏匿施明德被捕。

4/29 高俊明、張溫鷹、林文珍、蔡有全、許天賢、黃昭輝、林樹枝等人因涉嫌藏匿施明德案被提起公訴。

5/8 《富堡之聲》發行人洪誌良被控叛亂案，判處5年徒刑，褫奪公權3年。

5/15 警備總部宣布前被禁雜誌《富堡之聲》編輯李慶榮為匪宣傳案，判刑五年。

6/2 高雄美麗島事件司法審判部分，台北地方法院宣判，魏廷朝、邱茂男、周平德、王拓、紀萬生、楊青矗、張富忠、陳忠信、邱垂貞、戴振耀、陳博文、李明憲、蔡垂和、余阿興等33名觸犯陸海空刑法第七十二條多數集合暴行威脅迫罪，分別遭到3年以上至6年半徒刑不等的司法處分。

8/1 《八十年代》的姊妹刊物《暖流》創刊，發行人康文雄、社長康寧祥。

8/15 《暖流》雜誌遭到停刊一年處分。

8/21 黃天福創辦《鐘鼓樓》，雜誌創刊號尚未上市，五萬多份在印刷廠遭警總全數搶走。

9/5 《鐘鼓樓》雜誌因創刊號報導「美麗島高雄事件特輯」，遭停刊一年處分。

10/15 《海潮》月刊創刊，發行人王義雄、社長潘立夫。

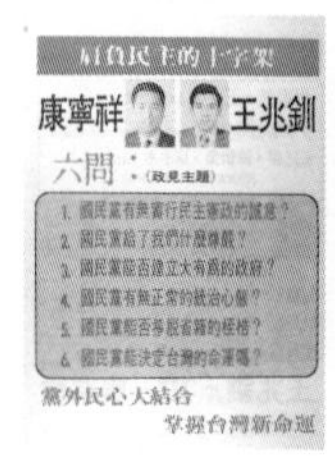

12/6 增額國大代表、立法委員選舉，「延續黨外香火」，高雄美麗島事件受難家屬姚嘉文的妻子周清玉以15萬3602票，第一高票當選台北市國大代表，張俊宏的妻子許榮淑參選第三選區立法委員（台中縣、台中市、彰化縣、南投縣）以7萬9372票當選立委，黃信介的弟弟黃天福與八十年代創辦人康寧祥當選台北市立法委員，為美麗島事件奔走辯護的律師張德銘高票當選第二選區立法委員，他的選區是桃園縣、新竹縣市、苗栗縣）。

1981

1/17 台中市立委參選人張春男，因競選言論涉嫌煽惑暴亂，被台中地檢處收押，後判刑3年6月。

1/18 周渝的紫藤廬茶藝館開幕，成為台灣第一家茶藝館，因屋前老紫藤攀簷，遂命名為「紫藤廬」，成為黨外人士與藝文界人士喜歡聚會之處。

2/8 美麗島辯護律師尤清，獲得黨外省議員周滄淵、邱連輝、何春木、傅文政、余陳月瑛5票支持，當選監察委員。

2/16 《政治家》半月刊雜誌創刊，鄧維賢任發行人兼總編輯。

2/25 《縱橫》月刊雜誌創刊，發行人鄭臨安、總編輯宋國誠、副總編輯黃宗文。

3/11 劉峰松因1980年競選彰化縣國大代表，在宣傳車上廣播「打倒獨裁政權」，被控告散播叛亂思想，遭國民黨以「內亂罪」起訴，被判刑3年半。

4/20 美麗島辯護律師鄭勝助創辦《進步》雜誌，社長林正杰、總編輯林世煜。

6/1 《深耕》雜誌創刊，發行人黃石城，由林正杰、林世煜、林濁水3人擔任主筆。

7/2 返台探親的陳文成博士被警備總部約談。

7/3 陳文成博士被人發現陳屍台大校園內，死因真相未明。

10/25《關懷雜誌》創刊，發行人周清玉、社長謝長廷。

11/14 縣市長、省市議員大選，美麗島辯護律師陳水扁、謝長廷與林正杰、康水木4人以「黨外、制衡、進步」聯合競選，接起「黨外」的香火，高票當選台北市議員。蘇貞昌、游錫堃高票當選台灣省議員。邱連輝當選屏東縣長，黃石城當選彰化縣長，陳定南當選宜蘭縣第一位「黨外縣長」。從這次選舉開始，有「黨外」字樣旗幟出現演講會場，由范巽綠挑選的「綠色」開始成為黨外的招牌顏色，從此黨外人士大量採用「綠色」系統印刷

1982

1/16 施性忠當選新竹市市長，許世賢以74歲高齡當選嘉義市市長。

2/1 《婦女新知》雜誌創刊。

4/9 林宅血案信義路原址改設立為「義光基督長老教會」。

6/10 許榮淑發行、林世煜主編的《深耕》第11期半月刊雜誌出刊，公開指責康寧祥放水，推出特別報導王麗美〈放棄杯葛，黨外還有什麼〉的專題與李敖所寫的〈放火的，不要變成放水的〉，張明雄（邱義仁）的〈批評黨外，刻不容緩〉──抗議黨外杯葛立法院會的虎頭蛇尾，林世煜的〈第一碗圓仔湯〉，掀起了日後黨外雜誌「批康」與黨外公職人員的序幕。

6/29 「黨外四人行」康寧祥、張德銘、黃煌雄與尤清監委應北美洲台灣人教授協會之邀訪美40天，是黨外第一次集體訪美拓展外交。

8/12 蘇慶黎、蘇治芬、袁嬿嬿、陳秀惠、姚國建等人關懷政治犯子女，在台北

縣新店花園新城舉辦第一屆「小小夏令營」。

9/1 黃信介、張俊宏、姚嘉文、林弘宣在獄中發表「美麗島受難人共同聲明」，表明「在台灣完成民主，遠比為中國製造統一更為迫切重要」。

《博觀》雜誌創刊，創辦人尤清、發行人尤宏、主編林濁水，連續以封面故事大談「反對黨！反對黨！」出版4期全遭查禁。

9/16 《深耕》雜誌在台大校友會館，舉辦「黨外運動的目標與路線」座談會，公開辯論黨外路線之爭，邱義仁將黨外路線之爭推向高潮。

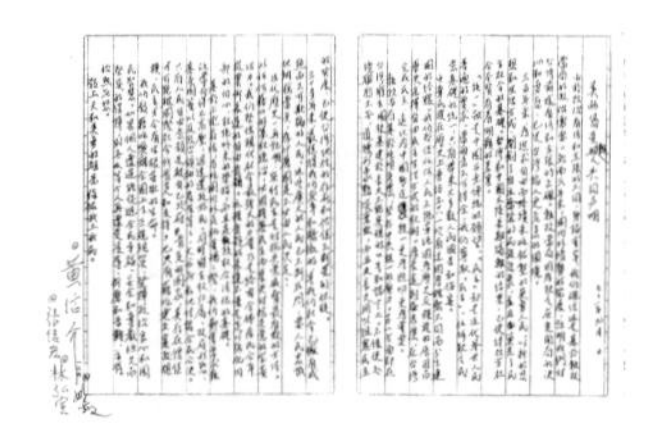

9/28 黨外人士在台北市中山堂集會，以「民主、團結、救台灣」提出制定「國家基本法」6項主張，會後周清玉散發「美麗島受難人共同聲明」，讓國民黨大為震驚，警備總部全面查禁該聲明。

1983

1/1 《在野》雜誌創刊，發行人李榮基、社長程福星、總編輯左又新。

1/4 反對開闢二重疏洪道的居民聚集台北縣中興橋頭示威抗議，與警察發生激烈衝突。

1/8 文化大學政治系主任盧修一博士，因涉日籍人權工作者前田光枝台獨案，遭警備總部羅織罪名逮捕。

1/16 《鐘鼓鑼》雜誌創刊，發行人黃天福、社長陳水扁。

《民主人》雜誌半月刊創刊，發行人陳淑美、鄧維賢任總編輯。

2/24 「前田光枝台獨案」宣判，盧修一判5年感化教育，拘禁於土城「台灣仁愛教育實驗所」，日籍人權工作者前田光枝被驅逐出境。

3/14 黨外第一本政論週刊《前進》週刊創刊，名譽發行人費希平、發行人蔡式淵、社長林正杰，總編輯耿榮水，黨外開始邁向新聞週刊時代。

7/31 第二屆「關懷夏令營」舉行三天活動；會徽由趙振貳設計。

8/13 《前進》週刊姊妹刊物《前進廣場》創刊，名譽發行人費希平、發行人蔡式淵、社長林正杰。

9/3 林正杰擔任召集人，與蘇慶黎共同邀集黨外雜誌10位負責人及新生代編輯在紫藤廬茶藝館開會，討論成立「黨外編聯會」。

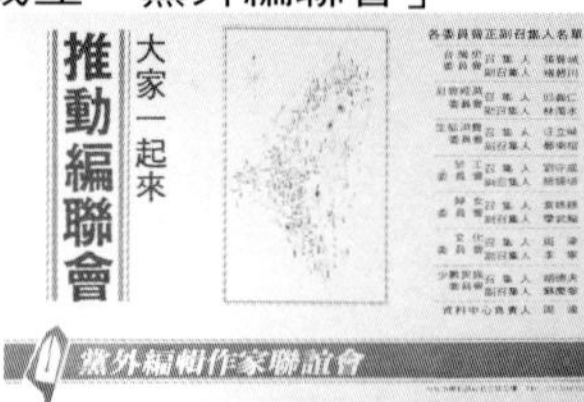

9/9 一百多位作家與編輯在台北市四季餐廳成立「黨外編輯作家聯誼會」，成為戒嚴時期第一個政治團體，創會會長為林濁水、副會長邱義仁、總幹事周伯倫、紀律委員謝長廷、劉守成、鄭南榕、林正杰、蘇慶黎。

9/18 「一九八三年黨外競選立委後援會」成立，提出「台灣的前途，應由台灣全體住民共同決定」之共同政見。

10/10 陳文成博士的父親陳庭茂在總統府附近散發傳單，懸賞新台幣500萬元，要捉拿謀殺陳文成兇手，被警員阻止，強押入警局，傳單被沒收，警方表示今天是國慶日，傳單如果被外賓看見，政府就沒有面子。

10/25 美麗島事件受刑人林義雄的妻子方素敏返台，黨外人士舉著「歡迎方素敏回

國參選」的紅布條前往桃園機場接機。

10/27《生根》雜誌創刊，創辦人許榮淑、發行人許國泰、社長吳乃仁、副社長邱義仁、總編輯林世煜。

10/30 江鵬堅《不信公義喚不回》出版。

11/10 黃天福立委《還我美麗島》出版。

12/3 增額立委選舉，黨外以「民主、自決、救台灣」為競選共同口號，統治當局立刻以「分裂國土」的重罪威嚇黨外人士。江鵬堅律師以「一屆立委、終身黨外」的訴求，當選台北市立法委員。林義雄律師的妻子方素敏在第一選區以12萬1204票當選立法委員，許榮淑參選第三選區立法委員以11萬8898票連任立委，黨外4人行的康寧祥、張德銘、黃煌雄卻落選了，高俊明的牽手高李麗珍僅以17票之差落選。

1984

3/12 黨外編輯作家聯誼會在台大校友會館舉行第2會期會員大會，選出第2任會長張富忠、副會長劉守成、總幹事范巽綠。

鄭南榕創辦《自由時代》系列週刊，由陳水扁擔任雜誌社社長。這份雜誌總共申請了18張執照，堅持「爭取100% 言論自由」的訴求，屢遭國民黨查禁、沒收。

3/25 黨外編輯作家聯誼會出版第一本小冊子《追念美麗島的母親》，在台中許榮淑服務處舉辦《王拓、黃華母親追思會》。王、黃仍在黑牢，母親均年邁逝世，但倆都無法回家見最後一面。

3/27 黨外編輯作家聯誼會成立七個委員會「勞工、台灣史、生態消費、文化經濟社會、婦女、少數民族」分別召開第一次會議。

3/29《雷聲》雜誌創刊，創辦人雷渝齊。

4/26 黃信介、張俊宏、姚嘉文、林弘宣在獄中展開無限期絕食。

5/1 由郭吉仁、邱義仁、蘇慶黎、賀端藩等人籌組的「台灣勞工法律支援會」成立，郭吉仁擔任首任會長。

5/4 黨外人士組成「美麗島政治犯絕食聲援會」，在台北市義光教會展開連續3天絕食活動，以和平方式傳達獄中受難人絕食訊息，發表「追求民主、分擔苦難」聲明書。

5/11「黨外公職人員公共政策研究會」成立，簡稱黨外公政會，是由一群公職人員組成的政治團體，第一屆理事長費希平立委，秘書長林正杰，公政會設有理事7人。

5/20 蔣經國、李登輝宣誓就任第7任總統、副總統。

6/1《新潮流》雜誌創刊，發行人吳乃仁、社長洪奇昌、總編輯邱義仁。

6/12《蓬萊島》雜誌創刊，創辦人黃天福、社長陳水扁。

6/24「為山地而歌」演唱會在台北新公園音樂台舉行。

7/1《開創》雜誌創刊，發行人黃煌雄。

7/7《薪火》雜誌創刊，發行人耿榮水。

從街頭幹起！——黨外對公共政策第一次出擊！

請許整備到南港「享受」戴奧辛

7/24　台北市議員謝長廷帶著助理和幾位台大學生「走向街頭，趕走垃圾」，手持「請許整備到南港享受戴奧辛」的傳單，在南港沿街散發遭警方制止。

7/28　「桃園黨外聯誼會」與「編聯會」聯合主辦「送正義到海山煤礦」慈善晚會，為海山煤礦死難礦工募款。

8/15　美麗島受刑人林義雄、高俊明、許晴富及林文珍獲假釋出獄。

8/20　《台灣潮流》週刊創刊，創辦人許榮淑、發行人陳信傑。
《發展》週刊創刊，創辦人鄭南榕。

9/9　《新潮流》第14期刊出〈不合就該分〉以及〈黨外市議員談雞兔問題〉文章，揭開了黨外「雞兔問題」紛爭的序幕。
黨外編輯作家聯誼會在台大校友會館舉行會員大會，選出第三任新任會長邱義仁、副會長洪奇昌。

9/10　蓬萊島的姊妹刊物《西北雨》週刊創刊，創辦人黃天福、總編輯李逸洋。

10/15　旅美傳記作家筆名江南的劉宜良，因出版《蔣經國傳》，遭國民黨軍情局長汪希苓、處長陳虎門唆使竹聯幫陳啟禮、吳敦赴美刺殺。

12/6　「黨外公政會」被執政當局內政部長吳伯雄宣布為非法組織，要公政會自行解散，拆下招牌。一時風聲鶴唳，面臨取締邊緣，爆發費希平致函國民黨秘書長蔣彥士風波。

12/10「台灣人權促進會」成立，江鵬堅立委擔任首任會長，副會長劉福增。

12/16 在黑牢耗盡34年又7個月青春歲月的林書揚與李金木獲釋。（1950年5月31日，林書揚25歲時，因涉及「麻豆案」謝瑞仁叛亂案遭逮捕，以「企圖顛覆政府」罪被判無期徒刑，褫奪公權終身，林書揚被綠島政治犯稱為「聖人」，出獄時已59歲）。

12/29「台灣原住民權利促進會」成立，主張原住民正名、原住民自治，首任會長胡德夫，這是「原住民」三字首度出現。

1985

1/1　林義雄安葬他的母親林游阿妹女士與孿生女兒亮均、亭均。

1/6　黨外編輯作家聯誼會舉行第3屆第4次會員大會，選出新任會長吳乃仁、副會長黃昭凱。

1/11　《第一線》週刊創刊，創辦人、總編輯吳祥輝。

1/12　台北地方法院宣判《蓬萊島》雜誌誹謗案，陳水扁、黃天福、李逸洋各處有期徒刑一年，附帶民事賠償200萬元。

1/16　國民黨軍情局長汪希苓，第三處副處長陳虎門涉及江南命案，被移送軍法機關偵辦。

3/12　以〈送報伕〉享譽台灣文壇的老作家楊逵因心臟病發過世，享年80歲。（楊逵1949年發表一篇〈和平宣言〉，主張人民民主、社會平等、反對台灣託管和獨立，因而被關綠島12年）。

3/29　美麗島受刑人呂秀蓮因甲狀腺瘤疑似復發，在國際特赦組織全力營救下獲准保外就醫。

3/20　江南案開庭提訊陳啟禮與吳敦

4/27　第1屆理事長費希平退出黨外公政會，「黨外公政會」改選，尤清當選第2屆理事長，秘書長為謝長廷。

5/7 黨外編聯會與黨外雜誌社，前往立法院、監察院，抗議「警總非法搜索黨外雜誌」。

5/16 台灣省議會游錫堃、蘇貞昌、謝三升、周滄淵、蘇洪月嬌、黃玉嬌、蔡介雄、傅文政、余玲雅、陳啟吉、簡錦益、陳金德、林清松、廖枝源等14位黨外省議員，抗議省府超額預算照列又強行通過，深覺議會改革無望，集體宣布辭職，這是台灣自治史上最大的一次議員集體辭職事件。有省議會黨外「鐵三角」之稱的游錫堃、蘇貞昌、謝三升回到自己家鄉舉辦說明會。

6/10 黨外編輯作家聯誼會晚上7點在台大校友會館舉辦「陳菊，我們感謝你」生日之夜晚會，陳菊仍在黑牢中。

6/29 《新路線》雜誌創刊，發行人兼總編輯周伯倫。
黨外公政會與編聯會、台灣關懷中心舉辦「施明德、黃華絕食說明會」。

7/3 邱義仁因取得一份警總為箝制言論取締黨外雜誌座談會紀錄，與新聞局二局科員陳百齡、台大政研所學生石佳音3人以涉嫌「妨礙軍機」被調查局逮捕到台北市辛亥路市調處並遭收押，黨外人士江鵬堅、李勝雄、簡錫堦等人召開記者會，展開救援行動，發表「濫捕人民就是獨裁」聲明，邱義仁隔天晚上交保獲釋。

7/4 新竹市長施性忠貪污案宣判，判處2年半徒刑，被解除市長職務。

7/15 《山外山》雜誌創刊，發行人陳主惠、社長胡德夫、總編輯林文正。

7/18 黨外雜誌編輯再度發動「七一八請願」活動，在監察院前被圍困2小時，由代表赴行政院遞交請願書，抗議警總全面查扣黨外雜誌作法，警方出動上千名警察封鎖現場。

8/3 黨外民主前輩郭雨新逝世於美國華盛頓亞力山大醫院。

9/6 黨外公政會與黨外編聯會在台北縣新店楓橋酒店，舉辦第1屆「民主實踐研究班」，舉行3天訓練培養文宣、助講人才。

9/28 黨外公政會與編聯會組成「一九八五年黨外選舉後援會」，在台北中泰賓館召開候選人推薦大會，經過長達6小時的審查與投票後，正式推薦出黨外42位縣市長與省市議員候選人名單。

10/24 台灣人權促進會邀請被中共囚禁15年的中國大陸民運鬥士林希翎，在台北耕莘文教院主講「談中國大陸人權」，她說「其實國民黨走的時候，中國老百姓是歡送的」，受到黨外人士熱烈迴響與邀請演講、林希翎在黨外候選人演講場痛罵蔣介石，打破當時台灣言論尺度，受群眾熱烈歡迎。

10/31 一九八五年黨外選舉後援會提出黨外參選共同口號：「新黨新氣象、自決救台灣」。

11/1 《人間》雜誌創刊，陳映真擔任發行人、王拓擔任社長。

11/16 縣市長與省市議員選舉，陳水扁律師獲黨外推薦參選台南縣長，遭國民黨山海夾擊高票落選。尤清在台北縣參選縣長，打一場轟轟烈烈的「彩虹戰爭」，結果敗北。余陳月瑛當選高雄縣第一位女性縣長，當選的黨外省議員有游錫堃、蘇貞昌、黃玉嬌、蘇洪月嬌、周滄淵、傅文政、蔡介雄、陳金德、王兆釧、林宗男、莊姬美、台北市議員選舉，創下黨外提名11名市議員100%全部當選紀錄。

11/18 陳水扁在台南縣關廟謝票時，阿扁嫂吳淑珍在巷道內遭拼裝車撞成重傷，許多黨外人士認為這是一場有預謀的政治車禍，真相迄今未明。

12/26 黨外公職人員公共政策研究會修改章程，秘書長謝長廷提案，要在全台各地方設立分會辦法，並將名稱改為「黨外公共政策研究會」，讓非公職人員亦可加入為會員。

1986

2/4　美麗島受刑人陳菊等12人獲假釋出獄。

3/26　《領先》新聞週刊革新號創刊，發行人、總編輯蘇明偉。

4/18　黨外公政會召開理事會，通過首都、台北和其他分會的設立申請案，11位黨外台北市議員身披彩帶，不理會國民黨的警告，在台北市議會宣布成立黨外公政會分會，發表成立聲明。

4/24　執政當局宣布黨外公政會如逕行成立分會，將強制解散，警告黨外人士如不解散將依法解散，可處兩年以下徒刑。

5/1　前桃園縣長許信良與謝聰敏、林水泉在美國紐約市聯合國廣場大酒店宣布「台灣民主黨建黨委員會」成立，準備年底要遷黨回台，聲稱不惜闖關回台坐牢。

《新台政論》雜誌創刊，發行人吳昱輝。

5/5　三十多位台大畢業校友與學生，抗議校方要開除李文忠，在台大校門口聲援李文忠。

5/7　《自由時代》發行人鄭南榕與編輯江蓋世響應許信良海外組黨運動，兩人先後登記為台灣島內第一、二號「台灣民主黨」黨員。

5/10　國民黨聲言要強力取締黨外公政會時，由中介學者陶百川、胡佛、楊國樞、李鴻禧四人具名邀請7位黨外人士與國民黨中央政策會3名副秘書長，在台北市來來大飯店進行首度正式溝通會議。

黨外公政會成立台北市第1個分會「台北分會」，號稱「立會為組黨」，為全台第1個成立的分會，陳水扁當選台北分會理事長。

5/11　李文忠在台大傅鐘下絕食抗議「台大非法退學處分」，引發一連串台大學生校園改革運動。

5/17　黨外公政會台北市第2個分會「首都分會」成立，康寧祥當選為分會理事長，秘書長林正杰，並提出「民主時間表」及組黨的呼聲，設有「組黨行憲委員會」，蕭裕珍任召集人。

5/19　鄭南榕發起「519綠色行動」，這是台灣第一次有人敢公開提出「反戒嚴」的行動訴求挑戰國民黨。江鵬堅擔任總指揮、陳水扁擔任發言人，與黨外人士在台北市龍山寺，要求解除長達38年的戒嚴令，準備去總統府抗爭活動。黨外人士被上千警察封鎖在龍山寺內12個小時，風雨中與警方對峙一天。

5/23　《蓬萊島》雜誌誹謗官司案，為抗議法院判決「陳水扁需賠償親國民黨學者馮滬祥200萬元」，陳水扁將推吳淑珍輪椅全島化緣，發表「一人一元，輪椅行軍」聲明，舉辦全島坐監惜別會。

高雄市黨外公政會「打狗分會」成立，理事長王義雄、秘書長朱勝號。

5/25　高雄市黨外公政會「港都分會」成立，理事長張俊雄立委、秘書長黃昭輝。

黨外公政會「宜蘭分會」成立，理事長游錫堃、秘書長李茂全，共有148位會員，是黨外公政會全台會員人數最多的分會。

5/26　黨外公政會「台北縣分會」成立，理事長王宗光、秘書長侯福財。

5/30　《蓬萊島》雜誌誹謗官司案，高院改判3名被告社長陳水扁、發行人黃天福、總編輯李逸洋有期徒刑8個月確定，並附帶賠償200萬元。

6/1　「蓬萊島案」宣判後，蓬萊島三君子展開全島10天6場「坐監惜別演講會」，從台南縣關廟鄉山西宮開始舉辦第一場「一人一元、輪椅行軍」。

6/2　《自由時代》發行人鄭南

榕被台北市議員張德銘控告「違反選罷法」，未審判先被捕入獄。

6/4 彰化縣鹿港與福興兩鄉鎮，由3百多位中、小學學生在美術老師帶領下，在文武廟廣場上繪製漫畫，並在鹿港沿街張掛54張反杜邦海報看板。

6/6 黨外公政會「台中市分會」成立，理事長許榮淑、秘書長賴茂州。

《自由天地》週刊創刊，總編輯陳賜福。

6/8 黨外公政會「桃園縣分會」成立，理事長黃玉嬌、秘書長張貴木。

6/9 黨外公政會在台北市議會，舉辦「歡送蓬萊島三君子入獄演講會」，與警方僵持了16小時，晚上11點30分陳水扁、黃天福、李逸洋以「提早3天入獄」向台北地檢處自動報到服刑。

6/12 《自由台灣》週刊創刊，發行人朱高正、總企劃吳祥輝。

6/22 黨外公政會「屏東縣分會」成立，理事長邱連輝，秘書長黃耀明。

6/24 彰化縣鹿港鎮發起一項自發性的反杜邦街頭示威遊行，上千位居民穿上印有「我愛鹿港、不要杜邦」的運動衫，在「文武廟」空地集合，由李棟樑與粘錫麟率領下遊行到天后宮，在鞭炮聲與歡呼聲中結束遊行，這是台灣有史以來第一次反公害大遊行。

6/29 黨外人士許榮淑立委與尤清監委在鹿港國小舉辦「反杜邦」設廠說明會，聲援鹿港民眾。

7/3 台灣大學十五位學生利用暑假，專程前往鹿港，組成 「反杜邦調查團」，在鹿港街頭散發「台大學生參與反杜邦聲明」傳單。

傅正因為目擊黨外精英單打獨鬥，深恐終將落入各個擊破之敗局，挺身而出，邀集組黨小組成員在忠孝東路御龍園餐廳聚會。組黨10人小組成員有立法委員費希平、江鵬堅、張俊雄、監察委員尤清、國大代表周清玉、台灣省議員游錫堃、台北市議員謝長廷、人權工作者陳菊、學者傅正和黃爾璇，之後開始每週五下午，在台北市忠孝東路二段周清玉家中積極討論組黨事宜，黨綱的研擬由尤清、傅正、黃爾璇、謝長廷等人負責。他們彼此約定，不得打電話聯繫、不得缺席、不得對外洩露小組的存在。

7/6 台灣人權促進會在台大校友會館舉辦「台灣人權之夜」。

8/8 台灣關懷中心在淡水鎮淡江中學舉辦「第五屆關懷夏令營」，8月9日遭到一百多位軍警鎮壓，裝置拒馬阻擋，禁止穿著印有「認識鄉土愛台灣」T恤的小朋友走出校門。

8/9 黨外公政會「新竹市分會」成立，理事長施性融、秘書長施性平。

康寧祥擔任理事長的「首都公政會」，晚上在台北市金華國中舉辦組黨說明會。

8/15 黨外公政會「台南市分會」成立，理事長蔡介雄、秘書長張國堂。

黨外公政會「高雄縣分會」成立，理事長余玲雅、秘書長吳昱輝。

黨外公政會與編聯會合辦，在台北市中山國小舉辦「行憲與組黨說明會」，邀請美國民主黨國際事務協會會長艾特渥演講，他上台致詞，肯定台灣的民主運動，數萬民眾到場聆聽，會中並舉辦「升黨外旗幟儀式」，將群眾組黨的熱情帶到了最高點。

8/24 「一九八六年黨外選舉後援會」第一次大會在台大校友會館正式成立，召集人為游錫堃省議員、副召集人顏錦福市議員、蔡龍居醫師。

8/25 鄭南榕創辦的《自由時代》週刊刊登黨外對組黨的看法，謝長廷提出「民主進步黨」為新黨黨名。

8/30 「時候到了，讓我們向黨禁宣戰！」《新潮流》為組黨催生，下午2點半在台北市吉林國小大禮堂舉辦組黨說明會，由編聯會會長洪奇昌主持，江鵬堅、尤清、謝長廷、康寧祥、邱義仁、林正杰等人均表示黨外組黨已刻不容緩。

9/1 《台灣新文化》雜誌創刊，發行人王世勛。

9/3 台北市議員林正杰被國民黨議員胡益壽控告選舉誹謗案，被台北地方法院判刑1年6個月、褫奪公權3年，林正杰當庭表示不上訴，抗議司法不公，後發表「為司法獨立送終，向市民道別」，在博愛路與憲兵追逐，林正杰將綑綁黑帶的抗議鐘，丟向總統府後門。

9/4 林正杰、楊祖珺夫婦、康寧祥、蔡式淵至台北市通化街夜市，舉著「和平、奮鬥、救民主」布條，「街頭小霸王」林正杰接連12日南北長征，向市民告別，發動全台及台北市街頭狂飆運動。

9/7 林正杰至台北市頂好市場向市民告別，警察公然使用警棍，毆打黨外人士及遊行群眾，林正杰與康寧祥等均受毆傷。
「一九八六年黨外選舉後援會」第2次大會，晚上在台北市南京西路海霸王餐廳舉行，審議各選區及職業婦女推薦名單。

9/8 「黨外公共政策研究會」改選，顏錦福擔任第三屆理事長，秘書長為謝長廷，開始籌備發行《黨外公報》週刊，賴勁麟擔任主編。

9/10 林正杰、楊祖珺夫婦及康寧祥等至桃園縣中壢市舉辦告別遊行，國民黨動員15連軍警鎮壓黨外人士。

9/11 林正杰至高雄市告別遊行，逾萬群眾遊行至美麗島高雄服務處舊址前高呼「美麗島無罪！」口號。

9/14 林正杰在台北市金華國中進行告別集會，參加者逾兩萬人，江鵬堅、康寧祥演說之後遊行至和平東路及新生南路口，因警察以警車及警校學生擋道，為免雙方衝突，在向警察獻花後即告解散。

9/27 因「誹謗案」被判刑的林正杰主動到台北地方法院報到服刑，黨外人士江鵬堅、康寧祥、蔡式淵、周清玉、陳菊、蕭裕珍、何碧珍、李其然與支持者送行，抗議司法不獨立。
黨外人士舉辦組黨前夕的秘密會議，當天一共有30多人與會，但是連署簽名的人只有十幾人，有的人不敢簽、有的人藉故離去，不過，留下來的人，還是對於28日變更議程等進行模擬，由尤清將組黨列入明天大會第一項議程並說明。

9/28 「一九八六黨外選舉後援會」第3次大會於台北市圓山大飯店敦睦廳舉辦推薦大會，由游錫堃省議員擔任主席。組織新黨會議採秘密方式進行不對外開放，132位與會人士簽名發起組黨，下午6點5分費希平、尤清、游錫堃、謝長廷、顏錦福、黃玉嬌主持記者會，宣布「民主進步黨」正式成立。

10/1 民進黨建黨工作小組陸續增加為18人，分組進行建黨工作：以費希平為召集人，江鵬堅擔任組織組召集人，黃爾璇則擔任執行長兼政策組召集人，成員有費希平、傅正、尤清、江鵬堅、謝長廷、張俊雄、游錫堃、黃爾璇、周清玉、陳菊、周滄淵、康寧祥、蘇貞昌、洪奇昌、邱義仁、郭吉仁、顏錦福、許榮淑。

10/4 許信良與海外同鄉在美國洛杉磯世紀廣場大飯店成立「民主進步黨海外組織」大會。
黨外公政會第14個分會台南縣分會成立，理事長謝三升。

10/10 台灣史上第一次反核示威遊行，黨外編聯會發動反核人士到台電大樓前舉辦「只要孩子，不要核子」抗議活動。

10/13 民進黨召開工作委員會議，會中通過建築設計師歐秀雄（筆名官不為）設計的1985、1986年黨外選舉後援會會旗，做為「民進黨黨旗」，並公開徵求黨歌。

10/18 黨外編聯會成立「黨外民俗戲曲歌謠團」，由簡錫堦、沈楠主演的【王寶釧嫁女兒】處女秀，於雲林縣北港鎮朝天宮上演，吸引五千位民眾觀賞。

10/22 台灣大學「大學新聞社」被校長孫震停止社團活動一年，社長許傳盛記二支小過，總編輯林國明、編輯陳明棋各記一支小過。

10/24 台灣大學「大新社」在台大校門口舉辦「只要真理存在，我們終將回來！」惜別晚會。

10/28 朱高正在雲嘉南選區參選

立委，在嘉義縣民雄國小舉辦「新黨說明會」，遭國民黨派出鎮暴部隊阻攔，爆發流血衝突事件。

10/31 黨外公政會與黨外編聯會聯合主辦「第二屆民主實踐研究班」，在台北縣新店燕子湖畔楓橋酒店，舉行3天訓練營。

11/6 民進黨建黨18人小組假台大校友會館舉行記者會，公布黨綱與黨章。

11/10 民進黨用「淡江大學校友會」的名義，向台北市環亞大飯店租場地，召開第1屆全國黨員代表大會。會中通過黨綱、黨章及紀律仲裁辦法等議案。晚上7點在台北市金華國中舉辦「民主進步黨新黨之夜」。

深夜11點55分在台北市仁愛路元穠茶藝館選舉黨主席，江鵬堅立委以13票對12票，1票之差險勝費希平立委，當選為第1屆民主進步黨黨主席。

11/14 鍾金江、江昭儀、林水泉、謝清志、謝進男、楊嘉猷、歐煌坤7位海外台灣同鄉自美搭新加坡航空返台受阻，被原機由新加坡遣返美國，台灣省議員吳大清等人闖入機場入境室行李大廳接機，遭到數百名警方在桃園機場內施暴毆打，引發機場第一次流血衝突事件。

11/20「民進黨中央巡迴助選團」成立，民進黨黨主席江鵬堅任總團長，游錫堃任總幹事，舉辦「民主新希望、新黨救台灣」全台巡迴演講會。

11/28 民進黨國代候選人洪奇昌、翁金珠、黃昭輝等人發出第一波選舉戰報，標題為「把蔣經國綁起來」的漫畫傳單，遭到警總人員攔截搶奪。

11/30 黑名單人士許信良與謝聰敏、林水泉、艾琳達、若宮清等人從日本成田機場搭機闖關回台，民進黨與來自全台數千群眾前往接機，國民黨派出大批軍警鎮壓，封鎖通往中正機場道路，軍用直昇機與鎮暴裝甲坦克車不停穿梭，以消防車向接機民眾噴射紅色強力水柱，發射催淚瓦斯，警民雙方互丟石塊，爆發流血衝突的「桃園中正機場事件」。

12/1 打著「在街頭前進的博士」蔡式淵、許國泰與2000多群眾到台北市民生東路「國泰航空公司」，抗議該公司拒絕讓許信良登機回台，警方出動上百名鎮暴部隊手持盾牌擋在門前，蔡式淵等人當場捕獲調查局調查人員陶秀洪在抗議現場丟石頭製造事端。

12/2 許信良宣稱要從菲律賓搭乘菲律賓航空班機抵達中正機場，民進黨中執委張富忠以協調代表身份前往桃園中正機場接機，遭到擔任警戒的軍警圍毆，張富忠被毆傷，當天共有35位民眾被饗以警棍拳腳毆傷，押入桃園海湖軍營至傍晚釋放。

卅餘民眾被饗以警棍拳腳
雖經指揮官制止仍難平息
機場警民衝突目睹記
若干員警執勤 記者目擊動粗
國民黨為消滅民進黨
不擇手段，為贏得選舉不計代價
謊言、暴力、幽靈人口傾巢而出

12/3 自立晚報總編輯顏文門以獨立、持平的態度，衝破新聞封鎖與審檢，第二版全版刊登了自立記者目擊軍警動粗的「桃園機場憲警暴力事件」，暴露了其他各大報喪盡報信和報格，被民進黨候選人大量引用製成文宣快報，發揮了強大的影響力，決定性地扳回3天後的選舉贏局。

民進黨主席江鵬堅、游錫堃省議員、李勝雄律師與被軍警毆傷中執委張富忠、詹益樺在黨外公政會總會召開「桃園機場憲警暴力事件」中外記者說明會。

12/5 民進黨候選人謝長廷、吳淑珍、周清玉、蕭裕珍與支持者赴台灣電視公司，抗議台視新聞對「桃園機場事件」不公正的報導。

12/6 第1屆增額立委、國代選舉投票，民進黨推薦44人參選，當選11席國代及12席立法委員，得票率立委

24.78% 、國代22.21%（許榮淑以全國第一高票，19萬1840票當選立委，洪奇昌以全國第一高票，16萬1384票當選國代，原本工人團體、商業團體的席次完全在國民黨的掌控之下，這年度也破天荒讓民進黨各攻下一個席次。民進黨籍的王聰松首度當選工人團體立委，徐美英第一高票當選工人團體國代，吳哲朗也突破重圍當選商業團體的國代）。

12/13 反對杜邦設廠的彰化縣鹿港四百多位居民搭遊覽車北上，由李棟樑陪同，以參觀總統府為名義，在總統府前訴「怨」陳情抗議，呼口號「我愛鹿港，不要杜邦」，抗議政府漠視民意。這是戒嚴令下第一次民眾突破軍警封鎖直闖總統府。

12/18 民進黨黨主席江鵬堅所著的《選票代替子彈》出版，被警總查禁。

12/20 民進黨立委當選人朱高正於上午在雲林斗六市水利會旁，舉辦「拒繳水利會費」說明會，吸引近3000位農民前往聽講。

12/22 民進黨在高雄市勞工公園舉辦第一場「感謝演講會」。演講會總共在全台各地巡迴舉辦8場，感謝全台民眾對民進黨的支持肯定。

1987

1/10 台北市議會、高雄市議會、台灣省議會的監委投票所外面，民進黨發動群眾抗議賄選及「限制連記法」，抗議民眾指責投票的議員為「豬仔議員」。

基督教彩虹專案婦女志工、婦女新知、台灣原住民權益促進會、台灣人權促進會等團體發起「彩虹行動」關懷雛妓運動，到台北華西街遊行聲援雛妓，抗議販賣人口。

1/20 美麗島受刑人姚嘉文假釋出獄。

1/24 《自由時代》發行人鄭南榕出獄。

2/1 立法院正副院長改選，民進黨推出許榮淑、吳淑珍與國民黨提名的倪文亞、劉闊才一決雌雄。

2/4 「二二八事件40週年紀念」，鄭南榕與陳永興、李勝雄發起「二二八和平日促進會」，共十四個民間團體派代表參加。由鄭南榕擔任召集人，會中提出要求公布真相、平反冤屈、撫慰死難家屬、興建紀念碑和紀念館、定二二八為和平日等訴求，並在全台舉辦演講會及遊行活動。

2/10 蓬萊島三君子陳水扁、黃天福、李逸洋坐監八個月出獄。

2/13 民主進步黨中央黨部《民進報》周刊正式發行，發行人江鵬堅，總編輯謝明達，總主筆林濁水。

2/14 「二二八和平日促進會」與謝長廷服務處在台北市日新國小舉辦第一場「二二八事件40週年紀念演講會」。

2/15 「台灣筆會」下午在台北市耕莘文教院宣布成立，用客、台、京三種語言宣讀成立宣言，選出楊青矗出任會長、李魁賢任副會長、李敏勇為秘書長。

2/16 《台灣與世界》雜誌創刊，發行人黃怡，總編輯王耀南。

2/19 《民進週刊》雜誌創刊，發行人吳祥輝，總編輯蘇多。

2/26 「二二八和平日促進會」在嘉義市舉行遊行、祭拜活動。下午三時，200多人在黨外嘉義聯誼會前整隊出發，遭到上千名憲警的圍堵。

2/28 「二二八事件40週年紀念」在台北與高雄舉辦大型集會，民進黨中央黨部在台北市永樂國小主辦「二二八和平日演講會」，數萬民眾參與，陳水扁、姚嘉文在晚會上公開宣布加入民進黨，會後遊行到淡水河十三號水門，舉行祭拜二二八冤死英魂之儀式。
在宜蘭地區舉辦「二二八事件40週年紀念」，該日也是「林義雄母親與孿生女兒祖孫三人逝世七週年紀念」。

3/7 「二二八和平日促進會」舉辦的第一階段最後一場「二二八紀念說明會」，於彰化縣政府廣場前集合，準備舉行遊行活動時，遭到數百名鎮暴部隊強力阻撓與壓制，爆發激烈衝突，宣傳車被鎮暴部隊用警棍擊毀。

3/12 新聞界周天瑞、南方朔、司馬文武、胡鴻仁結合創辦《新新聞》週刊創刊。
美國杜邦公司由於無法取得彰化縣鹿港居民的充分諒解與支持，正式宣布取消在鹿港設廠計劃。

3/18 「只要解嚴、不要國安法」綠色行動本部發起「三一八包圍立法院」，以和平示威方式抗議國民黨制定國安法。

3/20 朱高正立委於立法院質詢時，改用台語發言質詢，遭國民黨立委拍桌抗議，朱高正改以媽媽說的話，五字經「我在幹你娘」對罵，立法院院長倪文亞只好大喊休會。

3/24 65位台大學生發起「大學改革請願團」在立法院請願，請願代表蘇峯山、林繼文、林佳龍、鍾佳濱、林國明、葉曉薇「要求全面修改大學法、政治校長撤出校園，教官全面退出校務」。
嘉義縣新港鄉農民與台南縣七股漁民，分別在立法院請願、陳情。

3/28 民進黨發起「返鄉省親運動」，在台北市幸安國小舉辦第一波「自由返鄉運動」說明會，由蘇貞昌主持「想家40年，下一步就是回家」，要求政府開放大陸探親之門，並積極爭取滯留大陸及海外鄉親回台省親的權利。

3/29 民進黨在台大校友會館召開第1屆第1次臨時全國黨員代表大會，補選中央執行委員，由姚嘉文、陳水扁、朱高正當選。

4/3 台灣原住民權益促進會聯合15個民間團體，將棺木抬往行政院前，抗議南投縣政府破壞挖掘信義鄉東埔村的原住民祖墳。抬棺遊行至總統府前，在開封街口遭憲警及鎮暴車阻擋。

4/15 「彩虹行動」召集人廖碧英與「關懷雛妓運動」請願團到監察院陳情，要求「嚴懲人口販子、正風專案要徹底」。

4/16 《自由時代》雜誌社發行人鄭南榕，在台北市金華國中的演講會上，堅決地表明「我是鄭南榕，我主張台灣獨立」。

4/26 「蘇俄車諾比爾核電爆炸事件週年」，反核人士與台北縣貢寮鄉民在核四建廠預定地鹽寮，舉行「請留下最後一片白沙灘」的大規模反核四示威抗議。

4/28 國民黨「山東大姊」楊寶琳老立委，在立法院經費稽核委員會改選時，手中抓滿13張老立委選票代投票，被余政憲與朱高正逮到公然作票。楊寶琳理直氣壯說：「我們每一次都是一次全部投進去的，為什麼以前可以，現在不行？」

5/1 蔡明華、曹愛蘭、林秋滿、蕭裕珍、范巽綠、陳秀惠等人發起的「進步婦女聯盟」成立，以「團結婦女力量，促進社會進步」為宗旨。

5/4 民進黨中常會決議成立「社會運動部」，謝長廷擔任首任督導。

5/6 民進黨中央黨部搬家，從黨外公政會青島東路的會址，遷入台北市建國北路的新辦公室，5月18日舉行慶祝茶會。

5/10 「外省人返鄉探親促進會」與「進步婦女聯盟」同時在母親節當天，於國父紀念館前者穿著「想家」背心沿路發「少小離家，如今老矣，父母手足何日重逢」傳單，進步婦女聯盟發表「母親的十大心願」傳單。

5/11 台灣大學社團學生發起「511自由之愛」活動，身穿普選衣服在台大校園內遊行，高呼「我愛台大！普選！普選！」，要求「校園解嚴、修改大學法」，爭取代聯會會長改採普選制。

5/19 民進黨發動「只要解嚴，不要國安法」大型和平示威活動，三萬群眾到國父紀念館抗議國民黨實施戒嚴，要求「100％解嚴、100％回歸憲法」。國民黨動員上萬軍警，用拒馬與鐵絲網圍堵封鎖，展開長達12小時的對峙。晚上8點，民進黨在國父紀念館升起民進黨旗後，由總指揮謝長廷宣布解散。

5/26 政治犯魏廷朝出獄。（魏廷朝三進三出政治黑牢，被判刑24年半，合計坐牢共17年3個月又7天）

5/29 外省老兵何文德等人赴彰化縣員林「榮民之家」散發「要求回大陸返鄉探親」的傳單，被榮民之家警衛圍毆成傷。

5/30 美麗島受刑人黃信介、張俊宏、黃華等26名政治犯獲假釋出獄。（黃華三進三出政治黑牢，前後共坐牢21年4個半月）。

6/7 民進黨全台第1個縣黨部「台北縣黨部」成立，首任主委鄭余鎮。

6/8 前高雄縣長余登發北上拜訪剛出獄的黃信介、張俊宏。

6/10 民進黨社運部督導謝長廷，在立法院發起「反對國安法，包圍立法院」連續3天活動。江蓋世率領民眾，前往行政院與國民黨中央黨部抗議，與憲警衝突。

6/11 穿著「甘地精神」綠色背心的江蓋世，拿著「人民有主張台灣獨立的自由」海報，率領民眾由立法院向士林官邸邁進，打算拜訪蔣經國總統，遊行4個多小時後，晚上在士林夜市前遭鎮暴警察阻擋。

6/12 為了抗議「國安法」強制表決通過，民進黨發動「只要解嚴、不要國安法」抗議活動。參與的民眾與極右派「反共愛國陣線」的人馬在立法院前引爆衝突。下午6點多總領隊謝長廷宣告解散，群眾卻不願接受「解散」之節制，持續抗爭示威，雙方對峙到凌晨3點，鎮暴警察強制驅散民眾，造成二度流血衝突，此為「六一二事件」。總領隊謝長廷、總指揮洪奇昌與江蓋世三人被移送法辦。

6/14 「1987台灣人權之夜」假台北市金華國中大操場，舉辦歡迎黃信介、張俊宏、黃華、楊金海、魏廷朝、顏明聖和洪惟和7人平安歸來晚會。

高雄市民進黨人士在市政大樓工地前舉辦「反蘇演講會」抗議蘇南成主政的高雄市政大樓弊案，吸引上萬群眾參加，南警部調動數千名鎮暴警察圍堵現場，從晚上7點半到翌日上午10點半，抗議進行15小時才結束，這也是民進黨在高雄和南警部最長時間的一次對峙。

6/19 「政治受難者聯誼會」發起到立法院靜坐抗議「國安法」，聲明國安法嚴重剝奪他們應有的參政權益，要求「釋放政治犯，還我人權」。

6/20 周清玉帶領民進黨國大黨團11位成員：蔡式淵、洪奇昌、張貴木、范振宗、翁金珠、蘇培源、黃昭輝、蘇嘉全、吳哲朗、徐美英，從台北市忠孝東路出發，帶著土產禮物一路步行，要到總統府拜訪蔣經國總統，表達民意、傳達民情。遭上千軍警阻擋在總統府博愛特區前，11位國代無法跨越雷池一步。

6/23 民進黨立法院黨團在院會靜坐，抗議國安法三讀通過。
台北地檢處召開偵查庭，偵訊「六一二事件」謝長廷、洪奇昌與江蓋世。

6/27 民進黨屏東縣黨部成立，邱連輝當選第一任主委。

6/28 「外省人返鄉探親促進會」晚上在台北市金華國中舉辦「想回家，怎麼辦？」演講會，由何文德、江思章等人唱著「母親你在何方」，呼籲政府應站在人道立場，開放海峽兩岸探親。

7/6 江蓋世進行1個月環島非暴力「贖罪之旅」，舉著「人民有主張台灣獨立的自由」牌子，沿途遊行時遭憲警一路阻擋。

7/7 退伍老兵七、八百人，衝進國民黨中央黨部內請願，要求國民黨提高「生活補助金」，與駐衛警發生激烈衝撞。

7/12 民進黨宜蘭縣黨部成立，劉守成當選第一任主委。

7/14 蔣經國總統宣告7月15日零時起「解除戒嚴」，「動員戡亂時期臨時條款」也於同日廢除。

7/15 謝長廷、洪奇昌、顏錦福聯合舉辦「歡迎解除戒嚴遊行」，動員獅陣前往總統府博愛特區，表示要測試國民黨對解嚴的誠意，遭到憲警阻擋在總統府博愛特區前。

7/25 「反共愛國陣線」人士在高雄市中信飯店舉辦「國是座談會」，為「六一二事件」作說明。民進黨人士朱勝號發起「超宇宙無線愛國滅共聯合大同盟」，率領高雄的群眾教訓反共愛國陣線成員周慶鑽。最後周慶鑽在民眾所擬的道歉稿上簽字，並由高雄市警察局副局長張鵬程簽字當見證人，周慶鑽到場外宣傳車上當眾宣讀道歉書，為「六一二事件」中「反共愛國陣線」之暴力行為公開道歉，才得以安全離去。

7/30 原權會第二屆第五次促進委員會議，由促進委員伊凡・諾幹11於會中提議修改章程，更改會名為「台灣原住民族權利促進會」。

8/1 民進黨高雄市黨部成立，周平德當選第一任主委。
第二屆郭雨新紀念獎由姚嘉文與張俊宏獲得殊榮，主辦單位於台北馬偕醫院九樓大禮堂舉行頒獎典禮暨追思會。

8/2 民進黨台北市黨部成立，康水木當選第一任主委。
黃信介在台北市中山北路圓明園餐廳，舉辦「美麗島同歡會」。

8/8 黃信介、張俊宏展開首場「鑼聲若響，揚帆出航」重返美麗島大會，在屏東中山公園開講。

8/9 民進黨桃園縣黨部成立，邱垂貞當選第一任主委。

8/16 民進黨高雄縣黨部成立，余玲雅當選第一任主委。

8/20 民進黨台北市議會黨團主辦，「反對市長官派」大遊行，從東區頂好商圈遊行到台北市政府，由黨主席江鵬堅與康寧祥立委，市議員張德銘、謝長廷帶領這場解嚴後第一次抗議活動。

8/23 民進黨台南市黨部成立，蔡介雄當選第一任主委。
「教師人權促進會」成立，林玉體教授擔任首任會長。

8/25　13年未曾返台的前世界台灣同鄉會長陳唐山回台。

台灣人權促進會長陳永興擔任領隊，率領李勝雄、陳菊、李慶雄、許榮淑、許國泰、陳翠玉等人到綠島監獄，探望王幸男、白雅燦、張化民、黃世梗、郭越文等18名政治犯。

8/3　142位坐過國民黨黑牢的政治受難者，在台北國賓大飯店舉辦「台灣政治受難者聯誼會」成立大會，由蔡有全擔任大會主持，許曹德在會中公開主張「台灣應該獨立」列入大會章程。隨後，蔡許兩人被以「叛亂罪」起訴。

8/31　高雄市後勁民眾近千名請願團表達「我愛後勁，不愛五輕」，由總幹事黃天生、總領隊陳萬達、劉茂德到經濟部陳情，抗議中油公司要興建五輕。

9/3　民進黨雲林縣黨部成立，張豐吉當選第一任主委。

9/4　江蓋世發起「命運之旅」全島進香團，為台灣命運進香。

9/9　原權會帶領原住民、大學生、長老教會牧師前往嘉義火車站前之吳鳳銅像抗議，舉著「吳鳳是劣士，莫那魯道是烈士」、「拆除吳鳳銅像」等布條，進行抗議，遊行至縣政府要求拆除銅像，將吳鳳鄉改名為阿里山鄉。

9/12　「不要神話要歷史」，原權會等39個團體到教育部聯合請願，要求「刪除吳鳳神話、還我原住民公道」，展開公義之旅遊行活動。台北「龍山寺老人聯誼會」的老人會員們，抗議台灣日報故意歪曲事實，無中生有「說他們是被一千元收買的職業群眾」，憤而怒砸該報台北忠孝東路北區管理處。

9/14　自立晚報記者李永得與徐璐突破國民黨對台灣媒體40年禁令，進行訪問大陸之旅，借道日本搭中國民航班機前往中國大陸採訪兩週。

9/20　民進黨台中市黨部成立，陳博文當選第一任主委。

9/27　民進黨台南縣黨部成立，林文定當選第一任主委。

9/28　民進黨台北市黨部與高雄市黨部分別舉辦黨慶遊行，慶祝建黨週年紀念。民進黨中央黨部晚上在台北市金華國中舉行大型黨慶晚會。

10/12「蔡有全、許曹德台獨案」，高等法院首度調查庭，檢察官葉金寶偵訊後，蔡、許二人被下令收押禁見。

10/17 聲援蔡、許案救援活動在台中市舉行第一波演講會及示威遊行，民進黨主席江鵬堅在演講中高呼「台灣人絕對有主張台灣獨立的自由」。

10/19 台灣基督長老教會牧師聲援團舉辦聲援「蔡、許案」大遊行，林宗正牧師率領牧師團遊行隊伍與警方在台北市羅斯福路上發生激烈衝突。

10/20 高雄市後勁「反五輕」民眾，先到環保署陳情後，驅車前往立法院，參與民眾想要進去立法院內如廁，與警方爆發激烈衝突。

10/25《客家風雲》雜誌創刊，發行人胡鴻仁、總編輯陳文和。

10/28 前新竹市長「無法大師」施性忠，坐牢819天，刑滿從龜山出獄時高舉「還我清白、司法死了」的抗議標語。

10/31 施信民、張國龍等教授發起的「台灣環境保護聯盟」宣布成立。
「民主聖火長跑」在美國紐約自由女神像前砲台公園起跑，聖火由黃信介點燃，從美國長跑後傳回台灣。

新竹市舉辦「歡迎前新竹市長施性忠榮歸大遊行」。

11/2 政府宣布台灣民眾赴大陸探親政策正式開放，中華民國紅十字會開始受理登記。
民進黨彰化縣黨部成立，楊文彬當選第一任主委。

11/5 林豐喜、胡壽鐘、王昌敏等人發起成立「東勢山城農權會」。

11/9 民進黨第2次全國代表大會在台北國賓大飯店召開。鄭南榕因在會場內散發《台灣獨立的展望》一書，與朱高正爆發口角，鄭南榕說了一句「我替台灣人打你」之後，打了朱高正一巴掌，朱高正的支持者張豐吉立即丟擲咖啡杯還擊，血流滿面的鄭南榕高喊「台灣人不怕死！」後離開會場。
上千老兵至行政院請願，要求政府收購「戰士授田証」。老兵們佔領路面、癱瘓交通，並與鎮暴警察發生衝突。

11/10 民進黨第2屆全國黨代表大會決議：「人民有主張台灣獨立的自由」。
姚嘉文當選民進黨第2屆黨主席。

11/15 以「莫讓民進黨基層黨工成為反對運動的祭品」為宗旨的「台灣民主運動北區政治受難基金會」(簡稱北基會)，在台北市陳林法學基金會舉行成立大會，共有三百多位會員，由簡錫堦擔任第一任會長。

民進黨在台灣大學門口舉行「民主聖火長跑、國會全面改選」運動，由黨主席姚嘉文與謝長廷將聖火傳給民進黨各縣市聖火長跑隊。

11/19「中壢事件十週年紀念」活動，在桃園縣中壢國小作票發生地舉行晚會，會後在中壢市區舉著前桃園縣長許信良人像海報遊行，包圍內政部長吳伯雄老家抗議。

11/20 為了給下一代留下一片乾淨的樂土，數百位宜蘭鄉親，集結在台北市敦化北路台塑大樓前，進行一場「反六輕、保衛鄉土」抗爭活動。

11/22 林書揚、陳明忠、陳映真等人籌組「台灣地區政治受難人互助會」成立，林書揚擔任首任會長。

12/6 台灣第一個以勞動者為主的政黨「工黨」成立，王義雄立委擔任首任主席、羅美文任副主席、蘇慶黎任秘書長。

12/8 林豐喜帶領山城農權會與中部四縣市三千位果農北上立法院請願，要求保護國產水果，這是台灣農民首次大規模集結抗議。

12/21 數百位販賣「愛國獎券」的殘障人士與中低收入者，聚集在行政院前抗議政府愛國獎券從12月18日停止發行，使他們失去生活依靠。

12/25 國民黨舉行「慶祝行憲40週年」，民進黨則發起要求「萬年老賊下台、國會全面改選」的大型示威活動。這是一場「一千一百人對一千九百萬人的戰爭」，由康寧祥立委督導，五萬群眾包圍台北市中山堂，並與國民黨動員的數萬軍警、鎮暴部隊對峙，造成台北市西門町南北鐵路中斷數小時之久。

綠色年代
——台灣民主運動25年【上冊】1975～1987

編　　著　張富忠、邱萬興
編輯顧問　姚嘉文、張俊宏、蘇貞昌、陳　菊、葉菊蘭、范巽綠、尤　清、楊青矗、李勝雄、李敏勇、李筱峰、戴振耀、艾琳達、劉峯松、張慶惠、陳婉真、鄭文燦、林秋滿、陳銘城、陳登壽、陳啟昱、黃昭凱
主　　編　黃　怡
執行編輯　邱斐顯
編輯小組　袁嬿嬿、張富忠、邱萬興、黃　怡、邱斐顯、廖紫妃、黃惠芬、李培綺、鮑雅慧、林曉霞
編務協力　鄭文燦、林曉霞、廖紫妃、邱彥霖、邱新妮
圖片提供　尤　清、王　拓、江蓋世、江彭豐美、艾琳達、余岳叔、宋隆泉、林秋滿、周平德、周嘉華、姚嘉文、范巽綠、袁嬿嬿、曾盛洋、曾文邦、黃天福、黃昭凱、黃子明、陳　菊、陳婉真、陳博文、張俊宏、張芳聞、郭時南、張慶惠、張榮華、曹欽榮、游錫堃、楊青矗、潘小俠、鄭自財、蔡明德、劉峯松、劉振祥、蘇貞昌、蘇治芬、羅興階、
民主進步黨中央黨部文宣部、鄭南榕基金會、黃信介文教基金會、慈林文教基金會、
新台灣研究文教基金會、陳文成博士紀念基金會、白鷺鷥文教基金會、公民投票促進會、
台灣人權促進會、台灣醫界聯盟、台灣教授聯盟、中央社、國史館、檔案管理局、
宜蘭縣史館、總統府
視覺規劃　邱萬興、黃惠芬
美術編輯　李培綺、鮑雅慧
贊助企劃　民主進步黨 中央黨部

發 行 人　張書銘
出　　版　**INK**印刻出版有限公司
台北縣中和市中正路800號13樓之3
電話：02-22281626
傳真：02-22281598
e-mail:ink.book@msa.hinet.net
法律顧問　林春金律師

總 代 理　成陽出版股份有限公司
業務部／訂書電話：02-22256562　訂書傳真：02-22258783
訂書地址：台北縣中和市中正路800號11樓之2
e-mail：rspubl@sudu.cc
網址：舒讀網http://www.sudu.cc
物流部／電話：03-3589000　傳真：03-3581688
退書地址：桃園市春日路1490號
郵政劃撥　19000691 成陽出版股份有限公司
門市地址　106台北市新生南路三段96-4號1樓
門市電話　02-23631407
印　　刷　海王印刷事業股份有限公司

出版日期　2005年 12 月 初版
ISBN 986-7108-03-5
定價　平裝本新台幣2000元（上下冊不分售）

國家圖書館出版品預行編目資料

綠色年代：台灣民主運動25年／
張富忠,邱萬興編著.
臺北縣中和市：INK印刻,
2005〔民94〕冊；　公分

ISBN 986-7108-03-5（全套：平裝）
1.台灣民主進步黨 2.政治運動—台灣—歷史

576.24　　94022927